연주는 녹색등에 시작된다

연주는 녹색등에 시작된다

장동락 지음

좋은땅

목차

1

바람 부는 항구에는

여객선 2인 객실 좌측 침대에서 오른쪽 옆으로 누워 벽에 얼굴을 가까이 대고 잠을 자던 석현이 눈을 떴다. 객실 천장 LED 형광등과 천장형 시스템 에어컨은 켜져 있고, 석현이 누워 있는 좌측 침대와 준서 아버지가 누워 있는 우측 침대 사이 머리맡 벽면 네모 창문에는 라벤더색 커튼이 쳐져 있다. 오늘은 7월 20일 목요일이고 새벽 3시 29분이다. 여객선은 어제 오사카 항구에서 출항했고 현재 부산항으로 운항하는 중이다. 여객선 화물칸 한쪽에 마련된 특별 화물구역에는 부패 방지 처리된 준서의 시신을 안치한 관과 사고로 파손된 준서의 레이싱 오토바이 야마하 YZF-R1을 포장한 우드케이스가 적재되어 있다. 관 속에서 영원한 안식을 취하고 있는 준서는 석현의 27살 동갑내기 친구다.

양말을 벗은 채 누운 자세 그대로 눈만 깜박이던 석현이 왼손을 들어 손목시계를 들여다보았다. 석현은 검은색 나시티에 진청 엔지니어진을 입고 있다. 시간을 확인한 석현은 왼손을 침대 시트에 소리 없이 내려놓았다. 그러면서 덮고 있는 얇은 흰색 이불을 등 뒤로 걷어 내며 상체를 일으키고는 우측 침대로 몸을 돌리면서 책상다리를 하고 앉았다. 우측

침대에 이불을 덮지 않은 채 팔짱을 끼고 누워 있는 준서 아버지는 천장을 무심히 쳐다보며 깊은 사념에 잠겨 있다. 그는 지난 16일 일요일에 일본 오토바이 레이싱 대회에 선수로 참가한 아들 준서의 믿지 못할 사망 소식을 긴급히 전해 듣고서 그날 밤 인천공항에서 유럽발 여객기를 타고 일본으로 입국했다. 석현이 마중 나와 기다리고 있던 나고야 중부국제공항 입국 게이트를 나온 준서 아버지는 함께 온 승객들과 같이 걷다가 갑자기 멈춰 섰고 오열했다.

준서 아버지는 한국에서 입고 온 검은색 정장의 정장 재킷을 지금까지도 벗지 않고 있다. 흰색 긴팔 와이셔츠 칼라 단추도 목까지 그대로 채워져 있다. 석현은 미동 없이 누워 있는 준서 아버지의 얼굴을 조심스럽게 살피고 베개 위쪽에 벗어 놓았던 준 레이싱팀 반팔 레이싱 남방을 왼손에 잡았다. 그리고는 침대에서 바닥으로 양말 벗은 두 발을 내렸다. 침대에 걸터앉은 석현은 방전된 로봇처럼 힘없이 고개를 숙였다. 잠시 그렇게 있던 석현은 고개를 들고 검은색 나시티 위에 상단 빨간색, 하단 하늘색인 준 레이싱팀 레이싱 남방을 입고서 단추를 목에서부터 아래로 잠갔다. 단추가 다 잠기자 왼손을 뻗어서 침대 머리맡 벽면 네모 창문의 라벤더색 커튼을 좌측으로 한쪽만 열었다. 한쪽 커튼이 열린 창문을 통해 밤바다가 보이고 암회색 구름 사이에 반쯤 묻힌 그믐달이 보인다. 잠깐 동안 창밖 풍경을 의미 없이 바라보던 석현이 고개를 정면으로 하고 차분한 목소리로 준서 아버지에게 물었다.

"아버님, 눈 좀 붙이셨어요?"

준서 아버지는 시선을 천장에서 떼지 않은 채 메말라 갈라진 목소리로 대답했다.

"음. 그래, 석현아. 조금 잤다."

잠을 잤다는 대답에도 석현의 얼굴에는 근심이 스민다. 석현은 힘없이 고개를 숙였다가 다시 들면서 서글픈 미소를 지으며 입을 뗐다.

"아버님, 이제 얼마 안 있으면 부산항에 도착할 겁니다."

"오전 10시 30분 도착이라고 했니?"

"예."

"오늘이 목요일이지?"

"예. 20일 목요일입니다."

준서 아버지는 더는 말을 않고 눈을 지그시 감았다. 석현은 운동화를 신고 자리에서 일어서며 나직한 목소리로 말했다.

"아버님, 저 잠깐 갑판에 가서 바람 좀 쐬고 오겠습니다."

"응, 그러렴." 하며 눈을 뜬 준서 아버지는 팔짱 낀 팔을 풀어서 두 손을 배 위에 올리고 손깍지를 꼈다. 그 모습을 보고 오른쪽으로 돌아선 석현은 앞으로 걸어가 문 앞에 다가서서 문손잡이를 살며시 돌려 문을 열고 객실 복도로 나왔다. 그는 소리가 나지 않게 천천히 문을 닫고서 LED 천장등이 일정한 간격으로 줄줄이 켜진 좁고 긴 복도를 걷다가 원형 유리가 끼워진 회색 철문을 열고 갑판으로 나왔다. 갑판에는 십여 명의 승객들이 혼자 또는 둘 셋씩 모여 서 있다. 그들은 소금기 머금은 바람을 맞으며 밤바다 경치에 깊이 묻혀 있다. 석현은 서 있는 자리에서 발을 떼지 않은 채 고개를 들어 밤하늘을 보았다. 무게감이 느껴지는 먹구름이 수평선까지 낮게 내려앉아 있다. 그 광경을 근심 섞인 눈빛으로 쳐다보던 석현이 서 있는 자리에서 발을 떼면서 갑판 뱃머리 쪽으로 걸었다. 그는 머리카락을 연신 날리는 드센 바람에 몸을 부딪치며 갑판을 가로질러 걷다가 난간 앞에 섰다. 그러면서 팔짱을 끼우고는 상체를 앞으로 숙여 두 팔꿈치를 난간 위에 걸치며 몸을 기댔다. 석현의 오른쪽으로 5미터쯤 떨어진 곳에 서 있는 한 중년 남자는 오른손에 쥔 스마트폰과 연결한 헤드폰으로 음악을 듣고 있다. 장발 머리에 콧수염을 기른 그는 흰색 긴팔 남방에 베이지색 면바지를 입고 검은색 캐주얼 구두를 신고 있다. 갑판으로 불어오는 바람에 남자와 석현의 머리카락이 나풀거렸다가 가라앉기를 반복한다. 그런 가운데 석현의 스마트폰에서 미처 해제하지 못한 알람이 울렸다. 석현은 난간에 기댄 몸을 일으켜 똑바로 섰다. 그리고는 진청 엔지니어진 오른쪽 앞주머니에서 스마트폰을 꺼내 홈 버튼을 눌렀다. 알람이 꺼지자 스마트폰을 오른손에 쥔 채 뒤돌아서서 난간에 등을 기댔다. 그는 잠시 그렇게 있다가 문득 손에 쥔 스마트폰을 눈앞으로 들고 홈 버튼을 연속해 두 번 눌렀다. 스마트폰 화면에 백색 빛이 켜지고, 지난주 일요일 일본 스즈카서킷 오토바이 8시간 내구레이스대회에 참가했던 준서의 사진이 화면을 채웠다. 사진 속에서 환하게 웃고 있는 준서는 새로 제작한 천연 가죽 재질의 온로드 레이싱 원피스 슈트를 입고 있다. 전체적으로 흰색인데 양쪽 겨드랑이부터 양쪽 발목 복숭아뼈까지 넓이 5센티의 갈색 선이 일직선으로 뻗어 있다. 가슴 부분에는 '준 레이싱팀'이라고 검은색 가죽 글자가 미싱되어 있다. 왼쪽 어깨 아래에는 금장 태극기 마크가 부착되어 있다. 금장 태극기 마크는 스즈카서킷 8시간 내구레이스대회에 참가하기 위해 새로 온로드 레이싱 원피스 슈트를 제작 의뢰할 때 제작업체에 추가비용을 내고 주문한 것이다. 세계 각국의 정상급 오토바이 레이서들이 팀별로 해마다 참가하는 스즈카서킷 8시간 내구레이스대회는 완주하는 것만으로도 축하를 받을 만큼 큰 의미가 있는 특별한 무대다. 준서는 이 대회 예선 경기에서 자신의 레이서 인생 최고의 레이싱 퍼포먼스를 선보였다. 국내의 열악한 오토바이 레이싱 여건하에서 보여 준 준서의 선전은 상당히 이

례적인 일이었다. 스즈카서킷 8시간 내구레이스대회는 콤비를 이루는 선수들이 한 대의 레이싱 오토바이를 교대로 타며 경기를 치른다. 준서의 레이싱 오토바이를 공동으로 타고 교대로 경기에 나선 건 준 레이싱 팀의 마츠모토 준 단장이다. 그는 서울에 위치한 '준오토바이정비점'의 사장으로 젊은 시절 전 일본 오토바이 로드 레이싱 JSB1000의 프로 레이서로서 명성이 높았지만 올해 나이가 47세다. 레이싱 무대에서는 이미 은퇴 시기를 넘긴 나이다. 그럼에도 준서와 마츠모토 준 콤비는 예선 경기에서 목표치 이상의 성적을 거두었다. 참가한 86개 팀 중 70개 팀만 통과하는 예선 경기에서 12위를 기록하는 기염을 뿜어낸 것이다. 전성기 시절로 돌아간 것 같은 마츠모토 준의 활약도 뛰어났지만 준서는 마치 바람을 주관하는 천사가 돕기라도 한 것처럼 본인의 기량을 100프로 그 이상 끌어올리며 그야말로 폭풍처럼 스즈카서킷을 질주했다. 준서는 예선 경기 매 랩마다, 그러니까 서킷을 한 바퀴, 한 바퀴 주파할 때마다 랩타임을 눈에 띄게 단축해 나갔다. (랩타임은 서킷을 한 바퀴 돌아 스타트한 지점을 통과할 때 기록되는 주행 시간이다.) 준서는 연습 주행 때와는 전혀 다른 주행을 펼친 것이다. 그런 준서를 보며 메인 스트레이트 구간 방호벽 안쪽 인도에 서서 스포츠 초시계로 랩타임을 체크하던 마츠모토 준과 그 옆에 석현은 공연 열기가 뜨거운 유명 뮤지션 콘서트장의 10대 팬들처럼 환호성을 질러 댔다. 오토바이 전문 잡지 〈월간모터사이클〉 기자 봄이도 석현의 옆에 서서 함께 환호성을 질러 댔다. 봄이는 예선 경기가 끝나자 준 레이싱팀 25번 피트 앞에 흰색의 연료탱크 아래로 상단 빨간색에 하단 하늘색으로 2단 도색된 준서의 레이싱 오토바이를 왼쪽 옆면이 정면으로 보이게 세워 놓고 그 양쪽에 준서(좌측)와 마츠모토 준(우측)을 서게 한 뒤 사진 촬영을 했다. 팀 레이싱 슈트로 똑

같은 색상 똑같은 디자인의 온로드 레이싱 원피스 슈트를 입은 준서와 마츠모토 준은 당당하게 서서 사진 촬영에 임했다. 봄이는 이 사진을 다음 달 호 〈월간모터사이클〉 표지에 넣겠다고 약속했다. 준 레이싱팀에게는 행복하기만 했던 시간, 누구도 다음 날 본선 경기에서 발생할 비극적인 사고에 대해 생각조차 하지 못했다. 본선 경기 날, 준서는 팀의 1번 주자로 스즈카서킷을 질주하며 마츠모토 준과의 레이서 교체를 목전에 두고 있었다. 그 시점, 준서의 앞쪽에서 질주하는 유럽권 선수 두 명이 서로 신경전을 벌이며 과열된 양상의 레이싱을 벌이고 있었다. 한 차례 충돌 직전 상황 이후에도 끝내 무모한 신경전을 멈추지 않던 두 선수는 결국 메인 스트레이트 구간을 지나 1번 코너 브레이킹 지점에서 충돌하는 사고를 냈다. 충돌한 오토바이들과 선수들은 그 자리에서 꼬꾸라졌고, 두 선수 바로 뒤에서 질주하던 준서는 브레이크 한 번 잡아 보지 못하고 코스에 넘어져 있는 레이싱 오토바이를 경사대처럼 타고 공중으로 높이 솟구쳤다. 준서는 공중에서 레이싱 오토바이와 분리되면서 노면에 곤두박질쳤다. 그때 머리에 쓰고 있던 풀페이스 헬멧이 노면을 강하게 찍으면서 준서의 목뼈가 부러졌다. 이 충격적인 장면을 생생히 지켜본 1번 코너 구역 관람석의 관중들은 일제히 자리에서 일어서서 탄식을 쏟아 냈다. 깃발부스의 모든 진행요원들은 지체 없이 '적색 깃발'을 흔들며 선수 전원에게 레이스 중지를 지시했다. 그러는 사이 경광등을 번쩍이는 세이프티카, 구급차가 전속력을 내서 사고 현장으로 달려왔다. 교대 준비를 마친 마츠모토 준과 함께 25번 피트 안에서 벽면 TV 화면으로 이 상황을 지켜본 석현은 오른손에 힘이 풀리면서 쥐고 있던 수건을 바닥에 떨어트렸다. 석현 옆에 있던 봄이는 벽면 TV 화면에 시선을 고정한 채 두 손으로 입가를 감싸며 울먹거렸다.

갑판 난간에 등을 기대고 서서 스마트폰으로 준서의 사진을 보고 있던 석현이 어느새인가 두 무릎을 접고 쪼그려 앉아서는 앞으로 뻗은 두 팔 사이에 얼굴을 묻고 흐느껴 울고 있다. 그때, 음악을 듣던 헤드폰을 뒷목에 건 중년 남자가 석현의 왼쪽 옆으로 다가섰다. 그는 "저기요." 하며 오른손에 쥔 손수건을 내밀었다. 쪼그려 앉은 자세 그대로 얼굴을 왼쪽 옆으로 들어 올리고 남자를 가만히 쳐다본 석현이 시선을 앞으로 하면서 두 무릎을 펴고 일어섰다. 그는 남자를 보며 담담한 목소리로 "괜찮습니다." 하고 말했다. 남자는 "사양하지 마세요. 사나이도 손수건으로 눈물을 닦을 수 있어요." 하고 말하며 손수건을 재차 권했다. 석현은 그제야 손수건을 받으며 나직한 목소리로 "고맙습니다." 하고 인사하고서 받은 손수건으로 눈가에 흥건한 눈물을 닦아 냈다.

"초면에 실례지만, 누가 죽기라도 했나요. 왜 그렇게 슬피 울고 있어요?"

남자가 넌지시 묻는 말에 석현은 침통한 감정이 짙게 드러나는 표정의 얼굴로 입을 떼었다.

"친구가 하늘나라로 갔어요."

"네?" 하고 말한 남자는 머쓱한 듯 시선을 갑판 바닥으로 내렸다가 이내 다시 들고 씁쓸한 미소를 지으며 입을 떼었다.

"유감입니다. 그런데 친구분은 어쩌다가?"

얼굴에 서글픈 미소가 번진 석현이 울먹거리는 목소리로 대답했다.

"친구는 대한민국 최고의 오토바이 레이서였고, 일본에서 오토바이 시합을 하다가요."

"아! 그러셨구나. 진심으로 유감입니다. 그런데 언제…."

"본선 경기가 있던 지난주 일요일이요."

"음… 참 안타깝네요. 한창 좋을 때의 청춘인 거 같은데."

"27살이죠."

27살이라는 말에 탄식하며 착잡한 표정을 짓고 말없이 고개를 끄덕거린 남자가 천천히 입을 떼었다.

"가끔 모터스포츠 채널에서 오토바이 레이싱 경기 중계를 시청하다 보면 종종 큰 사고가 나기도 하던데, 사망하는 경우까지 있었군요. 그럼 혹시 청년도 오토바이 선수예요? 입고 있는 옷 보니까 그런 거 같은데."

석현은 표정 없는 얼굴로 "예." 하고 대답했다. 남자는 잠시 침묵했다가 이내 대화를 이어 갔다.

"같은 오토바이 선수라 그 친구분의 죽음이 몇 배는 더 큰 슬픔으로 다가왔겠네요."

대답 없이 고개만 푹 숙였다가 든 석현이 입가에 서글픈 미소를 짓고는 남자에게 손수건을 내밀며 말했다.

"손수건 잘 썼습니다."

남자는 두 손을 손바닥이 보이게 앞으로 내밀어 괜찮다는 제스처를 취하면서 "아니요. 그냥 가지세요." 하고 말했다. 손수건 쥔 오른손을 앞으로 내민 채 고민하던 석현이 손을 거두어들이고 가볍게 눈인사를 하고서 손수건을 엔지니어진 오른쪽 뒷주머니에 넣었다. 남자는 몸을 오른쪽 옆으로 돌려서 두 손으로 난간을 움켜잡고 밤하늘을 바라보며 말했다.

"청년에게 위로는커녕 쓸데없는 소리가 될지도 모르겠지만, 오래전에 포르쉐를 타고 교통사고로 운명한 제임스 딘이라는 배우가 이런 말을 했어요. '드림 에즈 이프 유얼 리브 포에버 라이브 에즈 이프 유얼 다이 투데이.' 영원히 살 것처럼 꿈꾸고 내일 죽을 것처럼 오늘을 살아라…."

남자가 다시 몸을 돌려 석현을 마주 보며 이어서 말했다.

"힘내세요. 아! 그리고 성함이 어떻게 되나요? 이것도 인연인데 혹시 모터스포츠 방송 채널에서 시합하는 거 보게 되면 응원할게요."

"이석현이요."

"이석현 선수… 이 선수님, 그럼 힘내시고 다음에 인연이 되면 또 만나요."

석현이 고개를 왼쪽 옆으로 들어 밤하늘을 바라보며 말했다.

"구름이 무리를 이루어 낮게 몰리고 있어요. 지금 부산항에는 비가 내리고 있을까요? 오늘만큼은 비가 내리지 않았으면 좋겠는데요."

"비가 내리면 안 되는 사연이라도 있나요?"

"이 배로 친구가 잠들어 있는 관이 운구되고 있거든요. 망자가 되어 귀국하는데 비까지 내리면 너무 슬픈 분위기가 될 것 같아서요."

"그렇군요…. 하지만 너무 걱정하지 않아도 될 것 같은데요. 봐요, 바람이 이렇게 세게 불고 있잖아요. 이런 바람이 부는 항구에는 비가 내리지 않는 법이에요. 이런 바람은 비구름을 쫓거든요."

갑판에서 내려온 석현이 객실 층 복도를 걸어오다가 묵고 있는 2인 객실 문 앞에서 멈춰 섰다. 그가 문손잡이를 잡고 객실 문을 살며시 여니 안에서 준서 아버지의 흐느껴 우는 소리가 귓가에 들려왔다. 석현은 객실로 들어가지 않고 객실 문만 소리 없이 천천히 닫았다.

오전 10시 30분, 여객선은 부산항 국제여객터미널에 입항했다. 하늘은 잔뜩 흐렸지만 비는 내리지 않고 있다. 바람도 잔잔하다.

등에 50리터 하이킹 배낭을 양쪽 어깨로 멘 석현은 준서 아버지와 입국 수속을 마치고 입국 게이트를 나왔다. 두 사람이 입국장 대합실로 들어서자 검은색 정장 차림에 검은색 구두를 신은 준서 친구 덕진이 잰걸음으로 다가와 준서 아버지에게 허리를 잔뜩 숙여서 인사를 했다.

"아버지, 힘드셨지요."

준서 아버지가 슬며시 미소를 지으며 말했다.

"그래, 덕진아. 네가 벌써 와 있었구나. 서울서 여기까지 오느라 고생했다. 우리 준서 친구들이 참 애 많이 쓴다."

덕진은 쑥스럽다는 듯이 말했다.

"아니요, 아버지. 제가 뭘 했다고요. 저보다도 석현이 이 친구가 진짜 수고를 했죠."

흠칫 놀란 눈으로 덕진을 힐끔 쳐다본 석현이 준서 아버지를 보며 민망하다는 듯이 말했다.

"아니에요, 아버님. 저도 한 거 없습니다. 아버님, 그나저나 화물칸에 실은 관과 우드케이스를 찾으려면 오후 3시나 돼야 하는데 여기 대합실에 좀 앉아 계시죠. 제가 편의점 가서 커피라도 좀 사 오겠습니다."

준서 아버지는 "그래, 그러자꾸나." 하고 말하며 사람이 아무도 앉지 않은 대합실 의자 가장 앞줄 가운데 의자에 앉았다. 그러자 석현이 고개를 돌려 덕진을 쳐다보며 물었다.

"덕진아, 거리가 거리인 만큼 새벽 일찍 서둘러 내려오느라 아침 식사도 못 했을 텐데 마실 거랑 빵이라도 좀 사다 줄까?"

덕진은 떨떠름한 미소를 지으며 고개를 가로젓고는 "아니, 괜찮아. 그냥 블랙커피나 하나 사다 줘." 하고 말했다.

끝이 보이지 않는 해변을 잉금잉금 시나는 서북이처럼 느릿느릿 가던 시간이 어느덧 오후 2시에 이르렀다. 65세의 준서 아버지는 요 며칠 간 일본에 체류하면서 누적된 피로를 못 이기고 대합실 맨 앞줄 의자에 앉아 고개를 숙인 채 팔짱을 끼고 두 다리를 쭉 뻗고서 꾸벅꾸벅 졸고 있다. 덕진은 그 뒷줄 의자에 앉아서 옥수수빵을 입에서 나는 소리 없게 조심조심 먹으며 곁들여 커피우유를 마시고 있다. 석현은 대합실 의자 뒤쪽으로 조금 떨어진 곳에 서서 해외화물 운송 대행업체 직원과 전화 통화를 하고 있다.

"예, 예. 그럼 지금 그리로 가겠습니다. 수고하셨습니다."

석현이 전화 통화를 마무리하자 덕진이 입안에 쑤셔 넣은 빵을 한 번에 꿀꺽 삼켰다. 졸고 있던 준서 아버지는 어느새 눈을 떠서는 석현을 가만히 쳐다보고 있다. 석현이 스마트폰을 엔지니어진 오른쪽 앞주머니에 넣고 준서 아버지에게 통화 내용을 전했다.

"아버님, 반출 수속 다 끝냈다고 지금 실으러 오라는데요. 그쪽으로 가시죠."

세 사람은 2층 입국장 대합실에서 1층 국제화물취급소 앞으로 갔다. 기다리고 있던 해외화물 운송 대행업체 직원이 반팔 레이싱 남방을 입고 있는 석현에게 다가와서 "준 레이싱팀의 이석현 씨?" 하고 물었다. 석현이 "예. 제가 이석현입니다." 하고 대답하며 해외화물 운송 대행업체 직원에게 고개를 숙여 인사했다. 오른쪽 손에 결제 서류판을 잡고 있는 해외화물 운송 대행업체 직원도 고개를 숙여서 인사를 했다. 그리고는 1시간은 빨리 반출을 받아 냈다고 싱긋 웃으며 말했다. 석현은 가볍게 고개를 숙이면서 "수고하셨습니다." 하고 말했다. 해외화물 운송 대행업체 직원은 손목시계를 들여다본 뒤 가져오신 화물차를 이쪽으로 대

라고 안내했다. 석현은 "예." 하고 대답하고서 덕진이를 쳐다보며 부드
럽게 고개를 끄덕였다. 그러자 덕진이 주차장으로 천천히 뛰어갔다. 준
서 아버지와 해외화물 운송 대행업체 직원이 이런저런 대화를 나누는
사이 덕진은 주차장에 후진 주차해 놓았던 파란색 포터로 걸어와 운전
석 문짝 앞에 섰다. 그는 정장 재킷 오른쪽 주머니에서 차 키를 꺼내 차
키 키고리에 걸린 리모컨 버튼을 눌러 차에 잠금을 해제하고 운전석 문
짝을 열었다. 운전석에 올라타서는 재빨리 운전석 문짝을 닫고 키홀에
키를 꽂아 돌려 시동을 걸고서 클러치 페달과 브레이크 페달을 밟으며
기어 변속 레버를 조작해 1단 기어를 넣었다. 포터 적재함 좌우 옆문짝
에는 '중고 오토바이 전국 최저가 판매점 영모터바이크'라는 흰색 글자
스티커가 검은색 바탕 시트지 위에 한 줄로 길게 부착되어 있다. 덕진
은 포터를 출발시켜 국제화물 취급소 앞으로 이동했다. 해외화물 대행
업체 직원은 덕진이 운전하는 포터가 다가오자 서류판을 왼손으로 옮
겨 잡고, 오른손 둘째손가락으로 국제화물 취급소 출입구 앞에 대기하
고 있는 지게차를 가리켰다. 기어 1단 저속으로 직진해 오던 덕진은 핸
들을 왼쪽으로 뱅글뱅글 돌려 포터를 반회전했다. 그리고는 사이드미
러로 대행업체 직원의 수신호를 보면서 핸들을 오른쪽으로 감으며 후
진을 하다가 "스톱." 소리에 클러치페달과 브레이크페달을 밟았다. 기
다리고 있던 석현이 덕진의 포터 적재함 뒤쪽으로 다가서서 우측 옆문
짝 클램프를 당겨 풀고 우측 옆문짝을 내려 젖혀 열며 적재함 뒤쪽에서
조금 멀찍이 물러서자, 화물 취급소 안으로 들어갔다가 나온 지게차가
포크에 들린 가로 2미터 10센티, 세로 1미터 20센티, 폭이 1미터인 우드
케이스를 팔레트째 적재함 좌측 옆문짝에 바짝 붙여 실었다. 우드케이
스 안에는 사고로 파손된 레이싱 오토바이와 노면에 갈린 온로드 레이

싱 원피스 슈트, 흠집이 난 풀페이스 헬멧 등이 담겨 있다. 한 번 더 화물 취급소 안에 들어갔다가 나온 지게차는 이번에는 포크에 들린 흰색 천에 싸인 6푼 관을 팔레트째 적재함 중앙에 실었다. 운구차를 따로 부르지 않은 건 준서 아버지의 결정이었다.

지게차가 작업을 마치자 기다리고 있던 석현은 적재함 우측 옆문짝을 올려 닫고 클램프를 당겨 잠갔다. 그리고는 적재함 뒤쪽에서 조수석 문짝 쪽으로 걸어가다가 멈춰 서서 등에 메고 있는 50리터 하이킹 배낭을 벗어 우드케이스 옆쪽으로 눕혀 실으며 차량부 후면가드에 바짝 붙였다. 덕진은 포터 좌측 후미등 쪽에 서서 적재함 구석에 놓은 짐바를 꺼내 들고 좌측 옆문짝 아홉 번째 짐바고리에 짐바 한쪽을 걸었다. 그리고는 짐바를 들고 좌우 옆문짝을 반복해서 오가며 적재함 위를 교차해 지나는 짐바로 우드케이스와 관을 적재함 바닥으로 최대한 눌렀다. 적재함 위를 지나온 짐바는 그때마다 서로 다른 짐바고리에 팽팽히 걸었다. 석현은 해외화물 운송 대행업체 직원이 내민 서류판을 왼손에 받쳐 들고 같이 내민 사인펜을 오른손에 쥐고서 인계인 칸에 서명을 했다. 그는 서명을 하고 나서 서류판과 사인펜을 해외화물 운송 대행업체 직원에게 건네주며 진심 어린 목소리로 "감사합니다." 하고 인사를 했다. 정중한 목소리로 "네." 하고 짧게 인사한 해외화물 운송 대행업체 직원은 건네받은 서류판을 확인한 뒤 준서 아버지에게 몸을 돌려서는 예의 바르게 고개를 숙여서 인사를 했다.

"그럼, 계속해서 고인님이 고향으로 무탈하게 가시길 염원하겠습니다."

준서 아버지는 "고맙소." 하며 해외화물 운송 대행업체 직원에게 많이 애써 준 감사의 인사를 전했다. 짐바 작업을 끝낸 덕진이 운전석 뒤쪽 수납공간에서 차곡차곡 접혀 있는 두툼한 흰색 천을 꺼냈다. 그는 흰색 천을 두 손에 받쳐 들고 서서 석현을 쳐다보았다. 석현은 곧바로 덕진에게 다가가 그가 두 손에 받쳐 든 흰색 천을 함께 나누어 잡고 뒷걸음을 치면서 천을 크게크게 펴 나가다가 이내 전체 크기로 펴냈다. 전체 크기로 펴진 흰색 천은 우드케이스와 관이 실린 포터 적재함 전부를 충분히 덮을 크기다. 석현은 흰색 천 양쪽 끝자락을 왼손에 모아 잡고서 포터 좌측 옆문짝을 타고 가뿐히 적재함 위로 올라갔다. 그러자 반대편 천을 두 손으로 펼쳐 쥔 덕진은 오른쪽으로 옆걸음을 걸었다. 석현은 덕진의 움직임에 맞춰 우드케이스와 관 위로 흰색 천을 덮으면서 우측 옆문짝을 타고 적재함에서 내려왔다. 덕진이 "석현아, 앞에서부터 묶자." 하고 말했다. 석현은 반대편의 덕진이와 발을 맞춰서 흰색 천 한쪽 끝자락을 적재함 앞쪽으로 끌어갔다. 그런 뒤 손에 쥔 천 한쪽 끝자락을 우측 옆문짝 첫 번째 짐바고리에 단단히 묶었다. 반대편의 덕진은 좌측 옆문짝 첫 번째 짐바고리에 손에 쥐고 있는 천 한쪽 끝자락을 단단히 묶었다. 둘은 남은 한쪽 천 끝자락을 손에 쥐고 적재함 뒤쪽으로 발맞춰 걸어갔다. 그리고는 각자 손에 쥔 천 한쪽 끝자락을 옆문짝 아홉 번째 짐바고리에 묶었다. "가운데도 한 번 더 묶자." 석현이 말하자 덕진은 "그게 좋겠지." 하고 대답했다. 둘은 적재함 중간으로 걸어가 흰색 천을 말아 쥐었다. 그리고는 아래로 바짝 당겨서 옆문짝 가운데 짐바고리에, 말아 쥔 흰색 천을 단단히 묶었다. 포터 뒤에 서서 흰색 천을 적재함에 덮는 걸 지켜보고 있던 준서 아버지가 눈가를 부르르 떨다가 오른손 손등으로 두 눈에 맺힌 눈물을 차례로 훔쳐 냈다. 흰색 천 묶기를 마친 석현과 덕진이 그 모습을 보고 말없이 잠시 그대로 서 있는데 준서 아버지가 입을 떼었다.

"애들아, 이제 가자꾸나."

침울한 표정의 얼굴로 "예, 아버지." 하고 대답한 덕진이 포터 앞쪽으로 걸어가 운전석 안으로 들어가 앉으며 운전석 문짝을 조심스럽게 닫았다. 석현은 조수석으로 올라타 안쪽으로 조금 더 들어가서는 다소 비좁은 가운데 보조석에 앉았다. 그 뒤로 준서 아버지가 조수석에 올라타서는 조수석 문짝을 닫았다. 덕진은 차량 내비게이션에 대전시 평안장례식장 주소를 입력하고 포터를 출발시켰다. 준서의 대전 부모님 집과 멀지 않은 평안장례식장에는 유족들이 관리사무실을 통해 빈소를 지정받고 준서 아버지를 기다리고 있는 중이다.

덕진이 운전하는 포터가 부산 국제여객터미널을 나오자 준서 아버지가 정장 재킷 오른쪽 주머니에서 폴더폰을 꺼내 덮개를 열고 준서 누나에게 전화를 걸었다. 잠깐 동안 통화 연결 음이 이어지다가 준서 누나가 전화를 받았다.

"아빠다. 부산에서 지금 출발했다. 도착 시간?"

집중한 눈으로 운전을 하는 덕진이 슬쩍 내비게이션 화면을 쳐다보고 준서 아버지에게 알려 주었다.

"아버지, 6시 30분이면 장례식장에 들어가겠는데요."

"얘, 6시 30분이면 도착한단다. 그래, 6시 30분. 그나저나 네 엄마는 좀 어떠냐?"

잠깐 동안 무슨 이야기를 들었는지 준서 아버지가 한숨을 길게 내쉬고서 통화를 이어 갔다.

"그리고 목사님한테 전화해서 사모님은 병원에서 퇴원한 지 얼마, 뭐! 이미 두 분 다 와 계셔? 아이고 사모님도 참. 그래 알았다. 이따가 보자."

통화를 귀 기울여 듣고 있던 덕진이 이제 기어를 5단으로 넣었다. 그리고 액셀레이터 페달을 지그시 밟았다.

날이 저물어 가면서 익산포항고속도로를 달리는 포터의 창밖 풍경도 점점 명도가 바뀌어 간다. 여객선에서 거의 잠을 못 잔 석현과 준서 아버지는 피곤을 이기지 못하고 둘 다 고개를 숙인 채 꾸벅꾸벅 졸고 있다. 운전을 하며 곁눈질로 두 사람을 힐끔 쳐다본 덕진은 핸들을 잡지 않은 오른손으로 얼굴을 비벼서 마른세수를 했다.

2

〈월간모터사이클〉 한봄이 기자

앞쪽의 차들을 따라서 가다 서다를 반복하던 덕진의 포터가 판암톨 게이트 브릿지 안에 들어가 멈춰 섰다. 그때 마침 졸고 있던 석현이 깜짝 놀란 얼굴로 눈을 떴다. 차창 밖으로는 점점 멀어져 가는 저녁 해가 피운 노을이 지평에 넓게 번지고 있다. 석현은 차 안 컨트롤패널 디지털시계를 확인했다. 저녁 6시 1분이다. 윈도우 버튼을 눌러 운전석 문짝 유리를 내린 덕진은 왼팔을 뻗어 통행 티켓과 체크카드를 계산원에게 건넸다. 계산원은 신속하게 통행료를 계산하고 영수증과 체크카드를 쥔 왼손을 열린 창밖으로 내밀었다. 덕진은 왼팔을 뻗어 계산원에게 체크카드와 영수증을 건네받으며 "수고하세요." 하고 인사했다. 석현은 두 손바닥으로 마른세수를 하고는 가라앉은 목을 가다듬고 천천히 입을 떼었다.

"잠깐 졸은 거 같은데… 대전에 도착했네."

덕진이 2단에서 3단 기어를 넣고 액셀러레이터 페달을 지그시 밟으며 나지막한 목소리로 말했다.

"석현아, 이제 아버지 깨워드려야 할 것 같은데."

고개를 끄덕이며 "그래." 하고 말한 석현이 안전벨트 맨 상체를 오른쪽으로 틀어 준서 아버지의 왼손을 두 손으로 조심스럽게 감싸 쥐고 공손한 목소리로 말했다.

"아버님, 지금 막 대전에 들어왔습니다."

"벌써?" 하며 눈을 뜬 준서 아버지는 푹 기댔던 조수석 등받이에서 상체를 살짝 일으켰다. 판암네거리를 직진 통과한 한 덕진이 5단에서 4단 기어를 넣으며 말했다.

"아버지, 많이 피곤하시죠, 이제 다 왔습니다."

얼굴에 피곤한 기색이 역력한 준서 아버지가 차 밖 풍경을 둘러보며 입을 떼었다.

"우리 준서가 친구들 덕분에 일본에서 집에까지 별 탈 없이 왔어."

코끝을 찡긋거린 석현이 하나님께 기도드리듯 두 손을 마주 잡고서 나지막한 목소리로 준서 아버지에게 말했다.

"아버님, 저는 아버님이 잘 견뎌 내 주시고 계셔서 마음이 놓입니다."

석현의 말에 덕진이 감동한 얼굴로 옅게 미소 지으며 말했다.

"아버지, 석현이 이 친구 참 좋네요. 저야 준서하고 어릴 적부터 대전 고향 친구지만 석현이 이 친구는 준서가 사회에서 만난 친구인데 이렇게 진국이네요. 저는 준서 시합 보러 몇 차례 서킷에 가서 거기서 석현이를 보았을 뿐이지만 처음 봤을 때부터 정말 정이 갔어요."

덕진의 얘기를 가만히 듣고 있던 석현이 해 지는 하늘을 초점 없는 눈빛으로 바라보았다. 그러면서 혼잣말하듯이 나지막한 목소리로 말했다.

"앞으로 살면서 준서 같은 친구는 다시 만날 수 없을 거예요."

그러자 덕진이 희미하게 미소 지으며 말했다.

"석현아, 대전에서 네가 하는 제일 오토바이 센터 앞으로도 계속 잘되길 바랄게. 넌 서울 출신이지만 대전이 너에겐 제2의 고향 아니겠냐."

　이제 평안장례식장 간판이 한눈에 들어온다. 클러치페달을 밟은 덕진이 기어를 1단으로 내리고 서행하여 스텐접이식바리케이트가 열려 있는 정문을 통과해 평안장례식장 안으로 포터를 몰고 들어갔다. 3층 건물인 장례식장 현관문 밖에는 상복을 입은 준서의 가족들과 친척들, 지인들, 교회 담임목사와 그의 아내 교회 사모 그리고 교인들이 삼삼오오 모여 서 있다. 덕진은 핸들을 왼쪽으로 돌렸다. 그러면서 장례식장 좌측 담장 일렬 주차칸 중간쯤, 양옆으로 주차된 차들이 없는 빈 주차칸에 포터를 전진 주차했다. 유족들과 조문객들의 시선이 흰색 천이 덮인 포터 적재함으로 모였다.

　"아버지, 내리시죠."

　덕진이 준서 아버지에게 말했다.

　"너희들 참 수고했다." 하고 말한 준서 아버지는 조수석 문짝을 열고 포터에서 내렸다. 차에서 내린 그는 어눌한 미소를 짓고는 기다리고 있던 사람들에게로 터벅터벅 힘없이 걸어갔다. 뒤이어 운전석 쪽과 조수석 쪽으로 내린 덕진이와 석현은 적재함 양쪽에 각자 자리를 잡고 서서 적재함 옆문짝 짐바고리에 묶은 흰색 천을 풀기 시작했다.

　잠시 뒤 다 풀린 흰색 천을 적재함에서 잡아 끌어내린 덕진은 "석현아, 이쪽으로 와서 같이 접자." 하고 말했다. 적재함 뒤쪽을 돌아 걸어온 석현은 덕진과 마주 보고 서서 각자 두 손에 잡은 흰색 천을 세 번 접었다. 이어서 흰색 천을 석현에게 건네받으면서 두 번, 건네받고 나서 한 번 더 접은 덕진은 뒤돌아 걷다가 문짝을 열어 놓은 운전석 안으로 들어갔다. 그는 운전석 시트에 두 무릎을 꿇고 앉아 두 손에 모아든 흰색 천을 운전석 뒤쪽 수납공간에 조심스럽게 넣었다. 그러는 사이 석현은 적재함에 실은 우드케이스와 관을 고정한 짐바를 빠른 손놀림으로 풀기 시작했다.

짐바가 다 풀리자 석현은 적재함 우측 옆문짝을 두 손으로 움켜잡고 몸을 가볍게 끌어올려서 적재함 위로 솟구쳐 올라갔다. 적재함 뒤쪽에 선 덕진은 좌측 후미등에서 우측 후미등으로 이동하며 수직 접이식 리프트게이트를 잠근 양쪽 개폐기를 하나씩 당겨 열었다. 그리고는 장례식장 건물 쪽으로 고개를 돌렸다. 마침 흰색 반팔 와이셔츠에 검은색 정장 바지를 입은 장례식장 직원 2명이 출입문을 양쪽으로 활짝 열어 놓은 영안실 안에서 고무바퀴가 네 개 달린 관 운반 수레를 허리를 숙여 양옆에서 밀며 밖으로 나왔다. 그들을 본 석현이 사뭇 가라앉은 목소리로 "리프트 내리자." 하고 말하자 덕진은 정장 바지 왼쪽 앞주머니에서 리모컨을 꺼내 버튼을 눌렀다. 적재함 뒷문짝인 수직 접이식 리프트게이트는 바깥쪽으로 수평되게 눕혀졌다. 한 번 더 버튼을 누르자 리프트는 아스팔트 바닥으로 천천히 수직하강했다. 발걸음을 서둘러 온 장례식장 직원들이 관 운반 수레를 적재함 뒤쪽에 적당한 거리를 두고 일직선으로 대자 덕진이 아스팔트 바닥에 완전히 내려온 수직 접이식 리프트게이트 위로 올라서며 "타시죠." 하고 말했다. 장례식장 직원 두 명은 곧바로 수직 접이식 리프트게이트 위에 올라섰다. 직책이 높아 보이는 직원이 조심스러운 목소리로 "일본에서 운명하신 고인이시죠?" 하고 물었다. 덕진은 차분하게 "예." 하고 대답하고서 리모컨 버튼을 눌러 수직 접이식 리프트게이트를 상승시켰다. 수직 접이식 리프트게이트가 적재함 바닥에 수평 맞게 멈춰 서자 덕진이 먼저 발을 떼 적재함 안쪽으로 걸어 들어갔다. 장례식장 직원들도 발을 떼 앞으로 걸어가 적재함에 놓인 관 하단 양쪽에 서로 자리를 잡고 섰다. 직책이 높아 보이는 직원이 관 하단 우측에, 키가 큰 직원이 좌측에 섰다. 직책이 높아 보이는 직원은 적재함 상부 좌측 옆문짝에 바짝 붙여 실려 있는 우드케이스를 보고는 "이건 뭐죠?" 하고 물었다. 석현은 "고인의 유품이에요." 하고 대답했다. 그러자 직책이 높아 보이는 직원이 석현과 덕진을 번갈아 쳐다보며 "팔레트 위에 관을 수레로 옮길 거니까, 관 상단 양쪽에서 두 분도 같이 관 운반 끈을 들어 주세요." 하고 요청했다. 석현과 덕진은 곧바로 관 상단 양쪽에 각자 자리를 잡고 섰다. 석현이 관 상단 우측에 섰고 덕진이 관 상단 좌측에 섰다. 둘은 앞쪽의 장례식장 직원들처럼 허리를 숙여서 관 운반 끈을 잡았다. 고개를 돌려 둘을 보고 있던 직책이 높아 보이는 직원은 목소리 톤을 조금 높여서 말했다.

"하나, 둘, 셋 하면 다 함께 관을 드는 겁니다. 네 명이서 관을 들고 요 앞에 리프트까지 가면 두 분은 왼쪽으로 도시고, 그러면서 다 함께 관을 리프트 바닥에 가로로 안전하게 내려놓는 거예요."

석현과 덕진은 살짝 긴장한 목소리로 "네." 하고 대답했다. "그럼 고인을 모십시다." 하고 말한 직책이 높아 보이는 직원은 "자! 하나, 둘, 셋!" 하고 구령을 했다. 그 즉시 네 사람은 동시에 관을 팔레트 위에서 들어 올려서 전방에 수직 접이식 리프트게이트까지 발맞춰 걸어갔다.

"자, 두 분 천천히 왼쪽으로 옆걸음 하시며 관을 내려놓아요." 하고 직책이 높아 보이는 직원이 말했다. 석현과 덕진은 발맞춰 왼쪽으로 옆걸음을 하였고 네 사람은 관을 수직 접이식 리프트게이트에 가로로 내려놓았다. 운반 끈에서 손을 떼며 허리를 편 덕진은 왼손에 쥐고 있던 리모컨 버튼을 눌러 수직 접이식 리프트게이트를 하강시켰다. 수직 접이식 리프트게이트가 완전히 하강해 아스팔트 바닥에 닿자 직책이 높아 보이는 직원이 덕진과 석현을 보며 말했다.

"이제 관을 한 번 더 들어 올릴 거예요. 두 분은 저희를 따라 걷다가 수레 위에 관을 내려 고인을 모시는 겁니다. 두 분은 거기까지만 해 주시면 돼요."

설명을 마친 직책이 높아 보이는 직원이 허리를 숙여 관 운반 끈을 잡자 나머지 세 명도 허리를 숙여 관 운반 끈을 잡았다. 그리고는 넷이서 관을 들어 올려 반시계방향으로 발맞춰 돌아서 수레를 보고 똑바로 걷다가 수레 위에 관을 조심스럽게 내려놓았다. 그러자 장례식장 직원들은 수레 양옆에 붙어 서서 허리를 숙이며 두 손을 벌려서 수레 가장자리를 넓게 잡고 왼쪽으로 수레를 돌린 뒤 천천히 장례식장 건물 쪽으로 걸음을 걸었다. 그 모습을 멍하니 쳐다보던 석현이 혼잣말로 "준서, 하늘나라 갈 때 입는 옷 입고 만나자." 하고 말했다. 흰색 저고리치마 상복 차림의 준서 어머니와 준서 누나, 준서 고모는 망연자실한 표정의 얼굴로 수레에 실려 오는 관을 바라보았다. 그러다 갑자기 준서 어머니가 다가오는 관 쪽으로 비틀거리며 걸어 나갔다. 장례식장 직원들은 가까이 다가오는 준서 어머니 앞에서 관이 실린 수레를 멈추었다. 창백해진 얼굴로 "우리 아들." 하며 울먹거린 준서 어머니는 마저 힘없이 걸어가서는 무너져 내리듯 몸을 숙이면서 관을 부둥켜안고 오열했다. 침통한 표정의 얼굴로 두 눈을 감은 아버지 옆에서 그 모습을 지켜보던 준서 누나도 앞으로 걸어가 어머니 옆에 섰다. 그녀는 동생의 관 앞에 서서 어깨를 들썩이기 시작하더니 급격히 주저앉으며 비명과 같은 울음을 토해냈다. 눈가에 눈물이 그렁그렁 맺힌 고모가 올케와 조카가 비통하게 우는 모습을 보며 관 가까이 걸어왔다. 관을 부둥켜안고 목메어 우는 올케의 맞은편 쪽에 선 고모는 두 손으로 관 덮개를 어루만지다가 두 무릎을 바닥에 꿇었다. 그러더니 두 손으로 관 덮개 가장자리 모서리 부분을 움켜잡고 이마를 관 옆면에 기댄 채 흐느껴 울었다. 검은색 정장 차림의 고모부는 일행들로부터 멀리 떨어진 곳까지 걸어가 정장 재킷 오른쪽 주머니에서 담뱃갑을 꺼내 들었다. 현관문 앞에 모여 있는 조문객들은 다들 침통한 얼굴로 준서의 어머니와 누나, 고모를 보면서 함께 슬퍼했다. 조문객들 사이에 서 있는 검은색 정장 차림의 머리카락이 희끗희끗한 담임목사는 지그시 눈을 감고 두 손을 모아 잡고서 준서의 영혼을 위해 하나님께 기도를 드렸다. 그의 왼쪽 옆에 서 있는 교회 사모는 왼손으로 안경을 조금 들어 올린 뒤 오른손에 쥔 손수건으로 두 눈가에 흥건한 눈물을 닦아 냈다. 남편인 담임목사와 중국 산골 오지에 선교를 갔다가 현지 풍토병에 걸려 며칠 전까지 병원에 입원했던 교회 사모는 검은색 여성 바지 정장을 입고 있다. 혼자서 포터 운전석에 앉아 있는 덕진은 끊었던 담배를 차 안이 담배 연기로 가득 차게 연신 불붙여 피우며 운전석 앞 유리로 보이는 주차장 담벼락을 망연히 바라보고 있다. 석현은 장례식장 정문 밖으로 멀리 걸어 나가 비포장 비탈길 아래에 서서 덕진에게 한 개비 얻은 담배를 필터 가까이 피우고 있다. 비포장 길 저 멀리 끝 지점에는 초목이 우거진 산이 보이는데 그 산 위에서 점차 멀어져 가던 저녁 해는 이제 붉게 물든 구름 속으로 모습을 감춰 가고 있다.

밤 11시가 가까워 오자 장례식 첫날 조문 온 준서의 대전 친구들 14명이 103호 접객실 입구 쪽 우측 벽에 위치한 좌식테이블에서 단체로 일어섰다. 다들 내일 퇴근하면 다시 와서 밤샘 조문하고 발인부터 화장터, 추모공원 유골함 안치까지의 모든 절차를 다 같이 함께하기 위해 다소 일찍 일어서는 것이다. 준서 아버지가 장례식장에서 대여해 준 검은색 정장을 입은 석현은 준서 친구들 사이에 앉아 따라 주는 술잔을 연이어 비우다가 몰려드는 조문객들로 인해 슬그머니 테이블에서 빠져나왔다. 그는 바빠져 손이 부족해진 접객실 주방 직원들을 도와 쟁반을 들고 테이블 사이를 분주하게 다니면서 음식과 술을 서빙하고 있었다.

준서 친구들은 접객실 입구 신발장 바닥으로 한두 명씩 내려서서 구두를 신고 복도로 나갔다. 친구들은 맞은편의 103호 분향실 입구에 다 같이 모여 섰다. 분향실 입구 안쪽 좌측으로 조의금 접수대에 앉아 있던 덕진이 고개를 오른쪽으로 돌려 친구들을 보며 물었다.

"너희 내일 다들 올 거지?"

친구들은 하나같이 그럴 거라고 진중하게 고개를 끄덕였다. 준서의 영정사진이 올려진 제단 오른쪽 옆 상주석에 앉아 있던 준서 아버지가 어느새 일어나서는 분향실 입구 앞에 와서 섰다. 준서 아버지 왼쪽 옆자리에서 책상다리하고 벽에 등을 기대고 앉아 있는 준서 누나는 아버지에게 단체로 허리를 숙여서 한 번 더 깊은 조의를 표하는 준서 친구들의 모습을 눈물이 그렁그렁한 눈으로 바라보았다.

새벽 3시가 넘은 시간, 이 시간까지도 집에 가지 않고 남아준 몇몇 조문객들이 적적함이 감도는 접객실을 지켜 주고 있다. 진지하게 고스톱판을 벌이는 남자 넷이 있고 한지장판 방바닥에 내려놓은 쟁반의 반찬들을 안주 삼아 소주를 마시는 남자 둘이 있다. 술에 많이 취한 남자 셋은 각자 떨어져서 베개를 베고 얇은 담요를 덮고 잠들어 있다. 여전히 에어컨이 작동되고 있지만 취침하기에 실내 온도는 적절한 편이다. 석현은 조문객들과 떨어진 자리인 접객실 입구 쪽에 위치한 좌식테이블에 혼자 있다. 그는 벽에 등을 기대고 곧게 뻗은 왼쪽 다리 위에 오른쪽 다리를 얹고 앉아서 은박접시에 담긴 땅콩을 안주 삼아 혼자 소주를 마시고 있다. 종이 소주잔에 소주를 가득 따라 놓고 깊은 사념에 잠겼다가 틈을 두고 한 잔씩 비우는 것이다. 그렇게 마시다가 이제 마지막 잔이 비워지자 불현듯 느슨하게 풀어 놓았던 검은색 넥타이를 반듯하게 고쳐 맸다. 그리고는 왼쪽 옆에 벗어 놓은 정장 재킷을 왼손에 들고 자리에서 일어섰다. 서서, 재킷 소매에 먼저 오른팔을 넣고 왼팔을 뒤로해 다른 쪽 소매에 마저 넣고서 원버튼 단추를 잠갔다. 서 있는 자리에서 보이는 접객실 입구 좌측 칸막이 주방 벽에 걸린 원형시계는 이제 3시 13분을 가리키고 있다. 석현은 접객실 입구로 걸어가 방 가장자리에 서서 한쪽 발씩 신발장 바닥으로 내려 슬리퍼를 신고는 복도를 건너가 분향실 신발장 바닥에 슬리퍼를 벗고 안으로 들어갔다. 형광등은 꺼졌고 제단 위 천장 전구색 조명등 주황빛이 주변을 어슴푸레 밝히고 있다. 먼저 술에 취한 덕진은 조의금 접수대 회전의자를 바깥으로 빼내고 그 안에서 베개를 베고 이불을 목까지 덮고 잠을 자고 있다. 유가족들은 조의금 접수대 맞은편 유가족 휴게실 방에서 방문을 닫고 늦은 잠자리에 들었다. 제단 향로대 앞에 책상다리를 하고 앉은 석현은 잠시 숙이고 있던 고개를 들어 준서의 영정사진을 바라보았다. 액자 테두리를 따라 네모나게 꽃 장식이 된 영정사진 속 준서는 한쪽 입가를 살짝 올려 은은하게 미소를 짓고 있다. 가만히 영정사진을 보고 있던 석현이 두 눈가에 맺힌 눈물을 양쪽 볼로 흘리면서 서글픈 미소를 지었다. 그는 오른손으로 눈가에 눈물을 한쪽씩 훔치다가 우연히 준서 아버지가 앉아 있던 상주석 방석에 떨어져 있는 스마트폰을 보았다. 이어폰 줄에 둘둘 감긴 스마트폰은 평소 노래를 즐겨듣던 준서의 것이다. 그 스마트폰이 준서 아버지의 정장 바지 앞주머니에서 어느 사이 빠져 버린 것이다. 석현은 오른팔을 옆으로 뻗어 스마트폰을 잡았다. 그는 상체를 바르게 하고 앉아 스마트폰에 감겨 있는 이어폰 줄을 풀어냈다. 그리고 전원을 켰다. 이내 스마트폰에 백색 빛이 켜졌고 곧 비밀번호 누르기 없이 배경사진이 석현의 눈에 들어왔다. 영암 코리아인터내셔널서킷 시합 중 찍힌 준서의 코너링 사진으로, 노면에 오른쪽 무릎 니슬라이더에 이어 오른쪽 팔꿈치 엘보우슬라이더까지 닿게 오토바이를 우측으로 최대한 기울여서 선두로 코너를 돌아 나갈 때의 한 컷이다. 사진을 보며 애틋한 미소를 지은 석현이 홈 버튼을 눌렀다. 같은 사진이 메뉴 화면도 장식하고 있다. 석현은 이어폰 이어스피커를 양쪽 귀에 꽂고 음악 어플을 눌러 음악감상 플레이어를 화면에 펼쳤다. 그리고 나서 재생 목록 리스트를 열었다. 최근에 준서가 즐겨 듣던 노래 108곡이 화면에 나열되었다. 마지막으로 재생한 노래는 1976년 개봉한 영화 〈록키〉의 OST 〈고잉 더 디스턴스〉다. 〈록키〉 1편은, 1990년 개봉한 카레이서 영화 〈폭풍의 질주〉 다음으로 준서가 가장 좋아하는 영화다. 준서와 다양한 영화 이야기를 여러 번 나누었던 석현은 그걸 잘 알고 있다…. 〈고잉 더 디스턴스〉 재생 버튼을 누르자 가슴을 울리는 오케스트라 연주가 한 줄기 빛으로 쏘아져 순간 귓속을 통과해 어두운 마음을 밤하늘의 유성처럼 지난다.

〈고잉 더 디스턴스〉가 끝나고 이어서 재생된 〈록키〉의 OST 중 한 곡 〈더 파이널 벨〉까지 들은 석현은 정지 버튼을 누르고 양쪽 귀에서 이어스피커를 뺐다. 그는 스마트폰에 이어폰 줄을 둘둘 감아 향로대에 내려놓고는 고개를 숙인 채 잠시 동안 움직이지 않고 가만히 앉아 있다가 준서 아버지 자리, 상주석의 방석을 베게 삼아 향로대를 오른편에 두고 한 지장판 방바닥에 누웠다. 누워서 전구색 조명등을 응시하던 석현이 정장 바지 오른쪽 앞주머니에서 스마트폰을 꺼내 얼굴 위에 들고 카카오톡 어플을 열어 준서에게 메시지를 썼다.

「준서, 하늘나라에서 잘 지내고 있냐. 못 마시는 술을 꽤 마셔서 그
런가, 갑자기 너와 함께 서킷을 달리며 보낸 2년 반의 시간들이 자
꾸만 눈앞에 아른거려. 마치 슬픈 꿈처럼. 영암서킷, 인제서킷, 태
백서킷, 그리고 강원서킷에서 새벽까지 너와 나누었던 희망찬 이
야기들. 너는 종종 말했었지. 언젠가는 국내 무대가 아닌 아시아
무대, 더 나아가 세계 무대에 함께 서자고. 나는 너와 함께라면 그
꿈을 이루는 게 가능할 거라고 믿었어. 그런데 그 꿈이 물거품처럼
사라졌어. 이제는 네가 이 세상에 없기 때문이지. 준서, 우리가 처
음 만났던 그날 초라한 모습으로 준오토바이정비점에 방문했던 내
게 베풀었던 너의 따뜻했던 배려, 영원히 잊지 않을게.」

긴 글을 마무리하고서 마침표를 찍은 석현은 메시지를 전송하고는
스마트폰을 오른손 옆에 내려놓고서 두 눈을 감았다. 그때 향로대에 놓
은 준서의 스마트폰에서 카카오톡 메시지 도착 알림 음이 선명하게 들
려왔다. 그러자 석현의 감은 두 눈에서 눈물이 왈칵 쏟아져 양쪽 볼을
타고 흘러내렸다.

장례식 둘째 날, 아침부터 조문객들이 분향실을 연이어 찾아와 조문
하고 애도하며 준서의 명복을 빌고서 유가족을 위로하고 있다. 그러한
가운데 스즈카서킷 8시간 내구레이스대회에서 준서의 콤비 레이서로
시합에 출전했던 마츠모토 준도 조문을 왔다. 그는 얼굴이 꺼칠꺼칠하
고 며칠 면도를 하지 않아 수염이 덥수룩하다. 그런 마츠모토 준은 흰

색 와이셔츠에 검은색 넥타이를 맨 검은색 정장 차림으로 분향실 입구에 서서 먼저 온 조문객들의 조문이 끝나길 기다리고 있는 중이다. 어린 시절부터 일본 오토바이 로드 레이싱 유망주였고 소속했던 레이싱 스쿨의 기대를 한 몸에 받았던 마츠모토 준은 일본에서 19세에 프로계약을 성사시키며 본격적인 오토바이 레이서로 활약했다. 그는 전 일본 슈퍼바이크 레이스에서 일본 내 최고의 선수들과 레이스를 펼치며 전 일본 JSB1000 소속 선수로 은퇴하기까지 총 5회 시즌 챔피언에 등극했다. 전 일본 슈퍼바이크 레이스(現 JSB1000)는 WSBK월드슈퍼바이크나 그보다 상위권 대회인 모토GP로 진출하는 기회를 부여하는 아시아 최고의 슈퍼바이크 레이싱 대회 중에 하나다. 이런 무대에서 승승장구하던 그는 33살에 시합 중 당한 사고로 큰 부상을 입게 되었다. 마츠모토 준은 장기간 병원에 입원했고 퇴원 이후에 전문 치료사를 고용해 재활훈련을 거쳐 레이싱에 복귀했지만 사고로 인해 마음에 박힌 파편으로 치명적인 심리적 불안증세를 보이며 심각한 컨디션 난조에 빠져 슈퍼 클래스에서 줄곧 하위권에 머물렀다. 그는 결국 팀이 새롭게 영입한 상위권 선수에게 자신의 자리를 내주며 팀에서 방출되었고 새로운 소속팀을 찾지 못하면서 안타깝게도 15년간의 레이서 생활을 은퇴해야만 했다. 일반인이 된 마츠모토 준은 오토바이 공식판매점 영업사원이나 오토바이 면허학원 강사 등을 전전하다가 고민 끝에 집을 담보로 대출받아 도쿄 우에노 오토바이 거리에 '준오토바이정비점'을 개업했다. 그의 나이 36살 때였다. 유능한 정비직원 2명에 막내급 정비직원 1명을 두고 있었지만 준오토바이정비점의 운영실적은 좋지 않았고, 힘겹게 버티고 버티다가 38살 봄에 빚더미에 짓눌리며 폐업하기에 이르렀다. 그때 1년 전에 결혼한 20대 중반 아내와 합의 이혼했다. 감당하기 힘든 절망에 빠진 마츠모토 준은 차마 처분하지 못하고 남겨 놓았던 스포츠카를 끌고 일본 전역을 다니며 밤새 술을 마시고 낮에는 여행지 숙박업소에서 해가 질 때까지 자는 폐인 같은 생활을 했다. 그러면서 통장에 그나마 남아 있던 잔고를 허망하게 탕진해 나갔다. 그러던 어느 날 레이서 시절 소속팀인 카미나리 레이싱팀의 단장을 여행지에서 만나게 되었다. 팀 단장은 여러 시즌 자신의 A급 선수였던 마츠모토 준의 안타까운 소식을 팀의 한 은퇴한 선수로부터 전해 듣고 수소문 끝에 마츠모토 준을 찾아온 것이다.

마츠모토 준은 홋카이도현 구시로시 바닷가 근처에서 팀 단장과 술을 곁들인 저녁 식사를 하다가 그에게로부터 답답한 마음을 정리할 겸 같이 한국에 관광 가서 코리아오토바이로드 레이싱을 관람하자는 제안을 받았다. 마츠모토 준은 멋쩍게 미소 지으며 고개를 숙였다. 팀 단장은 여행경비는 자신이 전부 지불하겠다고 말했다. 계절이 여름에서 가을로 접어드는 때였다. 마츠모토 준은 팀 단장과 한국으로 관광 와서 강원서킷에서 개최되었던 대한오토바이크연맹 코리아오토바이로드 레이싱 시즌 6번째 경기를 처음부터 끝까지 메인스탠드 관람석에서 지켜보았다. 각 클래스별 시상식을 끝으로 관람객들이 퇴장하는 가운데 관람석에 그대로 앉아 눈물을 글썽이던 마츠모토 준은 고개를 푹 숙인 채 손깍지를 꼈다. 그러더니 천천히 입을 떼고서 팀 단장에게 다시 한 번 더 저 무대에 서고 싶다고 울먹거리며 이야기했다. 그의 왼쪽 옆 관람석에 앉아 있던 팀 단장은 입가에 희미한 미소를 짓고서 해가 지는 하늘을 바라보며 내가 마침 대한오토바이크연맹 관계자를 잘 알고 있다고 이야기해 주었다.

마츠모토 준과 팀 단장은 그날 밤 택시를 타고 강원도에서 출발해 서울에 도착했다. 두 사람은 서울의 한 호텔에서 하룻밤을 묵고서 다음 날 오전 연맹 관계자에게 사전에 연락한 뒤 점심 식사 시간이 지난 오후에 대한오토바이크연맹을 방문했다. 일본어에 능통한 대한오토바이크연맹 관계자는 귀한 손님으로 찾아온 두 일본인과 미리 준비한 다과를 함께 먹고 마시며 마츠모토 준의 국내 레이싱팀 입단에 대해 긍정적인 대화를 주고받았다.

그로부터 보름 뒤 마츠모토 준의 레이서 이력서를 국제우편으로 받아 본 연맹 관계자는 '대한기업 레이싱팀' 단장이며, 청주시에 위치한 대한기업 대표인 김 단장에게 전화를 걸어 마츠모토 준의 면접을 주선했다. 대한기업은 각종 오토바이부품을 생산 납품하는 중소기업이다.

재기의 불꽃을 뜨겁게 보였던 38세의 마츠모토 준은 대한기업 레이싱팀의 면접에 합격했고 팀에 정식 입단하면서 곧바로 내년 시즌을 대비한 본격적인 서킷연습 주행 체제에 돌입했다. 대한기업 레이싱팀 단장은 마츠모토 준에게 회사 1인 기숙사 아파트, 레이싱 오토바이 및 운반차량과 운전기사로서 일본어가 능통한 회사직원, 시합 장비 일체에 식비를 포함한 경비까지 모두 아낌없이 지원했다. 전 일본 로드 레이싱 15년 경력의 마츠모토 준은 자신의 인생을 걸고 각고의 노력으로 서킷주행 연습에 매진했다. 그의 마음에는 자신을 믿고 팀에 입단시켜 준 대한기업 레이싱팀 단장에게 반드시 시즌 우승으로 보답한다는 각오만 있었을 뿐이다. 그렇게 서킷에서 열정적으로 연습하는 시간을 보내면서 가을에서 겨울로 넘어갈 즈음 차차 전성기 기량을 되찾아 가고 있었다. 물론 더 젊은 시절 일본에서 보였던 최고 전성기만큼은 아니지만 그래도 KSB1000 최상위권 한국 레이서들과 엇비슷하거나 많이 웃도는 랩타임을 찍어 내고 있었다. 결국 마츠모토 준은 39살의 나이로 대한오토바이크연맹 2009년 시즌 총 8라운드 경기에서 6회의 우승과 2회의 준우승을 차지하며 1000cc 클래스인 KSB1000 코리아슈퍼바이크전 시즌 챔피언에 올랐다. 코리아로드 레이싱 시즌 마지막 경기에서 시즌 챔피언으로 시상대 가장 높은 곳에 올라선 마츠모토 준을 보며 누구보다도 대한기업 레이싱팀 단장이 가장 기뻐했다. 2006년 대한기업 레이싱팀 창단 이후 KSB1000 클래스에서 첫 번째 시즌 우승을 차지한 것이다. 미리 일본에서 건너와 코리아로드 레이싱 시즌 마지막 경기를 전부 관람한 카미나리 레이싱팀 단장은 참았던 눈물을 왈칵 쏟으며 자신의 선수로 있었던 마츠모토 준이 낯선 한국 무대에서 시즌 우승 트로피를 들어 올리는 모습을 감격스런 마음으로 지켜보았다. 이날 19세의 준서는 마츠모토 준이 8라운드 우승으로 대미를 장식한 KSB1000 코리아슈퍼바이크전에서 중위권 성적을 기록했다.

마츠모토 준이 코리아로드 레이싱 최고의 클래스에서 시즌 우승을 차지했지만 대한기업 레이싱팀은 다음 해에 해체되었다. 대한기업이 타사에 인수합병된 것이다. 대한기업 레이싱팀 기존의 레이서 3명은 그들이 선택한 대로 인수합병되는 회사에 정직원으로 고용승계가 되었다. 고용승계의 요건이 충족되지 못했던 마츠모토 준에게 대한기업 레이싱팀 단장은 서울에 최신시설 오토바이 정비점을 개업할 수 있도록 사비로 큰 액수의 창업비용을 후원해 주었다. 다시 돌아오지 않을 시간, 인생 처음이자 마지막으로 맡았던 대한기업 레이싱팀 단장의 커리어에 KSB1000 클래스 시즌 챔피언의 영예를 남겨 준 고마움이 마츠모토 준에게 파격적인 도움을 주게 한 것이다. 그렇게 해서 마츠모토 준은 40살의 나이로 서울에 '준오토바이정비점'을 재개업하게 된 것이다. 한 번의 뼈아픈 사업실패를 경험해서였을까, 준오토바이정비점은 일본에서와는 달리 한국에서는 운영이 매우 잘되었다. 마츠모토 준은 매달 영업이익이 가파르게 증가하는 정비점 실적을 발판 삼아 2013년 43살의 나이로 '준 레이싱팀'을 창단할 수 있었고 그러면서 2009년 시즌에 서킷에서 인연을 맺으며 친분을 쌓았던 한국의 레이싱 유망주 준서를 첫 번째 정비직원 겸 팀의 간판 레이서로 영입했다. 그 당시 23살의 준서는 군 복무 후 일본에서 1년 교육과정의 레이싱 스쿨을 이수하고서 귀국하여 국내 서킷 복귀를 준비하던 때였다. 준서가 일본 유학을 떠나게 된 동기는 순전히 2009년 KSB1000 코리아슈퍼바이크전 시즌 챔피언인 마츠모토 준의 조언 때문이었다.

마츠모토 준은 자신의 차례가 되자 검은색 구두를 벗고 분향실 안으로 들어갔다. 그는 먼저 덕진에게 고개를 깍듯이 숙여 인사하고 조의금 봉투를 내고서 제단 앞으로 걸어갔다. 상주석에 서 있는 준서 아버지와 그 옆에 준서 누나는 두 손을 모아 잡고 시선을 조금 아래로 내렸다. 마츠모토 준은 제단 앞에서 두 손을 모아 합장을 하고는 두 무릎을 꿇고 앉아 향을 한 개 피워 향로에 꽂아 놓고 일어나 준서의 영정사진 앞에 두 번 반 큰절을 했다. 그리고는 오른쪽으로 몸을 돌려 준서 아버지, 준서 누나와 맞절을 하고 함께 일어섰다. 준서 아버지가 마주 서 있는 마츠모토 준에게 따뜻한 음성으로 말했다.

"아직은 충격이 클 텐데, 와 주셔서 고맙습니다."

"…죄송합니다." 하고 말한 마츠모토 준은 고개를 숙여 발밑을 보며 눈물을 글썽였다. 그 모습에 눈시울이 붉어진 준서 아버지는 입가에 엷은 미소를 짓고서 말없이 고개를 가로저었다. 준서 아버지 옆에서 고개를 푹 숙이고 있는 준서 누나는 눈가에 매달고 있던 굵은 눈물 한 방울을 흐린 날의 첫 번째 빗방울처럼 떨어트렸다. 한지장판에 툭! 하고 떨어진 준서 누나의 눈물을 본 마츠모토 준은 결국 양쪽 뺨으로 눈물을 흘리며 어깨를 들썩이면서 흐느껴 울기 시작했다. 주변의 분위기가 숙연해진 가운데 잠시 그렇게 슬피 울던 마츠모토 준은 울음을 멈추고 숨을 크게 들이마셨다가 내쉬며 마음을 진정시켰다. 그러자 분향실 입구 가장자리에 서 있는 석현이 숙이고 있던 고개를 들어 마츠모토 준을 보며 나직한 목소리로 말했다.

"단장님, 접객실로 안내하겠습니다."

마츠모토 준은 귀에 익은 목소리에 고개를 오른쪽으로 돌려서 석현을 쳐다보았다. 그는 알겠다는 듯이 석현을 보며 고개를 끄덕이고 준서 아버지를 향해 고개를 바로 했다. 그러면서 깍듯이 허리를 숙여 준서 아버지에게 인사를 하고 분향실에서 나와 석현과 접객실로 들어갔다.

밤 10시가 다 되어 가는 시간이다. 석현은 덕진의 포터를 운전해 24시간 영업하는 대전역 근처 약국에 가서 몸살약을 샀다. 지금 그는 부지런히 장례식장으로 돌아오고 있는 중이다. 슬픔에 지친 준서 어머니는 결국 기력을 완전히 잃고 탈진했다. 그래서 분향실의 유가족 휴게실 방안에 접이식매트리스를 깔고 그 위에 누워 이불을 목까지 덮고 안정을 취하고 있다. 준서 고모는 옆에 앉아서 억지로 죽을 떠먹이며 간병을 하고 있는 중이다. 고모 뒤쪽으로 조금 떨어진 곳에 앉아 있는 준서 누나와 준서 누나 남자 친구는 근심스런 표정의 얼굴로 준서 어머니를 지켜보고 있다. 준서 누나 남자 친구는 9일 전 베트남 정기출장을 갔다가 현지 생산 공장에서 진행되는 업무 일정을 다 마치지 못하고 오늘 귀국해 1시간 전쯤 장례식장에 왔다. 그는 회사에서 맡고 있는 직책상 불가피하게 내일 오전 일찍 있을 발인예배를 마치자마자 다시 베트남으로 출국해 남은 업무 일정을 마무리할 예정이다.

포터를 몰고 장례식장에 들어와 바로 우회전한 석현은 그대로 직진해 우측 담장 아래쪽 빈 주차칸에 포터를 전진 주차했다. 그러면서 시동을 끄고 차 키를 빼면서 오른손에 약국 비닐봉지를 들고 왼손으로 운전석 문짝을 열며 차에서 내렸다. 다급하게 운전석 문짝을 닫고 잠근 석현은 차와 차 사이를 빠져나와 장례식장 건물 현관을 향해 뛰었다. 야외등이 빛을 곳곳이 비추는 주차장을 가로질러 뛰어와 양문 강화도어 현관문 앞에 멈춰 선 석현은 잠시 호흡을 가다듬고 왼쪽 문을 당겨 열고서 형광등이 밝게 켜진 장례식장으로 들어갔다. 그는 둘 셋씩 모여 서서 대화를 나누거나 혼자 누군가와 전화 통화를 하고 있는 로비를 앞으로 똑바로 걷다가 안내실 정면에서 오른쪽으로 돌아 걸어 복도로 들어갔다. 좌측에 한참 조문이 이어지고 있는 101호, 102호 분향실을 잰걸음으로 지나 102호 분향실 옆 103호 분향실 안으로 들어간 석현은 접수대에 앉아 있는 덕진에게 몸살약이 든 약국 비닐봉지를 건네주었다. 그리고 나서 정장 재킷 오른쪽 주머니에서 꺼낸 덕진의 포터 키를 조의금 접수대에 내려놓았다. 덕진은 포터 키를 정장 재킷 왼쪽 주머니에 넣고 약이 든 비닐봉지 안을 얼핏 살펴본 뒤 고개를 들어 석현을 보았다. 그는 "석현아, 고생했다." 하면서 의자에서 일어나 조의금 접수대 밖으로 나왔다. 그러면서 상주 자리에 혼자 책상다리를 하고 앉아 있는 준서 아버지에게 오른손에 쥐고 왼손으로 받친 약국 비닐봉지를 조심스럽게 들어 보이고서 앞으로 걸어가 유가족 휴게실 방문 앞에 서서 노크를 했다. 그러자 준서 누나의 남자 친구가 문을 열고 고개를 숙였다 들면서 덕진이 내민 약국 비닐봉지를 건네받았다. 약을 건네주고 닫힌 문에서 뒤돌아

선 덕진이 석현을 보고 슬쩍 미소 지으며 말했다.

"석현아, 접객실에 한 기자님이 와 있어. 너 언제 오냐고 묻더라. 너를 보고 가려고 하는 것 같아."

"한 기자님이 왔다고?" 하고 말한 석현이 고개를 끄덕이고, 뒤돌아 나가 복도를 건너서 103호 접객실로 들어갔다. 그는 벗어 놓은 신발들로 발 디딜 틈이 없는 입구의 우측 벽면 목재 신발장에 가까이 붙어 섰다. 그리고는 조문객들로 가득 찬 접객실 안을 두리번두리번거렸다. 접객실 입구 좌측에 칸막이 주방을 왼쪽 옆에 두고 지나치면서 끝까지 걸어가 벽 구석의 가장 먼 좌식테이블에 혼자 앉아 있는 봄이가 석현을 향해 오른손을 들어 보였다. 벽을 등지고 책상다리하고 앉아 있는 봄이를 찾은 석현이 조문객들의 신발과 신발 사이를 비집어 그 틈에다가 운동화를 벗어 놓고 접객실 방으로 올라가 그녀가 앉아 있는 좌식테이블로 걸었다. 그때 접객실 주방 안에서 반찬을 그릇에 담던 주방 아주머니들 중 한 아주머니가 지나치는 석현을 불러 세웠다.

"석현 씨. 저기 벽 쪽에 앉아 있는 예쁜 아가씨, 석현 씨 기다리고 있는 거야?"

"네?" 하고 잠깐 머뭇거린 석현이 이내 고개를 가로젓고는 담담히 대답했다.

"저분, 단지 조문 온 거예요."

별다른 표정 없이 고개를 끄덕인 주방 아주머니는 "가서 앉아 있어요, 음식 더 내 갈게." 하고 말했다. 석현은 고개를 꾸벅 숙여 보이고 좌식테이블마다 조문객들이 붙어 앉은 시끌벅적한 접객실 방 안을 일직선으로 조심조심 걸어가서는 봄이 맞은편 자리에 책상다리를 하고 앉았다. 어깨 아래로 내려간 중단발 갈색 머리를 뒤로 묶은 봄이는 검은색 재킷에 흰색 셔츠블라우스, 일자 슬림핏 슬랙스 검은색 정장 바지를 입고 있다.

"한 기자님, 언제 오셨어요?" 하고 석현이 인사를 겸해 물어보자 봄이는 "얼마 안 됐어요. 조문하고 한 20분쯤 됐나? 석현 선수 보고 가려고 기다리고 있었어요." 하고 대답했다. "그러셨구나. 식사는요? 앞에 음식이 그대로인데요." 하고 석현이 다시 묻자 봄이는 "네. 오다가 고속도로 휴게소에서 김밥에 우동을 한 그릇 먹었어요." 하고 대답했다. 그리고 나서 잠시 침묵이 이어지는데 주방 아주머니가 봄이와 석현이 마주 보고 앉은 좌식테이블로 다가왔다. 주방 아주머니는 석현의 왼쪽 옆에 서서 허리를 숙이고 둥근 양은쟁반에 담은 밥과 육개장, 반찬들을 좌식테이블에 내려놓았다. 주방 아주머니가 돌아가자 봄이는 "석현 선수, 어서 식사하세요." 하고 말했다. "그럴까요." 하고 대답한 석현이 테이블에 미리 놓인 나무젓가락을 들었다. 그는 포장지를 벗기고 꺼낸 나무젓가락을 반으로 떼어 냈다. 석현은 왼손으로 스텐 밥공기를 잡고 오른손에 쥔 나무젓가락으로 밥을 푹 떠서 입안에 넣었다. 봄이는 테이블 중앙에 놓인 음료수들 중에서 병 사이다를 왼손으로 쥐고 앞으로 가져와 오른손에 들고 있던 오프너로 병뚜껑을 땄다. 오프너를 테이블에 내려놓은 봄이는 음료수들 옆에 여러 개가 거꾸로 포개져 있는 종이컵을 한 개씩 두 개를 빼내 앞에 나란히 놓고 왼손에 잡은 병 사이다를 들어 종이컵마다 미지근한 사이다를 가득가득 따랐다.

"사이다도 한잔하세요." 봄이가 사이다를 따른 종이컵을 석현의 앞에 살며시 내려놓으며 말했다. 입안에 우물우물 먹던 육개장 건더기를 목으로 삼킨 석현이 나무젓가락을 테이블에 내려놓고 종이컵을 들어서 사이다를 한 모금 마셨다. 그는 종이컵을 테이블에 내려놓고 잠시 생각에 잠겼다가 이내 봄이를 쳐다보며 물었다.

"한 기자님, 오토바이 월간잡지사 기자님이 지금까지 보았을 때에 준서는 어떤 레이서였나요?"

봄이가 석현의 얼굴을 지그시 들여다보고는 천천히 입을 떼었다.

"석현 선수도 잘 아는 이야기지만 우리나라는 국가 경쟁력에 비해 아직 모터스포츠 인프라가 저변에 충분히 확대되어 있지 않죠. 10퍼센트의 세미프로와 90퍼센트의 아마추어십 선수들로 구성된 국내 오토바이 레이스는 사막 한가운데를 걷고 있는 거죠. 우리 선수들에게 대기업 메인 스폰서 체결은 신기루와도 같아요. 그 가운데 서준서 선수는 작년 시즌 원정시합을 왔던 일본 프로 레이서들과 겨루어 경쟁력을 보여 주었던 한국인 선수였죠. 확실히 고등학교 시절부터 단계를 밟아 고3 때 1000cc KSB1000 코리아슈퍼바이크전에서 활약했고, 군 제대 후 오토바이 레이싱 강국 일본에서 1년 코스의 레이싱 스쿨을 수료한 레이서다웠어요. 그럼에도 취재를 할 때마다 참 겸손한 모습을 보였어요… 질풍같이 서킷을 질주하던 준서 선수의 모습이 벌써 많이 그립네요. 아! 그러고 보니 나하고 준서 선수, 석현 선수, 우리 셋 다 27살 동갑내기네요."

가만히 이야기를 듣고 있던 석현이 눈을 들어 봄이의 얼굴을 쳐다보며 미처 몰랐다는 듯이 조금 놀란 목소리로 말했다.

"그러네요. 그러고 보니 한 기자님도 27살이었네요."

말을 마친 석현이 아무 생각 없이 고개를 끄덕이는 그 순간, 얼굴이 돌처럼 굳어진 봄이가 진지한 목소리로 물었다.

"내가 누나라도 되는 줄 알았어요?"

"예에?" 하며 움찔한 석현이 그럴 리가 있겠냐는 듯이 미간을 잔뜩 찡그려 보이며 서둘러 대답했다.

"한 기자님이 우리보다 2살은 더 어려 보였어요."

봄이가 석현을 쳐다보며 슬며시 눈웃음을 짓고는 고개를 조금 왼쪽으로 돌려 조문객들의 머리 위를 지나 대각선 반대편 끝 벽 구석을 흐릿한 시선으로 바라보았다. 그리고는 안타까움이 스민 목소리로 말했다.

"우린, 동시대의 레이서 서준서 선수를 언제까지나 기억할 거예요."

말없이 고개를 끄덕인 석현이 내려놓았던 나무젓가락을 들어 손에 바로 쥐고 왼손에 잡은 스텐 밥공기의 밥을 떠 입안에 넣었다. 그러자 봄이가 포장지를 뜯지 않은 나무젓가락을 집어 들면서 말했다.

"저도 밥 좀 먹어야겠어요. 석현 선수 먹는 거 보니까 저도 같이 먹고 싶어지네요."

"그런가요?" 하고 말한 석현은 손에 쥔 나무젓가락을 테이블에 내려놓고 앉은 자리에서 일어섰다. 나무젓가락 포장지를 뜯던 봄이가 손을 멈추고 고개를 들어 왜? 하는 얼굴로 석현을 올려다보았다. 석현이 봄이를 내려다보며 말했다.

"한 기자님 육개장 식었어요, 새로 가져올게요. 이왕 먹는 거 따끈하게 먹어야죠."

"네, 감사합니다." 하고 말한 봄이가 고개를 살짝 숙여 인사하자 석현이 뒤돌아 걸음을 걸었다. 그는 앉아 있는 조문객들과, 접객실에 들어오고 나가는 조문객들 사이를 피해서 걷다가 오른쪽에 칸막이 주방 안으로 들어갔다. 5분쯤, 석현은 김이 모락모락 올라오는 스텐 냉면 그릇을 담은 원목우드 카페 쟁반을 두 손으로 들고 칸막이 주방 밖으로 나왔다. 칸막이 주방 입출입구 바로 앞쪽 좌식테이블에서 거하게 취한 노신사가 마침 비틀거리며 앉은 자리에서 일어서자 석현은 잠시 벽에 붙었다가 조심조심 봄이가 앉아 있는 좌식테이블 쪽으로 걸어갔다. 봄이가 사이다를 한 모금 마시고 종이컵을 내려놓는데 맞은편 자리에 두 무릎을 꿇고 앉은 석현이 원목우드 카페 쟁반 위에 스텐 냉면 그릇을 그녀의 앞에 내려놓았다. 봄이는 웃는 얼굴로 "우와! 육개장이 한가득 출렁인다. 고맙습니다." 하고 한 번 더 인사를 하고는 플라스틱 숟가락을 들어 뜨끈뜨끈한 육개장 국물을 떠먹었다. 원목우드 카페 쟁반을 오른쪽에 조금 전 자리가 빈 좌식테이블 바닥에 내려놓은 석현이 다시 책상다리를 하고 앉아 나무젓가락을 들었다. 연이어 육개장 국물을 떠먹던 봄이가 플라스틱 숟가락을 내려놓고 나무젓가락을 들면서 말했다.

"이 육개장은 분명 육개장 장인의 솜씨네요."

왼손으로 스텐 밥공기를 감싸 쥔 석현이 고개를 한 번 끄덕이고 입을 떼었다.

"나도 장례식장 와서 처음 식사를 했을 때 그런 생각을 했어요. 한 기자님 많이 드세요."

봄이는 나무젓가락으로 스텐 밥공기에 밥을 뜨려다가 말고 눈을 들어 석현을 쳐다보며 물었다.

"그런데 석현 선수는 집은 서울인데 오토바이 센터는 왜 대전에서 하고 있는 거예요? 준서 선수는 집은 대전인데 일은 서울에서 했고요. 대전에서 하고 있는 특별한 이유라도 있는 거예요?"

"아, 그거요." 하며 슬쩍 미소 지은 석현이 스텐 밥공기에서 손을 떼고 차분한 목소리로 설명하기 시작했다.

"저는 대전에서 자동차공학과로 2년제 대학을 졸업했어요. 자동차 정비를 전공했지만 오토바이 센터를 차린 건, 그러니까 그게, 제가 군용차 정비병으로 군대를 제대하고 복학한 후에 있었던 전국 대학생 자작 자동차 경주대회에서 우리 과가 우승을 했거든요. 저는 고등학교 때부터 면허를 취득해서 오토바이를 탔어요. 대학교 때 대형 오토바이를 탈

수 있는 면허를 취득해서 대배기량 스포츠 타입 오토바이를 탔고요. 하자가 있는 걸 싸게 중고로 사서 제가 자가정비를 해서 탄 거죠. 예초기 엔진이 탑재된 50cc 미니 오토바이를 타고 다녔던 초등학교 시절부터 동네 오토바이 센터 죽돌이여서 청소년 시절부터 오토바이 자가정비가 가능했던 제가 250cc DOHC 오토바이 엔진이 탑재되는 미니 레이싱카 제작을 주도해서 과 친구들과 함께 작업했고 주행 테스트 운전을 전담하다가 결국 대회에서 직접 레이싱카 드라이버로까지 나서서 서킷을 달렸죠. 압도적인 승리로 그 대회 시상대에서 우승 트로피를 들어 올렸을 때 졸업하면 자동차 관련해서 회사에 취직을 하기보다는 작은 규모라도 오토바이 센터를 차려야겠다는 결심을 했어요. 그렇게 그때 결심한 대로 졸업하고 곧바로 오토바이 센터를 차렸죠. 센터를 차릴 때 오토바이 정비를 하는데 필요한 공구는 이미 일반 공구부터 특수공구까지 전부 구비하고 있었고 가게 월 임대료는 오래된 건물이라 많이 저렴했고 그리고 가게 안에 딸린 방이 있어서 살 집을 따로 구하지 않아도 됐어요. 서울에서는 그때 제 통장에 있던 돈만으로는 오토바이 센터 개업하기가 힘들죠. 부모님께 도움을 더 받았어야 했을 거예요. 뭐 아무튼 그렇게 해서 대전에서 오토바이 센터를 하게 된 거죠."

가만히 이야기를 듣던 봄이가 그렇구나 하듯이 고개를 천천히 끄덕이고는 "전에 영암서킷에서 받은 석현 선수 명암 갖고 있어요." 하고 말하더니 덧붙여 "대전 자양동 제일 오토바이 센터." 하면서 수줍게 미소지었다. 석현은 '맞아요.' 하듯이 싱긋 웃어 보이고는 나무젓가락으로 스텐 밥공기에 밥을 떠서 입안에 넣었다. 봄이도 나무젓가락으로 스텐 밥공기에 밥을 떠서 입안에 넣고 우물우물 먹었다. 그녀는 입안에 밥을 목으로 삼킨 뒤 석현을 보며 "대전에서 서울에 준 레이싱팀에는 어떻게

해서 입단하게 된 거예요? 전부터 대전 출신 준서 선수와 아는 사이였
나요?" 하고 물었다. 석현은 입안에 반찬을 마저 씹고 목으로 삼키고 나
서 입을 떼었다.

"그게, 전부터 준서를 알고 있었어요. 단지 열렬한 팬으로요. 그렇기
때문에 오토바이 레이싱을 하려고 결정했을 때 준서가 있는 준 레이싱
팀에 입단하기로 결정한 거죠. 준서와 친구가 된 건 준 레이싱팀에 입
단하고부터예요. 그때가 대학 졸업하고 센터를 차린 해인 24살 때였죠.
팀에 입단 문의를 했을 때 준서와 면담을 나누었어요. 그날 면담 자리에
서 전국 대학생 자작 자동차 경주대회에서 드라이버로 우승했던 경험
을 그래도 조금 인정받아 250클래스가 아닌 SS600 미들클래스에서부터
뛸 수 있는 테스트 기회를 얻었죠."

그렇군요 하듯이 고개를 천천히 끄덕인 봄이가 갑자기 민망한 듯 멋
쩍은 미소를 지으며 살짝 울먹거리는 목소리로 말했다.

"어머, 나 이거 어쩜 좋아. 석현 선수, 어서 식사하세요. 장례식장에
조문 와서도 기자의 본능이 여지없이 작동되네요."

어쩔 줄 몰라 하는 봄이가 귀엽다는 듯이 입가에 미소를 지은 석현은
고개를 한 차례 가로젓고서 "괜찮아요." 하고 말했다.

준서의 영혼을 위해 하나님께 드리는 발인예배는 오전 6시에 개회되
었다. 영안실 안에 엄숙한 분위기가 감도는 가운데 장례식 첫날부터 계
속 함께하고 있는 담임목사가 유가족들과 교회 사모, 교인들, 조문객들
이 함께 드리는 발인예배를 인도했다. 담임목사는 유가족들에게 깊은
위로를 담은 설교를 전했다. 설교를 마친 담임목사는 오른손으로 받쳐
쥐어 허리 옆에 들고 있던 성경책을 두 손으로 들고 펼치며 찬송가 493

장을 함께 부르겠다고 했다. 발인예배 참가자들은 교회에서 미리 나눠 준 성경책을 펴고 493장을 찾아 다 함께 찬송가 〈하늘가는 밝은 길이〉를 가사마다 마음을 담아 차분히 불렀다. 이어서 담임목사가 준서의 영혼과 슬픔에 힘든 유가족들을 위해 하나님께 기도를 드렸고 발인예배는 폐회되었다. 그럼으로써 장례식장에서 3일간 진행된 모든 절차는 끝났다. 이제는 고인을 모시고 화장터로 이동할 시간이다. 또 한 번의 이별의 순간이 기다리고 있는 것이다. 석현은 준서 아버지가 재차 부탁한 뜻에 따라 겸손히 흰색 장갑을 한 손에 한쪽씩 두 손에 끼고 영정 사진을 품에 안아 들었다. 마찬가지로 흰색 장갑을 양쪽 손에 낀 준서의 친구들은 양옆으로 세 명씩 관을 나누어 들고 석현을 뒤따라 걷다가 검은색 제복 차림인 운구차 운전기사의 안내에 따라 관을 블랙리무진 운구차의 관실 안에 조심스럽게 실었다.

준서의 관을 실은 운구차와 장례식장 버스 그 뒤로 조문객들 차량이 모두 헤드라이트와 비상등을 켜고 일렬로 늘어서서 한 시간 남짓 사진처럼 풍경이 멈춰진 도로를 달리다가 화장터에 도착했다. 스물일곱, 짧지만 불꽃 같은 열정으로 가득했던 청춘, 그 인생 여정의 마지막 페이지가 이렇게 넘겨지면서 이 세상에 써 내려가던 또 하나의 아름다운 이야기는 긴 여운을 남기며 엔딩을 향해 가고 있다.

적막감 속에 째깍째깍 초침 소리를 점점이 뒤로하며 흐르던 대기 시간이 지나자, 한지수의가 정성스럽게 입혀진 준서의 시신은 화구 속으로 들어갔다. 그는 하늘로 발사되는 로켓 엔진에서 쏟아져 나오는 화염 같은 뜨거운 불길 속에서 차차 소멸되어 가다가 눈같이 하얀 가루로 남겨졌다. 대한민국 최고의 오토바이 레이서 서준서는 그렇게 세상을 완전히 떠나갔다.

준서의 유골함은 대전시 외각에 위치한 하늘추모공원에 안치되었다. 장례의 모든 일정이 마무리되고 추모공원 주차장에서 조문객들이 유가족들에게 다시 한번 위로를 전하며 헤어짐의 인사를 나눌 때에 석현은 조금 떨어진 곳에 서서 그 모습을 가만히 지켜보았다. 그는 추모공원에 오기 전 들렀던 장례식장에서 준서 아버지가 대여해 줘서 입고 있었던 검은색 정장을 반납하고 지금은 상단 빨간색에 하단 하늘색인 준 레이싱팀 반팔 레이싱 남방과 진청 엔지니어진을 입고 있다. 신발은 일본에서부터 지금까지 줄곧 신고 있는 운동화다.

준서 아버지가 덕진을 마지막으로 조문객들과의 인사를 다 마치자 기다리고 있던 석현이 걸음을 옮겼다. 그는 걸어와 준서 아버지 앞에 서며 인사를 드렸다.

"아버지, 많이 힘드셨죠."

입가에 옅은 미소를 지은 준서 아버지는 지난 시간 참담함으로 아들의 시신을 수습해야만 했던 일본에서부터 장례식 일정의 마지막 순서까지 함께해 준 석현을 애틋하고 기특한 눈으로 바라보았다. 그러다가 메말라 터진 입술을 떼어서 갈라진 음성으로 말했다.

"너 말이야 석현아, 가끔씩 우리 집에 밥 먹으로 와라. 아버지도 시내 나갈 일 있으면 밑반찬이라도 좀 싸가지고 너 하는 오토바이 가게에 들를 테니까. 아버지는 석현이 너를 보고 있으면 마치 우리 준서를 보고 있는 것 같은 그런 비슷한 느낌이 든다."

입가에 옅은 미소를 지으며 "그러셔요. 아버지." 하고 말한 석현은 눈물을 참으려는 듯 눈가에 살며시 힘을 주고 "네. 아버지 알겠습니다." 하고서 허리를 정중히 숙였다가 들었다. 그렇게 준서 아버지에게 인사를 드리고 오른쪽 옆으로 몇 걸음 걸어가 아직 상복을 입고 있는 준서의 어머니와 누나에게도 인사를 드렸다. 준서 어머니는 두 손으로 석현의 오른손을 감싸 잡고 말없이 눈물을 글썽였다. 석현은 잠시 동안 그렇게 서 있었다. 준서 어머니가 잡았던 손을 놓고 덕진에게 걸어가자 석현은 오른쪽으로 몸을 돌려 준서 누나를 쳐다보면서 "누나, 힘내셔야 해요." 하고 말했다. 그 말에 애써 미소를 지어 보인 준서 누나는 "고맙다." 하고 말하고서 한 걸음 더 가까이 다가가 석현을 살며시 안아 주었다.

모두가 떠난 추모공원, 석현이 포터 조수석에 올라타 조수석 문짝을 닫자 덕진은 1단 기어를 넣고 액셀러레이터 페달을 밟으며 주차칸에서 나와 핸들을 오른쪽으로 틀며 반회전하다가 그대로 직진해 정문을 통과해서 추모공원을 나갔다.

추모공원에서 나온 후 아직 비포장 시골길을 달리는 덕진의 포터 적재함에는 준서의 사고 난 레이싱 오토바이를 담은 우드케이스가 그대로 실려 있다. 준서 아버지가 아들의 유품과도 같은 레이싱 오토바이를 석현에게 맡아 달라고 부탁했기 때문이다.

잠깐 사이, 비포장 시골길 주변 풍경은 담갈색으로 물들어 있다. 말없이 운전을 하던 덕진이 고개를 왼쪽으로 돌려 밭일하는 마을 주민들을 쳐다보고 고개를 바로 하면서 기어를 3단에서 4단으로 넣으며 문득 석현에게 물었다.

"준서 레이싱 오토바이 말이야, 어떻게 할 생각이야?"

석현은 조수석 창밖에 머물던 시선을 돌려서 앞을 보며 "피치 못할 사정이 없는 한 언제까지나 가게에 보관해 놓아야겠지." 하고 대답했다.

석현은 덕진과 함께 자신의 가게인 대전 자양동 제일 오토바이 센터에 포터 적재함에 싣고 있던 우드케이스를 내렸다. 그는 50리터 하이킹 배낭도 적재함에서 내리고 나서 덕진에게 시간이 이르긴 하지만 미리 저녁 식사를 하자고 권했다. 덕진은 흔쾌히 좋다고 했고 제일 오토바이 센터 정비기사 건이는 전화로 배달 식사를 주문했다. 덕진은 석현, 건이와 중식당 팔각반점에서 배달해 온 짬뽕 곱빼기로 식사를 한 뒤 서둘러 서울로 올라갔다. 정비기사 건이는 27살로 퀵서비스를 하며 제일 오토바이 센터 단골손님이 되었다가 작년 가을부터 석현과 함께 일하고 있다. 살아오면서 특별한 꿈이 없던 건이는 동갑 친구 석현을 만나면서 꿈이 생겼다. 그는 석현처럼 정비기술이 뛰어난 오토바이 센터 사장이 되는 것을 목표로 제일 오토바이 센터에서 열심히 일하며 열정적으로 정비를 배우고 있다.

3

라이더스

오후 5시 5분, 7월의 마지막 날 월요일이다. 제일 오토바이 센터는 단층 단독 건물이다. 출입문을 활짝 열어 놓은 제일 오토바이 센터 안으로 헤드라이트 빛같이 직선으로 뻗은 투명한 저녁 햇살이 깊숙이 들어와 유압식 정비리프트를 포근하게 덮었다. 바닥에서 1미터 20센티쯤 상승해 있는 유압식 정비리프트에는 앞 타이어가 고정 프레셔로 압축된 125cc 스쿠터가 세워져 있다. 검은색 스쿠터 정면 프런트 커버에는 '25시 출장 열쇠'라는 가게명 흰색 글자 스티커와 흰색 핸드폰 번호 스티커가 상하 두 줄로 부착되어 있다. 회색 반팔 티셔츠에 파란색 멜빵 일체형 정비복을 입은 건이는 이 스쿠터 좌측 옆면 앞에 서서 엔진오일 교환 작업을 하고 있다. 스쿠터 양쪽 사이드 커버와 분리하기 까다로운 머플러를 탈착한 건이는 바퀴가 달린 공구 박스에서 집어 든 소켓렌치에 6각 12미리 소켓을 꼽아서 엔진 하부 드레인 볼트에 맞춰 끼웠다. 건이가 소켓렌치를 쥔 오른손에 막 힘을 주려는데 멜빵 일체형 정비복 바지 주머니 속에서 전화벨이 울렸다. 헤르쯔 아날로그의 노래 〈내겐 그대만 있으면 돼요〉. 건이와 지아의 100일 날 지아가 건이에게 라이브로 불러 준 노래다. 그때부터 건이는 이 노래를 지아의 지정 전화벨로 설정했다. 건이는 키 187센티에 몸무게가 95키로로 몸이 헬스장에서 다져진 근육질이다. 그런 건이의 24살 여자 친구 지아는 마른 체형에 키가 172센티로 석현과 키가 똑같다. 그녀는 친오빠가 운영하는 대전 은행동 기타 전문 악기점에서 A/S 직원으로 근무하고 있다. 기타 연주와 기타 수리가 몹시 능숙한 그녀는 싱어송라이터를 직업으로 꿈꾸는데, 주말 밤에는 은행동 문화의 거리에서 직접 어쿠스틱 기타를 연주하면서 노래하는 버스킹 공연을 하고 있다. 가끔씩 서울로 진출해 신촌, 홍대에서 버스킹 공연을 할 때도 있다.

드레인 볼트를 푼 건이가 오일받이통에 주르륵 떨어지는 검정갈색 폐오일을 눈으로 확인하고 소켓렌치를 정비리프트에 내려놓았다. 그러면서 기름 묻은 목장갑을 벗어 왼손에 모아 쥐고 멜빵 일체형 정비복 바지 오른쪽 앞주머니에서 스마트폰을 꺼내 통화 버튼을 눌렀다. 전화가 연결된 스마트폰을 오른쪽 귀에 대고 "어, 지아야." 하고 말하는 건이의 맞은편, 유압식 정비리프트 건너 2미터 앞쪽 벽에는 5단 조립식 앵글 선반 6개가 옆으로 나란히 벽면에 붙어 있다. 가게 양문 강화도어 출입문을 열고 안으로 들어왔을 때, 우측 벽 구석에서부터 부품창고 외여닫이문 직전까지 나란히 옆으로 빈틈없이 밀착해 있는 것이다. 5단 조립식 앵글 선반 6개는 전기 해머 드릴을 써서 나사를 박은 벽면 전용 클램프로 고정되어 있다. 출입문 쪽 2개의 조립식 앵글 선반에는 1리터 엔진 오일들이 100% 합성유, 70% 합성유, 50% 합성유, 일반 광유별로 가지런히 정리되어 있다. 가운데 2개의 조립식 앵글 선반에는 저렴한 가격의 오토바이 헬멧들이 종류별로 실속 있게 진열되어 있다. 부품창고 외여닫이문 쪽 2개의 조립식 앵글 선반에는 오토바이 관련 다양한 액세서

리가 수북하게 진열되어 있다. 이 2개의 조립식 앵글 선반 앞쪽 기둥 4개에는 기둥 구멍마다 건 S고리에 매달린 오토바이 관련 패션스티커가 줄줄이 진열되어 있다. 한참 지아와 통화를 하고 있는 건이의 등 뒤쪽으로 8평쯤의 정비실 공간을 지나 마주하는 벽면에는 판매용 중고 오토바이 5대가 정비실 공간에서 보았을 때 헤드라이트가 유압식 정비리프트를 보게 해서 옆으로 나란히 줄지어 세워져 있다. 헤드라이트가 정면으로 보이는 판매용 중고 오토바이들 우측 바로 옆에는 석현의 레이싱 오토바이 YZF-R6가 세워져 있고 그 우측 바로 옆으로는 준서의 파손된 레이싱 오토바이 YZF-R1이 세워져 있다. 석현의 레이싱 오토바이 프런트 커버에는 헤드라이트 없이 선수 번호만 붙어 있다. 준서의 레이싱 오토바이 프런트 커버에는 선수 번호와 함께 8시간 내구레이스 후반 야간주행을 위한 외눈박이 헤드라이트가 붙어 있다. 이 2대의 레이싱 오토바이 앞 타이어와 뒤 타이어가 바닥에서 15센티쯤 떠 있는 것은 앞 타이어 정비 거치대와 뒤 타이어 정비 거치대로 받쳐져 있기 때문이다. 준서의 레이싱 오토바이 우측으로는 한 사람 들어가고 나오는 공간을 사이에 두고 2개의 3인 가죽소파와 1개의 소파테이블이 가로로 배치되어 있다. 소파는 두부색이고 소파테이블은 검은색인데 직사각형의 소파테이블을 가운데 두고 2개의 3인 소파가 벽면 쪽 자리와 벽면 맞은편 쪽 자리로 해서 서로 마주 보게 놓여 있는 것이다. 소파테이블 세트 우측으로는 한 사람 들어가고 나오는 공간을 사이에 두고 사무용 책상이 벽 구석진 자리에 배치되어 있다. 사무용 책상 가죽 회전의자가 벽면 3인 소파처럼 벽을 등지며 놓여 있고 사무용 책상은 옆면이 가게 뒤쪽 벽면에 밀착해 있는 것이다. 벽면 3인 소파에 앉아 있는 사람은 50대 중반 남자인데 그는 건이가 정비 중인 스쿠터 주인이다. 소파 가운데 자리에 넓게 앉아 있는 남자의 머리 위쪽으로 흰색 페인트 벽면에는 액자가 한 개 걸려 있다. 가로세로 50센티의 액자 속 화선지에는 '중단 없이 꾸준히 노력하는 자에게 승리의 기쁨이 있다.'는 박정희 대통령 명언이 일필휘지의 붓글씨로 쓰여 있다. 소파테이블에는 오토바이 하프페이스 헬멧과 1.5리터 사이다 페트병, 사용한 종이컵 5개가 불규칙적으로 놓여 있다. 사무용 책상 맞은편에는 검은색 2칸 미니신발장이 가게 뒤쪽 벽면에 키 재듯 붙어 있고 그 오른쪽 옆으로 반쯤 열려 있는 방문 아래에는 기름때 묻은 운동화 한 켤레가 원목발판에 놓여 있다. 소파에 앉아 있는 손님이 종이컵으로 사이다를 한 잔 더 마시는데 문이 반쯤 열려 있는 방 안에서 석현이 종이 띠에 묶인 천 원권 지폐 한 뭉치를 들고 방 밖으로 나오며 벗어 놓았던 운동화를 신었다. 석현은 사무용 책상 안으로 바삐 들어가서 지폐뭉치의 종이 띠를 떼고 거스름돈만 남기고서 카운터 금고 서랍을 열어 나머지를 서랍 천 원권 칸에 넣었다. 카운터 금고 서랍을 닫은 석현은 사무용 책상 밖으로 나와 벽면 소파에 앉아 있는 손님에게 거스름돈을 건네며 맞은편 소파 가운데 자리에 앉았다. 석현의 등 뒤 왼쪽 어깨 너머에 세워진 업소용 스탠드 선풍기는 손님이 앉은 곳으로 고정되어 바람을 불어 대고 있다. 아직 스쿠터 정비가 끝나지 않아 석현과 손님은 주고받던 대화를 계속 이어 갔다. 방금 전 석현이 나오면서 문을 닫지 않은 6평 크기의 방 안으로 가장 먼저 보이는 것은 평수에 비해 큰 창문이다. 크기만큼 채광이 좋아서 방 안은 저녁 햇빛으로 풍요롭다. 창문 오른쪽 옆으로는 벽시계가 천장 바로 밑에 걸려 있고 그 아래쪽으로는 가스레인지가 놓인 원룸 싱크대가 있다. 싱크대 오른쪽 옆에는 120리터 냉장고가 있고 그 위로는 벽걸이 에어컨이 있다. 에어컨과 냉장고를 오른쪽 옆으로 지나면서 벽 구석을 따라 90도 꺾여 이어지는 벽면에 스텐 반투명 유리문은 욕실 겸 화장실 문이다. 스텐 반투명 유리문 오른쪽 2미터쯤 옆으로는 6단 플라스틱 서랍장이 있는데 그 위에는 고풍스러운 느낌의 목재 트랜지스터 라디오가 놓여 있다. 6단 플라스틱 서랍장을 등지고 앞으로 걸어가 좌측에 여전히 열려 있는 방문을 지나 이어진 벽면 앞에는 옷들이 빽빽하게 걸린 고정식 2단 봉스탠드 옷걸이가 서 있고 그 옆으로 벽 구석에는 침대가 놓여 있다. 하루를 마치고 밤에 취침하려고 누우면 창문으로 밤하늘의 천사들이 보이는 자리다.

석현이 손님과 마주 보고 앉아 이런저런 대화를 나누는 사이 건이가 스쿠터 엔진오일 교환 작업을 마쳤다. 유압식 정비리프트 앞부분으로 간 건이는 오른손으로 유선 리모컨을 들고 하강 버튼을 눌렀다. 작동하기 시작한 유압식 정비리프트는 천천히 하강하다가 바닥에 다 내려와서 멈춰 섰다. 유선 리모컨을 거치대에 걸친 건이는 앞 타이어 고정 프레셔 레버를 빙글 돌려 압축을 살짝 풀고 몇 걸음 걸어가 스쿠터 좌측 옆면 앞에 섰다. 건이는 두 손에 낀 목장갑을 벗어서 멜빵 일체형 정비복 바지 왼쪽 뒷주머니에 넣었다. 그리고는 깨끗한 두 손으로 스쿠터 양쪽 핸들을 잡고 스쿠터를 뒤로 밀어 유압식 정비리프트에서 내려간 뒤 계속해서 후진하여 센터 밖으로 나갔다. 계속 후진하면서 핸들을 오른쪽으로 꺾어 스쿠터를 방향 전환한 건이는 가볍게 앞브레이크 레버를 잡았다. 스쿠터가 멈췄다. 건이는 앞으로 걸으며 스쿠터를 곧장 밀고 나갔다. 그러다 시멘트 경사대를 타고 인도에서 도로로 내려갔다. 인도 바깥쪽 가장자리에도 판매용 중고 오토바이 8대가 세워져 있다. 8대 모두 헤드라이트 방향은 도로 쪽이다. 건이가 도로 가장자리에 스쿠터를 멈추고 킥사이드 받침대를 펴서 세우자 가게 소파에 앉아 있는 손님이 소파테이블에 놓은 하프페이스 헬멧을 오른손으로 들고 소파에서 일어섰다. 뒤따라 일어선 석현은 "사장님, 그럼 들어가셔요." 하며 고개를 숙여 인사하고는 "그 모터보트 중고엔진은 조만간 가지고 올 수 있을 거예요. 가지고 오는 대로 최대한 빨리 엔진 수리하고 연락드릴게요." 하고 덧붙여 말했다. 만족스런 얼굴의 손님은 석현을 신뢰한다는 듯이 고개를 크게 끄덕였다. 그리고는 소파와 테이블 사이를 빠져나와 우측 옆에 준서의 레이싱 오토바이를 지나 앞쪽으로 걸어가서 열려 있는 출입문 밖으로 나갔다. 손님은 인도를 가로질러 걷다가 도로로 내려간 뒤 하프페이스 헬멧을 썼다. 헬멧을 착용한 손님이 스쿠터 운전석 시트에 앉자 건이는 고개를 꾸벅 숙이며 "사장님, 안녕히 가셔요." 하고 인사를 한 뒤 인도로 올라와 성큼성큼 걸어 센터로 들어왔다. 석현이 일어선 자리에 그대로 서서 종이컵에 가득 따른 사이다를 마시는데 건이가 난감하다는 듯이 눈가를 찡그리며 석현의 등에 대고 말했다.

"석현아, 어떡하지? 나 있다가 만수 생일파티에 못 가겠는데. 지아가 오늘 밤 신촌에서 걔네 협회 합동 버스킹 공연을 한다고 연락이 와서. 뭐, 갑자기 일정이 잡혔다나. 그래서 나 지금 얼른 집에 들어가서 내 차 끌고 지아 태우고 서울에 올라가 봐야겠는데."

건이를 마주 보며 서 있는 석현이 말했다.

"그래, 알았어. 건이야, 잘 다녀와."

"너도 생일파티 잘 다녀와." 하고 건이가 말했다. 고개를 끄덕인 석현은 종이컵을 입에 대고 남은 사이다를 마저 들이켰다.

석현을 태운 택시가 어둠이 내려앉기 시작한 삼성동 하천길 상가 건물 앞에 정차했다. 건물 1층 출입문 위에는 백색 조명으로 불 켜진 '라이더스 퀵서비스' 간판이 걸려 있다. 오토바이 소형화물 신속배달 전문

업체 라이더스 퀵서비스는 개업한 지 3개월 된 영세업체로 27살 만수가 사장이고 25살 동갑내기 대식과 규식이 직원인데 이 셋은 4개월 전에 폐업한 아우토반 퀵서비스에서 함께 일하던 직원들이다. 라이더스 퀵서비스는 개업일로부터 제일 오토바이 센터와 업무제휴를 맺고서 배달 오토바이 수리비를 제일 오토바이 센터 외상장부에 기재했다가 월말에 합산 결제한다. 하지만 지난달에는 라이더스 퀵서비스의 배달 실적이 저조했기 때문에 대식과 규식은 일단 그달 수리비를 절반쯤만 결제해 놓은 실정이다.

요금을 지불하고 택시에서 내린 석현이 우측 뒷좌석 문짝을 닫고서 인도로 올라섰다. 정차했던 택시는 비상등을 끄고 곧바로 출발했다. 왼손에 3호 케이크 상자를 들고 있는 석현은 인디핑크색 반팔 남방에 블랙진을 입고 라이트그레이 런닝화를 신고 있다. 그는 인도 가장자리에 세워져 있는 만수와 대식과 규식의 배달 오토바이 혼다 CBR125R 3대를 힐끔 쳐다보고 손목시계를 들여다보았다. 6시 44분. 7시인 약속 시간 보다 16분 일찍 도착했다. 그런데도 카톡 메시지 도착 알림음이 들려왔다. 석현은 바지 오른쪽 앞주머니에서 스마트폰을 꺼내 메시지를 확인했다.

「석현 형 언제 오세요?」

규식이다.

「도착했어. 지금 들어갈게.」

답장을 보낸 석현은 스마트폰을 바지 오른쪽 앞주머니에 넣고 곧장 걸어가 은색 페인트 칠이 된 철문 손잡이를 잡아 돌려 문을 열고 라이더스 퀵서비스 사무실 안으로 들어갔다. 들어가 문을 닫고 돌아서자 흰색 반팔 와이셔츠에 검은색 퀵서비스 조끼를 껴입고 파란색 정장 바지를 입은 만수가 슬리퍼 신은 발로 석현에게 성큼성큼 걸어왔다. 그는 세상 둘도 없는 반가운 사람을 만난 듯 확실하게 활짝 웃으며 두 팔을 크게 벌리면서 석현을 반겼다.

"이야! 이 사장님이 오셨구나."

"생일 축하드려요." 하고 인사한 석현은 케이크 상자를 건넸다. 만수는 방금 전까진 미처 못 보았다는 듯이 이내 깜짝 놀란 얼굴을 하고 케이크 상자를 두 손으로 받으며 "아이고, 뭐 이런 거까지." 하면서 활짝 웃은 뒤 비서처럼 뒤에 서 있는 규식에게 받은 케이크 상자를 넘겨주었다. 검은색 반팔 티셔츠에 흰색 삼선의 검은색 추리닝 바지를 입은 규식은 오른쪽으로 몸을 돌려 걸어가다가 소파테이블과 우측의 3인 소파 사이로 들어가 소파 가운데 자리에 앉았다. 소파테이블은 검은색이고 마주 보는 2개의 3인 소파는 귤색이다. 규식은 소파테이블에 내려놓은 케이크 상자의 입구스티커를 떼고 입구걸이를 풀고서 입구를 열어 과일들이 촘촘히 얹어진 생크림 케이크를 빼냈다. 규식의 오른쪽으로 고객콜 전화기가 2대 놓인 사장 책상은 U 자형 회의실 좌석 배치 구조가 만들어지게끔 책상 앞면이 소파테이블 세트에 밀착해 있다. 사장 책상의 가죽 회전의자에 앉아 있는 대식이 왼손에 쥔 중식당 팔각반점 자석 메뉴 스티커를 들여다보며 만수에게 물었다.

"만수 형, 진짜 먹고 싶은 거 다 시켜도 돼요?"

눈이 반짝이는 만수는 한껏 너그러운 미소를 지으며 "물론이지." 하고 말했다. 빨간색 긴팔 티셔츠에 퀵서비스 조끼를 입고 군청색 조거팬츠 카고바지를 입고 있는 대식은 규식의 맞은편 3인 소파에 앉는 석현에게 고개를 돌렸다. 그리고는 왼손에 쥔 자석 메뉴 스티커를 들어 올리며 기대에 찬 목소리로 물었다.

"석현 형, 해병대 형네 팔각반점에 시킬 건데 형이 들으신 대로 뭐든지 다 시켜도 된대요. 뭐 드시고 싶으세요?"

소파에 앉은 석현은 허리를 곧게 세우더니 팔짱을 끼고 고개를 갸우뚱거리다가 입을 뗐다.

"난 짬뽕이지."

"짬뽕…"

"응. 부대찌개 짬뽕."

"형, 요리는요?"

석현과 대식, 만수와 규식은 양쪽 3인 소파에 두 사람씩 마주 보고 앉아 각자 곱빼기 부대찌개 짬뽕을 먹으면서 거기에 난자완스, 찹쌀탕수육, 군만두, 생크림 케이크를 곁들여 먹고 있다. 군만두 2접시는 배달을 왔던 35살의 중식당 사장 해병대 형이 서비스로 준 것이다. 서로 친하기 때문에 서비스 군만두는 두 접시다.

모두 한참 맛있게 식사를 하고 있는 가운데 석현이 군만두를 질퍽한 탕수육 소스에 푸욱 담갔다가 꺼내서 한입에 입안으로 넣었다. 그때 스마트폰 전화벨이 울렸다. 벨소리는 영국 브릿팝 록밴드 오아시스의 〈돈 룩 백 인 앵거〉. 〈배철수의 음악캠프〉 애청자인 대식의 스마트폰이다. 사무실 출입문을 등지는 쪽 3인 소파에 석현과 같이 앉아 있는 대식은 나무젓가락을 면이 반쯤 남은 짬뽕 그릇에 담갔다. 그는 오른손을 바지 오른쪽 뒷주머니에 넣어서 전화벨이 울리고 있는 스마트폰을 꺼내 발신자를 확인했다. '아이씨!' 하고 짜증 낸 대식은 상한 우유 마신 듯 얼굴을 일그러트리더니 한숨까지 길게 내쉬고 통화 버튼을 눌러 전화를 받았다. 입에 욱여넣은 군만두를 우적우적 먹던 석현이 왼쪽으로 고개를 돌려서 대식을 힐끔 쳐다보았다. 잔뜩 기가 죽은 대식은 스마트폰을 쥔 오른손을 떨기까지 하며 무슨 말인가를 하다가 못내 서러운지 결국 눈물을 왈칵 쏟고는 억울하다면서 울먹거리며 "나 그 돈 못 갚아요." 하고 떨리는 목소리로 말했다. 석현은 그런 대식을 쳐다보며 입안에서 1차 분쇄된 군만두를 목 안으로 빠르게 삼켰다. 근심스런 표정의 만수는 젓가락질을 멈추고 고개를 오른쪽으로 돌려 옆에 앉아 있는 규식을 쳐다보며 뭐야? 하듯이 턱을 살짝 들어 올렸다. 눈가가 축 처져 있던 규식은 이내 짜증 난다는 듯이 한숨을 내쉬고 조곤조곤 말했다.

"왜, 걔 있잖아요. 화란이, 대식이랑 사귀었던 그 쌍년이요. 걔가 요즘 신탄진에 티켓다방 개업한 30살 양아치하고 새로 사귀고 있는데 그 자식이 신탄진에서 소문난 악질이래요. 키는 170인데 몸무게가 120킬로가 넘는대요. 별명이 이빨이라나. 암튼, 전에 화란이가 대식이한테 해준 돈 20만 원이 있는데 이빨한테 이 돈을 받아 달라고 저 지랄을 하는 거예요. 대식이는 그 20만 원이 빌린 돈이 아니고 자기 명의로 개통한 화란이의 밀린 핸드폰 요금을 낸 돈이래요."

순간 얼굴이 시뻘개진 만수가 소파테이블에 나무젓가락을 소리 나게 세게 내려놓고 격분해 소리쳤다.

"아니, 뭐어? 어디 이런 쌍년이 다 있어! 야 대식이, 전화 이리 줘 봐!"

많이 지친 얼굴의 대식이 곧바로 만수에게 스마트폰을 넘겨주었다. 그러는 사이 나무젓가락으로 짬뽕 면발을 최대한 집어 올린 석현은 스마트폰을 귀에 대는 만수를 슬쩍 쳐다보고 서둘러 면발을 입안에 쑤셔 넣었다. 그와 동시에 만수가 터지기 직전 폭탄처럼 진짜 새빨개진 얼굴로 불을 뿜듯 엄청나게 소리쳤다.

"야 너 이 새끼! 나 대식이 선밴데 어디서 개수작을 부리는 거야. 뭐? 겁대가리! 이 자식이 어디서… 여기? 여기! 삼성동 라이더스 퀵서비스다. 그래 와! 기다리고 있을 테니까 당장 와! 주소? 스마트폰 검색해, 인마!"

통화를 마친 만수가 격앙된 얼굴로 앉은자리에서 벌떡 일어났다. 그는 손에 든 대식의 스마트폰을 사무실 바닥에 던져 버리려고 하다가 "안 돼!" 하고 비명 지르듯이 소리친 대식을 보고는 분을 삼키고 도로 소파에 앉았다. 대식의 스마트폰은 아직 할부가 22개월 남아 있다.

17명의 양아치 패거리들을 대동한 이빨은 정확히 20분 만에 라이더스 퀵서비스 사무실 철문을 박차고 융단폭격하듯 갖은 욕지거리를 내뱉으며 사무실 안으로 몰려들어 왔다. 20분, 퀵서비스요금 기본 1만 원 거리인 신탄진에서 삼성동까지 이동하는 데 소요되는 평균시간을 미친 듯이 앞당긴 기록이다. 기세등등했던 만수는 이빨과 그의 패거리들이 사무실 안으로 몰려 들어오는 순간 전의를 상실했다. 사장 책상 가죽 회전의자에 등을 푹 파묻고 앉아 있는 석현은 고개를 왼쪽으로 돌리고 쓴 웃음을 지었다. 빅사이즈 은색 반팔 티셔츠에 검은색 역삼각형 정장 바지의 이빨은 좌측 소파 쪽으로 저벅저벅 걸어왔다. 좌측 소파에 앉아 고개를 오른쪽으로 돌려 이빨을 쳐다보던 대식의 얼굴은 하얀 종이가 되었다. 이빨은 걸으면서 바닥에 침을 '퉤!' 뱉고 대식을 노려보며 오른손 둘째손가락으로 맞은편 우측 소파를 가리켰다. 좌측 소파에 앉아 있는 대식은 용수철 튀듯 벌떡 일어나 등을 잔뜩 굽힌 채 우측 소파로 걸어가 방금 전 옆으로 자리를 한 칸 이동한 만수 왼쪽에 앉았다. 만수 오른쪽에는 규식이 앉아 있다. 이빨은 대식이 앉았던 소파 가운데 자리에 털썩 앉았다. 그리고는 검은색 구두를 신은 오른발을 들어 숨을 크게 들이마시면서 다리를 꼬아 앉는 데 성공한다. 흡족한 미소를 지은 이빨은 왼손에 쥐고 있는 담뱃갑에서 담배 한 개비를 꺼내 입에 물고 빈 담뱃갑을 오른손으로 구겨서 다 먹은 음식 그릇들이 놓인 테이블에 툭 던졌다. 패거리 중 한 명이 이빨에게 가까이 다가와서 두 손을 모아 쥔 투명가스라이터를 켜 담배에 불을 붙여 주고 황급히 제자리로 돌아갔다. 이빨은 피곤해 보이는 얼굴을 하고 담배 연기를 깊이 빨아들였다가 길게 내뱉었다. 그런 이빨의 맞은편 소파에 나란히 앉아 있는 규식과 만수와 대식은 죄인처럼 고개를 푹 숙이고 있다. 이빨 주변을 둘러싼 패거리 17명은 단체 열중쉬어 자세를 취하고서 흥겹게 히죽히죽 웃고 있다. 보니까 다들 20대 초반인데 양아치 패션쇼라도 여는 듯 서로가 개성 넘치는 독특한 디자인의 반팔 티셔츠를 입고 있다. 바지는 단체로 검은색 역삼각형 정장 바지다.

살이 쪄서 거의 사라진 짧은 목에 24K 금목걸이를 한 이빨은 담배 연기를 뻑뻑 빨아대다가 단무지가 반쯤 남은 반찬 그릇에 담뱃재를 툭툭 털었다. 18K 금반지를 낀 이빨의 오른손 가운데손가락에는 염소 머리 마귀 문신이 새겨져 있다. 이빨 패거리들이 들이닥치기 전에 식사를 끝낸 석현은 지금 이 자리를 피할 수도 있었다. 그러나 자신을 향한 만수와 규식, 대식의 애절한 눈빛에 그는 차마 돌아갈 수가 없었다. 그래서 명분이 없는 현 상황을 그저 관망하고 있는 것이다. 이빨이 심각한 표정으로 담배 연기를 목 속 깊숙하게 빨아들였다가 내뱉고서 귀신같은 눈으로 대식과 규식을 번갈아 쳐다보더니 드디어 입을 열어 말하기를 시작했다.

"어이 귀여운 친구들, 너희 찌질이 중에서 우리 화란이 돈 갚아야 되는 놈이 누구여?"

잔뜩 겁먹은 대식이 눈을 들어 이빨을 쳐다보았다. 이빨이 한심스럽다는 듯이 대식을 보며 낄낄 웃다가 갑자기 호통을 쳤다.

"야, 이 더러운 새꺄! 사내새끼가 여자 등이나 처먹으면서 추잡스럽게 살고 싶니. 딴말 필요 없이 내가 기회 줄 때 너 당장 20만 원 이 테이블에 올려놔! 지금 당장!"

"네에? 그건 좀…." 대식이 눈을 휘둥그레 뜨며 말했다. 이빨이 눈을 부라리며 소리쳐 말했다.

"없어? 그럼 만들어 와 이 쌍놈의 새꺄. 씨팔, 정 아니면 신체포기각서 써. 너, 에이 설마 단돈 20만 원 때문에 그럴까 하고 통박 굴리지? 새꺄, 난 진심이야. 나는 한다면 해. 너 이 새끼 대전 살면서 신탄진 이빨 못 들어 봤니? 나 이빨이야, 신탄진 이빨이라고오!"

이빨이 입가를 실룩거리며 패거리들에게 물었다.

"안 그러니, 애들아?"

"예, 그렇습니다. 형님!" 하고 패거리들은 점호시간의 병사들처럼 일사분란하게 차렷 자세로 전환하며 동시에 우렁찬 목소리로 대답했다. 대답을 마친 패거리들은 열중쉬어 자세로 돌아갔다. 규식이 눈을 슬며시 들어 이 광경을 지켜보다가 그만, 웃음을 터트릴 뻔했다. 아주 위험한 일이었다. 지금 분위기상 웃다가 처참하게 몰매를 맞을 수도 있기 때문이다. 그걸 알기에 규식은 다급히 숨을 멈추고 고개를 최대한 숙였다. 맹수에게 쫓기는 타조처럼 구멍에 머리를 박은 것이다. 그러나 규식의 볼은 개구리 볼처럼 이미 잔뜩 부풀어 있다. 이런 미친, 웃음이 터지기 일보 직전이다. 눈가에는 눈물이 고이기 시작했다. 사장 책상 가죽 회전의자에 앉아 있는 석현만이 긴장한 얼굴로 안전핀이 빠진 수류탄 같은 규식을 조마조마한 심정으로 지켜보고 있다. 그 가운데 이빨은 어쩌구저쩌구 일장연설을 시작했고 이마가 무릎에 닿게 고개를 완전히 숙인 규식인 경련이 오는지 얼굴을 부들부들 떨어댔다. 한계다. 가까스로 웃음을 참아 내며 식은땀을 흘리는 규식은 현실을 피하려고 하는지 얼굴을 오른쪽 옆으로 돌려 버렸다. 그 순간 규식과 석현의 눈이 정면으로 마주쳤다. 눈이 휘둥그레진 석현은 마음속으로 '안 돼 인마!' 하고 소리쳤다. 그 모습이 동전 크기만 한 규식의 시야에 포착되며 둑이 무너졌다. 규식은 온몸으로 미친 듯이 웃어재낀 뒤 다급히 두 손으로 입을 틀어막았다. 일순간 라이더스 퀵서비스 사무실은 정적에 잠겼다. 그간 경험한 적 없는 충격적인 비웃음에 정신이 혼미해진 이빨은 심한 모멸감을 느끼는지 가만히 두 눈을 감았다. 그러다가 단무지 그릇에 필터 가까이 타들어 간 담배를 비벼 끄고 마치 핵잠수함이 수면 위로 떠오르듯이 소파에서 육중한 몸을 일으켰다. "니들은 가만있어." 패거리들에게 낮게 깐 목소리로 명령한 이빨은 길게 뻗은 왼손으로 규식의 머리카락을 한 주먹 움켜잡고 그대로 소파에서 일으켜 세웠다. 그러면서 규식을 소파테이블 밖으로 끌고 나가 자신의 앞에 세웠다. 이빨은 머리카락을 움켜잡은 채 오른손 둘째손가락으로 규식의 이마를 콕콕 찍은 뒤 말했다.

"야, 용감한 청년, 관등성명 대 봐."

이빨의 왼손에 머리카락이 잡혀 고개가 오른쪽 옆으로 젖혀진 규식이 가냘픈 목소리로 "네?" 하고 물었다. 이빨은 말귀를 못 알아들어 짜증난다는 듯이 신경질적인 목소리로 소리쳤다.

"이름이 뭐냐고, 이 쌍놈의 새꺄!"

불에 댄 플라스틱 병처럼 어깨가 단번에 쪼그라진 규식은 염소 울음소리 같은 목소리로 "규… 규식이요." 하고 말했다. "그래, 브레이브 하트." 하고 중얼거린 이빨이 머리카락 잡은 왼손을 이리저리 흔들다 규식의 머리를 뒤로 밀치면서 손을 풀고 눈을 사납게 부릅뜨며 말했다.

"규식아, 웃기니? 지금 이 상황이 웃겨! 아, 씨발. 오늘 내 카리스마 산산조각 나네. 야, 규식이. 내가 우습게 보이냐?"

"아니요, 그게 아니…."

"아가리 닥쳐! 이 개샛꺄!" 욕지거리로 말을 잘라 버린 이빨은 금반지 낀 오른손으로 규식의 왼쪽 뺨을 후려쳤다. 거구의 뺨따귀에 규식의 얼굴은 단번에 오른쪽 옆으로 돌아갔다. 분이 풀리지 않는지 이빨은 연속해서 규식의 왼쪽 뺨을 후려쳤다. 살이 찔 대로 찐 이빨이 체중을 싣고 때린 뺨따귀를 연이어 얻어맞은 규식은 다리를 휘청거리며 오른쪽으로 옆걸음질을 쳤다. 그러자 이빨이 왼손을 뻗어 규식의 멱살을 잡고 그를 자신의 앞쪽으로 끌어다 놓았다. "엄살떨지 마, 새꺄." 하고 비아냥거린 이빨은 멱살 잡았던 왼손을 내리고 오른손 둘째손가락으로 규식의 입술을 문질러 입술에서 터져 나온 피를 손가락에 묻힌 뒤 지켜보고 있던 패거리들에게 보여 주었다. 이빨이 "토마토케첩 누가 맛볼래?" 하자 패거리들은 즐겁게 낄낄낄 웃었다. 그 사악한 짓거리에 결국 석현이 격분하며 가죽 회전의자에서 일어났다. "이 똥 같은 양아치 새끼야!" 하고 소리친 석현은 인간의 영역 밖에서나 가능할 믿기 힘든 속도로 책상을 밟고 공중으로 뛰어올라 소파에 앉아 있는 대식과 만수의 머리 위를 새처럼 날아갔다. 그러면서 이빨의 왼쪽 옆얼굴에 오른쪽 무릎 플라잉 니 킥을 통렬하게 작렬했다. 제대로 얻어맞아 눈이 돌아간 이빨은 '어억!' 하고 신음을 토해 내며 바닥에 나자빠졌고 석현은 그 옆에 영화배우처럼 멋지게 착지했다. 예상치 못한 상황에 이빨의 패거리들은 어안이 벙벙해 눈만 깜박거리는데 그사이 석현이 재빠르게 후속 공격을 가했다. 그는 길바닥에 패대기쳐진 황소개구리처럼 사무실 바닥에 쭉 뻗어 누워 있는 이빨의 배를 푹신하게 깔고 앉더니 소파테이블에 고춧가루통을 오른손으로 빠르고 정확하게 잡아채 와 왼손으로 뚜껑을 돌려 빼냈다. 용암을 뿜으며 폭발하는 화산 같은 석현은 부릅뜬 눈으로 크게 소리치며 말했다.

"여기서 몽땅 꺼져 버려, 이 쌩양아치 새끼들아! 이 왕두꺼비 눈깔에 고춧가루 확 발라 버리기 전에!"

몸이 뒤집어진 풍뎅이처럼 겨우 팔다리만 허우적대는 이빨이 자신의 배를 깔고 앉은 석현을 매섭게 노려보며 악을 쓰듯 소리쳤다.

"야! 니들 뭐해, 이 새끼 조져! 조지라고!"

그제야 패거리들이 저마다 욕지거리를 내뱉으며 사냥개 떼처럼 석현을 향해 달려들었다. 그야말로 숨 막히는 절체절명의 상황, 이제 어찌할 도리가 없는 이판사판. 뚜껑을 내던진 왼손으로 이빨의 앞머리카락을 움켜잡은 석현은 이빨의 머리통을 들어 올렸다가 뒤통수를 바닥에 '쿵!' 내려찍고 오른손에 잡은 고춧가루통을 아래로 기울여 살짝 혼수상태가 된 이빨의 눈에 고춧가루를 전부 쏟아부었다. '아악!' 이빨은 비명을 질렀고 석현은 빈 고춧가루통을 내던지면서 오른손 손바닥으로 고춧가루 덮인 이빨의 두 눈을 비벼 댔다. 이빨은 천장에 형광등이 깨질 정도로 송곳 같은 날카로운 고음의 비명을 질러 댔다. 석현은 날아드는 패거리들 구둣발에 걷어차이며 옆으로 나자빠지면서 소파테이블 가장자리에 오른쪽 옆머리를 부딪쳤다. 패거리 중 한 명이 소파테이블에서 가져온 1.5리터 콜라 페트병을 들고 이빨 옆에 쪼그려 앉아서 안에 든 얼음물을 고춧가루 범벅이 된 이빨의 눈에 쏟아부었다. 이빨은 두 손바닥으로 바닥을 미친 듯이 치며 "내 눈! 아 씨발 내 눈!"을 급박한 목소리로 외쳐 댔다. 석현은 절하듯 엎드린 상태에서 두 팔로 뒷머리에 X 자 방어 자세를 취한 채 패거리들의 구둣발에 연신 밟히고 걷어차이고 있다. 그 모습을 겁이 나 곁눈질로만 보고 있던 만수가 돌연 눈물 콧물을 흘리며 흐느껴 울더니 "야 이 개새끼들아!"를 외치며 자리에서 벌떡 일어섰다. 그는 이빨이 담배를 비벼 끈 단무지 그릇을 집어서 누워 지랄발광하고 있는 이빨의 이마에 표창처럼 날렸다. 살짝 커브를 돌며 날아간 단무지 그릇은 이빨의 이마에 정확히 맞고 바닥에 떨어졌다. 이빨은 '악!' 하고 짧게 외마디 비명을 지르며 뒷머리를 바닥에 또 찧었다. 패거리들은 석현에게 쏟아붓던 발길질을 멈추고 일제히 만수를 노려보았다. 만수는 전장의 뿔나팔처럼 우렁차게 소리쳐 말했다.

"이 쌩양아치 새끼들아, 내가 한때 대전 시라소니로 이름을 날렸던 윤만수다!"

만수는 시라소니처럼 겁 없이 패거리들에게 달려들어 사력을 다해 두 주먹을 휘둘러 댔다. 만수의 저돌적인 공격에 순간 격앙된 규식이 패거리들에게 달려들어 두 주먹을 휘둘러 대자 대식도 소파에서 일어나 패거리들에게 달려들어 두 주먹을 휘둘러댔다. 이빨의 눈에 얼음물을 붓던 패거리 한 명도 가세하여 좁은 공간에서 17대 3의 '퍽퍽!' 코피 터지는 치열한 난타전이 벌어졌다. 그 가운데 석현이 엎드렸던 상체를 일으켜 무릎을 꿇고 앉아 오른손 손등으로 코와 윗입술 사이를 문질러 코피를 슥 닦아 냈다. 그리고는 자리에서 일어섰다. 일어선 석현의 코에서 또다시 코피가 주르륵 흘러내렸다. 석현은 왼손 손등으로 코와 윗입술 사이를 한 번 더 문질러 코피를 슥 닦아 내고는 라이더스 퀵서비스의 파상공격에 점점 무너지기 시작하는 이빨 패거리들에게 이단옆차기를 날린 뒤 피 묻은 두 주먹을 엄청난 속도로 휘둘러 댔다. 먹이를 쫓는 표범처럼 거친 아스팔트에서 오토바이를 달리며 산전수전 다 겪은 4명의 라이더가 빡 돈 핏불테리어처럼 죽기 아니면 살기로 공격에 공격을 가하자 양아치 패거리들은 쪽수가 많음에도 불구하고 쫄았다. 양아치 패거리들은 슬금슬금 뒷걸음질을 치기 시작했다. 결정적인 장면에 등장하는 영웅이 되려는지 시간 맞춰 그릇을 수거하러 온 해병대 형이 문밖으로 들려오는 박 바가지 깨지는 소리에 철문을 벌컥 열어젖히고 사무실 안으로 들어왔다. 단골배달가게 동생들이 다수의 양아치패들과 패싸움을 벌이는 모습을 본 해병대 형은 제대 전 해병대원으로 돌아갔다. 해병대원은 먼저 본능적으로 알아차린 적의 수괴 이빨을 정조준했다. 얼굴이 고춧가루 범벅인 이빨은 바닥에 두 다리를 뻗고 앉아 오른손으로 움켜잡아 머리 위로 든 1.5리터 콜라 페트병 입구를 아래로 기울여 눈에 얼음물을 쪼르륵쪼르륵 붓고 있다. 해병대 형은 그런 이빨의 머리통에 철가방을 일격필살의 정신으로 내리꽂았다. 이빨의 머리통을 강타한 철가방은 벼락 치는 굉장한 소리를 내며 움푹 찌그러졌다. 그 순간 눈동자가 돌아간 이빨은 살짝 열린 입술 사이로 '끄으으으으.' 하는 기괴한 신음을 연기처럼 흘렸다. 그러면서 움켜잡고 있던 콜라 페트병을 바닥에 떨어트리고 정신을 잃고 쓰러지며 오른쪽 옆머리를 바닥에 부딪쳤다. 해병대 형은 여기서 멈추지 않았다. 자신에게 달려드는 패거리 한 명 한 명을 해병대 실전 격투 기술 무적도의 주먹지르기와 발차기, 무릎 찍기와 팔꿈치 치기로 단번에 꼬꾸라트렸다. 해병대 형이 입고 있는 검은색 반팔 티셔츠 등 부분에 '해병특수 수색대'라고 프린팅된 멋진 글자가 전혀 아깝지 않은 활약이다. 이렇게, 폐싸움이 더욱 격렬한 양상으로 전개되는데 건물 밖에서 경찰차 사이렌 소리가 긴박하게 울려댔다. 2층에 정치 관련 유튜브 방송 스튜디오에서 소란스런 소리를 듣고 오후 방송을 하다가 내려와 패싸움 현장을 목격하고서 경찰에 신고를 한 것이다. 패싸움을 벌이던 인원 모두 파출소 순경이 경찰서에 긴급히 지원 요청한 기동대에 진압되어 경찰버스를 타고 인근 파출소로 연행되어 왔다. 파출소 안에 장의자가 출입문 양쪽 벽에 한 개씩 놓여 있기 때문에 대부분 비좁게 서서 대기하고 있다. ㄴ 자로 꺾인 접수 데스크 좌측 끝부분은 세면실 및 화장실로 들어가는 통로다. 통로 입구 쪽에 해병대 형이 벽에 기대어 서 있다. 그는 회색 추리닝 바지 오른쪽 앞주머니에 넣은 스마트폰에 꽂힌 이어폰의 이어스피커를 두 귀에 끼우고 음악을 듣고 있는 중이다. 이어지는 곡은 스팅의 〈쉐이프 오브 마이 하트〉다. 해병대 형 오른쪽 옆에 서 있는 규식의 시퍼런 두 눈은 퉁퉁 부어 있다. 그런 규식의 오른쪽 2미터쯤 옆으로는 석현이 벽 구석에 등을 기대고 서 있다. 감고 있던 눈을 뜬 석현은 왼쪽 콧구멍을 틀어막은 피 먹은 휴지를 빼서 오른쪽 옆에 놓인 파란색 100리터 삼각지붕 쓰레기통 안에 넣었다. 벽 구석 100리터 삼각지붕 쓰레기통 옆 장의자 가장자리에는 만수가 앉아 있다. 만수는 자신의 오른쪽 옆으로 나란히 앉아 있는 4명의 이빨 패거리들처럼 입가에 자신만만한 미소를 유지하고 있다. 단추가 아래쪽으로만 2개 남은 만수의 흰색 반팔 와이셔츠에는 피가 군데군데 묻어 있다. 물론, 이빨 패거리들도 얼굴과 몸 여기저기에 야멸찬 주먹과 발로 얻어맞은 타박상의 흔적이 뚜렷하다. 민원 접수 데스크 안에서 데스크탑 컴퓨터로 조서를 작성하고 있는 40대 파출소 경사 앞에 나란히 옆으로 앉은 대식과 이빨은 각자 묻는 말에 따라 서로에게 유리한 진술을 하고 있다. 대식은 한 양아치에게 안면 무릎 연속 찍기를 당하며 입술이 2배 이상 부풀었고, 얼굴에 고춧가루가 점점이 묻어 있는 이빨은 중국 경극 배우처럼 눈 주변이 새빨갛다. 대식과 이빨에게 퀵서비스 사무실 패싸움 사건의 자초지종을 상세하게 물어보고 세심하게 들으며 키보드를 '도도독도도독' 치던 파출소 경사는 저장키를 누르며 조서를 마무리했다. 그는 연장 근무를 서고 있는지 상당히 피로한 듯 눈을 꾸욱 감았다가 뜨면서 잠시 닫고 있던 입을 떼었다.

"자! 이제 조서는 다 되었고요. 이 사건은 단체 쌍방 폭행 건인데, 서로 합의해서 원만하게 해결하는 게 좋아요. 그 화란이라는 여자 돈 20만 원을 해결하려면 따로 민사소송을 하고."

파출소 경사의 얘기가 끝나자 "헐~" 하고 탄식한 이빨이 급격히 감정이 격해져서는 눈을 치켜뜨고 입술을 실룩거린 뒤 흥분한 목소리로 거세게 항의했다.

"아니, 경찰관님 내 눈을 보세요. 내 눈을 똑바로 보라고요! 나 오늘 눈 실명될 뻔했어요. 합의는 쟤네들이 나한테 일방적으로 봐 달라고 해야지. 서로 합의를 보라뇨? 자유민주주의 국가에서 이래도 되는 겁니까!"

격정적으로 말을 마친 이빨은 서러운 듯 울상을 짓고 원망스런 마음이 담긴 눈으로 파출소 경사를 부담스럽게 쳐다보았다. 파출소 경사는 씁쓸히 미소 지은 뒤 고개를 갸우뚱거리고서 천천히 입을 떼었다.

"저기, 쌍방 폭행이라지만 오토바이팀은 전과가 전혀 없는데 그쪽들은 그렇지가 않잖아…. 내가 생각해 줘서 오토바이팀하고 합의 보라고 할 때 두말없이 합의 보는 게 좋을 것 같은데, 그 화란이 20만 원은 따로 민사소송하고. 왜 그게 아닌 것 같아요?"

파출소 경사의 말이 끝나자 행복한 미소를 짓고 있던 대식이 표정을 가다듬고 고개를 들며 상체를 꼿꼿이 세우고서 담담한 목소리로 말했다.

"경찰관님, 저희는 경찰관님 말씀하신 대로 원만하게 끝내는 방향으로 하겠습니다."

파출소 경사가 대식에게서 눈을 떼 이빨을 쳐다보며 짜증 섞인 목소리로 물었다.

"그쪽은?"

이빨은 빠르게 머릿속 계산기를 두드린 뒤 이내 승복한다는 의미로 크게 한숨을 내쉬며 착잡한 목소리로 대답했다.

"그렇다면야 뭐, 원만하게 해야죠."

밤 10시가 가까워지고 있다. 오토바이팀과 양아치팀이 지금 막 파출소를 나왔다. 파출소 주차장 한곳에 모여든 자신의 패거리들 앞에 선 이빨은 겸연쩍은 얼굴을 하고 슬쩍 패거리들의 눈치를 살폈다. 그런 뒤 고개를 절레절레 흔들면서 어처구니가 없다는 듯이 비실비실 웃었다. 이빨과 그의 패거리들 맞은편에 3미터쯤 거리를 두고 서 있는 석현과 만수, 대식과 규식 그리고 해병대 형은 하나같이 쓴웃음을 지으며 이빨을 노려보았다. 따가운 시선을 한 몸에 받은 이빨은 보란 듯이 짝다리를 짚고 깐죽거렸다.

"애들아, 진짜 나 건달 생활하면서 어디 명함도 없는 우울한 개핫바리 인생 떨거지들 때문에 이렇게 개쪽팔림 당한 적은 처음이다. 나 지금 겁나 충격받아서 급성우울증 걸릴 것 같은데 그러기 전에 우리 나와바리로 가서 쌔끈한 아가씨들 양옆에 끼고 양주나 화끈하게 빨자."

허세 쩌는 이빨의 개소리가 끝나자 하늘로 날아갈 듯이 한껏 고무된 그의 패거리들이 동시에 힘껏 목소리를 높여서 "예! 형님!" 하고 호응했다. 이빨은 자신의 패거리들이 자랑스럽다는 듯이 기쁨의 미소를 짓고 오른손을 입에 가져다 대었다. 패거리 중에서 왼쪽 눈에 시퍼런 멍이 든 키 크고 호리호리한 양아치가 잽싸게 앞으로 튀어나와 허리를 숙여서 이빨의 손가락 사이에 담배를 끼워 주었다. 그러면서 두 손을 모아 쥔 투명가스라이터에 불을 켜서 담배에 가까이 댔다. 입에 문 담배필터를 뻐끔뻐끔 빨아 담배에 불을 붙인 이빨은 희뿌연 연기를 목 속 깊이 빨아들였다가 내뱉었다. 키 크고 호리호리한 양아치는 황급히 제자리로 돌아갔다. 담배 연기를 한 모금 더 빨았다가 내뱉은 이빨이 석현의 왼쪽 옆에 서 있는 대식을 노려보면서 독침을 쏘듯 말했다.

"너 이 새끼, 오늘 운 좋은 줄 알아."

대식은 진짜 독침에 맞아 독이 퍼지기라도 했는지 힘없이 고개를 떨어트리면서 양쪽 어깨를 웅크리더니 겨우 어색한 미소만 지었다. 그러자 석현이 대식의 왼쪽 어깨를 자신의 왼손으로 감싸 안고 카랑카랑한 목소리로 말했다.

"가자, 대식아. 저 똥양아치 새끼 떠드는 거 더 듣고 있다간 역겨워서 토할 것 같다. 양아치 중에 개쌩똥양아치 새끼인 주제에."

거친 말을 마친 석현은 완전히 눌러 버리겠다는 듯이 이빨을 무섭게 노려보았다. 이빨은 멍하니 석현을 쳐다볼 뿐이다. 입가에 비웃음을 띤 석현은 왼손으로 대식의 오른쪽 어깨를 툭툭 치고 우측으로 몸을 돌려 파출소 주차장 출구 쪽으로 걸어갔다. 이빨을 노려보던 대식도 석현을 따라 몸을 돌려 파출소 주차장 출구 쪽으로 걸어갔다. 그러자 만수, 규식, 해병대 형이 대식을 따라 몸을 돌려 파출소 주차장 출구 쪽으로 걸어갔다. 잠깐 영혼이 이탈했던 이빨이 이들의 등 뒤에 악다구니를 퍼부었다.

"이 하찮은 씨팔 새끼들이 감히 날 씹어! 야, 이 개씨팔 새끼들아! 거기 안 서?"

석현이 앞을 보며 걸어가면서 소리쳐 말했다.

"똥양아치 새끼, 자신 있으면 쫓아와 보던가!"

그러자 똥양아치 새끼, 아니 이빨은 조용히 입을 닫았다.

크리스마스트리 전구같이 반짝이는 심야비행등을 켠 여객기가 밤하늘을 유유히 날아가고 있다. 지상에서는 석현과 만수, 대식, 규식, 해병대 형이 중동 인쇄 거리의 폭이 좁은 인도를 걷고 있다. 파출소에서 패싸움 사건으로 조사를 받고 나온 후부터 단체로 야간 산책하듯이 라이더스 퀵서비스 사무실을 향해 느긋이 걷고 있다. 인쇄공들이 퇴근한 중동 인쇄 거리는 세상의 모든 사람이 사라진 영화의 한 장면처럼 아득한 정적에 잠겨 있다. 도시 가운데서 깊은 산속 부엉이 울음소리가 들릴 것만 같다. 하지만 부엉이 울음소리를 대신해서 정적을 깨는 건 오토바이 주행음이다. 배달짐받이를 단 크루저 타입 퀵서비스 오토바이 2대가 인도를 걷는 5명의 라이더 등 뒤쪽에서부터 편도 1차로 도로를 달려오고 있는 것이다. 국산 오토바이 제조회사 KR모터스의 250cc V형 2기통 4사이클 엔진 미라쥬250이다. 선두에서 달리는 오토바이가 해병대 형의 등 뒤에서 헤드라이트를 하향으로 낮추었다. 2대의 퀵오토바이는 만수, 규식, 대식, 석현을 지나치며 10미터쯤 더 직진하다가 작은네거리에서 신속하게 우회전하면서 시야에서 사라졌다. 장거리 퀵배달을 갔다가 이제야 대전으로 돌아왔을 두 명의 퀵맨은 중촌동 24시 해장국밥집에 가서 늦은 저녁 식사를 할 것 같다. 만수가 규식의 어깨에 왼팔을 얹으며 호탕한 목소리로 말했다.

"자자! 우리 다들 어둠의 세력과 격투를 벌이느라 힘 다 써서 아까 배달시켜 먹은 거 소화 다 됐을 텐데 걷는 김에 좀 더 걸어서 24시 해장국 밥집으로 가자고. 거기 야외테이블에 시원하게 둘러앉아 다 같이 뼈해장국에 소주 한 잔씩 들이켜는 거야. 오늘 내 생일이니까 내가 또 쏘는 거지 뭐!"

규식이 오른손으로 만수의 왼손을 잡아 어깨에서 그의 팔을 내리고 킥킥 웃은 뒤 밝아진 목소리로 말했다.

"만수 형, 그 찢기고 단추 떨어지고 피 묻은 와이셔츠 차림으로 식당에 가자고? 형 지금 그 모습으로 식당 들어가면 식당 손님들 다 히껍해. 형 지금 변신했다가 인간으로 돌아온 헐크야, 헐크."

맨 앞에서 걸어가던 석현이 규식이 재미있게 한 말에 '풋!' 하고 웃음을 터트렸다. 그러자 다들 크게 소리를 내서 웃었다.

4

대구 현대 모터 수리
레이싱팀 박 단장

파닥파닥 날갯짓하는 푸른 나방이 공중에 분진을 흩날리며 제일 오토바이 센터 천장의 불 켜진 형광등 주위를 맴돌고 있다. 석현과 건이는 소파테이블 양쪽으로 놓인 3인 소파에 마주 보고 앉아 저녁 식사를 하고 있다. 벽 쪽 소파에 앉아 있는 건이는 타원형 플라스틱 접시에 아무리 그래도 이건 좀 과하다 싶을 정도로 수북했던 곱빼기 볶음밥을 밥알 한 톨 남김없이 깨끗이 먹었다. 그는 불룩한 배를 한 번 쓰다듬더니 국그릇을 들어 마치 막걸리 마시듯 짬뽕 국물을 벌컥벌컥 들이켜기 시작했다. 맞은편 소파에 앉아 식사를 하고 있는 석현은 접시 한쪽에 남은 볶음밥을 부지런히 숟가락으로 떠올려 입안에 넣고 꼭꼭 씹어 삼키고 있다. 오늘은 8월 4일 금요일이고 시간은 오후 7시 10분이다.

　먼저 식사를 마친 건이는 1.5리터 사이다 페트병에 담긴 얼음물을 종이컵에 따라 마시고서 입을 다문 채 '끄윽' 하고 트림을 한 뒤 소파에서 일어섰다. 그리고는 "석현아, 슬슬 정리하고 있을게." 하고 말했다. 부지런히 식사를 하고 있던 석현이 입안에 씹던 밥을 목으로 꿀꺽 삼키고서 차분한 목소리로 말했다.

"아니, 건이야. 오늘까지 저 CBR400RR이 엔진 오버홀해야 되거든. 정리는 내가 일 마치고 할 테니까 건이 너는 바로 퇴근해."

멋쩍은 얼굴로 "그래?" 하고 말한 건이가 1미터쯤 상승한 유압식 정비 리프트에 올려 있는 올드바이크 혼다 CBR400RR 오토바이를 쳐다보았다. 유압식 정비리프트 위에 CBR400RR은 프런트 커버와 리어 커버만 남긴 채 차대만 남아 있다. 먹다 남은 생선구이 같은 모습이다. 연료탱크와 에어필터박스는 유압식 정비리프트 옆 조립식 앵글 선반 밑에 놓여 있다. DOHC 4기통 엔진은 정비실 바닥에 놓은 원목 엔진 받침대에 올려 있다. 원목 엔진 받침대 가까이에는 앉으면 양문 강화도어 출입문이 바라보이는 쪽으로 낚시 의자가 놓여 있다. 낚시 의자에 앉으면 오른쪽 옆으로 양은세숫대야 놓여 있다. 양은세숫대야 안에는 직렬 4배열 캬브레터와 캬브레터에서 일일이 분리한 미세 부품들이 전용 세척액에 푹 담겨 있다.

석현이 숟가락으로 뜬 볶음밥을 입안에 넣으려고 하다가 어정쩡하게 서 있는 건이를 문득 쳐다보며 물었다.

"퇴근 안 하고 뭐 해?"

고민스런 눈빛의 건이가 어깨를 으쓱거리고서 입을 떼었다.

"저 CBR400RR이 오늘까지 해야 되는 거면 도와주고 퇴근할게."

석현이 숟가락에 뜬 볶음밥을 입안에 넣고 우물우물거리며 잠깐 생각하다가 이내 목으로 삼키고서 편안해 보이는 얼굴로 말했다.

"아니, 그러지 말고 오늘 지아 은행동에서 9시 30분에 버스킹한다며. 먼저 들어가고 다음 주에 서울 수입바이크 부품 가게에서 택배로 보낸 CBR400RR 부품 도착하면 건이 네가 직접 부품 교체하면서 엔진 조립해 봐. 너 그동안 나하고 몇 번 해 봤잖아. 혼자서 엔진 정비도 너끈하게 할 수 있어야 너도 하루빨리 가게 개업하지. 가게를 개업할 정도의 엔지니어가 되어야 지아와 결혼도 하고."

"석현아, 그래도 네가 사장인데 네가 먼저 결혼을 해야 내가 결혼을 하지. 누가 봐도 그게 좋고."

"친구! 우린 결혼은 아무나 먼저 해도 상관없어." 하고 말한 석현은 나무젓가락으로 양파를 집어 춘장에 찍은 뒤 입안에 넣고 아사삭아사삭 씹었다. 건이는 어깨를 으쓱거리고서 "엔진 정비할 때 시험 치르는 학생 대하듯이 하지 말고 아리까리한 거 물어보면 바로바로 피드백해 줘." 하고 말했다. 석현은 걱정 말라는 듯이 고개를 끄덕이고는 숟가락으로 볶음밥을 떠서 입안에 넣었다. 건이는 "그럼 먼저 들어간다." 하고는 소파와 테이블 사이에서 나와 오른쪽 옆에 준서의 레이싱 오토바이를 지나치며 센터 안을 가로질러 걸어서 출입문을 열고 밖으로 나갔다. 잠시 뒤 스쿠터 시동 켜는 소리가 모래사장에서 신발 벗은 맨발을 적시는 물결처럼 센터 안으로 흘러 들어왔다. 그러면서 DOHC 4사이클 단기통 엔진 배기음이 차량통행이 적어진 도로에 파동을 일으키며 넓게 퍼지다가 거리의 가수가 부른 노래 같은 애틋한 여운을 남겨 놓고 곧 멀어져 갔다.

어느덧 밤 11시가 가까워져 오고 있다. 소파테이블에 놓은 그릇 수거용 비닐 봉투 안에는 팔각반점 빈 그릇들이 차곡차곡 담겨 있다. 그릇 수거용 비닐 봉투 오른쪽 옆으로 벽 구석에 사무용 책상에는 전원이 켜진 트랜지스터 라디오가 놓여 있다. 라디오 스피커에서 들리는 노래는 초대 손님인 남성 8인조 아이돌그룹 래퍼가 라이브로 부르는 김흥국의 〈호랑나비〉다. 석현은 낚시 의자에 앉아 흥얼흥얼 노래를 따라 부르며 오른손 둘째손가락으로 초소형 홀라후프를 돌리듯 피스톤링을 빙글빙글 돌리고 있다. 그의 발 앞으로 콘크리트 바닥에 여러 장 넓게 편 흰색 정비천에는 완전히 해체된 CBR400RR 엔진 부품들이 분리순서대로 가지런히 배열되어 있다. 볼트들과 미세 부품들은 엔진 부품들 옆에 한 개 또는 두 개씩 내려놓은 종이컵에 담아 놓았다. 엔진을 조립할 때 볼트가 한 개라도 남아서는 안 된다. 실력이 부족한 정비사가 고배기량 오토바이 엔진을 분해했다가 조립하면 볼트가 한 움큼 남는데 이런 정비사는 업계에서 오래 못 간다. 아이돌그룹의 래퍼가 부른 노래가 끝나고 11시 정각이 되자 소파테이블에 놓인 스마트폰에서 기다렸다는 듯이 전화벨이 울려댄다. 석현은 피스톤링을 정비천에 나란히 옆으로 놓은 4개의 피스톤 중 가장 우측 4번 피스톤 밑에 내려놓고 출입문 위쪽 벽시계를 쳐다보았다. 그는 왼손에 기름 묻은 목장갑을 마저 벗어 낚시 의자 오른쪽으로 먼저 벗어 놓은 목장갑 옆에 내려놓고 곧바로 낚시 의자에서 일어나 소파테이블로 걸어갔다. 전화벨을 울리고 있는 스마트폰 화면에 뜬 발신인은 '대구 현대 모터 수리 레이싱팀 박 단장님'이다. 52세의 박 단장은 대구에서 직원 2명을 둔 전기 모터 수리 센터를 운영하고 있다. 선수가 되기 전 이미 '오토바이 레이서'에 영혼을 빼앗긴 박 단장은 격노한 아내의 결사적인 극구만류에도 불구하고 기어코 자신의 꿈을 실현했다. 작년 1월에 가게 이름을 딴 레이싱팀을 창단해서 대한오토바이크연맹에 가입한 것이다. 그렇게 발을 들여놓은 서킷 그 세계에서 박 단장은 빠르게 적응하면서 선수들 사이에 '박 단장님'으로 통하며 SB250 스포츠 바이크전에서 이삼십 대 선수들과 치열하게 경쟁하는 중이다. 박 단장이 소싯적에 스포츠 오토바이들을 탔던 경험만큼은 누구 앞에서도 후달리진 않는다. 그래도 같은 클래스 선수들보다 상대적으로 나이가 많아 지구력을 요하는 레이싱을 할 때 먼저 지치는 일이 종종 있었다.

하지만 전기 모터 수리 센터 일이 끝나면 닭가슴살로 저녁 식사를 한 뒤 추가로 단백질보충제를 먹고 헬스장에 가서 트레이너에게 코칭을 받으며 강도 높은 근력운동과 유산소운동을 병행하면서 약점을 어느 정도 강점으로 바꿨다. 그런 그의 감동적인 노력으로 올 시즌 박 단장은 당당히 SB250 클래스 상위권에 랭크되어 있다.

석현은 벽 쪽 소파 맨 좌측 자리에 앉아서 왼손에 쥔 스마트폰의 통화 버튼을 오른손 둘째손가락으로 눌렀다. 그는 스마트폰을 왼쪽 귀에 대고서 "안녕하세요, 박 단장님." 하며 전화를 받았다. 전화를 건 박 단장은 살가운 목소리로 "아 그래. 이 선수 잘 있었나." 하고 안부를 물었다. "예, 잘 있죠." 하고 대답한 석현은 "단장님 바쁘신 와중에 준서 장례식장에 와 주셔서 감사했습니다." 하며 조문을 와 주었던 인사를 전했다. 박 단장은 "아이고~ 아니다. 내사 마, 가게 일이 밀려서 오래 있지도 몬하고 잠깐 있다가 내려와서… 밤새 같이 자리 지키며 술도 한잔했어야 했는데. 미안하데이, 이 선수." 하고는 짧게 한숨을 내쉬었다. 석현은 손을 바꿔 스마트폰을 오른쪽 귀에 대고 상체를 왼쪽으로 기울이며 왼팔을 옆으로 쭉 뻗어 트랜지스터 라디오의 전원을 껐다. 그리고는 상체를 똑바로 한 뒤 "준서는요. 평소에 좋아하던 박 단장님이 와 주셔서 정말 반가워했을 거예요." 하고 말했다. 박 단장은 수줍게 웃고서 "뭐, 그렇게 말해 주니까 고맙데이." 하고는 목소리 톤을 한껏 높여 "아! 이 선수, 연맹 홈페이지에 긴급공지 뜬 거 봤나?" 하고 물었다. 석현이 "긴급공지요?" 하고 되묻자 박 단장은 "몬 봤나 보네." 하고는 진지한 목소리로 말했다.

"다음 주 월요일쯤엔 연맹에서 팀별로 단장들한텐 개별적으로다가 연락을 할 낀데, 이번에 강원서킷에서 5라운드 시합 말이다. 8월 26

일 토요일 예선, 27일 일요일 본선, 이 시합 때 전 일본 JSB1000에 출전하는 상위권 일본 프로팀들이 팀의 스타급 선수들과 방한해서 우리 1000cc KSB1000 코리아슈퍼바이크전에다가 추가로 600cc SS600 슈퍼스포츠전 지난 4라운드 상위권 선수들 3명을 특별히 포함해 한일 슈퍼바이크 통합전을 주최한다꼬 카더만. 일본 프로팀은 모두 5팀이고 출전하는 선수는 팀당 1명씩 해서 총 5명의 프로 선수들이라카데. 우리 KAF 대한오토바이크연맹하고 일본 JBF니혼바이쿠연맹하고 준서 선수를 기리기 위해 상호 간에 협의했다고 연맹 직원이 말하던데. 내가 홈페이지 보고 가슴이 쿵쿵쿵 뛰어서 우리 연맹에 전화해 봤다 아이가."

"그래요? 와! 이거 너무 감사한 일인데요. 그러면 SS600 슈퍼스포츠 클래스에서 상위권 3명을 제외한 나머지 SS600 슈퍼스포츠 선수들은요?"

"그 선수들끼리만 시합을 치른다고 카더만 평상시대로, 이 선수는 SS600 슈퍼스포츠전 지난 4라운드 챔피언이니까 자동으로 한일 슈퍼바이크 통합전에 차출될 끼고. 사실 내는 개인적으로 이 선수가 승급해서 600cc가 아닌 1000cc 슈퍼바이크전에서 뛰어야 한다고 생각했다 아이가. 내는 갠신히 호랭이 같은 마누라한테 허락받아서 250전이라도 나가는 게 감지덕지고."

석현이 슬며시 미소를 짓고는 조심스럽게 말했다.

"제가요, 단장님. 그냥 드리는 말씀이 아니고요. 솔직히 단장님 정도의 실력과 열정이면 600 슈퍼스포츠전 이상에서 뛰셔야죠. 이번에 서킷에서 사모님 뵙게 되면 제가 설득을 드려 보겠습니다."

"맞나?" 하고 짤막히 말한 박 단장은 껄껄껄 웃고는 흥거운 목소리로 이어서 말했다.

"아니다. 내는 마누라가 허락을 해 준다 케도, 일단은 250 클래스에서 뛰고 싶다카이. 내도 250 스포츠 바이크전에서 우승을 한번 해 봐야 하지 않겠나."

"그것도 좋죠."

"이 선수."

"네."

"이번 시합 단디 해라이, 준서를 위해서라도 말이다. 알았나?"

"명심하겠습니다."

"그카고 내가 눈썰미 하나는 다부져서 하는 말인데 여즉 한봄이 기자하고는…."

"박 단장님, 이번에 서킷에서 뵈면 같이 식사하시죠. 강원서킷 근처 시내에 새로 개업한 짬뽕 전문 중식당이 있는데 4단계 매운 짬뽕이 정말 고통의 끝이라고 하던데요. 우리도 도전 한번 해 보죠. 벌써 몇몇 선수들 블로그에 올라와 있어요."

"내 참! 난데없이 짬뽕은, 머시마가 와 그래 용기가 없노." 하며 핀잔을 준 박 단장은 석현의 멋쩍은 웃음소리를 듣고 나서 "오늘도 야근하고 있었나?" 하고 물었다. 석현은 "넵." 하고 대답했다. 박 단장은 "그래, 알았다. 일해라. 그럼 다시 연락하제이." 하고 말했다. 석현이 "네, 박 단장님. 들어가세요." 하고 인사하자 박 단장은 "그래에." 하면서 전화를 끊었다. 스마트폰을 소파테이블에 내려놓은 석현은 상체를 왼쪽으로 기울이면서 왼팔을 옆으로 쭉 뻗어 사무용 책상에 트랜지스터 라디오 전원을 다시 켰다. 전원이 켜진 트랜지스터 라디오 스피커에서 아이돌그룹 메인보컬이 라이브로 부르는 노래가 잔잔하게 들려온다. 부르는 노래는 〈유 레이즈 미 업〉이다.

노래를 들으며 생각에 잠겼던 석현이 자리에서 일어났다. 그는 소파와 소파테이블 사이를 빠져나와 오른쪽에 2대의 레이싱 오토바이를 지나쳐서 강화도어가 모두 바깥쪽으로 열려 있는 출입문을 향해 걸었다. 오랜만에 인도에 서서 밤하늘의 별이 보고 싶은 걸까….

5

대전의 유찬

대전 출신 유찬은 대한민국을 대표하는 오토바이 레이서 가운데 한 명이다. 그는 올해 25살인데 오토바이 레이싱에 입문한 것은 고등학교 1학년 때다. 고등학교 1학년 17세에 250cc SB250 스포츠 바이크전에 참가해서 레이싱 경험을 쌓았고, 18세엔 시즌 1라운드부터 250cc SB250 스포츠 바이크전에 참가해서 고교생답지 않은 수준급 코너링을 보여주더니 고3인 19세에는 250cc SB250 스포츠 바이크전에서 시즌 총 8라운드 시합 전승 우승으로 시즌 챔피언 트로피를 들어 올렸다. 규모가 있는 팀에 소속되지 않고 개인 출전하면서도 놀라운 유찬의 돌풍이 가능했던 건 유찬 아버지의 헌신적인 지원이 밑바탕되었기 때문이다. 대전 시내에 위치한 5층 빌딩 건물주이면서 개인 관광버스 운전기사인 유찬의 아버지는 할리 데이비슨 오토바이를 2대나 소유하고 있을 정도로 대단한 오토바이 마니아다. 그는 외아들 유찬이 레이싱 데뷔 첫 시합에서 예사롭지 않은 재능을 보였을 때부터 아낌없는 투자를 지속해 왔다. 아내와 의논해 시골에 물려받은 땅도 팔았다. 유찬은 군대를 제대한 해인 22살에 600cc SS600 슈퍼스포츠전으로 클래스를 한 등급 올려서 서킷에 복귀해 그때부터 3시즌을 소화했다. 그리고 25살이 된 올 시즌 4월 1라운드 SS600 슈퍼스포츠전에서 그토록 염원하던 우승을 차지했다. 우승하며 자신감이 붙은 유찬은 5월 2라운드 시합을 앞두고 심사숙고한 끝에 1000cc KSB1000 코리아슈퍼바이크전으로 전격 승급했다. 이때 국내 대기업 계열 오일회사 글로리로드는 자체 평가에서 가능성과 스타성을 모두 보여 준 유찬과 공식 후원 계약을 맺었다. 유찬이 우승을 할 때마다 고액의 성과급을 지급하면서 시즌 우승 시에는 레이싱 오토바이(1시즌 최대 3대) 지원과 시합에 함께 참가하는 골든바이크 인건비를 포함시킨 시합비용 전액을 지급하기로 한 것이다. 후원사의 기대에 발 빠르게 부응하듯 유찬은 5월 2라운드 KSB1000 코리아슈퍼바이크전에서 준우승을 차지했다. 결코 만만치 않은 슈퍼바이크전 시합에서 준서에 이어 2위로 시상대에 오른 것이다. 우승을 차지한 준서와 준우승에 머문 유찬의 피니쉬 라인 통과는 그야말로 간발의 차이였다. 유찬으로서는 완벽에 가까웠던 이날 끝이 좋지 않았다. 시합을 마치고 강원서킷 컨트롤 타워 1층 프레스룸에서 열린 언론사 인터뷰 시간이었다. 마이크 테이블 우측 좌석에 앉은 우승자 준서가 우승 소감과 다음 시합에 임할 마음가짐을 먼저 밝혔다. 좌측 좌석에 앉은 유찬은 자신의 차례가 되자 테이블 스탠드 마이크에 입을 가까이 대고 이렇게 말했다.

"준서 형이 대전 고향 선배지만 아무래도 제 솔직한 생각을 이 자리에서 밝혀야만 하겠는데요. 다음번 코리아슈퍼바이크전 시합에서는 반드시 제가 우승을 차지해서 일본인 단장님이 운영하는 준 레이싱팀에게만큼은 국내 대회 우승컵을 뺏기지 않겠습니다. 한국인인 제가 지켜 내겠습니다."

폭탄발언을 마친 유찬은 자신이 한 말에 한껏 고취되었는지 꽤 의미심장한 미소를 지었고 창가 기자석에 앉아 있던 마츠모토 준은 고개를 왼쪽으로 돌려 창밖을 보면서 씁쓸한 미소를 지었으며 취재진은 웅성 웅성거렸다. 쓴웃음 지은 얼굴로 유찬을 쳐다보던 준서는 고개를 바로 하고는 탄식하듯 긴 한숨을 내쉬었다. 프레스룸 창가 쪽 벽에 왼쪽 어깨를 기대어 팔짱을 끼고 서서 이 광경을 지켜보던 석현은 준서의 얼굴을 쳐다보다가 갑자기 유찬에게로 저벅저벅 걸어갔다. 그러자 촬영 기자들의 카메라가 동시에 유찬을 향해 걸어가는 석현에게로 모아졌다. 준서는 꿈을 꾸는 듯이 몽롱한 눈으로 자신의 앞을 지나치는 석현을 보며 "뭐 하려고?" 하고 물었다. 석현은 그런 준서를 못 본 척 지나친 뒤 유찬 앞에서 걸음을 멈추었다. 그리고는 반팔 레이싱 남방을 입은 유찬의 옷 깃을 오른손에 감아쥐어 단단히 움켜잡고서 잡초를 뽑아내듯이 유찬을 앉은자리에서 억지로 일으켜 세웠다. 그 순간 여기저기에서 촬영 기자들의 카메라 플래시가 번쩍번쩍 펑펑 터졌고 황당한 표정의 유찬은 "이 개또라이, 너 이거 안 놔!" 하고 소리쳤으며 그런 그를 보면서 석현은 견고히 멱살을 잡은 채 이렇게 말했다.

"너 이 한심한 찌질이, 너 그 전에 미들클래스 시합 때 타던 오토바이 일제 스즈키 R600이었고, 지금 타는 오토바이 일제 야마하 R1이지? 준서하고 똑같은 알원. 야, 울먹거리지만 말고 똑바로 대답해 봐. 내가 하면 로맨스고 남이 하면 불륜이니 그런 거야? 이 찌질이!"

유찬은 아무런 말도 하지 못하고 일그러진 얼굴만 부들부들 떨었다. 석현은 멱살 잡은 손을 힘껏 밀어 유찬을 의자에 털썩 주저앉혔다. 유찬은 인생 처음 겪는 기가 막힌 치욕이 못 견디게 분한지 고개를 위로 치켜들고 이빨을 갈면서 눈물에 젖은 눈으로 석현을 노려보았다. 유찬과 석현 두 레이서에게 퍼부어지는 카메라 플래시 세례는 계속되었다. 머쓱해진 석현이 제자리로 돌아가려고 몸을 왼쪽 옆으로 돌리자 유찬은 진저리치는 고양이처럼 얼굴을 사납게 일그러트리고 격한 목소리로 소리치듯 말했다.

"다음번 시합에서 너희 팀은 내가 반드시 아작 내서 씹어 먹는다."

독기 어린 유찬의 다짐은 KSB1000 코리아슈퍼바이크전 우승에 대한 매우 강력한 동기부여를 스스로 이끌어 냈다. 결국 유찬은 7월 4라운드 KSB1000 코리아슈퍼바이크전에서 올 시즌 3회 연속 우승자인 준서를 기어이 준우승으로 내려앉히고 슈퍼클래스 데뷔 3번째 시합 만에 우승을 차지했다.

건이 여자 친구 지아가 오랜만에 제일 오토바이 센터에 놀러 왔다. 그녀는 벽 쪽 소파에 등을 푹신하게 기대고 앉아서 두 손에 쥔 스마트폰으로 카톡 채팅을 하고 있다. 오늘은 8월 5일 토요일이고 지금 시간은 오전 11시 13분이다. 긴 머리 웨이브펌의 지아는 미용실에서 로즈브라운 염색을 새로 했다. 그녀가 입고 있는 오렌지색 반팔 롱원피스는 지난달에 여주 프리미엄아울렛에 갔을 때 남자 친구 건이가 큰맘 먹고 사 준 것이다. 오렌지색 반팔 롱원피스에 신은 신발은 블랙화이트 런닝화다. 카키색 멜빵 일체형 정비복을 입은 건이는 센터 밖에서 손님을 응대하고 있다. 그는 센터 밖 인도에 진열해 놓았던 A급 중고 스쿠터를 빼내 시동을 걸고 대학생 아들을 데리고 온 점잖은 남자 손님에게 깨끗이 돌아가고 있는 엔진에 대해 차분히 설명을 하는 중이다. 능숙하게 손님을 상대하고 있는 건이는 30분 전쯤 가게 포터에 지아를 태워 그녀를 은행동 악기점에서 제일 오토바이 센터로 데려왔다. 어제가 지아의 월급날이었는데 그녀가 건이와 석현에게 점심 식사를 사겠다며 시간 맞춰 데리러 오라고 건이에게 전화를 했기 때문이다. 악기점 사장인 친오빠는 여동생이 남자 친구를 따라 나설 때 "월급은 친오빠가 주는데 정작 친오빠한테는 초코파이 한 개도 없구나. 저 매정한 것."이라고 한탄하면서 어쿠스틱 기타 택배 박스 덮개에 바짝 당겨 이빨로 끊은 투명테이프를 붙였다.

석현은 사무용 책상 안에 들어가 서서 오른손에 쥔 마우스를 움직이며 폴더를 연이어 클릭하다가 정비 내역서를 한 장 출력했다. 그는 '대림오토바이' 흰색 글자가 가슴 부분에 프린팅된 검은색 반팔 티셔츠에 기아자동차 정비사의 짙은 회색 정비복바지를 입고 있다.

오른손에 정비 내역서를 쥔 석현은 바삐 걷다가 양문 강화도어 오른쪽 문을 밀며 센터에서 나왔다. 석현은 건이에게 정비 내역서를 건네주고는 바지 오른쪽 뒷주머니에서 전화벨을 울리고 있는 스마트폰을 꺼내 전화를 받았다. 건이는 손님에게 정비 내역서를 보여 주며 이 스쿠터 구입 시에 엔진 계통에 한하여 2개월간 무상보증수리를 해 드린다고 안내했다. 건이와 조금 떨어져 선 석현은 단골손님과 전화통화를 하고 있다. 단골손님은 월요일 날 자신이 타는 대배기량 투어러 오토바이의 타이어를 교체하러 들를 테니 자신의 라이딩 스타일에 맞게 가성비 좋은 타이어를 받아 놓으라고 전달했다. 손님의 전화를 받으며 센터 안으로 들어간 석현은 "네, 형님. 그럼 월요일 날 오셔요." 하고 통화를 마치면서 다시 사무용 책상으로 들어가 가죽 회전의자에 앉았다. 그는 컴퓨터 키보드 글자판을 도도도독 두드렸다가 엔터키를 눌렀다. 컴퓨터 화면에 오토바이 타이어 총판 회사 대전점이 검색되어 올라오자 마우스로 클릭해 홈페이지를 열고 유선 전화기 수화기를 왼손에 들어 왼쪽 귀에 댔다. 그리고는 오른손 둘째손가락으로 전화번호 버튼을 연속해 눌렀다. 통화연결음이 잠깐 이어지다가 곧 전화가 연결되자 홈페이지에 진열된 대형 투어러타입 타이어 사진들을 오른손에 쥔 마우스로 클릭하면서 살펴보며 제품등급, 업자가격에 대해 담당자와 이야기를 주고받았다. 통화를 하면서 몇 가지 스포츠투어링 듀얼컴파운드타이어를 놓고 고민을 하던 석현이 결국 고가의 수입제품에 비해 가성비 쩌는 국산 신코회사 제품을 결정했다. 그는 주문한 타이어 1조를 제가 월요일에 작업하니 오토바이퀵으로 바로 보내 달라고 부탁하면서 통화를 마무리하고 전화기 수화기홀더에 수화기를 내려놓았다. 수화기를 내려놓자 스마트폰에서 다시 전화벨이 울렸다. 벽 쪽 소파에 앉아 있는 지아가 채팅 중인 스마트폰에 시선을 고정한 채 "바쁘시네, 바쁘셔." 하고는 석현을 힐끔 쳐다보았다. 석현은 스마트폰을 오른손에 들어 발신자를 확인하고 통화 버튼을 눌러 전화를 받았다.

"어, 그래, 서연아."

"네, 석현 오빠. 오빠 죄송한데요, 지금 많이 바쁘세요?"

"아니, 괜찮아. 그런데 왜?"

"저, 다름이 아니고요. 저 골든바이크에서 CBR600RR 렌트해서 골든바이크 동호회 대천 투어링에 회원들과 같이 가는 중에 코너에서 혼자 깔았어요. 오빠 정말 죄송한데요. 혹시 오빠네 포터로 저 좀 데리러 와주실 수 있을까요? 저 지금 겁도 나고 무릎이 아파서 오토바이를 못 타겠어요. 오빠 진짜 죄송한데요, 차마 골든바이크에는 무서워서 전화를 못 하겠어요. 전화해서 혼자 코너에서 깔았다고 하면… 아시잖아요. 그 히스테리."

"그래, 알았어…. 너 많이 다친 건 아니고?"

"네, 오빠, 걱정해 주셔서 감사해요. 다행히 크게 다친 건 아니에요.

그냥 오토바이 타기가 힘든 정도요."

"야, 서연아. 그런데 옆에 다른 회원은 없니? 지금 너 혼자인 거야?"

"예. 제가 워낙 맨 뒤에 처져서 가까스로 쫓아가는 바람에 투어 팀은 제가 지금 있는지 없는지도 모를 거예요. 아마 쫓아오다가 지쳐서 혼자 집으로 돌아갔나 하겠죠. 전에 그런 적이 있거든요."

"그렇겠구나. 서연아, 거기 주변에 뭐 없니? 내비게이션 주소 찍게."

"오빠, 희망주유소요. 거기서 보령 쪽으로 조금만 오시다 보면 제가 보일 거예요."

"그래, 알았어. 지금 출발할 테니까 길 가장자리에서 차 조심하면서 기다리고 있어."

"네, 고맙습니다. 또 죄송하고요."

"아냐, 괜찮아. 인생만사 새옹지마니까."

"그렇군요. 위로가 되는군요."

"간다, 기다려."

W대학교 조리영양학과 2학년인 21살 서연이는 재학 중인 대학교 정문 인근에 위치한 치킨 배달점 '치킨왕' 사장의 장녀다. 치킨왕의 배달 스쿠터 3대는 석현이 하는 제일 오토바이 센터에서 정비를 받는다. 고등학교 1학년 때부터 배달 스쿠터를 타 온 서연이는 이번 여름 방학을 맞아서 부모님을 도와 치킨왕에서 야간 치킨 배달 아르바이트를 하고 있다. 서연에게 시간당 10,000원의 급여를 주고 있는 치킨왕의 이 사장은 깔끔하게 배달 스쿠터를 정비해 주는 석현과 친한 사이다. 그래서 석현도 가끔씩 밤 9시쯤 오토바이 센터 일을 마치고 치킨왕에 가서 늦은 저녁 식사 겸 야식으로 맥주를 곁들여 치킨을 먹기도 한다. 배달 위주로

영업하는 치킨왕의 매장 안에는 홀과 주방 경계에 바테이블로 벽을 쳤는데 주방이 매장 전체 공간의 절반을 차지한다. 그래서 홀에는 손님 테이블이 2개뿐이다. 출입문 안으로 들어와서 좌측 벽 쪽에 2인용 손님 테이블 2개가 나란히 옆으로 놓여 있는 것이다. 석현은 치킨왕에 오게 되면 출입문 옆 창가 테이블에 벽을 등지고 혼자 앉아서 먹기 편한 순살치킨과 생맥주를 주문하고 가져온 소설책을 앉은자리에서 1시간쯤 읽는다. (이번 달부터는 이문열 장편소설 《젊은 날의 초상》을 다시 읽고 있다.) 하지만 요즘은 대학교 여름 방학 기간이라 치킨왕에 오게 되면 유찬이의 열혈팬인 서연이와 오토바이에 관한 다양한 이야기를 나누고 있다. 160센티 키에 몸무게가 65킬로그램인 서연이는 보기에 날렵해 보이는 체형은 아닐지라도 배달 스쿠터로 윌리(앞바퀴 들기)와 잭나이프(뒷바퀴 들기)가 가능한 기술 있는 친구다. 그런 서연이가 가장 좋아하는 오토바이 선수는 유찬이다. 서연이 유찬을 처음 만난 건 1년 전쯤 '유찬 골든바이크 동호회' 인터넷카페에 가입하고 첫 정모로 대천 오토바이 투어링에 따라갔을 때다. 새벽부터 하늘에 먹구름이 많이 낀 날이었는데 일기예보에서 오전 오후 비가 내릴 확률은 동일하게 20퍼센트라고 했다. 모두 24대의 오토바이가 오전 9시에 대전 유성구 골든바이크에 모였고 선두에서 로드마스터 역할을 맡은 유찬의 리드 아래 대천으로 출발했다. (유찬을 후원하는 오토바이 렌트 및 수입바이크 정비전문점 '골든바이크'는 정회원으로 가입한 회원에 한에서 오토바이 수리비 및 렌트비를 10퍼센트 할인해 주고 있다.) 어쨌든 그날 아는 사람 한 명 없이 빌린 구형 600cc 오토바이를 타고 처음으로 골든바이크 오토바이 투어링에 따라갔던 서연은 복귀하는 길에도 행렬의 후미에서 떨어지지 않으며 꿋꿋하게 오토바이를 몰았다. 24대의 오토바이는 먹구름 잔뜩 긴 하늘 아래 눅눅한 바람을 가르며 외곽도로를 달리다가 신호대기 할 때 주룩주룩 비가 내리자 잠시 쉬어 가기로 했다. 녹색등에 정지선에서 출발한 로드마스터 유찬은 회원들을 이끌고 외곽도로를 5분쯤 달리다가 속도를 줄이면서 우측 방향지시등을 켰다. 그러자 회원들도 일제히 우측 방향지시등을 켰다. 가장 후미의 서연도 브레이크를 잡아 감속하면서 앞쪽 오토바이와의 간격을 유지했다. 그녀는 노련하게도 우측 방향지시등이 아닌 비상등을 켰다. 선두의 유찬이 가장 먼저 외곽도로에서 완전히 빠지며 '미니휴게소'와 카페 '라이더 김'이 나란히 옆으로 영업하는 단층 건물 앞에 오토바이를 멈춰 세웠다. 뒤따라오던 회원들도 외곽도로에서 완전히 빠지며 유찬의 뒤로 보기 좋게 오토바이를 줄줄이 멈춰 세웠다. 서연은 먼저 주차한 오토바이들 뒤에 자신의 오토바이를 멈춰 세웠다. 그런 뒤 비상등을 끄고 기어를 중립에 넣은 서연은 시동을 끄고는 킥사이드 받침대로 세운 600cc 오토바이에서 내렸다. 600cc 오토바이 왼쪽 옆에 서서 벗은 온로드 레이싱 장갑과 풀페이스 헬멧은 핸들과 핸들 사이 탑브릿지 위에 겹쳐서 올려놓았다. 그리고 나서 주변을 둘러보았다. 다들 짝지어 미니휴게소와 라이더 김에 들어간 상황이었다. 서연은 추적추적 내리는 비를 맞으며 운동화 밑창이 잠긴 빗물 고인 콘크리트 바닥 위에 잠시 동안 우두커니 서 있었다. 결국 혼자라는 사실에 완전 의기소침해진 서연은 카페인 함량이 높은 찐한 블랙커피를 마시고 싶었지만 참았다. 걸음을 옮겨 미니휴게소 야외테라스로 간 서연은 윗면이 넓은 평평한 원목 난간 모서리에 비스듬히 걸터앉아 동호회가 다시 출발하길 기다렸다.

서연이 비가 점차 그쳐 가는 하늘을 바라보고 있는데 고양이처럼 발소리 없이 슬금슬금 다가온 유찬이 짧게 헛기침을 하고 왠지 어색한 목소리로 서연에게 말을 걸었다.

"너 동호회에 정식으로 가입한 회원이라며?"

난간 모서리에 넋 놓고 앉아 있다가 흠칫 놀란 서연이 오른쪽으로 고개를 돌려 유찬을 쳐다보았다. 오른손에 반쯤 마신 커피캔이 들려 있는 유찬이 크게 뜬 눈으로 서연을 내려다보고 있다. 유찬은 온로드 레이싱 원피스 슈트의 지퍼를 허리벨트 선까지 내리고서 두 팔을 빼서 벗은 재킷 부분을 등 뒤에 매달고 있다. 서연은 유찬의 검정망 이너 슈트 속으로 비치는 반팔 티셔츠에 잠시 고정되어 있던 눈을 들어 유찬의 얼굴을 쳐다보며 입을 떼었다.

"네. 저 새로 가입한 신입 회원이에요."

대답하는 데 시간이 걸려서 그랬을까, 눈가를 찡그리며 고개를 끄덕인 유찬이 다시 물었다.

"저기에 네가 타고 온 CBR600F 말이야. 저 화석. 네 거니?"

"아니요. 우리 가게 아르바이트 오빠한테 부탁해서 하루만 겨우 빌린 거예요."

그 열악함에 살짝 빈혈이 오는지 유찬은 눈을 지그시 감았다가 뜨고서 오른손에 든 캔커피를 한 모금 마셨다. 입에서 커피캔을 뗀 유찬은 서연이를 슬쩍 쳐다보았다가 커피캔을 난간 위에 내려놓고 혼잣말하듯이 중얼거렸다.

"젠장, 다 와서 20퍼센트 확률의 비가 왔어. 슈트 안이 온통 습기로 가득 차서 몸이 축축해."

고개를 들어 유찬을 올려다보고 있던 서연이 수줍은 목소리로 말했다.

"오빠, 비 오는 시합 날에도 거침없으시잖아요."

구름이 내려앉은 산을 보고 있던 유찬이 서연이에게 시선을 돌렸다.

서연이는 유찬의 오른쪽 어깨에 시선을 놓고 살짝 붉어진 얼굴로 미소를 지었다. 유찬은 서연이의 얼굴을 찬찬히 들여다보며 나직한 목소리로 물었다.

"그런데 당신의 이름은?"

"이서연이요."

"그래, 서연이. 너 나중에 오토바이 살 거면 꼭 골든바이크에서 사. 내가 미리 말해 놓을게. 춘섭이 형이 알아서 잘해 줄 거다. 저 위험한 화석은 그만 타고 다니고."

"네, 고맙습니다."

"그럼, 난 저쪽 구석에 가서 담배 한 개비 더 피워야겠다. 비도 슬슬 그치고 있으니 출발하기 전에 얼른 한 대 더 피워야지."

담배 얘기가 나오자 서연이 사뭇 걱정스런 표정의 얼굴로 유찬을 쳐다보았다. 유찬은 오른쪽 어깨에서부터 사선으로 등에 멘 힙팩 버클 버튼을 눌러 버클을 풀었다. 그리고는 힙팩을 허리로 옮겨 차며 버클을 결착하고서 입을 뗐다.

"그래, 맞아, 담배를 피우면 레이싱이 진행될수록 액셀 그립 잡은 손에 힘이 풀리지. 지구력이 더 떨어지니까. 그건 손안에 움켜쥔 모래가 손 쓸 틈 없이 빠져나가는 것과 같아. 이번엔 반드시 금연해서 다음 시합에서는 깔끔하게 우승할 거야. 어떤 블로그 보니까 금연 약은 챔픽스가 갓이라고 하던데… 그런데 너 혹시 담배 피우니?"

서연이 멋쩍은 듯 입가에 옅은 미소를 지으며 고개를 가로젓자 유찬이 고개를 끄덕이고서 입을 뗐다.

"그래, 알았다. 그럼 난 담배 피우러 간다. 있다가 잘 따라와. 브레이크 컨트롤 잘하고, 노면 젖어서 길 미끄러우니까."

서연은 유찬의 등을 보며 "네." 하고 대답했다.

올해 봄 어느 날 밤에 석현은 치킨왕에서 소설을 읽으며 순살치킨을 먹고 있었는데 서연이 다가와서 맞은편 의자에 앉았다. 그녀는 석현에게 유찬에 대해서 이것저것을 물어보았다. 석현은 친절하게 물어본 것에 대해서 아는 만큼 서연에게 대답해 주었다. 석현에게 유찬에 대해서 몇몇 이야기를 들은 서연은 마치 꿈꾸는 듯이 얼굴에 행복이 충만히 깃든 얼굴로 비밀을 고백하듯 나직한 목소리로 말했다.

"석현 오빠, 나는 학교 졸업하면 유찬 오빠하고 결혼하고 싶어요. 신혼여행은 각자 오토바이를 타고 유럽 일주를 하는 거예요."

석현은 치킨 조각을 찍은 스텐 포크를 손에 들고 이렇게 말했다.

"글쎄, 네가 유찬이 여성팬으로서 얼굴 반질반질한 유찬이를 좋아하는 건 충분히 이해하겠는데 솔직히 말해서 결혼을 꿈꾸는 여자로서 좋아할 만한 남자를 찾는다면 오토바이 선수보다는 안정적인 회사에 성실하게 다니는 남자가 좋지 않겠니?"

"네?" 입을 앞으로 삐죽 내민 서연은 "그러는 오빠는 오토바이 선수 아닌가요! 오빠처럼 유찬 오빠도 건실한 남자예요!" 하고 화난 목소리로 말했다. 그러자 서연이 아버지가 핀잔을 주듯이 "이것아, 동우빌라 202호 거 나왔어. 어서 배달이나 갔다 와." 하고 말하며 이제 막 조리한 양념치킨이 담긴 포장 박스를 비닐 봉투 안에 넣었다. "아! 알았어." 하고 삐친 목소리로 대답한 서연은 앉은자리에서 벌떡 일어났다. 그리고는 성큼성큼 걸어 바테이블로 가서 주방 안에서 아버지가 내민 비닐 봉투를 오른손으로 낚아채고서 헬멧을 챙겨 가게 밖으로 나갔다.

빠른 속도로 포터를 운전하고 있는 석현이 굴곡진 도로를 유연한 핸들 조작으로 통과하면서 속도를 줄이다가 비상등을 켰다. 그의 눈에 도로 가장자리에 서 있는 서연이 보였다. 왼손으로 윈드쉴드가 열린 풀페이스 헬멧 턱가드를 움켜잡고 있는 서연이의 오른쪽 옆으로 거리가 조금 떨어진 곳에는 렌트한 혼다 CBR600RR 오토바이가 세워져 있다. 지금 서연이가 입고 있는 온로드 레이싱 가죽 재킷은 석현이 준 것이다. 석현은 이 검정 노랑 조합의 온로드 레이싱 가죽 재킷을 오토바이 용품 사이트 할인행사 때 구입했는데 오토바이 탈 때 입었다가 똑같은 제품을 입은 라이더 옆에서 긴 시간 신호대기를 한 뒤 서연에게 주었다. 그저 치킨 배달할 때 작업복으로 입으라고만 했다. 남자 95 M 사이즈지만 서연에게도 잘 맞는다.

석현이 도로 갓길에 정차한 포터에서 운전석 문짝을 열고 차 밖으로 내렸다. 그는 왼손으로 운전석 문짝을 밀어 닫고 서연에게 걸어갔다. 서연이가 입은 연청 스키니진은 오른쪽 무릎이 가로로 10센티쯤 찢어져 있다. 석현이 서연이 앞에서 걸음을 멈추고 그 오른쪽 무릎을 쳐다보며 쯧쯧쯧 혀를 차자 서연이 울먹거리는 목소리로 말했다.

"와 줘서 고마워요, 오빠."

"무릎은?"

"우코너에서 깔면서 그랬는데 병원 갈 정도는 아니에요. 오빠, 렌트 오토바이도 자차 보험처리 안 되잖아요. 수리비 엄청 나오겠죠?"

"그거야 뭐…." 하고 말을 흐린 석현은 뒤로 몸을 돌려 걸어서 렌트 오토바이에 가까이 다가가 우측 옆면 앞에 두 무릎을 접고 쪼그려 앉았다. 그리고는 넘어진 쪽인 우측 사이드 커버를 살펴보았다. 상태는 생각보다 심각하다. 우측 사이드 커버 하단에 생긴 손바닥 한 뼘 정도의 스크래치는 구멍이 뚫릴 정도로 깊다. 몹시 난감한 표정의 석현은 자리에서 일어나서 오른쪽 옆에 서 있는 서연이를 보며 입을 떼었다.

"골든바이크 사장 춘섭이가 서연이 너한테 전체 커버를 교체하겠다는 말은 못 하겠지만 전체도색을 하겠다고는 하겠지. 부분도색은 기존 도색 부위와 색 밸런스가 안 맞으니까. 그렇다고 너무 걱정은 하지 말어. 너 거기 회원이고 렌트 단골인데 설마 널 울리기야 하겠니? 춘섭이도 사람이야. 걱정 말고 일단 오토바이부터 차에 싣자."

서연이 애써 침착한 표정으로 고개를 끄덕이자 석현이 렌트 오토바이 연료탱크 위에 놓인 온로드 레이싱 장갑을 들어서 서연에게 건네주었다. 서연은 온로드 레이싱 장갑을 온로드 레이싱 가죽 재킷 양쪽 주머니에 한 쪽씩 나누어 넣었다. 그사이 석현은 포터 적재함으로 걸어가서 좌측 후미등에서 우측 후미등으로 이동하며 좌우 옆문짝 수직 접이식 리프트게이트 양쪽 개폐기를 한 개씩 당겨 열었다. 그리고는 바지 오른쪽 앞주머니에서 리모컨을 꺼내 버튼을 꾹 눌렀다. 수직 접이식 리프트게이트는 뒤쪽으로 90도 접혀서 수평 상태가 되었다. 한 번 더 버튼을 누르자 리프트는 서서히 아스팔트 바닥으로 하강했다. 수직 접이식 리프트게이트가 완전히 하강해 아스팔트 바닥에 닿자 석현은 렌트 오토바이 왼쪽 옆으로 다가가 허리를 숙이며 두 팔을 앞으로 뻗어 좌, 우 세퍼레이트 핸들을 잡았다. 그는 양쪽 손에 잡은 좌, 우 세퍼레이트 핸들로 오토바이를 똑바로 일으켜 세우면서 오른발로 킥사이드 받침대를 접은 뒤 천천히 앞으로 걸어갔다. 그러다 하강한 수직 접이식 리프트게이트에 오토바이와 함께 올라타며 오른발로 킥사이드 받침대를 폈다. 오토바이가 세워지자 바지 오른쪽 앞주머니에서 리모컨을 꺼내 버튼을 눌렀다. 수직 접이식 리프트게이트는 서서히 상승하다가 저재한 바닥에 수평 맞춰 멈춰 섰다. 그사이 600RR 시동을 켠 석현은 오토바이를 똑바로 일으켜 세우면서 킥사이드 받침대를 접고 클러치 레버를 잡고 1단 기어를 넣었다. 그는 적재함 안쪽으로 시동이 걸린 600RR을 끌고 들어갔다. 오토바이를 두 손으로 밀며 앞 타이어를 적재함 위쪽 좌측 구석에 밀어 넣은 석현은 반클러치를 쓰며 액셀 그립을 감아 뒤 타이어를 급회전시키며 미끄러트렸다. 미끄러진 뒤 타이어는 우측 옆문짝에 부딪치면서 회전을 멈췄다. 석현은 기어를 중립에 넣은 600RR의 시동을 끄고 킥사이드 받침대를 폈다. 자신의 스타일대로 600RR을 사선으로 댄 석현은 좌측 옆문짝으로 가서 허리를 숙이며 왼손으로 문짝을 잡고 두 다리를 모아 훌쩍 뛰어서 도로 가장자리에 착지했다. 석현은 바지 왼쪽 뒷주머니에서 목장갑을 빼내 한 손에 한쪽씩 두 손에 장갑을 끼고 적재함에 던져 놓았던 동그랗게 둘둘 감긴 고무짐바를 꺼내 두 손에 들었다. 그는 능숙하게 왼손으로 짐바끝머리를 잡고 오른손에 잡은 짐바뭉치를 바닥에 떨어뜨렸다. 그리고는 왼손에 쥔 짐바끝머리를 오른손으로 옮겨 잡아 끝머리의 매듭 구멍을 옆문짝 1번 짐바고리에 끼웠다. 그러면서 왼손에 새로 쥔 짐바를 적재함에 실은 오토바이의 앞 타이어 메쉬휠 사이 공간으로 통과시켰다. 이것을 ① 짐바라고 하자. 이 ① 짐바를 두 손을 써서 줄줄이 다 빼낸 뒤 힘껏 당겨 내려 팽팽해진 ① 짐바를 2번 짐바고리에 걸며 V 자로 당겨 올렸다. 그러면서 오른손에 쥔 짐바를 ② 짐바라고 하자. 석현은 오른손에 ② 짐바를 반시계방향으로 돌리며 2번 짐바고리까지 사선으로 뻗은 짐바 안쪽에서 왼손에 넘겼다. 그와 동시에 ② 짐바를 두 손으로 힘껏 당기면서 급격히 아래로 내려 옆문짝 고무덮개와 ① 짐바 그 사이에 비집어 넣으면서 짐바를 고정한 뒤 매듭을 한번 지었다. 좌측프런트서스펜션과 좌측 세퍼레이트 핸들 '좌측에 기어 변속 레버스텝'도 한 번씩 감으며 각각 서로 다른 짐바고리에 팽팽히 걸면서 동일한 방법으로 짐바를 고정하고 매듭을 지었다. 그리고 나서 바닥에 있는 다른 한쪽 짐바끝머리를 집어 들어서는 왼손에 잡고 오른손으로 짐바를 끌어올리면서 왼손에 모아 쥐며 동그랗게 감아 그걸 오른손에 옮겨 잡고 반대편 '우측 옆문짝' 쪽으로 높이 던져서 넘겼다. 반대편으로 던져진 짐바를 쫓아 적재함 뒤를 돌아 걸어 우측 옆문짝에 선 석현은 도로 갓길 흙바닥에 떨어져 있는 짐바를 집어 두 손에 들었다. 그는 역시 같은 방법으로 뒤 타이어 메쉬휠, 뒤 타이어 양옆으로 나란히 뻗은 리어차대, 뒷좌석 우측 스텝 고정브라켓을 한 번씩 감으며 바짝바짝 당기면서 각각 다른 짐바고리에 고정하고 매듭을 짓다가 작업이 끝나자 여분의 짐바를 둘둘 감아 적재함에 던져 넣었다. 석현은 손에 꼈던 목장갑을 두 쪽 모두 벗어 겹쳐 뒤집어 까면서 공처럼 말아 적재함에 던져 놓고 바지 오른쪽 뒷주머니에 넣었던 리모컨을 꺼냈다. 그는 버튼을 눌러 수직 접이식 리프트게이트를 안쪽으로 90도 접어서 적재함 뒷문짝을 닫았다. 이어서 석현은 리모컨을 바지 오른쪽 앞주머니에 넣고 좌측 후미등에서 우측 후미등으로 이동하며 적재함 수직 접이식 리프트게이트 양쪽 개폐기를 한 개씩 당겨 잠갔다. 그런 뒤 뒤돌아서서 잠시 잊고 있었던 서연이를 쳐다보았다.

서연이의 얼굴에는 어두운 그늘이 이중, 삼중으로 짙게 드리워져 있다. 하필 이럴 때 까마귀 한 마리가 도로 갓길을 따라 줄줄이 심겨 있는 은행나무 꼭대기에 내려앉아 '까악까아악 까악' 하고 심란하게 울어 재끼기 시작했다. 서연이 머리 위다. 서연이는 처참한 기분이 드는지 두 눈을 꼭 감고 쓴웃음을 지었다. 그런 서연이를 보며 석현은 차분한 목소리로 "서연아 얼굴 좀 펴. 왜 남자에게 걸어차이고 나서 물벼락까지 뒤

집어쓴 여자 같은 얼굴을 하고 있어." 하고 말했다. 서연인 한숨을 내쉬고서 "다 됐어요. 오빠?" 하고 물었다. "그래, 차에 타." 하고 대답한 석현은 고개를 들어 계속 울어 재끼고 있는 까마귀를 노려보다가 "이 나쁜 놈! 닥쳐! 셧 더 마우스!" 하고 소리쳤다. 서연이는 오른쪽 다리를 살짝 절면서 걷다가 포터 조수석 앞에 서서 문짝을 열고 조수석에 올라탔다. 그녀는 조수석 문짝을 닫고 곧바로 안전벨트를 맸다. 석현도 운전석 문짝을 열고 차 안으로 들어와 운전석에 앉아 운전석 문짝을 닫고 안전벨트를 맸다. 운전석 사이드미러를 확인한 석현이 핸드 브레이크를 풀고 1단 기어를 넣자 서연이는 두 무릎 위에 올린 풀페이스 헬멧을 곰인형처럼 두 팔로 감싸 안았다. 운전석 사이드미러를 보며 왼쪽으로 핸들을 감는 석현이 "가다 약국에 들러서 압박붕대 좀 사야겠다." 하고 말한 뒤 정차한 자리에서 단번에 포터를 유턴했다. 그때 상체가 휘청 흔들렸던 서연이 이내 자세를 바로잡고 고개를 갸우뚱거리며 중얼거렸다.

"이상해. 석현 오빠처럼 자상한 남자가 왜 아직까지도 솔로일까?"

석현은 2단에서 3단 기어를 넣고 액셀러레이터 페달을 깊이 밟으며 입을 떼었다.

"그걸 몰라서 묻니? 오빠 같이 버는 족족 있는 돈 없는 돈 죄다 쏟아붓는 오토바이 레이싱하는 남자 만났다가 인생 파탄 날까 봐 그러는 거지."

서연이 앞을 보면서 여유 있게 '씨익' 웃고 사뭇 밝은 목소리로 말했다.

"오빠, 사랑하는 남자를 위해서 고생하는 거 좋아하는 여자들도 있어요. 내가 유찬 오빠를 좋아하지 않았다면 진심 석현 오빠를 좋아했을 거야."

싱긋 웃은 석현은 "앞으로는 고생 좋아하는 여자를 찾아봐야겠구나." 하고 말하고서 클러치 페달을 밟았다 떼는 사이 기어 변속 레버를 4단에서 5단으로 올리면서 액셀러레이터 페달을 밟아 내렸다.

C 대학교 오거리에서 유성구청 방향으로 직진 신호를 그대로 통과한 석현의 포터가 1차선을 따라 대학로를 5분쯤 달리다가 삼거리 신호등 앞에서 정차한 후 신호가 바뀌자 좌회전했다. 그는 일정하게 구획되어 지어진 건물들이 만들어 낸 네거리를 직진하면서 우측에 골든바이크 매장 앞 도로 가장자리에 포터를 정차하고 비상등을 켰다. 매장 전면이 강화유리벽인 골든바이크 안으로 질서 있게 촘촘히 세워 진열해 놓은 각종 렌트 오토바이들이 밖에서도 한눈에 들어온다. 매장 안 좌측 벽면에 세로 2미터 가로 1미터 크기의 대형 라이트패널이 부착되어 있고 그 안에 풀페이스 헬멧을 쓴 유찬의 얼굴이 담겨 있다. 양문 강화도어 출입문 안쪽으로 1미터쯤 상승한 유압식 정비리프트에는 정비 중인 빅스쿠터가 세워져 있다. 앞 타이어가 고정 프레셔로 압축된 빅스쿠터는 제네레터 커버가 탈착되어 있다. 커버가 탈착된 자리 둥그스름한 테두리에는 가스켓본드로 부착되었던 가스켓이 정비칼로 반쯤 제거되어 아래로 축 늘어져 있다. 빅스쿠터 좌측 옆면 앞에서 정비칼을 들고 서 있는 골든바이크 정비직원 민철은 손을 멈춘 채 강화유리벽 너머 가게 렌트 오토바이를 실은 제일 오토바이 센터 빨간색 포터를 쳐다보고 있다. 169센티 키에 몸무게는 83킬로그램, 거기에 저돌적인 느낌을 주는 육각형 체형의 민철은 빨간색 바탕에 검은색 줄무늬 반팔 스프라이트 티셔츠를 입고 있다. 그의 왼팔 팔뚝에 새겨진 타투는 불길에 휩싸인 단기통 2사이클 엔진이다. 민철이와 유찬이는 같은 고등학교 출신의 친구 사이다.

석현과 서연은 운전석과 조수석 문짝을 열고 같이 포터에서 내렸다. 오른쪽 다리 무릎에 자신의 손으로 압박붕대를 칭칭 감은 서연은 조수석 문짝을 닫고 인도로 올라가 절뚝절뚝 걷다가 골든바이크 양문 강화도어 출입문 앞에 다가섰다. 그런 서연이를 본 민철이 고개를 왼쪽으로 돌려서 다급히 사장 춘섭을 불렀다.

"보스! 보스!"

매장 뒤쪽에 높이 150센티 접이식 칸막이를 좌측 벽면에서부터 우측 벽면 못 미쳐 매장 뒤쪽 벽면에 난 후문 직전까지 길게 이어 붙여 만든 동호회실의 3인 소파에 누워서 자고 있던 춘섭은 야생동물처럼 눈을 번쩍 떴다. 그는 주위를 빠르게 살펴본 뒤 긴장된 표정을 풀고 상체를 일으켜서 칸막이 위로 머리를 삐죽 내밀었다. 그리고는 살짝 찡그린 눈으로 민철을 쳐다보며 입을 떼었다.

"손님 온 줄 알았네. 뭐여?"

민철은 매장 밖을 정비칼로 가리키며 "서연이가 렌트해 간 600RR이 제일 포터에 실려 왔네. 딱 보니 혼자 깔은 거지." 하더니 짜증 난 얼굴로 정비칼을 유압식 정비리프트에 내려놓고 양쪽 손에서 목장갑을 벗었다. 그러는 사이 출입문 밖에서 서연이와 작은 목소리로 대화를 주고받던 석현이 손발이 맞은 듯 서연이를 쳐다보며 고개를 끄덕이다가 양문 강화도어 왼쪽 문을 밀면서 매장 안으로 들어와 자연스럽게 민철에게 인사했다.

"민철이, 오랜만이다. 고생이 많지."

민철은 아무 말 없이 두 손을 보라색 추리닝 바지 양쪽 앞주머니에 넣고 똑바로 서서 찡그린 눈으로 석현을 지그시 쳐다보았다. 둘이 그러는데 춘섭이 슬리퍼를 끌며 동호회실 밖으로 나왔다. 석현이 친근하게 오른손을 들면서 춘섭에게도 인사했다.

"춘섭이, 오랜만이네. 잘 지냈어?"

빡빡 민 터프한 머리에 양쪽 귀에 링귀고리를 하고 두 눈을 치켜뜬 춘섭이 건성으로 오른손을 들어 인사하고는 눈을 돌려 제일 오토바이 센터 포터에 실린 자신의 렌트 오토바이를 쳐다보았다. 그때까지 매장 밖에 서서 초조한 눈으로 매장 안 분위기를 살피던 서연이 양문 강화도어 왼쪽 문을 당겨 열고 절뚝절뚝 걸어서 매장 안으로 들어왔다. 서연이는 죄인 같이 초췌한 얼굴로 춘섭을 보면서 상당히 미안해하는 목소리로 말했다.

"회장님, 죄송해요. 코너에서 혼자 깔았어요. 코너 돌면서 그렇게 눕히지도 않았는데…."

춘섭인 눈을 감으며 코로 숨을 힘껏 들이마셨다가 입으로 내뱉으면서 감은 눈을 다시 떴다. 춘섭이만의 마음 다독이는 기술이다. 춘섭인 검은색 멜빵 일체형 정비복 배주머니에 손을 넣어 전자담배 스틱을 꺼내 들었다. 그는 곧바로 전자담배 주둥이를 입에 물었다. 그리고는 버튼을 눌러 수증기 같은 연기를 뻑뻑 빨아 목 속으로 깊게 들이마셨다가 한숨처럼 푸욱푸욱 입 밖에 뿜어냈다. 코를 킁킁댄 석현은 연기 속에 진한 과일 향기를 맡으며 "사과냐?" 하고 물었다. 춘섭은 재미있다는 듯이 피식 웃고는 분위기를 바꿔 잔뜩 찡그린 눈으로 석현을 쳐다보며 다물고 있던 입을 떼었다.

"야, 이 사장. 이게 어떻게 된 일이여. 아니 왜 우리 오토바이를 상관도 없는 네가 싣고 온 겨?"

석현은 멋쩍게 웃고서 차분한 목소리로 춘섭이에게 말했다.

"누가 싣고 온 게 중요한 게 아니고 서연이가 크게 안 다쳤다는 게 중요하지. 춘섭아, 서연이 너희 회원인데 도색비용 좀 싸게 해 줘. 다른 데는 크게 뭐…. 사이드 커버가 조금 갈렸더라고. 어차피 렌트 오토바이고, 내가 볼 땐 부분도색만 해 주면 될 것 같던데."

피식 웃으며 "부분도색?" 하고 혼잣말한 춘섭이 전자담배 연기를 한 모금 들이마셨다가 내뱉고서 담담히 말했다.

"나야 싸게 해 주고 싶지. 그렇지만 렌트계약서상 손님의 100퍼센트 과실로 인한 사고인 경우에는 손님에게 복구비용을 100퍼센트 다 청구해야 돼서. 안타깝다야. 그리고 아무리 렌트 오토바이라도 누가 R차를 부분도색하니? R차 풀도색 비용 200정도인 거 알지. 이 사장 너도 잘 알 거 아니야. 너도 그렇게 돈 벌어먹고 사니까."

얼굴이 창백해진 서연이 현기증이 나는 듯 두 눈을 질끈 감았다가 뜨는 가운데 석현이 고개를 들어 천장을 쳐다보며 어처구니없다는 듯이 웃다가 다시 춘섭이를 쳐다보며 다소 흥분한 목소리로 빠르게 말했다.

"춘섭아, 서연이 니네 골든바이크 회원이야. 200? 야, 전체도색하더라도 그냥 업자가로 처리해 줘도 되잖아. 내가 그걸 몰라? 너만 손에 기름 묻혀서 밥 먹고 사냐. 그리고 서연이가 치킨 배달한 돈으로 그동안 니네 렌트 오토바이 장사 엄청 팔아 준 거 내가 다 아는데 그건 쌩까는 거냐. 아무리 몸에 기름 묻혀 가며 밥 먹고살아도 장사 그렇게 하지 마."

춘섭이 황당해하는 얼굴로 잠시 석현을 쳐다보다가 이내 피식 웃고서 입을 떼었다.

"야, 이 사장. 너 지금 동화 쓰니? 야, 정신 차려! 젠장, 아무리 회원이라도 그렇지, 너는 흙 파서 장사하지? 이거 선수들끼리 왜 그래. 너는 천사고 나는 악마고?"

무표정한 얼굴로 춘섭의 말을 듣고 있던 석현이 천천히 입을 떼었다.

"춘섭아."

"그래, 왜?"

"우리가 돈이 없지, 가오가 없냐."

"어, 나 가오 없어." 하고는 민철과 눈을 마주치며 피식 웃은 춘섭이 사뭇 진지한 얼굴로 석현을 쳐다보며 목에 힘을 잔뜩 주고 말했다.

"야, 이 사장. 알았어. 나도 너처럼 동화 한번 쓰지 뭐. 이렇게 하자고. 네가 우리 대신 저 오토바이 알아서 책임지고 복구시켜서 가져와. 그럼 됐지?"

석현이 주저 없이 고개를 끄덕인 뒤 입을 떼었다.

"좋아, 그렇게 할게. 날짜나 여유 있게 줘. 쓸데없이 야부리 깔려고 하지 말고."

춘섭은 오른쪽 눈을 치켜올리면서 야비해 보이는 표정을 짓고 단호하게 말했다.

"앞으로 일주일! 내가 개호구마냥 너한테 날짜 널널하게 줬는데도 못할 것 같으면 동화 작가님은 더 이상 분수 넘게 나대지 말고 가서 니 할 일이나 해. 내가 서연이 재하고 렌트계약서대로 해결 볼 테니까."

석현이 피식 웃고 입을 떼었다.

"얘기 끝난 거지. 그럼 우린 이만 가 볼게, 너도 좀 바쁜 거 같으니까."

"그래, 가 봐라. 내가 좀 바빠서 제일 오토바이 센터 이 사장님이 모처럼 오셨는데 차 한 잔 못 권하네."

"아니야, 나도 좀 바빠서 한가하게 차 마실 시간이 없어."

"그러시겠지. 천사님이 착한 일 하러 다니기가 좀 바쁘시겠어. 그래, 그럼 어서 가 봐."

피식 웃으며 고개를 끄덕인 석현은 부드럽게 미소 지은 얼굴로 춘섭을 보며 "수고해라, 춘섭이." 하고 인사했다. 민철은 T800 터미네이터처럼 서서 석현을 주시하고 있다. 석현은 그런 민철을 보며 보기 안쓰럽다는 듯이 눈가를 찡그리면서 말했다.

"민철아, 춘섭이가 군기라도 잡니? 좀 편하게 서 있어. 너 마네킹 같아."

순간 왼쪽 눈썹을 꿈틀거린 민철은 아무런 반격 없이 다만 입가에 조소를 머금었다. 석현은 뒤로 몸을 돌려서 걷다가 양문 강화도어 오른쪽 문을 당겨 열고 밖으로 나갔다. 서연이는 춘섭이에게 고개를 잔뜩 숙였다가 들면서 "회장님, 저도 이만 가볼게요. 그리고 조금 나중에 또 렌트하러 올게요." 하고 인사 한 뒤 잰걸음으로 걸어가 양문 강화도어 오른쪽 문을 밀면서 밖으로 나갔다. 서연이 밖으로 나오자 석현은 포터 운전석 문짝을 열고 차 안으로 들어가 운전석에 앉아 운전석 문짝을 닫았다. 서연이 조수석 문짝을 열고 차 안으로 들어와 조수석에 앉으면서 조수석 문짝을 닫자 석현이 핸드 브레이크를 내리고 1단 기어를 넣었다. 서연이는 안전벨트를 착용하고 왼쪽으로 고개를 돌려 석현의 옆얼굴을 쳐다보며 "오빠, 고마워요." 하고 말했다.

골든바이크에서 나온 제일 오토바이 센터 포터가 갑천도로를 달리고 있다. 차분히 운전을 하던 석현이 문득 조수석에 편안히 앉아 있는 서연의 옆얼굴을 힐끔 쳐다보았다. 서연은 이제 많이 안정돼 보이는 얼굴이다. 그래서일까, 내내 조수석 문짝 유리창 밖을 바라보던 서연이 고개를 왼쪽으로 돌려 운전석 사이드미러를 확인하는 석현에게 정겨운 목소리로 말했다.

"오빠, 저 열심히 치킨 배달해서 렌트 오토바이 도색수리비하고 오빠 수고하신 비용까지 다 낼 거예요. 그리고 오빠가 전에 데리고 가서 고기 사줬던 숯불갈비 식당에서 이번엔 제가 식사 대접할 거예요."

석현은 흐뭇하다는 듯이 미소를 짓고 차의 속도를 줄이다가 과학공원 네거리에서 우회전을 했다. 그리고 나서 입을 떼었다.

"서연아, 부상당한 몸으로 너무 무리하진 말아."

"오빠, 나 걷어차이고 물벼락 뒤집어쓴 여자예요. 이젠 어떤 인생의 시련도 이겨 낼 수 있어요. 그러니까 너무 걱정하지 마세요."

"하하하." 기분 좋게 웃은 석현이 전방을 주시한 채 운전을 하면서 오른손을 기어스틱에서 떼 서연에게 엄지손가락을 들어주었다. 그런 석현을 보며 환하게 미소 지은 서연이 갑자기 고개를 갸우뚱거리고는 "석현 오빠." 하고 석현을 불렀다. 석현이 2차선에서 차선을 바꿔 1차선으로 포터를 몰고 들어가며 "응." 하고 대답하자 서연이 목소리 톤을 조금 낮춰 조심스럽게 물었다.

"오빠는 골든바이크 동호회 회장님한테 춘섭이라고 이름을 부르는데 회장님은 왜 오빠한테 꼬박꼬박 이 사장이라고 높여 부르는 거예요? 회장님하고 오빠하고 동갑 친구 아니에요?"

석현이 앞차 간격에 맞춰 속도를 줄이면서 별다른 감정의 술렁임 없이 물은 바에 대해 설명을 하기 시작했다.

"오토바이 센터를 개업하기 전부터 춘섭이를 알고 있었어. 춘섭이에게 오토바이 센터를 하는데 필요한 이런저런 노하우들을 배웠지. 그땐 사이가 좋았으니까. 나이도 같고. 아무튼 유찬이의 고등학교 2년 선배인 춘섭이는 19살 때 17살인 유찬이하고 같이 SB250 스포츠 바이크전에서 선수로 뛰었다고 하더라고. 그러다 시합 중 일어난 큰 사고로 부러진 다리에 쇠를 박고 그날로 선수 은퇴했고. 지금은 오토바이 렌트샵 및 오토바이정비 센터 하면서 유찬이 레이싱 오토바이 정비 봐주고 인터넷 카페 동호회 운영하고 그러고는 있지만 속마음은 자기도 직접 서킷에서 선수로 달리고 싶은 거겠지. 그걸 유찬이를 통해서 대리만족하고 있는데 유찬이하고 나하고 사이가 영 안 좋으니까 나에게 뚜렷한 이유 없는 적개심을 드러내더라고. 친근하게 내 이름을 부르지 않고 꼬박꼬박 이

사장이라고 호칭하는 건, 날 무시하고 조롱하는 방식의 하나겠지."

가만히 석현의 설명을 듣고 있던 서연이 이제야 알겠다는 듯이 고개를 끄덕이고서 "그러네요. 회장님 참 유치하시네요." 하고 말했다. 그러자 석현이 싱긋 웃는 얼굴로 고개를 가로젓고 나서 차분히 말했다.

"하지만 나는 춘섭이를 이해해. 솔직히 유찬이가 누구야. 대전 출신으로 전국 톱클래스 수준의 오토바이 선수잖아. 그런 지금의 유찬이를 만들었고 계속해서 만들어 가는 게 춘섭이고. 춘섭이 입장에서는 자신의 분신과도 같은 유찬이와 사이가 껄끄러운 내가 싫은 게 당연한 거지. 물론 지금의 유찬이를 있게 한 가장 큰 공로를 세운 건 유찬이 아버지이지만."

"오빠, 그런데 오빠는 언제부터 유찬 오빠하고 사이가 안 좋았던 거예요?"

"그거! 그걸 어디서부터 말해야 하나… 그래, 뒤늦게 하는 제일 오토바이 센터 개업식 날이었어. 가게에 은박돗자리 4장 깔아 놓고 개업식 손님들과 동그랗게 모여앉아 삶은 돼지고기에 새로 한 김치를 먹으며 막걸리, 소주, 맥주를 각자 취향대로 마셨는데… 그러니까 그때가 내가 대학교 자동차공학과 졸업하고 24살에 오토바이 센터를 차린 거거든. 센터 차리면서 오토바이 레이싱에 데뷔했고. 어쨌든 그날 그 자리에 춘섭이하고 민철이, 유찬이도 있었어. 좀 전에 얼핏 언급했지만 춘섭이는 내가 오토바이 센터 차린다고 이곳저곳 알아보고 다닐 때 우연히 친구가 됐거든. 유찬이를 개업식에 데리고 온 게 춘섭이야. 그때 군대를 다녀온 22살 유찬이는 내가 신인으로 출전하는 600cc SS600 슈퍼스포츠 전에서 중상위권에 머물러 있었어. 물론 나는 후미권이었고. 우리는 화기애애한 분위기 속에 술을 주고받으며 서서히 취해 갔는데 갑자기 유찬이가 대뜸 나한테 밑도 끝도 없이 오토바이 레이싱이 우습냐고 하대.

그래서 내가 '너 술 취하셨어요?' 하니까 하는 말이 '어디 뜨내기가 건방지게 SS600부터 단계를 밟으려고 하냐'고 하면서 나보고 자진 강등해서 SB250 스포츠 바이크전부터 단계를 밟으라고 지랄하대. 내가 그래서 말했지. '웃기고 있네. 600 미들클래스로 선수 라이센스 합격하면서 연맹과 우리 팀에서 허락한 건데 네가 뭔데 개소리하냐'고. 그랬더니 유찬이 이 자식이 준서 형은 사람 보는 눈이 없다면서 아, 글쎄 그날 서울에서 일이 밀려 개업식에 못 온 준서를 들먹이더니 자기가 연맹회장님께 직접 전화를 드려서 나를 250 클래스로 강등시켜 버리겠다고 눈을 부릅뜨고 말하대."

"어머!" 하며 깜짝 놀란 서연이 "그래서요, 오빠?" 하고 물었다.

"그래서 내가… 서연아, 너 그런데 오늘 식사는 한 거니?"

"아니요, 아직요."

"그럼 우리 가는 중간에 국밥 한 그릇씩 때리고 갈까?"

"예, 오빠. 국밥은 제가 살게요. 그런데 그것보다, 오빠, 그래서 어떻게 하셨어요?"

"어떻게?"

"네."

"서연이 네가 상상하는 대로야."

"아, 네. 그러셨군요…."

"응? 오해하지 마, 야만스럽게 폭력을 쓰거나 한 건 아니니까."

"에이, 그럼요. 설마 석현이 오빠가."

우측 방향지시등을 켠 석현이 핸들을 오른쪽으로 돌렸다. 그는 우회전하며 브레이크와 클러치 페달을 같이 밟고 기어스틱을 조작해 기어를 3단에서 2단으로 내리면서 오토바이 특화거리 안으로 600RR을 실은 포터를 몰고 들어갔다. 차 안 컨트롤패널 디지털시계는 5시 39분을 표기하고 있다. 여기 오는 길에 국밥 식당에서 함께 소머리국밥을 먹은 서연은 치킨왕 매장에 내려 주었다.

석현의 포터는 오토바이 특화거리 왕복 2차선 도로를 천천히 달리고 있다. 도로 양옆에 칸칸이 위치한 각기 특색이 다른 오토바이 가게들은 오늘도 특유의 활기를 조용히 내뿜고 있다. 석현이 도로 가장자리에 포터를 바짝 붙여 정차했다. 태풍오토바이 센터 앞이다. 태풍오토바이 센터 오른쪽 옆에 위치한 가게에는 간판이 없다. 단지 카울(커버)재생 커스텀 도색이라는 흰색 글자스티커가 각종 오토바이 관련 스티커와 함께 양문 강화도어에 붙어 있다. 양문 강화도어를 포함한 가게 전면 전체에는 밖에서 안을 볼 수 없게 파란색 인테리어필름이 빈틈없이 부착되어 있다. 이곳이 오토바이 전문 도색집인데 태풍오토바이 센터의 두 번째 영업장이다. 도색집 밖 왼쪽 문 옆에서 캡모자를 거꾸로 쓰고 쭈그려 앉아서 담배를 피우고 있는 26살 남자는 도색을 하는 직원이다. 군대에선 군용차량 도색을 했던 이 친구가 입고 있는 흰색 반팔 티셔츠와 멜빵 청바지에는 다양한 색의 바짝 마른 스프레이건 페인트가 군데군데 묻어 있다. 이 친구가 군대에서 도색보직을 맡게 된 건 입대 전에 1급 자동차공업사에서 판금도색일을 했었기 때문이다.

핸드 브레이크를 당겨 올린 석현은 안전벨트를 풀고 운전석 문짝을 열며 차에서 내렸다. 그러자 태풍오토바이 센터 양문 강화도어 오른쪽 문이 안으로 열리며 태풍오토바이 센터 사장이 가게에서 나왔다. 이제는 할리 데이비슨 오토바이 라이더지만 젊어선 산악 오토바이 트라이얼 모터사이클 선수로 명성이 높았던 59세의 태풍오토바이 센터 사장은 베이지색 카우보이모자를 쓰고 있다. 개성 넘치는 카우보이모자에 맞춰선 검은색 반팔 티셔츠에다가 보안관 배지가 달린 청조끼를 입고 일자청바지에 카우보이 갈색 롱부츠를 신었다. 할리 데이비슨 오토바이 라이더로서의 아우라가 진하게 느껴진다.

포터 앞을 돌아 걸어간 석현이 인도에 올라섰다. 태풍오토바이 센터 사장이 오랜만이라는 의미로 한쪽 입가를 올리며 미소를 짓자 석현은 태풍오토바이 사장에게 깍듯하게 고개를 숙이며 인사를 했다. "안녕하세요. 사장님." 이에 "석현이." 하고 인사를 받은 태풍오토바이 센터 사장은 청바지 왼쪽 앞주머니에서 담뱃갑과 지포라이터를 꺼냈다. 그는 석현에게 담뱃갑을 내밀었다. 석현이 슬며시 미소를 지으며 "아뇨 괜찮습니다." 하고 말하자 태풍오토바이 센터 사장은 담뱃갑에서 담배 한 개비를 빼내 입에 물고 지포라이터로 불을 붙였다. 그는 담뱃갑과 지포라이터를 주머니에 다시 넣고 목 속 깊이 빨아들인 연기를 길게 내뱉은 뒤 피식 웃으면서 "석현아. 왜 니 차에 춘섭이네 렌트 오토바이가 실려 있냐?" 하고 물었다. "엇!" 하며 눈을 휘둥그레 뜬 석현이 "단번에 아시네요?" 하고 되물었다. 태풍오토바이 센터 사장은 씩 웃으며 "춘섭이네 렌트용 오토바이들도 넘어지고 깨지고 하면 우리가 재생하고 칠하는데 모르겠냐." 하고 말했다. 석현은 그렇구나 하듯이 활짝 웃어 보이고서 입을 떼었다.

"저 오토바이 제가 아는 동생이 렌트해서 깔았는데 어쩌다 보니 제가 떠맡게 됐어요. 렌트 시즌이라 일주일 안에 안 가져다주면 춘섭이가 절 가만두지 않을 거예요. 그래서 먼저 작업이 잡혀 있는 게 있더라도 저것 좀 먼저 해 주셨으면 좋겠어요. 커버를 전부 탈착해서 그것만 따로 가져다 드렸어야 했는데 어쩌다 보니 바로 오게 됐어요. 제가 커버 탈착, 조립비용까지 같이 계산해 드릴게요."

"저것도 내가 업자가로 해 줄게."라고 말한 태풍오토바이 센터 사장은 담배 연기를 연이어 두 번 빨아들였다 '후우' 하고 내뱉었다. 석현이 고개를 꾸벅 숙이며 "고맙습니다." 하고 인사하자 태풍오토바이 센터 사장은 담배 불똥을 손가락으로 툭툭 쳐서 떨어트렸다. 그리고는 넌지시 물었다.

"너도 도색을 좀 해 봤다며? 네가 밤에 일 끝나고 우리 가게 와서 직접 빼빠 작업하고 빠다 작업하고 스티커 작업하고서 스프레이건 잡고 칠해. 그럼 돈 굳잖아."

"사장님, 말씀은 고맙지만요, 제가 야메로 작업하면 춘섭이가 모르겠어요? 걔 완전히 빠꼼이인데요. 발각되면 절 진짜 가만두지 않을 거예요."

킥킥킥 웃은 태풍오토바이 센터 사장은 "알았다. 오토바이 내려서 가게 앞에 세워 놔." 하고 말했다. "옙." 하고 대답한 석현이 오토바이를 내리기 위해 인도에서 도로로 내려와 포터 앞쪽을 돌아서 적재함 뒤쪽으로 걸어가는데 오프로드 오토바이가 오토바이 특화거리 입구에서부터 헤드라이트 빛을 번쩍이며 빠른 속도로 달려오기 시작했다. 태풍오토바이 센터 사장은 피식 웃으며 "석현아, 저 친구 왔다. 저 친구 지나가면 해라." 하고 말했다. 석현은 왼손을 포터 적재함 좌측 옆문짝에 얹고 달려오는 오프로드 오토바이를 지켜보았다. 오프로드 헬멧부터 오프로드 티셔츠와 바지, 오프로드 장갑, 오프로드 부츠까지 완벽히 복장을 갖춰 입은 20대 중반 여성 오프로드 라이더는 점점 빠르게 달려오다가 순간 오토바이 앞 타이어를 번쩍 들어 올렸다. 그녀는 거의 수직으로 선 채 달리는 오토바이의 좌, 우 스텝을 양쪽 발로 밟고 일어났고 그러면서 액셀 그립을 더욱 과감히 당겨 '부아앙!' 거친 배기음을 쏟아 내며 석현의 앞을 바람처럼 지나쳐 갔다. 앉은자리에서 일어난 도색 직원은 거의 다 타들어 간 담배를 입에 물고 두 손으로 물개박수를 쳐댔다. 태풍오토바이 센터 사장이 석현을 보며 말했다.

"석현아, 저 친구 오프로드 오토바이 우리 가게에서 사 간 거잖아. 처음에는 진짜 탈 줄도 모르고 어리버리했거든. 그런데 너도 몇 번 보았다시피 지금은 윌리주행 실력이 나날이 발전하고 있어."

"그로 인해 대전에서는 유명인이 되었죠." 하고 말한 석현은 적재함 뒷문짝 좌측 후미등에서 우측 후미등으로 이동하며 적재함 수직 접이식 리프트게이트 양쪽 개폐기를 한 개씩 당겨 열고 바지 오른쪽 앞주머니에서 리모컨을 꺼냈다. 태풍오토바이 센터 사장은 고개를 왼쪽으로 돌려 도색 직원을 보며 "철이야 일단 저 600RR부터 해 줘라." 하고 지시한 뒤 뒤돌아 걸어가 양문 강화도어 오른쪽 문을 당겨 열고 태풍오토바이 센터 안으로 들어갔다.

태풍오토바이 센터에 골든바이크 렌트 오토바이를 내려놓고 오토바이 특화거리에서 나온 석현이 이제 제일 오토바이 센터로 포터를 운전하고 있다. 카스테레오에서는 라디오 음악방송이 내보낸 퍼프대디의 랩발라드 〈아윌 비 미싱 유〉가 우퍼스피커에 떨림을 일으키며 애틋하게 흘러나오고 있다. 그 가운데 에어컨 블라인드에 클립으로 끼워진 그물주머니 속 스마트폰에서 전화벨이 울렸다. 왼손으로 핸들을 잡은 석현은 오른손으로 기어 변속 레버 박스 컵홀더에서 이어폰을 꺼내 이어스피커를 양쪽 귀에 한쪽씩 꽂았다. 그런 뒤 그물주머니에서 스마트폰을 꺼내 기어 변속 레버 박스 컵홀더에 거꾸로 세워 놓고 이어폰 연결단자를 꽂았다. 전화를 건 사람은 대구 현대 모터 수리 레이싱팀 박 단장이다. 석현은 이어폰 통화 버튼을 누르며 전화를 받았다.

"안녕하세요. 박 단장님."

"그래, 내다. 가게가?"

"아니요. 밖에 나왔다가 이제 들어가는 중이에요."

"어데 출장 갔었나?"

"도색집에 일이 좀 있어서요."

"손님 꺼 도색하나 보제?"

"아니요, 그런 건 아니고요. 친구 거라고 해야죠."

"밥은 묵었고?"

"예."

"잘했다. 그래, 내사 마, 다름이 아니고 이 선수 순천에 송 감독님 잘 안다아이가? 순천에서 프로모터스 오토바이 센터 운영하시는."

"송 감독님이요? 예, 그럼요. 잘 알죠. 대한민국 오토바이 레이싱계의 전설이신데요."

"그래, 맞다. 90년대 동남아권 온로드 오토바이 레이싱계의 전설이었다아이가."

"그럼요. 94년 36살의 다소 늦은 나이로 동남아시아에서 선수 생활 시작하셔서 96년과 97년 시즌에 동남아시아 국제로드 레이싱 챔피언십 2회 연속 시즌 챔피언이셨잖아요."

"그래, 맞다. 잘 아네, 우리 이 선수. 우리가 살기는 거보다 잘살아도 오토바이 레이싱은 거가 선진국이다카이."

"지금 58세의 나이에도 〈월간모터사이클〉에서 라이딩스쿨 연재도 하시고 그때 그 부상으로 은퇴만 안 하셨어도. 세계선수권으로 이적하셨을 텐데요."

"그렇지!"

"어쨌든 한마디로 1세대 천재 레이서시죠." 하고 말한 석현이 제일 오토바이 센터 옆 골목으로 좌회전하면서 사뭇 조심스러운 목소리로 물었다.

"단장님. 그런데 갑자기 송 감독님은 어떤 일로요?"

"웅, 내일 순천에 송 감독님 오토바이 센터 개업 17주년 행사가 있다 안 카나. 굴삭기를 며칠씩 임대해서 새로 공사한 순천시 외각 오프로드 오토바이 경기장에서 불판에 고기 꿔먹으면서 회원들 프리주행한다카네. 내한테 놀러 오라고 연락이 왔다아이가. 내가 두 번 생각도 안 하고 알겠씸더 했는데 문득 이 선수 생각이 나서 대전에 이석현 선수를 데리고 갔으면 좋겠다고 했더니 송 감독님이 혹시 지난번 시합 때 SS600 슈퍼스포츠전에서 우승한 이석현이 말하는 거냐고 물었다아이가, 잘 아시네예, 네 맞심니더, 했더니 괜찮으면 오늘 밤 늦게라도 내려와서 우리 회원들하고 같이 식사할 수 있겠냐고 카데. 그래서 내는 일 때문에 오늘 가긴 힘들고, 이 선수한테는 한번 말해 보겠씸더 했다아이가."

골목네거리에서 포터를 유턴한 석현이 살짝 놀란 목소리로 말했다.

"송 감독님이 그러셨다고요? 아, 그럼 가야죠, 다른 분도 아니고 송 감독님이신데요."

"여윽시 우리 이 선수! 그래, 생각 잘했다카이. 그럼 오늘 조심히 내려가고, 내하고는 낼 아침에 보자. 송 감독님한테는 내가 전화하께. 내려갈 때 주소는 순천 프로모터스 검색하고. 뭐, 젊으니까 그런 거 잘 알제?"

"예, 걱정 마세요. 단장님 그럼 내일 조심히 내려오시고요. 그리고, 단장님도 젊으세요."

"맞나? 기뷰 찍이네. 그럼 내일 보자, 이 선수."

"예, 단장님. 들어가십시오."

통화를 마친 석현이 제일 오토바이 센터 건물 담벼락에 조수석 문짝을 가까이 붙여 포터를 주차하고 키를 돌려 시동을 껐다. 그는 이어폰이 연결돼 있는 스마트폰을 바지 오른쪽 뒷주머니에 끼워 넣고 키홀에서 차 키를 뺀 뒤 좌측 사이드미러를 확인하며 운전석 문짝을 열었다. 차에서 내려 운전석 문짝을 닫은 석현은 들려오는 오토바이 소리를 따라 고개를 오른쪽으로 돌렸다. 골목가 한 주택에 음식배달을 마친 110cc 배달앱 오토바이가 달려오고 있다. 소속회사 조끼를 입은 20대 남자 배달원은 석현을 지나치며 풀페이스 헬멧 쓴 머리를 숙여 인사를 했다. 석현은 단골손님인 그에게 오른손을 반갑게 흔들며 인사를 했다. 배달앱 오토바이가 골목에서 벗어나며 우회전해 도로로 들어가자 석현은 차 키키고리에 걸린 리모컨 버튼을 눌렀다. 그는 '뾰볙!' 차 잠김음에 몸을 왼쪽으로 돌려 골목을 걷다가 골목 모퉁이에서 오른쪽으로 돌아 걸어 인도로 올라섰다. 석현은 인도를 걸으며 손목시계로 시간을 확인하고 우측에 제일 오토바이 센터 출입문으로 점점 다가섰다. 그러다 걸음을 멈추고 크게 한숨을 쉬었다. 제일 오토바이 센터 양문 강화도어가 두 개 다 바깥쪽으로 열려 있어 안이 훤하게 들여다보이는데 벽 쪽 소파에 바짝 붙어 앉아 각자 스마트폰을 만지작거리고 있는 건이와 지아의 모습이 석현의 눈에 충격적인 것이다. 오렌지색 반팔 롱원피스를 입은 지아가 오른쪽 허벅지를 건이의 왼쪽 허벅지에 쿠션방석 삼아 올려놓은 것이다. "내 저것들을!" 하면서 걸음을 옮겨 가게 안으로 들어온 석현이 얼굴에 잔뜩 인상을 쓰며 버럭 호통을 쳤다.

"야! 내가 분명히 말했지. 영업시간에 그런 자세로 앉아 있지 말라고! 이 친구들아, 손님이 가게 들어와서 깜짝 놀란단 말이야. 지아, 넌 그 원피스 입고 그렇게 앉아 있고 싶냐? 어이구, 내 팔자야!"

석현의 호통에 어깨를 움찔거린 건이가 왼손으로 지아의 오른쪽 허벅지를 슬그머니 밀어냈다. 똑바로 앉게 된 지아는 "석현 오빠! 오빠 기다리다가 우리는 먼저 점심 먹었는데. 아직 안 먹었으면 내가 맛있는 거 시켜 줄게." 하고 말했다. "고마운데 오다가 먹었어." 하고 대답하면서 미적지근하게 웃어 보인 석현은 한결 순해진 목소리로 건이에게 말했다.

"건이야, 나 지금 전라도 순천에 내려가서 내일 일요일 날 늦게 올라오니까 건이 네가 가게 알아서 닫아. 그곳에 유명하신 분 오토바이 센터 17주년 개업행사에 갔다 오는 거야. 그럼 나 지금 옷 갈아입고 나올게."

건이는 소파에서 등을 뗀 뒤 허리를 펴고서 "알았어. 잘 다녀와." 하고 대답했다. 석현이 방문 앞으로 걸어가자 지아가 인상 쓴 얼굴로 석현을 불렀다.

"석현이 오빠!"

걸음을 멈추면서 "웅." 한 석현이 고개를 왼쪽으로 돌려 벽 쪽 소파에 앉아 있는 지아를 쳐다보았다. 지아가 입가에 미소를 띤 채 석현을 노려보며 말했다.

"오빠는 항상 그래. 그런 좋은 자리에 우리는 데려가면 안 되는 거야? 오빠, 우리는 오빠 시다발이가?

석현이 지아를 지그시 쳐다보며 나지막한 목소리로 말했다.

"너흰 내 친구 아이가."

그러자 건이와 지아가 어이없다는 듯이 동시에 '풋!' 하고 웃었다. 석현은 방문 앞으로 걸어가 서서 문을 열고 신발을 벗은 뒤 안으로 들어가 방문을 닫았다.

옷을 갈아입고 방에서 나오며 슬리퍼를 신은 석현이 신발장에서 꺼낸 외출용 신발로 갈아 신고 방문을 닫았다. 그는 건이에게 다녀오겠다고 얘기한 뒤 정비실 공간을 가로질러 걸어가 출입문 밖으로 나갔다. 석현은 흰색 긴팔 남방에 검은색 스판정장 바지를 입었다. 발에는 밑창 테두리가 빨간색 줄로 둘러진 흰색 캔버스화를 신었다. 골목 모퉁이를 왼쪽으로 돌아 주차한 포터로 걸어간 석현은 운전석 문짝 앞에 서서 오른손에 쥔 리모컨 버튼을 눌렀다. '뾰벽!' 소리와 함께 차에 잠금이 해제되자 운전석 문짝을 열고 차 안에 들어가 앉아 운전석 문짝을 닫고 키홀에 차키를 꽂아 돌렸다. 운전석 시트를 타고 전해진 미세한 진동이 몸을 타고 흐르면서 깔끔하게 시동이 걸렸다. 그럼 이제 전설을 만나러 간다.

6

전설을 만나다

석현은 프로모터스 앞을 가로지르는 내부도로 가변주차장 빈 주차칸에 포터를 후진 주차하고 차에서 내렸다. 밤 9시 24분. 영업시간이 오전 9시에서 오후 9시인 프로모터스 오토바이 센터는 간판등과 실내등이 그대로 켜져 있고 출입문 양문 강화도어는 두 개 다 바깥으로 활짝 열려 있다. 프로모터스 2층은 건축사무소이고 3층은 요리학원이다.

석현은 내부도로를 건너면서 프로모터스 출입문으로 점점 가까이 다가갔다. 출입문 우측으로 헤드라이트가 정면으로 보이게 해서 밀착시켜 진열해 놓은 5대의 판매용 중고 오토바이들이 석현의 시야에 스친다. 출입문으로 가까이 다가서는 석현이 오른손에 들고 있는 건 800그램 호두과자 상자다. 대전에서 순천으로 내려오는 중에 충청도 말이 전라도 말로 바뀐 고속도로 휴게소에서 구입한 것이다. 석현은 출입문 철판경사대를 밟고 올라가 프로모터스 오토바이 센터 안으로 들어갔다. 센터 안쪽 정비실 공간에는 30대 중반의 날씬한 여성 정비사가 오른쪽 무릎을 꿇고 앉아서 오토바이 정비를 깊이 몰입해서 하고 있다. 목에 빨간색 스카프를 한 그녀는 빅사이즈 흰색 반팔 티셔츠에 진청스키니진을 입고 온로드 오토바이 전용 숏부츠를 신었다. 숏부츠 컬러는 블루다. 가게에 사람이 들어왔는데도 전혀 모른 채 집중해서 하고 있는 정비는 이탈리아 아프릴리아 250cc 2사이클 오토바이 RS250의 클러치디스크 교체 작업이다. 출입문 안 좌측 벽면 목재 6칸 진열장 맨 위쪽 칸에는 송 감독이 동남아시아 국제로드 레이싱 챔피언십에서 2회 연속 우승해 받은 챔피언트로피 2개가 진열돼 있다. 6칸 목재 진열장을 옆으로 지나면 벽과의 사이에 여유 공간을 두고 유압식 정비리프트가 설치되어 있다. 1미터쯤 상승해 있는 유압식 정비리프트에는 앞 타이어가 고정 프레셔로 압축된 흙투성이 오프로드 오토바이가 세워져 있다. 뒷바퀴 스포크휠 사이사이에 녹색풀이 질기게 감겨 있는 이 4사이클 450cc 오프로드 오토바이의 엔진은 탈착되어 있다. 탈착된 엔진은 엔진오버홀(엔진 분해정비)을 하기 위해 정비실 바닥에 놓인 철재 엔진 받침대에 놓여 있다.

처다봐 주기를 기다리던 석현이 '큼!' 헛기침을 하고 정비실 안으로 들어가 여성 정비사의 등 뒤쪽에 서서 "저기, 안녕하세요." 하고 인사를 했다. 하지만 여전히 정비에 집중하고 있는 여성 정비사는 시선을 돌리지 않는다. 그녀는 집중한 눈으로 오른손에 쥔 2번째 클러치디스크를 하우징 안에 맞춰 넣고서야 느긋하게 자리에서 일어났다. 여성 정비사는 피곤해 보이는 눈으로 석현의 얼굴을 빤히 처다보면서 무뚝뚝한 목소리로 물었다.

"어처크롬 오셨소?"

"아! 그게요…" 하고 말한 석현의 얼굴에 당황한 기색이 드리워졌다. 여성 정비사는 석현이 초대받은 것에 대해서 모르는 것 같다. 미간을 살짝 찡그린 여성 정비사가 다시 물었다.

"그니께, 손님은 여그 어처크롬 오셨어라?"

석현은 서둘러 입을 떼었다.

"아, 예. 말씀드리겠습니다. 그러니까 저는 내일 프로모터스 개업 17주년 행사에 송 감독님으로부터 초대를 받고 온 사람인데요. 근데 제가 초대를 송 감독님께 직접 받지는 않았거든요…."

"뭣이요?" 하며 놀란 눈으로 석현의 얼굴을 여기저기 살펴본 여성 정비사는 "오매 우짜쓰까이. 손님이 한 명 온다고 혔었는디 나가 깜빡해 버렸구마잉." 하고는 "대전서 오토바이 센터 허면서 온로드 레이싱 미들클래스에서 뛴다는 그 선수!" 하며 맞아? 하듯이 한쪽 눈썹을 올려 보였다.

그제야 얼굴에 화색이 돈 석현이 자신감을 찾고 입가에 미소를 지으며 여성 정비사에게 정식으로 인사를 했다.

"예, 안녕하세요. 저 이석현이라고 합니다."

여성 정비사도 같이 미소를 지으며 인사를 했다.

"이석현 선수! 아따 얼굴도 잘생겨 부렀네. 히히, 그라요. 반갑구만요잉. 난 여그 정비를 맡고 있는 정현주라고 하요."

"예, 반갑습니다. 정현주 정비사님."

다시 한번 더 인사를 한 석현이 현주에게 두 걸음 다가가 오른손에 들고 있는 호두과자 상자를 내밀며 약소하다는 듯이 수줍은 목소리로 말했다.

"이거, 별거 아니지만…."

멋쩍은 미소를 지은 현주가 호두과자 상자를 향해 오른손을 내밀다가 돌연 흠칫거리며 황급히 내밀었던 손을 거둬들였다. 그러면서 민망해하는 표정의 얼굴로 나지막하게 말했다.

"아따 손에 기름이….."

"네? 아, 예." 석현도 멋쩍은 손을 거둬들였다. 그리고는 현주의 뒤로 한쪽 테두리가 벽에 바짝 붙은 10인용 직사각형 원목테이블로 눈을 돌렸다. 그 순간 현주가 거두었던 손을 재차 내밀었다. 직사각형 원목테이블로 걸음을 옮기려던 석현은 재빨리 현주에게 호두과자 상자를 내밀었다. 그와 동시에 현주는 손을 거둬들였다. 이에 몹시 당황한 석현이 호두과자 상자를 들고 이러지도 저러지도 못하고 있는데 얼굴이 붉어진 현주가 왼손을 뒤로 돌려 직사각형 원목테이블을 가리키며 말했다.

"잉 그라요. 기냥 테이블 위에다가 내려놓으시요."

"아! 그럴까요." 석현은 현주를 옆으로 지나쳐 걸어가 호두과자 상자를 직사각형 원목테이블에 내려놓았다. 석현이 몸을 뒤로 돌려 현주를 쳐다보자 배시시 웃은 현주가 직사각형 원목테이블 가운데 자리에 놓인 등받이 목재의자를 왼손 둘째손가락으로 가리키며 말했다.

"거기 쪼까 앉아 계시요. 대빵은 10시쯤 올 테니께."

"아, 예." 하고 대답한 석현이 직사각형 원목테이블 가운데 자리에 놓인 등받이 목재의자를 꺼내서 앉았다. 30초쯤, 생각 없이 맞은편의 벽을 무심히 쳐다보고 있던 석현이 왼쪽으로 고개를 돌렸다. 그는 센터 안 뒤쪽 벽에 바짝바짝 밀착해 세워져 있는 송 감독과 회원들의 오프로드 오토바이 13대를 흐뭇한 눈으로 쳐다보았다.

석현이 송 감독을 기다리며 점차 밤 10시가 가까워져 오는 시간, 흡배기 튜닝에 ECU를 조정한 수동 블랙그레이 제네시스쿠페 3.8이 헤드라이트를 번쩍이며 프로모터스 앞을 가로지르는 내부도로를 달려오고 있다. 질주하는 젠쿱 3.8은 전방 우측에 프로모터스를 지나치기 직전 영상을 정지시킨 듯 단번에 풀브레이킹해 멈춰 서며 가변주차장 빈 주차 칸으로 날렵하게 좌회전해 들어갔다. 젠쿱 3.8은 전진 주차되면서 곧바로 헤드라이트와 시동이 꺼졌다. 그러면서 운전석 문짝이 열리고 차 안에서 송 감독이 내렸다. 왼손으로 운전석 쿠페도어를 밀어 닫은 그는 오른손에 쥔 리모컨 버튼을 눌러 차를 잠갔다. 록밴드 뮤지션 같은 올백 말총머리 헤어스타일의 송 감독은 하루가 고단했는지 하품을 크게 한 번 하고 야간 운전용 선글라스를 벗었다. 날카로운 눈빛의 송 감독은 블랙진과 맞춰 입은 검은색 반팔 티셔츠 목둘레에 템플을 접은 선글라스를 끼워 걸고는 달밤에 체조하는 사람처럼 목 스트레칭을 실시했다. 그러는 중에 오프로드 오토바이를 탄 오프로드 라이더가 전방 좌측에 송 감독을 순간 지나쳐 전방 우측에 프로모터스 출입문 앞에서 급정차하며 뒤 타이어를 1미터쯤 번쩍 들어 올렸다 떨어트리는 잭나이프 퍼포먼스를 선보였다. 오프로드 라이더는 헬멧 고글이 껴진 오프로드 헬멧에 오프로드 티셔츠와 바지, 오프로드 장갑, 오프로드 부츠까지 기대감이 느껴지는 복장이다. 그는 킥사이드 받침대를 펴서 세운 오프로드 오토바이에서 내린 뒤 오프로드 장갑과 고글이 껴진 오프로드 헬멧을 벗고 내부도로를 건너온 송 감독과 함께 프로모터스 안으로 들어갔다. 현주가 왼쪽 무릎을 꿇고 앉아 오른손에 잡은 전동드라이버로 RS250 우측 사이드 커버를 조립하다가 송 감독과 오프로드 라이더를 쳐다보았다. 그녀가 "대빵, 다녀오셨는가." 하고 인사하자 송 감독을 보며 겸손히 두 손을 모으고 서 있는 석현이 한 걸음 앞으로 다가서며 깍듯이 고개를 숙여 인사를 했다.

"송 감독님, 안녕하십니까. 저는 대전에서 온 이석현입니다."

그제야 부드러운 미소를 지은 송 감독이 "반갑구만잉, 이 선수. 우리

서로 잘 알고 있제?" 하고 말하며 오른손을 내밀었다. 석현은 곧바로 서너 걸음 더 걸어가 송 감독 앞에 가까이 다가서며 시선을 15도쯤 내렸다. 그리고는 두 손으로 송 감독이 내민 손을 맞잡아 악수하면서 "전설적인 대선배님을 만나 뵙게 돼서 영광입니다." 하고 말했다. 흐뭇한 얼굴로 고개를 끄덕인 송 감독은 악수를 풀며 "여까지 먼 길 내려오느라 고상했네. 우선 앉아서 씨원한 커피 한 잔씩 허세." 하고 말한 뒤 직사각형 원목테이블로 걸어가 가운데 자리에 놓인 등받이 목재의자에 앉았다. 그러자 송 감독을 뒤따라 걸어간 오프로드 라이더가 송 감독 왼쪽 자리에 놓인 등받이 목재의자를 빼서 거기에 앉았다. 마찬가지로 송 감독을 뒤따라 걸어간 석현은 송 감독 오른쪽 자리에 놓인 등받이 목재의자를 빼서 거기에 앉았다. "사이 좋게 앉아들 계시오. 나가 캔커피 가지고 나올랑께." 하고 말한 현주는 오프로드 오토바이 13대가 밀착해 세워진 뒤쪽 벽면 가장 좌측에 라이더 탈의실 문을 열고 안으로 들어갔다. 그때부터 세 사람의 주위로 급격한 침묵이 번지는 가운데 탈의실 냉장고 안에서 캔커피 4개를 꺼내 쟁반에 담아 밖으로 나온 현주가 직사각형 원목테이블로 다가왔다. 그녀는 송 감독과 석현, 오프로드 라이더 앞에 캔커피를 한 개씩 놓았다. 오프로드 라이더는 자신의 좌측편 벽 옆 등받이 목재의자에 앉는 현주에게 "누님, 잘 마시겠구만요잉." 하고서 캔커피 마개를 땄다. 그는 캔커피를 한 모금 마신 뒤 석현을 슬쩍 쳐다보고 슬그머니 송 감독에게 물었다.

"아니, 성님. 옆에 앉으신 손님은 누구시요?"

송 감독이 한 모금 마신 캔커피를 테이블에 내려놓고 대답했다.

"잉, 그라찮아도 나가 시방 니한테 소개를 허려고 혔다. 야는 대전에서 날 맨나러 온 온로드 오토바이 선수다."

"아따! 그라요잉. 나가 느끼기에 뭔가 분위기가 솔찬히 있어 보이더만… 근디 여그 선수 클라스가 뭔디요?"

"석현아, 니 미들클라쓰 맞제?"

"예, 감독님."

공손히 대답한 석현이 앉은자리에서 일어나 오프로드 라이더에게 고개를 깍듯이 숙여서 인사를 했다.

"만나 뵙게 돼서 반갑습니다. 저는 대전 사는 이석현이라고 합니다."

곧바로 앉은자리에서 일어선 오프로드 라이더가 의자 밖으로 나와 송 감독의 등 뒤에 서서 석현에게 오른손을 내밀었다. 석현도 오른손을 내밀었고 지그시 손을 맞잡은 두 사람은 정겹게 악수를 나누었다. 그러면서 오프로드 라이더가 석현에게 말했다.

"억수로 반갑구만잉 이 선수. 나는 모터크로스 국제급 오프로드 오토바이 선수 김성우라고 하요."

"아! 그러셨구나. 정말 반갑습니다." 석현이 살갑게 호응하자 성우가 석현의 손을 꼭 잡은 채 넌지시 물었다.

"그란디 이 선수는 나이가 어처크롬 되씨오?"

싱긋 웃은 석현이 입가에 미소를 머금고 대답했다.

"스물일곱 살인데요."

"워매! 그라요. 나가 나이가 한 살 더 많아 불구만. 나는 스물 야달 살이요." 하고 말한 성우는 맞잡은 석현의 손에 신호를 보내듯 조금 더 힘을 주었다. 석현은 얼굴에 쓴웃음을 지었다가 지우면서 해맑게 웃는 얼굴로 말했다.

"아, 저보다 형이시네요."

그러자 성우는 꼭 잡고 있던 석현의 손을 놓고서 "아따, 고것이 또 고러코롬 되는가." 하고 말하며 환하게 웃었다. 이것으로 인사를 마친 석현과 성우가 자리에 앉자 팔짱 끼고 왼쪽 어깨를 벽에 붙인 현주가 차분한 목소리로 송 감독에게 물었다.

"대빵, 경기장에 굴삭기 작업은 마무리 지셨소?"

송 감독은 고개를 좌우로 흔들며 말했다.

"아즉 못 혔네."

현주는 "아따, 그러코럼 혀서 낼 오후에 떼지어 몰려올 우리 회원들 오토바이 탈 수 있것소? 오전에는 〈월간모터사이클〉 취재도 잡혀 있는디." 하고 핀잔주듯 말하며 얼굴에 한쪽 입가를 올려 맥 빠진 미소를 지어 보였다. 송 감독은 "걱정을 허들 말게. 새로 부른 일꾼들에게 단단히 지시혀서 오전 안에 강단지게 마무리 저 불랑께." 하고는 고개를 오른쪽으로 돌려 석현을 쳐다보았다. 그리고는 다짐을 받아 두듯 진지하게 말했다.

"아야 석현이, 늬 내일 우덜이랑 오프로드 오토바이 타러 가야 헌다. 알긋제?"

"감독님, 저도 타는 겁니까?" 석현이 묻자 송 감독은 당연하다는 듯이 눈을 크게 뜨고 "그랴!" 하고 단호히 대답했다. 석현이 "예, 알겠습니다." 하면서 오른손으로 머리를 긁적이자 입가에 미소를 지은 송 감독이 자상한 목소리로 물었다.

"석현이, 늬 오토바이 타고 하늘을 날아 본 적이 있당가?"

"아니요. 없는데요." 석현이 대답하자 송 감독은 왜? 하는 얼굴로 석현을 쳐다보며 눈을 깜박이다가 담담히 말했다.

"그라믄 낼 한번 날아 봐야 쓰것는디."

석현은 "예." 하며 고개를 끄덕이고는 "그럼 뭐 한번 날라, 아니 타 보겠습니다." 하고 덧붙여 말했다. 두 사람의 대화를 들으며 입가에 옅은 미소를 지은 현주가 캔커피를 한 모금 마시고는 갑자기 주변을 탐색하는 토끼처럼 귀를 쫑긋거렸다. 그녀는 자신감 실린 얼굴로 고개를 끄덕이고는 "가와사키! 오늘도 세븐 RR이들이 같이 왔구만잉." 하고 말하며 손목에 찬 스마트워치를 들여다보았다. 현주 말대로 가와사키 닌자 ZX-7RR 오토바이 2대가 가와사키 특유의 걸걸한 배기음을 콸콸콸콸 쏟아내며 성우의 오프로드 오토바이 뒤로 줄 맞춰 멈춰 섰다. 그 시절 우리의 한 시대를 풍미했던 닌자 ZX-7RR은 오래전 모델이 되었기에 이제는 도로에서 보기 힘든 추억의 레이서 레플리카다.

ZX-7RR 라이더들은 오토바이에서 내려 온로드 레이싱 장갑과 풀페이스 헬멧을 벗었다. 어쩌다 똑같이 감청색 여름 정장 차림의 두 남자는 벗은 풀페이스 헬멧과 온로드 레이싱 장갑을 두 손에 나누어 들고 센터 안으로 들어와서 곧바로 송 감독에게 인사를 했다.

"성님."

"병오 왔는가." 하고 송 감독이 인사를 받았다.

"성님."

"잉, 영만이도 왔고. 오늘도 친구덜끼리 한 묶음으로 같이 와불었네 잉. 암튼 늬들의 남다른 그 우정 땀시 나의 맴은 짠해 불어야." 하고 연이어 인사를 받은 송 감독이 씨익 웃어 보였다.

성우는 앉은자리에서 병오와 영만에게 "성님들 오셨소." 하고 인사를 했다. 병오와 영만은 성우에게 고개를 끄덕이며 인사를 받았다. 그리고 나서야 석현이 앉은자리에서 일어나 병오와 영만에게 고개를 깍듯이 숙이며 인사를 했다.

"안녕하세요. 저는 대전에서 온 이석현이라고 합니다."

송 감독이 병오와 영만에게 석현을 소개했다.

"나 맨나리 온다던 그 온로드 선수여."

오토바이 선수라는 소개에도 똑같이 무표정한 얼굴의 병오와 영만은 석현의 오른쪽 옆으로 걸어가 풀페이스 헬멧과 온로드 레이싱 장갑을 직사각형 원목테이블에 내려놓았다. 그리고는 별다른 말없이 병오, 영만 순으로 석현과 악수를 나누었다. 영만이 악수한 손을 풀며 나이를 물어보자 석현이 나이를 말했다. 그러자 영만이 "내는 몇 살로 보이시오?" 하고 물었다. 석현은 망설임 없이 "두 분 모두 제 나이쯤 돼 보이시는데요." 하고 대답했다. 그러자 병오가 흐뭇한 미소를 지으며 말했다.

"오매, 우째쓰까잉. 우덜은 둘 다 서른여섯 살이요."

석현은 "와!" 하는 눈으로 두 사람을 번갈아 쳐다보았다. 병오와 영만은 기분 좋게 미소 지으며 석현의 오른쪽으로 놓인 등받이 목재의자를 각자 한 개씩 빼서 나란히 옆으로 앉았다. 그러면서 석현도 자리에 앉았다. 입가에 잔잔한 미소를 지은 송 감독은 고개를 들어 벽 상단에 걸린 디지털시계를 쳐다보았다. 10시 16분이다. 시간을 확인한 송 감독이 현주에게 말했다.

"부사장, 인자 문 닫고 언능 밥 묵으로 가세. 여그 이 선수 허기질 껀디."

"그럽시다." 하며 고개를 끄덕인 현주는 덧붙여 "요 뒤에 보양식집으로 갑시다." 하고 말했다. 송 감독은 당연하다는 듯이 힘이 들어간 목소리로 "하모, 그라야제. 먼 디서 귀한 손님이 왔는디." 하고 말했다. 현주는 "그라믄 먼저덜 가서 시켜 놓으시오. 나는 여그 쪼깨 정리하고 따라갈 텐께." 하고 말했다. "얼렁 하고 와." 하고 송 감독이 말하자 현주는 "알았은께, 얼른들 먼저 가 계시오." 하고 대답했다. 현주의 말에 네 사람은 자리에서 일어섰다.

새벽 2시까지 영업하는 보양식 식당 안에 들어온 석현은 좌측 벽에
목재신발장이 마련된 현관에서 송 감독과 프로모터스 회원들 다음으로
신발을 벗고 좌식 테이블 방으로 올라갔다. 석현은 일행을 따라 좌식 테
이블 2개가 붙은 벽 구석으로 가서 송 감독이 앉으며 가리킨 그의 왼쪽
자리에 앉았다. 송 감독과 석현이 벽을 등지고 앉았고 맞은편의 성우,
영만, 병오가 출입문 쪽을 등지고 앉았다. 석현은 식당 안을 살펴보았
다. 좌식 테이블이 모두 12개인 식당 안에는 식사와 술자리를 겸하는 손
님들로 북적거린다. 50대 60대 나이의 남녀 손님들이 대부분인데 20대
후반으로 보이는 남녀 커플이 마주 보고 앉은 테이블도 있다. 석현의 왼
쪽 옆으로 남자 손님 셋이 앉은 좌식 테이블에 차가운 소주 2병을 내려
놓은 50대 초반 보양식 식당 남자가 송 감독에게 가까이 다가와 인사를
했다.

　“송 사장님, 오셨소.”

　“잉 간만이제. 아즉 한 명 안 왔는디, 우선 씨원한 물부터 좀 주씨요.”

　“알것소.” 하고 대답한 보양식 식당 남자는 뒤돌아 걸어가 현관 왼쪽
옆으로 방 안에 놓인 물병 보관 냉장고 앞에 섰다. 그는 냉장고 안에서
물병과 물수건들을 꺼낸 뒤 뒤돌아 걸어와서 송 감독 일행 테이블에 손
에 든 것들을 내려놓았다. 기다리고 있던 석현은 테이블에 포개져 놓여
있던 물컵 8개 중 6개를 빼내 앞에 모아 놓고, 보양식 식당 남자가 내려
놓은 물병을 들어 컵마다 물을 따랐다. 그러는 사이 성우는 물수건을 자
리마다 한 개씩 놓았다. 돌돌 말린 물수건을 펴서 손을 닦은 송 감독이
고개를 왼쪽 끝까지 돌려 등 뒤로 벽면 상단에 붙은 메뉴판을 슬쩍 올려
다보았다가 고개를 바로 하고서 근엄한 목소리로 말했다.

　“오늘은 특별한 손님이 왔은께 귀한 것으로다 시켜야지, 호빡허게 용

봉탕으로 묵어 불자."

고개를 크게 끄덕인 병오가 묵직한 목소리로 "성님, 그럽시다. 가격이 솔찬하지만 잘 생각하셨소. 주문은 나가 하겠구만요잉." 하고는 고개를 뒤로 돌려 "사장님! 여그 용봉탕 두 개, 영양돌솥밥 여섯 개 주써요." 하며 보양식 식당 남자에게 식사를 주문했다.

"잉, 그라요." 하고 대답한 보양식 식당 남자는 주방 앞으로 걸어가 안에 있는 아내에게 주문을 전달했다.

"저짝 송 사장 테이블에 용봉탕 두 개 허고 영양돌솥밥 여섯 개여. 송사장네니께, 가장 크고 실헌 놈들로다 잡어."

식당 남자의 아내는 짧게 "알것소." 하고는 주방 후문을 열고 뒷마당으로 나갔다. 송 감독 앞에 물컵을 한 개 놓은 석현은 맞은편에 나란히 앉아 있는 성우, 영만, 병오의 앞에도 물컵을 한 개씩 놓았다. 아직 오지 않은 현주가 앉을 자리 테이블에도 물컵을 한 개 놓았다. 그리고는 자신의 앞에 물컵을 한 개 놓았다. 할 일을 한 석현은 잠시 조용히 있다가 고개를 왼쪽 끝까지 돌려 등 뒤 벽면 상단에 붙은 메뉴판을 올려다보았다. 유달리 금색 글자인 '용봉탕'은 메뉴판 가장 위쪽을 차지하고 있는데 이 식당에서 가장 비싼 음식이다. 세상에, 가격이 무려 1킬로그램에 15만 원이다.

송 감독과 회원들이 이런저런 대화를 나누는데 보양식 식당 남자가 전라도 특색의 각종 맛깔스러운 반찬들을 2개의 좌식 테이블에 한가득 깔아 주었다. 석현이 휘둥그레 뜬 눈으로 다양한 식감의 반찬들을 살펴보다가 진심 감탄한 목소리로 말했다.

"와! 진짜 음식은 전라도네요. 확실히 여기는 전통음식의 고장이에요. 이거 뭐 옛날에는 왕이나 받아 봄직한 밥상 아니겠어요."

맞은편에 앉아 있는 성우가 흐뭇한 표정의 얼굴을 하고 자신감 있게 말했다.

"그라제, 우덜은 같은 식재료를 쪼물딱거려도 손맛이 틀려 분께! 이 선수, 쬐금 있다가 용봉탕 나오면 많이 자서. 몸에 겁나게 좋은 거니께. 우덜도 특별한 손님을 맞을 때나 먹는 귀한 음식이여."

석현이 "아, 예." 하며 겸손하게 고개를 숙였다가 든 뒤 "정말 잘 먹겠습니다. 진짜 이름만 들어 봐도 참 귀한 음식이라는 게 느껴지네요. 아니 메뉴글자도 혼자만 금색이에요!" 하고 말했다. 물을 한 모금 마신 영만이 문득 송 감독에게 물었다.

"성님, 그란디 태호는 왜 안 왔소. 갸 어디 아프다요?"

송 감독은 쓴웃음을 지으면서 "갸는 요즘 온로드 오토바이 선수 헌다고 광주 허리케인 오토바이 센터에 허벌나게 드나든다." 하고는 석현에게 "늬 알제 광주 허리케인 온로드 레이싱팀?" 하고 물었다. 석현은 자신감 있게 대답을 했다.

"예. 사실 그쪽 선수분들하고 직접적인 친분은 많이 없지만 광주 허리케인 레이싱팀에 대해선 잘 알고 있습니다. 온로드 레이싱 쪽에서는 유명한 빅팀 중에 한 팀이니까요."

"그러니께 성님도 온로드 레이싱팀을 하나 맨드시오." 하고 영만이 톡 쏘듯 말했다. 송 감독은 씁쓸히 웃으며 고개를 가로젓고서 단호한 목소리로 말했다.

"레이싱팀은 나가 늬들과 함께 추구하는 모터 라이프와는 안 맞는다고 나가 누누이 야그혔제. 오히려 나의 말뜻을 석현이 야는 이해할 것이다."

진지한 얼굴을 한 석현은 "예, 그럼요." 하고 말하면서 송 감독의 기대에 부응했다. 그사이 현주가 식당에 들어와서 석현의 왼쪽 옆에 앉았다. 하이번 스타일로 묶었던 갈색 머리를 푼 현주는 이제 어깨 아래로 내려가는 긴 웨이브 머리를 하고 있다.

15분쯤 지나 보양식 식당 남자가 커다란 냄비에 담긴 용봉탕을 연이어 2개 가지고 왔다. 그는 먼저 냄비를 올려놓은 송 감독의 테이블버너에 불을 켰다. 그리고는 현주와 성우, 영만이 자리한 테이블버너에 불을 켰다. 한 번 더 불꽃이 빙그르르 원을 그리면서 버너에 불이 켜지자 보양식 식당 남자가 눈에 힘을 주고 강조하는 목소리로 말했다.

"마누라가 가장 질 좋은 놈들로다가 잡아서 신경 써서 한 것인게, 맛있게들 드세요잉. 영양돌솥밥도 바로 내드리것소."

냄비 안을 가만히 쳐다보던 석현이 차분한 목소리로 물었다.

"요건 오골계고, 이건 뭐죠? 이거 혹시 자라예요?"

모두 식사를 마치고 프로모터스 오토바이 센터로 돌아왔고 시간이 많이 늦어서 성우, 영만, 병오는 곧바로 귀가했다.

현주와 송 감독과 석현은 직사각형 원목테이블 등받이 목재의자에 나란히 옆으로 앉아 캔커피를 마시며 고속도로 휴게소 호두과자를 먹고 있다. 현주는 노트북으로 프로모터스 인터넷카페에 글을 올리고서 오른손을 뻗어 두 손가락에 집은 호두과자를 입안에 넣었다. 그녀는 마우스를 움직여 왼쪽 버튼을 더블클릭해 회원 사진방에 들어갔다. 현주는 새로 올라온 사진을 더블클릭하더니 갑자기 '푸웁!' 했고 그러면서 '핫핫핫' 웃음을 빵! 터트리며 입안에서 잘게 해체된 호두과자를 노트북 화면에 뿜어 댔다. 그러고도 모자라 '깔깔깔 깔깔깔' 연신 웃어댔다. 양쪽 어깨가 움츠러든 송 감독이 소름 끼친다는 얼굴로 왼쪽에 앉은 현주를 쳐다보며 말했다.

"아따, 이 사람… 아 뭘 봤길래 야밤에 실성한 여자맨키로 고로코롬 껄쩍지근허게 웃는 다냐…."

이내 웃음을 삼킨 현주가 물티슈를 한 장 빼 노트북 화면에 달라붙은 호두과자 잔해들을 떨어트려 테이블 가장자리에 모아 놓고 입가에 남은 웃음을 마저 삼킨 뒤 대답했다.

"아 글시, 카페 회원 사진방에 알천대마왕 태호가 사진을 한 장 올렸는디, 요것이 겁나게 웃기구만요잉. 오늘 웃다가 숨넘어갈 뻔했소."

"아니, 뭔 놈의 사진이 고로크롬 웃긴디?"

"아따, 말로다 설명하기 힘든께 대빵이 직접 봐 보씨요."

현주는 노트북 화면을 송 감독과 그의 오른쪽 옆에 앉아 있는 석현을 향해 돌렸다. 송 감독과 석현은 동시에 노트북 화면의 사진을 보았다. 검도 도복을 입은 태호가 오프로드 오토바이를 타고 달리며 왼손에 쥔 진검으로 짚단을 베는 순간 포착 사진이다. 사진을 같이 본 석현이 순간적으로 '풋!' 하고 웃음을 터트렸다. 송 감독은 고개를 절레절레 흔들고서 절망스런 얼굴로 말했다.

"크, 증말로 짠하다. 짠혀. 암만 해도 저 불쌍한 것이 할리우드 액션 영화를 너무 징하게 봐 버린 것이여. 이제 고작 이십육 년 살아 놓고 워메 저거 고치는 데 약도 없다는디."

송 감독의 말을 귀 기울여 듣고 있던 석현이 빵! 터지며 '핫핫핫 핫핫핫' 힘껏 소리 내어 웃는데 프로모터스 출입문 밖에 스즈키 GSX-R1000 오토바이가 멈춰 섰다. 밖을 내다보고는 눈이 휘둥그레진 현주가 깜짝 놀란 목소리로 말했다.

"오매, 우째쓰까이. 호랭이도 지 말허면 온다더니. 알천대마왕이 왔구마잉. 요것이 뭔 일이라냐?"

센터 안에서 자신의 얘기를 하는지 전혀 알지 못하는 태호는 머플러에서 '웅웅웅' 소리를 쏟아 내는 R1000 오토바이의 시동을 껐다. 그리고는 온로드 레이싱 부츠를 신은 왼발로 킥사이드 받침대를 펴고 온로드 레이싱 부츠를 신은 오른발을 뒤돌려차기하듯이 회전하며 오토바이에서 하차하더니 차렷 자세로 섰다. 조금 웃기면서도 어쨌든 절도 있는 모습이 아이돌 댄싱팀의 다이내믹한 춤을 보는 듯하다. 그런 태호는 블랙 계열 조합의 온로드 레이싱 원피스 슈트를 입었는데 허리 뒤에 힙팩을 찼으며 오른쪽 어깨에서부터 등에 사선으로 진검을 메고 있다. 태호가 등에 멘 진검의 명칭은 별운검으로 조선시대 때 임금의 좌우에서 호위하던 두 명의 무사가 차던 검이다. (별운검 관련 출처: 《한국민족문화대백과》)

태호는 온로드 레이싱 장갑과 풀페이스 헬멧을 벗어서 양쪽 손에 나누어 잡고 성큼성큼 걷다가 센터 출입문 철판경사대를 밟고 올라가 센터 안으로 들어왔다. 그는 "성님, 안녕하셨지라. 우리 현주 누님도 안녕하시고요잉." 하며 고개를 꾸벅 숙였다 들었다. 노트북 화면을 원위치로 돌린 현주가 활짝 웃는 얼굴로 반갑게 오른손을 흔들어 주었다. 이에 씁쓸히 미소 지은 태호가 현주를 보며 "아이고메 저러코롬 다정시러운 사람이… 언능 시집을 가야 헐 텐디." 하고 말하는데 송 감독이 태호에게 잔소리를 쏟아부었다.

"오매 징한 거! 저놈의 살벌한 칼 또 차고 와 불었네. 야! 나가 그 칼 차고 다니지 말라고 니 귀에 못이 박히도록 야그했제! 시방이 무신 조선시대라도 된다냐? 머 땜세 그러코롬 칼을 차고 다니는 것이여? 사람들이 늬 보면 맛 간 놈인 줄 알고 무서버해야!"

기분이 상했는지 얼굴이 붉어진 태호는 "아휴, 성님은 참." 하며 걸어

오다가 석현의 오른쪽 옆에 멈춰 서서 풀페이스 헬멧과 온로드 레이싱 장갑을 직사각형 원목테이블에 내려놓았다. 그리고는 답답하다는 얼굴로 송 감독을 보며 "성님, 오늘은 다 이유가 있어라." 하고 말했다. "이 자슥, 오늘은 뭐 땀시?" 하고 송 감독이 쏘아붙이자 "앗따 성님, 일단 좀 앉읍시다." 하며 눈가를 찌푸린 태호가 석현의 오른쪽 옆자리 등받이 목재의자를 빼내 등에 진검을 멘 채로 거기에 앉았다. 석현은 신기하다는 듯이 입가에 미소를 띠우고 태호가 등에 멘 진검을 지그시 쳐다보았다. 어깨와 눈에 잔뜩 힘이 들어간 태호는 진검을 벗어 직사각형 원목테이블에 내려놓으며 건조한 목소리로 석현에게 말했다.

"진짜 날이 선 진검인께 그짝 분은 함부로 맨지지 마시오."

그 순간 얼굴이 온통 붉어진 송 감독이 화난 목소리로 태호에게 말했다.

"아야! 시답잖은 소리허덜 말고 머 땀시 칼 차고 왔는지 언능 야그나 혀 봐."

"예, 말씀드리겠어라. 나가 앞전에 수련하맴시 짚단 베기를 혔는디요. 아 글씨, 검날이 무뎌져서 짚단이 무썰듯이 잘 베어지지가 않았어라. 실전에서는 나가 먼저 휘두른 검이 적을 치지 못하면 적이 휘두른 검에 승부는 결정 나는 것이라. 그래서 오늘 도검 제작소에 맡기러 갈려고 가지고 나왔는디 하필 쉬는 날이지 모것소. 거짓부렁이 아니요. 그 증거로다 나가 우리 카페에 짚단 베는 사진 올렸는디 성님하고 누님 보셨지라?"

송 감독은 "잉, 나가 그라잖아도 오토바이 타고 칼 휘두르는 사진 시방 봤다. 참말로 누가 찍어 줬는지 사진이 겁나게 생생허드라잉, 검도 허는 사람 중에 오토바이 달리며 짚단 베는 것에는 네가 세계적일 것이다." 하더니 한숨을 한 번 쉬고서 "고것은 고렇고 나가 저녁 먹으로 오라고 혔는디 무땀시 삘 대고 안 왔냐?" 하며 태호를 노려보았다. 태호가 "쪼까 일이 있어서 못 와 부렀소." 하자 송 감독은 "써글 놈아! 뭔 일?" 하고 소리쳤다. 태호는 "아따 성님은 사람 미안허게시리 뭘 그렇게 꼬치꼬치 묻꼬 그러씨요…." 하더니 "그라요. 나가 솔직히 실토허것소. 보니께 이짝에 앉아 계신 분이 그 대전서 온다던 온로드 선수 같은디 내는 솔찬히 실망스럽소. 내는 말이요 대전에서 온로드 오토바이 선수가 온다길래. 요전번에 슈퍼클래스에서 우승한 유찬 선수가 오는 줄 알았당께요! 이짝에 평범한 분이 아니시고!" 하며 석현을 힐끔 째려보았다. 송 감독과 현주는 얼굴에 날계란을 맞은 듯한 표정을 짓다가 슬그머니 석현의 기분을 살폈다. 석현은 애써 평정심을 유지하고 있다. 송 감독은 태호를 노려보며 아랫입술을 깨물다가 나지막한 목소리로 말했다.

"이 자슥, 진짜 염병하고 있네."

고개를 숙인 석현이 슬그머니 미소를 짓고 잠시 그대로 있다가 다시 고개를 들어 송 감독을 쳐다보며 차분한 목소리로 말했다.

"감독님, 저는 이해합니다. 뭐 저라도 저보다는 네임벨류가 있는 선수가 오길 기대했을 것 같은데요."

그러자 멋쩍은 얼굴을 한 태호가 미안함이 실린 목소리로 석현에게 나긋나긋 말했다.

"그쪽 분한티 악감정이 있어서 그런 건 아니어라. 나가 원체 기대치가 높았지라."

털털하게 웃은 석현은 입가에 미소를 지은 채 말했다.

"충분히 이해해요."

태호는 입술을 굳게 다물고 고개를 끄덕인 뒤 가슴을 쫙 펴며 말했다.

"사실, 나가 광주에 허리케인 레이싱팀 선수들과도 가깝게 지내맨서 같이 오토바이를 타기도 허는디, 미안한 말로다가 동호인인 나가 허리케인 선수들보다 빨라 분께, 웬만헌 선수는 그다지 기대치가 없당께요. 허리케인 레이싱팀 선수들도 서킷에서는 중간 이상은 되지라? 서로 같이 시합 뛰는 선수들이니께 잘 아실 것 아니요?"

"예. 허리케인 선수분들 잘 타시죠." 석현이 대답하자 송 감독이 태호에게 날선 목소리로 말했다.

"아따 요것이 겸손치 못허고, 야, 늬가 여기 이 선수허고 상사호 꼬불꼬불한 코너 길에서 같이 한번 달려 볼라냐? 선수인 석현이한티 늬는 택도 없을 것이다! 어치케 한번 혀 보겄냐잉?"

태호는 조금도 기죽지 않고 자신만만한 얼굴로 송 감독에 씩씩하게 대답했다.

"야아. 성님, 허겠습니다. 지는요. 징말로 자신 있구만요잉."

"뭐시라고!" 소리치면서 얼굴을 일그러트린 송 감독이 한숨을 길게 내쉬고 꾹 감았던 눈을 뜨면서 석현에게 말했다.

"석현아, 암만해도 늬가 참아야 쓰것다. 저 어리석은 것이 허파에 바람만 들어서."

석현이 "괜찮습니다. 감독님." 하며 웃어 보이자 송 감독이 태호에게 호통치듯 화난 목소리로 말했다.

"야 태호 늬! 여그 석현이가 늬보다 한 살 위니께 앞으로다 성님으로 깍듯이 모셔야 헐 것이다, 알것냐."

무안한 듯 어색한 미소를 지은 태호가 "아이고 성님, 귀 떨어지것소. 나가 앞으로 여그 이 선수님헌티 성님이라고 헐 것이구만요잉. 걱정 마시랑께요."

그제야 화가 풀린 송 감독이 얼굴 표정을 부드럽게 바꾸고서 석현에게 말했다.

"석현아, 그만 일어나 불자. 낼 행사도 있은께. 늬 오늘 묵을 숙소는 나가 잡아 놓았다. 우리 집사람은 빈방에 깨끗이 청소를 해 놓을 텐께 데리고 와서 재우라고 허는디 늬가 불편허지 않것냐. 우리 밥 묵은 식당 뒤쪽 블록에 클린모텔이라고 신축한 시설 좋은 모텔이 있은께, 거서 하루묵거라이. 나가 직접 전화 걸어 두었으니께 숙박비는 내지 말고 기냥 들어가서 자면 되는 것이여. 알았제?"

석현은 고개를 숙이며 "감독님 감사합니다." 하고 인사했다. 흐뭇한 듯 환하게 미소 지은 송 감독은 "그럼 이제 다들 인나 불자고, 낼 오전에 〈월간모터사이클〉 취재도 오고 오후에 경기장에서 가게 17주년 행사도 해야 허니께." 하며 등받이 목재의자에서 일어섰다. 석현이 송 감독을 따라 일어섰고 그 뒤로 태호가 일어서는데 현주가 앉은 채로 노트북 화면을 태호를 향해 돌리면서 왼손 엄지손가락을 들어 주었다.

7

R1000 대마왕의 배웅

햇빛이 쨍쨍한 아침 현주는 흰색 포터 핸들을 날렵하게 오른쪽으로 돌려 프로모터스 앞을 가로지르는 내부도로의 가변주차장 빈 주차칸으로 들어갔다. 현주가 출근하기를 기다리고 있던 석현은 전진 주차된 포터 운전석 쪽으로 다가갔다. 조금 전 하룻밤 묵은 클린모텔에서 나올 때 석현에게 전화를 건 박 단장은 어제 수리 나간 모터에 또 문제가 생겨 순천에 내려가지 못하게 됐다고 미안해했다.

포터 운전석 문짝을 열고 차에서 현주가 내렸다. 그녀는 파란색 흰색 분홍색이 섞인 오프로드 오토바이 전용 티셔츠와 바지를 입고 구형 군화를 신었다. 석현이 "누나, 안녕하세요." 하고 인사하자 현주가 운전석 문짝을 닫고 한껏 밝게 미소 지으면서 물었다.

"자네, 잘 잤나?"

"예. 신축 모텔이라 굉장히 쾌적하던데요. 감사합니다."

"오늘 가게는 정오에 문 닫을 거여. 오전에 〈월간모터사이클〉 이번 달 취재도 오고. 그란디, 자네 오프로드 오토바이는 타 본 적이 없다고 혔지?"

"예. 저야 수리나 해 봤지 비포장도로 경기장에서 타 본 적은 없어요."

"그렇구만잉, 고럼 오늘 지대로 한번 타 봐. 개기도 많이 묵고."

"고기요?"

"잉 거서 바비큐 파티도 혀. 우덜은 뭘 혀도 옹판지게 허니께. 자, 그라믄 문 열고 오토바이들부터 쪼까 빼 불까. 자네도 매일 허는 일이제?"

"네, 그렇죠."

"그런디, 자네 허는 센터 이름이 뭐라고 혔는가?"

"제일 오토바이 센터요."

"장사는 잘되고?"

"그냥 뭐, 단골손님들이 계셔서 그럭저럭이요."

"그럭저럭하면 되것나! 서킷 시합 뛰려면 돈이 솔찬히 들어갈 텐디."

"예, 앞으로 더 열심히 해야죠."

"그랴, 그럼 문 열어 볼까나."

"예."

석현이 직사각형 원목테이블 등받이 목재의자에 앉아 왼쪽 옆에 앉은 현주의 오프로드 강의를 집중해서 듣고 있다. 직접 타는 자세까지 시범 보이는 현주의 강의는 생동감이 넘친다. "코너링에선 온로드나 오프로드나 균형 감각이."까지 말한 현주가 갑자기 고개를 옆으로 빼 밖을 내다보았다. 그녀의 눈에 은색 3밴 스타렉스가 프로모터스 흰색 포터를 지나치면서 좌회전해 한 칸 건너 빈 주차칸으로 들어가는 게 보였다. 스타렉스 3밴 우측 슬라이드도어 중앙에는 세로 30센티 가로 50센티의 파란색 바탕지 위에 '월간모터사이클'이라고 도안된 흰색 글자 스티커가 부착되어 있다. 현주가 눈을 들어 벽면 디지털시계를 쳐다보았다. 9시다. 현주는 등받이 목재의자에서 일어서며 석현에게 말했다.

"김 차장허고 봄이가 왔구만잉."

석현이 고개를 들어 디지털시계를 쳐다보고 현주를 따라 등받이 목재의자에서 일어섰다. 전진주차하고 시동을 끈 스타렉스 운전석 문짝이 열리고 봄이가 차 밖으로 내렸다. 그녀는 파란색 반팔 레이싱 남방에 진청스키니진을 입고 종아리에서 복숭아뼈까지 직선으로 크롬프로텍터가 부착된 검은색 온로드 레이싱 부츠를 신고 있다. 조수석에서는 김 차장이 내렸다. 40대 초반의 김 차장은 다채로운 색상으로 디자인된 오프로드 오토바이 전용 티셔츠와 바지를 입고 오프로드 부츠를 신고 있다. 현주는 두 기자를 맞이하기 위해 센터 출입문 안쪽에 서 있다. 봄이는 잰걸음으로 내부도로를 가로질러 오다가 갑자기 센터 안으로 껑충껑충 뛰어 들어왔다. 그녀는 현주 앞에서 멈춰서며 밝은 목소리로 "언니, 안녕하세요." 하고 인사를 했다. 현주는 '깔깔깔' 웃고서 '너무 웃기다 얘!' 하는 감탄한 얼굴로 봄이에게 말했다.

"오매, 늬는 어치케 캥거루처럼 고렇게 재미나게도 뛴다냐."

봄이의 뒤로 김 차장이 센터 안으로 들어오며 현주에게 인사했다.

"부사장님, 안녕하세요."

"차장님, 오셨오."

"오늘 날씨 좋네요." 하며 김 차장이 오른손을 내밀자 현주도 오른손을 내밀어 반갑게 악수를 나누었다. 그제 서야 현주 뒤에 멀찍이 서 있던 석현이 봄이를 향해 오른손을 흔들었다. 봄이는 그때야 석현을 보고 깜짝 놀라 소리치듯 말했다.

"어! 석현 선수."

봄이는 곧바로 석현에게 걸어가 두 걸음을 사이에 두고 멈춰 섰다. 석현이 앞에 선 봄이를 보며 반갑게 웃는 얼굴로 "한 기자님, 잘 지내셨어요?" 하고 인사하자 봄이는 환하게 웃으며 "석현 선수, 여긴 어떻게 오셨어요?" 하고 물었다. 석현이 "송 감독님이 오늘 17주년 행사에 초대해 주셔서 왔어요." 하고 대답하자 "그러셨구나." 하면서 고개를 끄덕거린 봄이가 "언제 왔어요?" 하고 다시 물었다. 석현은 "어젯밤에 왔어요." 하고 대답했다. 방금 전까지 현주와 대화를 나누던 김 차장이 어느 사이 석현의 앞으로 다가서며 "이석현 선수, 오랜만이죠?" 하고 오른손을 내밀었다. 석현이 공손히 두 손을 내밀어 악수하며 "안녕하세요, 김 차장님." 하고 인사했다. 김 차장이 악수한 손을 풀면서 "오늘 이 선수도 오프로드 오토바이 타나요?" 하고 묻자 석현은 "글쎄요, 송 감독님이 타라고는 하시는데요." 하고는 멋쩍게 웃었다.

현주와 김 차장 봄이와 석현 네 사람이 둥글게 모여 서서 화기애애한 대화를 나누고 있는데 송 감독의 젠쿱 3.8이 프로모터스에 도착했다. 9시 14분이다. 송 감독은 차를 석현의 포터 오른쪽 빈 주차칸에 후진 주차하고 선글라스를 낀 채 차 밖으로 나와 운전석 문짝을 닫았다. 현주가 "대빵 오셨구면." 하고 말하며 왼손에 찬 스마트워치를 들여다보았다. 내부도로를 가로질러 걸어온 송 감독은 센터 안으로 들어오며 선글라스를 벗고서 활짝 웃어 보였다. 그러자 김 차장이 송 감독에게 다가가 "송 감독님, 안녕하세요." 하고 인사했다. 송 감독은 오른손을 내밀어 김 차장과 악수하며 "아따, 김 차장 오늘 의상이 멋져 버리네잉." 하고 말했다. 김 차장은 송 감독과 악수한 손을 풀며 "한 달 전에 구입했던 건데 오늘에야 입게 되네요." 하고는 덧붙여 "오랜만에 오프로드 탈 생각하니 아드레날린이 솟구쳐요. 제 오프로드 오토바이 차에 싣고 왔어요." 하며 활짝 웃어 보였다. 송 감독이 "나가 수준 있는 김 차장 땜시 경기장 난이도 높이느라 공사비 솔찬게 썼구마잉." 하자 김 차장은 "이거 기대에 부응해 드려야 하는데 걱정인데요." 하고서 환하게 웃어 보였다. 송 감독은 "에이 무신, 타던 대로 재미나게 타면 되지." 하고는 봄이에게 "한 기자, 왔나." 하면서 오른손을 내밀었다. 봄이는 정중히 두 손을 내밀어 송 감독과 악수하며 "잘 지내셨어요?" 하고 인사했다. "내야 뭐 항상 나이스데이지." 하고 말한 송 감독은 악수한 손을 풀며 "지금 바로 다음 달 호 〈라이딩스쿨〉 취재하러 가자고." 하면서 덧붙여 "끝나고 바로 경기장 가서 행사해야 허니께, 쪼까 있으면 회원들이 몰려올 것이구먼." 하며 강조하듯 눈을 크게 떠 보였다. 김 차장이 왼손에 찬 LED디지털손목시계를 보며 시간을 확인하고 송 감독에게 말했다.

"감독님은 온로드 레이싱 슈트로 갈아입으시고 레이싱 오토바이 타고 오시니까, 한 기자하고 저는 먼저 상사호 주차장에 가 있을게요."

"그랴 내 금세 따라갈 텐께, 기자님들은 먼저들 출발혀." 하고 대답한 송 감독이 곧장 가게 뒤쪽 벽 가장 좌측 라이더 탈의실 앞으로 걸어가서는 문을 열고 안으로 들어갔다. 탈의실 문이 닫히자 봄이는 "언니, 이따가 봐요." 하고서 김 차장을 따라 센터 밖으로 나갔다.

다음 달 호 〈월간모터사이클〉 '송 감독의 라이딩스쿨' 취재는 이번에도 순천 상사호의 드넓은 주차장에서 진행되었다. 김 차장이 PD처럼 카메라 촬영을 담당하고 송 감독이 직접 오토바이를 타며 원돌기, 8자돌기, 브레이킹, 코너링자세 등의 시범을 보이다가 잠깐씩 멈춰 서서 이론 강의를 했다. 송 감독이 타고 시범을 보이는 레이싱 오토바이는 국산 KR모터스 코멧 650R이다. 600cc 4사이클 V형 2기통 엔진을 탑재한 레이싱 타입 오토바이로 비록 일본의 600cc 4사이클 직렬 4기통 엔진을 탑재한 레이싱 타입 오토바이들과는 상대적 차이를 보이지만 가격대비 당신의 상상을 뛰어넘는 퍼포먼스를 보여 주는 코리아 레이싱 머신이다.

스타렉스 적재칸 안에 들어간 봄이가 온로드 레이싱 원피스 슈트로 갈아입고 슬라이딩도어를 열며 차 밖으로 나왔다. 그녀는 접이식 테이블에 올려놓았던 풀페이스 헬멧과 온로드 레이싱 장갑을 착용하고는 송 감독이 내준 코멧 650R을 타며 강의받은 라이딩 테크닉을 직접 실습 주행했다. 김 차장은 봄이의 라이딩을 촬영하며 이것저것을 지시했다. 봄이는 〈월간모터사이클〉 기자답게 코멧 650R을 타며 일반적인 라이더에게는 볼 수 없는 전문가다운 높은 수준의 라이딩을 보여 주었다. 몸이 차차 풀리며 650R과 하나가 되어 가면서 더 보여 줄 게 많은 봄이였지만 아쉽게도 시간 관계상 이번 취재는 11시 30분에 마쳐야 했다. 다시 파란색 반팔 레이싱 남방에 진청스키니진을 입은 봄이는 송 감독, 김 차장과 아이스박스에서 꺼낸 캔 에너지 음료를 한 캔씩 마시며 강의 소감을 주고받았다. 대화는 다음 달 레이싱 스쿨 일정을 조율하는 것으로 마무리되었고 세 사람은 서둘러 상사호 주차장에서 철수했다.

정오, 프로모터스에는 완벽한 오프로드 라이더 복장의 동호회 회원들로 북적거린다. 모두 축제 분위기다. 센터 밖에 세워진 32대의 오프로드 오토바이들은 회원들이 집에서부터 타고 왔거나 센터 안에 보관하고 있던 것들이다. 상사호에서 돌아온 송 감독은 회원들과 인사를 주고받다가 센터 안 라이더 탈의실로 들어가 온로드 레이싱 원피스 슈트에서 오프로드 라이더 복장으로 갈아입었다. 라이더 탈의실에서 나온 송 감독은 밖에 대기하고 있던 〈월간모터사이클〉 스타렉스를 타고 오프로드 오토바이 경기장으로 출발했다. 오프로드 오토바이를 탄 성우도 오프로드 오토바이를 탄 회원들을 이끌고 오프로드 오토바이 경기장으로 출발했다. 석현과 판매용 중고 오토바이들을 전부 센터 안에 넣은 현주는 센터 밖으로 나와 양문 강화도어 앞에 섰다. 그녀는 '야외행사로 금일 영업을 마칩니다.'라는 스카치테이프가 붙은 A4 용지 컴퓨터 글자 안내문을 강화도어에 부착하고 깨금발을 들어 키를 돌려 강화도어 자물쇠를 잠근 뒤 키패드에 키고리에 걸린 보안카드를 댔다. '삐빅!' 신호음에 이어 '경계모드로 전환되었습니다.' 하는 기계음성이 들리며 무인경비 시스템이 작동되자 현주는 송 감독의 새 오프로드 오토바이를 실은 포터 조수석에 석현을 태우고 순천시장으로 출발했다. 신형 오프로드 오토바이를 싣고 도로를 빠르게 달리는 포터 적재함에는 30인용 대형전기밥솥 2개와 휘발유가 가득 든 20리터 말통 6개도 같이 실려 있다.

포터를 몰고 비포장 길을 달리던 현주가 〈월간모터사이클〉 스타렉스 운전석 옆쪽으로 멈춰 섰다. 〈월간모터사이클〉 스타렉스 조수석 5미터쯤 옆으로는 임대용 남녀 야외화장실이 설치돼있다. 포터 조수석에 앉아 있는 석현이 고개를 오른쪽으로 돌려 〈월간모터사이클〉 스타렉스의 텅 빈 운전석을 쳐다보았다. 봄이는 경기장 가까이에서 카메라를 들고 서 있다. 그녀는 가장 긴 직선 구간을 질주하다가 언덕을 솟구쳐 오르는 오프로드 오토바이들을 순간순간 포착해서 카메라에 담고 있다. 석현이 조수석에서 내리자 시동을 끈 현주도 운전석에서 내렸다. 차 문짝을 닫은 두 사람은 800평 넓이의 경기장을 바라보았다. 경기장 안에 벌떼처럼 몰려다니는 오프로드 오토바이들은 굉음을 내며 언덕과 언덕 사이를 도약해 날아다니고 있다. 오늘 오전까지 굴삭기 작업을 추가로 한 경기장의 주행코스는 다채롭게 구성돼 있다. 크고 작은 언덕들과 가속도가 순간적으로 붙는 직선 구간들, 다양한 굴곡의 코너들은 정식 시합을 유치한다 해도 전혀 문제가 없어 보인다. 경기장은 전문가가 설계한 것처럼 오프로드 오토바이 레이싱에 대한 이해력이 충분히 반영되어 있다. 영만은 경기장 입구 바깥쪽에서 야외 바비큐스탠드그릴에 숯불을 피우고 있다. 부탄가스에 장착한 토치로 불질을 해대던 영만이 갑자기 고개를 뒤로 돌리더니 현주를 보고는 "저짝, 개기!" 하고 소리쳤다. 영만을 등지고 서서 팔짱을 낀 채 경기장을 주시하고 있던 송 감독은 주변에 서성이는 인원을 확인하고는 근엄한 목소리로 그들에게 지시했다.

"야들아, 저짝으로 몇 사람 앞다퉈 달려가 봐야 쓰겄다."

그러자 영만의 옆에 서 있던 태호, 병오, 그리고 잠시 대기하던 회원들이 현주가 몰고 온 포터를 향해 뛰어갔다. 성우는 고개를 바로 하고는 맞은편에 서 있는 신입 회원에게 물었다.

"아야, 나가 어디까정 야그했던가?"

신입 회원은 또박또박한 발음으로 대답했다.

"코너를 돌 때 오토바이는 회전하는 방향의 땅바닥에 달 듯 말 듯이 기울이멘시 몸은 반대쪽으로 막까대기처럼 꼿꼿이 펴야 헌다고 하셨소."

신입 회원이 똑 소리 나게 대답하자 성우는 그다음 라이딩테크닉을 이어서 설명했다. 그런 가운데 병오는 같이 뛰어온 회원들과 장 봐 온 식품으로 가득한 라면회사 포장 박스 2개와 과자회사 포장 박스 2개를 각자 1개씩 나누어 들고 경기장 쪽으로 걸어가고 있다. 태호는 회원 5명과 휘발유가 가득 든 20리터 말통을 각자 1개씩 들고 포장 박스를 든 병오와 3명의 회원을 쫓아 경기장 쪽으로 뒤뚱뒤뚱 걸어가고 있다. 그 뒤에서는 2명의 회원이 1.5리터 생수를 각자 1팩씩(1팩=6병) 두 손으로 받쳐 들고 경기장 쪽으로 걸어가고 있다. 석현은 포터 적재함에 실린 송 감독의 오프로드 오토바이를 묶은 짐바를 완전히 풀어냈다. 석현이 왼손에 짐바끝머리를 잡고 바닥에 던져진 짐바를 오른손으로 끌어올려 왼손에 옮기면서 짐바를 동그랗게 감기 시작하자 현주가 오프로드 오토바이를 내리기 위해 움직였다. 그녀는 우측 후미등에서 좌측 후미등으로 이동하며 적재함 수직 접이식 리프트게이트 양쪽 개폐기를 한 개씩 당겨 열고 리모컨 버튼을 눌러 수직 접이식 리프트게이트를 바깥쪽으로 수평 되게 눕혔다. 석현은 동그랗게 감긴 짐바를 적재함 구석에 내려놓았다. 그리고는 적재함 좌측 옆문짝을 타고 적재함 위로 올라갔다. 그는 몇 걸음 걸어가 송 감독의 오프로드 오토바이 왼쪽 옆에 다가섰다. 송 감독의 오프로드 오토바이는 앞 타이어와 뒤 타이어가 좌우 옆문짝에 한쪽씩 닿게 사선으로 세워져 있다. 허리를 숙인 석현은 오른손으로 움켜잡은 리어차대를 몸 쪽으로 힘껏 당겼다. 뒤 타이어가 옆문짝에서 떼어지면서 다시 허리를 편 석현은 두 손으로 양쪽 핸들을 잡았다. 그리고 후진을 시작했다. 천천히 뒷걸음을 걷던 석현이 후진해 나온 오토바이와 함께 수직 접이식 리프트게이트에 올라타자 현주가 리모컨 버튼을 눌렀다. 하강한 수직 접이식 리프트게이트가 황토흙바닥에 닿으며 멈춰 서자 석현은 오토바이를 한 번 더 후진해 리프트에서 내려왔다. 바닥이 내리막이다. 석현은 앞브레이크 레버를 잡고 멈춰 섰다가 핸들을 힘주어 잡고 앞쪽으로 힘껏 걸었다. 그는 핸들을 좌측으로 틀다가 우측으로 틀며 포터 운전석 문짝 2미터쯤 옆에서 앞브레이크 레버를 잡고 킥사이드 받침대를 펴서 오프로드 오토바이를 세웠다. 현주는 차안 수납공간에서 오프로드 헬멧을 꺼내 안에 손을 넣어 헬멧을 왼팔에 걸었다. 석현이 자리를 비켜 주자 현주는 씩씩하게 걸어와 오프로드 오토바이 왼쪽에 섰다. 그녀는 두 손으로 양쪽 핸들을 잡고 오토바이를 똑바로 일으키며 오른발로 킥사이드 받침대를 접었다. 현주가 오프로드 오토바이를 앞으로 밀며 경기장 쪽으로 걸어가자 석현은 포터 적재함에서 30인용 대형전기밥솥 2개를 한 개씩 꺼내 양손에 들고서 오프로드 오토바이를 밀고 가는 현주를 따라 뒤뚱뒤뚱 걸었다.

(잠시 오프로드 오토바이를 간단히 살펴보자면, 오프로드 오토바이는 액셀 그립만 감아 돌려도 하늘로 솟구쳐 오를 듯 보이는 경량화 차대가 특징이다. 오프로드 오토바이의 일자파이프핸들은 노면이 불규칙한 비포장도로에서도 조정성과 균형성이 좋다. 시합용 오프로드 오토바이에는 헤드라이트를 대신해서 사각번호판이 부착된다. 번호판 안에는 선수 번호가 붙는다. 일자파이프핸들과 운전석롱시트(어쩌면 바나나같이 생겼다고도 볼 수 있는 시트) 사이에 볼록한 연료탱크의 주유구 마개는 키 없이 손으로 돌려서 열고 잠근다. 주유구 마개에 꽂혀 있는 에어호스는 연료탱크에 공기를 공급해 줘서 인젝터의 연료분사를 원활하게 해 준다. 헤드라이트 또는 선수용 번호판 바로 밑에는 반원(⌒) 모양의 앞 타이어 흙 튐 방지커버가 부착되어 있다. 한 쌍에 프런트서스펜션은, 일자파이프핸들 밑에서부터 앞 타이어의 스포크휠 액슬축까지 사선으로 길게 뻗어 있다. 싱글리어서스펜션은 운전석롱시트 아래 위치해 있다. 오프로드 오토바이의 특성상 프런트서스펜션과 리어서스펜션은 공중에서 지면으로 착지 시 발생하는 충격을 흡수하는 능력이 매우 탁월하다. 그것을 위해 설계되고 개발되어 왔다. 오프로드 오토바이의 앞 타이어와 뒤 타이어 트레이드는 오프로드 전용 블록패턴 타이어다. 오프로드 라이딩 현장에서는 흔히 깍두기 타이어라고 부른다. 축구화 스터드를 연상하면 좋을 것 같다. 경량화를 추구하는 오프로드 오토바이에 엔진을 덮는 커버는 없다. 다만 연료탱크를 감싸고 있는 간결한 커버

는 주행 시 니그립을 위해 존재한다. 니그립은 과격한 주행 시 운전자의 몸이 오토바이에서 이탈되는 것을 방지하기 위해 두 무릎을 연료탱크에 밀착시키는 라이딩 포지션을 말한다. 엔딩커버, 날렵한 디자인의 엔딩커버는 운전석롱시트 끝부분에 부착되어 있다. 그 바로 우측 아래에는 엔진에서부터 휘어져 나온 머플러가 공격적으로 치켜세워져 있다.)

현주는 10미터쯤 못 미쳐 걸어가 경기장 입구 가장자리에서 킥사이드 받침대를 펴서 오프로드 오토바이를 세우고 시동 버튼을 누르며 액셀 그립을 부드럽게 감았다. 강렬한 450cc 엔진의 배기음이 머플러에서 터져 나오며 주변에 울림을 일으켰다. 현주로부터 15미터쯤 떨어진 곳에 있는 영만은 시동이 켜진 송 감독의 오프로드 오토바이를 가만히 쳐다보다가 숯불그릴에 고기를 얹기 시작했다. 1분쯤 엔진을 돌린 현주는 시동을 끄고 왼팔에 건 오프로드 헬멧을 빼서 우측핸들에 걸었다. 바지 왼쪽 뒷주머니에서 뺀 오프로드 장갑은 운전석롱시트 위에 올려놓았다. 숯불그릴로 고기를 굽는 영만의 오른쪽에 네 개의 야외테이블이 옆으로 나란히 펴져 있는데 태호가 테이블마다 쌈장, 김치, 상추, 고추, 마늘 1.5리터 음료를 올리고 있다. 김치는 썰어서 비닐포장 돼 3kg 용량 박스에 담아 파는 식품이고 상추 고추 마늘은 전날 태호의 전화를 받은 시장 아주머니가 미리 세척해 놓은 것이다. 석현은 누가 시키지도 않았는데 테이블마다 80매 캡형물티슈를 한 개씩 올려놓더니 대형전기밥솥을 열고 안에 꽂혀 있던 밥주걱으로 일회용 밥그릇에 밥을 퍼 테이블에 올리고 있다.

"성님, 우선 여그 있는 회원들허고 다 같이 한술 뜨시지라." 고기가 익어가자 영만이 송 감독에게 말했다. 이쪽저쪽에서 불규칙적으로 점프했다 가라앉는 오프로드 오토바이들을 지켜보던 송 감독은 단단히 여민 팔짱을 풀고 뒤돌아섰다. 그는 첫 번째 야외테이블에 가까이 다가서며 "그려 일단 여그 있는 사람들부터 먼저 묵자." 하더니 현주에게 "저짝에 한 기자도 언능 불러. 밥부터 묵고 사진을 찍으라고 혀." 하고는 물티슈를 한 장 뺐다. 송 감독 맞은편에서 종이컵에 따른 콜라를 마시던 현주가 목소리를 한껏 크게 해서 봄이에게 말했다.

"아야 봄이야, 밥상에 밥 차렸는디 시방 니 뭐 하고 있다냐. 언능 와서 밥 묵어."

경기장 근처에 서 있는 봄이가 카메라 뷰파인더에서 눈을 떼지 않고 목소리를 크게 해서 현주에게 대답했다.

"언니, 조금 있다 갈게요."

현주가 다시 한번 목소리를 한껏 크게 해서 말했다.

"아야! 늬 낭중에 오매에 저것들이 맛난 개기 즈덜끼리만 묵으면서 겁나 섭섭하게 손님한테는 와서 묵으라고 일언반구도 안 해 불어! 요런 소리 허지 말고 언능 싸게싸게 와야 이것아!"

현주의 정겨운 호통에 봄이가 얼굴에서 카메라를 내리고 허탈한 얼굴로 미소를 지었다. 봄이는 오른쪽 어깨에서부터 몸에 사선으로 멘 카메라 가방에 카메라를 넣고 테이블을 향해 땅을 박차고 달리기 시작했다. 폭발적인 기세로 달려오는 봄이를 가만히 쳐다보고 있는 현주가 "쟈가 캥거루가 아니라 아프리카 초원을 달리는 임팔라였구먼." 하고 혼잣말을 하는데 봄이가 숯불그릴로부터 두 번째 야외테이블 앞에서 단숨에 멈춰 섰다. 봄이는 물티슈를 한 장 빼 손을 닦고 나무젓가락을 들어 포장지를 벗긴 뒤 꺼내 반으로 떼어 내고서 오른쪽 옆에 서 있는 송 감독에게 말했다.

"부지를 늘린 경기장에 추가로 굴삭기 작업을 해서 확실히 코스가 전보다 익사이팅해졌어요."

영만이 "그렇지라." 하며 입가에 옅은 미소를 짓고서 "성님이 큰돈 쓰셨지라." 하고는 먹기 좋게 자른 고기를 집게로 연신 집어 바로 옆쪽 첫번째 야외테이블 일회용 접시에 부지런히 올렸다. 송 감독은 영만이 고기를 잔뜩 담은 일회용 접시를 봄이가 서 있는 두 번째 야외테이블에 놓아 주고는 오른쪽 옆에 서 있는 김 차장에게 말했다.

"성우가 학교 선배한티 굴삭기 싸게 빌려 와서 고상헌 보람이 있고 그럼, 다덜 밥 묵고 나서 심 닿는 데까정 재미나게 타 불자고."

고개를 끄덕이며 우물우물 먹던 고기쌈을 삼킨 김 차장은 "네, 그래야죠." 하고 대답했다. 입안에 쌈 싸 넣은 삼겹살을 우물우물 먹는 봄이가 맞은편에 서 있는 석현을 지그시 쳐다보았다. 석현은 밥 올린 상추에 쌈장을 찍은 삼겹살을 얹어 쌈을 싸 크게 벌린 입안에 넣었다. 그는 쌈을 우적우적 먹으면서 봄이를 쳐다보더니 오른손 엄지손가락을 들어 보였다. 송 감독이 쌈장 찍은 삼겹살을 씹다가 삼키고 나서 석현에게 물었다.

"이 선수, 오늘이 오프로드 오토바이 처음 타는 날이라고 혔제?"

고기 집던 나무젓가락을 잠깐 멈춘 석현은 바로 "네, 감독님." 하고 대답했다. 송 감독은 나무젓가락으로 김치를 한 점 집어 입에 넣고 씹으며 온화한 목소리로 석현에게 말했다.

"그라드라도 밥 묵고 타 봐잉. 별달리 어려운 것도 없으니께 객정은 허덜 말고. 늬 전공인 온로드허고 코너링 자세만 반대일 뿐이지 원리는 같은 것이다. 그저 늬가 온로드 타는 것 맨치로만 자신감 있게 타면 오토바이가 오케이! 나만 따라와 부러 할 것이여. 알긋제?"

삼겹살을 얹은 상추를 왼손에 든 석현은 "예, 감독님." 하고는 덧붙여 "여기 와서 보기만 했는데도 오프로드 엄청 재밌어 보이는데요." 하며 싱긋 웃어 보였다. "그라제! 오프로드는 오프로드만의 매력이 있당께." 하고 말한 송 감독이 고기를 굽는 영만을 쳐다보았다. 영만은 이마에 흐른 땀을 물티슈로 닦으며 고기를 굽고 있다. "아야 영만아, 늬 그만 쉬고 인자 밥 묵어라." 하고 송 감독이 말하자 숯불그릴에 새로 고기를 얹는 영만은 "야 알았어라. 지 객정은 허덜 마시고 많이 드씨요." 하며 물티슈로 이마를 닦았다. 송 감독은 입가에 옅게 미소 지으며 "자슥." 한 뒤 삼겹살을 한 점 집어 쌈장에 찍은 뒤 입안에 넣었다. 봄이 왼쪽 옆에서 식사를 하고 있는 태호가 입안에 먹던 쌈을 삼키고는 영만에게 말했다.

"영만이 성님, 이리 와서 식사하시오. 인자부턴 나가 고기를 구울 텐께요."

영만은 "아, 글시 걱정은 허덜 말고 먹으랑께." 하고 말하며 집게로 지글지글 익어 가는 고기를 뒤집었다.

오프로드 오토바이를 타던 회원들 가운데 절반 정도가 경기장 밖으로 나와 식사를 마쳤다. 이들은 황토흙바닥에 벗어 놓았던 오프로드 오토바이 전용 전신 보호장구들을 다시 몸에 착용했다. 마치 갑옷과 같은 전신 보호장구들을 빠짐없이 몸에 착용한 회원들은 시동을 건 오프로드 오토바이를 타고 경기장 안으로 달려 들어갔다. 반대로 지금까지 경기장을 질주하던 회원들이 한두 명씩 식사를 하러 경기장 밖으로 오프로드 오토바이를 몰고 나왔다. 식사교대가 이루어지자 영만을 밀어낸 현주가 고기를 구웠다. 고기를 구우면서 짬짬이 식사를 한 영만은 경기장 입구 근처에 자신의 오프로드 오토바이를 세워 놓고 몸에 전신 보호장구들을 하나씩 착용했다. 석현은 영만의 오른쪽 옆에 송 감독의 오프로드 오토바이를 끌어다가 세워 놓았다. 잠시 오토바이 옆에 서 있던 석현은 경기장에서 나온 한 회원이 벗어 준 전신 보호장구들을 흰색 긴팔남방에 검은색 스판정장 바지를 입은 상태에서 양말로 황토흙바닥을 밟은 채 하나씩 착용했다. 강화플라스틱 사출금형 조끼형 상체 보호대, 양쪽 어깨 보호대, 양쪽 팔꿈치 보호대, 양쪽 무릎보호대를 착용하고 오프로드 부츠를 신었다. 마침 부츠 사이즈가 석현이 평소 신는 42 사이즈다. 머리에 쓰고 턱 끈을 조인 오프로드 헬멧도 자신의 풀페이스 헬멧과 같은 M 사이즈여서 안면 밀착성에 문제가 없다. (헬멧이 크면 고속 주행 중 헬멧이 기울어져 눈을 가릴 수 있기에 위험하다.) 오프로드 헬멧 턱 끈을 고정 고리에 걸고 매듭을 지은 석현은 헬멧 고글을 눈에 맞춰 쓰고 고정밴드를 팽팽하게 조정했다. 그런 뒤 오프로드 장갑을 한 손에 한쪽씩 두 손에 끼면서 온몸에 보호장구 착용을 마쳤다. 봄이는 카메라로 석현과 그에게서 조금 떨어진 곳에 서 있는 영만의 모습을 원근감이 확연하도록 사진을 찍었다. 오프로드 오토바이에 시동을 걸어 놓은 태호도 전신 보호장구 착용을 마쳐갔다. 그는 오프로드 헬멧을 머리에 쓰고 목에 걸고 있던 헬멧 고글을 고정밴드를 조정해 눈에 맞춰 착용한 뒤 고개를 돌려가며 시야를 점검했다. 그러던 중 우연히 석현과 눈이 마주쳤다. 석현이 친근하게 오른손을 들어 보이자 태호는 차갑게 눈을 돌렸다. 주행 준비를 마친 영만은 먼저 오프로드 오토바이를 타고 경기장 안으로 달려 들어갔다. 석현이 송 감독의 오프로드 오토바이 좌측에 서서 시동을 켜는데 뒤쪽에서 오프로드 오토바이에 올라탄 회원들이 요란한 배기음을 쏟아 내며 일제히 날아가는 불화살처럼 순식간에 석현을 지나치면서 경기장 안으로 들어갔다. 석현은 왼손으로 좌측핸들을 잡고 오른쪽 다리를 운전석롱시트 위로 넘겨 오토바이에 앉으면서 두 손에 잡은 좌우 핸들로 오토바이를 똑바로 일으켜 세우고 왼발로 킥사이드 받침대를 접었다. 그는 기어 변속 레버스텝에 오프로드 부츠 신은 왼발을 올리고 앞꿈치로 기어 변속 레버를 밟아 내려 1단 기어를 넣었다. 그러면서 오른손 둘째손가락으로 앞브레이크 레버를 당겨 잡고 왼손 둘째손가락으로 잡은 클러치 레버를 서서히 놓으며 오른손에 쥔 액셀 그립을 끝까지 당겼다. 휠스핀, 정지 상태에서 뒤 타이어가 고속회전하자 앞브레이크 레버를 놓은 석현은 두 손에 잡은 핸들을 순간 들어 올려 앞 타이어를 공중에 띄우며 오토바이를 수직으로 세운 채로 앞으로 달려 나갔다. 양쪽 스텝을 단단히 밟고 운전석롱시트에서 일어나 질주하는 석현은 액셀 그립을 순간 놓았다 감으며 그사이 클러치 레버를 잡았다 놓고 기어 변속 레버를 위로 한 칸 들어 올려 기어를 2단으로 바꾸면서 속도를 높였다. 태호도 석현과 똑같이 앞 타이어를 들고 질주하기 시작했다. 경기장 직선 구간에 들어선 석현이 앞 타이어를 바닥에 내리며 본격적으로 코스를 달리자 뒤쫓아 달려오던 태호도 경기장에 들어서며 앞 타이어를 바닥에 내리고 코스를 내달렸다. (라이더마다 차이는 있겠으나 노면이 거친 비포장 길은 아스팔트 포장도로에 비해 고속 질주 시 체감속도가 2배쯤 빠르다.) 직선 구간을 달리던 석현이 1번 언덕을 힘차게 타고 올라가 점프하면서 2미터쯤 높이의 공중으로 솟구쳤다. 그 후미에서 작심하고 최대 속력으로 점프한 태호가 노리는 바대로 공중에서 석현을 추월했다. 추월할 때 왼팔 팔꿈치로 석현의 오른쪽 어깨를 툭! 건드렸다. 오프로드 오토바이를 타고 같이 점프한 상태에서 이런 더티 플레이를 할 거라고 누가 상상이나 하겠나. 석현은 화들짝 놀랐고 착지하며 오토바이에서 튕겨 나가 황토흙바닥에 처박혔다. 석현을 내던지고 왼쪽 면으로 바닥을 친 송 감독의 새 오프로드 오토바이는 굉음을 내며 허공에 뒤 타이어를 고속회전시키다가 기절하듯 '픽!' 하고 시동이 꺼졌다. 태호는 1번 좌회전 코너를 돌고 있다. 그는 두 손에 잡은 양쪽 핸들로 오토바이를 잔뜩 좌측으로 기울이고 상체는 곧게 펴면서 왼쪽 다리를 지면으로 곧게 뻗었다. 린 아웃(lean out) 오프로드 오토바이의 상징과도 같은 코너링 자세다. 고속회전하는 뒤 타이어로 황토흙을 퍼날리며 깔끔하게 좌회전 코너를 돌아나간 태호는 석현의 시야에서 완전히 사라졌다. 바닥에 앉은 석현은 오프로드 장갑 낀 오른손으로 흙을 한 줌 쥐었다가 내던진 뒤 자리에서 벌떡 일어섰다. 그는 넘어진 오프로드 오토바이를 일으켜 세우고서 곧바로 올라타 시동을 걸었다. 경기장 밖 낮은 절벽 위에 서서 그 모습을 지켜보고 있는 봄이가 두 손을 동그랗게 모아 입가에 대고 크고 다급한 목소리로 석현을 불렀다. 시동이 걸린 오프로드 오토바이에 1단 기어를 넣은 석현이 출발 직전 오른쪽으로 고개를 돌려서 봄이를 쳐다보았다. "석현 선수! 이거 시합 아니에요." 하고 봄이가 소리쳤다. 석현이 봄이를 쳐다보며 무슨 말인가를 하려는데 1번 언덕을 뛰어넘은 병오가 다소 위태롭게 착지했다가 중심을 잡고 석현을 지나쳐 1번 코너를 향해 달려 나갔다. 눈을 돌려 고개를 바로 한 석현은 앞브레이크 레버를 잡고 반클러치를 쓰면서 액셀 그립을 과감하게 잡아 돌렸다. 송 감독이 요번에 새로 뽑은 오프로드 오토바이 머플러에서는 굉음이 뿜어져 나왔고 뒤 타이어는 제자리에서 고속회전하며 사방으로 황토흙을 날려 댔다. 테이블을 등지고 서서 석현을 지켜보고 있던 송 감독이 씁쓸한 미소를 지으면서 말했다.

"이 선수, 핵! 꼬꾸라지고 나서 썽질나 부렸네. 애민 내 오토바이가 먼 잘못이 있다고 저리 쌔빠지게 액셀을 땡겨 분다냐."

집게로 숯불그릴에 고기를 뒤집던 현주가 싱긋 웃으며 말했다.

"냅두씨요, 꿰다 놓은 보릿자루 맨치로 매가리 없이 타는 것보다는 보기 좋아 분께요잉."

송 감독은 그저 지그시 눈을 감고 고개를 끄덕거렸다. 현주는 다 익은 고기를 집게로 집어 바로 옆쪽 첫 번째 야외테이블로 가져갔다. 그녀는 빈 접시 위에 고기를 놓고 가위로 먹기 좋게 잘랐다. 이번엔 스테이크처럼 두툼한 돼지고기 목살이다. 첫 번째 야외테이블에서 식사를 하던 회원들은 현주가 자른 고기를 나무젓가락으로 집어갔다. 숯불그릴에 고기를 새로 올린 현주는 회원들이 서로 가까이 붙어 서서 식사를 하는 두 번째, 세 번째, 네 번째 테이블에 고기 접시들을 살펴보고서 넌지시 말했다.

"찬찬히들 많이 자시오. 개기는 아적 충분히 있으니께."

넘어진 석현이 다시 일어나 경기장을 달린 지 5분쯤 지나고 있다. "아따, 선수는 선순가 보네." 첫 번째 야외테이블에서 식사를 하는 한 회원이 감탄한 얼굴로 말했다. "잉, 나가 봐도 오프로드 초보가 잘 타긴 잘 탄다." 송 감독이 입가에 흐뭇한 미소를 지으며 말했다. 석현은 폭발적인 에너지로 경기장을 질주하고 있다. 사실은 모터크로스 선수인데 깜짝쇼를 보여 주기 위해 초심자인 척 내색을 안 한 것처럼 전혀 다른 모습을 보여 주고 있다. 석현은 한계점까지 과감하게 속도를 붙여서 언덕을 타고 점프해, 보면서도 믿기 힘든 3미터 이상 높이까지 솟구쳐 올랐다가 안정적으로 지면에 착지하고 있다. 현주에게 말로 설명을 들었을 뿐인데 코너에서도 제대로 된 오프로드 오토바이 코너링을 보여 주고 있다. 태호는 인생 최고의 속도로 경기장을 질주하다가 등으로 전해지는 압박감에 순간 뒤를 돌아보았다. 그는 무서운 기세로 추월을 들어오는 석현을 보고 깜짝 놀라 액셀 그립을 쥐어짜며 속도를 좀 더 올렸다. 그리고는 경기장에서 가장 높은 12번 언덕을 타고 점프해 3미터 높이 공중으로 솟구쳐 올랐다. 석현은 굶주려 헛것이 보이기 시작한 호랑이가 통통한 멧돼지를 쫓는 간절함으로 12번 언덕에서 점프했다. 오 마이 갓! 석현은 태호보다 머리 하나는 더 높이 공중으로 솟구쳐 올랐다. 휘둥그레 뜬 눈으로 이를 지켜본 봄이가 절로 감탄사를 내뱉었다.

"지저스!"

서로 가까이 붙어 공중에 뜬 석현과 태호는 거의 동시에 지면에 착지했다. 그렇지만 먼저 앞으로 치고 나간 것은 공중에서 4단 그리고 5단으로 기어체인지하며 풀액셀 그립을 감은 석현이다. 석현은 순간적으로 태호와의 거리를 확실히 벌리며 실력을 유감없이 보여 주었고 앞서 달리다가 6단 풀액셀 그립으로 13번 언덕을 차고 올랐다.

석현이 경기장 밖에서 시동을 끄고 킥사이드 받침대를 펴서 세운 오프로드 오토바이에서 내리자 봄이가 가까이 다가왔다. 그녀는 신기하다는 눈으로 석현을 쳐다보면서 인터뷰하듯 물었다.

"석현 선수, 전에 오프로드 오토바이 타 본 적 있나요. 온로드 오토바이 선수라고는 해도 처음 타는 오프로드 오토바이를 어떻게 이렇게 잘 타는 거예요. 어떤 특별한 비결이라도 있나요?"

턱 끈을 풀어 벗은 오프로드 헬멧을 우측핸들에 건 석현이 눌린 머리를 오른손으로 털어 내고서 입을 떼었다.

"선수라고 하면 뭔가 하나는 보여 줘야 하죠. 그래야 무시를 당하지 않아요."

싱긋 웃은 봄이는 말없이 고개만 끄덕이다가 오른손 엄지손가락을 들어주었다.

천천히 조금씩 해가 멀어지면서 아름다운 주말 오후 하늘은 연한 갈색빛을 띠기 시작했다. 오프로드 경기장에서의 17주년 행사를 마치고 프로모터스로 돌아온 송 감독과 현주, 태호와 석현은 직사각형 원목테이블에 나란히 옆으로 앉아 캔커피를 마시며 즐거웠던 하루를 마무리하는 시간을 갖고 있다. 라이더 탈의실에 들어갔던 태호가 팔과 다리의 관절보호대를 마저 벗고 나와 다시 등받이 목재의자에 앉았다. 그는 오른쪽 옆에 앉아 있는 석현을 쳐다보더니 잠깐 머뭇거리고 나서 "석현이 성님, 성님 대전서 허시는 센터에서 중고 오토바이 매입도 허시죠잉?" 하고 조심스럽게 물었다. 석현이 빈 커피캔을 테이블에 내려놓고 "당근이지." 하고 대답했다. 태호는 고개를 왼쪽으로 돌렸다가 송 감독과 그의 옆에 앉은 현주의 얼굴을 차례로 살피고 다시 석현을 쳐다보며 말했다.

"집에 아부지가 타시던 오토바이가 한 대 있는디 대림 250cc 스쿠터 Q3요. 여그 우리 성님은 싸게 해 줄 텐게 고쳐 타라 허셨는디요. 우째, 성님이 대전 올라가시믄서 실코 가시것소? 나를 음흉시럽게 보진 마시오. 나가 기냥 성님헌티 드릴라고 허는 말이오. 나가 자신 있게 말허는디 쪼까 손보면 돈은 중고시세대로 제대로 받을 것이요. 겉에도 깨끗허니께!"

석현은 "글쎄⋯." 하면서 눈치 보듯 송 감독을 슬며시 쳐다보았다. 송 감독은 웃는 얼굴로 "그래 부러라." 하고 말하며 고개를 끄덕였다. 석현은 다시 태호를 쳐다보며 "그래. 준다는 사람 성의도 있는데 내가 신고 갈게." 하고 대답했다. "잘 생각허셨소." 하고 말한 태호는 "대전에 올라가는 시간도 있는디 그러믄 어터케, 인자 그만 일어나시것소?" 하며 고개를 옆으로 빼 밖을 내다보았다. 해는 계속 조금씩 멀어져 가고 있다. 송 감독이 "일어서 불자." 하며 등받이 목재의자에서 일어나자 현주와 태호 석현도 등받이 목재의자에서 일어섰다. 태호는 직사각형 원목테이블에 놓았던 오프로드 헬멧을 들어 머리에 쓰고 오프로드 장갑을 한 손에 한쪽씩 두 손에 꼈다. 그리고는 곧바로 센터 밖으로 나갔다. 임시적으로 내다 놓은 한 대의 중고 판매 오토바이 옆에 태호의 오프로드 오토바이가 서 있다. 태호는 오프로드 오토바이 좌측 옆에 서서 시동을 걸었다. 송 감독 앞에 마주 선 석현은 허리를 잔뜩 숙였다 들면서 "감독님, 그럼 저 가 보겠습니다." 하고 작별인사를 했다. 잔잔히 그 모습을 지켜본 송 감독이 입가에 미소를 머금고 자상한 목소리로 말했다.

"석현이 늬, 시합 잘허고 다치진 말아라잉, 뼛따귀 뿌라지면 선수 생활도 끝이니께 알았제?"

석현이 고개를 꾸벅 숙이며 "네, 감독님. 명심하겠습니다." 하고 대답했다. "그랴아, 그라고 낭중에 또 놀러 오니라. 알긋냐?" 하고 말한 송 감독이 오른손을 내밀었다. 석현이 두 손으로 송 감독이 내민 오른손을 잡아 악수하며 "예, 꼭 그렇게 하겠습니다." 하고 대답했다. 송 감독이 악수한 손을 풀자 석현이 왼쪽 옆으로 한 발짝 걸음을 옮겨서 현주를 마주 보고 서서 작별인사를 했다.

"누나, 그럼 잘 지내세요."

현주가 섭섭한 감정이 묻어나는 미소를 짓고서 입을 떼었다.

"뭣이다냐, 이 기분은. 나는 암시랑도 않을 줄 알았는디 고작 하루 새에 정이 드러 부러서 코끗 찡하게 맴이 짠하 부러. 이 선수, 잘 가고 낭중에 다시 놀러 와잉."

환하게 미소 지은 석현이 "네, 누나. 고맙습니다. 다시 놀러 올게요."
하고 말하며 고개를 숙였다가 들자 현주가 오른손을 내밀었다. 석현은
정중하게 두 손을 내밀어 현주와 악수를 나누고 나서 뒤로 몸을 돌려 앞
으로 걸어가 센터 밖으로 나갔다. 시동이 걸린 오프로드 오토바이에 앉
아 있는 태호가 "성님, 지가 앞장서 갈 텐께 차 끌고 잘 따라오시오잉."
하고 말한 뒤 목에 건 헬멧 고글을 들어 올려 눈에 맞춰 썼다. 석현은 프
로모터스 앞을 가로지르는 내부도로를 건너 가변주차장으로 갔다. 그
는 주차해 둔 포터에 승차하고 바로 시동을 걸었다. 출입문 밖으로 걸어
나온 현주가 포터 운전석에 앉은 석현을 향해 정겹게 오른손을 흔들었
다. 석현은 1단 기어를 넣고 액셀러레이터 페달을 밟으면서 주차칸에서
나오며 핸들을 왼쪽으로 돌려 좌회전한 뒤 정차했다. 그는 클러치 페달
과 브레이크 페달을 밟고서 기어를 중립에 넣은 뒤 조수석 문짝 유리를
내리고 현주에게 오른손을 흔들어 주었다. 태호가 오프로드 오토바이
를 타고 출발하면서 석현의 눈앞을 지나쳐 가자 고개를 바로 한 석현이
1단 기어를 넣고 클러치 페달을 떼며 액셀러레이터 페달을 밟아 포터를
출발했다.

오후 5시. 왼손으로 포터 핸들을 잡은 석현은 오른손으로 기어 변속
레버를 쥔 채 오프로드 오토바이를 타고 콘크리트길을 달리는 태호의
뒤에서 차분히 운전을 하고 있다. 달리는 포터의 왼쪽으로는 산비탈이
계속해서 이어지고 있고 오른쪽으로는 경지 정리된 논이 끝없이 펼쳐
지고 있다. 은혜와 평화가 깃든 마을의 콘크리트길을 달리던 석현이 앞
에서 오토바이를 멈춘 태호를 보고 브레이크 페달을 밟으며 기어를 중
립에 넣고 차를 멈췄다. 순천시 외각에 위치한 태호네 집에 도착한 것이

다. 집 뒤에 야트막한 산을 등지고 있는 태호네 집은 빨간 벽돌 단층 단독주택이다. 마당에 담벼락이 없는 태호네 집 주변에는 비슷비슷한 이웃집들이 띄엄띄엄 건축돼 있다. 태호는 잠깐 정차했던 오프로드 오토바이를 다시 출발해 먼저 집 마당 안으로 들어갔다. 그는 안방 창문 밑 외벽에 앞 타이어가 닿기 전 멈춰 선 뒤 곧바로 시동을 끄고 킥사이드 받침대를 펴며 오프로드 오토바이를 세우고 하차했다. 태호는 오프로드 장갑을 벗어 운전석롱시트 위에 올려놓고서 헬멧 고글이 껴진 오프로드 헬멧을 벗어 우측핸들에 걸었다. 대기하고 있던 석현은 태호의 손짓에 따라 곳곳에 풀이 자란 집 마당 안으로 포터를 들여놓으며 시동을 끈 뒤 운전석 문짝을 열고 차에서 내렸다. 그는 운전석 등받이 뒤 수납공간에서 꺼낸 목장갑을 검은색 스판정장 바지 왼쪽 뒷주머니에 반쯤 밀어 넣고 소리 않나 게 천천히 운전석 문짝을 닫았다. 그러자 조수석 문짝 쪽에 서 있는 태호가 "성님, 이리 오씨오." 하고 석현을 불렀다. 석현은 포터 뒤쪽을 왼쪽으로 돌아 걸어가서 태호에게 다가가 그의 오른쪽 옆에 섰다. 집 안 창고 양철문을 활짝 열어놓은 태호는 오른손 둘째 손가락으로 창고 안을 가리키며 "저것이오." 하고 말했다. 석현이 창고 안을 들여다보았다. 국산 대림오토바이(디앤에이모터스) 250cc 프리미엄 스쿠터 Q3가 거미줄과 먼지를 뒤집어 쓴 채 창고 벽에 기대어 세워져 있다. 그런 Q3는 좌측 헤드라이트로 석현을 보며 나를 다시 달리게 해 달라고 간절한 옆눈길을 보내고 있다. 태호가 고개를 오른쪽으로 돌려 석현의 표정을 살폈다가 다시 오토바이를 보면서 흐뭇한 목소리로 말했다.

"2년 전에 현찰 주고 새것으로다 뽑은 것인디. 보다시피 쬐끔만 손보면 아즉은 충분히 쓸 만하것지라?"

"엔진은?"

"아따 성님도, 잘 알문서. 대림 허면 엔진인디! 당연지사 엔진이 조으니께 나가 가져가라고 혔지. 고것이 아니면 나가 실성한 놈이지라."

"그렇겠지. 서류는?"

"아이고, 걱정 마씨요. 다 잘 있은께. 믿는 자에게 복이 있당께요."

"아멘." 한 석현이 덧붙여 "고마워. 그럼 차에 실을까." 하더니 바지 왼쪽 뒷주머니에서 빼낸 목장갑을 한 손에 한쪽씩 두 손에 끼웠다. "성님 차에 리프트 내리쇼." 태호는 창고 안으로 들어갔다.

석현은 적재함에 실은 Q3를 짐바로 단단히 고정했다. 기다리고 있던 태호가 현관문 계단에 올라서며 차분한 목소리로 석현에게 말했다.

"성님, 시방 우리 엄니가 저녁 식사 준비허고 있으니께 들어가서 같이 한술 뜹시다. 어차피 올라가는 길에 식사해야 헐 텐디."

석현이 오른손에 목장갑부터 벗으며 떨떠름한 얼굴로 말했다.

"어떻게 그래. 초면에 실례 아냐?"

"아따, 고것이 무신 섭섭한 소리라요? 고런 쓸데없는 소린 허덜 말고 얼릉 안으로 들어갑시다."

석현은 그렇다면 어쩔 수 없다는 듯이 멋쩍은 미소를 지었다. 그는 두 손에서 벗은 목장갑을 겹쳐 뒤집어 까서 공처럼 말아 적재함에 내려놓고 태호를 따라 집 안으로 들어갔다. 석현을 데리고 집안에 들어온 태호는 현관에서 오프로드 부츠를 벗고 거실로 올라서며 목소리 크게 "엄니 지 왔어라." 하고 말했다. 태호 다음으로 현관에서 캔버스화를 벗은 석현도 거실로 올라섰다. 주방에서 저녁 식사를 준비하던 태호 어머니가 고개를 뒤로 돌렸다가 '누구여?' 하는 얼굴로 석현을 쳐다보았다. 태호는 곧바로 "대전에서 내려온 오토바이 선수 허는 성님이요. 같이 식사할 것이요." 하고 말했다. 석현은 정중하게 허리를 숙여서 태호 어머니에게 인사를 했다.

"어머니, 처음 뵙겠습니다. 저는 이석현이라고 합니다."

태호 어머니는 석현을 마주 보면서 "아따 징하게 반갑소잉. 나가 금세 밥상 내갈 테니께 거실에 앙거 쪼까 기다리시오잉." 하며 반갑게 맞아 주었다.

석현과 태호는 교대로 욕실에 들어가 손을 씻고 나와 순면 카페트가 깔린 거실 바닥에 책상다리를 하고 앉으며 서로 마주 보았다. "성님, 편히 앉아계시오." 하고 말한 태호는 등 뒤 벽면 검은색 가죽 3인 소파에 놓인 TV 리모컨을 오른손에 들어 석현의 등 뒤 수납장 위에 놓인 텔레비전을 켰다. 석현의 등 뒤로 텔레비전 화면에 버라이티쇼가 켜진 가운데 태호가 큰 목소리로 "엄니, 아부지는?" 하고 물으며 TV 리모컨을 소파에 도로 올려놓았다. 싱크대 스텐조리대에 놓인 전기밥솥 뚜껑을 연 태호 어머니는 밥주걱으로 밥공기에 흰쌀밥을 뜨면서 "늬 아부지는 오늘도 마을 어른들 모임이 있어서 쪼까 늦는다고 했다." 하고 대답했다. 태호가 "그렇구만요잉." 하는데 전기밥솥 뚜껑을 닫은 태호 어머니가 뒤돌아서서 "아야 태호야, 다 차렸은께 밥상 가져가 불어라." 하고 말했다. 태호는 큰 목소리로 "야 알았어라." 하면서 앉은자리에서 일어나 주방으로 걸어갔다. 석현은 두 무릎을 꿇고 엉덩이를 들고 바지 왼쪽 앞주머니에서 반지갑을 꺼내 안에서 5만 원권 지폐 10장을 전부 빼내 반으로 접어 바지 오른쪽 앞주머니에 넣었다. 석현이 지폐가 텅 빈 반지갑을 바지 왼쪽 앞주머니에 넣고 다시 책상다리를 하고 앉는데 태호가 허리를 구부정하게 숙인 채 두 손으로 밥상을 들고 조심조심 걸어오며 "성님, 시장하실 텐디 언능 식사합시다." 하고 말했다. 석현이 가만히 있기가 그런지 앉은자리에서 일어서려고 하자 태호는 "워매, 성님 뭐땀시. 기냥 앉아 계씨요." 하며 밥상을 천천히 내려놓았다. 석현의 앞에 놓인 밥상에는 전라도 우렁된장찌개를 비롯해 지역 특색의 맛갈스러워 보이는 반찬들이 정성스럽고 촘촘하게 차려져 있다. 싱크대 벽에 걸린 수건으로 손에 물기를 닦고 주방에서 나온 태호 어머니가 거실 벽면 3인 소파에 앉으며 "채린 건 별루 없어도 많이 드씨요잉." 하고 말했다. 석현은 화들짝 놀란 얼굴로 태호 어머니를 보면서 말했다.

"어머니. 하나같이 맛있는 음식들이라 뭐부터 먹어야 할지 모르겠는데요. 그리고요 어머니, 저한테 말씀 편하게 하셔요. 나이가 아들뻘 되는 사람인데요."

석현의 말에 태호 어머니가 그러자 하듯이 싱긋 웃으며 고개를 끄덕거렸다. 기다리고 있던 태호가 수저를 들며 말했다.

"성님, 듭시다. 밥상에 차린 이것들은 우리 집 식구들이 유기농으로 다 농사져서 전국 판매처에 납품하는 것들이요."

"와!" 하고 감탄한 석현이 "잘 먹겠습니다." 하고는 수저를 들었다. 그 모습을 바라보며 흐뭇하게 미소 지은 태호가 숟가락으로 밥을 떠 입안에 넣었다.

밥을 한 공기 더 먹은 석현이 소리 않나 게 수저를 밥상에 내려놓았다. 먼저 식사를 마치고 보리차를 마시고 있던 태호가 "맛있게 드셨소?" 하고 물었다. 고개를 크게 끄덕이며 "응." 하고 대답한 석현이 소파에 앉아 있는 태호 어머니를 보면서 "어머니 맛있게 잘 먹었습니다." 하고는 틀컵을 들어 입에 대고 보리차를 천천히 마셨다. 시원한 보리차를 다 마시고 빈 물컵을 밥상에 내려놓은 석현은 손목시계를 들여다보고는 차분한 목소리로 태호에게 말했다.

"밥도 맛있게 먹었겠다 이제 슬슬 일어서야겠어. 맛있게 밥을 먹고 보니 어느새 6시가 다 되어 가네. 그런데 여기서 동순천 인터체인지로 빠지려고 하면 어떻게 가야 되지? 하필 여기 오는 길에 내비게이션이 먹통 됐어. 설명하기 좀 그러면 그냥 가도 돼. 스마트폰에 내비게이션 깔면 되니까."

석현이 차분하게 하는 말을 귀 기울여 들으며 분석하던 태호가 섭섭하다는 듯이 눈가를 찡그리며 입을 떼었다.

"성님, 인간 네비게이션인 나가 여그 있는디 뭣할라고 번거롭게 스마트폰에 내비를 까시오. 인터체인지까정 길 안내는 나헌테 꽉 매껴 버리시오. 그란디, 인터체인지에 들어가면 대전까지는 갈 수 있지라?"

석현이 '얼래! 내가 무슨 바보야?' 하는 얼굴로 다급히 "그럼." 하자 태호가 자리에서 벌떡 일어서며 말했다.

"성님, 껌껌해지기 전에 일어섭시다. 나가 오토바이 타고 인터체인지까정 길 안내헐 것인께요잉."

석현이 태호를 따라 앉은자리에서 일어나자 오른손에 든 TV 리모컨으로 텔레비전 채널을 돌리고 있던 태호 어머니가 TV 리모컨을 옆에 내려놓고 소파에서 일어섰다. 석현은 태호 어머니를 마주 보며 정중한 목소리로 "어머니, 밥 맛있게 잘 먹고 갑니다." 하고 말했다. 태호 어머니는 기분 좋게 웃는 얼굴로 "아니여, 오히려 맛나게 묵어 줘서 나가 다 고마워 부러." 하고 말했다. 석현은 바지 오른쪽 앞주머니에서 미리 준비해 두었던 지폐를 꺼낸 뒤 태호 어머니에게 다가섰다. 그리고는 50만 원 지폐를 두 손으로 공손히 태호 어머니에게 내밀고 조심스러운 목소리로 말했다.

"어머니, 이거 태호가 제게 준 아버님 오토바이 매입값입니다. 우리 나라 대림오토바이 Q3라고 좋은 오토바이예요. 많이 못 쳐 드려서 죄송합니다."

"이게 무신 소리여?" 하고 말한 태호 어머니가 당황스런 얼굴로 태호를 쳐다보았다. 마찬가지로 당황한 얼굴의 태호가 석현을 보며 오른손 손사래를 치면서 다급히 말했다.

"아이고, 성님. 무땀시 그러시오. 오토바이는 나가 기냥 주기로 헌 것 아니요."

세차게 고개를 가로저은 석현은 "아냐, 아냐. 오토바이 장사 그렇게 하면 돈 못 벌어." 하고는 태호 어머니에게 한 걸음 더 다가섰다. 그리고는 간절히 부탁하는 얼굴로 태호 어머니에게 "어머니, 받으세요. 그래야 제가 맘 편히 대전에 오토바이 싣고 올라갑니다." 하고 말했다. "그라문 받아야지." 하고 고개를 끄덕인 태호 어머니는 "고맙네잉." 하면서 오토바이 매입 값을 받았다. 석현은 "어머니, 그러면 저 이만 가보겠습니다. 건강히 잘 지내세요." 하고 인사하며 예의 바르게 고개를 숙였다가 들었다. 태호 어머니는 "그랴, 낭중에 또 밥 묵으러 와잉." 하고 말하며 손에 쥔 지폐를 꽃무늬 몸빼바지 오른쪽 앞주머니에 넣었다. "성님도 참." 하며 자신의 방으로 들어간 태호는 10초쯤 지나 다시 거실로 나왔다. 그는 검 거치대에 걸쳐 놓았던 진검을 오른쪽 어깨에서부터 등에 사선으로 멨고 오른손에는 풀페이스 헬멧을, 왼손에는 온로드 레이싱 장갑을 들었다. 그걸 본 태호 어머니가 얼굴을 잔뜩 찡그리며 소리쳤다.

"오메! 야 이놈아, 그 흙바닥 달렸던 오토바이 옷이나 갈아입고 나올 것이지. 시방 칼 갈러 가는 것도 아니믄서 뭐 땀시 또 그 칼을 차고 나가

는 것이다냐. 늬 증말 미친 것이여! 아이고 자슥 하나 쌔빠지게 키워 농
께 허짓꺼리만 허고 다니는구만잉."

"엄니."

"그랴 왜!"

"호위 무사가 호위허러 나가는디 검이 없으면 되것소? 소금이 짠맛을
잃으면 뭣에 쓴다요."

"뭐? 나 참 그랴. 어여 갔다와…"

"야, 퍼득 댕겨 오께요잉." 하고 말한 태호는 어깨춤을 추며 현관으로
걸어갔다. 그는 거실 바닥 가장자리에 풀페이스 헬멧과 온로드 레이싱
장갑을 내려놓고 신발장 바닥으로 내린 오른발을 한쪽 온로드 레이싱
부츠에 넣었다. 석현이 태호 어머니를 보며 싱긋 웃으면서 말했다.

"어머니, 태호가 마음이 따듯하네요."

"아이고 맴은, 저거 여그가 지역 사회니께 경찰들이 안 잡아가는 거
지…." 하며 태호 어머니가 쓴웃음을 짓는데 "성님, 가십시다." 하고 태
호가 석현을 불렀다. 석현은 "어머니, 그럼 안녕히 계셔요." 하고 태호
어머니에게 한 번 더 인사를 했다. "그랴, 조심히 올라가잉." 하고 말한
태호 어머니가 고개를 끄덕이자 석현은 현관으로 걸어갔다. 그사이 온
로드 레이싱 부츠를 두 발에 신고 밖으로 나간 태호는 창고 벽 쪽에 넉
넉히 공간을 두고 세워 놓은 스즈키 GSX-R1000 오토바이를 향해 걸어
갔다. 마당, 가로세로 1미터의 네모난 시멘트 바닥 안에 설치된 수도를
지나 R1000 오토바이 옆에 선 태호는 두 무릎을 접고 쪼그려 앉았다. 그
는 풀페이스 헬멧과 온로드 레이싱 장갑을 오른쪽 옆으로 마당 바닥에
내려놓고 R1000 오토바이 방수덮개 조임끈을 느슨하게 푼 뒤 앉은자리
에서 일어났다. 태호는 풀페이스 헬멧을 들어 머리에 쓰고 턱 끈을 고정

고리에 걸어 매듭을 짓고서 온로드 레이싱 장갑을 한 손에 한쪽씩 두 손에 꼈다. 그리고 나서 조임끈을 푼 R1000 방수덮개를 벗겨 냈다. 석현은 태호 왼쪽 옆에 섰다. 태호가 방수덮개를 둘둘 말아 오른쪽으로 던져 놓자 석현이 감탄한 목소리로 말했다.

"우와! 내가 어제는 자세히 못 봤는데, 머플러는 아크라포빅 티탄 풀시스템이고, 모토GP스타일로. 보니까, 여기저기에 정성이 많이 들어갔네. 신경 써서 아기자기한 튜닝을 많이 했군. 차대에 용접을 댄 흔적도 없고, 잔기스도 없고, 딱 봐도 깨끗한 무사고 차."

"오메, 역시 업자는 업자시구만요잉. 한번 척 보더니 기냥, 그 자리에서 견적을 떠 버리시네." 하고 말한 태호가 잠시 생각에 잠겼다가 진지한 목소리로 말했다.

"성님, 나가 되방정맞았소, 지송하요."

"되방정맞아?"

"기니께, 나가 성님을 너무 몽캉하게 봐 부렸다 이 말이요. 오늘 성님 오프로드 오토바이 타는 거 보니께, 확실히 선수는 달르긴 달르더구만요잉, 암만 온로드 레이싱 선수라도 오프로드가 만만헌 게 아닌디."

고개를 가로저으며 소리 없이 웃은 석현이 이내 표정을 가다듬고서 말했다.

"태호 너나 다른 회원분들이 라이딩을 즐기면서 슬슬 타서 그랬던 거지. 안 그랬으면 따라가지도 못했을 텐데. 확실히 태호 네가 눈에 띄게 잘 타긴 잘 타더라."

빙긋이 웃은 태호가 "참말이요?" 하고 물었다. 석현은 사뭇 진지해진 얼굴로 태호의 눈을 뚫어지게 쳐다보며 "내 눈을 똑바로 봐." 하고 말했나. 태호는 그새 소리를 내어 웃고서 "싱님 개그가 침으로 요잉시럽소."

하고 말한 뒤 잠시 침묵하다가 입을 떼었다.

"성님, 명함 한 장 주시오, 나가 아부지 들어오시면 오토바이 서류 받아서 우편으로 보내 드릴 테니께요."

"어, 그래." 하고 말한 석현이 바지 왼쪽 앞주머니에서 반지갑을 꺼내 열어서 명함을 한 장 빼주었다. 받은 명암을 들여다보며 "제일 오토바이 센터." 하고 혼잣말을 중얼거린 태호가 오프로드 라이딩 바지 오른쪽 앞주머니에 명암을 조심스럽게 넣었다. 그리고는 "성님, 갑시다." 하면서 싱긋 웃어 보였다. "그래, 부탁 좀 할게." 하고 말한 석현이 뒤돌아서 앞으로 걸어갔다. 그는 포터 뒤쪽을 지나며 우측으로 돌아 걸어 차 앞쪽으로 가 서서 운전석 문짝을 열고 운전석에 올라탔다. '우웅!' 오토바이에 올라탄 태호가 시동을 켜고 킥사이드 받침대를 접었다. 운전석 문짝을 닫은 석현도 포터에 시동을 걸었다. 1단 기어를 넣은 태호는 클러치 레버와 앞브레이크 레버를 잡고 바닥을 밟은 왼발과 양쪽 핸들을 쥔 두 손으로 40도 기울인 오토바이를 지탱했다. 오른발은 뒷브레이크 페달스텝에 얹었다. 뭔가 보여 줄 준비가 된 것이다. 태호는 액셀 그립을 반그립 감아 돌리면서 반클러치를 썼다. 그러자 40도 기울어진 뒤 타이어가 제자리에서 고속회전했고 정차상태의 오토바이는 순식간에 180도 돌아 마당 입구를 바라보며 섰다. 이 정도면 제법 하는 휠스핀턴이다. 태호는 우측 세퍼레이트 핸들에서 뗀 오른손으로 풀페이스 헬멧 윈드쉴드를 내려닫고 오토바이를 출발했다. 석현도 마당에서 포터를 후진시켰다. 그는 마당 밖 빈터까지 후진해 나오다가 핸들을 왼쪽으로 돌려 방향을 바꿔 후진하다가 멈춰선 뒤 1단 기어를 넣고 핸들을 오른쪽으로 돌리며 전진해 R1000 5미터 뒤쪽에 섰다. 태호는 왼발은 내리고 오른발은 뒷브레이크 페달스텝에 올린 자세로 오토바이에 앉아 우측 사이드

미러를 보고 있다. 우측 사이드미러를 통해 석현이 포터를 돌린 걸 확인한 태호는 R1000 오토바이를 출발시켰다. 석현은 포터를 출발시켰다. 그는 태호를 뒤따라 콘크리트길을 달리면서 윈도우 버튼 2개를 같이 눌러 운전석과 조수석 유리를 모두 내렸다. 그러자 한여름 뜨거운 오후의 열기가 남은 미온의 저녁 바람이 차 안으로 쏟아져 들어와 백미러에 줄이 묶인 나무십자가를 빙글빙글 돌렸다.

동순천 인터체인지로 가는 도로를 원활하게 달리던 태호와 석현이 해룡터널을 나오면서부터 차량정체에 걸려 가다 서다를 반복하고 있다. 앞쪽 신대교차로에서 긴급히 도로공사를 하느라 차선 하나를 막아놓았기 때문이다. 태호와 석현은 시간을 지체하며 겨우겨우 해룡교차로에 들어섰다. 석현이 잠깐 눈을 돌려 차량 시계를 확인하고 다시 정면을 주시하는데 앞쪽에서 저속주행을 하던 태호가 고개를 뒤로 돌리더니 포터를 몰고 따라오는 석현에게 손짓했다. 차선을 바꿔 자신의 오른쪽 옆에 붙으라는 신호다. 석현은 차들이 이동하기 시작할 때 우측 방향지시등을 켜고 1차선에서 2차선으로 차선을 바꿔 들어가 포터를 태호의 R1000 오토바이 오른편에 댔다. 그러자 액셀 그립에서 뗀 오른손으로 풀페이스 헬멧 윈드쉴드를 올린 태호가 목소리를 한껏 크게 내서 말했다.

"성님, 인자부터 나가 길을 틀 테니께 뽀짝 잘 따라오시요잉."

홍해를 가른 모세의 기적을 보이기라도 하겠다는 건지…. 석현이 일단 고개를 끄덕이자 태호는 바로 오토바이를 출발시켜 중앙선을 물고 달리다가 1차선 도로로 들어갔다. 그는 오토바이를 멈추고 조금씩 이동하는 앞차와 거리를 벌리고서 2차선에서 따라오고 있는 석현을 보며 오른손 둘째손가락으로 자신의 앞쪽을 가리켰다. 석현은 이래도 되나 민망스러웠지만 일단 좌측 방향지시등을 켜고 2차선에서 1차선으로 차선을 바꿔 태호의 R1000 앞으로 Q3를 실은 포터를 댔다. 다행히도 태호의 바로 뒤쪽 차가 클랙슨을 울리지는 않았다. 태호는 오토바이를 출발시켜 중앙선을 물고 달리다가 2차선으로 들어갔다. 그는 방금 전과 마찬가지로 오토바이를 멈추고 앞차와의 거리를 벌린 뒤 석현에게 자신의 앞으로 끼어들라는 손짓을 했다. 석현은 우측 방향지시등을 켜고 1차선에서 2차선으로 차선을 바꿔 태호의 R1000 앞쪽에 포터를 댔다. 태호는 다시 오토바이를 출발시켜 중앙선을 물고 달리다가 1차선으로 들어갔다. 그는 마찬가지로 오토바이를 멈추고 앞차와의 거리를 벌리고서 석현에게 손짓을 했다. 석현은 좌측 방향지시등을 켜고 2차선에서 1차선으로 차선을 바꿔 태호의 R1000 앞으로 포터를 댔다. 민망스럽지만⋯ 아무튼 이런 방법으로 공사지점을 수월하게 통과한 태호와 석현은 신대교차로에서 분리되는 동순천 인터체인지 방면 도로로 올라탔다. 도로를 따라 크게 좌회전한 태호와 석현은 규정 속도를 유지하며 무평로를 달렸다. 얼마 달리지 않아 동순천 인터체인지가 멀지 않았음을 알리는 도로 표지판 글자가 점점 커지며 가까이 다가오다가 두 사람의 머리 위를 지나치면서 빠르게 멀어져 갔다. 앞서 달리고 있는 태호가 속도를 줄이면서 천천히 석현의 포터 운전석 쪽에 R1000을 가까이 붙여 서행했다. 석현은 속도를 맞추면서 포터 운전석 문짝 유리를 완전히 내렸다. 태호는 잠깐 뗀 왼손으로 풀페이스 헬멧 윈드쉴드를 위로 올리고 다시 좌측 세퍼레이트 핸들을 잡은 뒤 한껏 크게 목소리를 높여 말했다.

"석현이 성님, 낭중에 나가 대전에 꼭 놀러 갈 것이요."

주행풍에 머리카락이 흩날리는 석현이 한껏 크게 목소리를 높여 "그래. 태호, 꼭 놀러 와." 하고 말했다. 태호는 좌측 세퍼레이트 핸들에서 왼손을 떼어 친근하게 흔들었다. 핸들을 오른손으로 잡은 석현은 왼손 엄지손가락을 들어 주었다. 당신의 그 마음을 알았다는 듯이 고개를 끄덕인 태호는 왼손으로 윈드쉴드를 내리고 좌측 세퍼레이트 핸들을 잡으면서 오른손에 쥔 액셀 그립을 끝까지 감아 돌렸다. 순간 앞 타이어가 지면에서 살짝 뜬 알천대마왕의 GSX-R1000은 앞 타이어가 지면에 내려옴과 동시에 스즈키 특유의 급가속 배기음을 터트리며 잠깐 사이 도로 저 끝으로 멀어져 갔다. 입가에 미소를 머금고 시야에서 사라져가는 태호를 바라보던 석현이 눈을 돌리며 우측 방향지시등을 켜고 차선을 바꿔서 동순천 인터체인지로 진입했다.

8

재시합

해병대 형이 제일 오토바이 센터 출입문 앞 인도 가장자리에 110cc 배달 오토바이 대림 씨티에이스를 멈춰 세웠다. 그는 키를 돌려 시동을 끄고 운전석에서 내리면서 오토바이 뒷자리 노란 플라스틱 박스에 오른손을 넣어 철가방을 꺼내 들고 제일 오토바이 센터 안으로 들어갔다. 센터 안에 1미터쯤 상승한 유압식 정비리프트에는 혼다 CBR400RR 오토바이가 세워져 있다. 검은색 반팔 티셔츠에 빨간색 멜빵 일체형 정비복을 입고 흰색 힙합 모자를 쓴 건이는 CBR400RR 왼쪽에 바짝 붙어 서서 엔진을 장착하고 있다. 부품 교체를 마친 엔진이다. 서울 수입 오토바이 전문 부품점에 주문한 새 엔진 부품들은 어제 월요일 저녁에 택배로 도착했다. 고장 났던 CBR400RR 엔진은 택배로 도착한 새 엔진 부품들로 교체하며 수리되면서 이상 없이 복구가 되었다. CBR400RR이 유구한 20년 세월을 통과한 90년대 모델이지만 운이 좋게도 서울 수입 오토바이 전문 부품점의 부품창고 깊숙한 곳에 마침 재고가 남아 있던 것이다. 만일 국내에서 부품을 구할 수 없었다면 일본(현지 혼다 오토바이 공식판매점)으로 국제전화를 해 봤어야 했던가 해외 오토바이 부품 사이트를 샅샅이 검색해 봐야 했다.

그릇 수거용 비닐 봉투에 담아 소파테이블에 놓았던 팔각반점의 빈 그릇들은 철가방 안으로 들어가 있다. 벽 쪽 소파에 앉아 커피스틱 2개를 탄 믹스커피를 마시던 해병대 형은 빈 종이컵을 소파테이블에 내려 놓더니 흰색 조리사복 왼쪽 앞주머니에서 AA건전지만 한 쿠폰 도장을 꺼냈다. 해병대 형은 도장 뚜껑을 빼고는 테이블에 놓인 쿠폰에 도장을 2개 찍었다. 그리고는 "야, 그대들은 도장 한 개만 더 찍으면 찹쌀탕수육 서비스 나간다." 하고서 도장 뚜껑을 닫았다. 석현은 "형네 찹쌀탕수육은 부먹이지." 하고는 덧붙여 "그 쫀득쫀득한 식감." 하며 입맛을 다신 뒤 십자드라이버로 2번 캬브 플루트챔버 덮개 볼트 한 개를 지그시 조였다. 건이 뒤쪽으로 출입문을 향해서 놓은 목욕탕 의자에 앉아 있는 석현은 콘크리트 바닥에 깐 흰색 정비천 위에 올린 직렬 4배열 캬브레터를 조립하는 중이다. 해병대 형은 오른손으로 철가방 손잡이를 잡고 두 쪽 다 바깥으로 열려 있는 강화도어 출입문 쪽으로 걸어가면서 "그럼 수고들 해라." 하며 센터에서 나갔다. 건이는 대림오토바이 씨티에이스 뒷좌석 노란 플라스틱 박스에 철가방을 넣는 해병대 형을 보며 "형님, 수고하세요. 필승." 하고 인사를 한 뒤 에어임팩렌치로 엔진을 고정하는 차대볼트를 확실히 조였다. 그리고는 고개를 뒤로 돌려 석현을 보면서 "라디오." 하고 말했다. 플루트챔버 덮개 볼트를 한 개 더 조인 석현이 졸린 듯이 입을 크게 벌려 하품을 하고서 "그렇지. 오후 2시에는 라디오를 들으며 감성 충전을 해야지." 하고 말했다. 건이는 에어임팩렌치를 유압식 정비리프트에 내려놓고 양손에 낀 목장갑을 벗어 엔진을 장착 중인 오토바이 뼈대에 걸쳐 놓았다. 건이는 두 손 손바닥을 세 번 위아래로 엇갈려 빗겨 치며 손바닥에 이물질을 털어 내고서 뒤돌아섰다. 그리고는 콧노래를 부르며 곧장 걸어가 목욕탕 의자에 앉아 있는 석현의 앞을 지나 사무용 책상에 성큼성큼 다가섰다. 석현은 손에 쥔 십자 드라이버로 2번 캬브 플루트챔버 덮개 볼트 네 개를 교차해서 한 번씩 더 조였다. 네 개의 볼트를 교차해서 조이지 않으면 네 번째로 조인 곳이 뜨며 빈틈이 생길 수 있다. 건이는 소파와 사무용 책상 사이로 들어가 카운터 금고 위에 놓인 트랜지스터 라디오에 전원을 켰다. 그러자 요즘 한창 주가를 올리고 있는 트로트 남자 가수가 자신의 방송 애청자와 전화 인터뷰하는 목소리가 스피커를 통해 들려왔다. 전화 인터뷰 내용이 재밌는지 낄낄 웃으며 음량을 조금 더 높인 건이가 유압식 정비리프트로 걸음을 옮기려는데 유선 전화기에서 전화벨이 울렸다. 건이는 곧바로 수화기를 들어 오른쪽 귀에 대고 "예, 제일 오토바이입니다." 하고 전화를 받았다. 그러자 수화기에서 규식의 다급한 목소리가 쏟아져 나왔다.

"건이 형! 나야 나! 지금 석현이 형이 출장 좀 와 줄 수 있겠지? 나 급해!"

"규식이? 아니, 뭐 그거야 뭐. 야, 그런데 꼭 석현이가 가야 되는 겨?"

"그려, 꼭 좀."

"왜 그런 겨?"

"그게, 아 그게 지금 당장 해결사가 와야 되는 상황이라 급해. 더는 묻지 말고."

"아이고, 그래. 알았다야. 너 차 피하다 깔았지?"

"응. 깔았는데 차 피하다가 그런 건 아니고 좀 복잡해."

"복잡해?"

"건이 형. 지금 길게 얘기할 시간이 없어."

"알았어, 알았어. 부품은 뭐가 필요해?"

"클러치 레버가 부러졌어. 기어 변속 레버도 안으로 조금 휘어져 들어갔는데 못 쓰겠는데 같이 갈아야 할 것 같아."

"어디서 깔았어?"

"하상도로 나와 삼천동 네거리에서 직진하다가."

"알았어, 석현이한테 전할게."

"빨리 와야 해. 나 지금 무서워."

"무섭긴… 알았어. 끊어."

통화를 마친 건이가 수화기를 수화기홀더에 내려놓고 석현에게 말했다.

"석현아, 규식이 깔았다는데 꼭 네가 출장을 와야 한다는데."

캬브레터를 조립하던 손을 멈추고 건이를 쳐다보고 있던 석현이 "내가?" 하더니 덧붙여 "아니, 왜에?" 했다. 고개를 갸우뚱거린 건이가 뭔가 알 듯 모를 듯 그런 얼굴로 "뭔가 골치 아픈 일에 휘말리는 거지. 규식이가 있잖아, 널 보고 해결사래." 하면서 어색한 미소를 지었다. "해결사…." 두 눈을 감고 혼잣말을 중얼거린 석현이 손에 쥔 십자드라이버를 흰색 정비천 가장자리에 내려놓고 목욕탕 의자에서 일어섰다. 건이는 선 자리에서 나왔다. 그는 유압식 정비리프트에 세워진 CBR400RR 앞 타이어 쪽으로 걸어가다가 벽면 맨 좌측 구석에 난 부품창고 외여닫이 문을 열고 안으로 들어갔다. 석현은 '준 레이싱팀' 흰색 글자가 가슴 부분에 프린팅된 상단 빨간색에 하단 하늘색의 긴팔 티셔츠 옷소매를 양쪽 다 하늘색이 보이지 않게 빨간색 팔꿈치 언저리까지 걷어 올리고 출입문으로 걸어갔다. 오른쪽 얼굴이 햇빛에 덮이며 출입문을 옆으로 지난 석현은 벽면 첫 번째 5단 조립식 앵글 선반 앞에 섰다. 그는 선반 기둥 S고리에 걸어 놓았던 포터 키를 빼서 블랙진 오른쪽 앞주머니에 넣었다. 그사이 부품창고에서 나온 건이가 석현에게 다가왔다. 건이는 "출장용 공구상자는 차에 있어." 하고 말한 뒤 라이더스 퀵서비스 배달 오토바이 혼다 CBR125R의 클러치 레버와 기어 변속 레버를 내밀었다. 부품을 건네받은 석현이 "기어 변속 레버도?" 하고 묻자 건이는 "넘어지면서 쭉 깔았나 봐." 하며 양쪽 어깨를 으쓱거렸다. 안타깝다는 듯이 고개를 절레절레 흔든 석현이 출입구 쪽으로 몸을 돌리자 건이가 "그런데 이 400RR은 캬브 오버홀까지 해서 얼마 받기로 한 거여?" 하고 물었다. 건이를 향해 고개를 왼쪽으로 돌린 석현은 조금 아쉽다는 듯이 살짝 찌푸린 얼굴로 말했다.

"진짜 200은 받아야 하잖아. 그런데 190만 받기로 했어. 이 오토바이 타는 친구가 나한테 형님 하면서 하는 말이 '저 신입이라 월급이 191만 원이에요.' 하는 거야."

"그래도 나보다는 40만 원이 더 많네."

"오토바이 중짜 기술자 150이면 이 계통에선 많이 받는 편이잖아. 알면서 물어. 어차피 너도 센터 차릴 거면서. 평생 정비기사 할 건 아니잖아."

"네에. 다녀오세요. 사장님."

석현은 그저 피식 웃은 뒤 "출장 마치고 태풍오토바이 센터에서 복구 끝난 렌트 오토바이 픽업해서 골든바이크에 가져다주고 올게." 하고는 가게 밖으로 나갔다.

중천지하도로를 빠져나와 멈춤 신호를 받고 삼천교네거리 정지선에 포터를 정차한 석현이 우측 횡단보도 건너에서 이쪽을 향해 손을 흔들고 있는 규식을 보았다. 규식의 앞으로는 싸한 느낌을 풍기는 여자가 인도에 털퍼덕 주저앉아 오른손 손바닥으로 길바닥을 쳐대며 울부짖고 있다. 짐받이에 배달해야 할 포장 박스가 실린 규식의 오토바이 CBR125R은 인도 바깥쪽에 세워져 있다. 그 풍경을 분석하던 석현이 출발 신호를 받고 직진해서 네거리를 통과해 규식을 조금 지나쳐 비상등을 켜고 우측 스마트폰 가게 앞쪽 도로 갓길에 포터를 정차했다. 석현은 운전석 사이드미러로 포터 옆을 지나치는 차량들을 살피다가 운전석 문짝을 열고 차 밖으로 내렸다. 여자의 울부짖는 소리가 좀 더 생생하게 들려왔다. 운전석 문짝을 닫은 석현은 포터 뒤쪽으로 돌아 걸어 인도로 올라가 규식에게로 다가갔다. 얼굴이 창백해져 있는 규식은 석현을 보고 "석현이 형!" 하고 애절한 목소리로 소리쳤다. 그때까지 울부짖던 여자는 식충식물처럼 순간적으로 입을 오므려 닫고 표독스런 눈으로 석현을 차갑게 노려보았다. 50대 초반에 노란색 염색 긴 생머리를 한 여자는 남색 라운드 반팔 티셔츠에 아주 짧은 청반바지를 입고 있다. 슬리퍼가 날아간 양쪽 발에 발톱 10개에는 검은색 매니큐어가 두텁게 칠해져 있다. 석현이 여자와 불꽃 튀는 눈싸움을 벌이다가 피곤한지 눈을 지그시 감는데 묵직한 배기음을 쏟아 낸 검은색 승용차가 제일 오토바이 센터 포터 뒤쪽으로 급정차했다. 다운스프링을 해서 차체를 완전히 낮춘 승용차의 트렁크 문짝에는 레이싱카 윙스포일러가 장착되어 있다. 검은색 승용차에 비상등이 켜지고 운전석 문짝이 열리더니 라이더스 퀵서비스 사무실에 쳐들어왔던 양아치 이빨이 차 밖으로 나왔다. 그렇지 않아도 뚱뚱했던 이빨은 라이더스 퀵서비스 사무실에서 보았을 때보다 살이 더 찐 듯 보인다. 이빨이 운전석 문짝을 닫고 차 앞으로 돌아 걸어서 인도로 올라서자 뒤이어 조수석 문짝이 열리고 화란이가 차 밖으로 나왔다. 화란이는 똘끼 있는 사람처럼 조수석 문짝을 거칠게 밀어 닫고 인도로 올라섰다. 현재 이빨의 애인이자 과거 대식과 사귀었던 그 화란이다. 이빨은 흰색 반팔 와이셔츠에 은색 정장 바지를 입고 검은색 구두를 신고 있다. 화란이는 기장이 짧아 배꼽이 드러나는 타이트한 어깨끈 살색 민소매 티셔츠를 입고 있다. 바지는 엉덩이 굴곡이 잘 드러나는 흰색 스키니진이다. 갈색 염색 단발머리는 미용실에서 방금 전에 자른 듯이 보이고 신고 있는 하이힐은 검은색이다. 이빨은 왜 이제 왔어 하는 눈으로 자신을 쳐다보고 있는 여자에게 다가서다가 갑자기 눈을 왼쪽으로 돌려 규식과 석현을 번갈아 노려보며 "어라! 이 새끼들을 여기서 또 보네." 하고 이기죽거렸다. 그리고는 소스라치게 놀란 얼굴로 여자 앞에 다가가 두 무릎을 접고 쪼그려 앉으며 "아이고, 누님! 이게 무슨 일이에요. 교통사고 당했다는 전화 받고 밥 먹던 자리에서 그대로 튀어 나왔어요." 하더니 다시 고개를 왼쪽으로 돌려 사납게 치켜뜬 눈으로 규식과 석현을 번갈아 노려보며 "저 새끼들 짓이에요?" 하고 물었다. 편들어 주는 말에 서러움이 복받치는지 눈가를 부르르 떤 여자는 왼쪽 다리가 위로 올라오게 두 다리를 한쪽으로 모아 앉으면서 왼손 둘째손가락으로 5센티쯤 희미한 빨간 선이 간 왼쪽 종아리를 가리켰다. 그걸 보고 "이런 씨팔!" 하고 격하게 소리친 이빨이 여자에게 "누님 이거 성형보상처리 센치당 100만 원씩이에요. 어떤 새끼에요?" 하고 표독스런 얼굴로 묻자 여자가 왼손 둘째손가락으로 규식을 가리켜 보였다. 이빨이 천천히 고개를 돌려 귀신같은 눈으로 규식을 노려보자 팔짱을 끼고 기세등등하게 서 있던 화란이가 비웃음 띤 얼굴로 슬그머니 입을 떼었다.

"야, 규식이. 여기서 졸라 재수 없게 만나네. 어쨌든 아는 체 좀 하지, 니 친구 대식이는 잘 지내고 있고?"

이를 악문 규식은 눈을 질끈 감았다가 뜨더니 화란이를 무섭게 노려보며 말했다.

"어, 그럼 물론이지. 대식인 아주 잘 지내고 있지. 어떤 미친년하고 헤어졌거든. 야, 그런데 넌 여전하구나. 사실 전부터 궁금했는데 말이야,

도대체 넌 그런 옷은 어디서 구해 입고 매일 그 차림으로 다니는 거니? 너 지금 어디 바닷가라도 피서 왔니? 정신 차려. 여기 대전 시내야."

폭풍 발언을 한 규식을 노려보고 있는 이빨이 인상을 험악하게 찡그리고 위협적인 낮은 목소리로 말했다.

"규식이 너 이 새끼, 눈 안 깔아? 어디서 그런 음흉한 눈빛으로 우리 화란이를, 확 쓰발 눈깔에 먹물을 쪽 빼 버릴라."

기가 산 화란이가 규식과 석현을 번갈아 쳐다보며 말했다.

"야, 니들 어디 그런 썩은 동태 눈깔로 함부로 훑어 훑긴. 음흉하게시리. 아우, 징그러."

"뭣?" 하며 크게 경악한 석현이 어처구니없다는 얼굴로 화란이를 쳐다보다가 허리를 숙이고 '우웩' 헛구역질을 해 보이고서 다시 허리를 펴고 규식에게 말했다.

"규식아, 눈 돌려. 저 맛탱이 간 여자 쳐다보다간 진짜 눈이 썩을 것만 같아."

이에 격분한 이빨이 석현을 노려보며 "뭐 인마!" 하고 소리치는데, 불길한 기운을 느낀 건이의 지원요청 전화를 받고 출동한 해병대 형이 드디어 현장에 도착했다. 그는 제일 오토바이 센터 포터 바로 뒤쪽에 110cc 배달 오토바이 대림 씨티에이스를 멈춰 세우고 킥사이드 받침대를 펴며 키를 돌려 시동을 껐다. 일순간 주변에 정적이 감도는 가운데 해병대 형은 머리에 쓴 하프페이스 헬멧을 벗어 우측 사이드미러에 걸고 주먹 쥔 오른손을 들어 빙글빙글 손목을 돌렸다. 해병대 형 트라우마가 있는 이빨은 꿀꺽하고 침을 삼켰다. 손목을 충분히 푼 해병대 형은 오토바이에서 내려 인도로 올라와 서며 조리사복 오른쪽 앞주머니에서 담뱃갑과 지포라이터를 꺼냈다. 그는 담뱃갑 안에서 담배 한 개비를 빼서 입에 물고 지포라이터로 불을 붙였다. 미간을 잔뜩 찡그리고 담배 연기를 후욱~ 내뱉은 해병대 형이 담뱃갑과 지포라이터를 조리사복 주머니에 도로 넣고는 차분한 목소리로 "무슨 일이야?" 하고 물었다. 규식은 억울해 죽겠다는 얼굴을 하고 "아, 내가 녹색 신호 받고 지나가는데 저 아줌마가 횡단보도를 무단횡단해서 내 오토바이에 부딪혀서 같이 넘어졌잖아요." 하고 말했다. 고개를 끄덕거린 해병대 형이 여자와 이빨을 차례로 쳐다보고는 규식을 보며 말했다.

"그렇다면 왜 여기서 이러고 있어. 더러운 것들 그냥 보험처리 해 줘 버려."

그러자 석현이 왼쪽 옆에 서 있는 규식에게 "아, 그래. 뭐 하러 이러고 있어?" 하고 말했다. 길게 한숨을 내쉰 규식은 들릴 듯 말 듯 나지막한 목소리로 "형, 어제부로 보험 만기됐어요. 그렇지 않아도 모아 놓은 돈으로 오늘 재가입하려고 했는데…." 하고 말했다. 그 말에 큰 소리로 한참을 웃어 재낀 이빨은 가쁜 숨을 고르며 표정을 가다듬더니 "무보험사고네. 너희 이 새끼들 오늘 똥줄 한번 제대로 타 봐. 누님, 경찰 불러요!" 하고 엄포를 놓았다. 석현은 다만 고개를 숙이고 한숨을 내쉬고서 기죽은 목소리로 규식에게 말했다.

"규식아, 너 핸드폰으로 보험회사에 전화 걸어서 상담원 나오면 나한테 핸드폰 넘겨."

눈을 휘둥그레 뜬 규식이 "형. 왜요?" 하고 묻자 석현이 "일단 상황 얘기하고 부탁 좀 해 보려고 그래." 하고 대답했다. 규식은 시키는 대로 보험회사에 전화를 건 뒤 상담원이 나오자 잠시 통화를 하다가 스마트폰을 석현에게 넘겼다. 스마트폰을 넘겨받은 석현은 뒤돌아 걸으면서 상담원에게 규식의 힘든 경제 상황과 안타까운 사고 내용에 대해서 설명을 했다. 그러다 갑자기 깜짝 놀란 목소리로 "네? 뭐라고요!" 하고 소리쳤다. 잠시 뒤 "아, 네." 하고 한숨을 푹 내쉰 석현은 뒤돌아서서 귓가에서 뗀 스마트폰으로 규식을 가리키며 소리쳤다.

"야! 규식이, 너 보험 오늘까지래."

안정환의 이탈리아전 골든볼만큼 기적적인 그 말에 입을 떡 벌리고 놀란 규식이 무너지듯 두 무릎을 접으며 쪼그려 앉더니 두 손으로 얼굴을 가리고 엉엉 울기 시작했다. 해병대 형이 두 눈을 감고 한쪽 입가를 올려 미소를 짓다가 "양아치." 하고 말하며 감았던 눈을 떴다. 이빨과 화란이의 부축을 받으며 일어선 여자가 움찔거리며 해병대 형을 쳐다봤다. 해병대 형은 부릅뜬 두 눈으로 이빨을 쳐다보면서 "야, 양아치. 보험 처리 해 줄 테니까 얼른 내 눈앞에서 사라져." 하고 말한 뒤 왼쪽으로 고개를 돌려 석현을 보더니 울고 있는 규식일 향해 눈짓을 해 보였다. 석현은 "어이구, 뭘 이까짓 일 가지고 이렇게 우나." 하면서 앞으로 몇 걸음 걸어가 왼손으로 쪼그려 앉아 울고 있는 규식의 오른쪽 어깨를 가볍게 툭툭 쳤다. 이내 울음을 그친 규식은 땅이 꺼져라 한숨을 길게 내쉬고서 두 무릎을 펴고 일어섰다. 그는 오른손 손등으로 두 눈에 그렁그렁한 눈물을 한 번씩 닦아 내고 퀵서비스 조끼 우측 수납 포켓의 벨크로테이프 덮개를 떼어 포켓 안에서 반지갑을 꺼냈다. 지갑을 연 규식은 라이더스 퀵서비스 스티커 명함을 한 장 빼내고 다시 닫은 지갑을 퀵서비스 조끼 우측 수납 포켓에 넣었다. 해병대 형이 이빨을 노려보며 "자해공갈단 양아치 새끼. 가서 받아 가!" 하고 소리치자 여자가 바닥에 내던져졌던 슬리퍼 두 짝을 양쪽 발에 신고 똑바로 걸어가 규식의 손에서 스티커 명함을 낚아채듯 빼 갔다. 여자는 청반바지 오른쪽 앞주머니에 스티커 명함을 넣고 미친 것처럼 낄낄낄 웃더니 "규식 씨, 전화할게, 병문안 와. 알았지?" 하고서 뒤돌아 걸어갔다. 화란이를 보며 고갯짓을 한 이빨은 인도에서 도로로 내려갔다. 그는 레이싱카 윙스포일러가 장착된 승용차 뒤를 돌아 걸어갔다. 이빨이 운전석 문짝 옆에 서자 인도에서 내려온 화란이가 조수석 문짝을 열고 차 안으로 들어갔다. 뒤이어 인도를 내려온 여자는 우측 뒷좌석 문짝을 열고 차 안으로 들어갔다. 조수석 문짝과 뒷좌석 문짝이 차례로 닫히자 이빨이 운전석 문짝을 열고 차 안에 오른쪽 발을 넣었다. 그리고는 치켜뜬 눈으로 규식을 노려보며 호통을 쳤다.

"너 인마, 병문안 안 오면 가만 안 둬. 알았냐."

규식인 피식 웃었다. 그리고는 분노한 목소리로 말했다.

"지랄하고 있네. 앞바퀴 들어서 제사상 돼지머리 면상을 확 찍어 불라."

규식의 반격에 얼굴이 새빨개진 이빨은 입가를 부들부들 떨다가 차 안으로 들어가더니 운전석 문짝을 거칠게 닫았다. 분을 참지 못한 이빨은 즉시 드라이브로 기어를 넣고 핸들을 왼쪽으로 급격히 감으며 액셀러레이터 페달을 끝까지 밟았다. 다운스프링에 레이싱카 윙스포일러가 장착된 승용차는 급출발하면서 신호를 받고 직진해 온 SUV와 충돌했다. 이빨의 차가 SUV 프런트범퍼 우측 부분을 들이받은 것이다. 이 사고로 같은 차선에 차들이 연이어 멈춰 서는 가운데 SUV 운전석 문짝이 덜컥 열리고 안에서 30대 초반으로 보이는 여자가 밖으로 나왔다. 잔뜩 짜증 난 얼굴의 그녀는 이빨이 운전석 문짝을 열고 나오자 왼손으로 뒷목을 움켜잡았다. 규식과 석현 해병대 형은 놀란 얼굴로 이 광경을 지켜보고 있다. 그 가운데 규식이 의미심장한 미소를 지으며 말했다.

"저 어둠의 자식 승용차 대포차겠지…."

규식의 오토바이 클러치 레버와 기어 변속 레버를 교체한 석현은 오토바이 특화거리 태풍오토바이 센터로 이동해서 커버재생과 도색이 완료된 골든바이크 렌트 오토바이 CBR600RR을 포터 적재함에 실었다. 그는 쉴 새 없이 곧바로 유성으로 이동해서 오후 4시 조금 넘어 골든바이크 앞 도로 가장자리에 포터를 정차하고 비상등을 켠 뒤 운전석 문짝을 열고 차에서 내렸다. 골든바이크 출입문 밖 왼쪽에는 여자 두 명과 함께 유찬이 서 있다. 유찬은 온로드 레이싱 원피스 슈트를 입었고 여자 두 명은 온로드 레이싱 투피스 슈트를 입었다. 발에는 같은 메이커의 온로드 레이싱 부츠를 신은 그들은 대화를 멈춘 채 인도로 올라서는 석현을 지켜보고 있다. 석현도 알다시피 유찬 왼쪽에 긴 웨이브 머리 24살 여자는 구독자 3만 명의 유튜버로 오토바이 관련 유튜브 방송 〈릴리TV〉를 진행하고 있다. 유찬 오른쪽에 여자는 25살로 유찬과 동갑 친구다. 유찬을 힐끔 쳐다본 석현이 인도에 나란히 세워 놓은 3대의 오토바이 쪽으로 눈을 돌렸다. 아직 엔진 열기가 식지 않은 세 대의 레이싱 레플리카 오토바이의 윈드스크린 안쪽 계기판 위에는 풀페이스 헬멧과 온로드 레이싱 장갑이 포개어 놓여 있다. 제일 오토바이 센터 포터 적재함에 실린 렌트 오토바이를 보고 킥킥대는 유찬에게 석현이 말했다.

"오토바이 타고 놀러 갔다 왔니? 평일 날."

유찬은 코웃음을 쳤고 릴리TV는 "어머, 이 사람 제정신이야?" 하고 말한 뒤 인상을 찡그리고 석현을 째려보았다. 석현은 고개를 오른쪽으로 돌려 강화유리벽을 통해 골든바이크 매장 안을 들여다보았다. 1미터 20센티쯤 상승한 유압식 정비리프트에는 앞 타이어가 고정 프레서로 압축된 클래식 스쿠터가 세워져 있다. 회색 반팔 티셔츠에 갈색 추리닝 바지를 입은 민철은 클래식 스쿠터 왼쪽에 바짝 붙어 서서 엔진오일 교환 작업을 하고 있다. 민철이 뒤로 백팩을 멘 남자 대학생은 엔진오일 교환 작업을 지켜보고 있다. 민철은 추리닝 바지 밑단을 양쪽 다 무릎 아래까지 여러 번 접어 올려 입고 양말 없이 슬리퍼를 신었는데 자신을 향한 석현의 시선을 느꼈는지 일하던 손을 멈추고 고개를 오른쪽으로 돌려 매장 밖을 내다보았다. 석현은 오른손 둘째손가락을 등 뒤로 넘겨 포터 적재함을 가리켰다. 그걸 본 민철이 "보스! 나와 봐유." 하고 큰 목소리로 말했다. "뭐여?" 하고 응답한 춘섭이 먹던 과자봉지 윗부분을 왼손에 움켜잡고 동호회실에서 나왔다. 파란색 반팔 티셔츠에 녹색 멜빵 일체형 정비복을 입은 춘섭이는 매장 밖 석현을 보고는 곧바로 양문 강화도어 출입문으로 걸어갔다. 걸으며 "1퍼센트의 하자만 있어도 넌 불합격이다." 하고 혼잣말한 춘섭은 강화도어 오른쪽 문을 당겨 열고 밖으로 나갔다. 기다리고 있던 석현이 "약속대로 작업 끝냈다." 하고 자신감 있는 목소리로 말하자 춘섭은 "오토바이 내리기 전에 확인 좀 할까." 하면서 기분 나쁘게 씨익 웃었다. 석현이 "그래, 가서 꼼꼼히 살펴봐." 하는데 미국인 남자 유학생이 시동을 끄고 손으로 끌고 온 국산 KR모터스 650cc 크루저 오토바이 미라쥬650을 춘섭이 앞에서 멈추며 킥사이드 받침대를 폈다. 검은색 도장면에 광이 반짝반짝한 이 새 차 미라쥬650은 하프페이스 헬멧을 쓰고 스포츠 선글라스를 낀 미국인 남자 유학생이 3주 전에 춘섭이에게 신용카드로 구입한 것이다. 주행거리가 1000킬로미터가 된 오늘 춘섭이 당부한 대로 엔진 길들이기 기간 첫 번째 엔진오일 교환을 하러 온 것이다. 춘섭은 활짝 웃는 얼굴로 "케빈." 하고 미국인 유학생의 이름을 불렀다. 미국인 유학생이 킥사이드 받침대로 세운 오토바이 옆에 서서 반갑게 오른손을 들어 보이자 춘섭은 "오일 체인지?" 하고 물었다. 미국인 유학생은 "춘섭이, 어떻게 알았어?" 하고 대답했다. "오우케이." 하고 말한 춘섭은 몸을 오른쪽으로 돌려 석현을 보며

"미안한데 이 친구 오토바이 오일 좀 후딱 갈고 나서 확인하자." 하고 양해를 구했다. 석현은 "그래. 좋아." 하고 대답한 뒤 미국인 유학생을 보며 "유얼 모터사이클 베리 쿨." 하며 오른손 엄지손가락을 들어 주었다. 미국인 유학생이 부드럽게 미소 지은 얼굴로 석현을 보며 "땡큐!" 하자 춘섭은 과자봉지를 멜빵 일체형 정비복 배주머니에 넣고 양문 강화도어 출입문을 두 개 모두 바깥쪽으로 활짝 열어 놓았다. 그리고는 미국인 유학생의 오토바이를 매장 안으로 끌고 들어갔다. 미국인 유학생은 춘섭을 따라 매장 안으로 들어갔다. 석현이 손목시계를 들여다보는데 기회를 엿보고 있던 유찬이 입가에 비웃음을 띠며 물었다.

"이 선수님, 혹시 이번 시합에 600 미들클래스 상위권 자격으로 한일 슈퍼바이크 통합전에 나가시나?"

유찬을 쳐다본 석현이 영문을 모르겠다는 얼굴로 되물었다.

"그렇다면?"

유찬은 실실 쪼개며 말했다.

"그렇다면? 카리스마 개쩌네. 걱정이 돼서 그러지. 그 어설픈 실력으로 큰 시합에 섣불리 얼굴 디밀었다가 개쪽팔까 봐. 그래도 명색이 지난 4라운드 600 슈퍼스포츠전 우승자신데."

석현이 코웃음을 치고 말했다.

"아하, 그러셨어요. 내가 다른 선수들한테는 다 져도 유찬 씨만큼은 날릴 수 있을 것 같은데."

유찬은 너무 웃긴다는 얼굴로 양옆에 여자들을 번갈아 쳐다보았다. 여자들도 비웃는 얼굴을 하며 유찬에게 호응했다. 이에 유찬이 석현을 노려보며 말했다.

"이 선수님, 그 사방팔방 개소리 좀 작작하세요."

석현은 가만히 유찬을 쳐다보다가 이내 입가에 비웃음을 띠며 말했다.

"겁나?"

유찬은 질린다는 듯이 고개를 절레절레 흔들다가 입을 떼었다.

"소설 속 돈키호테가 말 대신 오토바이를 타면 저런 모습이겠지."

석현이 팔짱을 끼며 비웃는 얼굴로 말했다.

"그 책 안 읽어 본 거 같은데. 내용이나 알고 짓거리니?"

유찬이 코웃음을 치고서 말했다.

"말은 청산유수네, 정작 서킷에서 오토바이를 저렇게 타야 할 텐데."

석현이 팔짱을 풀고 한숨을 내쉬고서 말했다.

"나이도 나보다 어린 게 벌써 귓구멍이 막혔나 보네, 내가 너 이번 시합 때 날려 버려 준다니까."

역으로 팔짱을 끼고 한숨을 내쉰 유찬이 눈웃음을 치며 말했다.

"개폼 잡지 마. 속 빈 강정이 왜 이렇게 허세가 쩔어."

석현이 재미있다는 듯이 소리 내어 웃다가 입을 떼었다.

"적당히 해. 옆에 여자들 있다고 입에 힘이 너무 들어가는 거 같은데. 그러다 서킷에서 개망신당하면 또 울먹거리겠지."

유찬이 여자들과 합세하여 같이 웃고 나서 입을 떼었다.

"봤지, 내가 그랬잖아. 어디 가나 주둥이로 오토바이 타는 부류들이 꼭 한 명씩은 있다고."

석현이 안쓰럽다는 듯이 유찬을 쳐다보며 말했다.

"그 말 할 때마다 덜덜 떨리는 BB크림 얼굴 보니 마음이 짠해지네."

유찬이 크게 소리 내어 잠시 웃다가 질렸다는 듯이 고개를 가로젓고서 입을 떼었다.

"나 원 이거 끝이 없군. 이 선수님 이번 강원서킷 본선 스타팅 그리드에서도 그 자신감 잃지 않았으면 좋겠는데. 갖은 재주를 다 부려서 예선을 통과해야겠지만."

석현이 고개를 끄덕거리고서 입을 떼었다.

"아! 이거 내가 눈치가 너무 없었네. 우리 유찬 씨, 모처럼 여자 친구들하고 더블데이트 즐기시는데."

유찬의 왼쪽에 서 있는 릴리TV가 격분한 얼굴로 석현을 노려보며 소리쳤다.

"뭐라고요!"

오른쪽에 서 있는 25살 여자도 격분한 얼굴로 석현을 노려보며 소리쳤다.

"찬아! 이런 격 떨어지는 사람도 너랑 같은 선수니? 뭐 이딴 사람이 다 있어!"

유찬이 오른손으로 25살 여자의 왼쪽 어깨를 톡톡 치고서 차분하게 말했다.

"우리 스팀 받는데 옆에 카페에 가서 시원한 거나 한 잔씩 마시자. 내가 이번 시합에서 이 선수 같지 않은 선수를 반드시 혼내 줄 테니까. 그때 가서야 나와는 근본이 다른 미천한 제 주제를 처절히 알게 되겠지."

유찬이 뒤돌아서자 여자들도 함께 뒤돌아섰다. 세 사람이 카페 쪽으로 걸어가자 석현이 오른쪽으로 몸을 돌려서 곧장 걸어가 출입문이 양쪽으로 활짝 열려 있는 골든바이크 매장 안으로 들어갔다. 미국인 유학생 오토바이 왼쪽에 두 무릎을 접고 앉아 엔진오일 교환 작업을 하던 춘섭이 오른쪽으로 고개를 돌려 석현의 얼굴을 쳐다보고는 흠칫 놀라더니 다급하게 민철에게 말했다.

"민철아, 네가 석현이하고 밖에 나가서 우리 렌트 오토바이 내리고 확인 좀 해 얼른."

클래식 스쿠터 엔진오일 교환 작업을 마친 민철이 유선 리모컨으로 유압식 정비리프트를 하강하다가 고개를 뒤로 돌려 석현을 쳐다보더니 고분고분한 목소리로 "예, 알았어요." 하고 대답했다.

삼천교네거리와 골든바이크에서 치열했던 하루가 지나며 이제 밤 9시 4분이다. 건이를 1시간 전쯤에 퇴근시킨 석현이 하루 종일 일한 흔적으로 어수선한 센터 작업실 공간에 낚시 의자를 가져다 놓고 앉아 유압식 정비리프트 위에 CBR400RR의 왼쪽 옆모습을 조용히 바라보고 있다. 90년대에 출시된 흰빨과 도색의 혼다 CBR400RR은 이제 올드 바이크로 분류가 되지만 분명한 건 시대를 뛰어넘는 세련미가 느껴진다는 것이다. 석현의 등 뒤쪽을 가로질러가 소파 세트 옆 벽 구석 자리 사무용 책상에는 트랜지스터 라디오가 놓여 있다. 라디오 스피커에서는 포 논블론즈의 〈왓츠 업〉이 들려오기 시작했다. 어쿠스틱 기타 스트로크 반주에 드럼비트가 더해져 가고 있는데 석현이 왼손에 쥐고 있는 스마트폰에서 전화벨이 울렸다. 통화 버튼을 누른 석현은 스마트폰을 오른손으로 바꿔 들어 오른쪽 귀에 대며 전화를 받았다.

"하이 석현데스. 오겡끼데스까."

"와따시와 겡끼데스." 하며 유쾌하게 웃은 마츠모토 준은 "이 선수 미안, 문자메시지를 이제야 확인해서." 하고는 "그래, 어떤 일이야?" 하고 물었다. 석현은 차분한 목소리로 대답했다.

"이번 시합에 대해서 상의드릴 게 있어서요."

"응, 그래."

"이번 5라운드 강원서킷 KSB1000 코리아슈퍼바이크전은 한일 슈퍼바이크 통합전으로 치러지잖아요. 저도 SS600 슈퍼스포츠전 상위권 자격으로 그 시합에 출전하고요."

"아! 그렇지. 그렇지 않아도 내가 그 일을 상의하기 위해 전화하려 했어."

"그래서 말인데요, 이번 시합부터는 아예 미들클래스에서 슈퍼클래스로 승급해서 1000cc 오토바이로 한일 슈퍼바이크 통합전에 참가하고 싶습니다. 단장님께서 연맹에 저의 승급신청서를 넣어 주셨으면 좋겠는데요."

"그거 좋지! 우리 팀에 준서를 대신해서 슈퍼바이크전에 출전하는 선수가 있긴 있어야지. 우리가 이제는 네 명에서 세 명의 선수가 있는 팀이지만 대한민국을 대표하는 명문 레이싱팀 중에 한 팀인데. 뒤늦은 얘기지만 사실 그렇지 않아도 SB250 스포츠 바이크전에서 뛰는 기훈이와 대산이 중에서 한 사람에게 내년 시즌부터 SS600 슈퍼스포츠전으로 승급할 것을 권유하고 이 선수를 KSB1000 슈퍼바이크전으로 승급시키는 방안을 구상하고 있던 참이었어."

"그럴 계획이 있으셨군요."

"그런데, 당장 슈퍼바이크전에 나갈 1000cc 오토바이는 준비가 된 거야? 급하게 구해야 되는 상황이라면 포지션 세팅만 해서 내 CBR1000RR을 일단 쓰도록 하는 게 어때?"

"감사합니다만, 제가 보관하고 있는 준서 R1을 복구시켜서 시합에 나가려고 하는데요."

"준서의 오토바이를? 그의 오토바이는 데미지가 너무 커서 컴백 해도 100프로가 안 나올 텐데."

"단장님, 덕진이 잘 아시죠?"

"당연히 잘 알지."

"단장님께 문자메시지 보내기 전에 덕진이하고 먼저 통화를 했거든요. 서울에 덕진이가 잘 알고 있는 사고 차 복구 기술자가 있어요. 원래는 자동차나 오토바이 제조기업으로부터 엔진설계를 의뢰받아 해 주던 공학자라고 하던데요. 아무튼 그 기술자가 작업을 해 주면 준서 오토바이가 99.9퍼센트까지 재생이 된다는 이야기를 덕진이에게 들었어요. 문제는 시간인데요. 단장님하고 저하고 협의가 되면 덕진이가 내일 바로 준서 오토바이를 가지러 서울에서 대전으로 내려올 거예요."

"좋아! 이 선수 뜻대로 준서 오토바이를 복구하자고. 그것 말고 내가 도울 일은 없어?"

"있죠. 그렇지 않아도 얘기하려고 했어요."

"무엇이지?"

"이번 강원서킷 한일 슈퍼바이크 통합전에 원정 오는 일본 프로 선수들 시합 영상과 선수 경력 같은 정보를 받아 보았으면 하는데요."

"그건 어려울 게 없지 내가 내일 바로 일본에 연락할게. USB메모리스틱과 몇 가지 서류들이 국제우편으로 대전에 이 선수에게 가게 될 거야."

"감사합니다."

"더 부탁할 것은?"

"아뇨, 지금은요. 추가적으로 필요한 게 있으면 다시 연락을 드릴게요."

"그래, 그럼 다시 통화하자고."

"단장님."

"응. 이 선수."

"준서 오토바이를 복구하기로 결정한 일, 준서도 찬성했을까요?"

"그럼 물론이지. 굉장히 좋아했을 거야."

"다행이네요. 그럼 편안한 밤 되세요."

"이 선수도."

석현이 통화를 마치자 그때 마침 CBR400RR 주인이 출입문을 열고 센터 안으로 들어왔다. 24살인 그는 깔끔한 투블럭가르마 머리에 흰색 반팔 와이셔츠와 검은색 정장 바지를 입고 있다. 발에는 갈색 정장 구두를 신었다. 소유한 오토바이가 오래된 CBR400RR이지만 왼팔에 낀 풀페이스 헬멧만큼은 최신형 고가 제품이다. 석현은 낚시 의자에서 일어서며 "왔어?" 하며 남자를 반겨 주었다. 다소 피곤해 보이는 남자는 미안해하는 얼굴로 말했다. "회사에 일이 밀려 버려서 늦었어요. 죄송해요." 석현은 괜찮다는 듯이 웃는 얼굴로 말했다.

"아니야. 일이라는 게 일찍 끝나기도 하고 때론 늦게 끝나기도 하고 그런 거지."

"그렇게 말씀해 주시니 고맙네요." 하며 싱긋 웃은 남자가 유압식 정비리프트에 앞 타이어가 고정 프레서로 압축되어 세워진 자신의 오토바이를 쳐다보고는 "제 오토바이 정비 다 끝난 거죠?" 하고 물었다. 석현은 곧바로 대답했다.

"응. 다 됐어. 정비인증서류도 출력해 놓았고. 서류에 부품가격하고 공임비가 기재되어 있으니까 확인하고, 만약에 앞으로 3개월 안에 정비한 곳에 문제가 발생하면 무상으로 정비받을 수 있다는 내용이 적혀 있다는 것도 확인하고."

"네." 하고 대답한 남자가 바지 오른쪽 앞주머니에 손을 넣어 신용카드를 꺼냈다. 그는 "형, 수고하셨어요." 하면서 신용카드를 석현에게 건넸다. 스마트폰을 블랙진 오른쪽 뒷주머니에 넣고 신용카드를 건네받은 석현은 확인차 "190?" 하고 물었다. 남자는 "예, 3개월이요. 사인은 형이 그냥 해 주세요." 하고 대답한 뒤 왼팔에서 뺀 풀페이스 헬멧을 두 손으로 잡고 머리에 푹 눌러썼다. 석현은 뒤돌아 걸어가 사무용 책상 안으로 들어가서 카드결제기에 신용카드를 긁고 190만 원을 3개월로 결제했다. 그리고는 사무용 책상 오른쪽 상단 모서리 부분에 '제일 오토바이 센터' 상호가 인쇄된 편지봉투를 들어 신용카드와 카드결제기에서 뗀 영수증을 그 위에 겹쳐서 오른손에 쥐고 남자에 걸어갔다. 그사이 풀페이스 헬멧 턱 끈을 고정 고리에 단단히 걸어 조인 남자가 석현에게 두 손을 내밀었다. 석현은 남자의 두 손에 오른손에 들고 있는 것들을 내주며 "여기서 확인해 봐." 하고 말했다. 남자는 "아니요. 지금 여자 친구가 기다리고 있어서요." 하고 말한 뒤 신용카드와 영수증을 편지봉투에 넣고 그걸 반으로 접어서 정장 바지 오른쪽 뒷주머니에 넣었다. 석현은 "잠깐 기다리고 있어. 오토바이 내려서 밖으로 빼 줄 테니까." 하고 말했다. 그리고는 유압식 정비리프트 앞쪽으로 가서 앞 타이어 고정 프레셔 레버를 빙글빙글 돌려 압축을 풀고 두 손으로 양쪽 세퍼레이트 핸들을 잡고서 오른발로 킥사이드 받침대를 접은 뒤 오토바이를 천천히 후진했다. 지켜보고 있던 남자는 슬쩍 뒤를 돌아보더니 양문 강화도어 출입문을 두 개 다 바깥쪽으로 활짝 열어 놓았다. 열린 문을 통해 오토바이를 후진시키며 센터 밖으로 나온 석현은 핸들을 오른쪽으로 틀며 조금 더 후진해 방향 전환한 뒤 앞브레이크 레버를 잡고 킥사이드 받침대를 폈다. 오토바이를 인도 가장자리에 세운 석현은 핸들 키홀에 키를 오프에서 온으로 돌리고 우측 세퍼레이트 핸들 스위치 박스에 엔진 온오프 스위치를 오프에서 온으로 누르고서 그 아래 시동 버튼을 눌렀다. 요시무라 엠블럼이 붙은 머플러에서 CBR400RR 특유의 매끄럽고 세찬 배기음이 힘차게 터져 나왔다. 헤드라이트를 켜고 RPM 게이지를 체크한 석현은 맞은편에 선 남자에게 설명을 했다.

"엔진오일은 장거리 투어러 계열의 오일로 교환해 놓았어. 엔진에 들어 있던 오일은 점도가 높은 고가의 레이싱 계열 오일인데 그 오일은 엔진을 극한의 상황에서 쓰면서 라이딩하기에는 최적이지만 그렇게 타면 그 비싼 오일을 1500킬로미터에서 3000킬로미터 안에 교환해 줘야 해. 그런데 실제로 도로에서 그렇게 탈 일이 거의 없잖아. 주로 출퇴근 용도로만 쓰고 가끔 장거리 고속주행한다며 그런 상황에서는 내가 넣어 준 투어러 계열 오일이 이 오토바이에 적합해. 오일은 주행 특성에 따라 선택해야지 무조건 비싼 거 넣는다고 좋은 건 아니니까."

"그래요? 중고 오토바이 거래사이트를 통해 이 오토바이를 샀던 거기 센터에서는 그런 얘기 안 해 주던데요. 그저 비싼 게 값을 한다고 하던데요."

"그건 뭐, 센터마다 영업하는 노하우가 조금씩은 다르니까."

"그럼 저 이만 가 볼게요."

"그래. 아! 그리고."

"예."

"엔진 부품을 50퍼센트 가까이 새 부품으로 교체했으니까, 당분간은 급가속하지 말고 타다가 1000킬로미터 주행하면 엔진오일 교환하러 와. 새 부품은 길들면서 엔진 내부에 쇳가루를 발생시키거든. 무슨 얘긴지 알겠지?"

"알겠어요." 하고 남자가 대답하자 석현은 양쪽 세퍼레이트 핸들을 잡고 오토바이를 똑바로 세운 뒤 오른발로 킥사이드 받침대를 접었다. 그는 오토바이를 밀고 앞으로 나아가다가 시멘트 경사대를 타고 인도에서 도로로 내려갔다. 석현이 도로 가장자리에서 킥사이드 받침대를 펴 오토바이를 세우자 인도에서 내려온 남자가 가까이 다가왔다. 석현은 "안전운전하고 문제 있으면 바로 연락해." 하면서 뒤로 몇 걸음 걸어가 자리를 비켜 주었다. 두 손으로 양쪽 세퍼레이트 핸들을 잡은 남자는 오른쪽 다리를 반대편으로 넘기며 운전석 시트에 앉았다. 그는 오토바이를 똑바로 일으켜 세운 뒤 킥사이드 받침대를 접은 왼발을 기어 변속 레버스텝에 얹으며 1단 기어를 넣었다. 남자는 좌측 사이드미러 속에서 오른손을 흔드는 석현에게 고개를 끄덕여 인사를 하고 천천히 오토바이를 출발했다. 석현은 어둠 속에 빛을 발하는 붉은색 후미 등이 밀어져 가는 것을 지켜보다가 도로에서 인도로 올라갔다. 그는 밖에 진열해 놓은 판매용 중고 오토바이들을 한 대씩 센터 안으로 들였다. 이제 영업 마감이다. 오늘도 수고했다. 때론 힘든 삶이 이어져도 기억해야 하는 건 오늘 하루 역시 꿈을 향해 나아가는 값진 한 걸음이었다는 것이다.

9

인터뷰

석현이 유압식 정비리프트에 세워 놓고 점화플러그를 교체한 오토바이는 원터치로 시동이 걸렸다. KR모터스 110cc 비즈니스 오토바이 에스코트110이다. 조기축구회 유니폼 반팔 상의에 청색 고무장화를 신으신 나이가 지긋한 아버님은 "얼마여?" 하고 물었다. "오천 원이요." 석현이 대답했다. 토트넘 소속으로 백넘버가 7번인 아버님은 면바지 오른쪽 뒷주머니에서 지갑을 꺼내 안에서 빼낸 만 원 지폐 한 장을 석현에게 내밀었다. 그러면서 "점화플러그는 얼마나 타고 가는 겨?" 하고 물었다. 석현은 "평균적으로 1만 킬로미터로 교환주기를 잡죠." 하고 대답한 뒤 오른쪽으로 몸을 돌려 사무용 책상을 향해 걸어갔다. 앞으로 보이는 소파테이블에는 팔각반점 빈 그릇들이 그릇 수거용 비닐 봉투 안에 잘 넣어져 있다. 점심 때 건이와 시켜 먹은 건 해물잡탕밥 두 그릇이다. 사무용 책상 안에 들어간 석현은 카운터 금고에 돈을 넣고 거스름돈을 꺼내 책상 밖으로 나와 아버님이 계신 쪽으로 서둘러 걸어갔다. 머리에 하프페이스 헬멧을 쓴 아버님이 탈칵! 윈드쉴드를 내리고 헬멧 턱 끈 버클을 결착하는데 석현이 그 앞에 섰다. 석현은 "사장님 감사합니다." 하며 고개 숙여 인사하고 두 손으로 오천 원 지폐를 내밀었다. 아버님이 거스름 돈을 받아 바지 오른쪽 앞주머니에 넣는데 출장 정비를 다녀온 건이가 센터 안으로 들어왔다. 석현이 건이에게 말했다.

"건이야, 리프트에서 사장님 오토바이 내려서 밖으로 빼 드려. 나 지금 한 기자님하고 약속이 있어서 잠시 나갔다 올게."

건이가 "인터뷰?" 하고 묻자 석현은 "아니, 대전에 취재차 왔는데 겸사 겸사 얼굴 좀 보자고 그러네." 하면서 웃었다. 건이는 "잘 다녀와." 하고 말하며 에스코트110 왼쪽에 서서 두 손으로 양쪽 핸들을 잡았다. 건이 가 오토바이를 똑바로 세우고 오른발로 킥사이드 받침대를 접는데 가게 출입문 밖으로 나간 석현은 오른쪽으로 돌며 W대학교 방향으로 인도를 바삐 걸었다. 석현이 입고 있는 국방색 조거팬츠 카고바지는 일할 때 입는 옷으로 세탁해도 남은 기름 얼룩 흔적이 몇 군데 보인다. 그래도 오늘 아침 상품 포장 비닐 봉투의 접착면을 뜯고 안에서 꺼내 입은 흰색 반팔 티셔츠는 점 하나 없이 깨끗하다. 반팔 티셔츠 가슴 부분에는 대림오토바이(디앤에이모터스) 상호명과 회사 로고가 프린팅되어 있 다. 적색등이 켜진 W대학교 T삼거리 모퉁이 편의점 앞 우측 횡단보도 에 선 석현은 문득 고개를 숙였다가 두 무릎을 접고 쪼그려 앉아 오른쪽 발 런닝화의 풀려 있는 끈을 서둘러 다시 묶었다. 런닝화 색상은 검은색 이다. 재빠른 손놀림으로 런닝화 끈을 다시 묶자 신호등에 녹색등이 들 어왔다. 쪼그려 앉아 있는 석현은 두 무릎을 펴고 일어나 앞으로 발을 내딛으면서 횡단보도를 걷기 시작했다. 횡단보도를 건너면 맞은편으로 보이는 모퉁이 건물 1층에 프랜차이즈 카페가 자리하고 있다. 프랜차이 즈 카페 위로 난 언덕길을 오르면 W대학교 정문이다. 오후 3시 25분을 가리키는 손목시계를 깜빡 들여다보면서 횡단보도를 마저 건넌 석현이 인도를 짧게 가로질러 걷다가 프랜차이즈 카페 출입문 앞에 섰다. 그는 6개의 작은 네모가 하나의 직사각형이 되게 위에서 중간 아래로 2개씩 타공한 문에 끼워진 6개의 네모유리 그 물결 위로 가볍게 미소 띤 얼굴을 비춰 보고는 문을 당겨 열고 카페 안으로 들어갔다. 대학교 여름 방학 기간이라 한산한 카페 안에 웨스트라이프가 부르는 〈엔젤〉이 매장 안 스피커를 타고 석현의 귓가에 들려온다. 주변을 두리번거린 석현이 이내 걸음을 옮겨 봄이가 앉아 있는 창가 쪽 테이블로 걸어갔다. 봄이는 은색 하트가 붙은 분홍색 반팔 티셔츠에 흰색 여름 긴팔 정장 재킷을 입고 있다. 그녀는 오른손에 샤프펜을 쥐고 테이블에 펼쳐 놓은 취재 수첩에 글자를 적어나가다가 고개를 들어 테이블 앞에 선 석현을 보았다. 석현이 의자를 빼서 봄이의 맞은편 자리에 앉으며 물었다.

"카페 밖에 한 기자님 차 안 보이던데요?"

"내비게이션 주소 입력을 잘못했나 봐요. 차를 대학교 후문 쪽에 주차했어요."

"유찬이 인터뷰는 잘했어요?"

봄이가 묘한 미소를 지으며 대답했다.

"잘했어요. 석현 선수 덕분에."

석현은 겸연쩍게 웃으며 "네?" 하고 물었다. 봄이는 아무런 말 없이 싱긋 웃더니 숄더백 안에서 사진앨범을 꺼내 석현에게 내밀며 나지막한 목소리로 말했다.

"일본 스즈카 8시간 내구레이스 대회 때 촬영한 사진들이에요."

"고맙습니다." 하고 인사한 석현이 사진앨범을 건네받자 봄이는 "똑같은 사진앨범을 준서 선수 부모님께도 보내 드렸어요." 하면서 입가에 옅은 미소를 지어 보였다. 석현은 케이스 안에서 사진첩을 빼내면서 눈을 들어 봄이를 쳐다보았다. 여전히 미소를 짓고 있는 봄이가 고개를 끄덕거리자 석현이 사진첩 덮개를 넘겨서 첫 페이지 사진 4장을 보았다. 그는 위쪽 좌측 사진에 오른손 둘째손가락을 가까이 대고 봄이에게 말했다.

"이 사진은 이번 〈월간모터사이클〉 8월 호 표지 사진이네요."

봄이는 다소곳한 목소리로 부연 설명했다.

"네. 준서 선수와 마츠모토 준 단장이 예선 경기를 마치고 스즈카서킷 피트 앞에서 나란히 옆으로 서서 찍은 사진이죠."

석현이 다시 사진을 쳐다보며 말했다.

"이 사진은 우리 준 레이싱팀의 역사에 오래도록 남을 사진이에요."

싱긋 웃은 봄이는 재킷 오른쪽 주머니에 손을 넣어 메시지 알림음이 울린 스마트폰을 꺼냈다. 그녀는 "잠깐만요." 하고는 받은 메시지를 확인했다. 석현이 앨범을 한 장 더 넘기는데 봄이가 스마트폰을 테이블에 내려놓으면서 "우리 주문부터 할까요?" 하고 물었다. "그러죠." 하며 사진첩 덮개를 닫은 석현이 봄이를 보면서 말했다.

"내가 가서 주문하고 올게요. 한 기자님, 뭐 드실래요? 오늘 여기서 잔치를 벌여도 좋아요."

"잔치? 풋!" 웃은 봄이는 잠깐 머뭇거리다가 "저는 아이스 아메리카노하고 딸기 레어 치즈 조각 케이크요." 하고 말했다. "알겠어요." 하고 말한 석현이 사진첩을 케이스 안에 넣은 뒤 그걸 테이블 우측 가장자리에 놓고 의자에서 일어나 주문대로 걸어갔다. 같은 디자인의 체크무늬 반팔 남방을 입은 남자 대학생과 여자 대학생이 주문대 안에 나란히 옆으로 서서 석현을 쳐다보았다. 석현이 주문대 앞에 다가서자 여자 대학생이 "주문 도와드리겠습니다." 하고 말했다. "아이스 아메리카노 빅사이즈 2개 주시고요. 딸기 레어 치즈도 2개 주세요." 하고 석현이 말했다. "커피 제일 큰 거 시키신 거죠?" 하며 주문을 확인한 여자 대학생은 석현이 "네." 하고 대답하자 메뉴입력기 키보드를 익숙하게 두드렸다. 그녀가 "계산 도와드리겠습니다." 하고 말하자 석현이 바지 오른쪽 앞주머니에 손을 넣어 체크카드를 꺼내 앞으로 내밀었다. 여자 대학생이 체크카드를 받자 남자 대학생은 커피 머신 앞에 서서 주문받은 커피를 제조하기 시작했다. 카드 결제를 마친 여자 대학생은 체크카드와 영수증을 석현에게 내주며 "잠시만 기다려 주세요." 하더니 왼쪽으로 몇 걸음 걸어가 케이크 진열장 유리문을 옆으로 밀어서 열었다. 석현이 주문대 앞에서 한 걸음 떨어져서 아무런 이유 없이 천장을 살펴보는데 남자 대학생이 "아이스 아메리카노와 딸기 레어 치즈 나왔습니다." 하고 말했다. 석현은 한 걸음 가까이 다가가 남자 대학생에게 아이스 아메리카노 2잔과 딸기 레어 치즈 2접시를 담은 사각쟁반을 건네받고 뒤돌아서 봄이가 앉아 있는 테이블로 걸어갔다. 가만히 창밖을 내다보던 봄이가 고개를 돌려 쟁반을 들고 테이블로 다가서는 석현을 쳐다보았다. 석현은 쟁반을 테이블에 내려놓고 의자에 앉았다. 그는 내려놓은 쟁반을 다시 들어서 봄이 앞에 놓아 주고 아이스 아메리카노 롱유리컵과 딸기 레어 치즈 접시를 각각 한 개씩 들어 자신의 앞에 놓았다. 그리고 나서 자바라 빨대와 스텐 포크를 마저 가져와 오른손에 모아 쥐었다. 봄이는 비닐포장을 뜯은 자바라빨대를 구부려 롱유리컵에 넣으며 "잘 마시겠습니다." 하고 말했다. 그녀는 오른손으로 롱유리컵을 들어 빨대를 입에 물고 아이스 아메리카노를 한 모금 마셨다. 석현이 비닐포장을 뜯은 자바라빨대를 구부려 롱유리컵 안에 넣는데 "오!" 하고 감탄한 봄이가 "커피 맛있어요!" 하더니 롱유리컵을 쟁반에 내려놓고 오른손으로 스텐 포크를 들어 딸기 레어 치즈를 푹 찍어서 케이크를 한 점 떠내어 입안에 넣었다. 아이스 아메리카노를 한 모금 마시고 딸기 레어 치즈를 스텐 포크로 연이어 푹푹 찍어서 떠먹던 석현이 봄이를 쳐다보며 기분 좋게 웃는 얼굴로 말했다.

"앞에 몇 장만 봤지만 사진 진짜 잘 나왔어요. 기자님들은 원래 이렇게 사진을 잘 찍나요? 우리 팀끼리 찍을 땐 이렇게 사진이 내추럴하게 잘 나오지 않아요."

입안에 케이크를 삼킨 봄이가 아이스 아메리카노를 한 모금 마시더니 이렇게 말했다.

"피사체에 대한 가슴 뜨거운 열정. 저는 그래요. 서로 분야가 다른 타 언론사의 기자들은 어떤지 잘 모르겠지만요. 물론 대학 동기 선후배들이 메이저인 조선이나 중앙, 동아 등에서도 기자로 근무하고 있지만 사진 촬영 기법에 대해서 특별히 대화를 나누어 본 적은 없는 것 같아요."

"그런가요." 하면서 석현이 고개를 끄덕이자 봄이가 잠시 머뭇거리다 입을 떼었다.

"석현 선수, 석현 선수는 계속 레이싱을 할 거죠?"

고개를 크게 끄덕인 석현이 밝은 얼굴 희망찬 목소리로 말했다.

"저, 이번 시합부터 준서 오토바이로 KSB1000 슈퍼클래스에서 뛰어요. 오늘 덕진이가 준서 오토바이를 실으러 대전에 내려올 거예요. 서울에 엔진 공학 기술자에게 준서 오토바이를 맡겨 완벽에 가깝게 복구시켜서 1000cc로 한일 슈퍼바이크 통합전에 참가하는 거죠."

"와! 그래요?" 하면서 활짝 웃은 봄이가 잠깐 생각에 잠겼다가 입을 떼었다.

"석현 선수, 내가 대학교 1학년 2학기 때부터 오토바이를 타기 시작했다고 석현 선수하고 준서 선수에게 말했었죠? 그 당시에 우리 과에 내가 좋아하던 복학생 오빠가 클래식 스쿠터를 타고 등하교를 했었거든요. 큰 키에 얼굴도 잘생기고 성격까지 좋았던 그 오빠는 언론정보학과 여학생들의 스타였어요. 나도 그 오빠와 가까워지고 싶었기 때문에 결심을 하고 무작정 그 오빠에게 오토바이 타는 법을 가르쳐 달라고 부탁을 했어요. 그 오빠한테는 전부터 오토바이를 배워 보려고 했었다고 말했었지만 사실은 전혀 그렇지 않아요. 난 그때까지 한 번도 오토바이를 타 보고 싶은 적이 없었거든요. 그들은 저에게 난폭한 오토바이족이었을 뿐이었어요. 어쨌든 난 그 친절한 오빠에게 오토바이 타는 법을 배웠어요. 그리고 아르바이트해서 모아 놓았던 돈으로 그 오빠 것과 똑같은 클래식 스쿠터도 샀어요. 그 오빠는 오토바이를 산 기념으로 바다를 보러 갔다 오자고 말했죠. 그래서 겨울 방학이 시작되던 날씨가 몹시 좋았던 날, 그 오빠와 나는 새벽 일찍 당일치기로 동해 바다를 보러 갔다 왔어요. 그게 내 오토바이 인생 첫 번째 오토바이 투어링이었죠. 밤이 되어서야 서울로 돌아왔고 저는 조금 지쳐 있었기 때문에 그 오빠는 나를 우리 집 앞까지 바래다주었어요. 그런데요, 집 앞에 도착했을 때 너무나 뜻밖의 상황이 우릴 기다리고 있었어요. 1학기 말에 잠깐 사귀었던 남자애가 술에 취한 채 집 앞에서 저를 기다리고 있었어요. 소개팅으로 만난 같은 학교 의류학과 학생이었어요. 그 애는 우리 쪽으로 다가오더니 복학생 오빠 앞에서 두 무릎을 꿇으며 바닥에 주저앉았어요. 그 애는 아직도 저를 좋아하고 있다고 울먹거리며 말했죠. 그날 이후 그 오빠는 이런저런 이유로 나를 피했어요. 그런다고 내가 그 애와 다시 만나게 된 것도 아니었는데 말이죠. 석현 선수, 근데요. 나 그때 오토바이를 접지 않았어요. 오히려 운전면허학원에 다니며 대형 오토바이까지 탈 수 있는 2종 소형 면허도 취득하고 겨울 방학 내내 열심히 알바해서 더 큰 오토바이로 업그레이드했어요. 신비스럽게만 느꼈던 기어를 조작하는 매뉴얼 오토바이로요. 나는 돌아서지 않고 한 걸음 더 앞으로 나아갔던 거예요…. 두서없이 이야기한 것 같은데요…. 아무튼 석현 선수, 절대 레이서의 길을 포기하지 마세요. 반드시 대한민국을 대표해서 월드슈퍼바이크나 모토GP라는 세계적인 무대 그 꿈의 무대에 서 주세요."

가만히 봄이의 이야기를 듣고 있던 석현이 감동받은 얼굴로 눈웃음 짓고 소리 없이 박수를 쳤다. 봄이는 귀엽게 미소 지으며 양손 V를 해 보였다. 바지 왼쪽 뒷주머니에서 스마트폰을 꺼낸 석현이 "한 기자님, 지금 진짜 귀여워요. 사진 찍게 잠깐만 그대로 계세요." 하고 말하자 두 손을 내린 봄이가 눈을 감고 소리 없이 웃으며 고개를 가로저었다. 석현은 아쉬워하는 얼굴로 스마트폰을 테이블에 내려놓았다. 봄이는 왼쪽으로 고개를 돌리고 소리 없이 웃었다. 석현은 그 모습을 말없이 쳐다보다가 입을 떼었다.

"잡지에서 한 기자님 오토바이 시승기 라이딩 사진을 보면 운동신경이 상당하다는 게 느껴져요. 혹시 학창 시절에 운동부 같은 거 했나요?"

봄이가 자신감 있는 얼굴로 말했다.

"운동부에 가입한 적은 없지만 달리기를 좀 했죠. 초등학교 6학년 때 서울시 어린이 육상대회 100미터 경기에서 우승한 적도 있어요. 저는 주말 아침마다 집 근처 공원에서 조깅을 해요. 비가 내리면 레인재킷을 입고 뛰죠."

"그러시구나!" 하고 말한 석현이 이어서 말했다.

"나도 여기 대학교 운동장에서 밤에 종종 달리기를 해요. 군대 있을 때도 스트레스받고 그러면 일과 끝나고 혼자 연병장에 가서 숨이 턱까지 찰 때까지 달렸어요. 90년대 홍콩영화 〈중경삼림〉의 금성무처럼요. 어쨌든 그렇게 달리면 스트레스가 풀리더라고요. 달리는 내 머리 위에서 방패연처럼 하늘에 뜬 달력이 한 장 한 장 뜯겨져 나갔고 그러다 어느새 제대를 했죠."

미소를 지은 봄이가 들뜬 목소리로 물었다.

"석현 선수, 우리 여기 대학교 운동장 가서 달리기 시합 한번 해 볼래요?"

석현은 "네?" 하고는 정말이냐고 묻는 눈으로 봄이를 쳐다보았다. 봄이는 두 손을 깍지 끼우고 뚜둑뚜둑 뼈 꺾이는 소리를 내며 말했다.

"진 사람이 저기 길 건너 편의점에 가서 아이스크림 사기로 해요!"

딸기 레어 치즈와 아이스 아메리카노를 깨끗이 비운 석현과 봄이가 W대학교 운동장에 와 있다. 높고 파란 하늘에 떠 있는 해가 여전히 쨍쨍해 열기가 식지 않은 운동장에는 한낮의 사막에서 볼 수 있는 아지랑이가 일렁인다. 석현은 운동장 스탠드 맨 끝 자리 가장 아래 칸에 앉아 있다. 운동장에서 스탠드를 바라보았을 때 우측 맨 끝자리다. 그는 허리를 숙이고 검은색 런닝화 끈을 다시 묶고 있다. 그의 왼쪽 옆에 사진 앨범과 스마트폰이 놓여 있다. 오른쪽 옆에는 봄이의 숄더백이 놓여 있다. 반으로 접은 흰색 여름 긴팔 정장 재킷은 숄더백 위에 놓여 있다. 봄이는 석현의 앞쪽에 거리를 두고 서서 스트레칭을 하며 몸을 풀고 있는데 분홍색 반팔 티셔츠 소매를 양쪽 다 어깨까지 둘둘 말아 올렸다. 진심으로 이 달리기 시합에서 이기겠다는 마음이다. 슬림 일자 청바지를 입은 봄이가 발에 신은 것은 베이지색 스니커즈다. 석현은 그걸 쳐다보며 걱정스럽다는 듯이 물었다.

"한 기자님, 그 스니커즈화로 런닝화 신은 나하고 달리기 괜찮겠어요?"

오른발 발끝을 땅에 대고 빙글빙글 발목 돌리기를 하던 봄이가 발 바꿔서 왼쪽 발끝을 땅에 대고 돌리며 자신감 넘치는 목소리로 대답했다.

"걱정 말아유."

석현이 스탠드에서 일어나 오른발 발끝을 땅에 대고 발목을 빙글빙글 돌리며 말했다.

"이거 이겨도 걱정이고 져도 걱정인데요."

왼발 발목을 돌리던 봄이가 피식 웃으며 말했다.

"여자라고 우습게 봤다간 큰코다쳐요."

석현은 앞으로 걸어가 봄이 왼쪽 옆에 섰다. 그는 친근하게 웃어 보이며 말했다.

"한 기자님, 그럼 시작해 볼까요. 저기 반대편 축구 골대 지나치면서 오른쪽에 스탠드가 끝나는 곳을 결승선으로 해요."

"오케이."

"한 기자님, 인간적으로 한 기자님이 저보다 3미터쯤 더 앞에 서세요. 아무리 생각해 봐도 그게 정정당당할 것 같아요."

"헐, 후회 안 하겠어요?" 하고 봄이가 묻자 석현이 "준비되셨으면 신호하세요." 하더니 달릴 자세를 취했다. 봄이는 석현의 3미터쯤 앞으로 가 서서 달릴 자세를 취했다. 그녀는 "자! 하나, 둘!"까지만 외치더니 셋은 빼먹고 앞으로 튀어나갔다. 셋을 빼먹었다지만 예상을 뛰어넘는 봄이의 대포알 스타트에 당황해 주춤거린 석현이 이내 정신을 가다듬고서 땅을 박차며 앞으로 뛰어나갔다. 봄이가 선두에서 전력 질주하는 가운데 석현은 아프리카 초원의 치타처럼 숨도 안 쉬고 달려 빠르게 거리를 좁혀 나갔고 30미터가 지나는 지점에서 드디어 추월하기 직전에 이르렀다. 그때다. 봄이는 미국 NFL 슈퍼볼 선수처럼 앞으로 치고 나오는 석현을 왼쪽 어깨로 강력하게 밀어 버렸다. 전혀 생각지도 못한 어깨 밀치기를 당한 석현은 뛰던 발이 엉키더니 중심을 잃고 '어억!' 소리를 내며 꼬꾸라져 운동장 바닥에 나뒹굴었다. 멈춰 서서 이 모습을 본 봄이는 까르르 웃더니 고개를 정면으로 돌리고서 그대로 결승선을 향해 힘차게 뛰었다. 석현은 화난 목소리로 "와! 이거 정말 큰일 낼 사람이네!" 하고 소리치고서 넘어진 자리에서 일어나 재차 온힘을 다해 달렸다. 그렇지만 이미 승부가 결정될 만큼 벌어진 거리 차이를 좁힐 수는 없었다. 봄이는 양팔을 벌리며 달리는 여유까지 보여 주며 결승선을 가뿐히 통과했다. 이미 승패는 갈렸지만 석현은 중도에 포기하지 않고 열심히 뛰어서 뒤이어 결승선을 통과했다. 운동장 스탠드에 앉아 있는 봄이는 박수를 쳐 주며 마지막까지 최선을 다한 패자를 격려했다. 호흡을 정리한 석현은 봄이를 쳐다보며 "왜 그랬어요?" 하고 물었다. 봄이는 대답 대신 "분하시면 한 번 더 뛸까요?" 하고 물었다. 석현은 대답 대신 입가에 미소를 짓고 옷에 묻은 흙먼지를 털다가 "진 건 진 거니까 우리 아이스크림 먹으러 가요." 하고 말했다.

W대학교에서 나와 프랜차이즈 카페를 등지고 서 있던 석현과 봄이는 녹색 신호가 들어오자 T삼거리 횡단보도에 나란히 오른발을 내딛었다. 그때 자양동 일대가 어둑해진 건 뭉치구름이 지나가며 해를 가렸기 때문이다. 횡단보도를 다 지나고 인도로 올라선 석현이 먼저 몇 걸음 앞으로 걸어가 길모퉁이 편의점 왼쪽 유리문을 당겨 열었다. 석현을 뒤따라 걸어온 봄이가 고개를 숙였다가 들면서 편의점 안으로 들어갔다. 석현도 편의점 안으로 들어가며 유리문을 닫았다. 에어컨이 충분히 작동되고 있는 편의점 안은 몹시 시원하고 쾌적하다. 석현과 봄이는 아이스

크림 냉장고에서 콘아이스크림을 한 개씩 꺼냈다. 석현은 냉장고 문을 닫고 봄이에게 왼손을 내밀었다. 봄이는 오른손에 쥔 콘아이스크림을 석현에게 주었다. 석현은 편의점 계산대로 걸어가 계산 테이블에 콘아이스크림 두 개를 내려놓았다. 편의점 여자 직원은 바코드 스캐너로 콘아이스크림을 한 개씩 스캔하고 석현이 내민 체크카드를 건네받아 카드 리더기에 넣었다. 결제를 마친 체크카드를 편의점 직원에게 건네받아 바지 오른쪽 앞주머니에 넣은 석현은 콘아이스크림 두 개를 한 개씩 양손에 들었다. 그는 뒤로 돌아서서 오른손에 든 콘초코아이스크림을 봄이에게 주며 "이 안에 엄청 시원한데 우리 저기 테이블에 앉아서 먹을까요?" 하고 물었다. 콘아이스크림을 손에 쥔 봄이는 입가에 미소를 띠우며 "그래요." 하고 대답했다. 봄이와 석현은 출입문 좌측 옆으로 유리벽에 바짝 붙은 실내 2인용 테이블로 가서 양쪽 의자에 마주 보고 앉았다. 석현은 출입문을 등지는 쪽 의자에 앉았다.

석현이 먼저 아이스크림을 다 먹었다. 그가 먹은 건 아몬드 맛 콘아이스크림이다. 봄이는 남은 콘아이스크림을 야금야금 먹고 있다. 그런 봄이를 보며 석현이 물었다.

"한 기자님, 아이스크림 하나 더 드실래요?"

봄이가 고개를 절레절레 흔들고 단호하게 대답했다.

"아뇨. 살쪄요."

"이미 쪘어요. 하나 더 드세요."

"내가 속을 줄 알아요. 나 안 쪘어요."

"한 기자님."

"네."

"내가 재미있는 얘기에 줄끼요?"

"그래요?"

"엄청 웃겨요."

"그럼 얘기해 주세요."

"제목은 참새와 사냥꾼이에요."

"제목도 있어요? 어디 책에서 본 이야긴가 봐요."

"그건 아니에요. 이건 실화예요."

봄이가 기대감 가득한 눈으로 석현을 보면서 말했다.

"그럼 부탁드려요."

"초등학교 6학년 때 저는 달리기가 아닌 수렵소설에 심취해 있었어요. 그 소설책을 반복해서 몇 번을 읽고 나니 도저히 사냥꾼이 되지 않고는 못 버티겠더라고요."

봄이가 쿡쿡 웃었다. 잠시 말을 멈췄던 석현이 이야기를 이어 갔다.

"소년은 꿈을 이루기 위해 일단 사냥총을 구해야 했어요. 학교 근처 분식집에서 파는 소떡소떡을 못 먹어 가면서 용돈을 모아 반 친구의 BB탄 권총을 적지 않은 가격에 샀어요. 총을 구입한 나는 그날 학교를 마치자마자 사냥터로 향했어요."

"사냥터요?" 봄이가 풋! 하고 웃었다. 잠시 말을 멈춘 석현이 이야기를 이어 갔다.

"도착한 사냥터는 우리 집 옥상이에요. 옥상에서 보이는 골목에 전봇대가 서 있는데 연결된 전깃줄에 참새들이 항상 엄청 많았거든요. 그 야생 참새들이 저의 첫 번째 사냥감으로 아주 적절하다고 생각했던 거예요. 옥상에 올라온 나는 일단 옥상 시멘트 난간에 몸을 감추고 뿌시고 스프를 뿌린 라면을 와작와작 먹으면서 골목길에 전봇대를 주시했어요. 여느 날처럼 치렁치렁한 전깃줄에는 빈자리 없이 참새들이 촘촘하게 앉아 있었죠. 그때 이미 서서히 해가 져가고 있었기 때문에 나는 반쯤 먹은 라면을 옆에 내려놓고 손을 탁탁 턴 뒤 허리춤에 차고 있던 BB탄 권총을 빼내 들었어요. 나는 가까운 쪽의 참새 한 마리를 겨냥하고는 호흡을 멈추었어요. 내가 몸을 완벽히 숨겼기 때문에 참새들은 한가했죠. 나는 사냥꾼으로서 첫 번째 방아쇠를 당겼어요. 불을 뿜은 총구에서 BB탄이 날아갔죠."

봄이가 "불을 뿜어?" 하고 물었다. "실감나라고요." 하고 말한 석현이 이야기를 이어 갔다.

"BB탄은 정확히 참새를 맞췄어요. 그와 동시에 전깃줄에 참새들은 화들짝 놀라 사방으로 흩어져 날아갔고요. 나는 고개를 들고 날아가는 참새들을 바라보다가 옥상 아래 골목을 내려다보았어요."

봄이가 설마 하는 얼굴로 "뭐야, 진짜 잡았어?" 하고 물었다. 석현은 "들어 봐요." 하고 말하고서 진지한 목소리로 이야기를 이어 갔다.

"내려다보니 골목길에 참새 한 마리가 떨어져 있었어요. 나는 서둘러 옥상에서 내려와 현관문을 밀치고 나가서 골목길로 뛰어갔어요. 길바닥에 떨어져 있는 참새는 전혀 미동이 없더라고요. 나는 BB탄의 위력에 새삼 감탄하며 참새를 향해 손을 뻗다가 순간 소스라치게 놀라면서 급하게 손을 거두어들였어요. 내가 손을 뻗어 움켜쥐려던 것은 참새가 아니라 참새 모양의 개똥이었던 거예요."

순간 '빵!' 하고 웃음을 터트린 봄이는 오른손에 콘아이스크림을 쥔 채 왼손으로 입을 막고서 눈물까지 흘리며 한참을 웃어 댔다.

석현과 봄이가 맛집거리 경사진 길을 오르며 W대학교 후문 쪽으로 향하고 있다. 콘아이스크림을 먹고 편의점에서 나왔을 때 석현은 봄이에게 제일 오토바이 센터에 잠깐 들러 보겠냐고 조심스럽게 물었지만 봄이는 미안하다고 말했다. 그녀는 이번에 시집가는 친한 친구와 오늘 서울에서 약속이 있다며 석현의 가게에는 다음에 가 보겠다고 말했다. 석현은 아쉬워하는 얼굴로 고개를 끄덕거렸다.

맛집거리 경사진 길을 계속 오르다 후문 못 미쳐 오른쪽으로 굽은 길 우측에 문구점을 지날 때 석현이 도로 가장자리에 주차된 르노삼성 QM3 뒷모습을 보았다. "저기 한 기자님 차네요." 석현이 말했다. 봄이는 아무런 대답도 하지 않고 계속해서 걸음을 걸었다. 시무룩해진 석현도 더는 말을 않고 봄이의 차가 있는 곳으로 걸음을 걸었다. 석현과 오르막길을 마저 걸어 QM3 운전석 문짝 앞에 선 봄이가 숄더백을 왼쪽 어깨에서 내렸다. 그녀는 숄더백지퍼를 열어 안에서 사진앨범을 꺼내 석현에게 건네주고는 흰색 여름 긴팔 정장 재킷 오른쪽 주머니에서 차 키를 꺼내 고리에 걸려 있는 리모컨 버튼을 눌러 차에 잠금을 해제했다. 봄이는 운전석 문짝을 열고서 차 안에 몸을 반쯤 넣어 조수석에 숄더백을 내려놓았다. 가방을 내려놓고 차 안에서 몸을 뺀 봄이가 오른쪽으로 몸을 돌려 석현을 보면서 "갈게요." 하고 말했다. 발밑을 보고 있던 석현은 고개를 들어 봄이를 마주 보았다. 석현은 밝게 웃어 보이며 "한 기자님, 그럼 우리 강원서킷에서 만나요." 하고 말했다. 그러자 봄이가 앞으로 한 걸음 걸어와서 발뒤꿈치를 살짝 들고 석현에게 입을 맞췄다. 봄이가 입을 맞추는 잠시 동안 석현은 몸이 굳은 사람처럼 가만히 서 있었다.

10

내가 마저 쓸게, 이 세상에서
못다 쓴 너의 이야기를

건이 여자 친구 지아가 대전 은행동 문화의 거리에 새로 개업한 라이브카페 '원스'에서 오늘 밤 10만 원의 공연비를 받고 노래를 세 곡 부른다. 여자 친구의 첫 번째 정식 섭외 공연에 기분이 좋은 건이는 점심 식사를 마치자마자 가게 포터에 12대의 110cc 오토바이를 정비할 부품과 오일을 잔뜩 실었다. 정비할 차종으로는 KR모터스 에스코트110이 6대이고 대림오토바이 씨티에이스110이 6대이다. 교체 품목으로는 배터리 3개, 타이어 12조, 브레이크 패드 12조, 브레이크 오일 4통, 50퍼센트 합성 엔진 오일 12개, 에어필터 12개, 오일필터 12개, 점화플러그 12개, 사이드미러 2조다. 서비스로 고급 체인루브 2개가 나간다. 옥천군에 위치한 거래처 골프장에서 리스 나간 12대의 110cc 오토바이를 땡볕 아래서 땀을 뚝뚝 흘리며 정비를 해야 하는 고된 일이지만 센터를 나서는 건이의 얼굴에서는 흐뭇한 미소가 떠나지 않았다.

벽 쪽 소파에 앉아 있는 석현은 회전하는 선풍기 바람에 땀을 식히면서 믹스커피를 마시고 있다가 오일 배송 차량이 센터 앞 도로 가장자리에 정차하는 걸 보았다. 그는 오른쪽에 놓인 선풍기를 끄고 빠른 걸음으로 센터 밖으로 나갔다. 흰색 봉고의 운전석 문짝이 열리며 차 안에서 내린 오일대리점 영업사원은 석현을 보고 고개를 꾸벅 숙이며 "사장님, 안녕하세요." 하고 인사를 했다. 같이 고개를 꾸벅 숙이며 "예, 안녕하세요." 하고 인사를 한 석현은 "잠깐 들어가서서 시원한 음료수부터 한잔하시죠?" 하면서 오른손으로 센터 안을 가리켰다. 영업사원은 난감해하는 얼굴로 고개를 절레절레 흔들며 "죄송해요. 오늘 좀 바빠서요." 하고는 "엔진오일 100프로 합성유 5박스, 70프로 합성유 4박스, 50프로 합성유 5박스, 일반 광유 2박스 내리면 되죠?" 하고 물었다. "가게 앞에 내려만 주세요." 하고 대답한 석현은 하늘색 반팔 티셔츠에 입은 빨간색 멜빵 일체형 정비복 오른쪽 뒷주머니에서 목장갑을 빼냈다. 배송차량 쪽으로 뒤돌아선 영업사원은 썬팅유리가 내려간 운전석 문짝 안으로 오른팔을 넣어 대쉬보드에 놓은 서류판을 꺼내 석현에게 내밀었다. 손에 끼려던 목장갑을 멜빵 일체형 정비복 배주머니에 넣은 석현이 서류판을 받자 양쪽 팔에 흰색 팔토시를 한 영업사원은 검은색 반팔 레이싱 남방 가슴주머니에서 볼펜을 빼내 앞으로 내밀며 "사장님, 여기요." 하고 말했다. 볼펜을 받은 석현은 서류에 주문 내역을 확인했다. 그리고는 "오늘 16일이죠?" 하고 물었다. "네, 8월 16일 수요일이요." 하고 영업사원이 대답하자 석현은 볼펜으로 날짜를 쓰고 서명을 했다. 영업사원은 석현으로부터 서류판을 건네받았다. 그는 대쉬보드에 서류판과 볼펜을 올려놓고 검은색 나일론 스판 바지 오른쪽 뒷주머니에서 목장갑을 빼내 한 손에 한쪽씩 두 손에 꼈다. "그럼 주문하신 오일 내려드릴게요." 하고 말한 영업사원은 봉고 적재함에서 오일박스를 한 박스씩 꺼내 인도에 내렸다. 두 손에 목장갑을 낀 석현은 센터 양문 강화도어 출입문을 두 개 다 바깥쪽으로 활짝 열어 놓고 영업사원이 내리는 오일박스를 한 박스씩 센터 안으로 들여놓았다. 그러는 사이 영업사원은 빠른 몸놀림으로 주문한 오일박스들을 다 내렸다. 영업사원은 석현에게 허리를 90도 숙여 인사를 하고 흰색 봉고 운전석에 올라타면서 운전석 문짝을 닫았다. 석현이 남은 오일 한 박스를 번쩍 들어 가슴에 안고 "수고하세요." 하면서 센터 안으로 들어가는데 백색 연기를 뭉실뭉실 뿜어대는 스쿠터 한 대가 센터 앞 인도 가장자리에 멈춰 섰다. 스쿠터에 탄 남자는 청색 줄무늬 순면 체크무늬 반팔 남방에 회색 여름 정장 바지를 입고 있다. 그는 키를 돌려 시동을 끄고 킥사이드 받침대를 펴서 스쿠터를 세웠다. 그리고는 빨간색 풀페이스 헬멧을 벗어 우측 사이드미러에 걸어 놓고 스쿠터에서 내렸다. 준서의 아버지다. 오일박스를 내려놓고 센터 밖으로 나온 석현은 놀란 얼굴로 허리를 잔뜩 숙여 준서 아버지에게 인사를 했다.

"아버지, 안녕하세요!"

준서 아버지는 "그래, 잘 있었니?" 하며 인사를 받았다. 다급히 목장갑을 벗어 왼손에 모아 쥔 석현은 "아버지, 안으로 들어가시죠." 하며 오른손으로 공손히 센터 안을 가리켰다. 그러는데 준서 아버지가 스쿠터쪽으로 몸을 돌렸다. 그는 스쿠터 뒷좌석 짐받이에 부착한 플라스틱 박스 안에 오른손을 넣어 3단 반찬통 손잡이를 잡았다. 준서 아버지가 플라스틱 박스 안에서 반찬통을 꺼내 들자 석현이 왼손에 모아 쥔 목장갑을 재빨리 멜빵 일체형 정비복 배주머니에 넣었다. 준서 아버지는 석현에게 가까이 다가와 반찬통을 앞으로 내밀었다. 그러면서 조금은 무뚝무뚝한 느낌이 드는 목소리로 말했다.

"석현아, 받아라. 어머니가 너 가져다주라고 소고기 장조림하고 이것저것 좀 했다."

두 손으로 반찬통을 건네받은 석현은 "예, 아버지. 감사히 잘 먹겠습니다." 하고 인사한 뒤 "아버지, 들어가시죠." 하며 부드럽게 미소를 지었다. 준서 아버지는 "그러자꾸나." 하고 말하며 석현을 따라 센터로 들어갔다. 그는 출입문 안쪽 유압식 정비리프트 뒤에 수북하게 쌓아 올린 오일박스들을 슬쩍 쳐다본 뒤 센터 안을 이리저리 둘러보며 걷다가 석현이 서서 두 손으로 가리키는 벽 쪽 소파로 가서 앉았다. 석현은 준서 아버지 쪽으로 선풍기를 고정해 켜고 반찬통을 소파테이블에 내려놓고 거기에 서서 자분자분 말했다.

"아버지, 잠깐 계세요. 요기 옆에 모퉁이 편의점 가서 시원한 음료수 좀 사 오겠습니다."

고개를 가로저은 준서 아버지는 눈을 돌려 출입문 우측 벽면에 놓인 정수기를 보았다. 그는 "석현아, 그러지 말고 저 정수기에서 커피나 한 잔 타 오거라." 하고 말했다. "아버지, 커피 드시겠어요?" 하고 대답한 석현은 몸을 돌려 출입문 쪽으로 걸어가다가 정수기 앞에 섰다. 석현은 정수기 위에 있는 20개들이 믹스커피 상자 안에서 커피스틱 한 개를 꺼내 마개를 따고 정수기 옆면에 붙은 컵홀더에서 종이컵을 한 개 빼서 안에 믹스커피를 부었다. 그는 종이컵에 뜨거운 물을 반쯤 따르고 믹스커피 상자 옆에 놓인 물컵에서 티스푼을 꺼내 종이컵 안에 넣고 천천히 서너 번 저었다. 이어서 믹스커피를 한 잔 더 탄 석현이 양손에 따끈따끈한 종이컵을 들고 준서 아버지에게로 걸어가며 민망해하는 표정의 얼굴로 말했다.

"아버지, 좀 그러네요. 쟁반이 없습니다."

준서 아버지는 싱긋 웃으며 "아버지 마을 다방 온 거 아니다." 하더니 덧붙여 "기계 고치는 가게에서 쟁반이 어디 있니." 하고 말했다. 석현은 오른손에 쥔 종이컵을 준서 아버지 앞쪽 소파테이블에 내려놓고 맞은편 소파에 앉았다. 석현은 왼손에 종이컵을 소파테이블에 내려놓고 "아버지, 죄송합니다. 한번 찾아뵙는다는 게 그러지를 못했네요." 하고 말했다. 종이컵을 들어 커피를 한 모금 마신 준서 아버지는 "아니다. 젊은 사람이 바쁘게 살다 보면 그럴 수도 있지." 하고는 "그래도 서울에 계시는 너희 부모님께는 자주 찾아뵈어야 하는데 그러고 있니?" 하고 물었다. 멋쩍게 웃은 석현은 "되도록 그러려고 하는데 사실 그러지를 못하고 있는데요. 하지만 이번 달에는 서울 집에 한번 가 보려고요." 하고 대답했다. 준서 아버지는 고개를 끄덕이고 나서 커피를 한 모금 마신 뒤 차분한 목소리로 "그래, 너도 누나가 한 명 있다고 했니?" 하고 물었다. 석현은 "예. 서울에서 직장 다니는 누나가 한 명 있습니다." 하고 대답한 뒤 덧붙여 "올해 서른 살이에요." 하면서 커피를 한 모금 마셨다. 준서 아버지는 고개를 끄덕이다가 커피를 한 모금 마셨다. 잠시 침묵이 흐르는데 준서 아버지가 입을 떼었다.

"석현아."

커피를 한 모금 마신 석현이 "예." 하고 대답하며 종이컵을 소파테이블에 내려놓았다. 준서 아버지는 고개를 살짝 갸우뚱거리고는 "준서나 너나 말이다. 너희는 왜 그 위험한 경기장에서 오토바이를 타는 거니?" 하고 물었다. 석현이 잠시 생각에 잠겼다가 조심스럽게 말했다.

"아버지, 지금 말씀 들으면서 생각해 보니까요. 경기장에서요, 그래도 우리나라에서 오토바이를 가장 잘 탄다는 선수들과 서로 치열하게 경쟁하며 오토바이를 타다 보면요 인생의 강한 열정을 느껴요. 선수들 팀원들 서킷 관계자들 우리가 함께할 때 우리 모두 특별한 존재가 되는 거예요. 의미 있는 인생이요. 제가 준서에게 물어본 적은 없지만 아마 준서도 그래서 경기장에서 오토바이를 탔을 거예요. 그러고 보니까요 언젠가 긴장된 경기장 출발선에서 다른 선수들과 출발 신호를 기다리고 있는 데요 뜬금없이 이런 생각이 드는 거예요. 세월이 많이 지난 뒤에도 나와 함께하고 있는 이 선수들과 경기장을 질주했던 시간들을 후회하지 말자, 이런 생각이요."

알겠다는 듯이 고개를 끄덕인 준서 아버지가 소리 없이 긴 숨을 내쉬고 천천히 입을 뗐다.

"그렇구나. 그런데 우리 준서도 그렇게 생각했을까? 석현이 너처럼 후회하지 않는다는."

석현이 밝은 목소리로 대답했다.

"그럼요 아버지. 분명히 준서도 그랬을 거예요."

떨리는 눈가에 살짝 힘을 준 준서 아버지는 "그래, 그랬다면 다행이구나." 하고는 "그래도 오토바이는 조심히 타야 한다." 하고 지그시 강조하는 목소리로 말했다. 석현은 고개를 숙이면서 "예, 아버지. 명심하겠습니다." 하고 말했다. 그리고는 "아버지, 오늘 다른 볼일이 또 있으세요?" 하고 물었다. "볼일은 뭐, 오늘 길에 비료가게에 들렀다 오긴 했다." 하고 준서 아버지가 대답했다. 마침 잘됐다는 듯이 환한 미소를 지은 석현이 이내 표정을 차분히 정돈하고 조심스럽게 입을 뗐다.

"아버지. 아까 보니까요 밖에 타고 오신 오토바이 머플러에서 흰 연기가 꽤 나오던데요? 그건 엔진이 고장 나면 생기는 증상이거든요. 용어가 생소하시겠지만 실린더나 밸브가이드고무 피스톤링 이런 계통에 문제가 생겨서 그럴 수 있어요. 저거 고치는 데 부품값은 몇 푼하지도 않아요. 다 저희 공임비예요. 아버지 마침 오늘 오신 김에 제가 고쳐 드릴게요."

얘기를 듣던 준서 아버지가 두 손을 들어 손사래를 치며 말했다.

"애야, 아니다."

근심스러운 얼굴의 석현이 말했다.

"아버지, 저 상태로 그냥 타시면요 엔진이 오일 다 잡아먹어요. 조만간에 도로에서 오토바이가 멈춰 버리는 거예요. 그래도 제가 오토바이 정비사인데 뻔히 그렇게 될 걸 알면서 어떻게 아버지를 그냥 보내드려요."

난처한 얼굴의 준서 아버지는 "너 수리비도 안 받으려고 할 텐데 그럴 거면 동네 오토바이 가게에 가는 게 낫지." 하고 말했다. 석현이 입가에 옅은 미소를 지으며 나긋나긋하게 말했다.

"아버지, 돈 받을 것 같았으면 말씀을 드리지도 않았어요. 타고 오신 오토바이 고치는 데 한 시간 정도면 되거든요. 너무 부담스럽게 생각하지 마시고요. 제가 금방 할 테니까 그렇게 하세요."

"나는 아무래도… 괜히 너 힘들게 고생할 게 뭐냐. 저까짓 것 타다가 그냥 버리지 뭐." 하고 준서 아버지는 담담히 말했다. 그러자 석현의 얼굴은 시무룩해졌다. 그는 고개를 숙이고 낙심한 목소리로 나직나직 말했다.

"제가 걱정이 돼서 그렇죠."

준서 아버지는 어쩔 수 없다는 듯이 고개를 끄덕이며 "그래, 그럼 네 말대로 하자구나." 하고 말했다. 준서 아버지의 허락에 한껏 밝은 얼굴을 한 석현이 손목시계를 들여다보았다. 그런 뒤 살짝 들뜬 목소리로 말했다.

"아버지, 제가 오토바이 수리하는 동안 저기 낚시 의자에 앉으셔서 저 정비하는 거 보시면서 말씀 계속하시죠."

싱긋 웃으며 고개를 끄덕인 준서 아버지가 "그래." 하고 말했다. "얼른 부품가게에 전화 넣을게요." 하고 말한 석현이 소파에서 몸을 일으키려다 멈칫하더니 조심스럽게 입을 떼었다.

"아버지, 조금 이르지만 오토바이 다 고치면 제가 아는 형이 하는 중식당에서 식사시켜서 저하고 같이 드시고 가시죠. 요즘에 냉콩국수를 맛있게 하는데. 아버지, 혹시 냉콩국수 좋아하세요?"

준서 아버지는 흔쾌히 고개를 끄덕이고 "그래, 좋아한다. 대신 콩국수값은 아버지가 낼게." 하고 말했다. "예!" 하며 앉은자리에서 일어선 석현은 3인 소파와 소파테이블 사이에서 오른쪽으로 빠져나오며 곧바로 사무용 책상 안으로 들어가 가죽 회전의자에 앉았다. 그는 가게 전화 수화기를 들어 왼쪽 귀에 대고 오른손 둘째손가락으로 부품가게 전화번호를 빠르게 눌렀다. 오토바이 부품가게는 오토바이 특화거리에 위치해 있다. 짧은 통화연결음 뒤에 부품가게 직원이 전화를 받았다. 석현은 준서 아버지가 타고 온 스쿠터 모델명과 연식을 불러주고 엔진 부품 전체와 구동계부품 전체를 전부 주문하면서 지금 오버홀 들어간다고 덧붙여 전했다.

대대적인 스쿠터 정비를 마친 석현은 준서 아버지와 배달시킨 냉콩국수로 평소보다 이른 저녁 식사를 했다. 식사를 마친 후에 두 사람은 믹스커피를 한 잔씩 더 마시며 대화를 이어 갔다. 그러다 남은 한 모금을 마저 마신 준서 아버지가 빈 종이컵을 소파테이블에 내려놓고 앉은자리 왼쪽에 풀페이스 헬멧을 들어 머리에 쓰고 소파에서 일어섰다. 해가 차츰차츰 서쪽 하늘로 멀어져 가고 있다. 뒤따라 일어난 석현이 먼저 소파를 왼쪽 옆으로 빠져나와 정비실 공간을 가로질러 걸어가 준서 아버지 스쿠터를 올린 유압식 정비리프트에 다가섰다. 그는 두 손으로 양쪽 핸들을 잡고 오토바이를 똑바로 일으켜 세운 뒤 오른발로 킥사이드 받침대를 접었다. 석현은 스쿠터를 뒤로 밀고나가 유압식 정비리프트에서 내려 계속해서 후진해 열려 있는 출입문을 통과해 가게 밖으로 나갔다. 인도에서 계속 후진하며 핸들을 오른쪽으로 돌려 방향 전환한 스쿠터를 잠깐 멈췄다가 앞으로 밀고 간 석현은 핸들을 왼쪽으로 꺾으며 조금 더 나아가다가 시멘트 경사대를 타고 도로로 내려갔다. 그는 도로 가장자리에서 앞브레이크 레버를 잡고 킥사이드 받침대를 펴서 스쿠터를 세웠다. 출입문 밖에 서서 이 모습을 지켜보던 준서 아버지가 인도에서 도로 가장자리로 내려와 스쿠터 운전석 시트에 앉았다. 준서 아버지는 두 손으로 핸들을 잡아 스쿠터를 똑바로 일으켜 세우고 왼발로 킥사이드 받침대를 접었다. 그리고는 오른손으로 키홀에 꽂혀 있는 키를 잡아 오프에서 온으로 돌리고 우측핸들 안쪽 커버에 스타트버튼을 눌러 시동을 걸었다. 엔진 부품과 구동계 부품을 거의 통째로 교체한 스쿠터는 아주 깔끔하게 시동이 걸렸다. 스쿠터 앞쪽으로 걸어간 석현이 인사를 하며 정비한 사항에 대해 간단한 설명을 했다.

"아버지, 그럼 조심히 들어가시고요. 엔진 정비했으니까 500킬로미터쯤 타시면 엔진오일 교환하러 오세요. 새 부품이라 안에 쇳가루를 빼야 엔진이 오래가요."

고개를 끄덕인 준서 아버지가 두 손으로 핸들을 잡고 석현의 얼굴을 가만히 쳐다보다가 입을 떼었다.

"석현아, 젊은 네가 생각하는 것보다 우리의 인생은 짧단다. 그래서 우리는 열심히 살아야 되고 네 말대로 후회 없이 살아야 한다. 아버지는 우리 아들 준서에게 그랬던 것처럼 석현이 너의 인생을 마음속 깊이 응원한다."

석현이 고개를 조금 숙이면서 대답했다.

"예, 아버지. 말씀 명심하겠습니다. 감사합니다."

"다음에 반찬 가지고 또 오마." 하고 준서 아버지가 인사하자 입가에 부드럽게 미소 지은 석현이 "예. 아버지 시간 나시면 자주 들러주세요." 하며 고개를 숙였다가 들었다. 헤드라이트를 켠 준서 아버지는 좌측 사이드미러를 확인하고 곧바로 액셀 그립을 당겨 스쿠터를 출발시켰다. 석현은 준서 아버지가 W대학교 T삼거리 신호정지선에 정차하는 것을 지켜보았다. 신호가 바뀌며 준서 아버지 스쿠터가 좌회전하자 석현은 인도로 올라왔다. 그때 마침 옥천군 거래처 골프장에 출장 정비를 갔던 건이가 센터 맞은편 도로에서 포터를 좌회전해 골목길로 들어갔다. 직진하던 건이는 골목 네거리에서 유턴한 뒤 들어온 길로 천천히 직진하다가 우측 센터 담벼락 주차칸에 포터를 세우고 시동을 껐다. 포터 적재함에는 24개의 헌 타이어와 빈 오일통들과 그 외에 교체한 부품들이 회식이 끝난 테이블 위에 빈 그릇들처럼 여기저기 널려 있다.

석현이 인도에 서서 골목 입구를 쳐다보고 있는데 건이가 골목 모퉁이를 우측으로 돌아 나왔다. 흰색 반팔 티셔츠에 검은색 멜빵 일체형 정비복을 입고 있는 건이의 오른손에는 출장용 공구 박스 손잡이가 들려 있다. 목에는 연신 흘러내린 땀을 닦은 수건이 걸려 있다. "고생했다. 안에 돼지고기잡채밥 곱빼기 시켜 놓은 거 있어." 하고 석현은 활짝 웃는 얼굴로 말했다. 건이는 석현의 맞은편에 거리를 두고 서서 "몸에 염분 다 빠졌어. 짬뽕 국물은?" 하고 물었다. 석현은 "큰 그릇으로 가득." 하더니 덧붙여 "먹고 바로 퇴근해." 하고 말했다. 흡족한 건이는 "오늘 지 이 공연 알기?" 하고 물었다. 깜짝 놀란 얼굴로 "아, 맞다!" 하면서 두 손을 마주친 석현은 "어디라 그랬지?" 하고 물었다. 건이는 "지아 오빠네 악기점 맞은편에 새로 생긴 라이브카페 원스. 9시니까 알아서 일찍 정리하고 오셔." 하며 왼손에 손목시계를 들여다보고 센터 안으로 들어갔다. 석현이 건이의 등 뒤에 대고 "라이더스 퀵서비스도 온다고 했나?" 하고 묻자 정비리프트 위에 출장용 공구 박스를 내려놓은 건이는 "그려." 하면서 소파 쪽으로 걸어갔다.

석현이 탄 택시가 은행동 문화의 거리 입구에서 멈춰 섰다. 지금은 밤 9시 13분. 일찍 센터 문을 닫으려고 했지만 장거리 배달로 이제야 대전에 들어왔다는 어느 퀵서비스 배달기사의 오토바이 정비로 시간이 늦어졌다.

석현이 택시 좌측 뒷문짝을 열고 차 밖으로 나왔다. 그가 뒷문짝을 닫자 택시는 곧바로 출발했다. 석현은 오색찬란한 빛으로 조명을 켠 간판들로 휘황찬란한 번화가의 중앙통로 차 없는 길로 걸어 들어갔다. 이곳은 오늘도 젊은 인파로 넘실거린다. 긴팔 연청남방에 블랙진을 입고 흰색 운동화를 신은 석현은 빠른 걸음으로 오가는 사람들 사이를 걷다가 우측 건물 라이브카페 원스 앞에서 걸음을 멈추었다. 라이브카페 출입문 오른쪽 옆으로는 공간의 제약을 받는 5개의 개업축하화환이 겹겹이 옆으로 서 있다. 매장 전면이 강화유리벽으로 되어 있어 내부가 훤히 들여다보이는 라이브카페 원스 안에는 손님들로 북적거린다. 출입문 위로 네온사인 간판에는 주황색 글자로 '원스'가 쓰여 있다. 석현이 원스 안으로 들어왔다. 좌측 벽부터 뒤쪽 벽 직전까지 길게 설치된 바테이블 안에는 흰색 반팔 와이셔츠에 검은색 나비넥타이를 맨 남녀직원 5명이 서 있다. 이들은 주문을 받으면서 계산하고 주문한 술이나 음료 요리가 나오면 손님들을 카페 진동벨로 호출한다. 5명의 남녀 직원들 등 뒤로 보이는 곳은 주방이다. 직원들 머리 위에는 천장형 메뉴판이 백색 빛을 밝히고 있다. 매장 안 전면 강화유리벽에 설치된 선반식 바테이블 은 우측 벽을 따라 ㄱ 자 모양으로 90도 꺾여서 공연무대 앞까지 이어져 있다. 바테이블의 키 높은 회전의자마다 빈자리 없이 손님들이 앉아 있 다. 다들 일행들과 카페 요리를 겸비해 술이나 음료를 마시며 이야기를 나누고 있다. 매장에 들어와 정면으로 보이는 공연무대 연주의자에는 지아가 앉아 있다. 그녀는 오른쪽 다리를 왼쪽 다리에 꼬고 앉아 어쿠스 틱기타를 조율하고 있다. 어쿠스틱기타 바디에는 '그 노래와 찬송이 시 작될 때.'라는 성경 구절이 검은색 페인트펜으로 쓰여 있다. 지아 머리 위로 천장에 무대 단독조명등은 나팔처럼 퍼지는 백색라이트를 동그랗 게 쏘아서 그녀를 따스하게 감싸고 있다. 지아의 오른쪽으로는 공연스 피커가 2개 놓여 있고 왼쪽으로는 일렉기타와 베이스기타가 거치대에 세워져 있다. 기타들 옆으로는 7기통으로 구성된 드럼이 놓여 있다. 드 럼 옆의 피아노는 손님들이 피아노 연주자의 오른쪽 옆모습을 볼 수 있 게 우측 벽에 바짝 붙어 있다. 공연 시작 전 매장 배경음악으로 피아노 를 연주하는 피아노 연주자는 지아의 친오빠다. 검은색 정장 차림인 그 는 정장 재킷 안에 흰색 와이셔츠를 입었고 네이비색 넥타이를 맸다. 지 아 오빠가 지금 연주하고 있는 곡은 2010년 방영한 드라마 〈시크릿가 든〉의 OST 〈그 남자〉이다. 무대 앞에 옆으로 나란히 3개 놓인 4인용 원 형테이블은 뒤쪽으로 줄줄이 줄 맞춰 배치되어 있다. 이 12개의 4인용 원형테이블에도 거의 빈자리 없이 손님들이 앉아서 술이나 음료를 카 페 요리와 곁들여 마시며 이야기를 나누고 있다. 4인용 원형테이블들을 따라 천장에 촘촘히 설치된 조명등이 연한 주황빛은 그윽한 분위기를 연출한다.

석현은 지아 오빠가 연주하는 피아노 옆쪽 선반식 바테이블에 친구들과 앉아 있다. 석현의 오른쪽 옆으로는 여대생 두 명이 나란히 앉아 카페라테를 마시며 조곤조곤 이야기를 주고받고 있다. 여대생들의 옆자리에 앉아서일까 맨 앞쪽 피아노 가까이에 앉은 만수가 석현에게 오른손 V를 해 보였다. 그 가운데 피아노 연주곡이 1993년 방영한 일본 드라마 〈아스나로백서〉의 〈라이크윈드〉로 바뀌었다. 규식은 옆에 앉은 석현의 와인잔에 레드와인을 다시 채웠다. 술을 받은 석현은 규식에게 고개를 살짝 숙였다가 들어 보였다. 건이와 규식 사이에 앉은 대식은 "석현이 형, 안주랑 같이 드세요." 하고 말하면서 새로 가져온 크림치즈 카나페 접시를 규식과 석현 앞에 놓고 접시 언저리에 스텐 포크를 새로 하나 얹었다. 규식과 대식, 만수는 밝은 색 계열의 여름 정장을 입고 있고 건이는 가운데에 원형 벽시계 사진이 프린팅된 흰색 반팔 티셔츠에 색 바랜 슬림핏진을 입고 있다. 무대에서 공연을 준비하는 지아와 건이는 커플룩, 커플 스니커즈화다.

피아노 연주가 끝나면서 드럼스틱을 오른손에 모아 쥔 금발 남자가 무대로 올라와 드럼 연주의자에 앉았다. 금발 남자는 검은색 반팔 티셔츠에 베이지색 정장을 입었다. 그가 발목이 훤히 드러나는 긴 양말에 신은 것은 갈색 정장 구두다.

지아가 어쿠스틱기타를 잡고 있던 두 손으로 T 자형 마이크거치대에 장착된 마이크를 얼굴 쪽으로 조금 더 당겨 놓고 다시 두 손으로 어쿠스틱기타를 잡았다. 그녀는 손님들을 보며 자신감 있게 미소를 지었다. 그러면서 입을 떼었다.

"원스를 찾아주신 손님 여러분, 반갑습니다. 오늘 이 자리에서 노래를 불러드릴 저는 지아라고 합니다. 계속해서 좋은 시간 갖으시고요, 저는 이제 오늘 이 자리를 위해 정성껏 준비해 온 세 곡을 여러분께 들려드리겠습니다."

지아가 공연 오프닝멘트를 마치자 여기저기 테이블에서 손님들이 박수를 쳐 주었다. 감정을 잡기 위해 소리 없이 호흡을 가다듬고 고개를 한 번 끄덕인 지아는 피아노 연주와 함께 셀린 디온의 〈올 바이 마이 셀프〉를 부르기 시작했다. 드럼반주가 시작되고, 어쿠스틱기타를 연주하는 지아의 노래가 열정적으로 이어지면서 손님들은 점점 공연에 집중해 갔다.

첫 곡을 마친 지아는 잠깐 틈을 두었다가 두 번째 곡으로 미스터 빅의 〈와일드 월드〉를 불렀다.

두 번째 노래가 끝나자 손님들은 이번에도 차분하게 박수를 쳐 주었다. 지아는 앰프케이블이 연결된 어쿠스틱기타를 안아 들고 연주의자에서 일어나 손님들에게 고개를 숙여 인사를 했다. 손님들의 박수를 받으며 다시 연주의자에 앉은 지아는 마이크에 입을 가까이 대고 "감사합니다." 하고 말한 뒤 잠시 감정을 가다듬다가 천천히 입을 떼었다.

"오늘 제가 불러드릴 마지막 곡은 준비해 온 곡이 아닌 여기 계신 손님 한 분이 신청해 주신 신청곡으로 대신하겠습니다. 이 노래는 평소 저도 즐겨 불렀던 노래인데요. 그럼 그 곡, 한동근의 〈이 소설의 끝을 다시 써보려 해〉 시작하겠습니다."

지아가 클로징멘트를 마치고 마이크에서 입을 떼자 피아노 전주가 시작되었다. 두 눈을 지그시 감은 지아가 다시 마이크에 입을 가까이 대고 차분히 노래 첫 소절을 부르기 시작했다. 벽에 작은 사진 액자를 보면서 혼자 와인을 마시던 석현이 문득 노래에 귀를 기울이다가 무대를 향해서 키 높은 회전의자를 돌려 앉았다. 피아노 연주를 따라 멋지게 감정을 처리하는 지아의 노래가 열정적으로 이어지는 가운데 드럼연주가 절묘한 타이밍에 미끄러져 들어와 점차 스틱에 힘과 속도를 더해 갔다. 어디서부터였을까? 노래에 깊이 심취한 석현이 갑자기 고개를 숙였다. 그는 오른손에 든 와인잔을 초점 흐린 눈으로 가만히 쳐다보았다. 그렇게 와인잔을 쳐다보던 석현의 눈이 이내 파르르 떨려 왔다. 떨리는 눈을 감자 눈물이 왈칵 쏟아져 양쪽 볼을 타고 흘러 내렸다. 흘러내린 눈물 한 방울은 와인잔을 든 오른손 엄지손가락 위에 떨어졌다. 그 모습을 아무도 보진 않았지만 괜히 혼자 머쓱한 석현은 왼손을 슬그머니 들어 양쪽 눈가의 눈물을 훔쳤다. 그는 키 높은 회전의자를 돌려 벽을 바라보면서 잠시 회상에 잠겼다가 이내 잔을 들어 와인을 한 모금 마셨다.

11

대한오토바이크연맹
전반기 레이서의 날

3층 컨벤션홀에서 정차한 엘리베이터 문이 열렸다. 석현은 서 있는 사람들과 몸을 부딪치지 않도록 조심스럽게 엘리베이터 밖으로 나왔다. 8월 18일 금요일인 오늘, 이곳 서울 강남 E호텔 3층 컨벤션홀에서 대한오토바이크연맹 전반기 레이서의 날 행사가 개최된다. LED 천장등이 머리 위로 길게 줄을 이루어 켜진 3층 복도 끝으로 보이는 양쪽 여닫이 방음문이 컨벤션홀 출입문이다. 복도를 걷는 석현은 감색 여름 슬림핏 정장 안에 흰색 긴팔 와이셔츠를 입고 빨간색 체크 넥타이를 했다. 발에는 검은색 정장 구두를 신었다. 석현은 걸으며 손목시계를 들여다보았다. 오후 3시 31분, 29분 뒤에 행사가 시작된다. 컨벤션홀 출입문 오른쪽에는 인포데스크가 있는데 인포데스크 안에 여성 안내원은 분홍색 리본 칼라가 달린 흰색 원피스를 입고 있다. 석현은 일정한 걸음걸이로 복도를 끝까지 걸어가 고개를 숙여 인사하는 인포데스크 여성 안내원에게 같이 고개를 숙여 인사하고 방음문을 열며 컨벤션홀로 들어갔다. 컨벤션홀은 행사에 참석한 선수들과 팀 관계자들로 인해 시끌벅적하다. 컨벤션홀 맨 앞쪽으로는 단상이 놓인 무대가 보인다. 무대 양쪽 옆으로 벽 구석 상단에는 프런트스피커와 우퍼스피커가 각각 한 개씩 설치되어 있다. 리어스피커는 출입문 양쪽 옆 벽 구석 상단에 한 개씩 설치되어 있다. 오페라 콘서트홀처럼 높은 천장 중앙에는 보석처럼 번쩍번쩍 빛이 나는 대형 크리스탈등 3개가 무대를 향해 세로 방향 일직선으로 매달려 있다. 크리스탈등 양옆으로는 각각 4줄씩 무대를 향한 세로 방향으로 총 8줄의 천장 레일조명등이 충분한 빛을 밝히고 있다. 컨벤션홀 바닥은 대리석이다. 행사 참가자를 위한 10인용 원형테이블은 무대 앞쪽에 가로로 5개 일렬, 그 뒤로 2미터쯤 간격을 두고 가로로 4개 일렬, 그 뒤로 다시 2미터쯤 간격을 두고 가로로 5개 일렬. 이런 배치로 총 5줄 23개의 10인용 원형테이블이 놓여 있다. 가운데 줄 맨 좌측, 준 레이싱팀 테이블에 앉아 있는 마츠모토 준이 석현을 보며 오른손을 정겹게 흔들고 있다. 컨벤션홀 뒤쪽에서 26살 남자 연맹 직원과 마주보고 서 있는 석현이 나누던 대화를 멈추고 마츠모토 준에게 오른손을 흔들었다. 마츠모토 준은 얼른 오라는 손짓을 했다. 석현은 연맹 직원에게 고개를 숙여 인사하고 준 레이싱팀 테이블 쪽으로 걸어갔다. 석현이 준 레이싱팀 테이블로 가까이 다가오자 테이블에 나란히 옆으로 앉아 있던 기훈이와 대산이가 의자에서 일어났다. 그리고는 석현에게 고개를 숙이며 인사를 했다. 준 레이싱팀 SB250 스포츠 바이크전 선수인 기훈이와 대산이는 둘 다 서울에서 배달대행 오토바이 배달원 일을 하고 있다. 둘의 목표는 2년 안에 오토바이 배달대행업체 사장이 되는 것이다.

오늘 행사에는 대한오토바이크연맹 소속 전체 18팀이 모두 참석했다. 무대에서 보았을 때 맨 우측 테이블부터 좌측 테이블로, 유찬의 하이레벨 레이싱팀, 박 단장의 대구 현대 모터 수리 레이싱팀, 대구자유

비행 레이싱팀, 서킷파이터 레이싱팀, 부산스피드스타 레이싱팀, 2번째
줄 맨 우측 테이블부터 좌측 테이블로, 빅클럽 레이싱팀, 서울디스이즈
마이라이프 레이싱팀, 영웅 레이싱팀, GP모터스 레이싱팀, 3번째 줄 맨
우측 테이블부터 좌측 테이블로, 준 레이싱팀, 할리스피릿 레이싱팀, 빅
토리 레이싱팀, 돌진 레이싱팀, 강원연합 레이싱팀, 4번째 줄 맨 우측 테
이블에서 좌측 테이블로, 레전드 레이싱팀, 구미화이트라이온 레이싱
팀, 인천챔피언 레이싱팀, 광주허리케인 레이싱팀, 그 뒤로 마지막 5번
째 줄에는 연맹 직원 및 〈월간모터사이클〉 기자들이 섞여서 중앙 2개의
테이블에 모여 앉아 있다. 무대 우측에 마련된 귀빈석에는 검은색 정장
차림을 한 82세의 백발 연맹회장이 앉아 있다. 젊어선 서울운동장(동대
문운동장)에서 오토바이 경주를 하며 '대한민국에서 가장 빠른 남자'라
는 언론의 찬사를 받았던 연맹회장은 오늘도 빨간색 스프라이프 넥타
이를 했다. 무대 단상에 서 있는 31살 남자 연맹 직원은 호치키스로 찍
은 서류를 넘겨보며 행사순서를 확인하고 있다. 그는 회색 정장을 입고
분홍색 넥타이를 맸다.

준 레이싱팀 반팔 레이싱 남방을 입고 앉아 있는 기훈이 대산이와 석
현이 대화를 나누고 있다. 그런 가운데 잠시 자리를 옮겨 연맹 관계자들
과 업무적 대화를 주고받던 마츠모토 준이 팀테이블로 걸어오고 있다.
그는 흰색 라운드 티셔츠에 파란색 여름 캐주얼 재킷을 입었다. 바지는
연분홍색 스판 면바지이고 신발은 검은색 세미캐주얼화다. 팀테이블로
돌아온 마츠모토 준은 석현과 기훈 사이에 놓인 의자에 앉았다. 밝은 얼
굴의 그는 자신감 넘치는 목소리로 말했다.

"일본에서 원정 오는 일본팀들보다는 앞쪽 피트를 배정해 달라고 했
으니까 아마 그렇게 조치가 될 거야. 우린 홈팀이니까 홈팀의 이점은 작

은 것 하나라도 우리가 챙겨야지."

석현이 "고생하셨네요." 하자 마츠모토 준은 "일본에서 보내 준 일본 프로 선수들 시합 영상은 봤어?" 하고 물었다. 석현은 고개를 끄덕이며 싱긋 웃은 뒤 입을 뗐다.

"5명의 일본 선수 모두 실력이 뛰어나고 저마다 개성이 독특해요. 그 중에서 34살로 나이가 가장 많은 오카자키 신지 선수가 감탄할 만큼 탁월한 코너링 기술을 보여 주던데요. 그에게는 한계를 넘어서는 것에 대한 두려움이 전혀 없어요."

"아무래도…." 하며 머뭇거린 마츠모토 준이 갑자기 "아!" 하더니 "서울 기술자에게 맡긴 준서 오토바이는 어디까지 됐지?" 하고 물었다. 석현은 "거의 다 됐어요." 한 뒤 이어서 자세한 설명을 했다.

"우선, 우그러진 차대는 알곤용접해서 깨끗이 펴냈고요. 꺾인 프런트 서스펜션은 재생, 뒤틀린 프런트서스펜션 삼발이는 자체 제작. 앞, 뒤 휠 2개 재생. 하는 김에 제가 요청한 메이커로 앞, 뒤 슬릭타이어 장착. 거기에 제가 추가로 주문한 것들이 있는데요. 먼저, 엔진은 실린더를 보링하며 변경된 실린더 사이즈 맞춰서 피스톤 4개 교체, 밸브는 최대 구경으로 정밀 절삭. 물론 연맹홈페이지에서 제시하는 규정수치 한도 안에서요. 엔진 튜닝하면서 ECU맵핑을 새로 설정했잖아요. 당연히 더 이상 출력을 올릴 수 없을 만큼 풀 파워로 프로그램을 조정했어요. 머플러는 기술자의 핸드메이드제품으로 교체했는데 덕진이가 말하길 알곤용접에 달인인 그 기술자자 만든 불을 뿜는 머플러의 하이사운드 미친 배기음에 고막이 터질 것 같다고 하더군요. 그리고… 여기저기 박살 난 오토바이 커버도 핸드메이드제품 레이싱커버로 갈아 꼈어요."

마츠모토 준이 싱긋 웃고서 입을 뗐다.

"서울에 대단한 기술자가 숨어 있었군. 그 사람 누구야? 도대체."

"저도 잘 모르는데 덕진이가 말하길 신뢰를 쌓은 오토바이 센터 사장들하고만 거래를 한다고 하더라고요. 일의 수준이 높고 페이가 센 작업만 하는 어떤 면에서는 기술자보단 아티스트 같은 사람이라고나 할까요."

"그래… 테스트는?"

"다이나모젯 테스트를 끝냈다고 했어요. 이젠 기존의 200마력 따윈 잊으라고 하더군요."

"음… 비용을 엄청 부르겠는데?"

슬쩍 인상을 쓴 석현은 "그래도 도색은 서비스로 해 준다고 하더라고요. 우리 레이싱팀 팀컬러는 디자인이 간단해서 좋대요." 하고는 "다행히 중고 오토바이사이트에 급매물로 올려놓았던 저의 시합용 600cc 오토바이가 어제 팔렸어요." 하고 덧붙여 말했다. 마츠모토 준은 괜히 미안하다는 듯이 멋쩍게 웃으면서 "그랬군." 하더니 "그런데 누가 공도에서는 타지도 못하는 서킷용 오토바이를 산 거야?" 하며 놀란 얼굴을 해 보였다. 석현은 담담히 대답했다.

"그 사람도 예전에 오토바이 선수였다고 하더라고요. 그러다 과도한 승부욕에 레이싱 오토바이 및 레이싱 장비들에 지나친 투자를 하다가 빚더미에 앉으면서 레이싱을 그만두었고요. 그 사람은 절 안다고 했어요. 아무튼 다시 선수하려고 사는 건 아니고 쉬는 날 일반인 자격으로 동호인들과 서킷 탈 거라고 하더라고요."

싱긋 웃어 보인 마츠모토 준이 "그렇다면 서로 윈윈했군." 하면서 "그래, 준서 오토바이는 언제 받는 거지? 시합이 다음 주인데." 하고 물었다. "다음 주 화요일이요." 하고 대답한 석현이 "그날 받는 대로 강원서킷에 올라가려고요." 하며 파이팅의 의미로 오른손 주먹을 불끈 쥐어 보였다. 마츠모토 준이 뜻밖이라는 표정으로 "화요일 날 밤에?" 하고 물었다. "원래는 평소처럼 금요일 날만 연습하고 토요일 예선을 치르려고 했는데 무리예요." 하고 대답한 석현은 이어서 "수목금, 3일은 연습을 해야 업그레이드된 준서 1000cc 레이싱 오토바이에 적응을 할 것 같아요." 하면서 어색한 미소를 지었다. 고개를 끄덕인 마츠모토 준이 말했다.

"그건 당연한 얘긴데, 직원인 건이 친구가 잘한다고 해도 가게를 거의 한 주간 비우는 게 큰 부담일 텐데. 어쨌든 팀의 입장에서는 고맙군."

잠깐 침묵한 석현이 무언가를 말하려고 입을 떼려는데 어느 사이 그의 오른쪽 옆 의자에 앉은 봄이가 "석현 선수, 열정이 대단하군요." 하고 말했다. 석현이 고개를 오른쪽으로 돌려 봄이를 보고 "어!" 하면서 반가운 얼굴로 "안녕하세요. 한 기자님." 하고 인사를 했다. 봄이는 네이비색 긴팔 셔츠블라우스에 베이지색 정장스커트를 입고 초코브라운색 정장구두를 신었다. 봄이는 조금 수줍어 보이는 미소를 지으며 "잘 지냈어요?" 하고 물었다. 석현이 "예, 잘 지냈죠." 하고 대답하자 봄이는 삐친 얼굴로 "석현 선수, 사람이 왜 그렇게 무심해요." 하면서 석현을 슬쩍 째려보았다. 석현이 당황한 목소리로 "예?" 하자 봄이는 서운한 감정이 실린 목소리로 "왜 연락이 한 번도 없었냐고요!" 하고 말했다. 잔뜩 호기심 어린 얼굴로 석현과 봄이를 지켜보던 기훈이와 대산이가 동시에 "오우~" 하며 키득키득 웃어 보이자 얼굴이 붉어진 석현이 다급히 입을 떼었다.

"그건, 그건 오해예요. 나는 줄곧 생각하고 있었어요. 강원서킷에서 같이 식사하면서 그간 못다 한 이야기를 나누려고 했어요. 식사 후에는 맛있는 조각케이크와 함께 차도 한잔 마시고요."

기훈이와 대산이가 또 "오우~" 하는데 봄이가 부드럽게 미소 지으며 물었다.

"강원서킷에서 만나면 나 맛있는 거 사 주려고 했어요?"

주변의 시선에 얼굴이 붉어졌지만 석현은 목에 힘주어 "그럼요." 하고 씩씩하게 대답했다. "생각은 하고 계셨구나." 하고 말한 봄이는 덧붙여 "그래도 종종 연락을 해 줬으면 좋겠어요." 하면서 부끄러움이 깃든 미소를 지어 보였다. 석현은 봄이의 얼굴을 쳐다보며 "그럴게요." 하고 말했다. 봄이는 "저 지금 강원연합 레이싱팀 선수분과 인터뷰가 있어서요. 돌 지난 아이를 데리고 함께 참석한 그분의 아내분도 함께요 그럼 우리 이따가 행사 끝나고 갈 때 인사해요." 하고 말했다. 석현이 차분한 목소리로 "네, 한 기자님. 수고하세요." 하고 말하자 봄이는 의자에서 일어나서 테이블에 올려놓았던 카메라 가방을 들어 운반 끈을 오른쪽 어깨에 메고 강원연합 레이싱팀 테이블 쪽으로 걸어갔다. 잠시 봄이의 뒷모습을 지켜보던 석현이 문득 마츠모토 준에게 고개를 돌렸다. 마츠모토 준은 입가에 옅은 미소를 지으며 "축하하네." 하고 말했다. 기훈이와 대산이는 짓궂게 웃는 얼굴로 동시에 "축하해요, 석현이 형." 하고 말했다. 석현은 애써 표정을 가다듬고 "저, 행사 시작하기 전에 대구팀에 가서 인사 좀 하고 올게요." 하고 마츠모토 준에게 말했다. 마츠모토 준은 고개를 끄덕이면서 "그래." 하고 말했다. 석현은 의자에서 일어나 무대 가장 앞쪽인 대구 현대 모터 수리 레이싱팀 테이블 쪽으로 걸어갔다. 그러는데 하이레벨 레이싱팀 테이블에서 유찬과 유찬의 아버지, 민철이와 춘섭이 일제히 석현을 쳐다보았다. 모두 하이레벨 레이싱팀 보라색 반팔 레이싱 남방을 입고 있다. 춘섭에게 인사의 의미로 오른손을 들어 보이고 하이레벨 레이싱팀 테이블로 다가간 석현은 유찬의 아버지 앞에 서서 허리를 잔뜩 숙여서 인사를 했다.

"안녕하세요."

유찬의 아버지는 다리를 꼬고 앉은 자세 그대로 오른손만 들어 거만하게 인사를 받았다. 석현은 고개를 돌려 유찬을 쳐다보았다. 유찬은 냉소 띤 얼굴로 석현의 얼굴을 빤히 쳐다보았다. 피식 웃은 석현은 몸을 왼쪽으로 돌려 대구 현대 모터 수리 레이싱팀 테이블로 걸어갔다. 석현이 의자에 앉아 있는 박 단장 앞에서 걸음을 멈추자 박 단장이 의자에서 일어섰다. 두 사람은 반갑게 악수를 나누었다. 테이블에 앉아 있는 박 단장의 아내는 "석현 씨, 오랜만이네예. 안녕하셨습니까." 하고 인사를 했다. 박 단장과 악수를 푼 석현이 "네, 덕분에요. 잘 지내셨죠. 사모님?" 하고 인사를 하자 박 단장의 고등학교 2학년 딸, 중학교 3학년 아들이 앉은 상태에서 고개를 꾸벅 숙여서 "안녕하세요." 하고 인사를 했다. 박 단장은 오른쪽에 빈 의자를 가리키며 "이 선수, 앉자." 하고 자리를 권했다. 두 사람은 의자에 나란히 앉았다. 박 단장은 유찬 아버지를 힐끔 쳐다보고서 석현에게 고개를 돌리며 "이 선수야, 저기엔 뭐할라꼬 인사를 하나." 하고 핀잔주듯 말했다. 고개를 숙이고 슬그머니 웃어 보인 석현이 문득 자신의 맞은편 쪽에 앉아 있는 박 단장의 아내를 보면서 "사모님, 오늘 너무 예쁘게 입고 오셨네요." 하고 말했다. 블랙 반팔 정장 원피스를 입은 박 단장의 아내는 활짝 웃는 얼굴로 "그라예?" 하면서 곧바로 "석현 씨, 괜히 하는 말 아닙니까?" 하고 물었다. 석현은 "아니요. 정말 예쁘세요." 하고는 박 단장을 얼핏 보고서 "박 단장님 회색 체크무늬 이태리 정장하고도 정말 잘 어울리시는데요." 하며 박 단장의 아내를 쳐다보았다. 박 단장의 아내가 빙긋 웃으며 "고맙네예." 하고 말하자 박 단장이 입가에 미소를 띠며 "이 선수, 점심은 묵고 왔나?" 하고 물었다. 석현은 "네. 버스터미널에서 버스 기다리면서 이것저것 먹고 왔어요." 하고 대답했다. "갈 땐?" 하고 박 단장이 다시 묻자 석현은 "KTX 타고 가야죠. 밤 11시 30분 막차요." 하고 다시 대답했다. "KTX." 하고 혼잣말한 박 단장은 이내 뜬금없이 웃다가 석현에게 말했다.

"이 선수, 순천에서 오프로드 오토바이를 타고 얼마나 화끈하게 날아다녔길래, 송 감독님이 뭐라 카는지 아나? 석현이가 공중으로 솟구칠 때마다 그 아래서 같이 점프 뛰는 우덜은 허접시러워진다고 안 카나."

"네?" 하며 쑥스럽다는 듯이 멋쩍게 웃은 석현은 "아니에요. 그냥 하시는 말씀이죠." 하고서 단상 마이크로 행사 시작 안내방송을 하는 연맹 직원을 쳐다보았다. 석현은 앉은자리에서 천천히 일어서며 박 단장에게 "단장님, 이따가 행사 끝나고 봬요. 이번 시합에 타고 나갈 제 레이싱 오토바이에 대해 공유하고 싶은 이야기가 있어요." 하고 말했다. 박 단장이 "그래, 알았다." 하고 말하자 석현이 박 단장의 아내에게 고개를 숙여 인사하고 테이블에서 나와 빠른 걸음으로 준 레이싱팀 테이블 쪽으로 걸어갔다.

사회를 보는 연맹 직원이 오프닝 멘트로 행사의 막을 열고 연맹회장을 단상으로 모시는 순서를 진행했다. 연맹회장이 귀빈석에서 일어섰고 연맹 직원은 단상에서 오른쪽으로 몸을 돌려 걸어가 멀찍이 비켜섰다. 그사이 단상에 들어선 연맹회장은 잠시 목을 가다듬고 개회사를 전했다.

5분 정도의 짧은 개회사를 마친 연맹회장이 단상에서 고개 숙여 인사하자 잠시 동안 박수 소리가 들려왔다. 이어서 시즌 전반기 우수선수 시상식이 진행되었다. 무선마이크를 오른손에 든 연맹 직원은 스튜어디스 유니폼차림을 한 여성 시상식 도우미 2명과 단상의 연맹회장 오른쪽 옆에 서서 클래스별 우수선수 3명을 호명해 상패를 수여하는 순서를 가졌다. KSB1000 코리아슈퍼바이크 클래스에서는 유찬 선수가 아닌 고

서준서 선수가 우수선수로 선정되었다. 마츠모토 준이 대신 무대로 나가서 연맹회장으로부터 상패를 수여받았다. 시상식이 마무리되자 연맹회장은 뒤쪽으로 몸을 돌려 걸어가 무대 우측 귀빈석에 앉았다. 오른쪽으로 몸을 돌려 걸어간 2명의 시상식 도우미는 무대 밖으로 퇴장했다. 연맹 직원이 다시 단상에 서자 영화관 스크린이 무대 벽을 타고 천천히 하강했다. 오른손에 쥔 무선마이크를 입 앞에 댄 연맹 직원은 각 팀 단장님들을 한 분씩 단상으로 모셔서 팀별 소통의 시간을 진행하기 전에 스즈카서킷 8시간 내구레이스대회에서 시합 중 사고로 운명한 서준서 선수를 추모하는 영상을 함께 보는 시간을 갖겠다고 전했다. 연맹 직원이 단상에서 오른쪽으로 몸을 돌려 걸으며 무대 밖으로 퇴장하자 전체 실내조명이 일시에 소등되었다. 그 직후 완전히 하강한 백색스크린에 천장의 빔프로젝터로 쏘아진 사진이 들어왔고 모든 스피커에서는 록밴드 스카이의 노래 〈반전(反轉)〉이 파도처럼 밀려나왔다. 스크린에는 준서의 시합 때 사진이 펼쳐졌다. 첫 번째 사진은 시합을 마친 뒤 풀페이스 헬멧을 벗고 환하게 웃는 모습이다. 그다음, 온로드 레이싱 원피스 슈트를 입고 시상대 가장 높은 곳에 서서 우승 트로피를 머리 위로 들어 올리는 모습, 왼쪽 무릎 니슬라이더와 왼쪽 팔꿈치 엘보우슬라이더가 노면에 닿게 레이싱 오토바이를 좌측으로 과감하게 기울여 코너를 돌아 나가는 모습, 연습 주행 중 메인 스트레이트 구간을 고속 질주하면서 방호벽 안쪽에 서 있는 팀원들에게 순간 오른손 엄지손가락을 들어 보이는 모습, 시합이 끝난 뒤 레이싱 오토바이를 실은 포터 옆문짝에 등을 기대고 서서 팔짱을 낀 포즈를 취한 모습 등의 사진이 스크린에 잠시 머물렀다가 순간순간 빠져나갔다. 영상의 2번째 곡으로는 록밴드 스카이의 노래 〈영원〉이다. 마찬가지로 노래와 함께 서킷에서 촬영한 준서의 사진들이 한 장씩 스크린에 펼쳐졌다…. 노래가 말미에 이르자 스즈카 서킷 8시간 내구레이스대회 때 찍은 사진들이 스크린에 길게 머물렀다가 사라졌다. 노래가 끝나는 때엔 준 레이싱팀 단체 사진이 스크린에 길게 머물렀고 준서의 가족사진이 스크린에 길게 머물렀다. 노래가 끝난 직후에는 스즈카서킷에서 오른쪽 무릎 니슬라이더가 노면에 닿게 레이싱 오토바이를 기울여 우회전 코너를 돌아 나가는 준서의 사진이 스크린에 담겼다. 마지막 사진 뒤에는 "우리는 당신을 영원히 기억하겠습니다."라는 글이 스크린에 떠올랐다가 사라졌다. 이것으로 영상이 마무리되자 어두운 컨벤션홀에 다시 조명이 켜졌고 모두가 함께 치는 뜨거운 박수 소리가 들려왔다. 그때까지도 가만히 앉아 상승하는 백색스크린을 쳐다보던 석현이 갑자기 고개를 왼쪽으로 돌려 마츠모토 준을 살폈다. 마츠모토 준은 테이블에 양쪽 팔꿈치를 올리고 두 손으로 얼굴을 감싸 쥔 채 흐느껴 울고 있다. 기훈이 대산이는 시선을 엇갈려 서로 다른 곳을 보며 아무런 말도 하지 않고 있다. 뒤쪽에 레전드 레이싱팀 테이블에서 마츠모토 준을 보고 있던 레전드 레이싱팀 단장이 슬그머니 의자에서 일어섰다. 50대 후반의 열혈 라이더인 레전드 레이싱팀 단장은 테이블 밖으로 나와 테이블 간 통로를 천천히 걸어와 마츠모토 준 등 뒤에 섰다. 검은색 라운드 티셔츠에 회색 정장 차림인 레전드 레이싱팀 단장은 두 손을 마츠모토 준의 양쪽 어깨에 얹으며 "서준서 선수는 항상 우리들 마음에 있을 거예요. 그러니 너무 슬퍼하지 마세요." 하고 위로의 말을 건넸다. 마츠모토 준은 코를 훌쩍이고는 상체를 왼쪽으로 돌려 레전드 레이싱팀 단장에게 오른손을 내밀었다. 레전드 레이싱팀 단장은 두 손으로 마츠모토 준의 오른손을 감싸 잡고 "마츠모토 준 단장, 힘내요. 당신은 좋은 사람이에요." 하며 따뜻하게 격려했다. 마츠모토 준이 코를 훌쩍이고 입가에 옅은 미소를 짓자 레전드 레이싱팀 단장은 손을 놓고 뒤돌아 팀테이블 쪽으로 걸었다. 그러자 할리스피릿 레이싱팀 테이블에 앉아 있는 29세의 미국 백인 청년 해리 해리스가 부드러운 음성으로 마츠모토 준을 불렀다.

"헤이, 마츠모토."

눈가가 축축한 마츠모토 준이 고개를 오른쪽 옆으로 돌렸다. 기다리고 있던 해리 해리스가 마츠모토 준에게 말했다.

"돈 비 소 새드 히 윌 비 포레버 인 아월 메모리."

마츠모토 준은 해리 해리스를 보며 미소를 짓고 "땡큐." 하더니 "아이 노우 유." 하고 덧붙여 말했다. 해리 해리스도 미소를 짓고 "아이 노우 유 투."라고 답례를 했다.

실버그레이색 정장 차림으로 오늘 이 자리에 참석한 해리 해리스는 작년 시즌까지 WSBK월드슈퍼바이크에 소속된 레이서였다. 그는 7년 간 WSBK에서 레이서로 활약하며 3번의 시즌 우승 트로피를 들어 올렸다. 모토GP와 함께 최고의 무대인 WSBK에서 상위 그룹이었던 해리 해리스가 서른도 되기 전에 WSBK를 은퇴한 이유는 모국인 미국에서 주최하는 AMA슈퍼바이크 레이스에 참가하려고 준비하고 있기 때문이다. 그는 현재 미국 내 한 보험회사와 메인 스폰서 계약 절차를 밟아 나가고 있다. 할리스피릿 레이싱팀의 리차드 전 단장은 이번 한일 슈퍼바이크 통합전에서 우승을 차지하기 위해 아직 무소속인 해리 해리스와 서로 윈윈하는 단기 계약을 맺었다. 60세의 열정적인 할리 데이비슨 오토바이 라이더인 리차드 전 단장은 서울에서 할리 데이비슨과 BMW 오토바이 공식판매점을 운영하고 있다. 그에게 해리 해리스를 연결해 준 건 야심차게 한일 슈퍼바이크 통합전을 준비하고 있는 대한오토바이크

연맹이다.

전반기 레이서의 날 행사를 마치고 서울 부모님 집에 들렀던 석현은 대전으로 내려가고 있는 KTX 열차 좌석에 혼자 앉아 덕진과 전화 통화를 하고 있다.

"야, 석현아. 오늘 준서 오토바이 2차 테스트주행 때 스타렉스 3밴 옆자리에 타고 나도 따라가서 준서 오토바이 타 봤거든. 준서 오토바이 완전히 부활했어. 더 강력하게. 길이 쫌만 쭉 뻗으면 그냥 시속 300킬로가 붙어. 원래 일본 프로 레이싱팀에서 레이스 베이스로 제작하여 너희 팀에 판매한 오토바이인 데다가 한국의 천재기술자가 손을 제대로 댔으니…. 야, 석현아."

"응."

"네가 아무리 다음 주 수, 목, 금을 시합이 열리는 강원서킷에서 연습을 한다고 해도 적응할 수 있을라나 모르겠다. 600cc 미들급 시합에서만 뛰다가 짧은 시일 내에 1000cc 슈퍼전에 적응하기가 힘들 텐데."

"그건 그런데, 그래도 4번의 시즌을 치른 슈퍼스포츠전 선수 입장에서 3일간의 연습 시간은 생각보다 긴 시간이고, 또한 변명의 여지가 없는 시간이야. 충분히 준서의 부활한 레이싱 머신에 적응할 수 있을 거야. 그렇게 못 하면 솔직히 선수라고도 할 수 없지."

"하긴 그렇지…. 그건 그렇고, 요즘 가게는 어때?"

"더도 말고 덜도 말고 그럭저럭해."

"나하고 비슷하구나."

"비슷하긴, 너 요즘 중고 오토바이가 없어서 못 판다며."

"그렇다고 계속 잘나가진 않지."

"그건 누구나 다 그렇지 뭐. 솔로몬이 그랬잖아. 이 또한 지나가리라."

"누가?"

"솔로몬."

"아! 그 지혜의 왕 솔로몬. 석현아, 그나저나 이번 한일 슈퍼바이크 통합전 말이야, 일본 프로 선수들을 상대로 우리나라 선수들이 순위권에 이름이나 올리겠냐? 석현이 너는 내가 믿지만."

"일본에서 보내 준 영상을 몇 번 반복해서 봤거든. 이번에 원정 오는 5명의 일본 선수들 시합영상 말이야. 진짜 잘 타긴 끝장나게 잘 타더라."

"야, 일본 선수들이 괜히 유치원 때부터 아빠 손 붙잡고 가서 레이싱 교육받는 게 아니잖아."

"그러니까 일본이 오토바이 강국이지."

"걔네 초등학생 시합하는 것만 봐도 입이 떡 벌어지지 않냐? 무슨 초등학생들이 코너를 그렇게 살벌하게 돌아 나가냐. 아! 석현아."

"응."

"그런데 네 레이싱 오토바이 알씩스는 어떻게 할 거야? 그 R6 나한테 넘겨. 내가 최대한 쳐 줄게."

"원래 그러려고 했는데 혹시나 해서 중고 오토바이사이트에 급매물로 저렴하게 올렸더니 어제 팔렸어."

"언제 올렸는데?"

"너한테 준서 오토바이 복구비용 얼만지 듣고 나서."

"어휴, 너도 손에 기름 만져 가며 번 돈 시합비용으로 다 빠져나가니 하루빨리 든든한 메인 스폰서가 생겨야 하는데. 석현아 그런데 도대체 누가 서킷 전용 오토바이를 산 거야?"

"그 사람 원래 오토바이 선수였데. 나보다 먼저."

"다시 선수 한다고?"

"아니, 가끔 주말에 취미로 서킷 탄다고."

"하기야, 국내에서 오토바이 선수 한다고 메인 스폰서가 붙기를 하냐 상금이 빵빵하기를 하냐. 그런 거 보면 준서나 석현이를 포함한 우리나라 선수들 열정만큼은 일본 프로 선수들보다 한 단계 위다. 물론 유찬이가 글로리로드의 후원을 받는 프로의 위치에 있기는 하지만….."

"준서가 지금 있었다면 이번 한일 슈퍼바이크 통합전에서 우승도 노려 볼 수 있었을 텐데."

"석현아."

"응."

"석현이 네가 준서를 대신해서 우승하면 되잖아. 그러려고 준서 오토바이 부활시키는 거잖아."

"준서를 위해서 우승할 수만 있다면 진짜 내 모든 걸 걸겠어."

"야, 너무 무리할 생각은 말고 그냥 최선을 다해. 넌 할 수 있을 거야. 나 이번에도 응원 가는데 피트출입카드 신청해 줄 수 있니? 이번에는 관중석이 아닌 방호벽 안에 서서 메인 스트레이트 구간을 달리는 선수들을 보고 싶다."

"그래, 알았어."

"석현아, 나 이제 집에 도착했다. 집골목에 포터 주차해야 하거든. 너는 얼마나 남았어?"

"이제 대전역 도착까지 15분쯤 남았어."

"그래, 알았다. 그럼 우리 다음 주 화요일 날 보자, 내가 완벽 부활한 준서 오토바이 잘 싣고 내려갈게."

"오면 바빠도 바로 가지 말고 밥 먹고 가."

"그 해병대 형 중식당?"

"응."

"그래, 거기 맛있긴 맛있더라. 그 형은 무슨 일반 중식당 짬뽕국물을 호텔식 짬뽕국물로 우려 내냐."

"애국자잖아."

"애국자니까 해병대 갔다 온 거지. 그래, 알았고. 석현아, 우리 그날 보자."

"그래, 들어가."

통화를 마친 석현이 잠시 깊은 생각에 잠겼다가 오른손에 쥔 스마트폰을 들어 화면을 켰다. 그리고는 문자메시지 어플을 열어 덕진에게 말로 다 하지 못한 마음을 전하려 글을 쓰기 시작했다.

「있잖아, 이번 한일 슈퍼바이크 통합전에서 말이야. 우리 모두가 주목하는 그 큰 시합에서 내가 준서의 오토바이로 시합에 나서는 거 사실 부담이 되고 망설여지기도 해. 내가 괜한 짓을 하는 거 아닌가 하고 말이야. 내가 저조한 성적을 내서 대한민국 오토바이 레이싱을 대표했던 준서의 이름에 먹칠을 할까 봐. 하지만 나는 이미 스타팅 그리드에 서 있고 스타트를 향한 시그널은 빠르게 카운트 다운 되고 있지. 눈앞에 이제 곧 녹색 신호야. 나는 정상급 레이서들 사이에서 내가 해낼 수 있는 최고의 속도로 서킷을 달려야 해. 준서의 오토바이로 준서를 대신해서. 다음 주 수요일에 있을 연습 주행 첫날을 기다린다. 굿나잇, 좋은 친구.」

12

준서, 너의 마음이

맴도는 곳으로

제일 오토바이 센터 출입문 위에 벽시계는 이제 밤 9시를 가리키고 있다. 8월 22일 화요일 밤 9시다. 이 시간 제일 오토바이 센터에서는 석현과 덕진, 건이와 해병대 형 라이더스 퀵서스비와 서연이 다 함께 모여 저녁 식사를 하고 있다. 낚시 의자에 앉은 석현은 소파테이블 언저리에 바짝 붙어서 식사를 하고 있다. 그의 등 뒤로 세워져 있던 2대의 레이싱 오토바이가 자리에서 빠져 있는 가운데 광택 작업이 된 나머지 중고 오토바이들은 있던 자리 그대로 세워져 있다. 벽 쪽 소파에는 서연과 덕진 만수가 앉아 식사를 하고 있고 맞은편 소파에는 해병대 형과 대식 규식이 앉아 식사를 하고 있다. 만수의 왼쪽 옆으로 사무용 책상 가죽 회전의자에는 건이가 앉아서 식사를 하고 있다. 식사 메뉴는 삼선짬뽕으로 통일했다. 서연이 것만 보통이고 전부 곱빼기다. 짬뽕과 같이 먹고 있는 두 상자의 양념순살치킨은 해병대 형이 오늘 강원서킷으로 출정하는 석현을 응원하는 차원에서 배달시켜 준 것이다. 치킨은 치킨왕에 주문했고 서연이 배달을 왔다. 서연이 옆에 업소용 스탠드 선풍기는 회전하며 바람을 불어 대고 있다. 조금 전 제일오토바이 센터에 들어온 감색 여름 정장 차림의 자동차 보험회사 직원은 사고당한 오토바이가 올라가 있는 유압식 정비리프트와 벽면의 5단 조립식 앵글 선반 그 비좁은 사이에 들어가 있다. 이 남자는 자동차 보험회사 대물 담당 직원으로 직책은 대리인데 바닥에 하강해 있는 유압식 정비리프트에 올린 1800cc 투어링 오토바이를 살펴보고 있다. 도로 전방에서 불법 유턴한 승용차를 들이받고 사고가 난 1800cc 투어링 오토바이는 한 쌍의 프런트서스펜션이 왼쪽으로 엿가락처럼 휘어지고 좌측면 커버가 박살났다. 제일 오토바이 센터 단골인 오토바이 라이더는 전치 3주 진단을 받고 병원에 입원해 있다. 더 크게 다치지 않은 게 다행인 그는 사고 즉시 제일 오토바이 센터로 연락을 했다. 전화를 받은 건이는 포터를 끌고 사고현장으로 달려가서 보험회사 접수가 완료된 오토바이를 포터 적재함에 실었다. 오토바이는 사고로 차체가 틀어져 있었기 때문에 화물차에 싣는 데 깨나 고생을 해야만 했다. 사고 난 오토바이 옆으로 정비실 공간에는 덕진이 포터에 싣고 내려온 준서의 레이싱 오토바이 야마하 YZF-R1이 세워져 있다. 앞 타이어가 출입문을 향한 YZF-R1은 앞 타이어 정비거치대와 뒤 타이어 정비거치대로 받쳐져 바닥에서 15센티쯤 떠 있다. 부활한 준서의 레이싱 오토바이는 이젠 사고의 흔적을 찾아볼 수 없다. 준서의 YZF-R1을 전체적으로 살펴보자면 주행 시 서킷 전용 슬릭타이어를 통해 전해지는 노면의 정보를 그대로 흡수하기 위해 완충작용은 전혀 없는 등변사다리꼴의 레이싱 전용 1인승 운전석 시트와 양손을 뻗어 잡아 쥐면 허리를 한껏 숙이게 만드는 둥근 스틱형의 좌, 우 세퍼레이트 핸들, 고속 질주 시 고양이 등 자세를 취하며 허리를 잔뜩 숙였을 때 시선과 일치되는 투명윈드스크린, 헤드라이트 구멍은 처음부터 없는 흰색 프런트 커버, 이 프런트 커버 정중앙에 입혀진 새로 지정받은 검은색 선수 번호 08번. 좌, 우 세퍼레이트 핸들 그 중간을 잇는 탑브릿지. 탑브릿지에서부터 두 개의 철봉으로 뻗어 내려가 앞 타이어 메쉬휠 액슬축까지 연결된 한 쌍의 재생 프런트서스펜션, 등변사다리꼴 레이싱 전용 1인승 운전석 시트 아래로 위치한 싱글리어서스펜션, 고속주행 시 양쪽 무릎을 조였을 때 안정적인 하체지탱으로 몸을 고정해 주는 유선형의 흰색 연료탱크, 연료탱크 양쪽 아래 좌, 우 사이드 커버. 사이드 커버 상단은 빨간색, 하단은 하늘색으로 도합 2단 도색. 좌, 우 사이드 커버 가장 밑 부분에 도색된 각각 좌, 우 한 개씩의 검은색 선수 번호 08, 등변사다리꼴의 레이싱 전용 1인승 운전석 시트 뒤로 날렵하게 치켜 올라간 상단 빨간색 하단 하늘색의 두 줄 도색 리어커버, 리어커버 우측으로 배기구멍이 비스듬히 위를 향하게 해서 사선으로 뻗어 나온 기술자의 수제품 티탄 레이싱 라인머플러, 1조의 흰색 경량 메쉬휠에 1조의 신품 슬릭타이어(* 앞 타이어: 17인치 휠에 타이어 폭 120mm, 타이어 편평률 70%, * 뒤 타이어: 17인치 휠에 타이어 폭 200mm, 타이어 편평률 55%, * 슬릭타이어는 온로드 서킷 전용 타이어로 노면 접지력을 최대한 높이기 위해 트레드패턴이 없고 손톱으로 누르면 자국이 선명하게 생길 정도로 재질이 소프트하다.)까지. 사고로 심각하게 파손되어 부품차로 조각조각 팔려 나가는 것 외에는 쓸 수가 없었던 준서의 레이싱 오토바이는 완벽하게 부활해서 돌아왔다. 덕진이 석현에게 건네준 기술자의 야마하 YZF-R1 정비 내역서와 최소 1개월 이내 고장 시 수리비 전액 환불 이행서는 이를 보증한다.

석현이 춘장 찍은 단무지를 아삭아삭 씹다가 삼키면서 고개를 오른쪽으로 돌렸다. 보험회사 직원은 YZF-R1을 등지고 서서 스마트폰을 보고 있다. 그의 앞에는 정비리프트 위에 사고 난 오토바이가 있고 스마트폰에는 사고 난 오토바이를 찍은 사진 수십 장이 저장되어 있다. 석현이 친근한 목소리로 보험회사 직원에게 말했다.

"대리님, 사진 다 찍으셨으면 이쪽으로 오셔서 같이 식사 좀 하시죠. 야식집에서 뭐라도 좀 시켜 드릴게요. 저 오토바이는 차체까지 비틀려서 어차피 복구 불가예요. 못 고친다고요. 고치려면 그 비용이 새 차값보다 더 나와요. 국내에 부품이 있는지 없는지도 모르고요. 아시잖아요?"

석현을 향해 뒤돌아선 보험회사 직원은 "알죠." 하더니 멋쩍은 미소를 지으며 "그리고 저 밥은 먹고 나왔어요." 하고 대답했다. "아, 그러시구나." 하고 말한 석현이 넌지시 "그런데요." 하며 근심스런 얼굴을 해 보였다. 보험회사 직원이 "예, 말씀하세요." 하고 말하자 석현이 종이컵에 든 콜라를 한 모금 마시고 차분하게 말했다.

"다른 게 아니고요, 대물 합의금 결제 좀 되도록 빨리해 주시라고요. 전에 사고 났던 R차 대물 합의금 승인 나기까지 보름 넘게 걸려서 손도 못 대고 세워 놓고만 있었잖아요. 이번에는 빨리 좀 부탁드릴게요. 어차피 지급될 건데 지체할 필요가 없잖아요."

얘기를 귀 기울여 들은 보험회사 직원이 고통스러운 표정을 짓고 석현에게 말했다.

"저기요, 사장님."

"예?"

"제발 저 좀 살려 주세요."

석현이 난처해하는 얼굴로 "그게 무슨 말씀이세요?" 하고 묻자 보험회사 직원이 이어서 말했다.

"아시면서, 사장님은 다른 오토바이 센터 사장님들보다 견적서에 공임비를 너무 과하게 넣으시면서 자꾸 그러시면 곤란하죠. 저희 지점장님이 이게 견적서냐 폭탄이지 하시면서 난리를 치신다구요."

"저희는 규정에 맞춰 시간당 공임비를 정확히 계산해서 견적서 쓰는 건데 왜 그런 말씀을 하세요." 하고 석현이 말하자 보험회사 직원은 "아이, 그러지 마시고." 하며 넉살 좋게 웃어 보였다. 잠시 머뭇거린 석현은 한숨 섞인 목소리로 말했다.

"대리님, 저희는 뭐 흙 퍼서 장사하나요. 잘 아시면서."

"그래도 조금만." 하고 보험회사 직원이 웃으며 말하자 석현이 고개를 끄덕이고 나서 입을 떼었다.

"알았습니다. 최대한 조정해 볼게요. 그러니까 이리로 오셔서 같이 식사 좀 하세요."

"사장님 감사합니다. 식사는 다음에 하시고요, 저 그럼 믿고 가 보겠습니다."

"예, 대리님. 들어가세요." 하며 석현이 고개 숙여 인사하자 식사를 하던 친구들이 다들 "수고하세요." "안녕히 가세요." 하고 같이 인사를 해 주었다.

서연을 끝으로 제일 오토바이 센터에 모인 친구들이 모두 식사를 마치자 석현과 해병대 형이 빈 그릇들을 철가방 두 개에 나누어 담았다. 서연은 빈 치킨 상자를 한 개씩 납작하게 접어 발밑 쓰레기통에 욱여넣었다. 해병대 형이 철가방 한 개를 들고 출입문 쪽으로 걸어가자 석현도 남은 철가방을 들고 따라 걸어갔다. 센터 밖으로 나온 해병대 형이 인도를 가로질러 걸어가 도로 가장자리에 세워 놓은 배달 오토바이 씨티에이스 뒷좌석 플라스틱 박스 안에 철가방을 넣자 뒤따라온 석현도 남은 빈자리에 철가방을 넣었다. 센터 안에 있던 친구들도 한 명씩 센터 밖으로 나왔다. 건이만 안에 남아서 공구 정리를 하고 있다. 해병대 형 배달 오토바이 2미터 앞쪽에는 치킨왕 배달 스쿠터가 세워져 있다. 이 스쿠터 왼쪽 옆에 선 서연이 우측 사이드미러에 걸어 놓았던 하프페이스 헬멧을 들어 머리에 쓰고 석현에게 말했다.

"석현 오빠, 그럼 시합 날 강원서킷에서 만나요. 저 유찬 오빠 골든바이크 동호회 회원들이랑 단체로 시합 응원하러 갈 거예요."

"그래." 하고 말한 석현이 오른손을 흔들어 인사하자 해병대 형이 피식 웃으며 서연이에게 물었다.

"서연이 넌 누굴 응원하는 건데?"

서연인 당당한 목소리로 "둘 다요!" 하고 말했다. "한 사람만 선택해." 하고 점잖게 말한 만수가 허허허 웃으며 석현의 옆으로 다가왔다. 그리고는 활짝 웃는 얼굴로 말했다.

"이 사장님, 밤길 운전 안전히 하시고 강원서킷에 잘 올라가세요. 우리 모두 시합 날 만나요."

"고마워요." 하고 말한 석현이 싱긋 웃자 해병대 형이 석현에게 물었다.

"시합 날 다 같이 점심 식사를 할 음식을 요리해 가려고 하는데 석현이 너 뭐 먹으면 1등 하겠냐?"

"해산물 잔뜩 삼선볶음밥." 하고 석현이 대답했다. 해병대 형은 "알았다." 하고 말하며 우측 사이드미러에 걸어 놓았던 하프페이스 헬멧을 들어 머리에 썼다. 그리고는 배달 오토바이에 올라타 시동을 걸었다. 시동이 걸리자 해병대 형은 "나 먼저 간다." 하고 모두에게 인사를 했다. 그러자 모두들 해병대 형에게 하나의 동작으로 거수경례를 하며 한목소리로 "필승!"을 외쳤다. 해병대 형은 도로를 살핀 뒤 머리 위로 든 왼손을 흔들며 출발했다. 만수와 규식과 대식도 도로 가장자리에 세워 놓은 배달 오토바이 혼다 CBR125R에 올라탔다. 셋 다 풀페이스 헬멧을 썼다. 앞에서 도로를 살핀 만수가 먼저 출발하자 그 뒤에 규식과 대식이 뒤따라 출발했다. 다음으로 서연이 배달 스쿠터에 올라타 시동을 걸었다. 그녀는 "석현 오빠, 조심히 올라가세요." 하고 인사한 뒤 힘차게 액셀그립을 당겨 출발했다. 그제야 덕진이 석현의 옆으로 가까이 다가와 인사를 했다.

"석현아, 나 간다. 강원서킷에서 만나자."

"오토바이 싣고 내려오느라 고생 많았어." 하고 말한 석현은 싱긋 웃어 보였다. 말없이 고개를 끄덕인 덕진이 만감이 교차하는 얼굴로 석현을 보며 말했다.

"석현아, 다시 한번 말하지만 전의 준서 오토바이가 아니야. 그렇지 않아도 레이스 베이스 머신을 엔진 수명을 대거 단축해 가면서까지 풀 파워로 세팅한 기술자의 혼이 담긴 걸작이야. 물론 서킷에 가면 기라성 같은 타 팀 레이싱 오토바이들 사이에서 다소 평범해지겠지만."

석현이 고개를 끄덕이자 싱긋 웃어 보인 덕진은 "그럼 나 이만 올라갈게." 하며 앞으로 걸어갔다. 덕진은 싣고 온 준서의 오토바이를 내린 뒤 적재함이 빈 포터를 W대학교 쪽에 주차해 놓았다. 뒤돌아서서 덕진이의 걸어가는 뒷모습을 가만히 지켜보던 석현이 센터 안으로 들어갔다. 내내 분주하게 움직이던 건이는 정비실 정리를 끝마치고 정수기 앞에 서서 종이컵으로 물을 마시고 있다. 석현이 건이를 보며 "수고했어. 퇴근해야지." 하고 말하자 건이가 "밖에 진열해 놓은 오토바이들도 넣어야지." 하고 말했다. 석현은 "그건, 시합 오토바이 포터에 싣고 나서 내가 넣을게." 하고 말했다. 고개를 끄덕인 건이는 종이컵을 정수기 옆에 쓰레기통에 넣고 "강원서킷까지 4시간이면 가잖아." 하고 말했다. "응, 4

시간. 너도 와 봤잖아" 하고 석현이 말했다. "드림모텔?" 하고 건이가 물었다. "거기가 가장 서킷에서 가깝지." 하고 대답한 석현이 오른손을 들어 건이와 하이파이브를 했다. 그리고는 "가게 잘 봐." 하고 말했다. "사장님 시합이나 잘 뛰셔요." 하고 말한 건이는 "나 간다. 그럼 시합 날 보자." 하고서 출입문 쪽으로 걸어갔다. 건이가 가게 밖으로 나가자 석현은 낚시 의자를 들고 와서 준서의 레이싱 오토바이 우측면 앞쪽에 놓고 거기에 앉았다. 머리 위로 천장 형광등 주변에는 날벌레들이 어지럽게 날아다니고 있다. 석현은 국방색 멜빵 일체형 정비복 배주머니에서 스마트폰을 꺼냈다. 그는 스마트폰 화면을 켜고 카카오톡 어플을 열어 봄이에게 글을 쓰기 시작했다.

> 「한 기자님. 나는 혼자 정비의자에 앉아 기적처럼 새롭게 복구된 준서의 레이싱 오토바이를 바라보고 있어요. 보고 있으니까 준서가 채 다 쓰지 못한 이야기를 마저 쓰려고 하는 릴레이 주자가 된 기분이에요. 그건 나에게 영광스런 일이죠. 한 기자님, 이제 짐을 꾸려서 강원서킷으로 출발해야겠어요. 잘 자요. 강원서킷에서 기다릴게요.」

메시지를 전송한 석현은 왼손에 스마트폰을 쥐고 낚시 의자에서 일어났다. 그는 왼쪽으로 몸을 돌려 걸어가 방문 원목발판 위에 서서 두 발에 운동화를 반쯤 벗으며 문손잡이를 돌렸다. 문이 열리자 안으로 손을 넣어 어두운 방 안에 형광등 스위치를 켜고 흰색 운동화를 완전히 벗으며 방 안으로 들어갔다. 방 안, 왼쪽으로 걸어간 석현은 침대 머리맡에 스마트폰을 내려놓고 침대 옆 벽 가까이 세워진 2단 봉스탠드 행거

옷걸이 앞에 섰다. 그는 국방색 멜빵 일체형 정비복과 검은색 반팔 티셔
츠를 벗었다. 그리고는 하단 봉에 걸려 있는 어깨 삼각 옷걸이를 한 개
씩 꺼내 진청 엔지니어진과 검은색 나시티를 입고 빨간색과 하늘색이
위아래로 반반인 준 레이싱팀 반팔 레이싱 남방을 입었다. 레이싱 남방
단추를 다 잠그고 벗어 놓은 정비복 바지 주머니에서 꺼낸 반지갑을 진
청 엔지니어진 왼쪽 뒷주머니에 넣자 카톡 메시지 알림음이 울렸다. 침
대로 걸어가 베개 옆에 앉은 석현은 스마트폰을 오른손에 들고 심쿵한
메시지를 확인했다. 봄이가 보낸 답장이다.

「석현 선수 메시지 잘 받았어요.^^ 이번 강원서킷 시합, 한 편의 감
동적인 이야기를 쓰길 응원할게요. 하지만 절대 무리해선 안 돼요.
안전하게 시합을 마치는 게 우승하는 것보다 중요하다고 말하고
싶어요. 그럼 우리 강원서킷에서 만나요.♥」

봄이의 답장을 2번 반복해서 읽은 석현이 싱긋 웃고는 앉은자리에
서 일어섰다. 그는 스마트폰을 진청 엔지니어진 오른쪽 앞주머니에 넣
고 맞은편 벽에 놓인 6단 플라스틱 서랍장 앞으로 걸어가 그 앞에서 두
무릎을 꿇고 앉았다. 석현은 서랍장 우측, 벽 구석에 기대어 놓은 50리
터 하이킹 배낭을 끌어다가 옆에 놓고 서랍을 위에서부터 아래로 차례
대로 열었다가 닫으며 필요한 만큼의 옷과 속옷 양말을 차곡차곡 하이
킹 배낭 안에 집어넣었다. 그런 다음 서랍장 위에 올려놓은 헝겊 커버가
씌워진 풀페이스 헬멧과 그 옆에 온로드 레이싱 장갑을 하이킹 배낭 안
에 넣고 지퍼를 잠갔다. 가방을 다 꾸린 석현은 침대 옆 옷걸이 쪽으로
걸어갔다. 그는 2단 봉스탠드 행거 옷걸이 아래 방바닥에 벗어 놓은 멜

빵 일체형 정비복을 오른손에 들고 뒤돌아 걸어가서 스텐 반투명 유리
문을 열고 욕실 안에 들어갔다. 세탁기 안에 정비복을 넣고 나온 석현
은 다시 플라스틱 서랍장으로 걸어갔다. 그는 하이킹 배낭을 들어 올려
서 오른쪽 어깨에 한쪽 어깨끈을 걸쳐 멨다. 이제 레이싱 오토바이와 장
비들을 포터에 실어야 한다. 석현은 형광등 스위치를 끄고 방에서 나오
며 두 발을 녹색 운동화에 반쯤 넣었다. 그는 운동화 코를 한쪽 발씩 원
목발판에 콕콕콕 찍어 녹색 운동화를 마저 신고 뒤돌아서서 방문을 닫
았다. 방문을 닫을 뿐 잠그진 않았다. 방 안에 거스름돈 지폐뭉치가 있
는데 건이가 일하면서 사용해야 하기 때문이다. 문에서 떨어지며 왼쪽
으로 몸을 돌려 몇 걸음 걸어간 석현은 사무용 책상 위에 놓인 포터 키
를 오른손에 움켜쥐고 그대로 출입문으로 걸어갔다. 센터 밖으로 나와
인도에서 왼쪽으로 몸을 돌려 걷다가 좌측 벽 모서리를 돌아 골목으로
들어간 석현은 제일 오토바이 센터 담벼락 옆 주차칸에 주차한 포터 운
전석 문짝 앞에 섰다. 그는 오른손에 쥔 차 키 키고리의 리모컨 버튼을
눌러 잠금을 해제하고 운전석 문짝을 연 뒤 차 키를 바지 왼쪽 뒷주머니
에 넣었다. 그리고 오른쪽 어깨에서 하이킹 배낭을 벗었다. 조수석 시
트 바닥에 두 손으로 받쳐 든 하이킹 배낭을 똑바로 세워서 내려놓은 석
현은 차 안으로 들어가 운전석 시트에 앉았다. 그는 운전석 문짝을 닫고
바지 왼쪽 뒷주머니에서 꺼낸 차 키를 키홀에 꽂아 돌려 시동을 건 뒤
핸드 브레이크를 내리고 헤드라이트를 켰다. 그리고는 클러치 페달을
밟으며 기어 변속 레버를 조작해 1단 기어를 넣고 클러치 페달을 떼면
서 액셀러레이터 페달을 밟아 차를 출발해 골목에서 나오며 우회전하
여 포터를 제일 오토바이 센터 앞 도로 가장자리에 정차했다. 헤드라이
트를 껐지만 비상등을 켜 놓았다. 석현은 기어 변속 레버 컵홀더에서 리

모컨을 꺼내 진청 엔지니어진 왼쪽 앞주머니에 넣고 운전석 문짝을 열며 차에서 내렸다. 그는 오른손 손바닥으로 운전석 문짝을 밀어 닫고 적재함 뒤쪽으로 걸어가 좌측 옆문짝 끄트머리에서 멈춰 섰다. 석현은 좌측 후미등에서 우측 후미등으로 이동하며 적재함 수직 접이식 리프트게이트 양쪽 개폐기를 한 개씩 당겨 열고 진청 엔지니어진 왼쪽 앞주머니에서 리모컨을 꺼내 적재함에 대고 버튼을 꾹! 눌렀다. 뒷문짝 수직 접이식 리프트게이트는 바깥쪽으로 수평 되게 눕혀졌다. 한 번 더 버튼을 누르자 리프트가 아스팔트 바닥으로 서서히 수직하강했다. 리프트가 아스팔트 바닥에 완전히 닿자 석현은 리모컨을 진청 엔지니어진 왼쪽 앞주머니에 넣고 인도로 올라갔다. 그는 곧장 걸어서 센터 안으로 들어가 준서의 레이싱 오토바이에 다가섰다. 준서의 레이싱 오토바이 왼쪽에 선 석현은 오른발로 킥사이드 받침대를 펴고 앞 타이어 쪽으로 가서 허리를 숙여 오른손으로 앞 타이어 정비거치대 손잡이를 잡고 위쪽으로 올렸다. 그러자 양쪽 축 2개의 작은 바퀴가 제자리를 돌며 앞 타이어 액슬축까지 나란히 뻗은 프런트서스펜션을 한쪽씩 받치고 있던 고무받침 2개가 빠지면서 앞 타이어가 바닥으로 내려왔다. 탈착된 정비거치대를 우측핸들 옆쪽으로 치워 놓은 석현은 좌측핸들 쪽으로 돌아 걸어 오토바이 뒤쪽에 섰다. 그는 허리를 숙여 오른손으로 뒤 타이어 정비거치대 손잡이를 잡고 위쪽으로·들어 올렸다. 역시 양쪽 축 2개의 작은 바퀴가 제자리를 돌며 뒤 타이어 양옆으로 나란히 뻗은 리어차대를 한쪽씩 받치고 있던 2개의 고무받침이 빠지면서 뒤 타이어가 바닥으로 내려왔다. 탈착된 정비거치대를 뒤쪽으로 치운 석현은 왼손으로 받쳐 잡고 있는 레이싱 오토바이 가장 끝부분 '리어엔드 커버'를 왼쪽으로 조심스럽게 기울여서 미리 펴놓은 킥사이드 받침대로 레이싱 오토바이를 세웠다. 석현은 좌측 세퍼레이트 핸들 쪽으로 걸어가서 두 손을 뻗어 양쪽 세퍼레이트 핸들을 잡고 오토바이를 똑바로 일으켜 세우면서 오른발로 킥사이드 받침대를 접었다. 그리고는 출입문을 향해 오토바이를 앞으로 밀다가 센터 밖으로 나갔다. 인도에서 오토바이를 천천히 밀다가 시멘트 경사대를 타고 도로로 내려와 세퍼레이트 핸들을 오른쪽으로 한 번 왼쪽으로 한 번 틀며 방향 전환한 뒤 그대로 밀고 가서 수직 접이식 리프트게이트 위에 올라탔다. 동시에 오른손 둘째손가락으로 앞 브레이크 레버를 잡았다. 그러면서 오른발로 킥사이드 받침대를 펴 오토바이를 세우고 진청 엔지니어진 왼쪽 앞주머니에서 리모컨을 꺼내 버튼을 꾹! 눌렀다. 준서의 레이싱 오토바이와 석현은 수직 접이식 리프트게이트를 타고 천천히 상승하다가 적재함 바닥과 일직선 되는 위치에서 정확히 멈춰 섰다. 그사이 레이싱 오토바이에 시동을 켜 놓은 석현은 두 손으로 양쪽 세퍼레이트 핸들을 잡고 오토바이를 똑바로 일으켜 세운 뒤 오른발로 킥사이드 받침대를 접었다. 그러면서 클러치 레버를 잡고 1단 기어를 넣었다. 석현은 클러치 레버를 잡고 있는 상태에서 앞으로 나아가다가 적재함 가장 위쪽 좌측 구석에 앞 타이어를 밀어 넣고 클러치를 반쯤 놓으며 액셀 그립을 반쯤 감았다. 휠스핀하며 미끄러진 뒤 타이어는 우측 옆문짝에 바짝 밀착되면서 회전을 멈췄다. 레이싱 오토바이 앞 타이어는 좌측 옆문짝에 붙었고 뒤 타이어는 우측 옆문짝에 붙었다. 그렇게 좌우 옆문짝에 타이어가 한쪽씩 닿게끔 레이싱 오토바이를 사선으로 댄 석현은 킥사이드 받침대를 내린 뒤 진청 엔지니어진 왼쪽 앞주머니에서 리모컨을 꺼내 버튼을 눌렀다. 수직 접이식 리프트게이트는 안쪽으로 90도 접혀 뒷문짝으로 용도 전환되면서 굳게 닫혔다. 석현은 리모컨을 다시 진청 엔지니어진 왼쪽 앞주머니에 넣고서 우측 옆문짝으로 가서 허리를 숙여 왼손으로 문짝을 잡고 두 다리를 모아 홀쩍 뛰어 인도 바닥에 착지했다. 그러면서 우측 후미등에서 좌측 후미등으로 이동하며 적재함 수직 접이식 리프트게이트 양쪽 개폐기를 한 개씩 당겨 잠갔다. 잠시 머릿속 리스트를 정리한 석현은 센터 안에 들어갔다 나오며 목장갑을 한 손에 한쪽씩 두 손에 끼고 적재함 뒤를 돌아 걸어 좌측 옆문짝에 서서 적재함 바닥에 놓인 고무짐바를 꺼내 두 손에 들었다. 먼저 둘둘 감겨 있는 고무짐바를 풀어내 도로 바닥으로 줄줄이 떨어트리고 나서 왼손에 쥔 짐바 끝머리를 오른손으로 옮겨 잡아 짐바 끝머리 매듭구멍을 옆문짝 1번 짐바고리에 끼웠다. 그리고는 왼손에 쥐고 있던 ① 짐바를 앞 타이어 메쉬휠 사이 공간으로 넣고 오른손으로 빼내며 두 손으로 바짝 당겨 내려 2번 짐바고리에 ① 짐바를 V 자로 팽팽히 걸어올렸다. 그 상태에서 두 손에 쥐고 있는 짐바는 이제 ② 짐바다. 석현은 ② 짐바를 오른손으로 잡고 반시계방향으로 돌려 2번 짐바고리까지 사선으로 뻗어 있는 짐바 안쪽에서 왼손에 넘겼다가 두 손으로 잡고 팽팽히 당긴 뒤 급격하게 아래로 내렸다. 두 손에 짐바는 고무덮개가 씌워진 옆문짝과 ① 짐바 그 사이를 비집고 들어가며 고정되었다. 고정된 짐바를 매듭지은 석현은 동일하게 좌측프런트서스펜션과 좌측 세퍼레이트 핸들, '좌측에 기어 변속 레버스텝'도 한 번씩 감아 돌리며 힘껏 당겨내린 뒤 각각 다른 짐바고리에 고정하고 매듭을 지었다. 그리고는 오른손에 모아 쥔 짐바를 레이싱 오토바이 위를 넘겨가게 반대편 옆문짝 쪽으로 높이 던졌다. 적재함 뒤를 돌아 걸어서 우측 옆문짝에 선 석현은 아스팔트 바닥에 떨어져 있는 짐바를 집어들었다. 그는 두 손에 쥔 고무짐바로 뒤 타이어 메쉬휠과 뒤 타이어 양옆으로 나란히 뻗은 리어차대, 머플러 고정브라켓을 한 번씩 감아 돌리며 힘껏 당겨 내리면서 동일한 방법으로 각각 다른 짐바고리에 고정하고 매듭을 지었다. 손에 쥔 여분의 짐바는 둘둘 감아 적재함에 던져 넣었다. 레이싱 오토바이를 싣고 고정한 석현은 먼저 2개의 타이어 정비거치대를 적재함에 싣고서 외여닫이문 부품창고 안에 보관하는 시합 장비들을 포터 적재함에 하나씩 실었다. 에어컴프레셔와 1조의 타이어 워머(타이어 보온 덮개), 이동식 발전기, 시합용 공구상자, 옥탄부스터와 혼합된 휘발유로 채워진 20리터 휘발유통, 여분의 옥탄부스터 5개, 레이싱 전용 엔진오일(1리터 4통) 오일필터, 에어필터, 전체 흰색에 양쪽 겨드랑이부터 양쪽 발목 복숭아뼈까지 5센티 넓이의 갈색선이 일직선으로 나 있는 준 레이싱팀 온로드 레이싱 원피스 슈트, 어깨 삼각 옷걸이 여러 개, 검은색 망사 재질 이너슈트(이너슈트는 가벼워 바람에 날아가기 때문에 목까지 지퍼를 채운 무거운 온로드 레이싱 원피스 슈트 안에 넣었다.). 그리고 빨검파흰 색으로 세로줄무늬가 입혀진 온로드 레이싱 부츠, 거북이 등껍질을 연상시키는 검은색의 슬림한 척추보호대, 교체해 쓸 비닐랩에 싼 신품 슬릭타이어 3조, 비닐랩에 싼 빗길레이스를 대비한 새 레인타이어 1조까지, 필요한 장비는 모두 빠짐없이 적재함에 실었다. 마지막으로 100리터짜리 투명플라스틱 수납함을 적재함에 실었다. 수납함 안에는 준서가 스즈카서킷 8시간 내구레이스대회에서 입었던 온로드 레이싱 원피스 슈트가 잘 접혀서 담겨 있다. 강원서킷으로 출발할 준비를 마친 석현은 양손에 목장갑을 벗어 겹친 뒤 뒤집어 까면서 공처럼 말아 포터 적재함에 던져놓고 손목시계를 들여다보았다. 밤 10시 46분이다. 지금 출발하면 새벽 3시쯤 예약한 드림모텔에 도착한다. 석현은 인도에 진열해 놓았던 9대의 판매용 중고 오토바이들을 센터 안으로 들여넣고 밖으로 나오다가 출입문 우측 정수기 위에 전기분전함에서 간판등 스위치와 형광등 스위치를 내려 불을 껐다. 캄캄해진 가게에서 나온 석현은 출입문을 닫고 우측 벽에 붙은 키패드에 엄지손가락을 찍었다. 지문이 인식되자 양문 강화도어 출입문이 자동으로 잠겼고 키패드 스피커에서 "무인경비시스템이 정상 작동되었습니다."라는 안내 음성이 흘러나왔다. 몸을 돌린 석현은 앞으로 걸어가다가 인도에서 도로로 내려갔다. 그는 포터 적재함 뒤를 돌아서 앞으로 걷다가 운전석 문짝 앞에 섰다. 석현은 '혹시 뭐 빠트린 것이 없을까?' 하고 잠시 머릿속 리스트를 확인하다가 운전석 문짝을 열고 차 안으로 들어가 운전석에 앉았다. 운전석 문짝을 닫고서 헤드라이트를 켠 석현은 진청 엔지니어진 왼쪽 뒷주머니에서 반지갑을 꺼내 에어컨 블라인드에 클립으로 껴진 그물주머니 속에 넣었다. 오른쪽 앞주머니에서 꺼낸 스마트폰은 차량 대쉬보드 휴대폰 거치대에 장착하고 충전케이블을 연결했다. 운전 준비를 마친 석현은 안전벨트를 매고 핸드 브레이크를 내리며 클러치 페달을 밟고 기어 변속 레버를 조작해 1단 기어를 넣었다. 석현은 운전석 사이드 미러를 확인하며 클퍼치 페달을 떼고 액셀러레이터 페달을 밟으면서 핸들을 왼쪽으로 돌려 레이싱 오토바이를 실은 제일 오토바이 센터 포터를 출발했다.

대전에서부터 강원도까지 쉬지 않고 운전을 하던 석현이 한적한 심야도로에서 속도를 줄이다가 우측 방향지시등을 켜고 J시의 풀 타임 셀프 주유소 안으로 들어갔다. 그는 천천히 서행하다가 주유캡 위치에 맞춰서 셀프 주유기 앞에 포터를 반듯하게 댔다. 차의 컨트롤패널 그린라이트 디지털시계는 새벽 1시 8분을 표기하고 있다. 시동을 끄며 키를 뺀 석현은 운전석 문짝을 열고 차에서 내렸다. 그는 포터 연료탱크 주유캡 앞으로 걸어가 섰다. 그리고는 키를 꽂아 돌려 연 주유캡을 적재함 안에 넣었다. 뒤로 몸을 돌린 석현은 셀프 주유기 앞으로 다가가 섰다. 석현은 정전기 방지 패드에 손을 댔다 떼고서 주유기화면 메뉴버튼을 연이어 터치해 주유기에 금액을 설정한 뒤 카드 리더기에 체크카드를 긁고 주유건을 거치대에서 빼내 포터 주유구에 꽂았다. 주유건 레버를 잡아 올리자 경유가 연료탱크 안으로 쏟아져 들어가기 시작했다. 석현은 주유건 레버를 걸쇠로 고정하고 눈을 들었다. 적재함 너머에서 어디선가 나타난 길고양이 한 마리가 느릿느릿 걸어가고 있다.

주유를 마친 뒤 포터를 몰고 풀 타임 셀프 주유소에서 나온 석현은 도로에 진입하며 카스테레오로 라디오를 켰다. 8월부터 새로 시작한 신규 프로그램으로 0시부터 2시까지 진행하는 〈이현규의 야간열차〉 2부가 방송되고 있다. DJ 이현규는 어느 청취자의 짝사랑에 대한 사연을 읽고 있다. 꽤 흥미로운 사연에 석현은 운전을 하며 이현규의 목소리에 귀를 기울였다. 3분쯤, 사연을 다 읽은 이현규는 사연을 보낸 청취자가 신청한 노래를 내보냈다. 노래가 잔잔히 들려오자 석현은 스피커 음량을 조금 더 높이고 윈도우 버튼을 눌러 운전석 문짝 유리를 완전히 내렸다. 그는 유리가 내려간 운전석 문짝을 통해 들어오는 새벽바람을 시원하게 맞으며 엘리굴딩이 부르는 노래 〈하우롱 윌 아이 러브 유〉를 들으면서 도로 우측 J시공설운동장을 지나쳐 갔다.

노래가 끝나고 광고가 나올 때 석현은 도로 우측에 위치한 12층 모텔과 그 옆에 단층건물 편의점을 보았다. 모텔 이름은 럭셔리 모텔이다. 아무튼, 허기를 느낀 석현은 차의 속도를 줄이면서 핸들을 오른쪽으로 돌리며 아스팔트 도로에서 콘크리트 포장 바닥으로 들어갔다. 그러면서 편의점 파라솔테이블 앞쪽에 4미터쯤 거리를 두고 포터를 정차했다.

전면이 강화유리벽인 편의점 안에 불 컨 형광등은 야외조명등과 함께 3개의 파라솔테이블을 더 밝게 비추고 있다. 석현이 시동을 끈 포터 운전석 문짝을 열고 차 밖으로 나오는데 승용차 한 대가 헤드라이트를 번쩍이며 모텔주차장 출구에서 나왔다. 승용차는 서행하며 콘크리트 포장 바닥을 지나다가 우회전하며 도로로 들어가서 속도를 올리더니 잠깐 사이 멀어져 갔다. 석현은 포터 운전석 문짝을 닫고 깍지 낀 두 손을 머리 위로 최대한 들어 기지개를 켰다. 하품을 하며 손을 푼 석현은 포터 앞쪽을 돌아서 편의점 출입문 쪽으로 걸어갔다. 가운데 두 번째 파라솔테이블에서 캔맥주를 마시던 30대 중반 남자와 20대 초반 여자가 석현을 힐끔 쳐다보았다. 타이트한 주황색 긴팔 실크 와이셔츠에 흰색 바탕 검정 체크무늬 바지를 입은 짧은 머리 남자는 목에 24K 금목걸이를 하고 있다. 여자는 상아색 반팔 빅칼라 블라우스에 호피 무늬 미니스커트를 입었다. 스타킹은 야한 망사스타킹이고 발에는 검은색 통굽구두를 신었다. 긴 히피펌 머리의 그녀가 가면을 쓴 듯 두껍게 메이크업한 얼굴에 바른 립스틱은 짙은 빨간색이다. 남자는 제일 오토바이 센터 포터가 마주 보이는 플라스틱 등받이 의자에 앉아 있고 여자는 제일 오토바이 센터 포터를 등지는 플라스틱 등받이 의자에 앉아 있다. 이들을 지나친 석현은 편의점 양문 강화도어 오른쪽 문을 당겨 열고 안으로 들어갔다. 5분쯤, 석현은 왼쪽 어깨로 강화도어 좌측 문을 밀면서 편의점에서 나왔다. 그는 뜨거운 물을 받은 왕뚜껑 컵라면을 두 손으로 조심스럽게 들고 걷다가 첫 번째 파라솔테이블 앞에 섰다. 손이 뜨거운 석현은 나무젓가락을 얹은 왕뚜껑 컵라면을 테이블에 내려놓고 제일 오토바이 센터 포터가 마주 보이는 플라스틱 등받이 의자에 앉았다. 그러면서 바지 왼쪽 앞주머니에서 천하장사 소시지를 꺼냈다. 두 번째 파라솔테이블의 남자와 여자는 술 취한 목소리로 무슨 말인가를 연신 주고받고 있다. 그러던 중 여자가 바닥을 향해 고개를 푹 숙였다. 그녀는 입을 벌려 물고 있던 담배를 바닥에 떨어트렸다. 석현이 그 모습을 슬며시 쳐다보았다. 여자는 오른발 통굽구두 앞꿈치로 담배를 짓이겨 불을 끄더니 불 꺼진 담배에 침을 쭈우욱 뱉었다. 길쭉한 침이 끊어지지 않아 잠시 동안 고개를 숙이고 있던 여자는 오른손 둘째손가락으로 침을 끊어 내고 고개를 들면서 캔맥주를 들이켜는 남자를 불렀다.

"오빠야."

남자가 한 모금 마신 캔맥주를 테이블에 내려놓으며 대답했다.

"어?"

"오빠도 저 빨간 화물차에 저런 오토바이 탈 수 있어?"

"야! 저런 오토바이는 옛날에 졸업했지. 나는 이제 네 바퀴만 타. 벤츠!"

여자가 피식 웃으며 말했다.

"지랄, 탈 줄 모르면서."

"야, 야, 시끄럽고. 그런데 너희 가게는 왜 아가씨 물갈이가 안 되냐. 평생직장이여? 웃기게 동네 사람들이 이제 너하고 나하고 사귀는 줄 알어. 이건 술 마시러 갈 때마다 맨날 니가 내 파트너니."

"오빠! 너하고 나하고 사귀는 거 아니었어?"

"이런, 지랄하고 있네. 내가 너하고 왜 사귀는 거냐. 그냥 술이나 같이 마시고 잠자리나 하는 사이지."

"뭐!" 하고 신경질적으로 소린 친 여자가 이내 어처구니없다는 듯이 피식 웃었다. 그리고는 문득 고개를 왼쪽으로 돌려 옆쪽 테이블 대각선 맞은편에 앉은 석현을 쳐다보았다. 여자는 나긋나긋한 목소리로 "저기요, 아저씨~" 하고 석현을 불렀다. 석현은 그때 마침 봄이에게 걸려온 전화를 받아서 스마트폰을 오른쪽 귀에 대고 "여보세요."를 하던 중이다. 여자는 석현을 뚫어져라 쳐다보며 혀 꼬인 목소리로 크게 소리쳐 말했다.

"이봐요, 아저씨!"

순간적으로 당황한 석현은 뇌리의 흐름이 일시적으로 끊기며 얼떨결에 귀에서 스마트폰을 뗐다. 그는 여자를 쳐다보고는 "저요?" 하고 말했다. 그러자 입가에 야릇한 미소를 지은 여자가 오른쪽 다리를 들어 왼쪽 다리에 꼬고 앉으며 "아저씨, 나 아저씨 오토바이로 요기 한 바퀴만 태워 주면 안 돼요?" 하고 물었다. "네에?" 하며 깜짝 놀란 석현이 "안 돼요." 하면서 고개를 가로저었다. 여자는 애교 섞인 목소리로 조곤조곤 말했다.

"아니, 그게 아니고요. 나 이 동네 오기 전에 있던 가게에 서빙하던 오빠도 저런 뽕카를 탔었거든요. 가게 쉬는 날 그 오빠 뒤에 엄청 타고 다녔었는데. 진짜 졸라 빨러. 그냥 막 뽕 가던데요. 그래서 뽕카잖아요. 아저씨 저요, 오토바이 뒤에 엄청 잘 타요."

오른손에 스마트폰을 쥔 채 넋 나간 얼굴로 여자를 쳐다보던 석현이 한숨을 내뱉고서 짜증 난 목소리로 말했다.

"미안한데요. 내 오토바이에는 뒤에 앉는 데가 없어요. 저, 그리고 이거 먹고 바로 가 봐야 되거든요."

"쳇!" 하면서 얼굴을 찡그린 여자가 석현에게 따지듯이 말했다.

"저런 뽕카 원래 뒤에 타는 거, 그거 쿠션 있지 않아요!"

석현이 지친 얼굴로 말했다.

"이봐요, 아가씨. 나는요, 오토바이 뒤에 사람을 태우지 않아요."

그때까지 아무 소리 않고 가만히 있던 남자가 여자에게 버럭 소리쳤다.

"넌 그냥 내 배 위에나 올라타!"

"어머!" 하며 놀란 여자가 남자를 째려보면서 "이 저질!" 하고 소리쳤다. "뭐?" 하고서 피식 웃은 남자는 입가에 조소를 띠면서 "저질은, 날라리가 어서 내숭을 떨어!" 하고 쏘아붙였다. 팔짱을 낀 여자는 "흥!" 하고 콧방귀를 뀐 뒤, 또 석현에게 고개를 돌려서 애교 섞인 목소리로 "아저씨." 하고 불렀다. 당황한 석현은 입을 떡 벌리고 여자를 쳐다보았다. 여자는 석현에게 눈웃음을 치며 "오토바이 혼자 타면 좋아요?" 하고 물었다. 스마트폰을 오른손에 쥔 채 잠시 침묵하던 석현은 눈을 부릅뜨고 나지막한 목소리로 "저기요." 하고 말했다. 여자는 빙긋 웃으며 귀엽게 "넵." 했다. 석현은 화난 목소리로 "그냥 두 분이서 하시던 얘기나 계속 나누시죠." 하고 말했다. 남자는 오른손을 들어 보이면서 "오케이." 하더니 "형씨 미안." 하고 석현에게 건방진 사과를 했다. 석현은 남자를 노려보았다. 여자는 "아이, 이거 분위기 왜 이래!" 하고 소리쳤다. 그러면서 양손 손바닥으로 테이블을 탁! 내리치더니 석현에게 "오토바이 아저씨." 하며 오른손으로 맥주캔을 들어 올렸다. 여자는 "같이 한잔해요." 하고 말했다. 남자는 피식 웃으며 "미친 년." 하더니 목소리를 한껏 높여 "야! 우린 그만 자러 가야지. 이러다 볼일도 못 보고 해 뜨겄다." 하고 의자에서 일어섰다. 여자는 "그래." 하며 한숨 쉬고 고개를 끄덕거렸다. 남자가 "일어나." 하고 말하자 여자는 "오빠, 나 좀 일으켜 줘." 하면서 졸음기 가득한 눈으로 남자를 쳐다보았다. 남자는 여자 등 뒤쪽으로 가서 섰다. 그는 두 손으로 여자의 양쪽 겨드랑이를 움켜잡고 그녀를 번쩍 일으켜 세웠다. 그리고는 여자의 왼쪽 옆에 서서 그녀를 부축해서는 모텔 입구 쪽으로 발맞춰서 걸어갔다. 둘의 뒷모습을 지켜보며 고개를 절레절레 흔든 석현이 문득 손에 쥐고 있는 스마트폰을 보고 "엇!" 하며 화들짝 놀랐다. 그는 서둘러 스마트폰을 귀에 대고 "여보세요! 여보세요!" 하고 다급히 소리쳤다. 통화연결 중인 스마트폰을 통해 봄이의 경직된 목소리가 들려왔다.

"석현 선수!"

"예? 예."

"지금 업소에서 술 드시고 계시죠?"

"네? 그게 무슨 소리죠?"

"강원서킷 가는 길에 업소 들러서 술 드시고 계시잖아요?"

"아! 그게, 그게 아니에요. 여기 편의점이에요!"

"편의점은 무슨… 요즘은 편의점에서 아가씨 끼고 술 마시나 봐요?"

"예에? 전혀 모르는 사람들이에요! 나, 야식으로 라면 먹으려고 잠시 들른 거예요."

"그렇겠죠. 숙취해소 해장라면 먹고 조심히 올라가세요."

화난 목소리로 여기까지 말한 봄이는 일방적으로 전화를 끊었다. 석현은 귀에서 뗀 스마트폰을 멍한 눈으로 쳐다보다가 한숨을 쉬고는 고개를 들어 깜깜한 밤하늘을 하염없이 바라보았다.

석현이 국물을 깨끗이 비운 왕뚜껑 컵라면 그릇을 테이블에 내려놓는데 적재함에 레이싱 오토바이를 실은 봉고가 제일 오토바이 센터 포터 앞쪽에 일직선으로 정차했다. 서킷용 엑시브 250R을 적재함에 실은 파란색 봉고는 곧바로 헤드라이트와 시동을 껐다. 긴가민가한 석현은 컵라면 용기에 나무젓가락을 넣고 플라스틱 등받이 의자에서 일어섰다. 그는 봉고에 레이싱 오토바이 선수 번호를 확인하자마자 활짝 웃었다. 대구 현대 모터 수리 레이싱팀 박 단장이다. 봉고 운전석 문짝을 열고 차 밖으로 나온 박 단장은 "이 선수!" 하고 소리쳤다. "지저스!" 하고 소리친 석현은 "안녕하세요." 하면서 고개를 숙였다. 활짝 웃는 얼굴로 걷다가 파라솔 아래로 들어선 박 단장은 석현에게 오른손을 내밀었다. 석현은 두 손을 내밀어 박 단장과 악수를 나누었다. 정겹게 악수하고 손을 푼 박 단장은 석현의 맞은편 플라스틱 등받이 의자에 앉았다. 같이 의자에 앉은 석현이 놀라움이 가시지 않은 얼굴로 "세상에! 여기서 이렇게 만나다니." 하더니 "단장님은 목요일도 아닌 금요일 새벽에 오신다고 하셨잖아요?" 하고 물었다. 박 단장은 씨익 웃고는 흥겨운 목소리로 대답했다.

"그랬는데, 올스톱하고 가게 문에다가 '여름휴가' 딱! 붙이고 안 왔겠나."

"괜찮으시겠어요?"

"모르겠다."

"직원들은요?"

"여름휴가지 뭐."

"뭐 별일 있겠어요. 단장님 잘하셨어요. 그리고요, 그 티셔츠 잘 어울리시네요."

박 단장이 고개를 숙여 입고 있는 흰색 반팔 티셔츠를 살펴보다가 고개를 들면서 물었다.

"잘 어울리나?"

"네."

"내는 이 선수가 택배로 보내 준 이 티셔츠에 KR모터스 엑시브 250R 광고문구가 가슴을 울린다."

"KR모터스 대리점에서 2장 받아서 흰색 티셔츠를 단장님께 보내 드린 거예요."

"내한테 이 티셔츠는 단순히 입는 옷 이상의 큰 의미가 있는 기다. 내 시합용 오토바이가 국산 엑시브 250R이잖아. 내 시합용 오토바이 내가 홍보하는 기지."

"이오공 클래스에서 국산 오토바이로 시합 뛰시는 거는 큰 의미가 있어요."

"내는 우리나라에서 4기통 레이싱 600cc나 1000cc 오토바이를 출시하면 구입과 동시에 승급해서 또 국산 오토바이로 서킷을 달릴 기다."

"언젠가 그런 날이 오겠죠." 석현이 말하자 박 단장이 고개를 뒤로 돌려 제일 오토바이 센터 포터 적재함에 실린 YZF-R1을 쳐다보았다. 고개를 똑바로 한 박 단장은 입가에 잔잔한 미소를 지으며 석현에게 물었다.

"준서 오토바이제?"

석현이 고개를 끄덕이며 "네." 하고 대답하자 박 단장은 "그립네." 하며 쓸쓸히 웃었다. 잠시 침묵하던 석현이 "단장님, 시원한 음료수라도 한잔하시죠?" 하고는 의자에서 일어섰다. 싱긋 웃은 박 단장은 "이 선수, 여기서 라면 묵고 있었나. 우리 뭣 좀 더 묵자." 하고 말하며 의자에서 일어섰다. 석현이 "아니에요. 제가 사 가지고 올게요." 하고 말하자 박 단장은 "이 선배는 앉아 있으라. 내가 들어가서 빵 좀 사 오께." 하면서 쾌활하게 웃었다. 석현이 민망한 표정 지은 얼굴로 "단장님 선배는요. 제가 사 올게요." 하고 말하자 입가에 미소를 지은 박 단장은 "아니다." 하면서 베이지색 면바지 왼쪽 뒷주머니에서 장지갑을 빼냈다. 잠시 머뭇거린 석현이 "알겠습니다." 하고 도로 의자에 앉자 박 단장은 편의점 출입문 쪽으로 걸어갔다.

박 단장이 오른손에 큰 사이즈 비닐봉지를 들고 편의점에서 나왔다. 그는 싱글벙글 웃으며 파라솔테이블로 걸어와 다시 석현의 맞은편 플라스틱 등받이 의자에 앉았다. 박 단장은 비닐봉지 안에서 500미리 우유 2개와 치킨버거 2개, 단팥빵 2개, 소보로빵 2개, 도넛 2개를 꺼냈다. 그는 석현의 앞에 우유와 햄버거, 빵과 도넛을 한 개씩 놓아주었다. 석현이 "단장님, 잘 먹겠습니다." 하며 고개를 숙였다가 들자 박 단장이 우유팩 마개를 양옆으로 벌렸다가 앞으로 잡아당겨서 열며 "묵자." 하고 말했다. 둘은 치킨버거를 먼저 먹었다. 석현은 그다음으로 단팥빵을 먹었고 박 단장은 도넛을 먹었다. 한참 먹는 중에 박 단장이 문득 석현에게 물었다.

"이 선수, 같이 대전 사는 유찬이하고는 언제부터 사이가 꼬인 건가?"

석현이 입안에 단팥빵을 마저 씹다가 목으로 삼키고 우유를 한 모금 마신 뒤 대답했다.

"제가 데뷔 시즌 두 번째 시합 때 유찬이 앞으로 조금 무리하게 추월을 들어간 적이 있거든요. 스타트 후 선수들이 벌떼같이 몰린 1번 코너 브레이킹 지점에서요. 유찬이가 군 제대 후 22살에 600클래스로 레이싱 복귀를 했던 때였고 저는 24살에 600클래스로 레이싱 데뷔를 했던 때였죠. 나중에 알았어요. 유찬이는 제가 추월을 들어간 상황에서 저와 충돌할 뻔했다고요. 뭐 그래도 1번 코너 깃발부스 안의 진행요원은 저에게 경고 깃발이나 페널티 부여 깃발을 흔들진 않았어요. 아슬아슬하게 경고나 퇴장을 피해 간 거죠."

"맞나?"

"예."

"그래서?"

"시합 끝나고 피트인해서 생수병을 입에 대고 물을 마시고 있는데 유찬이가 우리 팀 피트 안으로 성큼성큼 걸어 들어오는 거예요."

"말도 없이?"

"네!"

"그래서?"

"제 발 앞에 지 헬멧을 집어 던지더라고요."

"뭐라꼬, 헬멧을? 미친나!"

"완전 미친 거죠. 그 풀페이스 헬멧 최고가 제품이었거든요. 저는 올 시즌부턴 상대적으로 저렴한 국산 HJC 헬멧을 시합 때 쓰지만 그 헬멧도 행여나 스크래치 하나라도 날까 애지중지 다루는데요."

"야, 이거 유찬이 또라이네, 가만있었나?"

"제가 생수병을 테이블에 내려놓고 바닥에 튕겼다가 데구루루 굴러간 그 헬멧을 주워 다가 유찬이한테 주며 말했죠. 너희 부모님이 고생하셔서 사 주신 장비 소중히 하라고요."

"그랬어? 한 대 친 건 아니고?"

"그랬다간 저는 연맹에서 바로 제명이죠."

"하긴, 유찬이가 뭐라꼬 그라던데?"

"일단 헬멧 받고 그 자리에 서서 저를 한참 노려보다가 갔어요."

"뭐꼬, 그게 끝이나?"

"아니죠. 유찬이가 어떤 앤데요."

"뭔데?"

"그다음 시합에서요, 이 자식이 스타트 후에 1번 코너 브레이킹 지점에서 제 앞으로 순간 밀고 들어와 코너 진입 직전에 급브레이크를 잡고 서더라고요."

"뭐라꼬! 오토바이를 멈췄따꼬?"

"그때 저 유찬이 오토바이 피하다가 코스 이탈하면서 자빠졌어요."

"맞나! 우와, 그거 완전히 미친놈이네, 진행요원은 어예 했는데?"

"유찬이는 흑색 깃발 받고 서킷에서 일시 퇴장당하면서 사실상 실격 처리됐죠."

"끝이나? 와, 열받네."

"진짜 열받는 건, 그 시합 이후 한동안 저는 중위권에 머물렀고 유찬이는 상위권을 계속 찍었다는 거죠. 물론 유찬이가 고등학교 때부터 선수로 뛰었지만 어쨌든 열받는 일이었죠. 그래도요 제가 해마다 시즌을 보내면서 기량이 올라서 올 시즌 첫 시합에서는 유찬이가 1위 하고 제가 2위 했잖아요. 아쉽게도 그 시합 이후 유찬이가 1000cc KSB1000 코리아슈퍼바이크전으로 올라가면서 600에선 제대로 발라 버릴 기회가 사라진 거였죠."

"이 선수, 이제 600에서 1000으로 승급도 했고 이번에 한일 슈퍼바이크 통합전에서 유찬이를 다시 만난다 아이가. 그것도 준서의 야마하 1000cc 레이싱 오토바이 YZF-R1을 타고."

"그렇죠."

"멋지네! 그야말로 한 편의 드라마 아이가. 이 선수야, 이번엔 유찬이 제칠 수 있겠나?"

"그러기 위해서 수요일부터 연습 주행하는 거죠."

박 단장이 손에 든 도넛을 들어 올리며 "묵으면서." 하자 석현이 단팥빵을 한 입 베어 물었다. 한 입 베어 문 도넛을 입안에서 우물거리던 박 단장이 "숙소는 어디다 잡았나?" 하고 묻자 석현은 입안의 단팥빵을 삼킨 뒤 "강원서킷 근처 드림모텔이요." 하고서 우유를 한 모금 마셨다. 박 단장은 아쉬워하는 얼굴로 "맞나, 내는 시내에 잡았는데. 이 선수도 그쪽으로 잡을 줄 알았지." 하고서 "하모하모, 컨디션 조절하기에는 서킷에서 숙소가 가까운 게 낫지." 하고는 우유를 한 모금 마셨다.

　B시까지 박 단장의 봉고 뒤에서 포터를 운전하던 석현이 박 단장과
전화로 인사하고 갈림길에서 헤어졌다. 석현은 강원서킷 이정표를 따
라 헤드라이트 빛에 비춰진 한적한 야간도로를 달리다가 예약한 드림
모텔에 도착했다. 새벽 3시 52분이다. 석현은 아치 모양의 주차장 입구
로 포터를 몰고 들어갔다. 주차장을 지나면 5층 건물의 모텔이 있다. 석
현은 주차장을 거의 다 지나기까지 2단 기어로 직진하다가 기어를 1단
으로 바꾸며 핸들을 왼쪽으로 감아 돌렸다. 석현은 좌측 담벼락 가장 위
쪽 첫 번째 주차칸에 포터를 전진주차했다. 주차장에 주차된 차는 10
여 대 남짓이다. 주차장 중앙, 가로로 다섯 칸, 그 밑에 다섯 칸 더해 10
개의 주차칸 아래열 맨 좌측 주차칸에는 할리스피릿 레이싱팀의 포터
가 주차되어 있다. 검은색 포터 적재함에는 호켄하임실버 색상의 BMW
S1000RR 레이싱 오토바이가 실려 있다. 99번의 선수 번호는 프런트 커
버와 좌, 우 사이드 커버에 각각 한 개씩 모두 세 개가 부착되어 있다.
　석현은 핸드 브레이크를 당긴 포터의 시동을 껐다. 그러면서 대쉬보
드 휴대폰 거치대에서 충전케이블을 빼며 스마트폰을 꺼내 진청 엔지
니어진 오른쪽 앞주머니에 넣었다. 에어컨 블라인드에 클립으로 꺼진
그물주머니 속에서 꺼낸 반지갑은 진청 엔지니어진 왼쪽 뒷주머니에
넣었다. 차 안을 살펴본 석현은 차 키를 빼내며 운전석 문짝을 열고 차
에서 내렸다. 운전석 문짝을 왼손으로 밀어 닫은 그는 준서의 레이싱 오
토바이 야마하 YZF-R1을 실은 적재함 뒤를 빙 돌아 걸어가 조수석 문
짝 앞에 섰다. 차 문을 열기 전에 잠시 고개를 들어 밤하늘의 천사들이
반짝이는 새벽하늘을 바라보았다. 그러다 조수석 문짝을 열었다. 석현

은 하이킹 배낭을 꺼내 등에 메고 조수석 문짝을 닫았다. 그런 뒤 차 키 키고리에 걸린 리모컨 버튼을 눌러 차를 잠갔다. 차 키를 오른손에 쥔 석현은 뒤돌아서 5층 건물 드림모텔 출입문으로 걸어갔다. 걸어가면서 차 키를 바지 오른쪽 뒷주머니에 넣었다. 눈높이 조금 아래에 '드림모텔' 흰색 글자스티커가 붙은 유리 슬라이딩도어 앞에 서자 출입감지센서 가 동작하며 자동으로 출입문이 열렸다. 안으로 들어가자 '딩동' 초인종 소리가 울렸다. 하지만 프런트룸에서는 인기척이 없다. 석현은 프런트 룸 앞으로 가까이 걸어가서 열려 있는 쪽창을 통해 방 안을 들여다보았 다. 방 안에서 30대 초반 모텔 남자가 쪽창을 향해 발을 뻗고 오른쪽 옆 으로 누워서 곤히 자고 있다. 두유색 반팔 티셔츠에 검은색 추리닝 바지 를 입은 모텔 남자의 두 손에는 비디오게임기 조작패드가 꼬옥 쥐어져 있다. 석현은 왼쪽으로 눈을 돌렸다. 방 좌측 벽에 붙은 수납장 위에는 브라운관 구형 30인치 TV가 놓여 있는데 화면 속에 보이는 것은 길가 에 정차해 있는 비디오게임 레이싱카다. 석현은 TV 화면에서 시선을 떼 고 방 안을 둘러보았다. 방바닥 가운데 동그란 양은쟁반에는 강원도 옥 수수 막걸리병과 막걸리잔, 젓가락, 반쯤 남은 감자전이 담긴 접시와 반 쯤 남은 김치가 담긴 접시가 놓여 있다. 석현이 강원도 오리지널 감자전 을 유심히 쳐다보며 맛있겠다고 생각하다가 다시 모텔 남자에게로 시 선을 돌리는데 그가 눈을 떴다. 상체를 일으켜 앉은 모텔 남자는 프런트 룸 쪽창으로 자신을 쳐다보고 있는 석현과 눈이 마주쳤다. 석현은 고개 를 가볍게 숙였다들며 "안녕하세요." 하고 인사를 한 뒤 "처음 뵙는 분이 네요." 하면서 입가에 미소를 지어 보였다. 모텔 남자는 머리에 함박눈 이라도 쌓인 사람처럼 고개를 서너 번 돌려 머리를 털고 일어나서는 비 틀비틀 걸어 쪽창으로 다가왔다. 석현은 다가오는 모텔 남자를 쳐다보며 "저 202호실 전화로 예약하고 방값 입금했는데요." 하고 말했다. 사무용의자에 앉은 모텔 남자는 선반테이블에 놓은 대나무바구니를 집어 열린 쪽창 밖으로 내밀었다. 대나무바구니 안에는 202호실 방키가 담겨 있다. 석현이 오른손으로 대나무바구니 안에 방키를 꺼내자 모텔 남자가 말했다.

"수건, 칫솔, 면도기, 스킨, 로션은 방 안에 다 있고요."

"네." 하고 대답한 석현은 몸을 오른쪽으로 돌려서 엘리베이터 좌측에 위치한 계단으로 걸어갔다. 계단을 통해 2층에 올라서면 복도가 눈 앞으로 길게 뻗어 있다. 환풍기 소리가 들려오는 적막한 복도 천장에는 전구색 조명이 줄줄이 켜져 있다. 2층으로 올라온 석현은 방 번호를 확인하며 복도를 걷다가 202호실 문 앞에서 멈춰 섰다. 그는 방키로 문을 열고 들어가 현관 벽 키패드홀더에 키고리에 달린 키패드를 꽂고 오른쪽 옆에 형광등 스위치를 켰다. 어둠에 잠겼던 방 안은 천장 형광등이 켜지면서 환해졌다. 석현은 현관에서 신발을 벗고 방으로 올라와 등에 메고 있던 하이킹 배낭을 벗어 방바닥에 내려놓았다. 마주 보이는 곳에 핑크색 커튼이 양쪽으로 걷어진 창문이 있고 그 밑으로 2인 사이즈 침대가 가로로 놓여 있다. 침대 머리맡 벽면에는 반원 모양의 벽거울이 붙어 있고 침대 발밑 맞은편 벽에는 벽걸이 TV가 있다. 그 왼쪽 옆으로는 2인용 원형테이블과 2개의 나무등받이 의자가 놓여 있다. 그 왼쪽 옆으로 2칸 나무서랍받침대 위에는 46리터 냉장고가 놓여 있다. 냉장고 안에는 500미리 생수병 2개와 마시는 피로회복제가 2병 들어 있다. 왼쪽 옆으로는 화장거울과 화장대, 화장대 의자가 있다. 화장대 의자에서 왼쪽으로 고개를 돌리면 반투명유리 욕실문이 보인다.

석현은 스텐 손목시계를 풀어 화장대 위에 올려놓고 뒤돌아 침대로 걸어갔다. 침대 앞에 선 석현은 침대 위를 무릎으로 걷다가 방충망이 설치된 창문을 열었다. 열린 창문을 통해 들어온 강원도의 신선한 새벽공기가 방 안을 가득히 채웠다. 석현은 침대 위에서 두 무릎을 꿇고 앉아 양쪽 눈을 지그시 감았다. 하나님께 기도드리는 새벽예배 성도처럼.

스마트폰 알람 소리가 한참 울리고 있는 가운데 석현이 눈을 번쩍 떴다. 오전 6시다. 석현은 머리맡에 놓인 스마트폰을 오른손으로 잡고 홈버튼을 눌렀다. 자동차경보기 소리를 울려 대던 스마트폰은 조용해졌다. 부스스한 얼굴의 석현은 눈을 뜬 채 잠시 그대로 누워 있다가 이내 상체를 일으켜 앉아 창문 커튼을 활짝 열고 두 다리를 침대에서 내리며 일어나 곧바로 욕실로 들어갔다. 강원서킷에서 만들어 가는 준 레이싱팀의 새로운 역사가 시작되는 첫날이다.

유리 슬라이딩도어가 열리고 하이킹 배낭을 멘 석현이 모텔에서 나왔다. 그는 준 레이싱팀 반팔 레이싱 남방에 진청 엔지니어진을 그대로 입었다. 석현은 모텔에서 나오기 전에 프런트룸에 방키를 반납하면서 토요일까지의 방세를 선불로 계산했다. 강원서킷 시합을 앞두고 있기 때문에 지금 방을 예약해 놓지 않으면 다른 팀들로 인해 방을 못 잡을 수도 있다. 그건 그렇고, 하늘을 보니 구름 한 점 없이 맑은 날이다. 아직은 8월임에도 오늘 아침 날씨만큼은 가을날처럼 선선하다. 새벽 일찍 서둘렀는지 함께 숙박한 할리스피릿 레이싱팀 포터는 이미 주차장을 빠져나가 있다. 포터 운전석 문짝 앞에 선 석현은 하이킹 배낭을 벗어 적재함 구석에 기대어 실었다. 그리고는 진청 엔지니어진 왼쪽 앞주머니에서 차 키를 꺼내 고리에 걸린 리모컨 버튼을 눌러 차에 잠금을 해제했다. 잠금이 풀리자 석현은 운전석 문짝을 열고서 차에 올라탔다. 운전석에 앉은 석현은 운전석 문짝을 닫음과 동시에 키홀에 꽂은 차 키를 돌렸다. 시동이 걸리자 핸드 브레이크를 내리고 클러치 페달을 밟고 후진기어를 넣은 뒤 클러치를 해제하면서 액셀러레이터 페달을 밟으며 후진했다. 주차칸을 벗어나자, 그대로 조금 더 후진하며 핸들을 왼쪽으로 빠르게 감아 돌려 포터를 주차장 입구 쪽으로 방향 전환 시켰다. 그러면서 1단 기어를 넣은 뒤 클러치 페달에서 발을 떼고 액셀러레이터 페달을 밟으며 직진하다가 아치 모양의 주차장 출구를 통과해 모텔 밖으로 나갔다.

13

멈춰진 시계 속에서
멜로디가 흐른다

드림모텔에서 포터를 끌고 나온 지 5분쯤, 석현이 강원서킷 쪽으로 도로를 달리다가 산골삼계탕식당에서 우측 방향지시등을 켜고 핸들을 돌렸다. 석현은 차의 속도를 줄여 주차장으로 들어갔다. 콘크리트 포장 바닥의 앞마당형 주차장에는 승용차 2대와 할리스피릿 레이싱팀 포터가 나란히 옆으로 주차되어 있다. 석현은 승용차 옆 빈 주차칸에 포터를 멈춰 세우고 시동을 껐다. 핸드 브레이크를 당겨 올린 석현은 키홀에서 차 키를 뺀 뒤 운전석 문짝을 열고 차에서 내렸다. 그는 왼손 손바닥으로 운전석 문짝을 밀어 닫고서 차 키 키고리에 달린 리모컨 버튼을 눌러 잠금을 걸고 식당 출입문으로 걸어갔다. 걸으면서 고개를 오른쪽으로 돌려 할리스피릿 레이싱팀 포터를 잠깐 쳐다보았다. 적재함에 실린 호켄하임실버 색상의 BMW S1000RR 레이싱 오토바이는 주행거리 0킬로미터의 새 차다. 주차장을 지나 돌계단을 밟고 올라온 석현은 '아침 식사 가능' 안내문이 붙은 양문 강화도어 왼쪽 문을 당겨 열고 식당 안으로 들어갔다. 보통의 식당들이 그런 것처럼 출입문 안 우측 벽에는 계산테이블이 놓여 있다. 식당 중앙에 6개의 4인용 직사각테이블은 2개씩 세로줄로 붙어 있다. 할리스피릿 레이싱팀 해리 해리스는 출입문에서 먼 세로줄 직사각테이블에서 식당 좌측 벽면에 설치된 텔레비전을 등지고 앉아 식사를 하고 있다. 맞은편에 앉은 할리스피릿 레이싱팀 단장 리차드 전은 능숙하게 젓가락질을 하며 뚝배기 삼계탕을 먹고 있다. 해리 해리스는 돈까스 스텐 포크로 뚝배기 삼계탕을 먹고 있다. 그들의 옆으로 바깥 풍경이 보이는 식당 전면 강화유리벽에는 2인용 직사각테이블 3개가 세로줄 상(上), 중(中), 하(下)로 배치되어 있다. 하(下) 테이블 그러니까 가장 아래쪽 테이블과 출입문 사이에는 미니커피자판기가 놓여 있다. 강원서킷 직원인 승용차 운전자 남성 2명은 벽면 텔레비전 옆으로 미닫이유리문을 연 방 안에서 좌식테이블에 마주 보고 앉아 뚝배기 삼계탕을 먹고 있다. 석현은 강화유리벽면 가장 위쪽의 2인 테이블 의자에 앉아 주문한 식사를 기다리고 있다. 우측 대각선으로 보이는 벽면 텔레비전에서는 아침뉴스가 방송되고 있다. 석현이 뉴스를 보고 있는데 오른쪽 옆, 테이블 간 통로를 사이에 두고 식사를 하고 있는 해리 해리스가 입안에서 눈처럼 녹는 푹 익은 닭고기를 삼키더니 리차드 전에게 "굿! 코리안 치킨," 하고 말했다. 굵은 인삼 한 뿌리를 통째로 입안에 넣고 씹던 리차드 전은 많이 먹으라는 듯 손바닥이 보이게 왼손을 들어 보였다. "감사합니다." 하고 말한 해리 해리스는 고개를 오른쪽으로 돌려 석현을 쳐다보고는 아는 척을 하려다가 아직은 좀 그런지 포기하고 스텐 포크로 깍두기를 찍어 입안에 넣었다. 식당 내부 뒤쪽 스텐 선반테이블로 담을 친 주방 안에 있는 남자 조리사가 불을 켠 화력 센 버너에 올린 뚝배기는 석현이 주문한 삼계탕이다. 주문한 삼계탕이 나오길 기다리며 벽면 텔레비전에서 방송되고 있는 아침뉴스를 보고 있던 석현이 문득 고개를 오른쪽으로 돌렸다. 그제야 석현은 테이블 간 통로를 사이에 두고 자신을 정겹게 쳐다보고 있는 리차드 전과 눈이 마주쳤다. 리차드 전은 부드럽게 미소 지으며 석현에게 눈인사를 했다. 석현도 고개를 꾸벅 숙이면서 "안녕하세요." 하고 인사를 했다. 그러자 해리 해리스가 두툼한 닭고기 살점을 찍은 스텐 포크를 손에 든 채 석현에게 "굿모닝." 하고 인사를 했다. 석현은 반갑게 "굿모닝." 하며 살며시 눈웃음을 지었다. 뒤늦은 인사를 마치자 다시 식사를 시작한 리차드 전과 해리 해리스는 할리스피릿 레이싱팀 반팔 레이싱 남방을 입고 있다. 회색과 검은색 상하 2가지 색상 디자인의 반팔 레이싱 남방 왼쪽 가슴주머니에는 '할리 데이비슨' 한글 글자가 오바로크 미싱으로 새겨져 있다.

식사를 마치고 삼계탕값을 계산한 석현이 양문 강화도어 왼쪽 문을 당겨 열고 식당 밖으로 나왔다. 할리스피릿 레이싱팀 포터는 보이지 않는다. 석현은 돌계단을 내려와 주차장 안으로 들어갔다. 시간은 6시 46분이고 산골삼계탕식당에서 강원서킷까지는 차로 5분 거리다. 8시 20분부터 연습 주행 및 일반인 스포츠 주행이 시작된다.

석현이 포터 운전석 문짝을 열고 차에 들어가 앉으며 운전석 문짝을 닫았다. 그는 차 키를 키홀에 꽂아 돌려 시동을 걸고 핸드 브레이크를 내림과 동시에 클러치, 브레이크 페달을 밟으며 후진기어를 넣었다. 좌우 사이드미러를 확인한 석현은 클러치 페달에서 발을 떼며 브레이크 페달을 밟고 있던 오른발로 액셀러레이터 페달을 밟았다. 레이싱 오토바이를 실은 포터가 후진해서 주차칸에서 나오자 석현은 핸들을 오른쪽으로 감아 돌려 차를 방향 전환한 뒤 클러치, 브레이크 페달을 밟았다. 그러면서 기어를 1단으로 바꾸고 직진하며 강원서킷 방향 도로에 다시 올라탔다. 레이싱 오토바이를 실은 포터가 속도를 빠르게 올리며 달리기 시작하자 강원모터스포츠파크 1km를 알리는 이정표가 석현의 눈에 스쳐지나간다. 여기에서부터 700미터를 지나 다음 이정표를 따라 우회전해서 사잇길 도로를 300미터 정도 달리면 절반쯤 땅에 묻힌 형태의 거대한 반원타이어가 보인다. 반원타이어 상단에는 '강원모터스포츠파크' 상호로 제작된 대형 간판이 걸려 있다. 대형 간판 아래 지상에는 주차관제 사무실이 있고 그 양옆 입구도로와 출구도로에는 주차 차단봉이 운용되고 있다. 차단봉을 통과해 입구도로를 달리다가 회전교차로에서 좌회전하면 메인스탠드 관람석 고객전용 주차장으로 들어간다. 우회전하면 지하도로를 내려갔다가 올라오면서 패독으로 들어간다. 축구 경기장 넓이에 아스팔트 포장 바닥 패독은 레이싱팀 주차장 및 시합 전 레이싱 머신을 점검하는 지역이다. 피트동과 컨트롤타워 바로 뒤쪽이 패독이다. 74만 평 부지에 건축된 강원서킷의 컨트롤타워는 5층 건물이다. 그 옆으로는 차량 1대가 지날 통로를 사이에 두고 피트동 건물이 자리한다. 피트동의 피트는 총 30개인데 컨트롤타워 바로 옆의 피트가 1번 피트이다. 피트 1개당 레이싱카를 앞에서부터 뒤쪽으로 모두 6대 주차할 수 있다. 피트동 옥상에는 세로 21미터 가로 32미터의 초대형 LED스크린이 설치되어 있다. 세계적인 대한민국 기업 S사가 제작 설치한 방수 방진 기능의 이 초대형 LED스크린을 통해 유튜브 방송으로 실시간 생중계되는 본선 경기 영상을 시청할 수 있다. 본선 경기 유튜브 방송은 피트 안에서도 시청할 수 있다. 각각의 피트 안 앞쪽 천장 밑 모퉁이벽에 벽면 TV가 설치되어 있다. 1번 피트부터 30번 피트까지 피트 앞에 개별적으로 주어진 공간은 '웨이팅 에어리어'다. 웨이팅 에어리어는 레이싱 머신이 피트로드를 통해 서킷코스로 입장하기에 앞서 간단히 워밍업을 하게 되는 곳이다. 레이싱카 2대를 양옆으로 나란히 정차할 수 있다. 웨이팅 에어리어 앞으로는 피트로드가 가로 일직선으로 뻗어 있다. 일방통행로인 피트로드는 웨이팅 에어리어에서 워밍업을 마친 레이싱 머신이 코스로 나가거나 반대로 코스에서 피트로 들어오는 통행로다. 코스 진입로는 피트에서 코스로 나가는 샛길을 뜻하며 피트 진입로는 코스에서 피트로 들어오는 샛길을 뜻한다. 강원서킷의 코스 진입로는 웨이팅 에어리어에서 출발해 우회전하여 피트로드로 들어가서 직진 주행하다가 길이 끝나는 지점에서 좌측 샛길(코스 진입로)로 들어가 1번 코너가 시작되는 지점으로 나와 코스에 입장하게 연결되어 있다. 피트 진입로는 12번 코너가 끝나는 지점에서 우측 샛길(피트 진입로)로 들어와 코스에서 퇴장하여 샛길을 따라 이동해 피트로드에 진입하도록 연결되어 있다. 진입한 피트로드를 따라 직진으로 주행하다가 우측에 위치한 각각의 피트 중에 자기 소속팀의 피트로 복귀한다.

피트 안에서부터 걷기 시작해 웨이팅 에어리어를 일직선으로 지나 피트로드를 가로질러 건너면 20센티 높이의 턱을 세운 인도에 올라선다. 폭 1미터의 인도에는 1.5미터 높이에 방호벽(콘크리트가드레일)이 1.3킬로미터 메인 스트레이트 구간을 따라 일직선으로 뻗어 있다. 메인 스트레이트 구간은 폭 17미터에 길이가 1.3킬로미터이다. 시속 300킬로 이상의 속도도 낼 수 있는 강원서킷 코스 중에서 가장 긴 장거리 직선 구간이다. 스타디움 지붕을 갖춘 5000석 규모의 메인스탠드 관람석에서는 메인 스트레이트 구간의 폭발적인 속도감을 생생히 체감할 수가 있다. 관람석 맞은편에 피트동 옥상의 초대형 LED스크린은 메인 스트레이트 구간을 지나간 레이서들의 전체 구간 경기 장면을 놓치지 않고 실시간으로 관람할 수 있게 해 준다. 메인 스트레이트 구간을 포함한 3.426킬로미터의 서킷코스는 총 12개의 테크니컬 코너로 구성되어 있다. 코너마다 경비초소 같은 깃발부스가 코너 입구 바깥쪽 안전지대의 충격 완화 타이어 벽 뒤에 위치해 있다. 우회전 코너는 코너 입구 바깥쪽이 '좌측'이고, 좌회전 코너는 코너 입구 바깥쪽이 '우측'이다. 5미터 높이의 철재구조물인 깃발부스는 계단을 밟고 올라가서 문을 안쪽으로 밀어 열고 내부로 들어간다. 1평 넓이의 깃발부스 삼면에는 미닫이 유리창문이 하나의 면마다 각각 한 개씩 모두 세 개가 설치되어 있다. 자이언트 코너인 12번 코너에는 깃발부스가 A존과 B존 두 곳에서 운용되고 있다. B깃발부스는 12번 우회전 코너 출구 좌측 바깥쪽 안전지대의 충격 완화 타이어 벽 뒤에 위치해 있다. 메인 스트레이트 구간 깃발부스 포함 14개의 깃발부스 주변에는 원격조정 CCTV 카메라가 설치되어 있는데 이 CCTV 카메라 영상은 컨트롤타워 4층 관제실과 3층 방송실에서 볼 수 있다. 메인 스트레이트 구간의 중간쯤 아스팔트노면에는 흰색 페인트로 그려진 스타팅 그리드(ㄇ 밑변이 없는 사각형) 28개가 나열되어 있다. 스타팅 그리드에서 눈을 들면 방호벽 안으로부터 ㄱ 자로 꺾여 나온 스타트 카운터 신호등이 보인다. 스타트 카운터 신호등 위에는 육교식 광고판이 설치되어 있다. 육교식 광고판에 걸리는 것은 매 라운드 대회 홍보 현수막이다. 스타트 카운터 신호등이 솟은 방호벽 안에는 메인 스트레이트 구간 깃발부스가 위치해 있다. 메인 스트레이트 구간 깃발부스 안의 진행요원이 오른쪽으로 고개를 돌리면 스타트 카운터 신호등이 보이고 왼쪽으로 고개를 돌리면 저 멀리 12번 코너 출구가 보인다. 진행요원이 고개를 바로 하면 결승선, 피니쉬 라인이 보인다. 피니쉬 라인 뒤쪽으로는 28개의 스타팅 그리드가 펼쳐져 있다. 진행요원이 고개를 아래로 숙이고 왼쪽을 보면 도르래 미닫이철문이 보인다. 방호벽에 난 가로 5미터 세로 1.5미터의 도르래 미닫이철문은 14번 피트에서 정면으로 보이는데 피트에서 메인 스트레이트 구간으로 입출입할 때 사용한다. 스타팅 그리드에서 시계방향으로 출발해서 600미터를 질주하면 R26에 폭 17미터의 1번 우회전 코너로 들어간다. R은 코너 진입 지점을 기준으로 회전하는 반경의 반지름을 지칭한다. 반지름은 원의 중심점을 지나게 직선(지름)을 그어 반원을 만들고 원의 중심점에서 원의 테두리 범위 안쪽까지만 한쪽 반원 안에 임의의 직선(반지름)을 그은 것을 말한다. 1번 코너를 빠져나와 400미터를 직진 가속하면 R74 폭 17미터의 2번 좌회전 코너로 들어간다. 2번 좌회전 코너를 빠져나오면 곧바로 R22 폭 16미터의 3번 우회전 코너로 들어간다. S자 형태로 굽은 길이 연이어 이어지는 2번 코너와 3번 코너를 시케인 코너라고 한다. 3번 코너를 빠져나와 300미터의 직선 구간을 질주하면 R11 폭 16미터의 4번 우회전 코너에 들어간다. R11의 4번 우회전 코너는 헤어핀 코너다. 헤어핀 코너는 이런 헤어핀(∩) 모양으로 급격하게 휘어진 도로를 말한다. 어떤 코너나 마찬가지이지만 특히 헤어핀 코너에서는 코너 돌기의 기본인 아웃코스-인코스-아웃코스 라인 타기와 안정적인 뱅킹이 중요하다. 뱅킹(banking)은 오토바이가 코너를 선회할 때 원심력에 의해 코너 바깥쪽으로 밀려 나가는 것에 저항하기 위해 오토바이를 코너 안쪽으로 기울여 인코스, 그러니까 코너 안쪽 회전 곡선으로 밀착 선회하며 구심력을 발생시키는 동작이다. 이때 오토바이를 최대한 기울인 상태를 풀뱅킹(full banking)이라고 한다. 아웃-인-아웃 라인 타기는 코너 입구에서는 바깥쪽 회전 곡선을 타지만 코너에 진입해서는 안쪽 회전 곡선을 타고 코너 출구에서 다시 바깥쪽 회전 곡선을 타면서 코너를 탈출하는 코너링의 기본을 말한다. (우회전 코너에서는 코너 입구 바깥쪽이 좌측이다. 코너 안쪽은 우측이고 코너 출구 바깥쪽은 다시 좌측이다. 좌회전 코너에서는 코너 입구 바깥쪽이 우측이다. 코너 안쪽은 좌측이고 코너 출구 바깥쪽은 다시 우측이다.) 덧붙이자면 코너를 통과할 때 코너라인을 따라 최대한 멀리 돌아나가는 게 아니라 코너 입구 바깥쪽 회전 곡선에서 직선을 긋기 시작해 이 선을 코너 안쪽 회전 곡선으로 이어 긋고 이어서 코너 출구 바깥쪽 회전 곡선으로 그으면 이 직선이 아웃코스-인코스-아웃코스로 최단 거리 코너 선회라인이 되는 것이다. 요약하자면 코너를 통과할 때 곡선을 타는 게 아닌 직선을 타는 것이다. 곡선을 타는 것보다 직선을 타는 것이 빠르고 안전하기 때문이다. 뱅킹에 대해 추가로 설명하자면 코너를 선회할 때 레이싱 오토바이를 최대한 풀뱅킹해서 기울기가 최대 65도 가까이 다다를수록 그만큼 코너 회전 반경은 짧아진다. 차체에서 떨어져 나간 타이어가 혼자 데굴데굴 굴러가다가 넘어지기 직전에 옆으로 잔뜩 기울어지면서 짧은 회전 반경을 그리는 걸 연상하면 좋겠다. 온로드 레이싱 오토바이가 코너를 풀뱅킹 선회하면 운전석 시트에서 라이더의 한쪽 엉덩이가 기울어진 쪽으로 빠져서 무릎이 노면에 닿게 되는데 이때 온로드 레이싱 슈트의 무릎 니슬라이더가 노면에 긁혀 나가게 되는 것이다. 이러한 레이싱 오토바이(온로드 오토바이) 코너링 자세를 린인(lean in)이라고 한다. 레이싱 오토바이(온로드 오토바이)와 라이더의 몸이 코너링 방향으로 똑같은 각도로 기울어지면 린위드(lean with)라고 한다. 만일 오토바이를 타는 당신이 65도 이상 오토바이를 기울이기 원한다면 린위드로 풀뱅킹해야 할 것이다. 레이싱 슈트 니슬라이더에 대한 이야기를 조금 더 해보겠다. 코너를 풀뱅킹 선회하면서 노면에 긁히는 무릎 니슬라이더는 무릎을 보호하면서 "헤이! 라이더 나 지금 노면에 닿고 있지만 조금 더 오토바이를 기울여서 코너 회전 반경을 줄일 수 있어." 또는 "이봐! 라이더

이제 기울이기 한계야. 더 기울이다가는 넘어진다고." 하는 코너링 시 작동하는 센서의 하나다. 참고로, 때론 실력이 부족한 일반인 오토바이 라이더가 공도 코너에서 멋을 내기 위해 레이싱 타입 오토바이는 겁이 나서 충분히 기울이지 못한 상태에서 운전석 시트에서 엉덩이만 두 쪽 다 빼서 노면에 무릎 니슬라이더를 긁히는 허망한 장면을 연출하기도 한다.

그럼 강원서킷 코스에 대해 이어서 설명하겠다. 4번 헤어핀 코너를 빠져나오면 500미터의 직선 구간을 질주하다가 R60 폭 16미터의 5번 좌회전 코너로 들어간다. 5번 코너를 빠져나오면 300미터의 직선 구간을 질주하다가 R22 폭 17미터의 6번 우회전 코너에 들어간다. 6번 코너를 빠져나오면 곧바로 R20 폭 16미터의 7번 좌회전 코너에 들어간다. 6번과 7번 코너 역시 코스가 S자로 이어지는 시케인 코너다. 7번 코너를 빠져나오면 200미터의 직선 구간을 질주하다가 R84 폭 17미터의 8번 우회전 코너에 들어간다. 8번 코너부터 11번 코너는 4회 연속코너다. 8번 코너를 빠져나오면 곧바로 R73 폭 16미터의 9번 좌회전 코너에 들어간다. 9번 코너를 빠져나오면 곧바로 R21 폭 17미터의 10번 우회전 코너로 들어간다. 10번 코너를 빠져나오면 곧바로 R13 폭 16미터의 11번 좌회전 코너로 들어간다. 11번 코너를 빠져나오면 300미터의 직선 구간을 질주하다가 R123 폭 17미터의 12번 중고속 우회전 코너로 들어간다. 1000cc 엔진 KSB1000 코리아슈퍼바이크전 기준 12번 코너 출구 평균 속도는 시속 220킬로로 12번 코너를 빠져나오면 1.3킬로미터의 메인 스트레이트 구간으로 고속 진입한다. 최종 12번 코너에서 이어지는 메인 스트레이트 구간은 레이서들이 폭발적인 최대 속도 경쟁을 벌이는 최장거리 직선 구간으로 코너에서 코너링 기술로 뒤쳐진 순위를 오토바이 엔진 출력으로 만회할 수 있는 승부처다. 강원서킷은 메인 스트레이트 구간이 길고 코너와 코너 사이가 중고속 직선 구간이다. 어느 서킷이나 마찬가지이지만 상대적으로 엔진 출력이 약한 레이싱 오토바이의 레이서는 코너 선회 속도가 빠르다고 할지라도 크게 고전할 수 있는 곳이 강원서킷이다.

석현이 운전하는 빨간색 포터가 강원서킷 패독 안으로 들어섰다. 패독 아스팔트 바닥에는 흰색 페인트로 그려진 64개의 주차칸이 16분할로 나누어져 있다. 준서의 레이싱 오토바이를 실은 빨간색 포터는 주차칸과 주차칸 사이 패독의 내부통로를 서행하며 피트동으로 이동하고 있다. 운전을 하는 석현의 눈에 컨트롤타워 및 피트동 뒷면 전체 풍경이 한눈에 들어왔다가 시야에서 점점 넓게 퍼져 나간다. 패독 내부통로를 따라 포터를 운전한 석현이 후면 셔터가 내려가 있는 6번 피트 뒤에서 클러치 페달과 브레이크 페달을 밟으며 기어를 중립에 넣었다. 그러면서 핸드 브레이크를 당겼다. 6번 피트 우측 옆으로 5번 피트 패독에는 박 단장의 봉고가 주차되어 있다. 5번 피트 안에 박 단장은 피트 중앙에 펴놓은 접이식 사각테이블의 접이식 등받이 의자에 앉아 있다. 검은색 선글라스를 낀 그는 레이싱 오토바이부터해서 봉고 적재함에 실었던 시합 장비들을 모두 피트 안으로 옮겨 적정 위치에 가지런히 배치했다. 차 안에 석현이 고개를 숙여 인사하자 박 단장은 반갑게 오른손을 흔들었다. 박 단장이 입고 있는 흰빨검 온로드 레이싱 원피스 슈트는 KR모터스 엑시브 250R 메인 컬러에 일치하게 디자인되어 있다. 이 온로드 레이싱 원피스 슈트는 오토바이 선수들도 많이 찾는 오토바이 의류 제작 전문점에서 맞춤 제작한 것이다.

"박 단장님, 식사는요?"

운전석에서 내린 석현이 박 단장에게 물었다. "묵었다." 하고 대답한 박 단장은 "이 선수는?" 하면서 선글라스를 눈썹 위로 올려 이마에 걸쳤다. "저도 먹었습니다." 하고 대답한 석현은 "박 단장님, 저 일단 오토바이부터 좀 내리겠습니다." 하며 적재함 뒤쪽으로 걸어갔다. 6번 피트 좌측 옆으로 7번 피트 안에는 할리스피릿 레이싱팀 리차드 전 단장이 레이싱 오토바이 정면에서 오른쪽 무릎을 꿇고 앉아 있다. 그는 앞, 뒤 타이어 정비거치대로 바닥에서 띄워 놓은 레이싱 오토바이 앞 타이어에 타이어 워머를 씌우고 있는 중이다. 서킷에서 이동식 발전기로 운용하는 타이어 워머(타이어 보온 덮개)는 레이싱 오토바이가 코스에 들어가서 즉시 최적의 타이어 그립력을 발휘하는 기점(70도씨~80도씨)으로 타이어 온도를 미리 올려 준다. 덧붙여 설명해서 레이싱 오토바이가 코스에 들어가 타이어 온도를 올리기 위해 따로 워밍업 주행을 하지 않아도 되게끔 사전에 타이어를 데워놓는 장비이다. 0.1초로도 승부가 결정되는 치열한 레이싱 시합에서 운명을 결정짓는 천금 같은 시간을 버는 것이다. 7번 피트 안에 해리 해리스의 모습은 보이지 않는다. 온로드 레이싱 원피스 슈트를 입고 온로드 레이싱 부츠를 신은 해리 해리스는 주황색 일체형 유니폼 복장에 캡모자를 쓰고 검은색 선글라스를 낀 서킷 진행요원과 1번 코너 브레이킹 지점을 나란히 걸어가고 있는 중이다. 강원서킷이 처음인 해리 해리스는 주행 전 코스워킹을 통해 코너별 브레이킹 지점과 아웃-인-아웃 레코드라인 설정을 섬세하게 체크해 두려는 것이다. 레코드라인은 코너를 통과하는 최단 거리 주행라인을 뜻한다. 해리 해리스의 코스워킹, WSBK월드슈퍼바이크 프로 레이서 출신다운 멋진 열정이다. 컨트롤타워 옆으로 1번 피트와 그 옆에 2번 피트 안의 제네시스쿠페 동호회 회원들 11명은 전면 셔터와 후면 셔터를 모두 올려놓고 1번 피트와 2번 피트 사이 내부 옆면 셔터까지 마저 올려놓았다. 이들 중 9명은 1번 피트 안에 2개를 마주붙인 접이식 사각테이블에 둘러앉아 강원서킷 코스 공략법에 대해 열띤 토론을 나누고 있다. 나머지 2명은 웨이팅 에어리어에 서서 각자 스트레칭을 하고 있는 중이다. 피트로드의 코스 입장 대기 구간에는 8대의 제네시스쿠페와 3대의 투스카니가 세로 한 줄로 주차되어 있다. 1번 피트 2번 피트처럼 셔터를 올려놓은 3번 피트 4번 피트 안의 오토바이투어링 동호회 회원들도 3번 피트 안에 2개를 가까이 놓은 접이식 사각테이블에 둘러앉아 강원서킷 코스 공략법에 대해 대화를 나누고 있다. 이들은 모두 10명이다. 나머지 6명의 회원들은 16대의 오토바이를 가로 2줄로 세워 놓은 3번 피트 4번 피트 웨이팅 에어리어에 셋씩 모여서서 사적인 대화를 나누고 있다. 오토바이투어링 동호회 회원들은 모두 온로드 레이싱 원피스 슈트를 입고 온로드 레이싱 부츠를 신었다. 지금 시간은 7시 3분이고 8시 20분에 1번 피트 앞 웨이팅 에어리어에서 서킷 진행요원이 안전주행에 관한 교육을 실시한다. 참고로 강원서킷에서 일반인 참가자의 스포츠 주행 신청은 월, 화, 수. 주 3일만 가능하다.

구름 없이 맑은 하늘에 강원 지역 한낮 최고 기온이 27~30도인 오늘 첫 번째 서킷주행은 1그룹 제네시스쿠페 동호회다. 제네시스쿠페 동호회는 8시 40분부터 9시까지 20분 동안 1세션 스포츠 주행을 진행한다. 9시 10분부터 9시 30분까지는 2그룹 오토바이투어링 동호회가 1세션 스포츠 주행을 진행한다. 9시 40분부터 10시까지는 3그룹 대구 현대 모터 수리 레이싱팀의 박 단장이 SB250 스포츠 바이크전 연습 주행을 진행한다. 10시 10분부터 10시 30분까지는 4그룹 KSB1000 코리아슈퍼바이크전 연습 주행을 진행한다. 석현과 해리 해리스의 시간이다. 10시 40분부터 11시까지는 다시 1그룹 제네시스쿠페 동호회의 2세션 스포츠 주행이 진행된다. 이후 각 그룹별로 20분씩의 스포츠 주행 및 연습 주행이 오후 5시 30분까지 반복된다. 점심 식사 시간은 12시 10분부터 1시까지이며 컨트롤타워 지하 1층 구내식당에서 일괄적으로 하게 된다. 식사 메뉴는 프리미엄 도시락이다.

후면 셔터만 올린 6번 피트 안의 석현이 녹색 운동화를 벗고 서서 준레이싱팀 반팔 레이싱 남방 단추를 위에서부터 풀고 있다. 포터 적재함에 실고 온 시합 장비들과 타이어들은 6번 피트와 7번 피트 사이 옆면 셔터 쪽에 가지런히 놓여 있다. 8개의 타이어는 앞 타이어 따로 뒤 타이어 따로 4개씩 두 줄로 쌓아 놓았다. 피트 중앙에 세워 놓은 레이싱 오토바이는 앞 타이어 정비거치대와 뒤 타이어 정비거치대로 받쳐 바닥에서 15센티쯤 띄워 놓고 앞, 뒤 타이어에 이동식 발전기로 전기를 연결한 타이어 워머를 씌워 놓았다.

석현이 벗은 남방을 어깨 삼각 옷걸이에 걸쳐서 6번 피트와 5번 피트 사이 옆면 셔터 앞에 조립해 놓은 이동식 봉스탠드 행거 옷걸이 걸었다. 이동식 봉스탠드 행거 옷걸이는 포터 좌석 뒤쪽 수납공간에 분리한 상태로 항상 싣고 다니면서 서킷에서만 조립해서 쓰고 있다. 무기로 쓰기 위해 싣고 다니는 것은 절대 아니다. 도로에서 몇 번 사이코패스와 시비가 붙었을 때도 옷걸이 봉을 무기로 쓰진 않았다. 이동식 봉스탠드 행거 옷걸이 오른쪽 옆에는 접이식 사각테이블을 펴놓았다. 옆면 셔터에 바짝 붙인 것이다. 접이식 등받이 의자 4개는 나란히 앉게 2개 마주 보게 앉게 2개 놓았다. 벗은 진청 엔지니어진도 어깨 삼각 옷걸이에 걸쳐서 이동식 봉스탠드 행거 옷걸이에 건 석현이 옷걸이 봉 우측 끝 사이드 봉에 걸쳐 놓았던 검은색 망사 재질 이너슈트를 잡아당겨 두 손에 들었다. 그는 다리를 한 쪽씩 넣어 하의 부분을 입고, 팔을 한 쪽씩 넣어 상의 부분도 마저 입었다. 그리고는 배꼽 아래로 내려가 있는 지퍼를 목까지 올려 채웠다. 이너슈트를 다 입자 옷걸이 봉 좌측 끝 사이드 봉 검정캡에 어깨끈을 걸어 놓았던 슬림한 척추보호대를 빼냈다. 석현은 한쪽 팔씩, 두 팔을 두 개의 어깨끈에 나누어 넣어 등에 척추보호대를 걸쳤다. 그리고는 척추보호대 양쪽에 달린 신축성 허리벨트를 바짝 당겨 두 겹으로 배에 감으면서 벨크로테이프로 타이트하게 마주 붙였다. 척추보호대까지 착용하고는 이동식 봉스탠드 행거 옷걸이에 정장 재킷용 어깨 삼각 옷걸이로 걸어 놓은 온로드 레이싱 원피스 슈트를 꺼내서 망사 재질의 이너슈트와 동일한 방법으로 입고 배꼽아래 지퍼를 끝까지 올려 목 밑까지 채웠다. 온로드 레이싱 원피스 슈트 가슴 부분에는 '준 레이싱팀' 검은색 가죽 글자가 오바로크 미싱되어 있다. ① 이너슈트는 오토바이 운전자가 사고로 아스팔트 바닥으로 십여 미터씩 미끄러져 나갈 때 가죽 재질의 온로드 레이싱 슈트로 인해 피부에 발생하는 화상을 막아 주는 방화벽 역할을 한다. 그리고 여름철 땀으로 인해서 피부에 가죽 재질의 온로드 레이싱 슈트가 압축되어 착의 탈의가 상당히 불편해지는 현상을 방지하는 역할을 한다. ② 가죽 재질인 온로드 레이싱 슈트는 무겁고 몸을 조이기 때문에 관절의 움직임이 둔탁해진다. 하지만 오토바이가 주행 중 넘어져 운전자가 십여 미터씩 아스팔트 바닥으로 미끄러져 나갈 때 당하는 심각한 찰과상과 타박상, 열상으로부터 운전자의 몸을 보호해 주는 일종의 갑옷이다. 레이서가 투피스 레이싱 슈트를 시합에서 착용할 수 없는 이유는 아스팔트 바닥으로 미끄러져 나갈 때 상의 슈트와 하의 슈트 사이에 틈이 벌어져 피부에 큰 상처를 입히기 때문이다. 그렇기 때문에 투피스 레이싱 슈트는 온로드서킷 정식 시합에서는 사용불가다. 온로드 레이싱 원피스 슈트에는 관절마다 보호대가 내장되어 있고 목 뒤에는 거꾸로 세운 반쪽 원뿔 형태의 험프가 달려 있다. 험프는 오토바이가 고속으로 질주할 때에 직진하려는 물체를 가로막는 공기를 레이서의 목 뒤쪽으로 원활히 배출시켜 공기 저항력을 감소시켜 주는 장치이다.

오른발에 온로드 레이싱 부츠를 마저 신은 석현은 부츠 지퍼를 올리고 벨크로테이프 지퍼 덮개를 닫았다. 복장을 갖추자 피트 앞으로 걷다가 좌측 시멘트 내벽 모퉁이에 서서 신용카드 크기의 스텐 커버를 열고 상단 빨간색 버튼을 눌렀다. 곧바로 전면 셔터가 묘한 긴장감을 주는 기계음과 함께 위로 말려 올라가기 시작했다. 셔터가 올라가자 눈부신 햇빛이 피트 안으로 밀려 들어와 내부를 흐릿하게 가렸던 옅은 어둠을 피트 밖으로 밀어냈다. 완전히 말려 올라간 전면 셔터가 동작을 멈추었다. 스텐 커버를 닫은 석현은 뒤돌아 걸어서 피트 뒤쪽으로 나가 주차해 놓은 포터 조수석 문짝 앞에 섰다. 그는 손목시계를 들여다본 뒤 조수석 문짝을 열고 차 안쪽으로 한 걸음 가까이 들어가 글로브 박스를 열어 안에서 랩타임 측정기 제품포장 박스를 꺼냈다. 이 랩타임 측정기는 오늘을 위해 전에 미리 구입해 놓은 것이다. 글로브 박스를 닫고 연이어 조수석 문짝을 닫은 석현은 왼손으로 랩타임 측정기 제품포장 박스를 받쳐 들고 피트로 걸어갔다.

8시 16분. 1번 피트 앞 웨이팅 에어리어에는 스포츠 주행 참가자들이 모여서 안전교육을 받을 준비를 하고 있다. 해리 해리스는 진행요원과 함께 조금 남은 서킷코스를 마저 걷고 있는 중이다. 잰걸음으로 걸어온 석현이 참가자들 사이를 조심스럽게 비집고 들어가 박 단장 왼쪽에 섰다. 주황색 일체형 유니폼 복장에 흰색 캡모자를 쓰고 검은색 선글라스를 낀 진행요원은 손목에 전자시계를 보았다. 시간을 확인한 진행요원은 참가자들을 둘러보더니 간단히 자기소개를 하고서 안전교육을 시작했다. 교육의 주된 내용은 즐거운 모터스포츠 라이프를 위해 자신의 실력을 과신하지 말라는 것이었다. 그렇게 5분쯤, 짧게 안전교육을 마친 진행요원이 싱긋 웃는 얼굴로 석현을 쳐다보며 말했다.

"이석현 선수님."

손목시계를 들여다보던 석현이 흠칫 놀라 고개를 들고서 "예." 하고 대답했다. 진행요원은 "잠깐 앞으로 나와 주시겠어요?" 하고 말하면서 오른손으로 자신의 우측을 가리켰다. 석현은 지체 없이 앞으로 나가 진행요원의 우측에 섰다. 그러자 진행요원이 참가자들에게 석현을 소개했다.

"마침 오늘 서킷주행에 오토바이 선수 두 분이 참석해 주셨는데요, 여기 제 옆에 서신 이석현 선수는 SS600 슈퍼스포츠전 4라운드 우승자입니다."

간단히 소개를 마친 진행요원은 오른쪽으로 고개를 돌려 석현을 보면서 "선수로서 오늘 스포츠 주행 참가자분들께 서킷주행 시 유의할 점에 대해서 한 말씀 해 주시죠." 하고 말했다. "아, 예." 하고 멋쩍게 웃은 석현은 참가자들을 잠깐 둘러보고 나서 입을 떼었다.

"여러분, 반갑습니다. 저는 준 레이싱팀의 이석현 선수라고 합니다. 오늘 이 자리에 계신 동호회 여러분들께서도 각자 나름대로 높은 수준의 코너링 테크닉을 가지시고 이쪽에 서 계신 박 선수님이나 저 못지않게 코스를 공략하시는 열혈 마니아들이신 거 잘 알고 있습니다. 그렇지만 서킷에서 발생하는 사고는 참가자의 실력을 따지지 않는 만큼 주의 사항을 말씀드리면요. 스포츠 주행 초반에는 저마다 동체시력이 갑작스런 서킷 고속 스피드에 적응이 안 돼 있는 만큼 여유 있게 적응 시간을 갖고 서서히 주행 속도를 올려 주시면 좋겠고요. 이후 속도에 적응이 되었다고 해도 제 옆에 진행요원님의 말씀처럼 절대 본인의 실력을 과신해서 너무 무리한 주행은 하지 않는 것이 앞으로도 계속해서 부담 없이 서킷주행을 즐기는 길이라고 생각합니다. 그럼 다들 즐거운 스포츠 주행 되시기를 바랍니다. 부족한 저의 이야기를 경청해 주셔서 감사합니다."

설명을 마친 석현이 고개를 꾸벅 숙였다가 들자 참가자들이 박수를 쳐 주었다. 석현의 옆에서 같이 박수를 치던 진행요원이 손목시계를 들여다보고는 참가자들을 향해 말했다.

"그럼 앞으로 8시 40분에 1그룹 제네시스쿠페 동호회의 스포츠 주행을 시작하겠습니다. 참가자 여러분 모두 안내방송에 따라 차질 없이 진행에 협조해 주시고요, 1그룹 이후 각 그룹별 스포츠 주행 연습 주행 진행 시간은 컨트롤타워 출입문 우측 벽면 게시판에 붙여 놓은 오늘 일정표를 확인하시길 바랍니다. 그럼 모든 안전교육을 마치겠습니다. 감사합니다."

진행요원이 말을 마치자 모여 있던 참가자들은 서로의 피트로 흩어지기 시작했다. 석현과 박 단장도 피트로 돌아가기 위해 웨이팅 에어리어를 나란히 걸었다. 그러다 문득 석현이 박 단장에게 물었다.

"단장님, 혹시 생수 여유 있게 사 오셨어요?"

박 단장은 고개를 크게 끄덕이며 "필요하나?" 하고 물었다. 미안하다는 듯이 멋쩍은 얼굴을 한 석현이 "예." 하고 대답하자 박 단장은 지체 없이 "그래, 내 피트에 잠깐 들렀다 가자." 하고 말했다. 석현은 걸어가면서 박 단장에게 고개를 숙여 "감사합니다." 하고 인사했다. 박 단장과 석현은 4번 피트를 지나 왼쪽으로 돌아 걸어 5번 현대모터수리 레이싱 팀 피트로 들어갔다. 피트 중앙에 편 접이식 사각테이블 위로 스텐 재질 50리터 용량 아이스박스가 놓여 있다. 박 단장은 성큼성큼 걸어가 접이식 사각테이블 앞에 서서 아이스박스 뚜껑을 열고 반쯤 얼어 있는 1.5리터 생수 페트병을 한 개 꺼냈다. 박 단장 왼쪽 옆에 다가와 선 석현은 "와! 정말 시원하겠네요." 하고 말하며 생수 페트병을 건네받았다. 박 단장은 "억수로 시원할 끼다." 하고서 문득 "얼린 땅콩초코바도 하나 주까." 하며 입가에 미소를 지었다. 석현은 고개를 꾸벅 숙이며 "감사합니다." 하고 말했다. 박 단장은 아이스박스 안에서 빅사이즈 땅콩초코바를 한 개 꺼내 석현에게 내밀었다. 왼손 둘째손가락과 가운데 손가락 사이에 생수 페트병 마개 부분을 낀 석현은 오른손으로 빅사이즈 땅콩초코바를 받고서 밝게 웃는 얼굴로 박 단장에게 말했다.

"단장님, 오늘 연습 주행 끝나고 전에 전화 통화하며 말씀드렸던 중식당 가서 4단계 매운 짬뽕으로 저녁 식사 같이하시죠. 제가 사겠습니다."

박 단장은 아이스박스 뚜껑을 닫고 석현을 보면서 "그러자." 하고 말한 뒤 덧붙여 "내는 1단계로 묵을 끼다." 하면서 곧게 편 오른손 둘째손가락을 흔들어 보였다. 석현은 "단장님 지금부터 차분히 이미지트레이닝하고 계실 거죠?" 하고 물었다. "그렇지." 하고 박 단장이 대답하자 석현은 "단장님 그럼 이따가 뵙겠습니다." 하고는 웨이팅 에어리어 쪽으로 몸을 돌려 피트 밖으로 걸어 나갔다.

오전 10시. 강원서킷 위로 맑은 하늘에 태양의 열기가 강렬한 가운데 박 단장이 3그룹 1세션 연습 주행을 마쳤다. 그는 코스에서 샛길인 피트 진입로로 퇴장하여 피트로드로 입장했다. 박 단장은 레이싱 오토바이를 저속으로 운전하며 5번 피트로 복귀하고 있다. 6번 피트 웨이팅 에어리어에 레이싱 오토바이를 킥사이드 받침대로 세워 놓은 석현은 5번 피트 웨이팅 에어리어에 서서 박 단장을 기다리고 있다. 조금 뒤 피트로드로 레이싱 오토바이를 달리던 박 단장이 5번 피트에 가까이 다가오며 속도를 줄이자 석현은 박수를 쳐 주었다. 박 단장은 석현의 박수를 받으며 5번 피트 웨이팅 에어리어에 들어왔다. 그는 석현의 앞에서 레이싱 오토바이를 멈추고 시동을 끄더니 운전석 시트에 앉은 상태에서 왼발로 킥사이드 받침대를 펴고 오른발을 뒷브레이크 페달스텝에 올렸다. 박 단장은 오른손으로 풀페이스 헬멧 윈드쉴드를 완전히 위로 밀어올리고 영 못마땅하다는 표정의 얼굴로 입을 떼었다.

"혼자 타서 그런가, 오늘 영 파이다. 랩타임도 생각만큼 안 나오고. 이번엔 대구자유비행 레이싱팀 오토바이 센터에서 큰돈 내고 엔진튜닝도 했는데."

"네?" 하며 눈을 휘둥그레 뜬 석현은 '아니던데요?' 하는 표정의 얼굴로 박 단장에게 말했다.

"심리적인 요인일 거예요. 제가 방호벽 인도에서 참가들과 같이 서서 스마트폰으로 단장님 랩타임 측정했거든요."

"그랬나?"

"지난 4라운드보다 단축된 기록이 나오던데요. 맞죠?"

"내 오토바이 랩타임 측정기에도 그래 찍히긴 하는데, 그게 기대치만큼은 아니라서."

"지금 이 흐름만 유지하세요. 그러면 이번 본선 시합에서는 상위권 스타팅 그리드에 서시는 거죠."

"그래, 맞다. 고맙다, 이 선수."

"단장님, 저 그럼 1세션 들어갑니다. 이따가 봬요."

"그래, 알았다. 그리고."

"예."

"같이 연습 주행하는 전직 WSBK 선수."

"예."

"내 생각인데, 초반에는 그 친구 페이스에 휘둘리지 말고 이 선수 페이스를 유지하면서 찬찬히 스피드를 높여 가는 게 좋지 않겠나. 이 선수는 서킷에서 1000cc 레이싱 오토바이 주행이 오늘 처음이잖아."

"예, 저도 그럴 생각이에요."

"맞나? 그래 이 선수 그럼 파이팅 해라."

"넵." 하고 대답한 석현이 걸음을 옮겼다. 그는 6번 피트 웨이팅 에어리어로 걸어가서 레이싱 오토바이 왼쪽 옆에 섰다. 이제 전직 WSBK 레이서와 단둘이 스파링을 뛸 시간이다. 같은 선수로서 부끄럽지 않기 위해 산산이 부서질지언정 할 수 있는 모든 것을 보여 주어야 한다. 석현은 좌, 우 세퍼레이트 핸들 사이를 다리처럼 잇는 탑브릿지에 올려놓은 풀페이스 헬멧을 들어 머리에 쓰고 턱 끈을 고정 고리에 걸어 바짝 조여 매듭을 지었다. 그런 뒤 연료탱크에 올려놓은 온로드 레이싱 장갑을 한 손에 한쪽씩 두 손에 끼고 왼손으로 좌측 세퍼레이트 핸들을 잡고 오른쪽 다리를 운전석 시트 위로 넘겨 레이싱 오토바이에 올라타면서 두 손으로 양쪽 핸들을 잡으며 오토바이를 똑바로 일으켜 세웠다. 그러면서 왼발로 킥사이드 받침대를 접었다. 그사이 먼저 레이싱 오토바이에 올라탄 7번 피트의 해리 해리스는 웨이팅 에어리어에서 출발해 우회전하며 피트로드로 들어갔다. 석현은 자신의 앞을 지나쳐 가는 해리 해리스를 잠깐 쳐다보았다. 석현은 핸들 키홀에 키를 오프에서 온으로 돌리고 우측 세퍼레이트 핸들 스위치 박스에 엔진 온오프 스위치를 오프에서 온으로 누르고 그 아래 시동 버튼을 눌렀다. 하나님이 아담의 코에 생기를 불어넣으신 것처럼 최대 출력을 지향하여 엔진 부품이 절삭 가공된 레이싱 오토바이는 눈을 떴다. 그렇게 시동이 걸리면서 기술자가 손수 제작한 티탄 레이싱 라인 숏타입 머플러에서 천둥소리 같은 배기음이 터져 나옴과 동시에 불꽃이 솟구쳤다. KSB1000 코리아슈퍼바이크전 연습 주행을 구경하고자 방호벽 인도에 한 줄로 늘어서 있던 일반인 참가자들은 일제히 몸을 뒤로 돌려 석현을 쳐다보았다. 석현은 30초쯤 웨이팅 에어리어에서 대기하며 엔진예열 시간을 갖다가 오토바이를 출발해 우회전하며 피트로드로 들어가 서행했다. 피트로드의 코스 입장 대기 구간에 먼저 나와 있는 해리 해리스가 시동을 끈 레이싱 오토바이에 앉은 채 고개를 뒤로 돌려 천천히 다가오는 석현을 쳐다보았다. 해리 해리스가 머리에 쓴 베이지색 풀페이스 헬멧 뒤쪽 둥근면에는 자신의 얼굴 캐리커처가 커스텀 도색되어 있다. 그의 온로드 레이싱 원피스 슈트와 온로드 레이싱 장갑, 온로드 레이싱 부츠는 블랙 계열 조합이다. 석현의 풀페이스 헬멧은 (HJC)홍진헬멧인데 홍진 시리즈 중에서는 최고가 헬멧이다. 헬멧 전체에 바람에 나부끼는 태극기가 커스텀 도색되어 있다. 경상도가 낳은 대한민국을 대표했던 천재 오토바이 레이서 최동관 선수를 상징하는 디자인이기도 하다. 이 제품 전에 쓰던 풀페이스 헬멧은 (ARAI)아라이헬멧으로 모델명은 두한이다. 올 시즌 강원서킷 코리아슈퍼바이크전 베스트 랩타임은 지난 4라운드 본선 경기에서 준서가 유찬에 이어 준우승하며 7랩에서 기록한 1분 35초 024다. 석현은 4라운드 슈퍼스포츠전에서 레이싱 데뷔 후 4시즌 만에 첫 우승을 차지했다. 그때 석현의 베스트 랩타임은 4랩에서 기록한 1분 37초 863이다. SS600 슈퍼스포츠전 소속의 석현이 600cc 레이싱 오토바이로 1000cc 레이싱 오토바이의 KSB1000 코리아슈퍼바이크전에 참가한다 해도 상위권 안에 속하게 되는 기록이다.

킥사이드 받침대로 세운 레이싱 오토바이 운전석 시트에 앉아 있는 해리 해리스가 다시 고개를 뒤로 돌려서 쾌활한 목소리로 석현에 인사했다.

"하이."

마찬가지로 킥사이드 받침대로 세운 레이싱 오토바이 운전석 시트에 앉아 있는 석현도 해리 해리스에게 인사했다.

"하이."

"잇즈 굿데이." 해리 해리스가 입가에 미소를 띠우며 말하자 석현이 "아이 노우 유."라고 말했다. "땡큐." 하고 인사한 해리 해리스는 한층 쾌활한 목소리로 대화를 이어 갔다.

"나이스 투 밋 유. 마이 네임 이즈 해리 해리스."

"마이 네임 이즈 석현."

"땡큐, 해브 어 나이스 데이."

"땡큐, 해브 어 나이스 데이 투."

10시 5분이 되면서 주황색 일체형 유니폼 복장에 캡모자를 쓰고 검은색 선글라스를 낀 진행요원이 각자의 레이싱 오토바이 운전석 시트에 앉아 있는 해리 해리스와 석현에게 다가왔다. 그는 먼저 해리 해리스의 풀페이스 헬멧 턱 끈 조임 상태와 온로드 레이싱 원피스 슈트 안에 척추 보호대를 착용했는지 손으로 점검했다. 이상이 없자 왼쪽으로 몸을 돌려 걸어와 석현 오른쪽에 섰다. 그리고는 풀페이스 헬멧 턱 끈 조임 상태와 온로드 레이싱 원피스 슈트 안에 척추보호대를 착용했는지 손으로 점검했다. 마찬가지로 이상이 없자 진행요원은 왼쪽 어깨에 부착한 무전기의 키 버튼을 잡고 4그룹 1세션 연습 주행을 진행하겠다고 보고했다. 무전기 스피커에서 지직지직 스크래치음과 함께 4그룹 1세션 코스인이라는 응답이 들려오자 진행요원은 다시 앞으로 걸어가 해리 해리스 오른쪽에 서서 "스타트 엔진, 코스인."이라고 지시했다. "오케이." 하며 고개를 끄덕인 해리 해리스는 온로드 레이싱 장갑 낀 오른손으로 풀페이스 헬멧 윈드쉴드를 살며시 눌러 아래로 내려닫고 곧바로 우측 세퍼레이트 핸들을 잡았다. 그는 양쪽 세퍼레이트 핸들을 잡은 두 손으로 레이싱 오토바이를 일으켜 똑바로 세우고는 킥사이드 받침대를 접은 왼발을 기어 변속 레버스텝에 올렸다. 그러면서 엔진 온오프 스위치를 온으로 누르고 시동 버튼을 눌렀다. 식어 가던 엔진 내부에 불꽃이 번쩍이며 시동이 단번에 걸렸고 해리 해리스는 온로드 레이싱 장갑 낀 왼손 둘째손가락으로 클러치 레버를 잡았다. 그리고는 온로드 레이싱 부츠 신은 왼발 앞꿈치로 기어 변속 레버를 아래로 한 칸 밟아 내려서 1단 기어를 넣었다. 해리 해리스는 잡았던 클러치 레버를 놓으며 스무드하게 액셀 그립을 감았다. 해리 해리스가 출발하자 기다리고 있던 석현도 출발했다. 해리 해리스와 석현은 우측에 컨트롤타워를 지나 좌측에 방호벽이 끝나는 지점에서 3미터쯤 더 직진하다가 좌회전해서 샛길인 코스 진입로 입구로 들어갔다. 둘 다 서킷 규정에 따라 코스 진입로에서 선서하듯 왼손을 들고 서행했다. 코스 진입로를 통과하면 1300미터의 메인 스트레이트 구간이 끝나는 곳 1번 코너 브레이킹 지점을 달리게 된다. 먼저 코스 진입로 출구를 나온 해리 해리스가 우회전하며 들고 있던 왼손으로 좌측 세퍼레이트 핸들을 잡았다. 그는 온로드 레이싱 장갑 낀 오른손에 쥔 액셀 그립을 자신감 있게 감아 1단 가속하다가 온로드 레이싱 장갑 낀 왼손 둘째손가락으로 클러치 레버를 잡고 온로드 레이싱 부츠 신은 왼발 엄지발가락-등으로 기어 변속 레버를 위로 한 칸 들어 올려 2단을 넣으며 급가속했다. 시작부터 가열된 해리 해리스는 2단 풀액셀 그립으로 10여 미터를 질주하다가 급격히 감속했다. 그러면서 1번 R26 우회전 코너 입구 바깥쪽 회전 곡선으로부터 오토바이를 우측으로 65도 가까이 기울여 오른쪽 무릎 니슬라이더로 노면을 긁으며 풀뱅킹 선회해 안쪽 회전 곡선으로 파고들어 갔다. 해리 해리스는 눈으로 그린 레코드라인을 타며 안쪽 회전 곡선을 거쳐 코너 출구 바깥쪽 회전 곡선을 선회하다가 오토바이를 일으키면서 코너를 빠져나와 급가속했다. 여기서 잠시 추가로 설명하자면 레코드라인은 곡선의 코너 안에 눈으로 직선(아웃코스-인코스-아웃코스)을 그어 만든 최단 거리 주행선을 뜻하는데 레이서마다 코너링 상황에 따라서 크고 작은 차이가 날 수 있다. 사고에서 복구한 준서의 레이싱 오토바이로 서킷코스 주행이 처음인 석현은 해리 해리스에게 거리를 완전히 내주며 코너를 빠져나왔다. 해리 해리스는 2번 코너까지 이어진 400미터의 직선 구간을 최대한 가속해 달리면서 집중력을 높여 갔다. 그에 반해 석현은 여유를 갖고 400미터 직선 구간을 달렸다. 본격적인 주행에 앞서 일단 준서의 레이싱 오토바이를 자세히 알아가고자 하는 것이다. 해리 해리스가 2번 좌회전 코너에 들어갈 때 석현은 우측 세퍼레이트 핸들에서 오른손을 잠깐 떼서 전원을 켜 놓은 랩타임 측정기 타이머 시작 버튼을 눌렀다. 연습 주행 전에 피트에서 새로 장착한 랩타임 측정기의 타이머는 좌, 우 2개의 세퍼레이트 핸들 중간에 다리처럼 연결된 탑브릿지 위에 부착했다. 수신기는 레이싱 오토바이 디지털계기판 좌측, 안쪽 커버의 평평히 접힌 면 위에 부착했다. 송신기는 6번 피트 안 접이식 사각테이블 위에 놓여 있다. 전체코스를 한 바퀴 돌아 6번 피트를 지나치는 순간마다 송신기에서 수신기로 한 바퀴를 주행하며 기록한 시간을 전송해 타이머 화면에 띄운다. 지금, 네모난 비누 크기의 타이머 안에서 쉴 새 없이 증가하는 숫자들은 폭탄을 터트리기라도 할 것같이 급박하게 시간을 쌓아 올려 가고 있다.

12분이 지났다. 사고에서 복구한 준서의 레이싱 오토바이 서킷 점검은 끝났다. 동시에 석현의 워밍업도 끝났다. 8분쯤 남은 지금, 온힘을 다해 인생 최대 속도로 코스를 주행하기 시작한 석현이 300미터 직선 구간을 전력 질주하다가 시속 209킬로로 12번 R123 중고속 우회전 코너 브레이킹 지점에 들어섰다. 2.5미터 앞에 해리 해리스가 코너 입구 바깥쪽 회전 곡선에서 체중을 오른쪽으로 이동하며 오토바이를 우측으로 기울이는 순간이다. 예상치 못한 추월! 석현은 해리 해리스의 오른쪽을 시속 220킬로가 넘어가는 속도로 스치듯이 지나쳤다. 무리한 추월 감행으로 충분히 감속하지 못한 석현은 앞브레이크 레버를 강하게 잡고 뒷브레이크 페달을 지그시 끝까지 밟으며 오토바이를 우측으로 기울여 가까스로 풀뱅킹했다. 오버스피드로 뒤 타이어가 미끌어질 듯 움찔움찔대면서 아찔했지만 석현은 오른쪽 무릎 니슬라이더로 노면을 긁으며 12번 우회전 코너 안으로 부메랑처럼 휘어져 들어갔다. 무모한 추월에 흠칫 놀랐던 해리 해리스는 석현을 쫓아 즉시 오토바이를 우측으로 기울여 오른쪽 무릎 니슬라이더로 노면을 긁으며 풀뱅킹 선회했다.

앞서 달리는 석현의 12번 우회전 코너 가장 굽은 지점 선회 속도는 시속 168킬로다. 선회할 때 오른쪽 무릎 니슬라이더와 오른쪽 팔꿈치 엘보우 슬라이더를 경계빗금(아웃코스-인코스-아웃코스를 따라 코너 테두리에 흰색과 빨간색 페인트를 순차적인 빗금으로 칠해 놓은 경계표시선)에 긁힐 정도인 65도 가까이 오토바이를 기울였다. 레이싱 오토바이가 바닥에 누워서 코너를 돌아나갔다. 유튜브 동영상에서만 보던 WSBK 출신 미국인 레이서 앞에서 KSB1000 한국인 레이서가 뱅킹각이 65도에 다다르는 의미 있는 코너링 퍼포먼스를 보여 준 것이다. WSBK라는 빅리그 소속의 자존심 때문이었는지 해리 해리스는 석현과의 간격을 단숨에 좁히려다가 오버스피드에 걸렸다. 그는 12번 코너 출구 아웃코스에서 오토바이를 일으킴과 동시에 주행선을 이탈해 메인관람석이 시작되기 직전의 지점에서 경계빗금을 넘어갔다. 그렇지만 안전지대 잔디밭 위에서 발작하는 세퍼레이트 핸들을 진정시키며 그 와중에 3단에서 2단으로 기어다운하면서 묘기 같은 멋진 핸들링을 발휘하여 메인 스트레이트 구간으로 다시 넘어왔다. (안전지대의 폭 2미터 잔디밭과 이어지는 폭 18미터 자갈밭 끝 지점에는 성인 가슴 높이의 충격 완화 타이어 벽이 설치되어 있다.) 위기를 모면하고 메인 스트레이트 구간을 질주하는 해리 해리스는 언제 내가 허우적거렸냐는 듯이 빠르게 흐름을 되찾으며 앞서 달리는 석현을 맹추격했다. 해리 해리스는 2단 시속 184킬로에서 클러치 레버를 잡았다 놓은 사이 기어 변속 레버를 위로 한 칸 들어 올려 3단으로 기어 변속했다. 직후 3단 시속 240킬로가 넘어갈 때 클러치 레버를 잡았다 놓은 사이 기어 변속 레버를 위로 한 칸 들어 올려 4단으로 기어 변속했다. 앞서 메인 스트레이트 구간을 고속 질주하고 있는 석현과의 간격은 5미터쯤 0.557초 차다. 꽃고 꽃기며 최대 가속으로 메인 스트레이트 구간을 지나는 석현과 해리 해리스는 레이싱 오토바이에게서 레이서를 단숨에 날려 버릴 만큼의 위력적인 주행풍을 이겨내기 위해 팔꿈치를 구부린 양팔의 두 손으로 좌, 우 세퍼레이트 핸들을 단단히 잡고, 가슴이 연료탱크에 거의 닿게 상체를 잔뜩 숙이고, 눈만 치켜들어 윈드스크린을 통해 전방을 주시했다. 그러면서 석현은 5단 시속 290킬로에서, 해리 해리스는 5단 시속 291킬로에서 클러치 레버를 잡았다 놓은 사이 기어 변속 레버를 위로 한 칸 들어 올려 6단으로 기어 변속했다. 속도는 둘 다 300이다. 고속 질주로 인한 시각적 압박감에 석현이 무의식적으로 어금니를 깨물 때 가슴을 관통하는 굉음으로 메인 스트레이트 구간을 뒤흔들며 질주하고 있는 2대의 레이싱 오토바이는 시야에 겨우 흐릿하게 잡히는 풀 스피드로 참가자들 앞을 지나쳐 갔다. 초고속 질주를 벌이는 이 순간에도 노련한 해리 해리스는 석현의 뒤에 기술적으로 붙어 달리며 슬립스트림 효과를 얻고 있다. (슬립스트림은 공기를 밀치며 고속으로 질주하는 선두 경주차 뒤쪽에 진공 상태가 만들어져서 공기 저항이 덜한 후미 경주차의 추월 가능성을 높여 주는 현상이다.) 석현과 해리 해리스가 굉음을 내며 풀 스피드로 사라져 저 멀리 점이 되자 방호벽 인도에 한 줄로 붙어 서서 잠시 멍하게 서 있던 참가자들이 웅성거렸다. 그중에 제네시스쿠페 동호회 20대 여성회원은 황당하다는 표정의 얼굴로 "아니, 뭐야. 둘 다 지나가는 게 안 보이잖아." 하고 말한 뒤 "헐~" 하며 고개를 가로저었다. 신입회원인 듯 보이는 그녀는 상표를 이제 막 뜯은 빨간색 카레이서 슈트를 입고 있다. 이 여성 회원 왼쪽 옆으로 2미터쯤 떨어진 곳에 봄이가 서 있다. 두 손으로 카메라를 들고 서 있는 그녀는 1번 R26 우회전 코너를 빠져나가는 석현과 해리 해리스를 지켜보았다. 핑크화이트색 긴팔 셔츠블라우스에 검은색 슬림 정장 바지를 입고 베이지색 플랫슈즈를 신은 봄이의 오른쪽 발밑에는 한쪽 어깨끈 카메라 가방이 놓여 있다. 카메라 가방은 검은색이다.

석현을 쫓으며 2번 좌회전 코너를 향해 질주하던 해리 해리스가 두 눈에 번쩍 불을 켰다. 추월의 기회를 포착한 것이다. 석현은 해리 해리스보다 1미터쯤 앞서 최대 속도로 달리고 있다. 해리 해리스는 고속 질주하는 가운데 석현의 후미에서 그의 좌측으로 순간 빠져나왔다. 그러면서 클러치를 쓰지 않고 액셀 그립만 눈 깜짝할 사이 놓았다 감으며 그때 기어 변속 레버를 위로 한 칸 들어 올려 3단으로 기어 변속했다. 클러치를 쓸 때 동력이 끊기는 미미한 손실을 제거한 것이다. (하지만 노클러치 기어 변속을 자칫 잘못 쓰면 기어 변속장치에 문제가 생길 수도 있다.) 클러치를 쓰면서 3단 기어를 넣은 석현은 해리 해리스 뒤로 밀려나가며 탄식했다. 추월에 성공한 해리 해리스의 눈앞에 2번 R74 좌회전 코너. 해리 해리스는 3단 시속 238킬로로, 석현은 3단 시속 237킬로로 2번 좌회전 코너 브레이킹 지점에 들어서며 감속했다. 둘 다 기어 변속 없이 2번 좌회전 코너 입구 바깥쪽 회전 곡선에서 오토바이를 좌측으로 기울여 왼쪽 무릎 니슬라이더로 노면을 긁으며 풀뱅킹 선회하면서 안쪽 회전 곡선으로 파고들어 갔다. 이어지는 안쪽 회전 곡선. 해리 해리스가 시속 170킬로로, 석현이 시속 169킬로로 안쪽 회전 곡선 가장 굽은 지점을 선회했다. 둘은 코너 출구 바깥쪽 회전 곡선으로 코너를 빠져나오며 오토바이를 거의 동시에 일으켜 급가속했다. 해리 해리스와 석현은 2번 코너에서 3번 코너까지 이어지는 짧은 직선 구간을 1미터쯤 0.137초 차 간격으로 지나 3번 R22 우회전 코너 브레이킹 지점에 들어섰다. 둘은 동시에 앞브레이크 레버를 잡고 뒷브레이크 페달을 밟고,

클러치 레버를 잡고, 기어 변속 레버를 아래로 한 칸 밟아 내려 2단 엔진 브레이크를 걸었다. 그때 후미의 석현이 미처 충분한 감속을 이루지 못한 상태에서 잡고 있는 앞브레이크 레버를 놓아 버렸다. 후회를 남기지 않으려면 해 보는 것이다. 석현의 오토바이는 낭떠러지로 힘껏 등 떠밀리듯 우회전 코너 안쪽 회전 곡선으로 튀어 들어갔다. 그러면서 우측으로 오토바이를 기울이는 해리 해리스의 오른쪽을 거의 스치듯 지나쳐 갔다. 깜짝 놀란 해리 해리스는 기울이던 오토바이를 순간 일으켜 세우며 브레이크를 잡았다. 일단 추월을 나간 석현은 오버스피드로 코스를 이탈하려는 오토바이를 단번에 우측으로 기울여 오른쪽 무릎 니슬라이더로 노면을 긁으며 풀뱅킹 선회했다. 뒤 타이어가 미끄러질 듯 움찔거렸지만 타이어 코너 접지면이 노면에서 떨어지진 않았다. 이것은 균형감각 능력이 35% 운이 65%다. 석현은 오른쪽 무릎 니슬라이더로 노면을 긁으며 안쪽 회전 곡선을 선회한다. 또다시 거친 추월을 당한 해리 해리스는 마음속으로 '너 미쳤구나?'를 영어로 외친 뒤 다급히 풀뱅킹 선회해 오른쪽 무릎 니슬라이더로 노면을 긁으며 안쪽 회전 곡선으로 파고들면서 석현을 뒤쫓았다. 석현은 오른쪽 무릎 니슬라이더에 이어 오른쪽 팔꿈치 엘보우슬라이더까지 경계빗금에 긁히는 65도 가까이 오토바이를 기울여 시속 72킬로로 3번 우회전 코너 가장 굽은 지점을 선회하여 코너 출구 바깥쪽 회전 곡선으로 코너를 빠져나왔다. 3미터쯤 후미에서 코너를 빠져나오는 해리 해리스도 오토바이를 일으켜 세우면서 석현과 거의 동시에 급가속했다. 해리 해리스에게 바짝 쫓기는 석현은 기어 변속 없이 300미터의 직선 구간을 풀액셀 그립으로 질주해서 2단으로 시속 206킬로에 이르렀을 때 4번 R11 우회전 코너 브레이킹 지점에 들어섰다. 두 눈으로 레이저빔을 쏘며 석현을 추격해 온 해리 해리스는 2단 시속 210킬로로 브레이킹 지점에 들어서서는 한 타이밍 늦게 감속했다. 감속 구간을 과감히 줄인 해리 해리스는 석현이 체중을 오른쪽으로 이동해 오토바이를 우측으로 기울일 때 그의 오른쪽을 스치듯 지나치며 간발의 차이로 앞서 나갔다. 순간적으로 뒤로 밀린 석현은 차분히 4번 우회전 코너 입구 바깥쪽 회전 곡선에서 오토바이를 우측으로 기울여 오른쪽 무릎 니슬라이더로 노면을 긁으며 풀뱅킹 선회했다. 그러면서 오버스피드로 주춤거린 해리 해리스를 재추월하며 먼저 안쪽 회전 곡선으로 파고들었다. 해리 해리스는 WSBK 출신답지 않게 조급했다. 석현은 4번 우회전 코너 가장 굽은 지점을 시속 63킬로의 속도로 선회했다. 후미의 해리 해리스도 시속 63킬로의 속도로 가장 굽은 지점을 선회했다. 둘은 2미터 간격으로 코너 출구 바깥쪽 회전 곡선으로 코너를 빠져나와 오토바이를 일으켜 2단에서 기어 변속 없이 액셀 그립을 쥐어 짜내면서 쫓고 쫓기며 4번 코너에서 5번 코너까지 이어진 500미터의 직선 구간을 질주했다. 앞서 달리는 석현에게 이번 기회에 WSBK라는 대어를 잡아 보겠다는 의욕이 강하게 느껴진다. 하지만 결코 질 수 없다는 집념으로 석현을 바짝 추격하는 해리 해리스는 이제 전성기적 멘탈로 각성하기 시작했다. 석현과 해리 해리스는 시속 200킬로가 넘어가자 즉시 클러치 레버를 잡았다 놓은 사이 기어 변속 레버를 위로 한 칸 들어 올려 3단으로 기어 변속했다. 3단으로 시속 220킬로가 넘어가자 4단으로 기어 변속했다. 둘은 5번 R60 좌회전 코너 브레이킹 지점에서 시속 250킬로가 넘어갈 때 4단에 3단으로 기어다운하여 엔진 브레이크를 걸면서 앞, 뒤 브레이크를 같이 걸었다. 앞선 석현이 5번 좌회전 코너 입구에서 선회를 시작하는 그때, 바로 뒤에 붙어 있던 해리 해리스가 추월을 감행했다. 석현이 왼쪽 무릎 니슬라이더로 노면을 긁으며 선회하는데 그 후미 우측에서 왼쪽 무릎 니슬라이더와 왼쪽 팔꿈치 엘보 우슬라이더로 노면을 긁으며 선회하는 해리 해리스가 코스에 사선을 그으며 전방으로 치고 나갔다. 석현의 앞을 잘라먹으며 추월을 나간 것이다. 순간 움찔한 석현은 무의식적으로 앞브레이크 레버를 잡았다. '라인클로스 추월'을 성공한 해리 해리스는 시속 134킬로로 5번 좌회전 코너 가장 굽은 지점을 선회했다. 후미로 밀린 석현은 시속 132킬로로 5번 좌회전 코너 가장 굽은 지점을 선회했다. 멋지게 한 방 얻어맞았지만 석현은 호락호락하게 물러서지 않는다. 비록 해리 해리스가 WSBK 출신 레이서지만 석현은 지난 4라운드 코리아로드 레이싱 SS600 슈퍼스포츠전 우승자다. 쟁쟁한 상대들과 치열하게 경쟁하면서 이기는 방법을 알고 있고 가장 선두에서 달리며 순위를 유지할 때 가해지는 압박감을 견디는 정신력도 강하다.

6번 R22 우회전 코너 브레이킹 지점. 해리 해리스는 브레이킹 지점 한계선 이탈 직전 액셀 그립을 풀면서 숙였던 상체를 재빨리 45도 일으켰다. 코너를 통과하는 시간을 단축하기 위해 감속 구간을 과감하게 잘라먹고 들어갔다. 그래서 엔진 브레이크를 포기했다. 해리 해리스는 앞, 뒤 브레이크만 강하게 걸면서 오버스피드로 코스를 이탈할 것 같은 오토바이를 순간적인 체중 이동으로 잡아 끌어와 번개 같은 속도로 우측으로 기울였다. 그러면서 6번 우회전 코너 입구 바깥쪽 회전 곡선에서 오른쪽 무릎 니슬라이더로 노면을 긁으며 풀뱅킹 선회했다. 그때 오버스피드로 뒤 타이어의 노면 그립력이 완전 상실되기 직전이라는 걸 해리 해리스는 느꼈다. 오른쪽 무릎 니슬라이더가 노면에 긁히게 기울어진 오토바이에 앉아 있는 해리 해리스는 클러치 레버를 잡았다 놓은 사이 왼발로 기어 변속 레버를 아래로 한 칸 밟아 내려 2단 엔진 브레이크를 걸었다. 엔진 브레이크가 걸리면서 회전하는 타이어는 트랙션이 걸리며 노면 접지력이 향상되었고(트랙션 컨트롤: 과도한 속도로 타이어가 노면에서 이탈하는 것을 제어하는 레이싱 기술) 해리 해리스는 6번 우회전 코너 가장 굽은 지점을 지나며 오른쪽 팔꿈치 엘보우슬라이더로 경계빗금을 긁었다. 앞선 해리 해리스를 쫓아 4미터쯤 후미의 석현은 6번 우회전 코너 출구 바깥쪽 회전 곡선에서 오토바이를 일으켜 세우면서 급가속했다. 둘의 거리 차이는 4미터쯤 0.464초 차다. 물론 이 승부에서 석현은 도전자다. 그렇다 해도 석현은 마음을 가다듬고 반드시 이기겠다는 강한 의지의 불꽃을 높게 태워 올려야 한다. 불꽃이 꺼지기 시작하는 순간 오토바이 레이스는 오토바이 투어링으로 변질되기 때문이다.

8번 코너부터 11번 코너는 4회 연속 코너로 레이서에게 수준급 코너링 기술을 요구하는 고난이도 구간이다. 앞선 해리 해리스는 기어 3단 시속 186킬로의 속도로 8번 R84 우회전 코너 브레이킹 지점에 들어섰다. 해리 해리스는 즉시 앞브레이크 레버를 잡고 뒷브레이크 페달을 밟아 코너 통과 적정 속도를 맞추고 8번 우회전 코너 입구 바깥쪽 회전 곡선에서 체중을 오른쪽으로 이동하여 오토바이를 우측으로 기울였다. 그러면서 오른쪽 무릎 니슬라이더로 노면을 긁으며 풀뱅킹 선회했다. 높은 집중력을 유지하고 있는 석현은 3단 시속 187킬로로 8번 우회전 코너 브레이킹 지점에 들어섰다. 그는 기민하게 앞브레이크 레버를 잡으며 뒷브레이크 페달을 밟고서 신속하게 체중을 오른쪽으로 이동하며 오토바이를 우측으로 기울였다. 석현은 오른쪽 무릎 니슬라이더를 노면에 긁으며 풀뱅킹 선회해 안쪽 회전 곡선으로 파고들어 갔다. 해리 해리스는 65도의 경이로운 오토바이 기울기로 오른쪽 팔꿈치 엘보우슬라이더로 경계빗금을 긁으며 8번 코너 가장 굽은 지점을 시속 123킬로로 지나갔다. 그는 WSBK 레이서의 실력을 보여 주고 있다. 해리 해리스는 9번 R73 좌회전 코너에 들어가며 왼쪽 무릎 니슬라이더와 왼쪽 팔꿈치 엘보우슬라이더로 노면을 긁으며 안쪽 회전 곡선으로 파고들어 갔다. 그 뒤로 석현이 9번 좌회전 코너에 들어왔다. 10번 R21 우회전 코너. 10 번 우회전 코너 출구에서 오토바이를 일으킨 해리 해리스가 이어지는 11번 R13 좌회전 코너 입구에서 왼쪽으로 체중을 이동하며 오토바이를 좌측으로 기울였다. 그때 석현은 10번 우회전 코너 입구에서 오토바이를 우측으로 기울이며 풀뱅킹 선회했다. 그는 오른쪽 무릎 니슬라이더와 오른쪽 팔꿈치 엘보우슬라이더로 노면을 긁으며 안쪽 회전 곡선으로 파고들어 갔다. 해리 해리스는 11번 좌회전 코너 출구를 나와 오토바이를 일으키며 급가속했다. 석현은 11번 좌회전 코너 가장 굽은 지점을 왼쪽 무릎 니슬라이더와 왼쪽 팔꿈치 엘보우슬라이더로 노면을 긁으며 풀 스피드로 선회하고 있다. 해리 해리스는 탄성이 절로 나오는 방향 전환으로 레이싱 오토바이를 이끌며 4연속 코너를 환상적으로 빠져나왔다. 그렇지만 강원서킷이 홈그라운드와도 같은 석현도 만만치 않다. 석현은 해리 해리스에게 뒤지지 않는 수준급 코너링과 다이아몬드 같은 레이싱 멘탈로 추격의 열정을 뜨겁게 발산하고 있다. 앞선 해리 해리스와 후미의 석현은 5미터쯤 0.536초 차이로 12번 코너까지 이어진 300미터의 직선 구간을 쫓고 쫓기면서 전력 질주하고 있다. 어느새 280미터 지점. 해리 해리스가 기어 2단 시속 201킬로에서 클러치 레버를 잡았다 놓은 사이 기어 변속 레버를 위로 한 칸 들어 올려 3단으로 기어 변속했다. 그는 시속 222킬로로 12번 R123 중고속 우회전 코너 브레이킹 지점에 들어섰다. 해리 해리스는 재빨리 앞브레이크 레버를 잡고 뒷브레이크 페달을 밟고서 코너 입구 바깥쪽 회전 곡선에서 오토바이를 우측으로 기울여 오른쪽 무릎 니슬라이더를 노면에 긁으며 풀뱅킹 선회했다. 기어 3단의 석현도 오른쪽 무릎 니슬라이더로 노면을 긁으며 해리 해리스를 쫓아 안쪽 회전 곡선으로 들어갔다. 선두 해리 해리스와 후미 석현은 12번 중고속 우회전 코너 안쪽 회전 곡선 가장 굽은 지점을 시속 168킬로의 속도로 선회했다. 둘 다 오른쪽 무릎 니슬라이더를 노면에 긁으면서 코너 출구 바깥쪽 회전 곡선으로 코너를 빠져나와 차례로 오토바이를 일으키면서 급가속했다. 12번 코너 출구에서 이어지는 메인 스트레이트 구간. 앞서 질주하는 해리 해리스를 엔진수명과 바꿔 파워업한 풀 파워엔진의 능력으로 쫓아 거리 차이를 차차 좁힌 석현은 이제 1미터쯤 0.121초 차이에서 치열하게 추격하고 있다. 앞선 해리 해리스와 1미터쯤 후미의 석현은 시속 220킬로가 넘어간 지금! 클러치 레버를 잡았다 놓은 사이 기어 변속 레버를 위로 한 칸 들어 올려 4단으로 기어 변속했다. 메인 스트레이트 구간을 질주하는 2대의 레이싱 오토바이 속도는 시속 230킬로에서 시속 250킬로로 단숨에 수직상승했다. 진검승부를 벌이는 두 명의 레이서는 고속주행에 따른 극한 주행풍을 이겨 내기 위해 팔꿈치를 구부린 양팔의 두 손으로 좌, 우 세퍼레이트 핸들을 단단히 잡고 상체를 최대한 숙인 채 눈만 치켜들어 윈드스크린을 통해 전방을 주시하며 질주하다가 기어 4단 시속 270킬로에서 5단으로 기어 변속했다. 2대의 레이싱 오토바이 속도는 순간적으로 시속 290킬로에 다다랐다. 두 명의 레이서는 지체 없이 클러치 레버를 잡았다 놓은 사이 기어 변속 레버를 위로 한 칸 들어 올려 최종기어 6단으로 기어 변속했다. 그러자 속도는 순간 시속 300킬로에 이르렀고 우측에 피트동과 컨트롤 타워는 폭풍에 날아가듯 두 레이서의 시야에서 잠깐 사이 사라졌다. 방호벽 인도에 서서 스포츠 초시계로 줄곧 해리 해리스의 랩타임을 측정하던 리차드 전 단장은 직전 측정한 석현의 랩타임을 보며 미묘한 표정을 지었다. 아무튼 좋은 기분은 아닌 것이다.

4그룹 1세션 연습 주행이 종료되었을 때 리차드 전 단장이 최종적으로 측정한 해리 해리스의 베스트 랩타임은 1분 34초 512다. 앞서 언급했듯이 리차드 전 단장은 석현의 랩타임도 측정했다. 그가 측정한 석현의 베스트 랩타임은 1분 35초 021이다. 서킷 첫 1000cc 레이싱 오토바이 주행이었지만 전직 WSBK 레이서에게 악으로 깡으로 자석처럼 들러붙었던 것이 준서가 기록한 올 시즌 KSB1000 베스트 랩타임 1분 35초 024를 경신하게 한 주된 원동력이 되었다. 참고로 지난 7월 4라운드 경기 KSB1000 클래스 우승자인 유찬의 베스트 랩타임은 1분 35초 148이다. 이것으로 준서의 레이싱 오토바이는 모든 영역에서 어떤 문제도 없이 완벽히 복구되어 있음이 깨끗이 확인되었고 그간 SS600 클래스에서 뛰던 석현이 1000cc 레이싱 오토바이로 이번 한일 슈퍼바이크 통합전에서 충분히 우승권에 속해 경쟁력을 발휘할 수 있음을 증명한 것이다. 마찬가지로 해리 해리스도 미국 현지에 보관 중인 자신의 레이싱 오토바이가 아닌 리차드 전 단장의 매장에서 지원한 출시 사양에 가까운 레이싱 오토바이로도 이번 한일 슈퍼바이크 통합전에서 우승할 수 있음을 증명하였다. 하지만 해리 해리스는 4그룹 2세션 연습 주행이 시작되기 직전에 리차드 전 단장에게 일정을 중단하고 서울 매장으로 철수하기를 요청했다. 레이싱 오토바이에 대하여 몇 가지 요청사항이 있기 때문이다. 우선, 1세션 연습 주행을 통해 얻은 강원서킷 코스 경험치를 기반으로 레이싱 오토바이의 ECU프로그램을 풀 파워로 조정할 것이다. 다음으로 슬릭타이어와 브레이크캘리퍼, 브레이크 패드를 본인이 WSBK 시절 사용하던 메이커로 교체할 것이다. 이건 성능적인 면보다는 심리적인 면을 염두에 둔 요청사항이다. 해리 해리스의 슬릭타이어 요청 분은 총 5조다. 리차드 전 단장은 자신이 운영하는 할리 데이비슨 및 BMW 매장의 정비사가 팀원들과 목요일 밤에 강원서킷에 올라오지만 해리 해리스의 요청을 흔쾌히 받아들여 즉시 서킷에서 철수하기로 결정했다. 외국의 정상급 레이서를 단기 계약해서 이번 한일 슈퍼바이크 통합전 우승을 목표로 하고 있는 만큼 약속한 대로 모든 지원을 아끼지 않겠다는 것이다.

1그룹 제네시스쿠페 동호회 회원들이 2세션 스포츠 주행을 하고 있을 때 7번 피트에 전면, 후면 셔터를 내린 리차드 전 단장과 해리 해리스는 포터 적재함에 레이싱 오토바이만 싣고 서울로 떠났다. 이후 특이사항 없이 서킷 수요일 일정이 무난히 진행되었고 그러면서 KSB1000 4그룹 마지막 연습 주행인 4세션은 5시 30분에 종료되었다. 코스에서 피트로 복귀한 석현은 웨이팅 에어리어에 엔진 열기로 뜨거운 레이싱 오토바이를 킥사이드 받침대로 세워 놓고 6번 피트 안으로 들어왔다. 그는 온로드 레이싱 장갑과 풀페이스 헬멧을 차례로 벗어서 접이식 사각테이블에 내려놓았다. 그리고는 6번 피트와 5번 피트 사이 옆면 셔터가 마주 보이는 2개의 접이식 등받이 의자 중에 오른쪽 의자에 앉아 땀과 함께 눌러 붙은 앞머리를 왼손으로 털어 냈다. 먼저 4세션 연습 주행을 마친 박 단장은 혼자만 남겨 두고 서킷에 갔다고 전화로 화내는 아내를 결국 데리고 오기 위해 옷만 갈아입고서 피트 전면, 후면 셔터를 내리고 급히 대구에 내려갔다. 아이들은 우린 다 컸으니 신경 쓰지 말라고 했단다. 박 단장보다 앞서 4세션을 마친 제네시스쿠페 동호회와 오토바이투어링 동호회도 이미 서킷에서 퇴장했기 때문에 피트동에는 햇볕이 쨍쨍한 사막에 존재하는 거대한 고요가 곳곳에 감돌고 있다. 그런 가운데 접이식 사각테이블에 놓아두었던 석현의 스마트폰에서 전화벨이 울렸다. 1.5리터 생수 페트병을 두 손으로 잡고 물을 마시던 석현은 병 주둥이를 입에서 뗐다. 그는 생수 페트병을 접이식 사각테이블에 내려놓으며 오른손으로 스마트폰을 들었다. 전화를 건 사람은 순천 R1000 대마왕 태호다. 반가운 친구의 전화에 환하게 웃은 석현은 통화 버튼을 누르고 스마트폰을 오른쪽 귀에 대며 활기찬 목소리로 전화를 받았다.

"와! 그래, 태호야."

"성님 그라요. 지 태호요. 잘 지내셨소."

"어, 그래. 잘 지냈어. 태호 너는?"

"무탈허구만요잉. 성님, 센터에서 일하고 계셨소?"

"어? 아니. 나 지금 강원서킷에 와 있어."

"그라요? 오늘 수요일인디, 요번 시합 연습하러 갔능가요?"

"응. 오늘이 연습 주행 첫날이야."

"그렇구만요잉, 우째 날씨가 뜨끈뜨끈했는디 연습 주행은 잘허셨소잉?"

"응. 오늘 다 좋았는데 첫 번째 주행 시간에만 타 팀 선수하고 같이 연습 주행하고 그다음부터는 혼자타서 조금 느슨해져서 그게 좀 그랬네."

"워매 시상에 우짜쓰까이, 연습은 떼 지어 다니멘서 해야 허는디."

"뭐, 어쩔 수 없지. 그래도 내일은 다른 팀 선수들이 좀 올 것 같아. 이번 시합이 한일전이라 특별하거든. 한국과 일본이라는 전통의 라이벌이 한 판 붙는 의미가 강하니까. 나만 그런 게 아니고 다른 선수들에게도. 내게는 이번 시합이 개인적으로 다른 의미도 있고."

"아따! 그러믄 진즉 연락을 해 줄 것이지, 나가 우덜 대빵헌테 말혀서

요번 주말 오토바이투어링 취소하고 단체로 성님 응원 가자고 했을 것 인디요.”

“음. 여기 오기까지 며칠 동안 정신이 없어서 그 생각까진 못했어. 미안. 그런데 대빵, 아니 송 감독님은 안녕하시지?”

“시방 나 옆에 앉아 계신디요. 나 지금 성님 센터에 와 있걸랑요.”

“그래? 그러면 송 감독님께 인사 좀 드려야 할 것 같은데.”

“그라요, 그렇잖아도 나가 전화 바꿔 줄라고 했어라. 석현이 성님 그러믄 요번 시합 잘하시고 지하고는 다음에 또 통화하자고요잉.”

“그래, 알았어. 주말에 R차 투어링 잘 다녀오고.”

“야아, 알것소, 고람 두 분 통화하시요잉.”

“웅.”

“여보시오. 석현이냐.”

“예, 송 감독님. 저 석현이입니다. 안녕하셨습니까.”

“오냐, 석현이 늬 잘 지냈냐잉. 지금 서킷에 있다고 어디, 강원서킷?”

“예. 강원서킷에서 주말에 한일전이 있습니다.”

“일본팀이 원정 오는 것이다냐?”

“예. 전직 WSBK 미국 선수도 참가하고요.”

“오매~ 후덜덜하네 그려. 야 석현아 우승하려면 쪼까 빡시것다. 시합은 1000cc로다?”

“600, 1000 통합전으로 치룹니다. 600 클래스에서는 상위권 선수들이 출전 기회를 부여받았습니다.”

“석현이 늬는?”

“예, 저는 이번 시합부터 1000cc 슈퍼바이크 클래스로 참가합니다.”

"그려서 일찍부터 서킷 가서 연습허는구만잉. 적응하려고오."

"예. 감독님 그런데요, 뭐 하나 여쭤볼 게 있는데요."

"그려라."

"감독님 현역 시절에 외국에서 선수 생활하실 때요."

"응."

"코너 브레이킹 지점에서 감속 거리를 최대한 단축해서 직진해 온 속도를 그대로 살려 빠르게 코너에 진입하는 스킬 있지 않습니까. 그러니까 감속이 거의 이루어지지 않아 오토바이가 속도를 못 이기고 코너를 그대로 이탈할 것 같은 상황인데 그런 오토바이를 극적인 반전으로 선회 방향으로 기울이면서 그때 기어다운해서 엔진 브레이크를 걸어 슬립하려는 타이어에 트랙션을 걸면서 컨트롤하여 풀 스피드로 코너를 빠져나가는 기술이요."

"그려."

"감독님 그 기술 어떻게 해야 하나요?"

"석현아, 그 기술은 지난 시절 2사이클 레이싱 오토바이 전성기 때 그당시 선수들이 많이 쓰던 기술이여. 4사이클 레이싱 오토바이로는 그다지…."

"그래도 해 보고 싶습니다."

"누가 늬 앞에서 그 스킬을 쓰더냐?"

"예, 미국인 WSBK 출신 선수가요."

"나가 생각헐 적엔 그 기술은 호불호가 강해 부러. 개인적으로다가는 나는 그 기술로다 흥했고 그 기술로다 망한 레이서다. 그 기술이 삑사리 나서 남은 돈 탈탈 털어 만든 레이싱 오토바이가 박살났다. 늬 고것은 알고 있제?"

"예, 알고 있습니다. 그래서 귀국하셨는데 비행기에서 내려서 보니까 바지 주머니에 동전만 한 주먹 남아 있으셨다고요."

"그라도 배울 테냐?"

"네, 감독님."

"알것다. 나가 고것을 전화로다만 늬에게 가르쳐 주기는 상당한 어려움이 있는디, 그라도 잘 들어 봐라잉."

"예, 감독님."

"그 기술은 말이다. 자, 브레이킹 지점에서 감속 거리를 최대한 단축했다. 그라믄 미친 속도로 코너에 진입허겠지. 그때! 오토바이를 먼저 코너에 집어넣는 것이다. 뭔 말이냐면, 운전석 시트 중앙에 실은 체중을 최대한 운전석 시트 뒤쪽 부분으로 빼는 것이여. 그러니께 레이서는 뒤로 홀라당 빠지면서 레이싱 오토바이만 먼저 코너 속으로 집어넣는 느낌이라는 것이제. 레이싱 오토바이가 코너에 들어가면 그제야 레이서가 뒤따라 들어가는 것이다. 그거 있잖냐, 계주에서 주자 간 배턴터치헐 때 가까이 가서야 배턴을 넘기는 것이 아닌 만화처럼 팔을 길게 늘려 다른 주자보다 먼저 배턴을 넘기는. 석현아, 이런 스타일로 코너 타면 코너 진입속도가 진짜 살벌허게 빨라진당께. 허나 앞서 말한 바대로 리스크가 겁나 큰 기술이여. 나가 지금 4사이클 레이싱 오토바이를 타는 현역 레이서라면 이 기술을 쓸지 안 쓸지 확실치가 않당께. 암튼 석현이 늬는 일반인이 아닌 선수니께 나가 허는 말이 무신 말인지 알것지?"

"예, 감독님."

"그라. 그라믄 두 번째 이야기를 계속해서 잘 들어 봐라잉."

"예."

"자, 좌회전 코너라 가정허고. 감속거리를 줄여 스피드를 살린다. 그러면서 오토바이를 먼저 코너에 밀어 넣는다. 그러니 오버스피드로 넘어질 것 같은 아찔한 순간이다. 이때 연료탱크에 니그립시킨 오른쪽 무릎에 온몸의 체중을 100퍼센트 싣고 연료탱크를 찍어 눌러야 헌다. 오버스피드로 코너 바깥쪽으로 미끄러져 나가려는 오토바이를 막무가내로 코너 안쪽 회전 곡선으로 밀어 넣는 것이다. 이것이 기술의 모든 것이여. 별거 없당께. 자, 그라믄 인자 뒤 타이어의 회전력이 오버되면서 노면에 유지되는 타이어 그립력을 상실하지 않기 위해 엔진 브레이크도 걸어야 허것지. 타이어에 트랙션을 돌려야 허니께. 석현아, 레이서는 안전을 위해 속도를 줄이지 않는다. 코너를 가장 빠른 속도로 돌아나가기 위해 속도를 맞추는 것이다. 암튼 그러려면 선회하는 오토바이와 함께 몸이 기울어졌어도, 좌코너니께 노면에 왼쪽 무릎 니슬라이더가 긁히면서 기어 변속 레버스텝에 올린 왼발, 이 왼발을 오토바이가 좌측으로 잔뜩 기울여졌어도 자유자재로 기어 변속 레버스텝에서 뗐다 붙였다 헐 수 있어야 허는디, 그니께 오토바이가 좌측으로 잔뜩 기울어진 상태에서도 왼발을 스텝에서 뗐다 붙였다 헐 수 있어야 기어를 조작헐 수 있을 것 아니냐. 오토바이가 좌측으로 잔뜩 기울어졌다고 혀서 좌측으로 쏠린 몸을 지탱허느라 왼발에 잔뜩 힘이 들어가 있으면 왼발을 스텝에서 뗐다 붙였다 헐 수가 없는 것이제. 그저 옴짝달싹 못하는 것이제. 그라믄 코너 바깥으로 끌려가려는 오토바이를 끌어오지도 못 할 것이고 끌어오기는커녕 뒤 타이어가 더 미끄러져 결국 오토바이가 자빠지겠지. 어디 무서워서 코너링 중에 액셀 그립을 더 감을 수나 있었냐? 허나 우덜이 풀뱅킹 시 기울어진 쪽 발을 스텝에서 자유자재로 뗐다 붙였다 허는 것이 가능한 이유는. 그니께 좌코너 풀뱅킹 시라고 헐 적에. 연료탱크에 밀착 니그립시키는 바깥쪽 무릎 즉 오른쪽 무릎에 체중을 100

퍼센트 모아 싣고 나머지 모든 신체에는 체중을 전혀 싣지 않기 때문인 것이다. 그랗게 좌코너에서 오토바이와 함께 몸이 좌측으로 잔뜩 기울어졌다 혀도 기어 변속 레버스텝에 올린 왼발을 지맴대로 뗐다 붙였다 허는 것이제. 고러코럼 혀도 몸이 노면으로 아이고메 허며 휘청 쏠리지 않는 것이다. 당연히 우코너에서는 연료탱크에 밀착 니그립허는 왼쪽 무릎에 체중을 100퍼센트 모아 싣고 연료탱크를 찍어 누르는 것이제. 그 외 나머지 모든 신체는 프리. Free. 그니께 오토바이가 선회하느라 좌우 어느 쪽으로 최대한 기울여졌어도 연료탱크에 밀착 니그립허는 그 한쪽 무릎에만 모든 체중이 실리면 나머지 신체는 자유롭다 이것이다. 진리를 알지니 진리가 너희를 자유롭게 하리라. 야, 석현아. 야그가 길었는디 늬는 일반인이 아닌 선수니께 무신 말인지 알것제?"

"예, 감독님."

"그랴, 허면 되는 것이다. 그랴도 요걸 자기 기술로 맨들기 위해선 단계별로 연습을 해야 헌다. 늬는 선수니께 단계별로다가 대강 무신 뜻인지 알것제?"

"예, 감독님."

"그랴, 어찌 보면 특별나게 어려운 기술은 아닌께."

"감사합니다."

"오냐, 석현아. 또 물어볼게 있으면 다시 전화혀라잉."

"예. 그렇게 하겠습니다."

"야, 석현아. 태호가 전화 잠깐 바꿔 달라는디."

"예, 바꿔 주세요. 감독님 감사합니다."

"그랴, 수고혀라잉. 그라고 시합, 외국인 선수들헌티 밀리지 말고 강단지게 혀라, 알았제?"

"예, 감독님. 명심하겠습니다."

"수고혀."

"예, 감독님. 들어가십시오."

"성님."

"어, 그래, 태호야." 차분하게 대답한 석현이 문득 웨이팅 에어리어 쪽으로 고개를 돌렸다. 피트 앞 웨이팅 에어리어에 세워 놓은 레이싱 오토바이 옆에 봄이가 저녁 햇빛을 등지고 서 있다. 시무룩한 표정의 그녀는 말없이 석현을 쳐다보고 있다. 석현은 태호와 전화 통화를 이어 가면서 앉은자리에서 일어섰다. 그는 웨이팅 에어리어로 걸어가 봄이 앞에서 멈춰 섰다. "그래, 태호야. 우리 다음에 또 통화하자." 석현은 오른쪽 귀에서 통화가 종료된 스마트폰을 떼고 봄이를 보며 빙긋 웃었다. 그러면서 같이 피트 안으로 들어가자는 의미로 왼손을 내밀었다. 빙긋 웃은 봄이는 오른손을 내밀어 석현이 내민 왼손을 맞잡았다. 석현은 봄이의 손을 살며시 쥐고 그녀와 함께 피트 안으로 들어와 접이식 사각테이블로 다가가 앞에서 멈춰 섰다. 그는 맞잡은 손을 놓고 웨이팅 에어리어를 등지는 쪽 접이식 등받이 의자를 뒤로 빼낸 뒤 봄이의 얼굴을 쳐다보았다. 봄이는 왼쪽 어깨에 멘 카메라 가방을 접이식 사각테이블에 내려놓고 석현이 빼준 접이식 등받이 의자에 앉았다. 석현은 옆면 셔터가 마주 보이는 접이식 등받이 의자 중에 오른쪽 의자에 다시 앉으며 스마트폰을 접이식 사각테이블에 내려놓았다. 그는 봄이를 향해 고개를 돌리며 "한 기자님, 언제 오셨어요?" 하고 물었다. 봄이는 "석현 선수 열심히 연습하고 있는 중에 왔어요." 하고 대답했다. "그러셨구나." 하고 말한 석현이 접이식 사각테이블에 놓은 스마트폰을 잠시 무심하게 쳐다보았다가 고개를 돌려 다시 봄이를 쳐다보며 물었다.

"한 기자님, 지금 서울에 내려가 봐야 하나요?"

"왜요?"

"시간 괜찮으시면 피트셔터 닫고 같이 시내로 나가서 함께 저녁 식사 하시죠."

"맛있는 거 사 주게요?"

"그럼요. 뭐 좋아하세요?"

"저 아무거나 잘 먹어요."

"우리 삼겹살에 콜라 한 잔씩 할까요? 제가 고기를 좀 굽거든요."

"좋아요. 그렇게 해요."

"여기 취재는 다 하신 거죠?"

"옙."

"그러면요, 저는 웨이팅 에어리어에 세워 놓은 오토바이 안에 들여 넣고 레이싱 슈트 벗고 옷 갈아입은 뒤에 피트셔터 내리고 갈 테니까요, 우리 서킷입구에서 만나요. 차 끌고 나가셔서 서킷 나와 비상등 켜고 정차하고 계시면 제가 제 차 끌고 나오면서 전화할게요."

"넵. 그러시죠."

"한 기자님, 한 기자님은 평소 삼겹살을 레어, 미디움, 웰던 중에 어떤 스타일로 드세요?"

3급 유머에도 풋! 하고 웃어 준 봄이는 "육즙이 가득한 레어죠." 하고 대답했다. "저하고 취향이 같으시네요." 하고 말한 석현이 "우리 일어서요. 저 얼른 마무리할게요." 하면서 접이식 등받이 의자에서 일어서자 봄이가 뒤따라 일어섰다. 봄이는 접이식 사각테이블에 놓은 카메라 가방을 들어 왼쪽 어깨에 멨다. 그리고는 미소 띤 얼굴로 석현에게 오른손을 흔들면서 "이따가 봐요." 하고 말했다. 석현이 환하게 웃는 얼굴로 봄이에게 오른손을 흔들어 보이자 봄이가 접이식 등받이 의자에서 뒤돌아 나와 천천히 걷다가 피트 밖으로 나갔다. 그녀는 웨이팅 에어리어에서 오른쪽으로 돌아 걸어 석현의 시야에서 사라졌다. 봄이의 뒷모습을 지켜보던 석현은 접이식 등받이 의자를 테이블 안으로 집어넣고 선 자리에서 몇 걸음 떨어져 나왔다. 그는 허리를 숙여서 오른쪽 발에 신은 온로드 레이싱 부츠 지퍼덮개 벨크로테이프를 떼어 내고 지퍼를 내렸다. 석현이 오른쪽 발에 온로드 레이싱 부츠를 두 손으로 잡고 벗은 뒤 왼쪽 발 온로드 레이싱 부츠 지퍼덮개 벨크로테이프를 떼어 내는데 스마트폰에서 전화벨이 울렸다. 허리를 편 석현은 왼쪽 발만 온로드 레이싱 부츠를 신은 상태로 접이식 사각테이블로 절뚝절뚝 걸어가 스마트폰을 들어 발신자를 확인했다. 전화를 건 사람은 마츠모토 준이다. 석현이 통화 버튼을 누른 스마트폰을 오른쪽 귀에 대고 전화를 받았다.

"네, 단장님."

"그래. 이 선수, 오늘 연습 주행 어땠어?"

"네, 그런대로요."

"준서 오토바이는 이상 없어?"

"베스트 컨디션이에요."

"다행이군. 나 말이야 강원서킷에 연습 주행 신청했어. 내일 목요일로. 내일 내가 이 선수하고 같이 서킷에서 연습 주행을 할 거야."

"그러세요?"

"한마디로 내가 스파링 파트너가 되는 거지. 나도 일본 레이서 출신이잖아. 예선과 본선에서 5명의 일본 프로 선수들과 경쟁하려면 나만한 스파링 파트너가 없지. 그래서 결정한 일이야."

"그건 그렇죠. 그런데 스즈카서킷 8시간 내구레이스대회 이후 처음 서킷주행인데 내일 연습 주행 초반부터 저 때문에 갑자기 무리하시려는 건 아니겠죠?"

"걱정은 하지 마. 한국의 멋진 속담이 있잖아. 썩어도 준치."

석현이 '풋!' 웃음을 터트리고서 진지한 목소리로 말했다.

"단장님은 썩지 않았어요."

"고맙군. 하여튼 나 내일 내 오토바이하고 시합 장비들을 가게 포터에 잔뜩 싣고 강원서킷으로 새벽 일찍 출발할 거야. 기훈이와 대산이는 우리 정비점 신입 정비사와 함께 가게 봉고를 타고 목요일 밤에 올라올 거고."

"내일 새벽 강원서킷에 몇 시쯤 도착하실 것 같으세요?"

"오전 6시 안에, 아! 그리고."

"예."

"내가 내일 요리한 음식을 가지고 갈 거니까 따로 아침 식사를 하진 말고."

"단장님이 요리하시는 거예요?"

"그건 아니고, 나 여친이 생겼어."

"네에? 와! 축하드려요. 여자 친구분은 한국분이세요?"

"아니, 그건 아니고. 일본인이야. 이름은 이시카와 유이, 한국어 전공에 나이는 34살이고 강남 일본어 학원에서 일본어를 강의하고 있어."

"멋진 분이시네요. 그런데 어떻게 만나신거예요?"

"응, 그녀가 우리 정비점에서 스쿠터를 한 대 구입했거든. 우리 정비점 정보는 인터넷 스쿠터동호회에서 얻었대."

"그래서 단장님이 사귀자고 하신 거예요? 하긴 그래요. 남자가 그런

맛이 있어야죠."

"아니… 그랬어야 했지만 그녀가 지난주에 바에서 술을 마시다가 먼저 사귀자고 말해 주더군."

"헐~ 이것 감동적인 일이군요. 혹시 이번 시합에 그분이 우리 팀 응원하러 오시나요?"

"응. 본선 경기가 있는 날에 직접 차를 운전해서 올 거야. 그날 정식으로 소개시켜 줄게."

"네. 그때 인사드리도록 하죠."

"그리고, 숙소는 드림모텔에 잡았나?"

"네."

"알았어. 방이 있나 확인해 볼게. 그럼 내일 보자고."

"예. 쟈 마타 아시타."

"바이바이."

강원서킷 인근 시내 생고기정육식당에서 저녁 식사를 마친 석현과 봄이가 식당 문을 열고 밖으로 나왔다. 8시가 넘은 시간, 이곳 소도시의 한적한 밤풍경은 대도시의 새벽 시간을 연상시켜 마치 조금 뒤면 아침이 시작되는 신선한 기분을 느끼게 해 준다.

"어! 석현 선수. 저기 길 건너요 간판에 추억의 전자오락실이라고 돼 있네요." 봄이가 횡단보도 건너편의 전자오락실을 오른손 둘째손가락으로 가리키며 말했다. "그러네요. 저게 언제부터 있었지?" 하고 말한 석현이 왼쪽에 서 있는 봄이에게 고개를 돌리며 물었다.

"한 기자님, 지금 8시가 조금 넘긴 넘었는데 혹시 괜찮으시면 우리 오락게임 한 판하고 갈까요?"

싱긋 웃은 봄이가 흔쾌히 대답했다.

"네. 30분만요."

"그래요." 하고 말한 석현이 마침 녹색등으로 신호가 바뀐 횡단보도를 보고는 "가시죠." 하며 앞으로 걸어갔다. 봄이는 석현의 왼쪽 옆에서 발을 맞춰 걸으며 "저 어렸을 때까지만 해도 우리 동네에 전자오락실이 있었어요." 하고 말했다. 석현은 앞을 보며 힘차게 걸으며 흐뭇한 표정의 얼굴로 "저는요 꼬맹이 때 격투기 게임으로 우리 동네 형들 박살내고 다녔어요." 하고 말했다. 그러자 봄이가 "그럼 우리 한판 붙어 봐야겠는데요." 하고 말했다. 석현은 고개를 갸웃거리면서 "아, 이거 옛날 실력이 아직 남아 있을라나." 하고 말했다. 횡단보도를 건넌 석현과 봄이는 인도를 가로질러 걷다가 강화도어 출입문이 두 쪽 다 바깥으로 활짝 열려 있는 전자오락실 안으로 들어갔다. 내부에 구석구석 설치된 CCTV 카메라가 주인아저씨를 대신하고 있는 오락실 안에 40대 회사원 남자 한 명과 중학교 교복 남학생 두 명이 서로 떨어져 앉아 오락게임을 하고 있다. 석현과 봄이는 박물관 견학이라도 하듯이 전자오락실 내부를 둘러보았다. 출입문을 등지고 우측 벽에는 오락기 뒷면을 벽면에 붙인 11대의 전자오락기들이 벽 끝 구석 자리까지 나란히 옆으로 배치되어 있다. 40대 남자 회사원은 우측 벽 여섯 번째 전자오락기에 앉아 철권을 하고 있다. 남자 중학생 한 명은 회사원 남자와 등지고 앉아 너구리를 하고 있다. 회사원과 중학생 사이에 출입문에서 맞은편 벽까지 통로가 쭉 뻗어 있다. 중학생이 앉은 전자오락기는 오락실 중앙에 밀착시켜 배치한 12대의 전자오락기 중에 하나다. 오락실 중앙에 12대의 전자오락기는 2개 1조로 오락기 뒷면을 마주 붙여 놓았는데 다른 한 명의 중학생은 너구리를 하는 친구 반대편 6대의 전자오락기 중에 가장 우측에서 두 번째 전자오락기에 앉아 스트리트 파이터를 하고 있다. 출입문에서 앞으로 쭉 뻗은 통로 끝 맞은편 벽면에는 동전교환기가 배치되어 있고 그 왼쪽 옆으로는 DDR 게임기 2대와 VR 사격 게임기 2대가 나란히 옆으로 배치되어 있다. 그 왼쪽 옆으로는 후문이 있고, 후문을 등지고 우측 벽면에는 5대의 노래방 부스가 밀착해서 배치되어 있다.

오락실 안을 한 바퀴 돌며 게임들을 살펴본 석현과 봄이가 다시 출입문 쪽으로 와서 멈춰 섰다. "뭐가 좋을까." 혼잣말한 석현이 갑자기 "어! 저건." 하더니 오락실 중앙에 2개 1조씩 등을 붙이고 밀착한 12대의 전자오락기들 중에 출입문에서 화면이 보이는 6대의 전자오락기 쪽으로 걸어가 좌측에서 두 번째 전자오락기 앞에 섰다. 너구리를 하는 남자 중학생의 자리는 좌측에서 다섯 번째 전자오락기다. 석현은 고개를 돌려 봄이에게 말했다.

"한 기자님, 우리 이걸로 같이 한판 하죠."

봄이가 석현의 왼쪽 옆으로 다가와서 물었다,

"이 비행기 게임 재밌나요?"

"이 게임은 고전 비행기 슈팅 게임 중에 레전드급이에요."

"그럼 우리 이 게임 하죠. 석현 선수, 앉아 계세요. 제가 가서 동전 바꿔 올게요. 그런데 이거 끝판 깨려면 동전을 얼마나 바꿔야 하나요?"

"끝판요! 저를 믿고 만 원만 바꿔 오세요."

"동전을 만 원씩이나 바꿔 오라면서 믿으라는 말이 나오시나요?"

"그게, 이 게임은 시작부터 스테이지 클리어가 쉽지 않아요. 그래도 저니까 만 원이지 다른 사람들 같았으면 이만 원은 넣어야 끝판 깰걸요."

"아, 그렇군요. 전 운이 좋은 편이군요." 하고 말한 봄이는 동전교환기 앞으로 걸어가며 왼쪽 어깨에 멘 숄더백의 지퍼를 열어 안에서 지갑을 꺼냈다.

전자오락기 오른쪽 자리 원형의자에 앉은 석현이 티저영상을 보고 있는데 동전을 바꿔온 봄이가 왼쪽 자리 원형의자에 앉았다. 그녀는 숄더백을 옆쪽 전자오락기 원형의자에 내려놓고 양쪽 바지 주머니에 두 손을 넣어 100원 동전을 한 움큼 꺼내 조이스틱보드 위에 우수수 쏟아부었다. 석현이 조이스틱보드 위에 과하게 쌓인 동전을 보고 재미있다는 듯이 웃자 봄이가 입가에 미소를 지으며 물었다.

"이건 어떤 스토리가 있는 게임이에요? 실제로 해 보면 보기보다 더 재미있을 것 같아요."

석현이 왼쪽으로 고개를 돌려 미소 띤 얼굴로 봄이를 쳐다보았다가 화면으로 시선을 옮기며 진지하게 설명을 했다.

"이 게임으로 말하자면 1980년대 후반에 출시된 스카이솔져스라는 고전 비행기 슈팅게임인데요 비행기 슈팅게임 중에선 단연 명작 중에 명작이죠. 물론 지극히 제 개인적인 생각이지만요. 어쨌든 무엇보다도 스토리가 탄탄해요. 그야말로 시대를 앞서간 미래감각적인 게임이에요."

"얼마나 대단한 스토린데 그래요?"

"그러니까 미래시대에 인공지능이 인류를 멸망시키려고 전투비행단을 창설했는데 인류 최후의 전투비행단이 인류의 생존을 걸고 인공지능 전투비행단과 과거와 현재 미래에서 치열한 공중전을 벌이는 거예요."

"어! 이거 고전 SF영화 〈터미네이터〉하고 스토리가 비슷한데요?"

"한 기자님, 그러지 마시고 일단 끝까지 들어 주세요."

"아, 예. 계속 얘기해 주시죠. 전자오락 평론가님."

"평론가?" 하고 중얼거린 석현이 눈을 지그시 감고 싱긋 웃었다. 그러다 다시 눈을 뜨고 열심히 설명을 이어 갔다.

"이 게임의 파이널 스테이지는 인공지능이 직접 이끄는 전투비행단과 최후의 공중전을 벌이는 거거든요. 거기서 그놈을 파괴하면 인류를 구하게 되는 거예요. 리뷰는 여기까지. 미션이 좋죠?"

봄이는 그러네, 하듯이 고개를 끄덕이고 이내 싱긋 웃으며 말했다.

"우리 이 게임 끝판 깨서 인류를 구해요."

"와!" 하면서 미소를 지은 석현이 "한 기자님 자신 있어요?" 하고는 "이 차가운 기계심장을 가진 놈들을 상대로 끝판을 깨려면 마음의 준비를 단단히 해야 할 텐데요." 하며 봄이의 얼굴을 지그시 쳐다보았다. 석현의 눈빛 개그가 그럭저럭 먹혔는지 봄이는 까르르 웃다가 이내 생글생글한 얼굴을 하고 씩씩한 목소리로 말했다.

"까짓것 동전 계속 넣다 보면 끝판 깨겠지. 걱정 말고 동전 전부 다 넣으세요. 저놈들을 싹 쓸어버리자고요!"

석현은 조이스틱보드 위에 쌓인 동전을 한 개씩 집어 5000원쯤 코인 홀에 집어넣었다. 그때까지 팔짱을 끼고 기다리고 있던 봄이가 차분한 목소리로 말했다.

"자, 그럼 이제 우리 터미네이터들과 한판 붙어 볼까요."

"그러시죠. 편대장님."

"편대장님?" 하고 혼잣말한 봄이가 힘없이 쿡 웃고는 오른손으로 게임 버튼을 눌렀다. 석현도 오른손으로 게임 버튼을 눌렀다. 게임대기모드화면이 게임설정모드화면으로 바뀌자 석현이 옵션으로 주어지는 미사일 중에서 유도탄 칸에 오른손 둘째손가락을 가까이 대며 말했다.

"한 기자님은 이 유도탄으로 골라요. 공격과 방어가 동시에 이루어져서 입문자에겐 딱 쓰기 좋아요."

봄이는 게임스틱을 움직여 유도탄 칸에 사각커서를 맞추고 "버튼 눌러요?" 하고 물었다. 석현이 "네. 버튼 눌러요." 하고 대답하자 봄이가 "이게 좋다는 거죠?" 하고 다시 물었다. 석현은 고개를 끄덕인 뒤 대답했다.

"좋은 거예요. 위기 상황에서 방어가 탁월하거든요 대신 꼭 필요할 때만 써요. 미사일마다 수량이 한정돼 있어서 막 쏴댔다가는 파이널 스테이지 가서 필요한 미사일이 모자랄 수 있으니까요."

봄이가 게임 버튼을 누르고 조곤조곤 말했다.

"그런데 이 게임 스토리 말이에요. 멀지 않은 미래에 진짜 일어날 수도 있을 것 같아요. 그렇지 않아요?"

"걱정 마요. 우리가 오늘 끝판 깨서 미래에 일어날 전쟁을 막을 거니까요." 하고 말한 석현이 사이더와인더 미사일에 사각커서를 맞추고 게임 버튼을 눌렀다. 석현과 봄이가 함께 보는 화면 속에 첫 번째 게임스테이지가 펼쳐졌다. 화면 위에 출현한 적비행기들은 총알을 쏘면서 화면 아래로 전진해 왔다. "한 기자님, 저놈들에게 베풀 자비는 없어요. 쏘세요." 석현이 진지한 목소리로 말했다. "넵." 하고 대답한 봄이가 총알 버튼을 연속해서 눌러 댔다. 봄이의 전투기가 쏘아 대는 총알에 적기들이 추풍낙엽처럼 떨어졌다.

소도시에 깊어진 밤은 한층 더 어둠이 짙어져 있다. 한동안 전자오락기 앞에 나란히 옆으로 앉아 동전을 전부 소진해서 오락게임을 한 석현과 봄이가 결국 적들을 끝장냈다. 뿌듯한 얼굴로 엔딩영상을 지켜보던 봄이가 문득 석현에게 오른손 손바닥을 들어 보였다. 석현은 왼손을 들어 봄이와 손바닥을 마주쳐 하이파이브를 했다. 손을 내린 봄이가 입가에 옅은 미소를 짓고 "우리 이제 가요, 나 늦었어요." 하고 말했다. "그래요, 우리 나가요." 하고 대답한 석현이 원형의자에서 일어서자 봄이가 왼쪽 전자오락기 원형의자에 내려놓았던 숄더백을 들고 뒤따라 일어섰다. 오락실 안에 여자 고등학생 2명과 남자 고등학생 3명은 DDR 게임기에서 화면의 화살표를 따라 발판을 밟으면서 춤을 추는 40대 남자 담임선생님을 지켜보고 있다.

전자오락실에서 나온 석현과 봄이가 적색등이 켜진 횡단보다 앞 인도에 나란히 옆으로 섰다. 횡단보도 건너 도로 갓길 지정주차장에는 석현의 포터와 봄이의 SUV QM3가 앞, 뒤로 평행주차 되어 있다. 신호등에 녹색등이 들어오자 석현이 자신의 왼쪽에 서 있는 봄이에게 "가시죠." 하고 말한 뒤 앞으로 걸어갔다. 봄이도 석현을 따라 앞으로 걸어갔다. 그러면서 차분한 목소리로 물었다

"그러고 보니 식사하면서 물어보지 못했는데 연습 주행해 보니까 복구한 준서 선수 레이싱 오토바이는 어떤가요?"

빙긋 웃은 석현이 걸으면서 왼쪽으로 고개를 돌려 봄이를 쳐다보았다가 다시 앞을 보며 걸으면서 입을 떼었다.

"오토바이에 준서의 감정이 스며 있는 것 같아요. 준서의 오토바이는 마치 제가 오랫동안 타 왔던 것처럼 조작이 편안했어요. 어쩌면 준서의 오토바이는 준서 친구인 저를 알아보고 배타적으로 대하지 않고 친근하게 대해 주었는지도 몰라요. 때론 오토바이가 살아 있는 생명체처럼 느껴질 때가 있거든요."

걸으며 가만히 이야기를 듣고 있던 봄이가 석현을 따라 횡단보도를 마저 걷다가 자신의 차 운전석 문짝 앞에서 멈춰 섰다. "한 기자님, 그럼 조심히 내려가세요." 하고 말한 석현이 잠시 주춤했다가 한 걸음 다가가 두 손으로 봄이의 양쪽 어깨를 살며시 감싸 잡고는 눈빛이 떨리는 그녀의 이마에 입을 맞추었다. 그리고는 다시 한 걸음 뒤로 물러섰다. 그때

마침 한적했던 도로에 승용차 한 대가 천천히 지나갔다. 그러자 봄이가 수줍게 미소 지으며 말했다.

"석현 선수, 그럼 우리 본선 시합 날 만나요. 그리고 연습 주행 때나 시합 때나 절대 다치면 안 돼요."

고개를 끄덕인 석현은 "그럴게요. 한 기자님, 고마워요." 하고서 오른손을 흔들었다. 싱긋 웃은 봄이는 왼쪽 어깨에 멘 숄더백의 지퍼를 열어 안에서 차 키를 꺼냈다. 그녀는 차 키에 걸린 리모컨 버튼을 눌러 잠금을 해제하고 운전석 문짝을 열었다. 석현이 부드럽게 미소 지으며 "운전 조심해서 내려가세요. 그리고 도착하면 메시지 주세요." 하고 말하자 봄이는 미소 띤 얼굴로 고개를 끄덕이고 차 안으로 들어가 운전석에 앉았다. 운전석 문짝을 닫아 준 석현이 도로에 차가 없음을 확인한 뒤 운전석의 봄이를 쳐다보고 SUV 앞에서 등 뒤로 몇 걸음 물러나자 봄이는 시동을 걸고 헤드라이트를 켰다. 그리고 윈도우 버튼을 눌러 운전석과 조수석 유리를 내렸다. SUV와 적당한 거리에 서서 도로를 한 번 더 확인한 석현이 두 손으로 앞으로 나오라는 신호를 하자 봄이가 핸들을 왼쪽으로 돌리며 주차칸에서 나왔다. 그녀는 직진신호가 들어 온 신호등을 확인하고는 석현에게 왼손을 흔들고 나서 액셀러레이터 페달을 깊이 밟았다. 봄이의 차는 횡단보도 네거리를 건너 맞은편 도로로 들어가면서 석현의 시야에서 점점 멀어져 갔다.

강원도에서 서울로 돌아온 봄이는 역삼동 A빌딩 8층에 위치한 〈월간 모터사이클〉 사무실의 개인 업무책상에 앉아 있다. 벌써 새벽 2시가 넘은 시간, 노트북 마우스 옆에 놓은 머그컵 안에 반쯤 남은 블랙커피는 미지근하게 식어 있다. 봄이는 노트북으로 준 레이싱팀의 준서와 석현에 대한 특집 기사 1부 원고를 작성하고 있는 중이다. 한참 타이핑하던 손을 멈추고 잠시 생각에 잠겼던 봄이는 머그컵을 들어 블랙커피를 한 모금 마시고 커피가 조금 남은 머그컵을 마우스 옆에 내려놓았다. 그리고는 다시 키보드에 열손가락을 올리고 글자를 이어서 쳐 나가기 시작했다.

「일본 스즈카서킷 8시간 내구레이스대회에서 사고로 파손 된, 고 서준서 선수의 레이싱 오토바이를 적지 않은 비용을 들여 복구한 같은 팀 이석현 선수는 인터뷰를 마치는 자리에서 이런 말을 했다. "어쩌면 준서의 레이싱 오토바이는 준서 친구인 저를 알아보는 것 같아요. 처음으로 함께 서킷을 주행했지만 저를 배타적으로 대하지 않고 친근하게 대해 주었어요." 나는 그 말을 듣고 이번 8월 27일 코리아로드 레이싱 5라운드 한일 슈퍼바이크 통합전이 이석현 선수에게 어떤 의미로 받아들여지고 있는지 어렴풋이 짐작할 수가 있었다. 한일 슈퍼바이크 통합전은 이석현 선수가 이제는 하늘나라에 있는, 친구였으면서 같은 팀의 동료 레이서였던 서준서 선수에게 헌정하는 15랩의 연주곡이 될 것이다. 나는 그것을 보고 있다. 멈춰진 시계 속에 멜로디가 흐르는 것을.」

14

너에게 전하고픈 내 마음 안의
짧은 이야기

「(@.@) 어디까지 오셨어요? 마츠모토 준 단장님.」

오전 4시 58분, J시 풀 타임 셀프 주유소에 들어와 셀프 주유기 앞에 포터를 대는데 석현에게서 문자메시지가 왔다. 나는 차 시동을 끄고 대쉬보드 내비게이션 옆에 부착한 휴대폰 거치대에서 스마트폰을 빼내 바로 답장을 썼다.

「이 선수, 일찍 일어났군. 지금 주유소에 들렀어. 6시 안에는 강원
서킷에 들어갈 거야.」

글자를 쳐서 답장을 보내니 곧바로 석현에게서 두 번째 문자메시지가 왔다.

「예. 그럼 저도 시간 맞춰서 서킷으로 출발할게요.」
「(@.@)/ 그럼 서킷에서 보자고.」

나는 두 번째 답장을 보내고 스마트폰을 휴대폰 거치대에 장착했다. 그런 뒤 차 키를 빼내면서 운전석 문짝을 열고 차 밖으로 내렸다. 서울에서 오는 동안 어느새 어둠이 걷히고 이제는 미드나잇블루 하늘이 점차 세상을 밝혀 나가고 있다. 그런 하늘을 보며 느껴지는 건 희망이다. 나는 잠시 서서 하늘을 바라보다가 운전석 문짝을 닫고 걸음을 옮겨 적재함 좌측 옆문짝 앞에 섰다. 길이를 늘린 적재함에는 짐바로 묶어 놓은 흰빨파검 출시색상의 내 레이싱 오토바이 혼다 CBR1000RR과 산더미같이 쌓아 올린 시합 장비들이 노련한 나의 짐 꾸리기 솜씨로 기막히게 실려 있다. 나는 포터 좌측 뒤 타이어 상태를 눈으로 확인하고 차 키를 꽂아 돌려 주유캡을 빼냈다. 차 키가 꽂힌 주유캡을 적재함 컴퓨터 휠 밸런스기 위에 올려놓은 나는 두 손바닥을 맞부딪쳐 손을 깔끔히 털어 내고 뒤돌아 셀프 주유기 쪽으로 가까이 다가섰다. 정전기 방지 패드에 오른손을 가져다 댔다 떼고서 주유기 스크린에 시작하기 버튼을 눌렀다. 나는 안내음성에 따라 스크린을 연이어 터치하다가 체크카드를 카드 리더기에 긁어 5만 원을 결제하고는 주유기에서 경유 주유건을 뺐다. 나는 뒤로 몸을 돌려서 포터 주유구에 경유 주유건을 꽂았다. 주유건 레버를 당기자 경유가 연료통으로 쏟아져 들어갔다. 나는 주유건 레버를 걸쇠에 걸어 고정하고 왼손에 쥔 체크카드를 블랙진 왼쪽 앞주머니에 집어넣었다. 포터에 경유가 채워지고 있는 지금 문득 생각해 보니 며칠 전부터 정신과약을 먹고 있지 않다는 걸 새삼 깨닫는다. 준서가 스즈카서킷 8시간 내구레이스대회에서 사고로 세상을 떠난 뒤부터 심각한 우울증이 생겨 신경정신병원에 내원하여 의사에게 처방받고 매일 아침 눈을 떴을 때 한 움큼씩 먹던 약이다. 그러고 보니 석현을 돕기 위해 그와 함께 서킷 연습 주행을 하기로 마음속으로 결정하면서부터 약을 먹지 않았다. 나는 한낮의 광활한 사막을 혼자 걸으며 뜨거운 숨을 쉬어 대고 있는 것 같은 고통에 갇혀 있었지만 그 고통은 어느새 기척 없이 나를 떠났다.

내가 깊은 생각에 빠져 있던 잠시 주유건은 멈추고 주유기에서는 영수증이 출력되었다. 나는 주유구에서 주유건을 꺼내 주유기 거치대에 걸고 적재함에 실린 컴퓨터 휠 밸런스기 위에 놓은 주유캡을 가져와 주유구에 껴 돌려 잠근 뒤 차 키를 빼냈다. 오른손에 차 키를 들고 운전석 쪽으로 걸어가는데 출력되어 나온 영수증이 보였다. 나는 주유기에서 영수증을 떼어 내 반으로 접은 뒤 블랙진 왼쪽 뒷주머니에 넣었다. 위에 입은 옷은 상단 빨간색에 하단 하늘색인 우리 팀 반팔 레이싱 남방이다. 이 반팔 레이싱 남방은 스즈카 8시간 내구레이스대회 결승전 날 아침에 준서가 입고 있던 것이다. 비록 어제 세탁을 하고 오늘 입었지만 나는 여전히 이 옷에서 준서의 체취를 느낄 수 있다. 발에 신은 빨간색 런닝화와도 매치가 잘된다.

나는 운전석 문짝을 닫고 키홀에 키를 꽂아 돌려 시동을 걸었다. 시동이 걸리자 왼발로 클러치 페달을 밟으며 1단 기어를 넣고 클러치 페달에서 왼발을 떼면서 브레이크 페달을 밟고 있던 오른발로 액셀러레이터 페달을 밟아 차를 출발시켰다. 차가 주유소를 나와 다시 도로를 타자 나는 기어를 서서히 올려 가며 여유 있게 주행 속도를 높였다. 유리를 내려놓은 운전석 문짝으로 신선한 새벽바람이 차 안에 밀려 들어와 얼굴을 감싸면서 정신을 더욱 맑게 해 준다. 석현, 우리가 함께 공유하고 있는 소중한 추억들이 기억 깊은 곳으로부터 하나하나 떠올라 내 눈앞에 빈센트 반 고흐의 그림들처럼 펼쳐진다.

석현, 너도 알고 있다시피 내가 8년 전 KSB1000 클래스에서 시즌 우승할 당시에 19세의 준서는 KSB1000 클래스의 막내 선수였어. 그 시절 준서는 우승권에 속한 선수는 아니었지만 전도유망한 레이서였던 것은 확실하지. 그때 나는 레이서로서 전성기가 지난 나를 영입하고 전폭적인 지원을 해 주신 대한기업 레이싱팀 단장님의 뜻에 따라 한국어를 개인교습 받고 있었어. 일본인인 나에게 어순이 비슷한 한국어는 생각보다 어렵지 않았어. 그래서 시즌 우승할 당시 그 가을에는 기초 한국어를 어느 정도 구사할 수가 있었어. 나는 예선 경기가 끝나고 피트 안 의자에 앉아 차가운 음료수를 마시고 있었거든. 그런데 준서가 우리 피트로 불쑥 들어와서는 실례지만 1번 코너 브레이킹 지점에서 당신의 브레이킹 포인트는 어디냐고 나에게 물었어. 나는 앉은자리에서 일어나 준서를 마주 보고 서서 친절히 내 브레이킹 지점을 알려 주었지. 덧붙여 내 브레이킹 테크닉까지. 그게 준서와 내가 함께 시즌 경기를 치르면서 처음 나눈 첫 번째 대화였어. 그날의 대화가 인연이 되어 준서와 나는 나이를 초월한 친구가 되었고. 준서가 군대를 다녀온 뒤 바로 일본으로 유학을 가서 1년 코스의 일본 로드 레이싱 스쿨을 이수하게 된 것도 나와 많은 이야기를 나누고 나서 결정했던 거라는 걸 석현도 잘 알고 있지? 준서가 일본에서 한국으로 돌아와 나와 함께 일하게 되면서 우리는 준 레이싱팀을 창단했고 창단 후 2번째 시즌에 접어들어 갈 때 석현 너는 대전에서 서울로 우리를 찾아왔어. 그러니까… 그때가 봄비가 내리는 날이었지. 석현 너는 대전에서 막 대학을 졸업하고 대전에 제일 오토바이 센터를 개업한 청년 사장이었어. 석현 너는 우리에게 준비해 온 이력서를 내며 준서의 팬이라고 말하면서 반드시 준 레이싱팀에 입단하고 싶다고 말했어. 그땐 내가 44살이었고 준서와 석현 너는 24살. 그래, 시간은 참 빨리도 흘러간다. 그날 준서는 석현 너와 꽤 긴 시간 동안 대화를 나누었다. 둘이 나가서 순대국밥을 사 먹고 돌아와서도 대화는 이어졌어. 마침 그날 정비점이 한가하기도 했지만 석현 너의 첫인상이 매우 좋았기에 준서와 너는 진지하게 긴 시간 대화를 나누었던 거야. 나와 준서는 석현 네가 믿음직스러웠다고 동일하게 평가했어. 너의 대학시절 자작 자동차 경주대회 우승 경력도 특이했고. 그래서 너의 요청대로 250클래스가 아닌 600클래스로 서킷테스트 기회를 부여했던 거야. 물론 석현 너는 서킷에서 멋지게 테스트를 통과했다. 정말 기대 이상이었어. 그렇게 우리는 한 팀이 되었다. 그 이후로 기훈이와 대산이가 입단했고…. 석현, 너를 포함해서 우리 팀원들의 존재는 내가 한국에서 삶을 열정적으로 살아갈 수 있게 해 주는 삶의 불꽃이야. 팀원들은 언제나 나를 존중해 주었고 나 역시 변함없이 우리 팀원들을 존중했어. 여전히 우리가 함께이기에 나는 준서를 떠나보낸 슬픔을 견뎌 내고 있다. 이제는 연인이 된 이시카와 유이에게 나는 준서의 이야기를 많이 들려 주었어. 석현과 기훈이 대산이의 이야기도 같이 많이 들려주었고. 그녀는 우리 팀원들이 보고 싶다고 했거든. 특히 석현 네가. 석현, 너는 SS600 클래스의 선수로 4번째 시즌을 보내면서 톱클래스 레이서 중에 한 명으로 분류되었어. 너는 KSB1000으로 승급하지 않고 SS600에 잔류해 왔지. 물론 지금은 KSB1000으로 승급했지만, 석현 너는 준서를 위해서 승급을 미루어 왔다고 내가 말한다면 너는 무슨 대답을 할까? 너는 준 레이싱팀에서 준서가 가장 빛나길 원했던 거였어. 지난 스즈카서킷 8시간 내구레이스대회에서는 나에게 출전을 양보했고. 원래 나는 준서와 석현 네가 콤비가 되어서 대회에 출전하는 것으로 계획을 잡고 있었거든. 그런데 너는 뜻밖의 말을 했어. 부상 후유증으로 일본 레이스 무대에서 쓸쓸히 퇴장했던 내가 고국인 일본 스즈카서킷에서 멋진 은퇴시합을 갖기를 바란다는 거였어. 그건 레이서 마츠모토 준의 인생에 있어서 너무나 큰 의미가 있는 일이라고 하면서. 그런 너를 보며 나는 마음 한편으로 아쉬움을 느꼈고 또 다른 마음 한편으로는 너의 우정에 가슴 뭉클한 감동을 느꼈다. 너는 친구들을 높이기 위해 기꺼이 낮은 자리를 자처했어. 하지만 석현, 이제는 네가 우리 준 레이싱팀을 이끄는 리더십이야. 그러니까 너는 어떤 망설임도 없이 너의 날개를 펴고 우리의 미래를 향해 마음껏 날아오르길 나는 간절히 바래. 석현, 나는 오늘 강원서킷에서 너와 나의 연습 주행 때 레이서로서 내가 가진 모든 것을 너에게 보여 주려고 해. 석현 네가 이번 한일 슈퍼바이크 통합전에서 정신적으로 일본 프로 레이서들을 넘어서는 길을 제시해 주어야 하기 때문에. 석현, 내가 대한기업 레이싱팀 단장님의 잊지 못할 도움으로 준오토바이 정비점을 개업하여 대한민국에서 정착하고 산 지 8년째야. 도와주는 직원 없이 3년간 혼자서 일하다가 준서가 일본에서 1년 코스 로드 레이싱 스쿨을 이수하고 귀국해 그와 함께 일하면서 나는 전에 없던 행복감을 느꼈어. 앞서 말하지 못했지만 준 레이싱팀을 창단하고 2번째 시즌에 네가 우리 팀에 합류해 함께 시합에 참가했을 때도 행복했어. 석현, 미안한 이야기지만 사실 나는 너에게는 준서에게 해 주었던 것만큼 신경을 써 주질 못했어. 그거 알지? 준서에게는 여러모로 내 개인 사비로 지원도 많이 해 주었지만 석현 너에게는 그렇게 해 주지 못했던 거야. 그런데도 석현 너는 지금까지 그런 문제에 있어서 아무런 내색도 하지 않았어. 너는 시즌 기간, 한 달에 한 번 서킷에서 만날 때마다 변함없이 밝은 얼굴이었지. 석현, 나는 말이야, 그런 너의 성품을 존경했어. 그리고 마음속으로 준 레이싱팀 동료로서의 너를 적지 않게 의지했어. 준서가 세상을 떠난 지금 석현 너는 준 레이싱팀에게는 절대적인 존재의 이유다. 만일 석현 네가 레이싱을 그만둔다면 나는 준 레이싱팀을 계속해서 이끌어 나갈 수 있을까? 누군가 나에게 물어봤다면 아마 나는 어떤 대답도 확실하게 하지 못했을 거야. 석현, 지난 4라운드 SS600 클래스에서 너는 레이싱 데뷔 이후 첫 번째 우승을 이루어 냈다. 너는 우리에게 이런 말을 했다. 우리는 앞으로도 우승을 차지하기 위해 치열하게 서킷을 질주할 거라고. 나는 너의 그 말을 기억하며 내 안에서 사그라지려고 했던 열정의 불꽃을 다시 뜨겁게 지핀다. 석현 네가 우승했던 날, 그날 서로 일정이 바빠서 우승 축하 파티도 못 했지만 대신 나는 이번 시합이 끝나면 너를 위해 축하 케이크를 사고 싶어. 아, 그리고 아쉽게 석현 네가 예약한 드림모텔에는 벌써 다른 레이싱팀들의 예약이 다 잡혀 있어서 방이 한 개도 없단다. 뭐 할 수 없지. 석현, 그러고 보면 내가 외국인으로서 대한민국을 사랑하는 이유는 준서, 석현을 포함한 우리 팀원들이 있기 때문이지. 이시카와 유이, 그녀를 만날 수 있었던 것도 내가 우리 팀원들과 함께해 왔기 때문이고. 며칠 전에, 일산에 오픈하려고 했던 준서의 준오토바이정비점 2호점 매장에 준서를 대신할 임차인이 나타나서 계약을 인계했어. 2호 준오토바이정비점은 영원히 추억 속에. 그런데 있잖아, 내가 1차선에서 차를 저속으로 운전하느라 그런지 내 앞으로 부산스피드스타 레이싱팀 차량들이 차례로 방향지시등을 켜고 추월을 나가고 있네. 석현, 이제 강원서킷이 얼마 남지 않았어. 나도 이제 조금 속도를 올려서 가려고 해. 우리의 꿈과 미래가 이어지는 곳 서킷으로. 그럼 잠시 뒤에 만나자. 친구 그 이상의 친구, 석현.

15

풀브레이킹에서 풀뱅킹으로

구름 한 점 없는 푸른 하늘 위로 눈부신 아침 해가 떠 있다. 거대한 반원타이어 밑 강원서킷 출입구에 도착한 마츠모토 준은 주차관제박스 우측 입구 차단봉 앞쪽에 포터를 세우고 경비원에게 인사하면서 팀명과 이름을 말해 주었다. 컴퓨터 화면을 들여다보며 명단을 확인한 경비원이 피트 번호를 알려 주면서 입구 차단봉을 올려 주자 마츠모토 준은 포터를 출발해 편도 1차로 도로를 달리다가 회전교차로에서 우회전하여 지하차도 안으로 진입했다. 헤드라이트를 켠 마츠모토 준은 액셀러레이터 페달을 깊게 밟아 어둑한 공간을 거인의 함성과 같은 화물차 배기음으로 채우면서 20미터 길이의 지하차도를 빠르게 빠져 나왔다. 그는 아스팔트 바닥에 흰색 페인트로 전체 64개의 주차칸이 16분할로 나누어 그려진 패독으로 들어와 내부통로를 지나다가 6번 피트 뒤에 주차된 석현의 포터 후미등을 보며 속도를 줄였다. 그러면서 석현의 포터 조수석 문짝 옆에 자신의 포터를 나란히 대면서 클러치와 브레이크 페달을 밟고 기어를 중립에 넣은 뒤 핸드 브레이크를 올렸다. 오전 6시다. 석현은 전면 셔터와 후면 셔터를 열어 놓은 6번 피트 안 접이식 사각테이블에 웨이팅 에어리어를 등지면서 패독을 바라보며 접이식 등받이 의자에 앉아 있다. 그는 박카스를 마저 마시고 다 마신 빈병을 접이식 사각테이블에 내려놓았다. 그런 뒤 자리에서 일어섰다. 오늘 석현은 준 레이싱팀 팀명이 흰색 글자로 가슴 부분에 프린팅된 상단 빨간색에 하단 하늘색인 반팔 티셔츠에 얼룩무늬 조거팬츠 카고바지를 입고 있다. 발에 신은 건 마찬가지로 녹색 운동화다. 석현은 마개를 따지 않은 새 박카스를 오른손에 들고 걷다가 피트 밖으로 나와서 운전석 문짝을 열고 내린 마츠모토 준 앞에 섰다. 마츠모토 준은 "좋은 아침." 하면서 활짝 웃었고 석현은 "단장님, 오시느라 수고하셨어요." 하며 박카스를 내밀었다. "이건 드림모텔 박카스." 하며 박카스를 건네받은 마츠모토 준은 마개를 따서 단숨에 들이켜고는 빈병을 운전석 문짝이 열린 차 안, 에어컨 송풍구에 클립으로 고정된 컵홀더 안에 넣었다. 그리고는 6번 피트 양쪽 주변 피트들을 살펴보았다. 오늘 1번 피트에는 대구 현대모터 수리 레이싱팀과 대구자유비행 레이싱팀이 공동으로 자리하고 있다. 어제 연습 주행을 마치고 아내를 데리러 대구에 내려갔던 박 단장은 오늘 새벽 일찍 아내와 함께 강원서킷에 도착해 5번 피트 안에 레이싱 오토바이와 시합 장비들을 새로 배치 받은 1번 피트로 다 옮겼다. 2번 피트는 서울디스이즈마이라이프 레이싱팀이 자리하고 있다. 3번 피트는 돌진 레이싱팀이, 4번 피트는 강원연합 레이싱팀이, 5번 피트는 광주허리케인 레이싱팀이, 8번 피트는 마츠모토 준의 포터를 추월해 갔던 부산스피드스타 레이싱팀이 자리하고 있다. 7번 피트는 어제에 이어 오늘도 할리스피릿 레이싱팀이 사용한다. 하지만 리차드 전 단장과 해리 해리스는 아직 서울에서 올라오지 않았다. 석현이 마츠모토 준 포터 적재함 맨 뒤쪽에 두 덩이로 나뉘어 탑처럼 쌓아 실은 팀파티션에 오른손 손바닥을 붙여 대고 활짝 웃으며 말했다.

"한 차에 엄청나게 싣고 오셨네요. 단장님 오토바이, 타이어 탈장착기, 컴퓨터 휠 밸런스기, 교체용 타이어에, 기름 흡착 매트, 발전기에 이동식 공구함, 앞, 뒤 타이어 정비거치대, 도르레 멀티탭, 화물 운반 카트, 그리고 이 팀파티션까지, 아무리 적재함을 최대한 늘린 특수 제작 초장축 포터지만 이거 다 싣고 차가 나가던가요?"

두 손으로 양쪽 무릎을 잡고 무릎 돌리기 스트레칭을 하던 마츠모토 준이 허리를 펴고 서면서 대답했다.

"대형 선풍기까지 싣고 오려고 했는데 그건 차마 안 되겠더라고."

"단장님, 타이어 워머는요?"

"운전석 시트 뒤 수납공간에 헬멧, 레이싱 슈트등과 함께 실려 있어. 아이스박스는 조수석 시트 위에 휘발유통은 조수석 발판에."

석현이 싱긋 웃으며 입을 떼었다.

"오늘 와서 알아보니까 우린 일요일 본선까지 6번 피트 배정이던데 아예 지금 피트 세팅을 해 버리죠."

마츠모토 준이 부드럽게 미소를 지으며 말했다.

"응, 그러자고. 다 하고 나서 유이가 준비해 준 도시락으로 함께 식사하자고."

"서킷에서의 귀중한 아침 식사를 준비해 주신 이시카와 유이 씨에게 정말 감사하네요."

"8시 40분부터 KSB1000 클래스 1세션 들어가니까, 우선 장비부터 서둘러 내릴까."

"제 차에서 목장갑 두 켤레 꺼낼게요."

"어, 그래."

석현은 차에서 목장갑 두 켤레를 꺼내와 마츠모토 준과 한 켤레씩 나누어 꼈다. 목장갑을 낀 마츠모토 준은 좌측 후미등에서 우측 후미등으로 이동하며 적재함 수직 접이식 리프트게이트 양쪽 개폐기를 한 개씩 당겨 열고 블랙진 왼쪽 앞주머니에서 꺼낸 리모컨 버튼을 눌러 수직 접이식 리프트게이트를 바깥쪽으로 수평이 되게 눕혔다. 그사이 레이싱 오토바이를 묶어 놓은 짐바를 빠른 손놀림으로 풀어낸 석현은 적재함 우측 옆문짝으로 걸어가 서서 옆문짝 클램프를 당겨 열고 우측 옆문짝을 아래로 젖혔다. 그때부터 마츠모토 준과 오랜 시간 손발을 맞춰온 일사불란한 동작으로 적재함에 실린 것들을 하나하나 차에서 내렸다.

시합 장비들에서 레이싱 오토바이까지 모두 적재함에서 내리자 마츠모토 준과 석현은 가장 먼저 피트 안에 접이식 팀파티션을 설치했다. 플라스틱 배너마다 태극기와 팀명이 프린팅된 넓이 80센티 높이 150센티의 팀파티션을 6번 피트와 7번 피트 사이 옆면 셔터를 따라 줄줄이 펴며 나란히 옆으로 세운 뒤 피트 중간에서 90도 꺾었다. 그리고는 반대편 6번 피트와 5번 피트 사이 옆면 셔터에 가서 닿게 다시 줄줄이 펴며 옆으로 나란히 세웠다. 옆면 셔터에 닿자 팀파티션을 다시 90도 꺾어서 6번 피트와 5번 피트 사이 옆면 셔터를 따라 피트 앞쪽으로 줄줄이 펴며 옆으로 나란히 세워 ⊔ 문자 모양으로 팀파티션 설치를 완료했다. 피트 중간을 반으로 나눈 팀파티션의 출입구는 6번 피트와 5번 피트 사이 옆면 셔터 쪽에 갖추어져 있다. 팀파티션이 6번 피트와 5번 피트 사이 옆면 셔터에 닿기 전에, 테두리 안에 플라스틱 배너가 없는 빈 칸을 계단을 내듯 접은 것이다. 피트 앞 웨이팅 에어리어에서 피트 안을 들여다보았을 때 티가 나지 않게 입구를 내는 방법이다. 팀파티션 앞쪽 그러니까 웨이팅 에어리어가 보이는 피트 앞쪽으로는 돌돌 말린 기름 흡착 매트

2개를 나누어 펴서 피트 바닥에 빈틈없이 깔았다. 기름 흡착 매트가 깔리자 웨이팅 에어리어에 잠시 놓아두었던 타이어 탈장착기, 컴퓨터 휠 밸런스기, 타이어들, 이동식 공구함을 피트 안으로 옮겼다. 이 장비들은 6번 피트와 7번 피트 사이 옆면 셔터에 간격을 맞춰서 배치했다. 컴퓨터 휠 밸런스기 왼쪽 옆에 앞 타이어 따로 뒤 타이어 따로 해서 8개의 신품 슬릭 타이어를 두 줄로 쌓아 놓았다. 그 위에 레인타이어 1조를 줄맞춰 올렸다. 나머지는 팀파티션 뒤쪽에 정리해 놓았다. 웨이팅 에어리어에 세워 놓았던 2대의 레이싱 오토바이도 피트 안으로 들여와 앞 타이어, 뒤 타이어 정비거치대로 띄우고 타이어 워머를 씌워서 피트 중앙에 나란히 옆으로 세워 놓았다. 앞 타이어가 웨이팅 에어리어를 향하게 세워 놓은 2대의 레이싱 오토바이 타이어 워머 전기는 피트 안에서 웨이딩 에어리어를 향해 섰을 때 좌측 벽 구석 전기콘센트에서 도르레 멀티탭으로 이어와 연결했다. 좌측에 세워 놓은 석현의 레이싱 오토바이 타이어 워머에 먼저 전기를 연결했고 2구 2미터 멀티탭으로 전기콘센트를 추가해 우측에 세워 놓은 마츠모토 준의 레이싱 오토바이 타이어 워머에 전기를 연결했다. 마츠모토 준의 CBR1000RR 헤드라이트는 청테이프를 여러 번 잘라 붙여 가려졌다. 청테이프 부착은 주행 중 넘어지며 헤드라이트 파손 시 날카로운 파편이 노면에 떨어지는 것을 방지해 준다. 후미등 아래에는 차량 번호판이 붙어 있다. 서킷 용도가 아닌 도로 주행 용도인 것이다. 이동식 봉스탠드 행거 옷걸이를 옮겨다 놓은 팀파티션 뒤쪽은 온로드 레이싱 원피스 슈트를 갈아입는 탈의실이다.

석현은 웨이팅 에어리어에서 접이식 사각테이블을 들고 와서 6번 피트와 5번 피트 사이 옆면 셔터 앞에 세워 놓은 팀파티션에 바짝 붙여서 펴놓았다. 그다음으로 접이식 등받이 의자 네 개를 손에 한 개씩 잡아

한 번에 두 개씩 들어다가 접이식 사각테이블에 맞춰 놓았다. 그때 마침 하던 일을 마무리한 마츠모토 준이 파티션 입출입구를 통해 피트 앞쪽으로 들어왔다. 그는 오른손으로 50리터 용량의 빨간색 아이스박스 손잡이를 잡고 있다. 석현이 "꽤 무거워 보이는데요." 하고 말하자 슬쩍 웃으며 고개를 가로저은 마츠모토 준은 접이식 사각테이블로 다가오면서 "아직 1시간쯤 여유가 있으니까 우리 천천히 식사를 하자고." 하고는 아이스박스를 접이식 사각테이블에 내려놓았다. 석현은 마츠모토 준이 앉도록 웨이팅 에어리가 마주 보이는 쪽으로 팀파티션을 등지는 접이식 등받이 의자를 뺐냈다. 그리고 자신은 옆면 셔터 쪽으로 팀파티션이 마주 보이는 2개의 접이식 등받이 의자 중에서 좌측에 놓인 접이식 등받이 의자를 빼내 거기에 앉았다. 아이스박스 뚜껑을 연 마츠모토 준은 안에서 3단 찬합도시락 2개와 냉보온병 2개, 나무젓가락 2개를 꺼냈다. 석현은 기대에 찬 얼굴로 그 모습을 지켜보았다. 석현을 힐끔 쳐다본 마츠모토 준은 뚜껑을 닫은 아이스박스를 의자 뒤쪽 기름 흡착 매트 바닥에 내려놓았다. 그리고는 3단 찬합도시락 1개와 냉보온병 1개, 나무젓가락 1개를 석현의 앞에 놓았다.

"이 선수, 우리 식사합시다."

마츠모토 준이 말하자 석현이 "잘 먹겠습니다." 하면서 문득 "숙소는요?" 하고 물었다. 마츠모토 준은 괜히 미안해하는 얼굴을 하며 "드림모텔은 예약이 다 잡혀 있다고 해서 시내에 잡았어." 하고 대답했다. 아쉬운 얼굴의 석현은 고개를 끄덕이고는 이내 쾌활한 목소리로 말했다.

"그럼 잘 먹겠습니다."

"음. 들자고."

마츠모토 준과 석현은 3단 찬합도시락을 분리해서 테이블에 늘어놓

왔다. 눈을 크게 뜨고 입가에 즐거운 미소를 지은 석현이 음식들을 쳐다보며 말했다.

"와! 정말 맛있겠는데요. 소불고기에 연어초밥, 시금치계란말이까지 이시카와 유이 씨께서 일식에도 조예가 깊으신데 한식까지 능통하시군요."

"음. 일식도 일식이지만 평소 한식을 즐겨 만들어 먹는다고 하더군, 한국에서 1년쯤 살다 보니까 한식을 먹어야 일할 힘이 난다나. 나하고 똑 같지 뭐."

"그런데 냉보온병에 든 건 시원한 물인가요?"

"아니, 시원한 식혜. 유튜브 영상 보면서 직접 만들었다는데 맛있을지는 모르겠네."

"당연히 맛있겠죠. 군침이 도네요. 단장님 드시죠."

마츠모토 준이 손바닥이 보이게 오른손을 슬며시 내밀어 보이며 말했다.

"그래. 얼른 들자고."

석현은 종이포장을 뜯고 꺼낸 나무젓가락을 반으로 떼어 냈다. 그는 먼저 연어초밥 한 개를 나무젓가락으로 집어서 입안에 넣었다. 마츠모토 준은 나무젓가락으로 소불고기를 한 점 집어 입에 넣었다. 입안에 우물거리며 먹던 연어초밥을 목으로 삼킨 석현이 감탄한 표정의 얼굴로 "오이시이~" 하고 말했다. 그러자 우물거리던 입을 멈춘 마츠모토 준이 싱긋 웃으며 "달달한 불고기, 나도 오이시이." 하고 말했다.

아침 식사를 마치고 교대로 온로드 레이싱 원피스 슈트로 갈아입은 석현과 마츠모토 준이 접이식 사각테이블에 서로 마주 보고 앉아 있다. 마츠모토 준이 입고 있는 온로드 레이싱 원피스 슈트나 석현이 입고 있는 온로드 레이싱 원피스 슈트는 같은 디자인에 같은 색상의 팀 레이싱 슈트다. 기훈이 대산이의 온로드 레이싱 원피스 슈트 역시 두 사람과 같은 팀 레이싱 슈트다. 접이식 사각테이블에는 석현과 마츠모토 준의 풀페이스 헬멧과 온로드 레이싱 장갑이 놓여 있다. 팀파티션을 등지고 앉아 있는 마츠모토 준이 손목에 전자시계를 들여다보더니 잠시 이어지던 침묵을 깨고 입을 열었다.

"8시 15분이군. 오늘은 KSB1000 1세션이 가장 먼저니까 10분 뒤에 오토바이 타고 나가서 코스인 대기하자고."

웨이팅 에어리어를 등지고 앉은 석현이 길게 들이마셨던 숨을 내쉬면서 "예." 하고 대답하자 맞은편의 마츠모토 준이 차분한 목소리로 둘만의 연습 주행 규칙을 설명했다.

"처음부터 내가 앞에서 달릴 테니까 이 선수는 나를 추월하는 걸로 룰을 정하자고. 이 선수가 나를 추월해서 1랩 이상 선두를 유지하면 그 즉시 나는 역할을 마치는 걸로."

"몇 퍼센트로 달리실 건가요?"

"당연히 풀 스피드지. 체력이 받쳐 주는 한."

"단장님 제가 단장님을 잡으면 JSB1000 일본 프로 선수들과도 해 볼만한 거겠죠?"

"그렇다고 말할 수 있지. 비록 내가 전성기는 지난 몸이지만 그래도 현역 시절에는 신설되었던 JSB1000에서도 최고 수준이었으니까."

"그 말을 들으니 갑자기 단장님과 펼칠 레이스에 기대감이 넘치는군요."

"그러고 보니, 이 선수가 나와 서킷에서 주행을 하는 건 이번이 처음이군. 같이 오토바이 타고 투어링은 몇 번 가 봤지만… 한 가지 말해 주자면 절대 나를 쉽게 보면 안 돼. 미안하지만 내가 오늘 연습 주행 끝날 때까지 추월을 한 번도 허용하지 않을 수도 있어."

"그런 일이 생기면 저보다는 단장님이 슬프시겠군요."

"당연하지." 하고 대답한 마츠모토 준이 그런 일이 생겨선 안 된다는 듯이 힘없이 웃었다. 그리고는 표정을 가다듬고 진지한 목소리로 말했다.

"태극기를 준비해 왔어. 이 선수 본선 경기 날 스타팅 그리드 행사 시간에 쓰려고. 오늘 내일 최선을 다해 연습해서 1번 그리드, 폴포지션에 도전해 보자고."

"정말 진심으로 제가 1번 그리드에 설 수도 있다고 생각하시나요? 우리에게는 넘어야 할 큰 산이 많아요. 지난 4라운드 KSB1000 우승자인 유찬이도 있고, 일본 JSB1000 프로 선수들과 전직 WSBK 미국 선수도 있어요. WSBK 미국 선수와 어제 1세션을 같이 달려 봤거든요. 그는 강원서킷 주행이 처음인데도 자신의 클래스를 유감없이 보여 주었어요. 거기다 내로라하는 국내 KSB1000 선수들과 이번 시합에서 잃을 게 없는 SS600 상위권 선수들까지 있어요. 그래도 정말 제게 폴포지션을 기대하시나요?"

"기대하지."

"그럼 저는 기적을 빌어야 하나요?" 석현이 빙긋 웃으며 물었다. 그러자 마츠모토 준도 빙긋 웃었다. 그는 입가에 미소를 머금은 채 쾌활한 목소리로 대답했다.

"기적이 아닌 우리가 한 팀으로서 일치단결해 미래를 만드는 것이지. 믿습니까?"

"아멘."

8시 28분. 각자 랩타임 측정기를 켠 마츠모토 준과 석현은 풀페이스 헬멧을 쓰고 온로드 레이싱 장갑을 낀 뒤 시동을 걸어 놓은 레이싱 오토바이를 타고 피트에서 나왔다. 둘은 웨이팅 에어리어를 벗어나며 우회전해서 피트로드를 저속으로 달렸다. 마츠모토 준이 앞에서 달렸고 석현이 뒤에서 달렸다. 그렇게 우측 5번 피트부터 1번 피트를 지나 피트로드의 코스 입장 대기 구간에 접어들며 속도를 줄이다가 먼저 나와 있는 선수들 뒤로 줄을 맞춰 섰다. 마츠모토 준의 앞쪽으로 세로 일렬로 줄을 선 13명의 KSB1000 선수들은 시동을 끄고 킥사이드 받침대를 편 레이싱 오토바이에 앉아 있다. 다들 이미지트레이닝을 하고 있는 듯 조용히 코스인을 준비하고 있다. 하지만 이들 사이에선 승부욕이 불타며 연기 같은 긴장감이 모락모락 피어오르고 있다. 시동을 끈 마츠모토 준과 석현도 킥사이드 받침대를 펴고 레이싱 오토바이에 앉아 코스인 시간을 기다렸다. 5분쯤 지나자 컨트롤타워에서 2명의 진행요원이 코스 입장 대기 구간으로 나왔다. 진행요원들은 맨 앞쪽으로 정차한 레이싱 오토바이에 앉아 있는 선수부터 풀페이스 헬멧의 턱 끈 조임 상태 및 온로드 레이싱 원피스 슈트 안에 척추보호대 착용여부 등의 복장 검사를 분담하여 실시했다. 마츠모토 준에 이어서 가장 뒤쪽 레이싱 오토바이에 앉아 있는 석현까지 복장 검사를 끝내자 짙은 갈색 선글라스를 낀 여자 진행요원이 왼쪽 어깨에 부착한 무전기 키 버튼을 잡고 "안전점검 전원 이상 무."라고 보고를 했다. 보고 즉시 컨트롤타워 4층 관제실에서 전원 코스인시키라는 무전을 송신하자 짙은 갈색 선글라스의 여자 진행요원은 다시 무전기 키 버튼을 잡고 "코스인 수신 양호." 하고 응답했다. 그리고 나서 대기 중인 선수들에게 크고 절도 있는 목소리로 "전원 스타트 엔진!"이라고 지시했다. 오토바이 운전석 시트에 앉은 채 지시를 기다리고 있던 선수들은 두 손으로 양쪽 세퍼레이트 핸들을 잡아 레이싱 오토바이를 똑바로 일으켜 세우면서 왼발로 킥사이드 받침대를 접었다. 그러면서 풀페이스 헬멧 윈드쉴드를 완전히 내려닫고 동시다발적으로 레이싱 오토바이에 시동을 걸었다. 가슴을 울리는 강렬한 배기음이 연이어 터지며 15대의 레이싱 오토바이 모두 이상 없이 시동이 켜지자 짙은 갈색 선글라스를 낀 여자 진행요원은 가장 앞에 줄선 선수 맞은편 우측에 가서 섰다. 그녀는 오른팔을 뻗어 둘째손가락으로 코스 진입로 입구를 가리키며 "코스인!" 하고 크게 소리쳤다. KSB1000 선수들은 앞에서부터 차례로 레이싱 오토바이를 출발해 직진하다가 좌회전하며 코스 진입로 입구로 간격과 줄을 맞춰 질서 있게 들어갔다. 샛길인 코스 진입로를 저속으로 달리는 선수들은 서킷 규정에 따라 왼손을 좌측 세퍼레이트 핸들에서 떼어 선서하듯 위로 들어 올렸다. 잠시 한 줄 주행이 이어지다가 가장 선두의 선수가 코스 진입로 출구를 나오며 우회전해 서킷코스로 입장했다. 그 후미의 선수들도 간격을 맞춰 줄줄이 입장했다. 아직 코스 진입로를 달리고 있는 마츠모토 준이 고개를 뒤로 돌려 석현을 보며 농구공 '제자리 드리블'하듯이 들고 있는 왼손 손바닥을 아래로 두 번 반복해서 내렸다. '신호를 보내기까지 우린 속도를 내지 말고 앞에 선수들과 거리를 벌리자.'는 의미다. 석현은 알겠다는 의미로 고개를 한 번 끄덕였다. 마츠모토 준은 고개를 바로하고 앞쪽에 선수를 따라 코스 진입로 출구를 나와 우회전해서 서킷코스로 입장하며 들고 있던 왼손으로 좌측 세퍼레이트 핸들을 잡았다. 가장 후미의 석현은 들고 있던 왼손으로 좌측 세퍼레이트 핸들을 잡고 코스 진입로 출구를 나와 우회전해서 서킷코스로 입장했다. 이로써 1세션의 15명이 모두 코스에 입장해 1번 코너를 향해 달리면서 오전 첫 번째 연습 주행이 시작되었다. 마츠모토 준의 앞쪽으로 13명의 KSB1000 선수들은 초반부터 속도를 급격히 올려 달리면서 칸칸이 연결된 기차처럼 1번 R26 우회전 코너로 줄지어 들어가 오토바이를 우측으로 완전히 기울이며 차례대로 풀뱅킹 선회했다. 이들의 후미에서 저속주행하던 마츠모토 준과 석현은 오토바이를 거의 기울이지 않고 코너 입구 바깥쪽 회전 곡선(아웃)에서 안쪽 회전 곡선(인) 그리고 코너 출구 바깥쪽 회전 곡선(아웃)을 타면서 산책하듯 1번 코너를 여유 있게 돌아 나왔다. 그러는 사이 13명의 KSB1000 선수들은 2번 코너까지 뻗은 400미터의 직선 구간을 급가속 전력 질주하고 있다. 하지만 마츠모토 준과 석현은 랩타임 측정기 타이머 시작 버튼만 누리고 저속주행을 이어 나갔다.

　침착하면서도 빠르게 주행 속도를 맥시멈으로 올려가던 13명의 KSB1000 선수들은 서로 간에 간격의 큰 차이 없이 8번 R84 우회전 코너에 줄줄이 들어갔다가 줄줄이 빠져나가면서 9번 R73 좌회전 코너로 줄줄이 들어가고 있다. 마츠모토 준과 석현의 위치는 4번 R11 우회전 코너다. 둘은 저속인 상태에서 오토바이를 우측으로 65도쯤 기울여 오른쪽 무릎 니슬라이더와 오른쪽 팔꿈치 엘보우슬라이더를 노면에 긁으며 풀뱅킹 선회해서 가장 굽은 지점을 지나고 있다. 4번 우회전 코너 출구에서 마츠모토 준이 먼저 오토바이를 일으켜 급가속했고 다음으로 석현이 오토바이를 일으켜 급가속했다. 5번 코너까지 이어진 500미터의 직선 구간을 순간 100미터쯤 지날 때 마츠모토 준은 선두를 형성한 13명의 KSB1000 선수들과의 거리가 원하는 만큼 벌어졌다고 판단을 했다. 그는 달리면서 왼손을 좌측 세퍼레이트 핸들에서 떼며 고개를 뒤로 돌려 석현을 쳐다보았다. 그러면서 왼손 둘째손가락으로 전방을 가리켰다. '이제부터 레이스를 시작하자.'는 신호다. 3미터쯤 후미에서 마츠모토 준을 따라 달리고 있는 석현은 '알겠다.'는 의미로 왼손을 좌측 세퍼레이트 핸들에서 떼어 엄지손가락을 들어 보였다. 이에 마츠모토 준은 고개를 정면으로 하고 떼었던 왼손으로 좌측 세퍼레이트 핸들을 감아쥐었다. 그러면서 등을 고양이처럼 둥글게 말고 치켜뜬 두 눈으로 윈드스크린을 통해 전방을 주시하며 액셀 그립을 의욕적으로 한껏 감아 돌렸다. 그 즉시 마츠모토 준의 레이싱 오토바이는 귓가를 울리는 레드라인 영역의 배기음을 터트리며 풀 스피드 질주를 시작했다. 동물적인 감각으로 등을 웅크리며 고속주행 자세를 취한 석현도 치켜뜬 두 눈으로 윈드스크린을 통해 전방을 주시하면서 액셀 그립을 감아 돌리며 레이싱 오토바이를 급가속 시키며 풀 스피드로 질주했다. 지금부터 마츠모토 준과 석현의 강원서킷 레이싱 배틀 시작이다.

마츠모토 준은 4단 시속 248킬로로 5번 R60 좌회전 코너 브레이킹 지점에 들어섰다. 그는 즉시 액셀 그립을 풀고 앞브레이크 레버를 잡고 뒷브레이크 페달을 밟으며 동시에 클러치 레버를 잡았다 놓은 사이 기어변속 레버를 아래로 한 칸 밟아 내려 3단으로 기어 변속해 엔진 브레이크를 걸었다. 그러면서 5번 좌회전 코너 입구 바깥쪽 회전 곡선에서 오토바이를 좌측으로 기울여 왼쪽 무릎 니슬라이더로 노면을 긁으며 풀뱅킹 선회하면서 안쪽 회전 곡선으로 파고들어 갔다. 은퇴한 40대 나이의 레이서라고 하기엔 너무도 감동적인 수준의 속도감 넘치는 코너링이다. 후미의 석현도 코너 입구 바깥쪽 회전 곡선에서 오토바이를 좌측으로 기울여 왼쪽 무릎 니슬라이더로 노면을 긁으며 안쪽 회전 곡선으로 풀뱅킹 선회했다. 그는 마츠모토 준을 쫓아 가장 굽은 지점을 지났고 코너 출구 바깥쪽 회전 곡선으로 5번 좌회전 코너를 빠져나오면서 오토바이를 일으켜 급가속했다. 석현의 반짝이는 두 눈에 6번 코너까지 이어진 300미터 직선 구간을 질주하는 마츠모토 준의 뒷모습이 뚜렷하게 보인다. 석현의 앞에서 전력 질주하던 마츠모토 준은 시속 219 킬로로 6번 R22 우회전 코너 브레이킹 지점에 들어갔다. 그는 즉시 액셀 그립을 풀며 앞브레이크 레버를 잡고 뒷브레이크 페달을 밟으며 클러치 레버를 잡았다 놓은 사이 기어 변속 레버를 아래로 한 칸 밟아 내려 2단 엔진 브레이크를 걸었다. 그러면서 6번 우회전 코너 입구 바깥쪽 회전 곡선에서부터 오토바이를 우측으로 기울여 오른쪽 무릎 니슬라이더로 노면을 긁으며 풀뱅킹 선회했다. 그 후미에서 시속 220킬로로 6번 우회전 코너 브레이킹 지점에 들어선 석현이 즉각 액셀 그립을 풀고 앞브레이크 레버를 잡고 뒷브레이크 페달을 밟으며 엔진 브레이크 없이 오토바이를 우측으로 기울였다. 적절한 감속이 이루어지지 않은 무리한 플레이다. 하지만 위태롭던 그의 레이싱 오토바이는 가까스로 풀뱅킹 선회했다. 오른쪽 팔꿈치 엘보우슬라이더가 노면에 긁히게 잔뜩 기울어져 선회하는 오토바이에 앉은 석현은 클러치 레버를 잡았다 놓은 사이 기어 변속 레버를 아래로 한 칸 밟아 내려 2단 엔진 브레이크를 걸었다. 속도감을 살려 코너 진입에 성공했지만 오버스피드로 인해 코스를 이탈해 심각하게 나자빠질 상황이었다. 그러나 우회전 코너에서 오토바이를 기울일 때 바깥쪽 무릎이 되는 왼쪽 무릎에 체중의 100퍼센트를 싣고 연료탱크 옆면을 찍어 눌러 코스를 이탈하려는 오토바이를 안쪽 회전 곡선으로 밀고 들어간 것이다. 동시에 엔진 브레이크를 써서 타이어에 트랙션을 걸어 코너링 접지면의 노면 이탈(슬립)을 막았다. 직선 구간의 속도를 손실 없이 살려서 코너에 진입하는 이 코너링 기술을 전화로 가르쳐 준 송 감독의 말은 확실했다. 문제는 실수하면 나자빠진 고가의 레이싱 오토바이가 종이처럼 구겨진다는 것이다. 쫓고 쫓기는 선두의 마츠모토 준과 후미의 석현은 2미터쯤 0.285초 차이로 8번 우회전 코너까지 이어진 200미터의 직선 구간을 질주하고 있다. 여기서, 오토바이의 엔진 출력이 다소 높은 석현은 마츠모토 준 후미에서 그의 오른쪽으로 추월을 시도했다. 하지만 그건 쉽지 않은 일이다. 19세에 오토바이 레이서로 데뷔해 전 일본 JSB1000에서도 활약했던 마츠모토 준은 만만한 상대가 아니다. 마츠모토 준은 등 뒤에도 눈이 달린 듯 시속 184킬로에서 순간적으로 클러치 레버를 잡았다 놓으며 그사이 기어 변속 레버를 위로 한 칸 들어 올려 3단으로 기어 변속했다. 그러면서 오른쪽으로 속도가 올라간 레이싱 오토바이를 밀어붙여 추월 코스를 막았다. 수비에 가로막힌 석현은 2단 시속 184킬로에서 클러치 레버를 잡았다 놓은 사이 기어 변속 레버를 위로 한 칸 들어 올려 3단을 넣고 이번엔 왼쪽으로 추월을 노렸다. 그때 마츠모토 준은 시속 191킬로로 8번 R84 우회전 코너 브레이킹 지점에 들어섰다. 그는 기어 변속 없이 앞, 뒤 브레이크만 걸며 8번 우회전 코너 입구 바깥쪽 회전 곡선에서 오토바이를 우측으로 기울여 오른쪽 무릎 니슬라이더로 노면을 긁으며 풀뱅킹 선회했다. 8번부터 11번 코너까지는 4회 연속코너다. 오토바이 엔진 출력이 앞서도 코너링 실력에서 뒤지면 간격은 눈 깜짝할 사이 벌어질 수밖에 없다. 참담한 마음으로 멀어져가는 상대 선수를 바라만 봐야 한다. 마츠모토 준은 시속 111킬로로 8번 우회전 코너 가장 굽은 지점을 선회해 코너 출구 바깥쪽 회전 곡선으로 코너를 빠져나오며 오토바이를 일으켰다. 눈앞에 9번 R73 좌회전 코너. 그는 클러치 레버를 잡았다 놓은 사이 기어 변속 레버를 아래로 한 칸 밟아 내려 2단 엔진 브레이크를 걸었다. 동시에 체중을 재빨리 왼쪽으로 이동하면서 오토바이를 순식간에 좌측으로 기울여 왼쪽 무릎 니슬라이더로 노면을 긁으며 풀뱅킹 선회했다. 그러면서 안쪽 회전 곡선으로 파고들어가 9번 좌회전 코너 가장 굽은 지점을 시속 79킬로로 지나갔다. 빠르다. 하지만 열정적인 석현은 마츠모토 준 등의 가시처럼 박혀 있다. 마츠모토 준은 끈질기게 따라붙는 석현을 등 뒤에 달고 9번 좌회전 코너를 빠져나왔다. 그러면서 전광석화 같은 속도로 체중을 오른쪽으로 이동하여 오토바이를 우측으로 기울여 풀뱅킹해 오른쪽 무릎 니슬라이더로 노면을 긁으며 10번 R21 우회전 코너 안쪽 회전 곡선으로 선회해 들어갔다. 후미의 석현도 톱클래스급 코너링을 보여 주며 마츠모토 준을 바짝 뒤쫓았다. 마츠모토 준은 10번 우회전 코너를 나오며 한 치의 오차도 없이 체중을 왼쪽으로 이동하면서 오토바이를 순간 좌측으로 기울여 풀뱅킹해 왼쪽 무릎 니슬라이더로 노면을 긁으며 11번 R13 좌회전 코너로 들어갔다. 후미에 석현도 간격을 유지하며 11번 좌회전 코너로 들어갔다. 11번 좌회전 코너 가장 굽은 지점을 시속 65킬로로 선회한 마츠모토 준과 후미의 석현은 코너 출구 바깥쪽 회전 곡선으로 코너를 빠져 왔다. 4회 연속코너 직후, 직진 급가속한 둘은 쫓고 쫓기며 12번 코너까지 이어진 300미터의 직선 구간을 온힘을 다해 질주했다. 둘의 거리 차이는 2미터다. 석현은 액셀 그립을 끝까지 감아 질주하며 추월의 기회를 기다리고 있다. 두 명의 레이서가 12번 코너를 향해 질주하면서 순식간에 285미터를 지난 시점. 시속 200킬로. 마츠모토 준과 석현은 거의 동시에 클러치 레버를 잡았다 놓은 사이 기어 변속 레버를 위로 한 칸 들어 올렸다. 3단으로 기어 변속한 마츠모토 준과 후미에 석현은 시속 217킬로로 브레이킹 지점에 들어섰다. 집중한 눈빛의 마츠모토 준에게 보이는 12번 R123 중고속 우회전 코너. 그는 즉시 앞브레이크 레버를 잡고 뒷브레이크 페달을 밟으면서 레이싱 오토바이를 우측으로 기울였다. 그러면서 오른쪽 무릎 니슬라이더로 노면을 긁으며 코너 입구 바깥쪽 회전 곡선에서 안쪽 회전 곡선으로 풀뱅킹 선회했다. 2.8미터 후미에 석현도 3단에서 기어 변속 없이 앞, 뒤 브레이크만 적절히 쓰며 오토바이를 우측으로 기울였다. 그는 오른쪽 무릎 니슬라이더로 노면을 긁으며 풀뱅킹 선회하여 마츠모토 준을 쫓아 안쪽 회전 곡선으로 파고들었다. 마츠모토 준과 후미 석현의 12번 중고속 우회전 코너 가장 굽은 지점 선회 속도는 시속 164킬로. 이제 둘의 눈앞에 메인 스트레이트 구간이 펼쳐진다. 마츠모토 준과 후미 석현은 12번 코너 출구 바깥쪽 회전 곡선으로 코너를 빠져나오며 오토바이를 일으킴과 동시에 급가속하며 메인 스트레이트 구간으로 달려들어갔다. 마츠모토 준과 후미 석현은 기어 3단 시속 226킬로에서 4단으로 기어 변속했다. 바람을 가르며 최대 가속으로 질주하는 둘의 간격은 2미터쯤 0.242초 차다. 30번 피트 앞쪽 방호벽 인도에서 대한오토바이크연맹 연맹회장이 시속 250킬로가 넘어가는 속도로 굉음을 쏟아 내며 자신의 앞을 지나간 마츠모토 준과 석현을 지켜보았다. 한일 슈퍼바이크 통합전을 앞둔 그는 잔뜩 고무된 얼굴로 싱긋 웃었다. 검은색 연맹 휘장모자에 넥타이 없이 흰색 와이셔츠를 입고 옅은 파란색 정장을 한 연맹회장은 왼쪽 옆에 서 있는 팀장급 진행요원에게 이번에 지나간 선수들은 준 단장하고 그 팀에 이석현 선수가 아니냐고 확인차 물었다. 팀장급 진행요원은 그렇다고 대답하며 이석현 선수는 어제부터 연습 주행에 참가하고 있다고 언급했다. 그사이 마츠모토 준과 석현이 시속 300킬로로 메인 스트레이트 구간을 건넜다. 석현은 메인 스트레이트 구간에서 마츠모토 준을 추월하고 싶지 않았다. 레이서로서 코너에서 승부를 가르고 싶었다. 메인 스트레이트 구간 지나 1번 R26 우회전 코너 브레이킹 지점에 들어선 마츠모토 준이 브레이킹 지점 한계선 이탈 직전 상체를 45도 일으키고 강하게 앞브레이크 레버를 잡고 뒷브레이크 페달을 밟으며 급감속했다. 이와 함께 온로드 레이싱 장갑 낀 왼손 둘째손가락으로는 클러치 레버를 연속적으로 재빠르게 잡았다 놓으며 동시에 왼발 온로드 레이싱 부츠 앞꿈치로 기어 변속 레버를 6단에서 1단까지 일순간에 내리밟았다. 레이싱 오토바이는 괴성과 같은 엔진 브레이크음을 토해 대며 급격히 제동이 걸렸다. 마찬가지로 후미에 석현도 과격하게 급감속하고 있다. 그러면서 둘의 거리 차이는 1미터쯤, 0.152초 차로 좁혀졌다. 자칫 추월이 이루어지려는 상황. 마츠모토 준은 오른손 둘째손가락으로 클러치 레버를 지그시 당겼다. 그는 클러치 조작으로 극단적 엔진 브레이크로 인해 디지털속도계를 깨트리고 나올 정도로 치솟아 오른 RPM을 하강하며 뒤 타이어 회전력을 빠르게 감소했다. 그러면서 코너 진입 속도가 맞춰지자 1번 우회전 코너 입구 바깥쪽 회전 곡선에서 오토바이를 단숨에 우측으로 기울였다. 깃털처럼 가벼운 몸동작으로 체중을 이동한 마츠모토 준은 오른쪽 무릎 니슬라이더로 노면을 긁으며 풀뱅킹 선회해 안쪽 회전 곡선으로 파고들었다. 급격히 감속을 마친 석현도 1번 우회전 코너 입구 바깥쪽 회전 곡선에서 오토바이를 우측으로 기울였다. 그는 오른쪽 무릎 니슬라이더로 노면을 긁으면서 풀뱅킹 선회하여 안쪽 회전 곡선으로 마츠모토 준을 쫓아 들어갔다. 석현에게 도움이 되기 위해 한순간도 방심할 수 없는 마츠모토 준은 1번 우회전 코너 안쪽 회전 곡선 가장 굽은 지점을 시속 63킬로로 선회했다. 1미터 후미에 석현도 시속 63킬로로 가장 굽은 지점을 선회했다. 둘은 거의 동시에 1번 우회전 코너 출구 바깥쪽 회전 곡선으로 코너를 빠져나오면서 오토바이를 일으키자마자 액셀 그립을 쥐어짜듯 감으며 급가속했다. 2번 코너까지 이어진 400미터의 직선 구간. 마츠모토 준 후미에서 한 줄로 붙어 달리는 석현이 기어 2단 시속 202킬로에서 클러치 레버를 잡았다 놓은 사이 기어 변속 레버를 위로 한 칸 들어 올려 3단으로 기어 변속했다. 그러면서 예리하게 핸들을 조작하여 좌측으로 주행선을 순간이동하며 손에 남은 액셀 그립을 끝까지 감았다. 슬립스트림. 석현은 마츠모토 준의 후미에서 그의 왼쪽으로 치고 나가면서 추월에 성공했다. 직후 시속 234킬로로 2번 R74 좌회전 코너 브레이킹 지점에 들어섰다. 석현은 즉시 앞브레이크·레버를 잡고 뒷브레이크 페달을 밟아 속도를 맞추고 코너 입구 바깥쪽 회전 곡선에서 오토바이를 좌측으로 기울여 왼쪽 무릎 니슬라이더로 노면을 긁으며 풀뱅킹 선회했다. 후미에 마츠모토 준도 오토바이를 좌측으로 기울여 왼쪽 무릎 니슬라이더로 노면을 긁으며 풀뱅킹 선회해 석현을 쫓아 안쪽 회전 곡선으로 파고들었다. 석현과 2미터 후미에 마츠모토 준은 시속 169킬로로 2번 코너 가장 굽은 지점을 선회해 코너 출구 바깥쪽 회전 곡선으로 코너를 빠져나가며 오토바이를 일으키면서 급가속했다. 눈앞에 3번 R22 우회전 코너. 석현이 앞브레이크 레버를 잡고 뒷브레이크 페달을 밟을 때 후미의 마츠모토 준이 추월을 감행했다. 그는 과감하게 석현의 오른쪽으로 오토바이를 들이밀었다. 벽에 막혀 주춤거린 석현은 오토바이를 우측으로 기울일 흐름을 놓쳤다. 침착한 마츠모토 준은 석현을 추월하며 오토바이를 우측으로 기울였고 기어다운하여 2단 엔진 브레이크를 걸었다. 타이어 회전을 적정 속도로 제어한 마츠모토 준은 오른쪽 무릎 니슬라이더로 노면을 긁으며 안쪽 회전 곡선으로 파고들어 갔다. 석현도 다급히 오토바이를 우측으로 기울이면서 오른쪽 무릎 니슬라이더로 노면을 긁으며 풀뱅킹 선회해 안쪽 회전 곡선으로 마츠모토 준을 쫓아 들어갔다. 마츠모토 준과 석현은 시속 72킬로로 3번 우회전 코너 가장 굽은 지점을 선회해 코너 출구 바깥쪽 회전 곡선으로 코너를 빠져나오며 오토바이를 일으켜 급가속했다. 이제 4번 코너까지 이어진 300미터의 직선 구간을 질주하는 마츠모토 준과 후미 석현의 거리 차이는 1미터쯤 0.178초 차다. 4번 우회전 코너 입구 좌측 안전지대 자갈밭에는 코너를 선회하다 넘겨졌던 돌진 레이싱팀 박한결의 YZF-R1 레이싱 오토바이가 충격 완화 타이어 벽에 기대어 세워져 있다. 파손 부위가 경미해 다행히 다음번 주행에서는 간단한 정비만으로 코스 복귀가 가능하다. 돌진 레이싱팀 박한결은 충격 완화 타이어 벽 안쪽에서 진행요원과 나란히 옆으로 서 있다. 박한결이 오른손으로 머리에 쓰고 있는 풀페이스 헬멧 윈드쉴드를 감싸 잡고서 힘껏 내려닫는 그 순간 마츠모토 준은 시속 205킬로로 4번 R11 우회전 코너 브레이킹 지점에 들어섰다. 그는 브레이킹 지점 한계선 이탈 직전 앞브레이크 레버를 잡고 뒷브레이크 페달을 밟았다. 후미에 석현도 재빨리 앞브레이크 레버를 잡고 뒷브레이크 페달을 밟았다. 마츠모토 준과 석현은 거의 동시에 4번 우회전 코너 바깥쪽 회전 곡선에서 오토바이를 우측으로 기울여 오른쪽 무릎 니슬라이더로 노면을 긁으며 풀뱅킹 선회해 안쪽 회전 곡선으로 들어갔다. 앞선 마츠모토 준과 후미에 석현은 시속 68킬로로 안쪽 회전 곡선 가장 굽은 지점을 선회해 코너 출구 바깥쪽 회전 곡선으로 코너를 빠져나오며 오토바이를 일으켜 급가속했다. 5번 코너까지 이어지는 500미터 직선 구간. 1미터 거리 차로 치열한 속도전을 벌이는 선두 마츠모토 준과 후미에 석현은 거의 동시에 2단에서 3단으로 기어 변속했다. 둘은 3단으로 최대 가속하며 질주하다가 400미터 지점 시속 223킬로에서 동시에 클러치 레버를 잡았다 놓은 사이 기어 변속 레버를 위로 한 칸 들어올려 4단으로 기어 변속했다. 그러면서 한순간에 공간과 공간을 뚫고 지나듯 훌쩍 100미터를 지나 속도가 시속 250킬로를 넘어가기 직전 둘은 5번 R60 좌회전 코너 브레이킹 지점에 들어섰다. 마츠모토 준과 후미의 석현은 앞브레이크 레버를 잡고 뒷브레이크 페달을 밟으면서 클러치 레버를 잡았다 놓은 사이 기어 변속 레버를 아래로 한 칸 밟아 내려 3단 엔진 브레이크를 걸었다. 마츠모토 준을 따라 오토바이를 좌측으로 기울이던 석현이 추월를 감행했다. 후미에 석현은 왼쪽 무릎 니슬라이더로 노면을 긁으며 마츠모토 준을 쫓아 안쪽 회전 곡선으로 들어갔다. 그는 좌회전 코너 가장 굽은 지점에서 경계빗금에 왼쪽 팔꿈치 엘보우슬라이더를 긁으며 자신의 우측편 코너라인을 타는 마츠모토 준을 뒤로 밀어내면서 코너 출구 바깥쪽 회전 곡선으로 선회하여 나와 오토바이를 일으켰다. 그러면서 급가속한 석현은 윈드스크린 안으로 상체를 잔뜩 웅크리고 6번 코너까지 이어진 300미터의 직선 구간을 전력 질주했다. 후미로 밀려난 마츠모토 준도 윈드스크린 안으로 상체를 잔뜩 웅크리고 전력 질주하며 석현을 추격했다. 둘의 경쟁이 가열되면서 12명의 KSB1000 선수들과는 점차 거리가 좁혀져 가고 있다. KSB1000 그룹 가운데 가장 후미에서 연습 주행 중인 강원연합 레이싱팀 최정우는 8번 R84 우회전 코너에 들어가고 있다.

전력 질주하며 선두를 유지하고 있는 석현이 시속 219킬로로 6번 R22 우회전 코너 브레이킹 지점에 들어섰다. 1미터쯤 후미에 마츠모토 준도 시속 219킬로의 속도로 브레이킹 지점에 들어섰다. 후미에 마츠모토 준은 과감히 추월을 감행했다. 석현이 감속하는 시점, 후미에서 감속하던 마츠모토 준은 오토바이를 단번에 우측으로 기울이며 2단 엔진 브레이크를 걸어 적정 코너 회전 속도를 맞췄다. 그는 자신의 좌측편에서 오토바이를 우측으로 기울이는 석현을 지나치며 노면에 오른쪽 무릎 니슬라이더를 긁으면서 풀 스피드로 안쪽 회전 곡선을 파고들었다. 추월을 당한 석현은 마츠모토 준을 쫓아 6번 우회전 코너 안쪽 회전 곡선 가장 굽은 지점을 선회해 코너 출구 바깥쪽 회전 곡선으로 나오며 오토바이를 일으켜 급가속했다. 7번 R20 좌회전 코너 브레이킹 지점. 위험 부담을 감수하고 감속한계선 이탈 직전에야 급감속한 석현은 앞 타이어를 마츠모토 준 오토바이 뒤 타이어에 바짝 붙였다. 둘은 나란히 앞뒤로 1미터 안쪽 거리에서 오토바이를 동시에 좌측으로 기울여 왼쪽 무릎 니슬라이더로 노면을 긁으며 풀뱅킹 선회해 안쪽 회전 곡선으로 파고들었다. 안쪽 회전 곡선 가장 굽은 지점 바로 직전 석현은 추월을 감행했다. 마츠모토 준이 왼쪽 무릎 니슬라이더로 노면을 긁으며 가장 굽은 지점을 선회할 때 그의 안쪽으로 파고든 석현은 가장 굽은 지점 경계빗금에 왼쪽 팔꿈치 엘보우슬라이더를 긁는 65도 기울기로 짧은 선회라인을 그리면서 일순간 추월을 나갔다. 마츠모토 준은 추월을 나가는 석현과 충돌을 피하기 위해 액셀 그립을 미세하게 풀어 속도를 낮출 수밖에 없었다. 그는 석현의 1미터쯤 후미에서 7번 좌회전 코너 출구 바깥쪽 회전 곡선으로 코너를 빠져나와 오토바이를 일으키며 급가속했다. 이제 200미터의 직선 구간을 지나면 8번부터 11번까지 이어지는 4회 연속 코너다. 앞선 석현과 1미터쯤 후미의 마츠모토 준은 상체를 잔뜩 웅크리고 두 손으로 양쪽 세퍼레이트 핸들을 단단히 잡고 윈드스크린을 통해 전방을 주시하며 질주하다가 180미터 지점에서 액셀 그립을 순간 풀었다. 그러면서 클러치 레버를 잡았다 놓은 사이 기어 변속 레버를 위로 한 칸 들어 올렸다. 2단에서 3단으로 기어가 바뀌었고 둘 다 액셀 그립을 최대한 감으면서 석현이 3단 시속 188킬로로, 마츠모토 준은 3단 시속 187킬로로 8번 R84 우회전 코너 브레이킹 지점에 들어섰다. 치열한 접전이 더해져 더욱 험난해진 4회 연속코너다. 이때 KBS1000 그룹에서 가장 후미에서 연습 주행 중인 강원연합 레이싱팀의 최정우는 12번 R123 우회전 코너까지 이어진 300미터의 직선 구간을 질주하고 있다.

앞선 석현과 후미의 마츠모토 준은 쫓는 오토바이 앞 타이어와 쫓기는 오토바이 뒤 타이어가 붙을 정도로 근접한 1미터 안쪽 거리에서 8번 R84 우회전 코너 입구 바깥쪽 회전 곡선으로부터 거의 동시에 오토바이를 우측으로 기울였다. 둘은 오른쪽 무릎 니슬라이더로 노면을 긁으며 풀뱅킹 선회했다. 같은 코너라인을 타고 안쪽 회전 곡선으로 파고들어 갔고 가장 굽은 지점을 동일한 속도인 시속 114킬로로 선회했다. 그러면서 거의 비슷하게 코너 출구 바깥쪽 회전 곡선으로 코너를 빠져나오며 오토바이를 일으킴과 동시에 클러치 레버를 잡았다 놓은 사이 기어 변속 레버를 아래로 한 칸 밟아 내려 2단 엔진 브레이크를 걸었다. 눈앞에 9번 R73 좌회전 코너. 앞선 석현과 1미터 후미의 마츠모토 준은 2단 엔진 브레이크가 걸린 상태에서 동시에 왼쪽으로 체중을 이동하며 오토바이를 좌측 방향으로 급격히 기울여 풀뱅킹 선회했다. 둘은 왼쪽 무릎 니슬라이더로 노면을 긁으며 1미터 간격으로 9번 좌회전 코너 안쪽 회전 곡선으로 파고들어 갔다. 그러면서 가장 굽은 지점을 동일하게 시속 87킬로로 선회하면서 왼쪽 무릎 니슬라이더에 이어 왼쪽 팔꿈치 엘보우슬라이더까지 노면에 긁다가 코너 출구 바깥쪽 회전 곡선으로 돌아 나와 오토바이를 신속하게 일으켰다. 눈앞에 10번 R21 우회전 코너. 후미에서 코너에 진입하던 마츠모토 준이 기습적으로 앞 타이어를 석현의 우측으로 밀어 넣었다. 코너 선회 방향에 벽을 세운 오토바이와 충동할 수도 있는 상황에서 석현은 과감하게 마츠모토 준과 같이 우측으로 오토바이를 기울였다. 마츠모토 준은 오른쪽 무릎 니슬라이더로 노면을 긁으며 선회했다. 석현은 오른쪽 무릎 니슬라이더에 이어 오른쪽 팔꿈치 엘보우슬라이더까지 노면에 긁으면서 마츠모토 준의 전방을 가르며 순식간에 안쪽 회전 곡선으로 선회해 들어갔다. 기습 시도한 추월이 불발로 그친 마츠모토 준도 안쪽 회전 곡선으로 석현을 쫓아 들어갔다. 둘은 10번 우회전 코너 출구 바깥쪽 회전 곡선으로 코너를 빠져나오며 동시에 오토바이를 일으켰다. 정신이 극도로 집중된 석현은 이어지는 11번 R13 좌회전 코너 입구에서 단번에 왼쪽으로 체중을 이동해 오토바이를 좌측으로 급격히 기울였다. 그는 왼쪽 무릎 니슬라이더와 왼쪽 팔꿈치 엘보우슬라이더로 노면을 긁으며 안쪽 회전 곡선으로 풀뱅킹 선회해 들어갔다. 마츠모토 준도 왼쪽 무릎 니슬라이더와 왼쪽 팔꿈치 엘보우슬라이더로 노면을 긁으며 석현을 쫓아 안쪽 회전 곡선으로 선회해 들어갔다. 둘은 65도 가까이 기울인 오토바이로 좌회전 코너 안쪽 회전 곡선 가장 굽은 지점을 시속 64킬로로 선회하며 코너 출구 바깥쪽 회전 곡선으로 코너를 빠져나왔다. 앞선 석현과 후미의 마츠모토 준은 서로 있는 힘을 다하여 12번 코너까지 이어진 300미터의 직선 구간을 전력 질주했다. 12번 R123 우회전 중고속 코너를 향해 고속 질주하며 285미터 지점. 석현과 마츠모토 준은 2단 시속 213킬로에서 클러치 레버를 잡았다 놓은 사이 기어 변속 레버를 위로 한 칸 들어 올려 3단으로 기어 변속했다. 그러면서 12번 우회전 코너 브레이킹 지점에 들어섰다. 석현과 마츠모토 준은 앞브레이크 레버를 잡고 뒷브레이크 페달을 밟아 선회 속도를 맞추고 코너 입구 바깥쪽 회전 곡선에서 동시에 오토바이를 우측으로 기울이며 풀뱅킹했다. 둘은 안쪽 회전 곡선을 향해 오른쪽 무릎 니슬라이더로 노면을 긁으면서 풀 스피드로 선회했다. 안쪽 회전 곡선 가장 굽은 지점을 지나쳤을 때 석현을 추격하고 있는 마츠모토 준이 뒤 타이어 그립력의 한계치를 동물적 감각으로 느끼면서 액셀 그립을 공격적으로 감아 선회 속도를 과감하게 올렸다. 속도가 오른 마츠모토 준이 석현의 왼쪽인 아웃코스로 주행선을 옮기자 2대의 레이싱 오토바이는 샌드위치처럼 붙어서 선회하며 우회전 코너 출구 바깥쪽 회전 곡선으로 달려 나갔다. 하지만 마츠모토 준은 뒤 타이어 그립력의 한계선 너머까지 액셀 그립을 감았고 넘어지지 않았다. 그는 결국 석현을 앞질러 나가면서 추월에 성공하며 메인 스트레이트 구간을 전력 질주했다. 마츠모토 준은 3단 시속 242킬로에서 클러치 레버를 잡았다 놓은 사이 기어 변속 레버를 위로 한 칸 들어 올려 4단으로 기어 변속했다. 1미터쯤 0.156초 차 후미에서 있는 힘을 다해 마츠모토 준을 추격하는 석현도 3단에서 4단으로 기어 변속했다. 둘은 4단으로 시속 260킬로가 넘어가자 5단으로 기어 변속했고 시속 290킬로가 넘어가자 6단으로 기어 변속해 시속 300킬로로 질주하면서 가슴을 뻥 뚫어 주는 굉음을 쏟아 내며 메인 스트레이트 구간을 폭풍처럼 지나갔다. 강원연합 레이싱팀의 최정우는 1번 우회전 코너를 나와 오토바이를 일으키며 직진 급가속하고 있다. 그를 뒤이어 마츠모토 준과 후미에 석현이 1번 R26 우회전 코너 브레이킹 지점에 들어섰다. 둘은 상체를 일으키며 급격히 좁아지는 감속공간에서 정신을 집중하고 시속 300킬로에서 시속 80킬로까지 담대하게 풀브레이킹했다.

KSB1000 연습 종료 체커기가 휘날리는 메인 스트레이트 구간 피니쉬 라인을 바람처럼 지난 마츠모토 준과 석현은 오른손에 힘을 풀어 액셀 그립을 놓으며 상체를 일으켰다. 속도가 급격히 줄어들자 2미터쯤 후미에 석현은 놓았던 액셀 그립을 다시 감으며 마츠모토 준 오른쪽 옆으로 레이싱 오토바이를 가까이 붙였다. 그는 자신을 쳐다보는 마츠모토 준에게 왼손 엄지손가락을 들어 보였다. 마츠모토 준도 석현에게 왼손 엄지손가락을 들어 보였다. 9시 01분. 현재 시간 피트로드 코스 입장 대기 구간에는 SS600 클래스 선수 9명이 세로줄 일렬로 줄맞춰 세워놓은 레이싱 오토바이 운전석 시트에 앉아 1세션 연습 주행을 기다리고 있다. 2명의 진행요원은 9시 10분부터 연습 주행에 들어갈 SS600 선수들의 복장 검사를 이미 마쳐 놓았다. 마츠모토 준과 석현은 함께 연습 주행한 KSB1000 클래스 선수들 사이에서 서행하며 코스를 한 바퀴 돌아 12번 코너 직후 우측으로 길이 난 샛길인 피트 진입로로 들어갔다. 선수들은 랩타임 측정기 타이머의 종료 버튼을 눌렀다. 4번 코너에서 넘어진 돌진 레이싱팀의 박한결은 경미하게 파손된 레이싱 오토바이를 실은 미니트레일러 지프차 조수석에 타고 가장 늦게 피트 진입로를 들어왔다. 그에 맞춰 SS600 클래스 선수들은 세로 일렬로 간격을 맞춰 주행하며 줄줄이 코스 진입로로 들어가고 있다. 마츠모토 준과 석현은 KSB1000 선수들 사이에서 피트로드로 들어왔다. 둘은 KSB1000 선수들 사이에서 줄맞춰 서행하며 피트로드를 달리다가 우회전하여 6번 피트 앞 웨이팅 에어리어에 들어가며 레이싱 오토바이를 멈추고 기어를 중립에 넣고 시동을 끄면서 왼발로 킥사이드 받침대를 폈다. 레이싱 오토바이에서 내린 마츠모토 준과 석현은 오른손으로 풀페이스 헬멧 윈드쉴드를 올리고 서로 헬멧 속 표정을 살폈다. 이내 말없이 싱긋 웃어 보인 둘은 두 손으로 레이싱 오토바이 양쪽 세퍼레이트 핸들을 잡았다. 마츠모토 준이 먼저 레이싱 오토바이를 똑바로 일으켜 킥사이드 받침대를 접자 석현도 레이싱 오토바이를 똑바로 일으켜 킥사이드 받침대를 접었다. 둘은 뒤로 걸으면서 레이싱 오토바이를 뒤로 밀다가 피트 안 중앙에 레이싱 오토바이를 나란히 양옆으로 댄 뒤 킥사이드 받침대를 폈다. 웨이팅 에어리어에 서서 피트 안을 들여다보았을 때 마츠모토 준의 레이싱 오토바이가 왼쪽 석현의 레이싱 오토바이가 오른쪽이다. 마츠모토 준과 석현은 온로드 레이싱 장갑을 벗어 각자의 오토바이 연료탱크 위에 올려놓고 턱 끈을 풀어 풀페이스 헬멧을 벗었다. 마츠모토 준은 윈드쉴드를 올린 풀페이스 헬멧에 왼손을 집어넣어 턱가드를 움켜잡고 접이식 사각테이블로 걸어갔다. 윈드쉴드를 올린 풀페이스 헬멧을 두 손에 들고 레이싱 오토바이 옆에 서 있는 석현은 눈가에 굵은 땀방울이 뚝뚝 흐르자 고개를 양옆으로 빠르게 돌렸다. 접이식 사각테이블 중앙에 놓인 아이스박스 옆에 풀페이스 헬멧을 내려놓은 마츠모토 준이 몸을 뒤로 돌려 석현을 보면서 물었다.

"캔 에너지 음료와 컵 아메리카노가 있어."

"아메리카노가 좋겠네요." 하고 대답한 석현이 접이식 사각테이블로 걸어갔다. 그는 두 손에 든 풀페이스 헬멧을 접이식 사각테이블에 내려놓고서 웨이팅 에어리어를 등지는 쪽 접이식 등받이 의자에 앉았다. 마츠모토 준은 아이스박스 뚜껑을 열고 안에서 컵 아메리카노를 먼저 꺼내 석현 앞에 놓아주고 캔 에너지 음료를 마저 꺼내 자신의 오른손에 쥐었다. 그리고는 웨이팅 에어리어가 마주 보이는 접이식 등받이 의자에 앉았다. "잘 마시겠습니다." 하고 말한 석현이 컵에서 빨대를 떼어 내 빨대 비닐포장을 벗겼다. 마츠모토 준도 캔 음료수 마개를 당겨 땄다. 멋쩍은 얼굴의 석현이 빨대를 컵에 꽂으며 물었다.

"1세션은 저의 완패예요. 우리가 규칙을 정한 대로 저는 추월해서 한 바퀴 이상 앞서 달리지 못했어요."

입가에 부드러운 미소를 지은 마츠모토 준은 "너무 조급해하지 마." 하고는 캔을 입에 대고 에너지 음료를 한 모금 마셨다. 잠시 생각을 정리하던 석현이 싱긋 웃으며 차분한 목소리로 말했다.

"지난 라운드 SS600전에서 우승할 때도 이렇게까지 빡세진 않았어요. 단장님, 현역으로 복귀하셔도 되겠는데요."

마츠모토 준은 에너지 음료를 한 모금 더 마신 뒤 캔을 입에서 떼고 고개를 한 차례 가로젓고서 말했다.

"기분 좋은 얘기지만, 그건 여러모로 무리야. 지금의 내게 가장 중요한 건 우리 팀의 단장으로서 내가 해야 할 일을 충실히 하는 것이지. 우리 팀 선수들을 지속 가능한 레이서로서 어느 시합이든 시상대 가장 높은 자리에 서게 하는 게 나의 포지션이야."

가만히 얘기를 듣고 있던 석현이 싱긋 웃으며 말했다.

"감동적인 말씀이군요."

오른손에 음료캔을 잡고 있는 마츠모토 준이 헬멧에 눌린 앞머리를 왼손으로 쓸어 올리고 농담하듯 가볍게 말했다.

"이 선수, 지금 내게는 시간이 충분하지 않아. 우리 준 레이싱팀의 에이스를 상대로 나의 지구력은 빠르게 소진되어 가고 있어. 미안한 말이지만 이 선수가 이 승부를 하루 종일 끌고 가면 나는 자칫 코너에서 큰 사고를 당할 수도 있어. 지난 달 스즈카서킷 8시간 내구레이스대회에 참가했을 때하고는 또 다르네. 메이저 대회인 그때보다 연습 주행인 오늘 더 높은 페이스로 서킷주행을 하고 있는 것 같아. 압박감의 강도가 또 달라."

"그렇군요… 지구력이 급격히 떨어지면 코너 진입 시에 판단력이 현저히 흐려지죠."

"부디 2세션 연습 주행에서는 이 승부를 갈라 주었으면 좋겠는데."

고개를 살짝 끄덕인 석현이 "그렇게 하죠." 하고 대답했다. 만족스런 얼굴의 마츠모토 준이 다시 캔 에너지 음료수를 마시려고 하다가 음료 캔을 접이식 사각테이블에 내려놓고 천천히 접이식 등받이 의자에서 일어섰다. 그는 피트 앞 웨이팅 에어리어에서 뒷짐을 지고 서서 자신을 쳐다보고 있는 연맹회장에게 고개를 정중하게 숙여 인사를 했다. 왼쪽 옆에 팀장급 진행요원을 대동하고 서 있는 연맹회장은 점잖은 목소리로 마츠모토 준에게 물었다.

"준 단장, 이번 한일 슈퍼바이크 통합전에서 이석현 선수가 우승을 해 줄 수 있을까?"

잠깐 머뭇거린 마츠모토 준이 이내 자신감 있는 표정의 얼굴로 대답했다.

"우승하기 위해 최선을 다하겠습니다."

고개를 끄덕인 연맹회장이 미간을 조금 찡그리며 말했다.

"나는 우리 홈이니만큼 우리 연맹 소속 레이싱팀 선수가 우승을 해 주었으면 하는 바람이네."

마츠모토 준이 고개를 돌려서 석현을 쳐다보았다. 석현은 두 눈을 감고 입가 가득 미소를 짓고 있다. 그 모습을 본 마츠모토 준이 다시 고개를 돌려 연맹회장을 보며 말했다.

"이석현 선수가 잘하고 있으니 기대하셔도 좋을 것 같습니다."

"기분 좋은 대답이군, 그럼 수고들 하게."

당부의 말을 마친 연맹회장은 걸음을 옮겨 5번 피트 웨이팅 에어리어로 이동했다. 연맹회장이 지나가자 마츠모토 준이 다시 접이식 등받이 의자에 앉았다. 석현이 고개를 갸웃거리며 마츠모토 준에게 말했다.

"저 무뚝뚝한 연맹회장님이 유독 단장님에게는 더없이 상냥하시군요. 내가 정중히 인사를 드려도 그냥 고개만 끄덕이고 무심히 지나쳐 가시는데요. 지금 서러운 기분이 든다고나 할까요."

"그런가?" 하고 말한 마츠모토 준이 재미있다는 듯이 싱긋 웃었다. 석현은 오른손에 쥔 커피컵을 들어 입에 빨대를 물고 차가운 아메리카노를 길게 한 모금 마셨다. "커피 맛있네요." 하면서 커피컵을 테이블에 내려놓은 석현이 갑자기 무언가 생각난 얼굴로 마츠모토 준을 쳐다보며 "우리 팀이 오늘 밤에 올라온다고 했죠?" 하고 물었다. 마츠모토 준이 "응, 오늘 밤에 도착할 거야." 하고 대답하며 음료캔을 들어 입에 대고 안에 남은 음료를 끝까지 들이켰다. 그가 빈 음료캔을 테이블에 내려놓자 석현이 다시 물었다.

"새로 온 정비사가 준오토바이정비점 2호차로 기훈이 대산이와 함께 온다고요?"

"응."

"어떤 사람이에요?"

"이름은 윤우승이고 나이는 26살, 군 복무 중 차량 정비했고 오토바이 정비 경력은 서울 퇴계로 오토바이 거리에서 2년."

"이름이 우승이요?"

"응."

"이름이 우승! 상당히 좋은 예감이 드네요."

"성격 인사이더고 일 잘하고. 나중에 자기 오토바이 가게를 낼 때 가게 이름을 딴 레이싱팀을 창단할 거라고 하더군. 윤 레이싱팀이라고."

"좋네요. 우리 후발팀 숙소는요?"

"내가 묵을 시내 모텔에 예약할 때 방을 추가로 2개 더 예약했어."

"정비사분도 새로 왔는데 조금 일찍 도착하면 제가 팀원들에게 밥을 사고 싶은데요."

"아쉽지만 오늘은 우리 둘이서 식사를 하자고. 항상 그래 왔듯이 기훈이 대산이는 서킷 오면서 도중에 식사를 할 거야. 그 분위기를 즐기잖아."

"그래요. 항상 그렇죠. 단장님 저녁 뭐 드시고 싶으세요?"

"시내 얼큰이 국밥집 가서 돼지국밥이나 특으로 한 그릇씩 하자고. 거기 좋잖아."

"네, 그러시죠. 식사하면서 소주도 한 잔씩 할까요?"

"어? 아, 이 사람, 시합 와서 웬 술?"

"그냥 해 본 소리예요."

"그렇군." 마츠모토 준은 밝은 얼굴로 소리 내어 웃었다. 이때 메인 스트레이트 구간에서는 몸이 풀려 가는 SS600 선수들이 굉음을 내며 고속 질주를 벌이기 시작했다.

16

유찬의 이유 있는 여유

오후 2시 10분부터 2시 30분까지 진행되는 KSB1000 3세션 연습 주행이 이제 종료되는 시점이다. 12번 우회전 코너를 빠져 나온 석현과 그 후미의 마츠모토 준이 메인 스트레이트 구간을 고속 질주하고 있다. 마츠모토 준이 석현의 3미터쯤 0.384초 후미에 있다. 석현은 2랩째 마츠모토 준에게 추월을 단 한 번도 허용하지 않고 앞서 달리고 있는 중이다. 2세션에서도 가르지 못했던 승부는 3세션으로 넘어갔고 3세션이 종료되어 가는 시간에 드디어 승부를 가른 것이다. 둘의 승부가 분명하게 결정지어지자 메인 스트레이트 구간을 질주하던 마츠모토 준이 스타팅 그리드를 지나치면서 속도를 줄였다. 그는 좌측의 메인스탠드 관람석 방호벽 쪽으로 주행선을 옮겨 코스 가장자리를 달리면서 양손을 세퍼레이트 핸들에서 떼고 상체를 완전히 일으켰다. 석현과의 연습을 성공적으로 마친 마츠모토 준의 레이싱 오토바이는 점점 속도가 줄어 가고 있다. 그러는 사이 석현은 1번 R26 우회전 코너 브레이킹 지점에 들어섰다. 만감이 교차하는 눈빛의 마츠모토 준, 그의 오른쪽으로 광주허리케인 레이싱팀 김범수가 기어 6단 시속 300킬로의 속도로 굉음을 터트리며 순간 지나쳐 갔다. 2초 뒤, 풀페이스 헬멧 윈드쉴드를 올리는 마츠모토 준의 오른쪽을 광주허리케인 레이싱팀 오시우가 기어 6단 시속 300킬로의 속도로 굉음을 터트리며 순간 지나쳐 갔다. 1번 코너를 빠져나간 석현은 마츠모토 준의 시야에서 사라졌다. 마츠모토 준은 기어코 자신을 압도한 석현이 자랑스러워서 눈가가 붉어졌다. 속도가 거의 줄어든 레이싱 오토바이에 앉은 마츠모토 준이 다시 두 손으로 양쪽 세퍼레이트 핸들을 잡을 때 메인 스트레이트 구간 깃발부스 진행요원은 KSB1000 3세션 연습 종료 체커기를 휘날렸다.

체력의 한계를 느껴 가면서도 최선을 다한 풀 스피드로 서킷을 질주한 47세의 마츠모토 준은 석현을 분명히 한 단계 더 성장시켰다. 3세션에서 마츠모토 준은 1분 35초 976의 베스트 랩타임을 기록했고 석현은 1분 34초 818의 베스트 랩타임을 기록했다. 마츠모토 준과의 연습 주행을 통해 1분 35초대를 넘어선 석현은 이제 한일 슈퍼바이크 통합전 우승에 가까이 근접한 도전자 중에 한 명이라고 말할 수 있다.

할리스피릿 레이싱팀의 리차드 전 단장과 해리 해리스가 KSB1000 마지막 6세션 연습 주행이 끝나가는 지금 팀원들과 함께 강원서킷 패독에 도착했다. 오후 5시 25분이다. 이들이 7번 피트 뒤쪽 패독에 주차한 차량은, 레이싱 오토바이 BMW S1000RR 2대를 실은 포터와 시합 장비를 잔뜩 실은 봉고, 팀원들이 탑승한 카니발이다. 해리 해리스가 타는 BMW S1000RR은 ECU프로그램이 풀 파워모드로 재설정되었다. 또한 온로드서킷 전용 슬릭타이어와 브레이크캘리퍼, 브레이크 패드도 해리 해리스가 요청한 메이커의 신품으로 교체되었다.

차에서 내린 할리스피릿 레이싱팀 팀원들은 7번 피트를 꾸미기 위해 일사분란하게 움직이며 레이싱 오토바이 2대와 시합 장비들을 하차하기 시작했다. 팀원들은 모두 회색, 검은색 상하 2가지 색상 디자인의 할리스피릿 레이싱팀 반팔 레이싱 남방을 입고 있다. 이 시간 유찬은 대전 골든바이크에서 한일 슈퍼바이크 통합전 시합 준비를 하고 있다. 야마시타 정비팀장은 유찬이 이번 시합에 타게 될 야마하 엔도레스모타즈 레이싱팀 YZF-R1 레이싱 오토바이를 정비하고 있다. 한쪽 무릎을 꿇고 앉은 야마시타 정비팀장 오른쪽 옆에 쪼그려 앉은 유찬은 일본인 정비사가 일하는 모습을 유심히 지켜보고 있다. 골든바이크 정비실 중앙에 앞 타이어가 매장 전면을 향하게 세워 놓은 레이싱 오토바이 YZF-R1은 앞 타이어 정비거치대와 뒤 타이어 정비거치대로 바닥에서 15센티 떠 있다. 오토바이 상단은 분홍색 도색, 중간은 흰색 도색, 하단은 검은색 도색인데 검은색 하단 양쪽 면에는 메인 스폰서 글로리로드 로고가 페인트 마킹되어 있다. 이 레이싱 오토바이는 유찬이 지난주 8월 20일 일요일 일본 후지서킷 아시안 슈퍼바이크챔피언십 대회에서 탔던 일본 엔도레스모타즈 레이싱팀 소유의 레이싱 머신이다. 엔도레스모타즈 레이싱팀의 30살 정비사 야마시타 정비팀장은 이번 한일 슈퍼바이크 통합전에서 유찬을 지원하기 위해서 팀의 YZF-R1 레이싱 오토바이와 함께 한국으로 건너왔다. 지금 야마시타 정비팀장은 YZF-R1 레이싱 오토바이 우측 옆면 앞쪽에 오른쪽 무릎을 꿇고 앉아 익숙한 손놀림으로 정비에 열중하고 있다. 그의 오른쪽 무릎 앞쪽으로 콘크리트 바닥에 펼친 흰색 정비천에는 완전 분해된 앞브레이크캘리퍼 2조, 뒷브레이크캘리퍼 1조가 가지런히 놓여 있다. 정비천 한쪽으로는 신품 브레이크 패드세트, 글로리로드 레이싱 타입 브레이크 오일 1통, 글로리로드 레이싱 타입 엔진오일 4통, 신품 에어필터가 놓여 있다. 신품 오일

필터는 야마시타 정비팀장 오른쪽에서 두 무릎을 접고 쪼그려 앉아 있는 유찬의 두 손에 쥐어져 있다. 유찬과 야마시타 정비팀장은 둘 다 블루진에 하이레벨 레이싱팀 보라색 반팔 레이싱 남방을 입고 있다. 야마시타 정비팀장이 입고 있는 하이레벨 레이싱팀 반팔 레이싱 남방은 유찬이 선물한 것이다. 유찬은 이번 달 8월 20일 일본에서 개최된 2017 아시안 슈퍼바이크챔피언십 대회에 참가했었다. 유찬과 후원 계약을 맺은 국내 오일회사 글로리로드가 이 대회 스폰서이기 때문이다. 베트남에서 개최되었던 작년 대회에는 글로리로드와 후원 계약을 맺고 있는 엔도레스모타즈 레이싱팀의 일본 선수가 글로리로드로부터 상당한 지원을 받으며 1000cc 슈퍼바이크전에 참가했다. 하지만 유찬이 이번 시즌 KSB1000 4라운드에서 우승하면서 글로리로드 홍보팀은 회의를 열어 올해에는 국내 후원선수 유찬을 자사를 상징하는 선수로 대회에 참가시키기로 결정한 것이다. 규모가 큰 국제대회에 참가할 기회를 얻은 유찬은 8월 18일 금요일 대한오토바이크연맹 레이서의 날 행사를 마치고 춘섭이와 곧장 인천공항으로 가서 글로리로드 홍보팀 홍 대리를 만났다. 세 사람은 표를 예약해 놓았던 심야 비행기에 탑승하여 일본으로 출국했다. 자정이 넘은 시간 하네다공항에 도착한 세 사람은 글로리로드에서 미리 대기해 놓았던 자사 승합차를 타고 시즈오카현으로 이동하여 후지서킷 인근에 이틀간 예약해 놓은 호텔에서 하룻밤 묵었다. 다음 날 유찬은 글로리로드가 후원하는 일본 프로 레이싱팀 엔도레스모타즈팀의 레이싱 오토바이 YZF-R1을 지원받아 타고서 토요일 연습 주행을 무난하게 소화했다. 헬멧, 레이싱 슈트, 레이싱 부츠, 레이싱 장갑 등의 개인장비는 유찬이 한국에서 챙겨 온 것이다. 토요일 연습 주행을 마치고 일행과 호텔로 돌아와 일찍 잠자리에 든 유찬은 다음 날 20일 일요일 최상의 몸 상태로 오전 예선 경기에 들어가 상위권 스타팅 그리드를 획득한 뒤 오후 본선 경기에 출전했다. 올해 아시안 슈퍼바이크챔피언십에는 12개국 26개 레이싱팀이 참가했다. 참가국으로는 일본과 필리핀, 대만, 호주, 홍콩, 인도, 중국, 태국, 말레이시아, 카타르, 인도네시아, 베트남이다. 본선 경기에서 아시아의 정상급 레이서들과 인생 최고의 역대급 레이싱을 펼친 유찬은 국제대회 2위 입상이라는 쾌거를 이루었다. 참고로 작년 대회 엔도레스모타즈 레이싱팀의 일본 선수 본선 경기 성적은 3위였다. 글로리로드 홍보팀 홍 대리의 말에 따르면 홍보팀에서 유찬에게 거는 최대 목표치는 5위권 안에 입상하는 것이었다고 했다. 아시안 슈퍼바이크챔피언십 시상식을 마치자마자 춘섭이 유찬에게 기발한 제의를 했다. 유찬을 국제대회 2위로 이끈 엔도레스모타즈팀의 레이싱 오토바이와 팀 정비사 야마시타 정비팀장을 8월 26일 27일 토요일과 일요일에 있을 한일 슈퍼바이크 통합전에 지원받아 줄 것을 홍 대리에게 요청하자는 것이었다. 엔도레스모타즈 레이싱팀의 레이싱 오토바이 YZF-R1이 자신이 관리하여 4라운드에서 우승까지 한 유찬의 레이싱 오토바이 YZF-R1보다 능력치가 높았기 때문이다. 춘섭이 아무리 정비기술이 좋아도 프로 레이싱팀 정비사들의 기술력과 비교하면 분명한 차이가 존재하는 것이다. 춘섭은 엔도레스모타즈 레이싱팀의 지원을 받으면 한일 슈퍼바이크 통합전에서 유찬이 우승할 수 있다고 판단했다. 유찬은 춘섭의 제의를 홍 대리에게 건의했다. 유찬의 건의를 흔쾌히 승낙한 홍 대리는 엔도레스모타즈 레이싱팀 관계자들과 협의를 거쳐 협조를 받아냈다. 레이싱 오토바이의 화물선 컨테이너 왕복운송비용과 야마시타 정비팀장 왕복항공편 티켓비용은 글로리로드에서 전액 지불하기로 한 조건이다. 경기 중 사고로 레이싱 오토바이 파손 시에도 글로리로드에서 복구비용을 전액 지불하기로 했다. 야마시타 정비팀장은 항공편으로 레이싱 오토바이는 해운편으로 어제 23일 수요일 한국에 도착했다.

서연이 골든바이크 앞 도로 가장자리에 BMW 650cc 빅스쿠터를 정차하면서 시동을 껐다. 이 빅스쿠터는 지난달 초에 서연이 아버지가 석현의 가게에 배달 스쿠터 타이어를 교체하러 갔다가 보고 마음에 들어 구입한 새 차 같은 17년식 중고 오토바이다. 석현이 전 차주와 흥정하고 매입한 가격에서 얼마 남기지 않고 서연이 아버지에게 넘긴 것이다.

왼발로 킥사이드 받침대를 펴며 빅스쿠터에서 내린 서연이 헬멧 턱끈 버클 버튼을 눌러 버클을 풀고 하프페이스 헬멧을 벗었다. 자두색 후드티에 진청 스키니진을 입은 서연은 운전석 시트오픈버튼을 눌러 잠금을 푼 운전석 시트를 들어 올려서 트렁크 안에 하프페이스 헬멧을 넣었다. 운전석 시트를 내려닫고 핸들을 왼쪽으로 젖힌 뒤 키홀에서 핸들 잠금 쪽으로 돌려 뺀 키를 후드티 오른쪽 주머니에 넣은 서연은 인도로 올라가 매장전면이 강화유리벽인 골든바이크 출입문을 향해 걸어갔다. 골든바이크 안에 남녀 동호회 회원들은 정비를 마친 엔도레스모타즈 레이싱팀 YZF-R1 우측 옆면 앞쪽에 동그랗게 원을 그리며 모여서서 대화를 나누고 있다. 이들 사이에 서 있는 민철이 맞은편 강화유리벽을 통해 출입문 쪽으로 걸어오는 서연을 보고 팔짱을 풀며 손목시계를 들여다보았다. 오후 7시 8분이다. 민철은 고개를 뒤로 돌려 접이식 칸막이 안쪽 동호회실 소파에 앉아 있는 춘섭을 불렀다.

"보스!"

"왜 불러유?"

춘섭이 대답하자 그의 오른쪽에 나란히 옆으로 앉아 있는 유찬과 릴리TV가 대화를 멈추었다. 구독자 3만 명의 오토바이 관련 유튜브 방송 유튜버 릴리TV는 긴 웨이브 머리에 흰색 버킷햇을 쓰고 온로드 레이싱 원피스 슈트를 입었다. 발에는 온로드 레이싱 부츠를 신었다. 그녀의 온로드 레이싱 원피스 슈트는 흰노파분 색상이 조합된 디자인이다. 서연이 출입문을 열고 안으로 들어왔다. 민철인 서연에게 흔들던 오른손을 힘없이 내리며 "서연이까지 왔네유. 이제 올 사람은 다 왔슈." 하고 춘섭에게 말했다. 서연은 고개를 꾸벅 숙이면서 회원들에게 "안녕하세요." 하고 인사했다. 춘섭은 맞은편 자리 벽면 소파에 앉아 있는 홍 대리와 그의 오른쪽 옆에 앉아 있는 야마시타 정비팀장을 번갈아 쳐다보며 "홍 대리님, 이제 다 같이 식사하러 가시죠." 하고 말했다. 그러자 홍 대리가 야마시타 정비팀장에게 "쇼쿠지 시니 이키마쇼우." 하고 말했다. 야마시타 정비팀장은 고개를 꾸벅 숙이며 "하이 와까리마시타." 하고 대답했다. 유찬이 먼저 소파에서 일어서며 홍 대리에게 물었다.

"홍 대리님, 야마시타 정비팀장이 생고기전문점 가는 거 아니요?"

야마시타 정비팀장과 함께 소파에서 일어선 은색 정장 바지 홍 대리가 왼손에 잡은 은색 정장 재킷 소매에 오른팔을 넣으며 "네. 알고 있어요. 평소에도 고기 즐겨 먹는다고 하네요." 하고 대답했다. 춘섭이와 함께 소파에서 일어선 릴리TV가 한 뼘쯤 내렸던 온로드 원피스 레이싱 슈트 지퍼를 목까지 올리고 야마시타 정비팀장을 보면서 싱긋 웃었다. 그러면서 "소주도 좋아할까?" 하고 말했다. 야마시타 정비팀장이 고개를 오른쪽으로 돌려 홍 대리를 쳐다보자 홍 대리는 "칸코쿠노 사케 소주 노미마스까?" 하고 물었다. "토데모 스키데스." 하고 흔쾌히 대답한 야마시타 정비팀장은 고개를 앞으로 해 릴리TV를 보며 고개를 끄덕거렸다. 그러자 유찬이 릴리TV를 보며 "너 오토바이 타고 왔는데 술 마시려고?"

하고 물었다. "봐서." 새치름한 얼굴로 대답한 릴리TV는 "술 마시게 되면 오토바이는 여기 매장 안에 두고 택시타고 집에 들어가지." 하고 이어서 말했다. 시큰둥한 표정을 지은 유찬은 릴리TV를 옆으로 지나쳐 걸어서 동호회실 밖으로 나갔다. 그러자 동호회 회원들 사이에 껴서 민철이와 대화를 나누고 있던 서연이 유찬에게 인사를 했다.

"오빠, 안녕하세요."

유찬은 싱긋 웃으며 서연에게 오른손을 반갑게 흔들었다. 순간 볼이 발그레해진 서연은 시선을 조금 아래로 내렸다. 유찬은 자신을 빤히 쳐다보고 있는 민철에게 물었다.

"민철아, 뒷정리는 다 된 건가. 바로 밥 먹으러 가면 돼?"

민철은 유찬에게 오른손을 흔들며 대답했다.

"물론이지."

재미있다는 듯이 피식 웃은 유찬이 유쾌한 목소리로 민철에게 말했다.

"민철아 그럼 이제 회원들하고 다 같이 밥 먹으로 가자."

민철이 "오우케이." 하고 대답하자 동그랗게 모여 서 있는 회원 중에 40대 초반 남성 회원이 유찬에게 물었다.

"찬이야 오늘 네가 쏘는 거라며?"

"네." 하고 대답한 유찬이 "가시죠, 형님." 하고 이어서 말했다.

유찬과 춘섭이 홍 대리와 야마시타 정비팀장에 이어서 서연이를 포함한 회원들이 골든바이크 매장에서 나가자 안에 혼자 남은 민철이 출입문 좌측 벽면에 위치한 스위치를 내려 천장 형광등과 유찬의 얼굴이 담긴 대형 라이트패널 조명을 껐다. 매장에서 나온 민철은 양문 강화도어 출입문을 잠근 뒤 우측 벽 키패드에 지문을 대고 무인경비 시스템을 작동했다. 인도에 서서 민철을 기다리고 있던 유찬이 먼저 걸음을 떼서

C 대학교 로데오거리 쪽으로 앞서 걸어갔다. 춘섭이 유찬을 뒤쫓아 걸었고 홍 대리는 야마시타 정비팀장과 같이 걸었다. 서연은 민철이와 10명의 회원들 사이에서 걸었다. 하늘의 해는 점점 멀어져 가고 있다. 그럴수록 어둑해지는 도시의 건물들은 검붉은 노을에 잠겨 가고 그 위에 떠 있는 달은 영롱하기만 하다.

생고기전문점에서 저녁 식사를 마친 유찬 일행이 프랜차이즈 카페로 자리를 옮겨 야마시타 정비팀장과 함께하는 동호회 회식을 이어가고 있다. 원목모자이크벽 인테리어에 레일형과 갓등형의 천장 조명이 실내를 비추는 매장 안에는 글로리아 게이너의 노래 〈아이 윌 서바이브〉가 흥겹게 들리고 있다. 일시적으로 손님이 많이 빠진 카페 안에 16명의 유찬 일행은 매장전면 강화유리벽 쪽에 배치된 같은 디자인의 4인용 네모테이블 4개를 붙여서 모여앉아 음료를 마시며 가까이 앉은 회원들끼리 이런저런 대화를 나누고 있다. 카페 출입문 안으로 들어오면 우측으로 강화유리벽 쪽 첫 번째 4인용 테이블에 유찬과 춘섭이 강화유리벽을 등지고 나란히 옆으로 앉아 있고 그 맞은편으로는 야마시타 정비팀장과 홍 대리가 강화유리벽을 마주 보며 나란히 옆으로 앉아 있다. 두 번째 4인용 테이블에는 릴리TV와 민철이 강화유리벽을 등지고 나란히 옆으로 앉아 있고 그 맞은편으로 20대 남성 회원 2명이 강화유리벽을 마주 보며 나란히 옆으로 앉아 있다. 세 번째 4인용 테이블에는 30대 중반 남성 회원 2명이 강화유리벽을 등지고 나란히 옆으로 앉아 있고 그 맞은편으로 20대 중반 여성회원 2명이 강화유리벽을 마주 보며 나란히 옆으로 앉아 있다. 네 번째 4인용 테이블에는 30대 후반 남성 회원과 40대 초반 남성 회원이 강화유리벽을 등지고 나란히 옆으로 앉아 있고 그 맞은편으로는 20대 후반 남성 회원과 서연이 강화유리벽을 마주 보며 나란히 옆으로 앉아 있다. 가까이 앉은 회원들끼리 제각각 대화가 활발히 이루어지고 있는 가운데 글로리아 게이너의 노래 〈아이 윌 서바이브〉가 끝나면서 나탈리 임브룰리아의 노래 〈톤〉이 들리기 시작했다. 후드티 모자를 머리에 뒤집어쓰고 두 손을 후드티 주머니에 넣은 서연인 40대 초반 남성 회원의 "너 쉬는 날 오토바이 안 타면 뭐 하니?"라는 질문에 천장에 스피커를 쳐다보면서 "자요." 하고 대답했다. 그런 서연이를 지켜보고 있던 유찬에게 릴리TV가 말을 걸었다.

"찬이 오빠, 이번 한일 슈퍼바이크 통합전에서 오빠의 목표는?"

서연이에게서 시선을 뗀 유찬이 릴리TV를 쳐다보며 대답했다.

"잘난 척하는 게 아니라 나는 어떤 시합이든지 목표는 항상 우승이야."

릴리TV가 다시 물었다.

"오빠, 그날 말이야. 그 상당히 밥맛없었던 이석현이라는 선수도 이번 한일 슈퍼바이크 통합전에 나와?"

유찬이 입가에 묘한 미소를 지으며 대답했다.

"나와, 왜?"

말없이 고개를 끄덕인 릴리TV가 이어서 물었다.

"그 사람 오빠하고 라이벌이야?"

유찬이 쓴웃음을 지으며 대답했다.

"라이벌 아닌데."

릴리TV가 연이어 "그런데 둘이 사이가 왜 그렇게 앙숙이야?" 하고 물었다. 그러자 춘섭이 눈치를 주듯 눈가를 살짝 찡그리며 릴리TV를 지그시 쳐다보았다. 릴리TV는 무안한 표정의 얼굴로 춘섭이를 보며 "왜? 물어보면 안 되는 거야?" 하고 삐친 목소리로 말했다. 유찬은 피식 웃으며

"아니야, 괜찮아." 하고 말한 뒤 잠깐 생각에 잠겼다가 입을 떼었다.

"내가 17살 때 지금은 하늘나라에 있는 준서 형은 19살이었어. 우린 고등학생 신분으로 대전을 대표해서 코리아로드 레이싱에 참가했지. 1년 차인 나는 SB250 클래스로, 3년 차인 준서 형은 KSB1000 클래스로."

잠시 말을 멈춘 유찬이 춘섭을 가만히 쳐다보았다가 이어서 말했다.

"그때 춘섭이 형도 나하고 같은 SB250 클래스에서 선수를 하고 있었고… 시합 중 일어난 큰 사고만 아니었으면 춘섭이 형도 지금 나하고 같이 KSB1000 클래스에서 레이싱을 하고 있었을 텐데. 아무튼, 준서 형과 나는 레이서로서 서로를 인정했지. 서킷의 폭주족 이석현이 등장하기 전까진. 나는 이석현을 같은 수준의 레이서로서 인정하지 않았는데 준서 형은 이석현을 싫어하는 나를 은근히 멀리하면서까지 이석현을 극진히 챙겨 주더군. 나는 준서 형에게 배신감을 느꼈어…."

유찬이 잠시 말을 멈춘 사이 춘섭이 근심스런 표정의 얼굴로 입을 떼었다.

"준서와 석현인 같은 팀이잖아. 그러니까 그랬던 거지."

고개를 가로저은 유찬은 쓴웃음을 지으며 입을 떼었다.

"춘섭이 형, 그건 아니야. 형은 나와 준서 형이 서로에게 가졌던 신뢰를 몰라서 그래. 그 신뢰를 깨트린 게 바로 굴러온 돌 이석현이야."

"그 이석현이라는 선수도 KSB1000 클래스야?" 릴리TV가 물었다. 고개를 가로저은 유찬은 "SS600인데 상위권 자격으로 한일 슈퍼바이크 통합전 출전 자격이 주어졌지." 하고 말했다. 그리고는 "나와 분명한 실력 차도 있거니와 이석현이가 아무리 지난 4라운드 SS600에서 우승했다고 해도 R6 가지고 출전하는 거라 600cc로 1000cc 선수들과 경쟁해서 예선을 통과해도 본선 시합에선 스타트할 때 말고는 내 뒷모습을 멀리서라도 볼 기회가 없다는 건 기정사실이지."

"유찬아." 하고 입을 뗀 민철이 근심스런 얼굴로 이어서 말했다.

"석현이 형 600cc R6나 SS600 선수들 600cc 레이싱 오토바이들이나 하나같이 ECU를 맥시멈으로 재설정해서 강원서킷 메인 직선 구간에선 최고 속도가 시속 299킬로까지 나가잖아. 석현이 형이 R6 타고 네가 일본 프로팀 R1 탄다고 해서 방심하면 안 돼."

짜증 난 얼굴의 유찬은 민철에게 쏘아붙이듯이 "그래서 나 못 믿어?" 하고 물었다. 춘섭인 팔짱을 끼며 확신에 찬 목소리로 "당근 믿지." 하고 말했다. 릴리TV는 화제를 바꾸려는 듯 귀엽게 싱긋 웃으며 유찬에게 물었다,

"찬이 오빠, 나도 오빠네 팀으로 SB250 클래스에서 레이싱 데뷔해 볼까?"

유찬은 자신감이 비치는 얼굴로 릴리TV를 쳐다보며 대답했다.

"네가 우리 팀으로 레이싱에 데뷔한다면 내가 책임지고 트레이닝시켜 줄게."

릴리TV가 활짝 웃는 얼굴로 "정말이야?" 하고 물었다. 유찬은 그 모습이 귀엽다는 듯이 빙긋 웃으며 "내가 너에게 거짓말하겠니." 하고 대답했다. 릴리TV는 유찬과 눈을 마주치고 입가에 미소를 지으며 "왜?" 하고 물었다. 유찬은 태연한 얼굴로 대답했다.

"왜긴. 네가 우리 팀에 입단해서 시합에 나간다고 하니까 그렇지."

릴리TV는 새침한 표정을 짓고 "내가 좋아서 그런 건 아니고." 하고 말했다. 유찬은 피식 웃으며 "야, 너 나 좋아하냐?" 하고 물었다. 릴리TV는 당당한 목소리로 대답했다.

"응. 몰랐어?"

유찬은 릴리TV를 빤히 쳐다보면서 다시 물었다.

"지금 사귀자는 소리니?"

얼굴이 붉어진 릴리TV는 당황스럽다는 표정을 짓고서 대답했다.

"어머, 농담이야."

유찬이 알았다는 듯이 고개를 끄덕이자 릴리TV가 다급하게 이어서 말했다.

"하지만 이번 한일 슈퍼바이크 통합전에서 오빠가 우승하면 내가 오빠한테 사귀자고 대시할게. 나도 본선 시합 날 오빠네 아버지 관광버스로 강원서킷에 응원 갈 거야. 그날 촬영 장비 챙겨 가서 오빠 시합 유튜브 생방송하려고. 그러니까 꼭 우승해 주세요."

릴리TV의 얘기를 진지하게 들은 유찬이 문득 민철을 불렀다.

"민철아."

민철이 "응." 하고 대답하며 유찬을 쳐다보았다. 유찬이 민철에게 말했다.

"민철아, 네가 본선 시합 날 우리 아버지 관광버스 인솔자니까 우리 회원들 책임지고 잘 데려와."

민철은 안심하라는 듯 자신감 넘치는 얼굴로 유찬에게 말했다.

"걱정 마셔. 작년에도 내가 아버지 관광버스 인솔자로 서킷에 간 적 있잖아. 영암서킷."

고개를 끄덕인 유찬이 서연을 불렀다.

"서연아."

40대 초반 남성 회원의 얘기를 건성으로 듣고 있던 서연이 오른쪽으로 고개를 돌려 대각선 맞은편 끝자리에 앉아 있는 유찬을 쳐다보며 대답했다.

"네."

유찬은 "너도 이번 시합 때 오빠네 아버지 관광버스로 응원 올 거지?" 하고 물었다. 서연은 고개를 크게 끄덕이고는 "물론이죠." 하고 대답했다. 그러자 민철이 서연을 쳐다보며 물었다.

"서연이 너 누굴 응원할 거니?"

서연이 당황한 표정의 얼굴로 민철에게 되물었다.

"오빠, 누구를 응원하다니요?"

몰라서 묻니 하듯 눈가를 슬며시 찡그린 민철은 "찬이하고 석현이 형 둘 중에 누구를 응원할 거야?" 하고 다시 물었다. 얼굴에 당황한 기색이 비친 서연인 눈을 서너 차례 깜박깜박거리다가 서둘러 대답했다.

"둘 다 응원할 거예요. 나는 둘 다 우승했으면 좋겠어요."

유찬이 서연에게 말했다.

"솔직해서 좋다. 그게 서연이의 매력이지."

"매력?" 하고 혼잣말 한 서연이 슬쩍 삐친 표정을 짓고 유찬에게 말했다.

"유찬 오빠 릴리TV 언니를 매력적으로 보잖아요!"

그 즉시 릴리TV가 찌푸린 눈으로 서연을 쳐다보며 말했다.

"어머! 서연이 너 지금 질투하는 거니?"

서연은 고개를 푹 숙이고 "그냥 그렇다는 얘기죠." 하고 얼버무렸다. 릴리TV와 서연을 번갈아 쳐다본 뒤 싱긋 웃은 야마시타 정비팀장이 유찬을 불렀다.

"유찬 센슈."

서연을 보고 있던 유찬이 시선을 돌려 야마시타 정비팀장을 쳐다보았다. 야마시타 정비팀장은 입가에 잔잔한 미소를 지으며 말했다.

"깅요우비노 렌슈소우코우니 산까시나꾸데모 다이죠브데스까?"

홍 대리가 곧바로 통역했다.

"금요일 날에 오후가 아닌 새벽 일찍 출발해서 금요일 연습 주행에 참가하는 게 좋지 않겠냐고 물어보는데요."

유찬이 멋쩍은 얼굴로 미소 지으며 머뭇거리는 사이 야마시타 정비팀장이 진지한 표정의 얼굴로 말했다.

"콘까이 엔세이니쿠루 니혼치이무와 젠부 JSB센데 토푸쿠라스다."

"이번 한일 슈퍼바이크 통합전 시합에 원정 오는 일본 팀은 전부 JSB1000에서 톱클래스라고 합니다." 하고 홍 대리가 통역했다. 그러자 야마시타 정비팀장이 입가에 부드러운 미소를 지으며 말했다.

"유당와 킨모쯔."

"방심은 금물이라네요." 하고 홍 대리가 통역했다. 야마시타 정비팀장이 이어서 말했다.

"와타시와 와타시가 칸리시떼이루 엔도레스모타즈 치이무노 레신구 마신가 유우쇼우스루코토오 네가우."

"야마시타 정비팀장은 이번 한일 슈퍼바이크 통합전에서 자신의 관리하는 팀의 레이싱 머신이 우승하기를 바란다고 말하네요." 하고 홍 대리가 통역했다. 가만히 얘기를 듣던 유찬이 홍 대리에게 말했다.

"먼저, 무슨 얘긴지 알았다고 전해 주세요."

홍 대리는 야마시타 정비팀장에게 "요쿠 와까리마시타." 하고 말했다. 그러자 유찬이 이어서 말했다.

"내가 토요일 예선 경기에서 보여 주겠다고 같이 전해 주세요."

고개를 끄덕인 홍 대리는 야마시타 정비팀장에게 "도요우비노 요센 시아이데 미세떼 아게마스." 하고 통역했다. 야마시타 정비팀장이 밝게 미소 지으며 고개를 끄덕이자 유찬이 다시 말했다.

"일본 선수들도 금요일 날 오후에 도착해서 토요일 오전에 연습 주행하고 오후에 예선 시합을 하죠."

"니혼 센슈다치모 깅요우비니 도착꾸시떼 도요우비노 고젠 렌슈소우 코우시떼 고고니 요센시아이오 시마스." 하고 홍 대리가 통역했다. 그 말에 고개를 크게 끄덕인 야마시타 정비팀장이 "소래와 소우다." 하고 대답했다. 홍 대리는 유찬에게 "그건 그렇죠." 하고 통역했다. 숨죽이며 유찬과 야마시타 정비팀장의 대화를 듣고 있던 춘섭이와 회원들이 그제야 얼굴의 긴장을 풀었다. 그러자 춘섭이 서연을 불렀다.

"서연아."

서연이 "네, 회장님." 하고 대답했다. 춘섭인 입가에 친근한 미소를 띠며 "서연이 너는 찬이의 어디가 좋아서 찬이의 열혈팬이 된 거니?" 하고 물었다. 잠시 머뭇거리던 서연이 수줍은 미소를 지으며 입을 떼었다.

"처음 보았을 때 찬이 오빠 추워 보이는 남자였어요. 그러니까 잘해 주고 싶었고… 그러다가 팬이 되었어요."

민철이 사뭇 진지한 표정의 얼굴로 서연에게 말했다.

"서연아, 오빠는 찬이보다 더 추운 남자야. 나는 잘해 주고 싶지 않니?"

서연이 고개를 조금 숙였다가 이내 다시 들며 말했다.

"민철이 오빠, 죄송한데요. 오빠 추워 보이지가 않고 그냥 외로워 보여요."

"뭣? 그게 그거 아니야?" 하고 민철이 삐친 목소리로 물었다. 서연인 답답하다는 듯이 고개를 가로저었다가 한숨 쉬며 말했다.

"민철이 오빠는 제 말뜻을 이해 못 하는 것 같네요. 추워 보이는 남자와 외로워 보이는 남자는 달라요."

유찬이 한차례 크게 소리 내어 웃고는 서연에게 말했다.

"서연아, 너 음료 한 잔 더 시켜."

"아니에요." 하고 말한 서연은 시선을 테이블로 내려 토마토주스가 반쯤 남은 롱컵을 보며 "이걸로 충분해요." 하면서 괜히 컵 안에 빨대를 들었다 놓았다. 고개를 끄덕인 유찬은 릴리TV와 시합 날 먹게 될 점심 식사에 대해서 이야기를 시작했다. 그러자 서연이 후드티 오른쪽 주머니에서 목걸이 케이스를 꺼내 손에 쥔 채로 무릎에 올려놓았다. 하지만 그녀는 잠시 그대로 있다가 목걸이 케이스를 후드티 오른쪽 주머니에 도로 넣었다. 그때 마침 매장 스피커에서 마이클 런스 투 락의 노래 〈25 미니츠〉가 들려오기 시작했다.

드림모텔 202호실, 어두운 방 안 침대에 누워 있던 석현이 얇은 이불을 걷어 내며 상체를 일으켜 책상다리를 하고 앉았다. 석현은 흰색 반팔 티셔츠에 파란색 밴딩 면반바지를 입고 있다. 지금은 금요일이고 새벽 1시 24분이다. 석현은 오늘 따라 생각이 깊어 좀처럼 잠을 이루지 못하고 있다. 맞은편 벽을 가만히 쳐다본 석현이 침대 왼쪽으로 두 발을 방바닥으로 내리면서 침대에서 일어섰다. 그는 창문을 통해 들어온 달빛으로 어슴푸레한 방 안을 걷다가 침대 맞은편 벽 원형테이블 의자에 앉았다. 창문으로 밤하늘이 보이는 쪽 의자다. 석현은 테이블 위에 충전기를 꽂아 놓아둔 스마트폰을 왼손에 들고 오른손 엄지손가락으로 홈버튼을 눌러 화면을 켰다. 그사이 시간이 더 지나 1시 29분이다. 석현은 의자등받이에 등을 기대고서 라디오 방송 어플을 눌러 〈이현규의 야간열차〉를 켰다. 1부 방송을 마치고 지금은 광고방송 중이다. 잠시 그대로 움직이지 않고 있던 석현이 문자 사연창을 열더니 키보드를 펴고 글자를 쳐 나가기 시작했다.

「안녕하세요. 저는 대전에서 오토바이 센터를 하고 있는 이석현이라고 합니다. 저는 어제부터 강원서킷에 와서 오토바이 시합 연습 주행을 하고 있습니다. 이번 주 일요일에 한일전 시합이 있거든요. 지금 제가 타고 연습하는 레이싱 오토바이는 지난달에 하늘나라로 간 친구의 레이싱 오토바이인데요. 그래서 그럴까요? 저는 부쩍 친구의 생각을 많이 합니다. 이 시간, 친구에게 전하고 싶은 말이 있습니다. 이현규 DJ님께서 대신 전해 주신다면 정말로 그 친구에게 저의 말이 전해질 것 같아요. 부탁드릴 메시지는요. 나는 시합 날 너와 함께 서킷을 달릴 거고 모든 힘을 다해 최선을 다할 거야. 약속할게…. 여기까지입니다. 신청곡도 있어요. 오래전 노래인데요. 지금 들으면 마음이 무너져 내릴 노래이겠지만 그래도 신성우의 〈슬픔이 올 때〉를 신청합니다. 그럼 이만 마칩니다.」

광고방송 시간이 지나자 이현규 DJ는 2부 방송 시작과 함께 석현의 문자 사연을 소개했다. 그는 애잔한 배경음악으로 애틋한 분위기를 연출하면서 석현이 보낸 글을 처음부터 끝까지 차분히 읽었다. 배경음악 볼륨이 서서히 줄어들다가 잠시 정적이 찾아왔고 그 뒤에 이현규 DJ가 입을 뗐다.

"사연 보내 주신 이석현 님, 감사합니다. 친구가 지난달에 하늘나라로 가셨다고요. 저더러 천국에 간 친구에게 메시지를 대신 전해 달라고 하셨죠. 전해 드리겠습니다. 이석현 님의 친구님, 이석현 님이 시합 날 친구님과 함께 최선을 다해 서킷을 달릴 거라고 하셨어요. 그건 친구님을 위해서겠죠? 들으셨나요…. 신성우의 〈슬픔이 올 때〉, 신성우의 정규엘범 4집에 수록된 타이틀곡으로 1996년 4월에 발매되어서 많은 사랑을 받았던 오래전 명곡이죠. 아련한 그 시절에 저도 종종 즐겨 듣던 노래인데요. 2부 방송 첫 곡으로 이 노래를 들려드리겠습니다. 이석현 님, 이번 주 일요일에 한일전 오토바이 시합이 있다고 하셨는데요. 시합 마치시고 저희 방송 전화 사연으로 이석현 님을 다시 만나 뵙고 싶네요. 이석현 님 꼭 전화 부탁드립니다. 저희 방송 홈페이지에 연락주실 저희 전화번호가 안내되어 있거든요. 제가 이석현 님의 연락을 기다리고 있겠습니다. 그럼 신청곡 나갑니다. 신성우의 〈슬픔이 올 때〉."

석현의 스마트폰 스피커에서 〈슬픔이 올 때〉 전주가 시작되었다. 석현은 스마트폰을 테이블에 내려놓고 두 손을 맞잡아 깍지를 낀 뒤 고개를 숙이며 두 눈을 감고서 노래에 귀를 기울였다.

17

격전(激戰)

하늘 저편으로 점차 해가 져 가며 강원서킷에는 선선한 저녁바람이 불기 시작했다. 금요일 오후 5시 7분이다. 지금 강원서킷 코스에서는 KSB1000 선수들 26명과 SS600 상위권 선수들 3명이 한일 슈퍼바이크 통합전 최종 6세션 연습 주행을 하고 있다. 지난 4라운드 SS600전에서 4위를 기록했던 서울디스이즈마이라이프 레이싱팀 이훈은 같은 시합에서 우승한 석현이 KSB1000으로 승급한 관계로 한일 슈퍼바이크 통합전 출전 기회를 얻게 되었다. 이제 통합연습 주행이 14분 정도 남은 시간, 유찬의 하이레벨 레이싱팀이 2번 피트 뒤쪽 패독에 차량 3대를 나란히 정차했다. 엔도레스모타즈 레이싱팀의 레이싱 오토바이 YZF-R1을 실은 유찬의 스타렉스 3밴과, 시합 장비를 실은 춘섭이의 2.5톤 탑차, 야마시타 정비팀장을 태운 홍 대리의 SUV 투싼이다. 유찬의 하이레벨 레이싱팀이 배정받은 피트는 2번 피트이고 1번 피트는 대구자유비행 레이싱팀과 박 단장의 대구 현대 모터 수리 레이싱팀이 공동으로 배정받았다. 3번 피트는 서울디스이즈마이라이프 레이싱팀이 배정받았다. 4번 피트는 돌진 레이싱팀이, 5번 피트는 강원연합 레이싱팀이, 6번 피트는 석현의 준 레이싱팀이, 7번 피트는 WSBK 출신 해리 해리스를 단기 계약한 할리 스피릿 레이싱팀이다. 8번 피트부터 12번 피트는 조금 뒤에 도착할 예정인 5개의 일본 프로 레이싱팀이 배정받았다. 8번부터 12번 피트 뒤쪽 상단에는 일본어로 각각의 팀명이 인쇄된 현수막이 걸려 있다. 8번 피트에는 하시래토모다치 레이싱팀이, 9번 피트에는 JP 레이싱팀이, 10번 피트에는 오리엔타루바이쿠 레이싱팀이, 11번 피트에는 브루라이토 레이싱팀이, 12번 피트에는 유니코온 레이싱팀이 배정받았다. 13번 피트는 광주허리케인 레이싱팀이, 14번 피트는 부산스피드스타 레이싱팀이, 15번 피트는 영웅 레이싱팀이, 16번 피트는 GP모터스 레이싱팀이, 17번 피트는 구미화이트라이온 레이싱팀이, 18번 피트는 레전드 레이싱팀이, 19번 피트는 빅클럽 레이싱팀이, 20번 피트는 서킷파이터 레이싱팀이, 21번 피트는 인천챔피온 레이싱팀이, 22번 피트는 빅토리 레이싱팀이 배정받았다. 23번부터 30번까지는 사용하는 팀이 없는 미입점 피트다.

유찬의 보라색 스타렉스 양옆 하단에는 '하이레벨 레이싱팀' 은색 한글 스티커가 길게 붙어 있다. 스타렉스 운전석에서 내린 유찬이 아버지와 통화를 이어 가다가 "아빠, 알았어. 네." 하며 짧은 통화를 마쳤다. 그러면서 스마트폰을 9부 청바지 오른쪽 뒷주머니에 넣고 차 뒤로 걸어가 3밴 뒷문짝을 위로 올려 열었다. 유찬은 레이싱 오토바이 YZF-R1을 실은 적재칸 안에서 바닥에 놓인 오토바이 상하차용 철재받침대를 밖으로 꺼냈다. 그리고는 적재칸 입구 바닥면 구멍 2개에 2개의 철재받침대 후크고리를 걸어 받침대를 아스팔트 바닥으로 경사지게 대놓고 적재칸 안으로 들어가 레이싱 오토바이를 묶은 고정벨트버클을 풀기 시작했다. 그러는 사이, 잠시 방호벽 인도에 가서 메인 스트레이트 구간을 질주하는 한일 슈퍼바이크 통합전 선수들을 살펴보고 온 춘섭이 의아스럽다는 표정의 얼굴로 스타렉스 적재칸에 다가섰다. 그는 자신과 똑같은 하이레벨 레이싱팀 반팔 레이싱 남방을 입은 유찬을 불렀다.

"찬아."

적재칸 안 레이싱 오토바이 좌측에 구부정하게 서 있는 유찬이 고정 벨트버클을 풀던 손을 멈추고 춘섭을 쳐다보며 "왜 춘섭이 형?" 하고 대답했다. 춘섭은 고개를 갸우뚱거리며 입을 떼었다.

"석현이가 메인 스트레이트 구간을 KSB1000 상위권 선수들 앞에서 달리고 있어."

유찬은 피식 웃으며 "그걸 몰라서 그래. 맨 꼴찌에서 달리다가 상위권 선수들에게 한 바퀴 추월당하는 상황이겠지." 하고 말했다. 춘섭이 고개를 가로젓고서 근심 가득한 얼굴로 말했다.

"그런 게 아니야. 석현이가 선두에서 WSBK 출신과 KSB1000 상위권 선수들을 리드하고 있는 거라고."

눈가를 살짝 찌푸린 유찬이 "600cc R6로 1000cc 오토바이 선수들을 리드하며 선두로 달리고 있다고?" 하고는 다시 피식 웃었다. 답답하다는 표정을 지은 춘섭이 고개를 가로젓고서 말했다.

"똑같은 준 레이싱팀 도색이지만 오토바이가 달라. R6가 아니야. 내가 장담하는데 지금 타고 있는 오토바이는 준서의 R1이야."

유찬이 한숨을 쉬고 짜증 섞인 목소리로 말했다.

"춘섭이 형, 사고로 박살난 준서 형 오토바이가 어떻게 여기에 와 있어. 벌써 오토바이 폐차장에 가서 조각조각 분해가 되었을 텐데."

"아니야! 내가 본 건 확실히 준서의 R1이야. 정비사들은 오토바이를 보는 영적 눈이 있다고."

"나 이거 참. 도대체 뭘 보고 그러는 거야." 하고 말한 유찬이 적재칸 안에서 걸어 나와 오토바이 상하차용 철재받침대를 밟고 내려와서 춘섭이 앞에 섰다. "내가 본 건 유령이 아니야." 하고 말한 춘섭이 왼팔을 쭉 뻗어 왼손 둘째손가락으로 메인 스트레이트 구간 쪽을 가리키자 유찬은 고개를 절레절레 흔들고는 오른쪽으로 몸을 돌려 2번 피트 뒤쪽으로 걸어갔다. 불편한 진실을 앞에 두고 미간을 잔뜩 찡그린 춘섭은 유찬을 뒤따라 걸어갔다. 2번 피트 뒤로 들어간 유찬과 춘섭은 2번 피트 앞으로 나와 웨이팅 에어리어를 곧바로 지나 피트로드를 건너서 방호벽 인도 위로 올라섰다. 둘의 오른쪽 옆에는 홍 대리와 야마시타 정비팀장이 타 팀 팀원들 사이에 나란히 서서 메인 스트레이트 구간을 질주하는 선수들을 유심히 지켜보고 있다. 유찬이 홍 대리에게 "누가 짱 먹고 있어요?" 하고 묻는 그때, 12번 우회전 중고속 코너 출구를 시속 232킬로로 선회해 나온 석현이 뒤에 바짝 붙은 해리 해리스와 초접전으로 메인 스트레이트 구간을 급가속 질주하기 시작했다. 윈드스크린 안으로 몸을 감추면서 상체를 잔뜩 숙인 석현과 해리 해리스의 거리 차이는 1미터쯤 0.143초 차이다. 이들의 뒤로 KSB1000 상위권 선수들이 줄줄이 12번 코너를 빠져나와 메인 스트레이트 구간으로 접어들며 전력 질주에 들어가고 있다. 잠깐 사이, 가장 선두의 석현과 1미터쯤 후미에 해리 해리스는 시속 300킬로의 속도로 굉음을 쏟아 내며 유찬의 눈앞을 스쳐 지나갔다. 몹시 당황한 표정의 얼굴로 입을 떼지 못하는 유찬에게 춘섭이 눈가를 찡그리며 말했다.

"거 봐, 내 말이 맞잖아. 보면 알잖아. 저게 한 바퀴 추월당하는 폼이니!"

유찬이 멍하니 서 있는 가운데, 트레일러에 40피트 컨테이너를 1개씩 실은 25톤 트랙터 5대가 한 줄로 안전간격을 유지하면서 서행하며 아스팔트 바닥에 흰색 페인트로 전체 64개의 주차칸이 16분할로 나누어 그려진 패독으로 들어왔다. 직후, 5대의 16인승 버스가 역시 한 줄로 안전 간격을 유지하면서 서행하며 25톤 트랙터들을 따라 패독으로 들어왔다. 25톤 트랙터 5대와 16인승 버스 5대는 일본 프로 레이싱팀들이 운용하는 차량들이다. 시합에 참가하는 인원이 10여명 이내인 1개 팀마다 1대의 25톤 트랙터와 1대의 16인승 소형버스를 임대해 운용하는 것이다. 일본에서 미리 알아본 한국의 트랙터 운송회사와 관광버스 대절회사에 계약을 해 놓았던 차량들이다. 트랙터 운전기사들이 부산항에서 해상 운송대행업체에게 인계한 각 팀 40피트 컨테이너 내부는 JSB1000에 출전하는 1000cc 레이싱 오토바이 1대와 시합 장비들로 빈틈이 없다.

일본팀 차량들은 패독 내부통로를 서행하여 줄맞춰 들어오다가 주차 공간이 빈 8번부터 12번 피트 뒤쪽으로 적당한 거리를 두고 세로 일렬로 정차했다. 그러자 각자 지게차를 한 대씩 몰고 나와 일본팀들을 기다리고 있던 서킷진행요원 두 명 중 한 명이 앉아 있던 지게차에서 내려 맨 앞에 정차한 25톤 트랙터의 운전석 쪽으로 걸어갔다. 근처에 나와 있는 국내 레이싱팀 팀원들은 삼삼오오 모여 일본 레이싱팀들이 패독에 들어선 모습을 구경하고 있다. 5대의 25톤 트랙터 운전석 앞유리 하단에는 각각의 일본 레이싱팀 팀명을 한국어와 일본어로 나누어 인쇄한 A4용지 2장이 부착되어 있다.

진행요원이 운전석 문짝 앞에 서자 캡모자를 쓴 트랙터 운전기사는 운전석 유리를 완전히 내리고 인사를 했다. 진행요원도 트랙터 운전기사에게 인사를 하고서 40피트 컨테이너를 팀별 지정 피트 뒤쪽에 어떻게 배치해야 하는지에 대해 안내했다. 진행요원에게 자신이 담당하는 일본 레이싱팀 피트 위치와 트레일러의 컨테이너 놓는 방향을 안내받은 25톤 트랙터 운전기사는 주차를 통제시켜 회전할 자리를 만들어 놓은 우측 공간으로 차를 돌렸다. 그리고는 트레일러에 실은 40피트 컨테이너의 문이 배정받은 피트 뒤쪽 입구와 일직선으로 마주볼 수 있도록 방향을 맞춰 서서히 후진했다. 진행요원은 후진하는 컨테이너를 따라 걸으며 머리 위로 들은 왼손을 능숙하게 움직여 수신호를 보냈다. 운전석 사이드미러로 수신호를 보며 후진한 트랙터 운전기사는 트레일러의 40피트 컨테이너를 브루라이토 레이싱팀 11번 피트 뒤쪽 입구와 5미터 거리를 두고 일직선이 되도록 대놓고는 차를 멈췄다. 그런 뒤 바로 핸드 브레이크를 걸고서 운전석 문짝을 열고 차에서 내렸다. 운전기사는 바지 오른쪽 뒷주머니에서 목장갑을 빼내 양손에 끼고 차 앞쪽을 돌아서 조수석 문짝을 지나치며 멈춰서 40피트 컨테이너를 실은 트레일러 차량 견인부 옆에 가까이 섰다. 그는 트레일러의 회전레버를 거치대에서 들어 올려 연속해서 빙글빙글 돌려 좌우측 2개의 트레일러 지지대(랜딩기어)를 하강했다. 하강하던 2개의 지지대 발판이 바닥에 닿자 트랙터 운전기사는 조수석 문짝 쪽으로 몇 걸음 걸어가다가 커플러레버(트랙터와 트레일러를 결합시키고 분리시키는 레버)를 당겨 열고 차량 견인부 위로 올라갔다. 견인부 위에 선 트랙터 운전기사는 능숙한 손동작으로 고압케이블 5개를 탈착해 트랙터와 트레일러의 연결을 완전히 해제하고서 운전석 뒤쪽을 걷다가 아래로 살짝 뛰어서 바닥으로 내려왔다. 이로써 트레일러 강원서킷 운송 작업을 마친 트랙터 운전기사는 곧바로 차에 올라타면서 운전석 문짝을 닫으며 핸드 브레이크를 풀고 40피트 컨테이너가 실린 트레일러를 남긴 채 25톤 트랙터를 출발했다. 그는 내부통로를 따라 패독 출구 쪽으로 트랙터를 운전해 가장 먼저 현장에서 철수했다. 25톤 트랙터 운전기사들은 27일 일요일 날 본선 경기가 끝나는 시간에 강원서킷으로 돌아오게 계약이 되어 있다. 트랙터 운전 기사들은 본선 경기가 끝나면 40피트 컨테이너가 실린 트레일러를 트랙터에 다시 연결해서 부산항으로 이동한다. 일본팀들과 계약한 해상운송대행업체는 트랙터 운전기사들에게 인계받을 40피트 컨테이너 5개를 후쿠오카항구로 출항하는 컨테이너 전용 화물선에 상차할 예정이다. 5팀의 일본 레이싱팀 팀원들은 5대의 16인승 버스를 타고 김해국제공항으로 이동해 인근 호텔에서 하룻밤 묵은 뒤 오전 첫 비행기로 일본으로 귀국한다.

두 번째 25톤 트랙터가 후진하기 위해 진행요원의 수신호에 따라 회전할 자리를 만들어 놓은 우측 공간으로 차를 돌리는데 패독 내부통로에 세로 일렬로 정차해 있는 16인승 버스 5대가 동시에 출입문을 열었다. 팀원들은 앞좌석부터 차례대로 하차했다. 버스마다 한 명씩 하차하는 멋진 20대 여자들은 팀별로 전속계약을 맺은 레이싱걸들이다. 하라주쿠 패션 스타일로 옷을 입은 5명의 레이싱걸들은 버스에서 내리자마자 한곳에 모여서서 주변을 둘러보다가 메인 스트레이트 구간을 질주하는 레이싱 오토바이들의 굉음을 듣고 다 함께 걸음을 옮겼다. 그녀들은 8번 피트 뒤쪽으로 들어갔다가 8번 피트 앞쪽으로 나와 웨이팅 에어리어를 지나 피트로드를 건너 방호벽 인도에 올라섰다. 그리고는 한국의 레이서들이 시속 300킬로의 풀 스피드로 굉음을 터트리며 메인 스트레이트 구간을 질주하는 모습을 지켜보았다. 그녀들 양쪽 옆으로 방호벽 인도에 늘어서 있는 국내 레이싱팀 팀원들 중 몇몇은 이국적인 메이크업과 스타일의 일본 레이싱걸들이 신기한 듯 조심스럽게 힐끔힐끔 쳐다보았다. 공교롭게도 마츠모토 준 바로 오른쪽에 일본 레이싱걸이 서 있다. 마츠모토 준은 자신의 오른쪽 옆에 서서 귀여운 얼굴로 "혼토우니 하야이네~" 하고 혼잣말한 일본 레이싱걸을 슬쩍 쳐다보고 앞으로 시선을 돌렸다. 그는 슬며시 미소를 지었다.

5대의 25톤 트랙터가 모두 패독에서 철수했다. 5개의 일본 레이싱팀들 피트 뒤쪽마다 트레일러에 실린 40피트 컨테이너가 한 개씩 동일한 위치에 놓여 있다. 하나같이 후면 셔터를 올린 피트 뒤쪽과 컨테이너 문이 5미터 거리를 두고 똑바로 마주 보게 일직선 구도다. 서로 다른 모델로 분산되어 이동할 예정인 16인승 버스 5대는 각기 담당하는 레이싱팀의 40피트 컨테이너 뒤쪽으로 주차되어 있고 버스 운전기사들은 운전석에서 대기하고 있다. 일본 레이싱팀 팀원들은 지게차 2대를 각자 1대씩 운전하는 진행요원 2명의 지원을 받아 가며 문을 열어 놓은 40피트 컨테이너 안에서 시합 장비들과 레이싱 오토바이를 포장한 우드케이스를 하차하고 있다. 시합 장비들과 레이싱 오토바이가 들어 있는 우드케이스는 전부 팔레트로 받쳐져 있다. 피트 안에 일본 레이싱팀 팀원들은 배정받은 피트 내부에 소속팀 팀파티션을 설치하고 있다. 가장 먼저 피트 만들기 작업을 실시한 브루라이토 레이싱팀 팀원들은 벌써 피트 내부에 팀파티션 설치를 마치고 피트 바닥에 기름 흡착 매트를 깔고서 피트 좌측과 우측 가장자리에 시합 장비들을 질서 있게 배치하고 있다. 2번 피트의 유찬과 춘섭, 야마시타 정비팀장도 피트 내부에 팀파티션을 설치하고 기름 흡착 매트를 간 뒤 피트 좌측과 우측 가장자리에 시합 장비들을 질서 있게 배치하고 있다. 메인 스트레이트 구간에서 석현이 KSB1000 상위권 선수들과 WSBK 출신 해리 해리스를 압도하는 장면을 보고부터 표정이 어둡던 유찬은 작업을 하는 중간중간 쓴웃음을 짓고 있다. 유찬은 두 눈으로 본 광경을 인정하고 싶지 않은 것이다. 현실부정과는 다르다. 다만 석현이 톱클래스 수준의 서킷주행을 하고 있다는 걸, 자존심이 끝내 허락하지 않는 것이다.

오늘은 토요일. 오늘 강원 지역 아침 최저 기온이 17~19도인 가운데 맑은 하늘 위로 동그란 해가 둥실 떠 있다. 석현은 강원서킷 컨트롤타워 2층 메디컬실에서 타 팀 선수들 사이에 줄을 섰다가 차례가 되어 흰가운을 입은 젊은 남자 의사에게 혈압측정 및 균형 감각 테스트를 받고 유리 슬라이딩도어 자동문을 통해 메디컬실 밖으로 나왔다. 같은 층에 브리핑실이 위치해 있다. 석현은 곧바로 브리핑실 출입문으로 걸어갔다. 브리핑실 유리 슬라이딩도어 자동문이 열리고 안으로 들어가니 맞은편 끝 창가 옆 가장 앞줄 맨 좌측 접이식 등받이 의자에 앉아 있는 마츠모토 준이 이쪽으로 오라고 석현에게 오른손을 흔들어 보였다. 각 팀의 팀원들로 자리가 절반 이상 차 있는 브리핑실 안에는 모두 108개의 접이식 등받이 의자가 놓여 있다. 창가 쪽에 4열 종대, 목재강의대 바로 맞은편으로 4열 종대, 유리 슬라이딩도어 자동문이 있는 벽 쪽으로 4열 종대해서 108개다. 브리핑실 뒤쪽 흰색 벽의 가장 좌측에 회색 철문은 비상구다.

마츠모토 준 오른쪽 옆에 새로 온 정비사 우승이가 앉아 있다. 두 사람에게 가까이 다가온 석현은 우승이 오른쪽 옆에 앉았다. 셋의 등 뒤로 두 번째 줄 접이식 등받이 의자에는 기훈이와 대산이가 앉아 있다. 둘은 석현보다 먼저 메디컬체크를 받고 나왔다. 기훈이와 대산이 뒤로 세 번째 줄 접이식 등받이 의자에는 리차드 전과 해리 해리스, 할리스피릿 레이싱팀 2년차 KSB1000 선수인 소시헌이 앉아 있다. 이들의 뒤로 네 번째 줄, 다섯 번째 줄, 여섯 번째 줄 접이식 등받이 의자에는 할리스피릿 레이싱팀 매장 정비사 2명과 판매사원 2명, 팀 서포터스 5명이 뒤섞여 앉아 있다. 한일 슈퍼바이크 통합전에서 우승을 목표로 하고 있는 해리 해리스는 석현보다 조금 먼저 메디컬체크를 받았다. 한 번의 작은 실수도 큰 사고로 이어질 수 있는 오토바이 레이싱을 하기에 선수들의 몸 상태가 적합한지 확인하는 메디컬체크는 8시에 마친다. 지금 시간은 7시 41분. 일찍 메디컬체크를 받은 유찬은 유리 슬라이딩도어 자동문이 있는 벽 쪽 가장 앞줄 통로 바로 옆 맨 좌측 접이식 등받이 의자에 앉아 있다. 유찬의 오른쪽 옆으로 춘섭이와 야마시타 정비팀장, 홍 대리가 앉아 있다. 유찬처럼 일찌감치 메디컬체크를 받은 일본팀 선수들은 자신의 팀원들과 목재강의대 맞은편 가장 앞줄 접이식 등받이 의자부터 4명씩 자리를 채워 그 뒤로 줄줄이 앉아 있다. 브리핑실 안에 선수들과 팀원들은 모두 소속팀의 반팔 레이싱 남방을 입고 있다. 조용히 앉아 있던 우승이가 석현을 작은 목소리로 불렀다.

"석현 선수님."

석현이 고개를 왼쪽으로 돌려 우승을 보면서 작은 목소리로 대답했다.

"네. 윤우승 정비사님."

우승은 브리핑실 안에 타 팀의 선수들과 팀원들을 한 번 더 둘러보고 말했다.

"저는 처음 대회 참가라 떨리는데요. 다른 팀들 말이에요, 다들 하나같이 강력해 보여요."

싱긋 웃은 석현이 말했다.

"윤우승 정비사님 역시 타 팀의 선수들이나 팀원들이 보았을 때 강력해 보일 거예요."

우승이 눈가를 살짝 찡그리며 말했다.

"그럴 리가요."

고개를 가로저은 석현이 나지막한 목소리로 우승에게 말했다.

"서킷에서 만만한 사람은 한 명도 없다는 게 이 세계의 진리예요."

우승이는 수긍하겠다는 듯이 고개를 끄덕였다. 그리고 나서 목재강의대 뒤로 벽면화이트보드를 쳐다보았다. 화이트보드에는 '오늘 이루어질 최고의 시합은 우리의 열정으로 만들어진다.'는 글이 검은색 마카펜으로 쓰여 있다.

8시가 되자 모든 팀의 선수들이 메디컬체크를 다 받고 브리핑실로 들어와 소속팀이 모인 자리의 접이식 등받이 의자에 앉았다. 2분 뒤 연맹회장이 브리핑실에 들어왔다. 검은색 연맹휘장모자를 쓰고 넥타이를 매지 않은 흰색 와이셔츠에 감청색 정장을 입은 82세의 연맹회장은 검은색 구두신은 발로 걷다가 목재강의대 안으로 들어가 서서 테이블 스탠드 마이크를 켰다. 뒤따라 들어온 검은색 정장 차림의 36세 연맹실장은 연맹회장 왼쪽 2미터 옆에서 멈춰 서더니 오른손에 쥔 충전식 무선마이크를 켰다. 연맹회장은 잠시 목소리를 가다듬고 입을 떼었다.

"여러분, 안녕하십니까. 대한오토바이크연맹 회장입니다."

연맹실장은 무선마이크를 입 앞에 대고 "오하요우 고자이마스. 다이칸오토바이쿠랜메이 카이쵸우데스." 하고 통역했다. 직후 국내 레이싱팀 팀원들은 한목소리로 "안녕하십니까." 하고 인사를 했다. 일본 레이싱팀 팀원들도 한목소리로 "오하요우 고자이마스." 하고 인사를 했다. 연맹회장은 부드럽게 미소 짓고 바로 입을 떼었다.

"오늘 이웃 나라인 한국과 일본이 함께하는 코리아로드 레이스 시즌 5라운드는 특별합니다."

연맹실장이 무선마이크를 입에 대고 통역했다.

"쿄우 토나리노쿠니 간코쿠토 니혼가 잇쇼니 코리아 로도레신구 시이즌 고라운도와 도꾸베쯔데스."

연맹회장이 이어서 말했다.

"지난 스즈카서킷 8시간 내구레이스대회에서 시합 중 사고로 하늘나라로 간 서준서 선수를 기리기 위한 대회이기 때문입니다."

연맹실장이 계속해서 통역했다.

"카코 스즈카사이킷토 하치지깐노 타이큐우레스데 지코데 텐고쿠니 잇타 서준서 센슈오 타타에루 타메노 타이카이다카라데스."

연맹회장이 계속 이어서 말했다.

"오늘 한국과 일본의 레이서들의 선전을 바랍니다."

연맹 실장이 통역했다.

"쿄우 간코쿠토 니혼노 레사노 젠센오 네갓떼이마스."

통역이 끝나자 연맹회장은 "잠시 서준서 선수를 추모하는 시간을 갖고 다음 순서를 진행하겠습니다. 모두 자리에서 일어나 주시길 바랍니다." 하고 말했고 연맹실장은 통역했다.

"시바라꾸 서준서 센슈오 쯔이토우스루지깐오못테 쯔기노 준쇼오 스스메마스. 민나 세키데 오킷떼 구다사이."

모두들 앉은자리에서 일어나자 연맹회장이 "모두 묵념." 하고 말했고 연맹실장은 통역했다.

"민나 모쿠토우."

그러자 브리핑실의 모든 인원이 두 눈을 감고 고개를 숙였다. 1분쯤 지나 연맹회장이 "자세 바로."하고 말하자 연맹실장은 "시세에 타다이시." 하고 통역했다. 모두들 눈을 뜨고 고개를 들자 연맹회장은 "모두 앉아 주십시오." 하고 말했고 연맹실장은 통역했다.

"민나 스왓테쿠다사이."

모두 자리에 앉자 연맹회장이 말했다.

"다음은 한국 팀들과 일본 팀들 간에 소통의 시간을 갖겠습니다. 지난 시즌 전 일본 JSB1000 시즌 챔피언인 하시래토모다치 레이싱팀의 오카자키 신지 선수가 일본팀을 대표해서 인사말을 전하겠습니다."

연맹실장이 통역했다.

"츠기와 칸코쿠토 니혼노 센슈타치노 소츠우노 지칸오 모치마스. 사쿠시이즌 젠니혼 JSB센 시이즌 찬피온 하시래토모다치 레에신구치이무노 오카자키 센슈가 니혼치이무노 다이효오시떼 고아이사츠시마스. 오카자키 신지 센슈 마에니 데테키테쿠다사이."

목재강의대 바로 앞 가장 앞줄 통로 옆 맨 좌측 접이식 등받이 의자에 앉아 있는 흰색 반팔 레이싱 남방의 오카자키 신지가 자리에서 일어섰다. 그가 앞으로 걸어 나오자 연맹회장은 목재강의대에서 오른쪽으로 몇 걸음 걸어가 자리를 내주었다. 오카자키 신지는 연맹회장에게 고개를 숙였다가 들고 목재강의대 안으로 들어가 서서 다시 한번 고개를 숙여 모두에게 인사를 했다. 다들 뜨겁게 환영과 격려의 박수를 쳐 주었다. 오카자키 신지는 강의대 테이블 스탠드 마이크 앞에 가까이 다가서서 입을 떼었다.

"하지메마시떼 와타시와 하시래토모다치 레이신구치이무노 오카자키 신지 센슈데스. 미나사마 오아이데끼떼 우래시이데스."

연맹실장이 통역했다.

"처음 뵙겠습니다. 저는 하시래토모다치 레이싱팀의 오카자키 신지 선수입니다. 여러분, 만나서 반갑습니다."

오카자키 신지는 이어서 말했다.

"간코쿠 사이코우노 센슈다치토 스바라시이 시아이오 스루타메니 사이젠오 쯔꾸시마스. 도모 아리가토우 고자이마스."

메시지가 좋다는 듯이 고개를 크게 끄덕인 연맹실장이 이어서 통역했다.

"한국 최고의 선수들과 멋진 시합을 위해서 최선을 다하겠습니다. 대단히 감사합니다."

통역이 끝나자 모두들 오카자키 신지에게 박수를 쳐 주었다. 오카자키 신지는 오른쪽 옆으로 한 걸음 걸어 목재강의대 밖으로 나왔다. 그는 자세를 바르게 하고서 모두에게 고개를 숙여 인사를 한 뒤 앞으로 몇 걸음 걷다가 자신의 자리에 앉았다. 다시 목재강의대 안으로 들어간 연맹회장이 고개를 왼쪽으로 돌려 잠시 유찬을 쳐다보고서 고개를 바로 하며 입을 떼었다.

"그럼 한국팀을 대표해서 유찬 선수의 인사말을 들어 보겠습니다."

연맹실장이 통역했다.

"칸코쿠치이무오 다이효우시테 유찬 센슈가 고아이사츠시마스."

유찬은 빙긋 웃어 보이며 접이식 등받이 의자에서 일어나 목재강의대 쪽으로 걸어갔다. 연맹회장은 목재강의대에서 오른쪽으로 몇 걸음 걸어가 자리를 내주었다. 유찬은 연맹회장에게 고개를 숙였다가 들고 목재강의대 안으로 들어가 섰다. 그러면서 고개를 숙여 모두에게 인사를 했다. 다들 박수를 쳐 주자 강의대 테이블 스탠드 마이크 앞에 가까이 다가선 유찬이 입을 떼었다.

"반갑습니다. 저는 유찬 선수입니다."

연맹실장이 통역했다.

"하지메마시떼 와타시와 유찬 센슈데스."

"전 일본 로드 레이스 JSB1000은 아시아 최고의 무대입니다."

유찬이 말했고 연맹실장이 통역했다.

"젠니혼 로도레에스 JSB센와 아시아데 사이코우노 타이까이데스."

유찬이 이어서 말했다.

"이번 시합을 통해 코리아로드 레이스의 현주소를 보고 싶습니다."

연맹실장이 통역했다.

"콘도노 시아이오 쯔우시테 코리아 로도레에스 겐쥬우쇼오 미타이데스."

눈빛이 반짝거리는 유찬이 인사말을 마무리했다.

"마지막까지 최선을 다해서 좋은 시합을 하겠습니다. 대단히 감사합니다."

흐뭇한 얼굴의 연맹실장이 어깨에 힘을 주고 입가에 옅은 미소를 지으며 통역했다.

"사이고마데 사이젠오 쯔쿠시떼 이이 시아이오 시마스."

통역이 끝나자 모두 박수를 쳐 주었다. 유찬은 오른쪽으로 한 걸음 걸어가 목재강의대 밖으로 나간 뒤 자세를 바로하고 고개를 숙여서 모두에게 인사를 했다. 유찬이 몸을 왼쪽으로 돌려서 걷다가 자리에 앉자 목재강의대 안으로 들어온 연맹회장이 해리 해리스를 쳐다보며 말했다.

"전 WSBK 레이서 해리 해리스, 앞으로 나와 인사말 부탁드립니다. 옆에 앉아 계신 리차드 전 단장님도 함께 나오시죠."

연맹실장이 통역했다.

"더블에스비케이 해리 해리스 센슈 마에니 데테 아이사츠시테쿠다사이. 리차아도 젠 단초우모 잇쇼니 데테키테쿠다사이."

뜻밖의 요청에 잠깐 머뭇거린 리차드 전 단장과 해리 해리스는 자리

에서 일어났다. 둘은 통로로 나와 목재강의대 쪽으로 걸어갔다. 연맹회
장은 두 사람이 다가오자 목재강의대에서 오른쪽으로 몇 걸음 걸어서
자리를 비켜 주었다. 리차드 전 단장은 연맹실장 옆에 서며 해리 해리스
를 목재강의대 안에 세웠다. 연맹실장은 리차드 전 단장에게 무선마이
크를 넘겼다. 해리 해리스는 리차드 전 단장이 오카자키 신지와 유찬의
인사말을 영어로 통역해 주었기 때문에 이곳이 인사를 하는 자리라는
걸 잘 알고 있다. 해리 해리스가 동양의 방식대로 고개를 숙였다가 들며
인사를 하자 다들 박수를 쳐 주었다. 마찬가지로 해리 해리스도 강의대
테이블 스탠드 마이크 앞에 가까이 다가섰다. 그는 싱긋 웃어 보이면서
입을 떼었다.

"나이스 투 밋 유. 아임 해리 해리스. 아이 플레이 어 게임즈 언 더 서
킷 포어 더 퍼스트 타임 신스 아이 리타이어드 프럼 WSBK."

리차드 전 단장이 무선마이크를 입에 대고 먼저 한국어로 "반갑습니
다. 저는 해리 해리스입니다. 저는 WSBK 은퇴 이후 오랜만에 서킷에서
시합을 합니다." 하고 통역했다. 그리고는 곧바로 일본어로도 통역을
했다.

"오아이데끼떼 우래시이데스 와타시와 해리 해리스데스. 와타시와
WSBK 인타이까라 히사시부리니 사아킷토데 시아이오 시마스."

해리 해리스가 이어서 말했다.

"잇 얼소우 컴피츠   더 베스트 레이서즈 인 코리아 엔드 재팬."

리차드 전 단장이 먼저 한국어로 통역했다.

"그것도 한국과 일본의 최고의 레이서들과 경쟁을 합니다."

리차드 전 단장은 일본어로도 통역했다.

"소레모 칸코쿠토 니혼노 사이코오노 레에사아타치토 쿄오소오시마스."

해리 해리스가 계속 말했다.

"땡큐 리차드 전 포어 기빙 미 디스 글로어리어스 타임."

리차드 전 단장은 기분 좋게 미소 지으며 한국어로 "이 영광스런 시간을 준 리차드 전에게 감사합니다." 하고서 일본어로 통역했다.

"코너 에이코우노 지칸오 구래타 리차드 전니 칸샤시마스."

해리 해리스는 리차드 전 단장에게 오른손 엄지손가락을 들어 보이고서 남은 말을 했다.

"엔 땡큐 투 에브리원 히어."

리차드 전 단장이 무선마이크를 잡지 않은 왼손을 손바닥이 위로 하게 들어서 앞을 가리키며 한국어와 일본어로 통역했다.

"그리고 여기 계신 모든 분들에게 감사드립니다, 소시떼 코코니이랏샤루 미나산니 아리가토우 고자이마스."

통역을 마치자 모두들 해리 해리스에게 힘찬 박수를 쳐 주었다. 해리 해리스는 오른쪽으로 한 걸음 걸어가 목재강의대 밖으로 나갔다. 그는 자세를 바로 하고 서서 고개를 깊이 숙여 인사를 한 뒤 리차드 전과 자리로 돌아가기 위해 걸었다. 해리 해리스가 가장 앞줄 준 레이싱팀이 앉아 있는 자리를 지나치는데 석현이 불쑥 오른손 손바닥을 내밀었다. 해리 해리스는 석현과 가볍게 손을 마주치면서 준 레이싱팀 자리를 지나쳐 갔다. 유리 슬라이딩도어 자동문 벽 쪽 가장 앞줄 통로 옆 맨 좌측 접이식 등받이 의자에 앉아 있는 유찬이 석현을 보며 입가 가득 비웃음을 지었다. 어쩌다 그 모습을 본 석현이 오른손 둘째손가락으로 유찬을 콕 찍어 가리킨 뒤 피식 웃고서 걷어 들인 오른손 둘째손가락을 오른쪽 옆머리에 가까이 대고 빙글빙글 돌려보였다.

8시 20분. 예선 브리핑 시간이 마무리되고 연맹회장과 연맹실장이 퇴실했다. 직후 파란색 플라스틱 박스를 두 손에 든 덩치 큰 남자 진행요원과 키 크고 날씬한 여자 진행요원이 브리핑실 안으로 들어왔다. 남자 진행요원이 두 손에 든 53리터 파란색 플라스틱 박스 안에는 반지케이스 크기의 폰더들이 들어 있다. 폰더는 레이싱 오토바이에 장착하게 되는데 레이싱 오토바이가 서킷코스를 한 바퀴 돌아 다시 스타트한 지점을 통과하는 순간 폰더는 그 한 바퀴 돌은 시간, 즉 1랩 랩타임을 측정한다. 메인 스트레이트 구간 스타팅 그리드 전방에 그어진 결승선, 피니쉬 라인에는 폰더를 감지하는 통신장치와 통신선이 아스팔트 바닥 밑에 매립되어 있어 선수들의 랩타임을 컨트롤타워 3층 방송실과 4층 관제실로 실시간 송신한다. 참고로 메디컬체크를 통과하지 못한 선수는 당연히 폰더를 지급받지 못한다. 시합 전 실격 처리되는 것이다. 매 시합 때마다 거의 그렇듯 이번에도 선수 전원이 메디컬체크를 이상 없이 통과했다. 목재강의대 안에 서 있는 여자 진행요원이 폰더 사용에 대한 주의사항을 전하자 그녀 왼쪽 옆에 선 남자 진행요원이 발밑에 놓은 파란색 플라스틱 박스 안에서 서류판을 꺼냈다. 남자 진행요원은 서류판을 여자 진행요원에게 넘긴 뒤 허스키한 목소리로 각 팀에서 한 명씩 나와서 메디컬체크를 통과한 소속팀 선수들의 폰더를 일괄 수령하라고 지시했다. 일본팀을 향해서는 "저스트 원."이라고 말했다. 남자 진행요원의 지시대로 각 팀에서 한 명씩 나와 파란색 플라스틱 박스 앞에 줄을 섰다. 나머지 팀원들은 9시부터 실시되는 레이싱 오토바이 검차를 준비하기 위해 서둘러 브리핑실에서 퇴실했다. 준 레이싱팀에서는 석현이 폰더를 수령하려고 줄을 섰고 석현의 뒤에는 박 단장이 줄을 섰다. 석현은 무심코 뒤를 돌아보았다가 박 단장을 보고서 신속히 자리를 양보해

그를 자신의 앞쪽에 서게 했다. 'KR모터스 엑시브 250R' 광고문구가 가슴 부분에 프린팅된 흰색 반팔 티셔츠를 입고 있는 박 단장은 자신이 쓸 폰더 한 개만 수령하면 된다.

레이싱 오토바이의 정비 상태를 확인하는 '시합 전' 검차는 대구자유비행 레이싱팀과 대구 현대 모터 수리 레이싱팀의 1번 피트부터 실시되었다. 회색 정비복을 입고 있는 4명의 검차요원이 시합 전 점검하는 사항은 기본적인 것들이다. 레이싱 오토바이의 각종 볼트체결 상태 및 오일누유 유무 상태, 지급받은 폰더가 사이드 커버 안쪽 차대에 안전하게 고정되었는지 하는 것들이다. 참고로 '시합 후' 불법 엔진튜닝이 의심되는 레이싱 오토바이는 검차요원들이 엔진을 샅샅이 분해하여 검사한다. 검사 후 엔진 조립은 해당 팀 정비사가 직접하고 분해과정에서 발생한 문제에 대해선 일체 팀 정비사가 책임진다. 1번 피트부터 빅토리 레이싱팀의 22번 피트까지 검차가 진행되는 동안 미미한 보완 조치 건은 있었어도 불합격 처리된 건은 없었다. 모든 팀의 검차가 순조롭게 끝나자 컨트롤타워 3층 방송실에서는 앞으로 15분 뒤인 10시 20분부터 10시 40분까지 있을 SB250 스포츠 바이크전 연습 주행 안내방송을 내보냈다. SB250 스포츠 바이크전 연습 주행이 종료되면 10시 50분부터 11시 10분까지 SS600 슈퍼스포츠전 연습 주행을 진행한다. SS600 슈퍼스포츠전 연습 주행이 종료되면 11시 20분부터 11시 40분까지 한일 슈퍼바이크 통합전 연습 주행을 진행한다. 한일 슈퍼바이크 통합전 연습 주행이 종료되면 오후 1시 10분까지 점심 식사시간이다. 점심 식사는 컨트롤타워 지하 1층 구내식당에서 프리미엄 도시락으로 하게 된다. 팀의 개별적인 일정에 따라 서킷 밖으로 나가서 원하는 식당에서 점심 식사를 할 수도 있다. 점심시간 이후, 오후 1시 20분부터 1시 40분까지 SB250 스포츠 바이크전 예선 경기가 진행된다. SB250 스포츠 바이크전 예선 경기가 종료되면 2시부터 2시 20분까지 SS600 슈퍼스포츠전 예선 경기가 진행된다. SS600 슈퍼스포츠전 예선 경기가 종료되면 2시 40분부터 3시까지 한일 슈퍼바이크 통합전 예선 경기가 진행된다. 전 클래스 예선 순위 발표는 3시 30분에 컨트롤타워 출입문 우측, 미닫이 유리문 벽면 게시판에 각 클래스별 순위표를 A1 용지 3장을 출력해 게시하는 것으로 한다.

10시 10분, 25명의 SB250 스포츠 바이크전 선수들이 연습 주행에 나가기 위해 피트로드 코스 입장 대기 구간에 세로 일렬로 줄 서 있다. 모두 킥사이드 받침대를 편 250cc~300cc 레이싱 오토바이에 앉아 2명의 진행요원들에게 복장 검사를 받고 있다. 풀페이스 헬멧의 턱 끈 조임 상태와 온로드 레이싱 원피스 슈트 안에 착용한 척추보호대를 확인하는 것이다. 일본산 레이싱 오토바이가 즐비한 가운데 국산 엑시브 250R 레이싱 오토바이에 앉아 있는 박 단장은 응원 나온 석현이 지켜보는 가운데 복장 검사를 받았다. 석현은 벌써 온로드 레이싱 원피스 슈트를 입고 온로드 레이싱 부츠를 신었다. 박 단장의 복장 검사를 마친 진행요원은 그 뒤 여섯 번째로 줄 서 있는 선수에게로 걸음을 옮겼다. 그러자 석현이 박 단장에게 가까이 다가갔다. 킥사이드 받침대를 펴서 세운 레이싱 오토바이에 앉아 있는 박 단장은 온로드 레이싱 부츠 신은 오른발을 뒷브레이크 페달스텝에 얹은 채 고개를 오른쪽으로 돌려서 석현의 얼굴을 쳐다보았다. 석현은 입가에 밝은 미소를 지으며 박 단장에게 말했다.

"단장님, 어제 연습 주행 내내 선두권에서 달리시던데요. 일단 단장님 오토바이 성능이 상당히 파워업된 건 확실해요. 제가 볼 땐 이번에는 우승권이에요."

표정을 감추지 못한 박 단장이 활짝 웃으며 대답했다.

"사실 내도 기대 만빵이지."

"박 단장님, 혹시나 해서 말씀드리는 건데요 시합 후반 때까지 오버페이스만 조심하세요."

"알았다."

"박 단장님이 시상대에 올라서시는 모습 상상만 해도 설레네요. 그것도 국산 레이싱 오토바이로요. 그건 정말 멋진 일이에요. 마침 일본팀들도 와 있는데 말이죠."

"내도 내지만 우리 석현 선수도 이번에 큰일 한번 낼 것 같은데 내한테 뭐 숨기는 것 없나?"

"제가 포커 치는 사람도 아니고 숨기는 게 뭐가 있겠어요. 단장님이 먼저 큰일 한번 내시면 제가 더 많이 용기를 가져 보겠습니다."

박 단장은 유쾌하게 웃고서 "알았다. 그리 하지 뭐." 하고 말했다. 석현은 오른손을 박 단장에게 내밀었다. 박 단장은 온로드 레이싱 장갑 낀 오른손으로 석현의 손바닥을 가볍게 맞부딪쳤다. 하이파이브를 하고 손을 내린 석현은 차분한 목소리로 박 단장에게 말했다.

"저 이제 뒤에 줄 서 있는 우리 팀 대산이하고 기훈이에게 가 볼게요."

박 단장은 고개를 끄덕이고서 "그래, 알았다." 하고 말했다. 석현은 파이팅의 의미로 오른손을 들어 주먹을 힘 있게 쥐어 보인 뒤 손을 내리고 싱긋 웃으며 말했다.

"스포츠 바이크전 연습 주행이 시작되면 방호벽 인도에 서서 단장님 메인 스트레이트 구간 질주하시는 것 보며 응원할게요."

"알았다." 박 단장이 힘 있게 말하자 석현은 걸음을 옮겼다.

석현이 방호벽 인도에 서서 처음부터 끝까지 지켜본 SB250 스포
츠 바이크전 연습 주행은 아무런 사고 없이 마무리가 되었다. 지금은
SS600 슈퍼스포츠전 연습 주행이 한참 진행되고 있다. SB250 연습 주행
을 마치고 피트로 복귀한 대산이 기훈이는 우승이와 함께 방호벽 인도
에 가있다. 그들은 방호벽 인도에 길게 줄지어 늘어선 타 팀 팀원들 사
이에 서서 SS600 슈퍼스포츠전 선수들이 메인 스트레이트 구간을 질주
하는 모습을 지켜보고 있는 중이다. 석현과 마츠모토 준은 6번 피트 안
에 있다. 둘은 접이식 사각테이블의 접이식 등받이 의자에 앉아 있다.
웨이팅 에어리어를 등지고 앉아 있는 마츠모토 준이 잠시 생각을 정리
하다가 맞은편에 팀파티션을 등지고 앉아 있는 석현에게 말했다.

"나는 내일 일본인 선수들이 참가하는 한일 슈퍼바이크 통합전에서
보란 듯이 우리 팀이 우승하길 간절히 바라지만 그렇다고 해서 이 선수
가 너무 큰 부담은 갖지 않았으면 좋겠어."

석현이 옅게 미소 지으며 마츠모토 준에게 물었다.

"지금 준서가 여기에 있다면, 준서는 어떤 생각을 하고 있을까요?"

마츠모토 준은 싱긋 웃으며 대답했다.

"뭐, 그저 시합을 즐겼겠지. 잘 알잖아."

웃는 얼굴로 고개를 끄덕거린 석현이 표정을 가라앉히고 차분한 목
소리로 말했다.

"저는 조금 뒤에 있을 연습 주행부터 오후에 예선 경기, 내일 본선 경
기에 할 수 있는 모든 걸 해 보이겠어요. 그것이 무엇이든 어떤 후회도
남기지 않겠어요. 물론 지금까지 언제나 그래 왔지만, 이번에는 더 특별

히 그렇게 다짐하고 임하는 시합이죠."

"당연하지, 하지만 이번 시합은 페이스조절을 잘해야 해. 한일전이라 다들 내색을 안 해서 그렇지, 한국 선수들이나 일본 선수들이나 하나같이 승부욕이 대단할 거야. 그렇기 때문에 이번 시합에서는 사고가 속출할 수도 있어. 나는 그게 걱정되는 거야."

석현이 잠시 뜸을 들이다가 입을 떼었다.

"이 시합을 통해 준서가 마무리 짓지 못한 이야기를 제가 대신 마무리 짓겠어요. 준서의 레이싱 오토바이로요."

"그래, 레이서라면 그런 기백이 필요하지. 난 이 선수를 믿고 있어. 내 말 무슨 뜻인지 알지?"

"네, 알고 있죠. 그러니 걱정보다는 응원을 해 주세요."

"당연하지."

마츠모토 준의 대답에 석현이 빙긋 웃으며 접이식 등받이 의자에서 일어섰다. 피트 안에 세워진 마츠모토 준의 레이싱 오토바이 CBR1000RR 좌측 세퍼레이트 핸들 1미터 옆에 준서의 레이싱 오토바이 YZF-R1이 나란히 세워져 있다. 2대의 레이싱 오토바이 모두 웨이팅 에어리어를 바라보고 있다. YZF-R1 좌측 옆에 선 석현은 왼손으로 좌측 세퍼레이트 핸들을 움켜잡으며 "잘 부탁한다. 준서의 혼." 하고 말했다. YZF-R1 좌측 1.5미터 옆에는 대산이와 기훈이의 레이싱 오토바이 엑시브 250R 2대가 1미터 간격으로 나란히 세워져 있다. 마찬가지로 2대의 엑시브도 웨이팅 에어리어를 바라보고 있는데 YZF-R1처럼 흰색 연료탱크 아래 좌우 사이드 커버는 상단 빨간색 하단 하늘색이다. 준 팀의 레이싱 오토바이 4대 모두 앞 타이어 정비거치대와 뒤 타이어 정비거치대로 바닥에서 15센티쯤 떠 있고 앞 타이어와 뒤 타이어에는 타이어 워머가 씌워져 있다. 2대의 엑시브 프런트 커버와 양쪽 사이드 커버에 도색된 총 3개의 선수 번호는 주황색이다. YZF-R1 옆의 엑시브가 53번 53번 옆의 엑시브가 55번이다. 엑시브 2대 모두 '사이드 커버 선수 번호'는 좌우 커버 똑같이 가장 밑 부분에 도색되어 있고 선수 번호 옆으로는 '준 레이싱팀' 팀명 검은색 글자가 도색되어 있다.

"코스로 나갈 시간이 가까워지고 있어."

접이식 등받이 의자에 앉아 손목시계를 들여다본 마츠모토 준이 말했다. YZF-R1 좌측에 서 있는 석현은 랩타임 측정기 타이머 전원 버튼을 누르고 핸들 키홀에서 키를 빼내 연료탱크 주유구 마개 키홀에 꽂아 돌렸다. 그는 잠금이 풀린 YZF-R1 주유구 마개를 열어젖히고 허리를 숙여서 발밑에 놓인 20리터 휘발유통의 공기배출구 마개와 자바라호스 마개를 차례로 열어 마개 2개를 바닥 한곳에 내려놓았다. 왼손으로 휘발유통 손잡이를 잡은 석현은 휘발유통을 허리높이까지 힘껏 들어 올렸다. "이번 시합만큼은 상대가 누구라도 질 수 없는 시합이죠." 하고 나직하게 말한 석현이 오른손으로 자바라호스 주둥이를 잡아 그걸 주유구 안에 넣었다. 그는 자바라호스에서 뗀 오른손으로 휘발유통 밑바닥 모서리를 받쳐 잡고 위쪽으로 조금 들어 올렸다. 오늘 새벽 주유소에서 새로 주유해 받은 휘발유가 레이싱 오토바이의 연료통으로 쏟아져 들어가기 시작했다. 항상 그렇듯 주유하기 전 휘발유통에 옥탄부스터 1통을 미리 부어 놓았다. 큰 효과를 기대하기보다 무엇 하나라도 더 최선을 다하자는 마음으로…. YZF-R1에 연습 주행에 쓸 만큼 연료가 보충되자 석현은 휘발유통을 발밑에 내려놓고 바닥에 공기배출구 마개와 자바라호스 마개를 집어 들어 차례로 잠갔다. 그리고 나서 레이싱 오토바이 주유구 마개를 닫아 잠그고 빼낸 키를 핸들 키홀에 꽂았다. 마츠모토 준은 접이식 등받이 의자에서 일어나 연료 보충을 마친 준서의 레이싱 오토바이 앞쪽으로 걸어와서는 오른쪽 무릎을 꿇고 앉아 앞 타이어의 타이어 워머를 벗겨 내기 시작했다. 레이싱 오토바이 뒤쪽으로 걸어간 석현은 뒤 타이어 쪽에서 오른쪽 무릎을 꿇고 앉아 뒤 타이어의 타이어 워머를 벗겨 내기 시작했다. 타이어 워머 전기코드는 도르레 멀티탭에 꽂혀 있다.

앞 타이어와 뒤 타이어의 타이어 워머가 벗겨지자 석현은 YZF-R1 좌측으로 가서 왼손으로 좌측 세퍼레이트 핸들을 잡고 오른발로 킥사이드 받침대를 폈다. 대기하고 있던 마츠모토 준은 허리를 숙여 앞 타이어에서 앞 타이어 정비거치대를 탈착했다. 레이싱 오토바이 뒤쪽으로 간 석현도 허리를 숙여 뒤 타이어에서 뒤 타이어 정비거치대를 탈착했다. 공중에 15센티쯤 떠 있던 앞, 뒤 타이어는 모두 기름 흡착 매트 깐 바닥으로 내려왔다. 석현은 왼손으로 받쳐 잡은 레이싱 오토바이 리어엔드 커버를 조심스럽게 왼쪽으로 기울여 레이싱 오토바이를 미리 펴놓은 킥사이드 받침대로 세웠다. 석현은 "타이어 양쪽 가장자리 코너링 접지 면이 충분히 남아 있어요. 마지막 1조 남은 타이어는 본선 시합을 위해서요." 하고 말했다. "그렇게 하지." 하고 말한 마츠모토 준은 이어서 "11시야, 이제 가운을 벗고 링 위에 올라갈 시간이군." 하면서 싱긋 웃었다. 석현은 접이식 사각테이블로 걸어가 서서 두 손으로 풀페이스 헬멧을 들어 머리에 푹 눌러쓰고 턱 끈을 고정 고리에 걸어서 묶은 뒤 온로드 레이싱 장갑을 한 손에 한 쪽씩 두 손에 꼈다. 복장을 다 갖춘 석현은 몸을 뒤로 돌려 걸어가 준서의 레이싱 오토바이 좌측 옆에 서서 왼손으로 좌측 세퍼레이트 핸들을 잡고 오른발을 리어커버 위로 넘겨 뒷브레이크 페달스텝에 얹으며 운전석 시트에 앉았다. 그러면서 오른손으로 핸들 키홀에 키를 오프에서 온으로 돌리고 우측 세퍼레이트 핸들 스위치 박스의 엔진 온오프 스위치를 오프에서 온으로 눌렀다. 그리고 나서 그 아래 시동 버튼을 눌렀다. 단번에 시동이 걸린 레이싱 오토바이의 머플러에서 불꽃과 함께 터져 나온 배기음은 피트 안을 흔들 정도로 크게 울렸다. 마츠모토 준이 레이싱 오토바이 YZF-R1 우측으로 다가와 서서 오른손을 내밀었다. 석현은 오른손을 우측 세퍼레이트 핸들에서 떼어 마츠모토 준과 지그시 손을 맞잡았다. 마츠모토 준은 말없이 고개를 끄덕이고서 맞잡은 손을 풀었다. 석현은 풀페이스 헬멧 윈드쉴드를 내려닫은 오른손으로 우측 세퍼레이트 핸들을 잡았다. 그런 뒤 양쪽 세퍼레이트 핸들을 잡은 두 손으로 레이싱 오토바이를 똑바로 일으켜 세우고 킥사이드 받침대를 접은 왼발을 기어 변속 레버스텝에 올렸다. 마츠모토 준이 뒤쪽으로 물러서자 석현은 왼손 둘째손가락으로 클러치 레버를 잡고 왼발 온로드 레이싱 부츠 앞꿈치로 기어 변속 레버를 아래로 한 칸 밟아 내려 중립에서 1단 기어를 넣었다. 기어가 들어가자 곧바로 액셀 그립을 감으며 클러치 레버를 놓아 레이싱 오토바이를 피트에서 출발했다. 피트를 나온 석현이 웨이팅 에어리어를 거쳐 우회전해 피트로드로 들어서자 메인 스트레이트 구간을 등지고 방호벽 인도에 서 있던 우승이와 대산이 기훈이가 다 같이 박수를 치며 환호성을 질렀다. 석현은 그들을 지나치는 순간 좌측 세퍼레이트 핸들에서 뗀 왼손으로 손가락 하트를 날려 주었다. 코스 입장 대기 구간에는 20명의 한일 슈퍼바이크 통합전 선수들이 나와 있다. 20대의 레이싱 오토바이들은 세로 한 줄로 세워져 있다. 선수들은 각자의 레이싱 오토바이에 앉아 연습 주행이 시작되길 기다리고 있다. 석현도 21번째로 줄을 서면서 레이싱 오토바이의 시동을 껐다. 그는 왼발로 킥사이드 받침대를 펴서 레이싱 오토바이를 세워 놓고 오른발을 브레이크 페달스텝에 얹고서 오른손으로 풀페이스 헬멧 윈드쉴드를 위로 올렸다. 가장 앞에 줄선 선수는 YZF-R1을 탄 01번 하이레벨 레이싱팀의 유찬이다. 01번 유찬은 보라색, 금색 등으로 이루어진 온로드 레이싱 원피스 슈트를 입었다. 그의 뒤로 S1000RR을 탄 99번 할리스피릿 레이싱팀의 해리 해리스와 동일한 기종을 탄 같은 팀 05번 소시헌이 2번째와 3번째 줄 서 있다. 뒤로 YZF-R1을 탄 돌진 레이싱팀의 15번 박한결과 동일한 기종을 탄 같은 팀 19번 양휘성이 4번째와 5번째로 줄 서 있다. 뒤로 GSX-R1000을 탄 101번 하시래토모타치 레이싱팀의 오카자키 신지가 6번째로 줄 서 있다. 뒤로 YZF-R1을 탄 124번 JP 레이싱팀의 츠카모토 료헤이가 7번째로 줄 서 있다. 뒤로 ZX-10R을 탄 107번 오리엔타루바이쿠 레이싱팀의 나카야마 켄이 8번째로 줄 서 있다. 뒤로 CBR1000RR을 탄 109번 브루라이토 레이싱팀의 니시무라 요스케가 9번째로 줄 서 있다. 뒤로 CBR1000RR을 탄 115번 유니코온 레이싱팀의 이에나가 유이치가 10번째로 줄 서 있다. 뒤로 CBR1000RR을 탄 17번 강원연합 레이싱팀의 김용진이 11번째로 줄 서 있다. 뒤로 같은 팀인 18번 강용철과 22번 최정우가 12번째 13번째로 줄 서 있다. 강용철과 최정우의 레이싱 오토바이는 ZX-10R이다. 뒤로 CBR1000RR을 탄 06번 대구자유비행 레이싱팀의 황규민이 14번째로 줄 서 있다. 뒤로 같은 팀인 11번 남진호와 61번 박환익이 15번째 16번째로 줄 서 있다. 남진호의 레이싱 오토바이는 CBR1000RR이고 지난 4라운드 SS600 슈퍼스포츠전 2위 자격으로 한일 슈퍼바이크 통합전에 출전하는 박환익의 레이싱 오토바이는 ZX-6R이다. 뒤로 두카티 파니갈레959를 탄 14번 부산스피드스타 레이싱팀의 이민기가 17번째로, 같은 팀이며 동일한 기종을 탄 13번 안재성이 18번째로 줄 서 있다. 뒤로 GSX-R1000을 탄 7

번 GP모터스 레이싱팀의 나희태가 19번째로 줄 서 있다. 뒤로 YZF-R1 을 탄 28번 인천챔피온 레이싱팀의 구다현이 20번째로 줄 서 있다. 그 뒤에 YZF-R1을 탄 08번 준 레이싱팀의 석현이 21번째로 줄 서 있다. 석 현의 뒤로도 한일 슈퍼바이크 통합전에 출전하는 선수들이 속속히 줄 을 서고 있다. 석현의 바로 뒤에는 CBR1000RR을 탄 02번 영웅 레이싱 팀의 길주하가 22번째로 줄을 섰다. 뒤로 S1000RR을 탄 37번 광주허리 케인 레이싱팀의 김범수가 23번째로 줄을 섰다. 뒤로 같은 팀인 40번 오 시우와 66번 김보석이 24번째와 25번째로 줄을 섰다. 오시우의 레이싱 오토바이는 S1000RR이고, 지난 4라운드 SS600 슈퍼스포츠전 3위 자격 으로 한일 슈퍼바이크 통합전에 출전하는 김보석의 레이싱 오토바이는 CBR600RR이다. 뒤로 S1000RR을 탄 32번 빅토리 레이싱팀의 임보경이 26번째로 줄을 섰다. 같은 팀이며 동일한 레이싱 오토바이를 탄 31번 진 현우는 27번째로 줄을 섰다. 뒤로 GSX-R1000을 탄 30번 서울디스이즈 마이라이프 레이싱팀의 김요섭이 28번째로 줄을 섰다. 같은 팀의 29번 유석원이 29번째로 74번 이훈이 30번째로 줄을 섰다. 유석원의 레이싱 오토바이는 김요섭과 동일한 GSX-R1000이고, 74번 이훈의 레이싱 오 토바이는 GSX-R600이다. 74번 이훈은 지난 4라운드 SS600 슈퍼스포츠 전 4위였지만 석현이 슈퍼스포츠전에서 슈퍼바이크전으로 클래스를 변 경하면서 운좋게 출전 기회를 얻어 한일 슈퍼바이크 통합전에 참가하 는 것이다. 74번 이훈의 뒤로 ZX-10R을 탄 16번 구미화이트라이온 레이 싱팀의 박호민이 31번째로 줄을 섰다. 같은 팀이며 동일한 기종의 레이 싱 오토바이를 탄 04번 유승연은 32번째로 줄을 섰다. 뒤로 CBR1000RR 을 탄 21번 서킷파이터 레이싱팀의 오정만은 33번째로 줄을 섰다. 뒤로 YZF-R1을 탄 03번 빅클럽 레이싱팀의 김혁기는 34번째로 줄을 섰다.

S1000RR을 탄 12번 레전드 레이싱팀의 안중기는 35째로 줄을 섰다. 이로써 한일 슈퍼바이크 통합전에 출전하는 모든 선수가 전원 코스 입장 대기 구간에 집결했다. 지금 2명의 진행요원은 앞쪽 줄에서부터 선수들의 복장 검사를 실시하고 있다. 내일 한일 슈퍼바이크 통합전의 본선 경기 스타팅 그리드는 총 20개다. JSB1000 일본 선수들과 전직 WSBK 선수의 참가로 전체 선수들의 수준이 상향화 되는 것을 감안해 평소 운영하던 28개에서 8개를 줄인 것이다. 35명의 선수 중 15명의 선수는 오늘 오후에 있을 예선 경기에서 탈락하게 된다. 남은 20명의 선수만이 한일 슈퍼바이크 통합전 본선 경기로 직행한다. 줄어든 스타팅 그리드 수로 인해 대기하고 있는 한일 슈퍼바이크 통합전 선수들 사이에서는 당겨진 활시위 같은 팽팽한 긴장감이 흐르고 있다.

메인 스트레이트 구간 깃발부스 진행요원이 흔드는 연습 종료 체커기를 받고 연습 주행을 마친 SS600 슈퍼스포츠전 선수들이 12번 코너가 끝나는 지점에서 우회전해 샛길인 피트 진입로 입구로 들어오며 코스에서 퇴장하기 시작했다. 그렇게 마지막 21번째 선수까지 피트 진입로 입구로 신속히 들어오며 코스에서 퇴장하자 코스 입장 대기 구간에서 35명의 한일 슈퍼바이크 통합전 선수들을 통제하고 있던 2명의 진행요원에게 무전이 수신되었다. 선수들을 코스인시키라는 지시다. 무전을 받은 진행요원 중 선임요원이 왼쪽 어깨의 무전기 키 버튼을 잡고 "수신 양호." 하고 응답하면서 오른손을 높이 들었다. 그는 둘째손가락을 머리 위로 들고 반복해 원을 그리면서 우렁찬 목소리로 "스타트 엔진!"을 외쳤다. 35명의 선수들은 일사불란 하게 레이싱 오토바이를 똑바로 일으키면서 킥사이드 받침대를 접으며 엔진 온오프 스위치를 온으로 누르고 시동 버튼을 눌렀다. 35대의 레이싱 오토바이가 동시다발적으로 뿜어내는 박력 넘치는 배기음으로 코스 입장 대기 구간의 기류가 술렁였다. 이를 지켜본 선임진행요원은 가장 선두에 선 유찬의 앞쪽으로 뛰어가 거기에 서서 오른팔을 뻗어 오른손 둘째손가락으로 코스 진입로를 가리켰다. 01번 유찬은 풀페이스 헬멧 윈드쉴드를 내려닫은 오른손으로 우측 세퍼레이트 핸들을 잡았다. 그러면서 레이싱 장갑 낀 왼손 둘째, 셋째 손가락으로 클러치 레버를 잡고 왼발의 온로드 레이싱 부츠 앞꿈치로 기어 변속 레버를 중립에서 아래로 한 칸 밟아 내려 1단 기어를 놓았다. 유찬이 클러치 레버를 놓으며 액셀 그립을 감아 레이싱 오토바이를 출발시키자 뒤에 해리 해리스가 적당한 간격을 두고 자신의 레이싱 오토바이를 출발했다. 나머지 선수들도 차례대로 간격 맞춰 줄줄이 출발했다. 선수들은 코스 입장 대기 구간에서 직진하다가 좌회전하며 샛길인 코스 진입로 입구로 들어갔고 그러면서 랩타임 측정기 타이머 시작 버튼을 누르고 왼손을 들며 서행했다. 그러는 가운데 01번 유찬이 우회전하면서 코스 진입로 출구를 가장 먼저 나와 들고 있던 왼손으로 좌측 세퍼레이트 핸들을 잡으며 오른손에 쥔 액셀 그립을 부드럽고 빠르게 감아 돌렸다. 그는 시작부터 몸이 풀린 듯이 1번 코너를 향해 거침없이 달려 나갔다. 01번 유찬의 뒤로 코스에 들어서는 선수들도 간격을 떨어트리지 않고 1번 코너를 향해 줄줄이 달려 나갔다. 연습 주행 분위기는 휘발유가 뿌려져 불길이 거세진 모닥불처럼 단번에 고조되었다.

1번 코너부터 선두를 유지한 01번 유찬이 가장 먼저 12번 중고속 우회전 코너를 나왔다. 선두 그룹 선수들 역시 01번 유찬을 쫓아 12번 중고속 우회전 코너를 나왔다. 그들은 급가속하면서 메인 스트레이트 구간을 전력 질주했다. 중간 그룹에 속한 28번 구다현과 그 후미의 08번 석현이 12번 우회전 코너 브레이킹 지점에 들어섰다. 08번 석현은 28번 구다현의 후미 좌측에서 두 손에 쥔 양쪽 세퍼레이트 핸들을 좌측으로 살짝 밀었다. 역방향핸들이다. 08번 석현의 레이싱 오토바이 뒤 타이어는 핸들을 민 좌측으로 미끄러지며 차체를 코너 회전 방향인 우측으로 급격히 기울였다. 28번 구다현은 오른쪽 무릎 니슬라이더로 노면을 긁으며 풀뱅킹 선회를 시작했다. 08번 석현은 28번 구다현의 왼쪽에서, 오른쪽 무릎 니슬라이더에 이어 오른쪽 팔꿈치 엘보우슬라이더까지 노면에 긁으며 선회해 구다현의 전방 선회라인을 잘라 내면서 추월하여 먼저 안쪽 회전 곡선으로 파고들어 갔다. 그러면서 우회전 코너 가장 굽은 지점을 시속 165킬로로 선회했고 코너 출구 바깥쪽 회전 곡선으로 코너를 빠져나와 오토바이를 일으키며 급가속해 메인 스트레이트 구간으로 달려 나갔다. 앞서 시속 300킬로의 속도로 메인 스트레이트 구간을 지난 01번 유찬과 선두 그룹 선수들은 1번 R26 우회전 코너 브레이킹 지점에서 급격히 감속하고 있다. 이 선두 그룹 선수들을 메인 스트레이트 구간에서 고속 질주하고 있는 중간 그룹 선수들이 추격하고 있다. 중간 그룹 선수들 사이에서 메인 스트레이트 구간을 질주하는 08번 석현은 07번 나희태를 바짝 쫓으며 시속 266킬로에서 5단으로 기어 변속 레버를 위로 한 칸 들어 올렸다. 속도가 이내 시속 290킬로로 솟구치자 기어 변속 레버를 한 번 더 위로 한 칸 들어 올려 최종 6단으로 기어 변속했다. 그러자 속도는 단숨에 시속 300킬로에 이르렀다. 이제 석현의 '연습 주행 2랩'이다. 시속 300킬로의 속도로 고속 질주하던 08번 석현이 1번 R26 우회전 코너 브레이킹 지점에 들어섰다. 그는 급격히 감속하고 있는 07번 나희태의 오른쪽을 순간적으로 지나쳐 갔다. 감속 거리를 상당히 줄이면서 07번 나희태를 추월한 것이다. 그래서 위험하다. 08번 석현은 재빨리 상체를 일으키면서 앞브레이크 레버를 강력하게 잡고 뒷브레이크 페달을 지그시 꾹 눌러 밟았다. 그와 함께 왼손 둘째손가락으로 클러치 레버를 연속적으로 빠르게 잡았다 놓으며 동작 맞춰 왼발 앞꿈치로 기어 변속 레버를 6단에서 1단까지 내리밟았다. 직선으로 코스 이탈 직전 과격한 엔진 브레이크가 걸린 레이싱 오토바이의 양쪽 세퍼레이트 핸들은 두 손 가득 진동을 일으켰다. 08번 석현은 가까스로 속도가 제어되자 뒷브레이크 페달에서 발을 떼고 앞브레이크 레버를 반쯤 놓으며 오토바이를 우측으로 급격히 기울였다. 그는 오른쪽 무릎 니슬라이더로 노면을 긁으며 우회전 코너 입구 바깥쪽 회전 곡선에서 안쪽 회전 곡선으로 선회했다. 가장 굽은 지점은 시속 60킬로로 지났다. 직후 코너 출구 바깥쪽 회전 곡선으로 코너를 빠져나오며 오토바이를 일으켜 급가속했다. 08번 석현의 눈에 2번 코너까지 이어진 400미터의 직선 구간을 질주하는 ZX-6R이 보인다. 익숙한 SS600 클래스의 61번 박환익이다. 그를 쫓아 400미터의 직선 구간을 질주하는 08번 석현은 상체를 잔뜩 숙이고 윈드스크린을 통해 전방을 뚫어질 듯 주시했다. 그러면서 2단 시속 200킬로에서 클러치 레버를 잡았다 놓은 사이 기어 변속 레버를 위로 한 칸 들어 올려 3단으로 기어 변속했다. 600cc 레이싱 오토바이의 61번 박환익은 4단 시속 223킬로에서 5단으로 기어 변속하며 액셀 그립을 최대한 감았다. 08번 석현은 61번 박환익을 조금씩 따라붙었다. 61번 박환익이 5단 시속 234킬로로 2번 좌회전 코너 브레이킹 지점에 진입했다. 그는 앞브레이크 레버를 잡고 뒷브레이크 페달을 밟으며 클러치 레버를 잡았다 놓은 사이 기어 변속 레버를 아래로 한 칸 밟아 내려 4단으로 기어다운했다. 그러면서 2번 좌회전 코너 입구 바깥쪽 회전 곡선에서 오토바이를 좌측으로 기울여 왼쪽 무릎 니슬라이더를 노면에 긁으며 풀뱅킹 선회했다. 61번 박환익이 안쪽 회전 곡선으로 파고들어 가장 굽은 지점을 시속 165킬로로 지날 때 08번 석현은 3단 시속 237킬로로 2번 좌회전 코너 브레이킹 지점에 들어섰다. 그는 앞브레이크 레버를 잡고 뒷브레이크 페달을 밟으며 좌회전 코너 입구 바깥쪽 회전 곡선에서 오토바이를 좌측으로 기울여 왼쪽 무릎 니슬라이더를 노면에 긁으며 풀뱅킹 선회해 안쪽 회전 곡선으로 파고들어 갔다. 가장 굽은 지점은 시속 168킬로로 지났다. 직후 코너 출구 바깥쪽 회전 곡선으로 코너를 빠져나오면서 오토바이를 일으키며 급가속했다. 61번 박환익은 3번 우회전 코너 브레이킹 지점에 들어섰고 그 후미에서 08번 석현이 달려오고 있다. 08번 석현은 엔진이 터질 듯한 최대 가속으로 3번 우회전 코너 브레이킹 지점에 들어섰고 61번 박환익은 오른쪽 무릎 니슬라이더를 노면에 긁으며 안쪽 회전 곡선으로 파고들어 갔다. 08번 석현은 클러치 레버를 잡았다 놓은 사이 기어 변속 레버를 아래로 한 칸 밟아 내려 2단 엔진 브레이크를 걸었다. 그리고 나서 신속하게 오토바이를 우측으로 기울여 오른쪽 무릎 니슬라이더를 노면에 긁으며 풀뱅킹 선회했다. 그는 안쪽 회전 곡선으로 파고들어가 61번 박환익이 70킬로로 선회한 가장 굽은 지점을 73킬로로 선회하여 코너 출구 바깥쪽 회전 곡선으로 코너를 빠져나와 오토바이를 일으키면서 급가속했다. 그때 08번 석현의 뒤쪽에 28번 구다현이 07번 나희태를 추월하여 2번 R74 좌회전 코너에 앞서 들어가 왼쪽 무릎 니슬라이더를 노면에 긁다가 왼쪽으로 넘어졌다. 그는 넘어지며 레이싱 오토바이와 분리돼서 코너 입구 바깥쪽 회전 곡선으로 미끌어져 나가 안전지대 자갈밭에 거칠게 던져졌다. 같은 방향으로 미끌어진 구다현의 레이싱 오토바이는 공중으로 튕겨져 올랐다가 안전지대 자갈밭에 심각하게 내동댕이쳐졌다. 07번 나희태는 28번 구다현이 넘어진 자리에서 침착하게 오토바이를 좌측으로 기울여 왼쪽 무릎 니슬라이더를 노면에 긁으며 풀뱅킹 선회해 안쪽 회전 곡선으로 파고들어 갔다. 안전지대 자갈밭에 뻗어 있다가 상체를 일으켜 앉은 28번 구다현은 시합을 마감해야 할 정도로 파손된 레이싱 오토바이를 보고 고개를 가로젓다가 통증이 있는지 오른손으로 왼손 손목을 움켜잡았다. 구급요원 1명과 진행요원 2명이 28번 구다현을 향해 자갈밭을 뛰는데 37번 김범수와 02번 길주하 40번 오시우가 2번 좌회전 코너 브레이킹 지점에 진입했다.

4번 R11 우회전 코너. 61번 박환익은 코너 출구 바깥쪽 회전 곡선에서 08번 석현의 오른쪽을 거의 스치듯이 지나치며 오토바이를 일으켜 급가속했다. 재추월이다. 그렇지만 둘의 거리 차이는 1미터가 채 되지 않는다. 4번 코너를 완전히 나온 61번 박환익과 바로 뒤쪽 08번 석현은 빠르게 급가속했다. 08번 석현은 기어 2단 그대로 급가속했고 61번 박환익을 기어 1단 풀액셀 그립에서 기어 변속 레버를 한 칸 더 위로 들어 올려 2단으로 기어업하며 재차 급가속했다. 저단기어 가속력에서 상대적으로 강한 08번 석현의 YZF-R1은 순간 61번 박환익의 ZX-6R을 한 걸음 앞서 나가며 재추월했다. 08번 석현은 상체를 잔뜩 숙이고 눈만 치켜들어 윈드스크린으로 전방을 주시하면서 5번 코너까지 이어진 500미터의 직선 구간을 앞서서 질주했다. 그는 시속 225킬로에서 기어 변속 레버를 위로 한 칸 들어 올려 3단으로 기어 변속했고 속도가 시속 250킬로에 이르자 기어 변속 레버를 한 칸 더 위로 들어 올려 4단으로 기어 변속했다. 08번 석현은 후미에서 추격해 오는 61번 박환익과의 거리 차를 6미터까지 벌였다. 그러면서 5번 R60 좌회전 코너 브레이킹 지점에 들어섰다. 선두 그룹의 가장 앞에서 달리고 있는 선수는 99번 해리 해리스다. 99번 해리 해리스는 11번 코너에서 12번 코너까지 이어진 300미터의 직선 구간을 가장 앞서 질주하고 있고 그의 후미에서 01번 유찬이 3미터쯤 거리 차이로 바짝 뒤쫓고 있다. 01번 유찬의 3미터쯤 후미에서는 5명의 일본 선수들이 서로 2미터쯤 거리 차이로 줄지어 질주하고 있다. 101번 오카자키 신지, 109번 니시무라 요스케, 124번 츠카모토 료헤이, 107번 나카야마 켄, 115번 이에나가 유이치, 순서이다. 일본 선수들의 5미터쯤 후미에서는 11번 남진호가 자신의 인생 역대급 전력 질주를 벌이고 있다.

14번 이민기는 08번 석현에게 쫓기며 8번 코너까지 이어진 200미터의 직선 구간을 전력 질주하고 있다.

석현은 14번 이민기를 쫓아 8번, 9번, 10번에 이어 11번 좌회전 코너를 빠져나오고 있다. 그는 오토바이를 빠르게 일으키며 급가속했다. 14번 이민기와 08번 석현은 4미터쯤 0.433초 거리 차이로 12번 코너까지 이어진 300미터의 직선 구간을 질주하기 시작했다. 잠깐 사이 12번 중고속 우회전 코너 브레이킹 지점. 08번 석현은 앞선 14번 이민기와 함께 감속하면서 양손의 세퍼레이트 핸들을 살짝 좌측으로 밀어 뒤 타이어를 좌측으로 미끄러트리며 차체를 단숨에 우측으로 기울였다. 그러면서 앞쪽에서 오른쪽 무릎 니슬라이더로 노면을 긁으며 선회하는 14번 이민기의 왼쪽 선회라인을 타면서 오른쪽 팔꿈치 엘보우슬라이더까지 노면에 긁으며 급선회했다. 14번 이민기가 선회 속도를 다급히 올렸지만 08번 석현은 급격히 우측으로 꺾어 선회하면서 이민기의 전방 회전라인을 먼저 선점하며 추월에 성공했다. 라인클로저다. 08번 석현은 14번 이민기를 등에 달고 12번 우회전 중고속 코너를 빠져나와 메인 스트레이트 구간으로 진입했다. 둘은 3단 시속 230킬로에서 기어 변속 레버를 위로 한 칸 들어 올려 4단으로 기어 변속하며 풀액셀 그립으로 메인 스트레이트 구간을 전력 질주했다. 둘 다 상체를 잔뜩 숙이고 눈만 치켜들어 윈드스크린을 통해 전방을 주시했다. 시속 240킬로가 넘어가자 둘은 동시에 기어 변속 레버를 위로 한 칸 들어 올려 5단으로 기어 변속했다. 속도는 순식간에 시속 270킬로를 넘어갔다. 방호벽 인도에 한 줄로 늘어선 각 팀 팀원들은 좌르르 넘어지는 도미노처럼 고개를 왼쪽에서 오른쪽으로 연이어 돌리며 눈 깜짝할 사이 지나쳐 간 08번 석현과 14번 이민기를 짧은 순간 지켜보았다. 시속 300킬로로 질주하는 08번 석현과 14번 이민기의 눈앞에 메인 스트레이트 구간 끝 지점이다. 석현의 '연습 주행 3랩' 시작이다.

08번 석현이 4번 우회전 코너까지 이어진 300미터의 직선 구간을 질주하는데 1번 우회전 코너에서 연쇄충돌 사고가 발생했다. 1번 코너 깃발부스 진행요원은 서행 및 추월금지 신호인 노란색 깃발을 휘날리고 있다. 메인 스트레이트 구간을 최대 속도로 달려서 1번 우회전 코너 브레이킹 지점에 접어든 66번 김보석이 한 박자 늦게 감속을 하는 바람에 앞에서 감속하고 있던 31번 진현우와 충돌했다. 뒤를 부딪힌 31번 진현우는 레이싱 오토바이와 함께 좌측으로 세차게 넘어졌다. 66번 김보석의 레이싱 오토바이는 김보석을 공중으로 날린 뒤 우측으로 세차게 넘어졌다. 그 직후 30번 김요섭이 넘어진 66번 김보석의 레이싱 오토바이를 그대로 타고 공중으로 솟구쳐 올랐다가 레이싱 오토바이와 함께 노면에 곤두박질쳤다. 한 그룹에서 달리던 24번 유석원과 74번 이훈은 다행히 사고를 피했지만 연쇄충돌 사고가 난 3대의 레이싱 오토바이는 시합을 마감해야 할 정도로 심각한 손상을 입었다. 노란색 깃발이 휘날리는 1번 코너로 몰려나온 1명의 구급요원과 5명의 진행요원들은 다행히 크게 다치지는 않은 선수들을 안전지대로 대피시키는 동시에 코스에 넘어져 있는 레이싱 오토바이들을 일으켜 세워 안전지대로 끌고 나갔다. 그런 상황 속에서 12번 안중기와 21번 오정만, 04번 유승연, 16번 박호민, 03번 김혁기는 1번 코너 브레이킹 지점에서 충분히 감속하고 추월 없이 1번 코너 입구 바깥쪽 회전 곡선에서 오른쪽 무릎 니슬라이더를 노면에 긁으며 안쪽 회전 곡선으로 풀뱅킹 선회했다. 1번 코너의 사고 상황이 원활하게 수습되자 깃발부스에 진행요원은 깃발을 바꿔 새로 오른손에 쥔 녹색 깃발을 휘날렸다. 녹색 깃발은 모든 위험상황이 해제되었으니 정상적으로 시합을 재개하라는 신호다. 1번 코너 깃발부스에서 녹색 깃발이 휘날리는 지금 선두 그룹에서도 사고가 발생했다. 8번 R84 우회전 코너로 선두의 99번 해리 해리스가 가장 먼저 들어갔고 그 뒤로 01번 유찬을 추월한 101번 오카자키 신지가 들어갔다. 01번 유찬은 101번 오카자키 신지 다음으로 8번 우회전 코너에 들어가서 오토바이를 우측으로 기울여 오른쪽 무릎 니슬라이더를 노면에 긁으며 안쪽 회전 곡선으로 선회했다. 그 뒤로 109번 니시무라 요스케가 8번 우회전 코너에 들어가 오른쪽 팔꿈치 엘보우슬라이더까지 노면에 긁으며 급선회했고 그러면서 01번 유찬의 레이싱 오토바이 뒤 타이어를 자신의 오른쪽 어깨로 들이받았다. 그 즉시 우측으로 넘어진 109번 니시무라 요스케는 레이싱 오토바이와 함께 코너 바깥 안전지대 쪽으로 미끄러져 나갔다. 미끄러지며 노면에 쓸리던 우측 사이드 커버가 떨어져 나간 109번 니시무라 요스케의 레이싱 오토바이는 속도가 더 붙으며 공중에 솟구쳤다가 안전지대 자갈밭에 앞 타이어를 꽂았다. 그때 차체가 뒤틀린 109번 니시무라 요스케의 레이싱 오토바이는 왼쪽으로 쓰러지며 흙먼지를 일으켰다. 이것으로 109번 니시무라 요스케의 레이싱 오토바이는 시합 마감이다. 8번 우회전 코너 깃발부스 진행요원은 노란색 깃발을 휘날렸고 124번 츠카모토 료헤이부터 한 계단 순위를 끌어올린 115번 이에나가 유이치, 한 계단 순위가 밀린 107번 나카야마 켄이 추월 없이 8번 코너를 지나갔다. 그 직후 1명의 구급요원과 3명의 진행요원들이 충격 완화 타이어 벽 뒤에서 나와 자갈밭을 뛰었다. 가장 앞에서 뛰던 구급요원은 오른발을 절뚝거리는 109번 니시무라 요스케를 부축했다. 진행요원들은 넘어진 레이싱 오토바이를 일으켜 세웠다. 코스에 떨어져 있는 우측 사이드 커버도 주웠다.

06번 황규민은 12번 중고속 우회전 코너 가장 굽은 지점에서 오른쪽 팔꿈치 엘보우슬라이더까지 경계빗금에 긁어 가며 선회하다가 액셀 그립을 과도하게 감았다. 타이어는 노면에서 이탈했고 06번 황규민은 순간 오른쪽으로 넘어지며 우측 사이드 커버가 노면에 갈리는 오토바이와 함께 코너 바깥쪽으로 미끄러져 나가기 시작했다. 06번 황규민과 그의 레이싱 오토바이는 가속도가 붙은 상태에서 시속 174킬로로 선회하는 08번 석현의 오토바이 앞쪽에 사선을 그으며 눈 깜짝할 사이 지나쳐 갔다. 하지만 08번 석현의 후미에서 선회하던 18번 강용철이 06번 황규민의 레이싱 오토바이와 충돌했다. 06번 황규민의 오토바이는 충돌 직후 공중으로 솟구쳤다가 포물선을 그리며 안전지대 잔디밭에 떨어졌고 박살났다. 18번 강용철과 우측 사이드 커버를 노면에 쓸리는 그의 오토바이는 안전지대 자갈밭까지 미끄러져 나갔고 주변에 흙먼지를 일으켰다. 18번 강용철은 상체를 일으켜 앉았다가 몸에 느껴지는 통증으로 다시 누웠다. 12번 코너 입구 A구간 깃발부스 진행요원은 노란색 깃발을 휘날렸고, 코스 바깥쪽 가장자리에서 일어나 절뚝절뚝 걸어 안전지대로 들어온 06번 황규민은 진행요원의 부축을 받아 충격 완화 타이어 벽 뒤로 이동했다. 구급요원은 아직 누워 있는 18번 강용철에게로 뛰어 갔다. 나머지 진행요원들은 2인 1조로 사고난 2대의 레이싱 오토바이 를 일으켜 세웠다. 그때까지 A구간 깃발부스에서는 노란색 깃발이 계 속 휘날리고 있어서 14번 이민기부터 07번 나희태, 61번 박환익, 37번 김범수, 02번 길주하, 40번 오시우는 추월 없이 12번 R123 우회전 중고 속 코너를 통과했다. 하지만 12번 코너 출구 B구간 깃발부스 진행요원 은 녹색 깃발을 흔들고 있었기 때문에 12번 코너를 나와 메인 스트레이 트 구간으로 접어드는 선수들은 온힘을 다해 급가속하고 있다. 그 시점, 08번 석현은 시속 300킬로의 풀 스피드로 메인 스트레이트 구간을 지났 다. 이제 1번 R26 우회전 코너다. 이로써 석현의 '연습 주행 4랩' 시작이 다. 08번 석현이 현재 주행 속도를 유지한다면 그의 20분간 연습 주행 은 12랩에 종료된다.

08번 석현은 오토바이를 일으켜 급가속하면서 2번 코너까지 이어진 400미터의 직선 구간을 전력 질주했다. 그때 07번 나희태가 1번 우회전 코너 브레이킹 지점에서 한 발 앞서 있던 14번 이민기의 오토바이를 시 속 288킬로로 들이받았다. 300킬로 속도로 달리다가 무리하게 감속 거 리를 단축한 07번 나희태의 판단착오다. 충돌하며 두 선수는 공중으로 솟구쳤다가 노면에 곤두박질쳤다. 14번 이민기의 레이싱 오토바이는 오른쪽 면을 노면에 쓸리며 코너 입구 바깥쪽 회전 곡선 너머 안전지대 자갈밭까지 미끄러져 나갔고 07번 나희태의 레이싱 오토바이는 공중제 비를 수차례 돌다가 충돌한 자리에 그대로 떨어져 박살나면서 왼쪽 면 을 노면에 세차게 부딪쳤다. 1번 코너 깃발부스 진행요원이 다급히 노 란색 깃발을 휘날렸지만 2차 충돌을 막진 못했다. 61번 박환익이 넘어 져 있는 07번 나희태의 오토바이를 피하고자 풀브레이킹하며 두 손에 힘을 쥐어 잡은 양쪽 세퍼레이트 핸들을 순간 우측으로 틀었다. 그 순간 61번 박환익은 오토바이와 함께 오른쪽으로 세차게 자빠졌다. 그는 레이싱 오토바이와 함께 코너 입구 안쪽 회전 곡선 경계빗금까지 미끄러지다가 멈춰 섰다. 직후 37번 김범수가 61번 박환익의 레이싱 오토바이를 경사대처럼 타고 날아올랐다가 떨어져 노면에 앞 타이어를 꽂으며 왼쪽으로 자빠지면서 자신의 레이싱 오토바이로부터 튕겨져 나갔다. 02번 길주하는 넘어져 있는 07번 나희태의 레이싱 오토바이 앞에서 풀 브레이킹해 가까스로 멈춰 섰다. 하지만 40번 오시우가 오토바이 앞 타이어로 02번 길주하의 오토바이 뒤 타이어를 대포알처럼 때렸다. 이 충돌로 02번 길주하는 레이싱 오토바이와 오른쪽으로 자빠지며 풀페이스 헬멧 쓴 머리를 노면에 세게 부딪쳤고 40번 오시우는 왼쪽으로 자빠지는 오토바이로부터 튕겨져 공중으로 솟구쳤다가 노면에 곤두박질쳤다. 서킷코스 전 구간의 깃발부스에서는 동시에 연습 주행 중단을 지시하는 적색 깃발을 휘날렸다. 1번 코너 사고현장에는 구급요원들과 진행요원들이 달려 나왔다. 컨트롤타워 옆에 대기하고 있던 구급차는 사이렌을 울리며 즉시 출발해 코스 진입로를 달리다가 코스로 들어왔다. 메인 스트레이트 구간을 지나온 74번 이훈과 24번 유석원 32번 임보경은 서행하면서 1번 코너 사고지점에 들어섰다. 사고를 수습하던 진행요원들은 이들에게 피트인을 지시했다. 모든 깃발부스에서 적색 깃발이 휘날리고 있는 가운데, 12번 코너 출구 우측 샛길인 피트 진입로로 16번 박호민과 12번 안중기, 03번 김혁기, 04번 유승연, 21번 오정만이 들어가며 코스에서 퇴장했다. 이들의 뒤로 99번 해리 해리스와 101번 오카자키 신지, 01번 유찬, 124번 츠카모토 료헤이, 115번 이에나가 유이치, 107번 나카야마 켄이 2번째로 피트 진입로로 들어가며 코스에서 퇴장했다. 이들의 뒤로 11번 남진호가 피트 진입로로 들어가며 코스에서 퇴장했고 그 뒤로 15번 박한결, 05번 소시헌, 19번 양휘성이 피트 진입로로 들어가며 코스에서 퇴장했다. 이들의 뒤로 13번 안재성과 22번 최정우, 17번 김용진, 08번 석현이 피트 진입로로 들어가며 코스에서 퇴장했다. 이들의 뒤로 74번 이훈과 24번 유석원 32번 임보경이 피트 진입로로 들어가며 코스에 퇴장했다. 이로써 한일 슈퍼바이크 통합전 선수 전원이 코스에서 퇴장했다.

35명의 선수들이 한일 슈퍼바이크 통합전 대비 연습 주행에 나서서 가장 선두의 선수가 4랩을 소화하기도 전에 치열한 경쟁으로 유발된 연이은 사고로 22명의 선수만이 피트로 무사 귀환했다. 이것은 단지 연습 주행이었지만 강원서킷에서 유례를 찾아보기 힘든 격전이었다. 1번과 2번 피트 앞 방호벽 인도에 몰려 서 있는 각 팀의 선수들과 팀원들은 다들 놀란 얼굴로 사고현장을 주시하고 있다. 이들 사이에 서 있는 마츠모토 준의 얼굴 표정은 어둡다. 사고현장에서는 의사 가운의 남자 의료진 2명과 구급요원 2명이 환자 이동 매트에 눕힌 02번 길주하를 뒷문이 위로 열린 구급차 안으로 조심조심 들이고 있다. 의사 가운 의료진들에 의해 풀페이스 헬멧이 벗겨진 02번 길주하는 심한 어지럼증과 구토 증세를 호소하고 있다.

18

속도는 시속 300킬로,
1번 코너는 내게 다가오고 있고
그런 지금 나는 너를 그린다

B조 선두에 08번 석현이 시속 300킬로의 속도로 메인 스트레이트 구간을 질주하고 있다. 2미터쯤 후미에 107번 나카야마 켄은 온힘을 다해 08번 석현을 쫓으며 치열한 추격전을 벌이고 있다. 지금 총 15분이 주어진 한일 슈퍼바이크 통합전 B조의 예선 경기 중이고 08번 석현은 9랩을 소화했다. 08번 석현이 이번에 돌게 되는 한 바퀴는 그의 예선 경기 마지막 랩이 된다. 예선 경기는 경기 종료 체커기가 휘날리는 피니쉬 라인을 통과한 순서대로 선수들의 순위가 정해지는 것이 아니고 선수들이 예선 경기 동안 서킷을 주행하며 그중 전체 코스를 가장 빨리 한 바퀴 돈 자신의 베스트 랩타임을 기준으로 전체 산정하여 선수들의 순위를 정한다.

　한일 슈퍼바이크 통합전 연습 주행 때 발생했던 사고들로 인해 연맹측은 선수 보호 차원에서 20분간 진행될 예정이었던 한일 슈퍼바이크 통합전 예선 경기 일정을 변경했다. 무사히 복귀해 시합이 가능한 한일 슈퍼바이크 통합전 선수 22명의 예선 경기를 A조와 B조로 나누어 각각 11명씩 15분간 치르는 걸로 논의를 거쳐 조정한 것이다. 먼저 치러진 A

조 예선 경기 참가선수로는 01번 유찬과 99번 해리 해리스, 101번 오카자키 신지, 124번 츠카모토 료헤이, 115번 이에나가 유이치, 13번 안재성, 15번 박한결, 32번 임보경, 04번 유승연, 03번 김혁기, 19번 양휘성이다. 아직 진행 중인 B조 예선 경기 참가선수로는 08번 석현과 107번 나카야마 켄, 11번 남진호, 12번 안중기, 74번 이훈, 05번 소시헌 22번 최정우, 24번 유석원, 16번 박호민, 21번 오정만, 17번 김용진이다. 다행히도 지금까지 A조와 B조 예선 경기에서는 아직 단 한 건의 사고도 발생하지 않았다.

여전히 B조 선두인 08번 석현이 12번 우회전 중고속 코너를 풀 스피드로 선회하며 코너 출구로 나오며 오토바이를 일으켜 다시 메인 스트레이트 구간을 질주하기 시작했다. 피니쉬 라인 지나 우측으로 보이는 스타팅 그리드 깃발부스 진행요원은 경기 종료 체커기를 휘날리고 있고 6단 시속 300킬로로 고속 질주를 시작한 08번 석현은 질풍처럼 피니쉬 라인을 통과했다. 그 3미터 뒤에 107번 나카야마 켄도 질풍처럼 피니쉬 라인을 통과했다. 두 선수의 뒤를 이어 전력 질주를 벌이는 B조 선수들도 속속히 피니쉬 라인을 통과하고 있다. 그러다 가장 후미의 B조 선수가 마지막까지 최선을 다한 전력 질주로 피니쉬 라인을 통과했다. 이것으로 A조와 B조 한일 슈퍼바이크 통합전의 예선 경기가 모두 종료되었다. 약 30분 후인 오후 4시에 예선 성적표가 컨트롤타워 출입문 우측의 미닫이 유리문 벽면 게시판에 붙여진다. 출력된 A1용지 3장이다.

시간이 되면서 각 팀의 선수들과 팀원들은 컨트롤타워 출입문 우측 미닫이 유리문 벽면 게시판 앞으로 몰려들었다. 진행요원 2명은 클래스별 예선 성적표를 미닫이 유리문 벽면 게시판 안에 부착하고 있다. 모여

든 선수들 팀원들 사이로 긴장감이 뭉실뭉실 감도는 가운데 예선 성적표 부착을 마친 진행요원들은 미닫이 유리문을 닫고 몰려 있는 사람들 사이를 옆걸음으로 빠져나갔다. 그제야 선수들과 팀원들은 한 걸음 더 가까이 미닫이 유리문 벽면 게시판 앞으로 다가가 각각의 예선 성적표에서 자신의 이름이나 자기 팀 선수 이름을 찾기 시작했다. 타 팀 팀원들처럼 다 같이 팀 반팔 레이싱 남방을 입은 준 레이싱팀에서는 마츠모토 준이 팀원 누구보다도 벽면 게시판 바로 앞에 서 있다. 마츠모토 준이 입고 입는 팀 반팔 레이싱 남방은 준서가 입던 것이다. 한일 슈퍼바이크 통합전 예선 경기 성적표를 들여다보던 마츠모토 준이 오른손을 번쩍 들어 주먹을 쥐고 힘차게 흔들다가 뒤로 돌아섰다. 기훈, 대산이 뒤쪽에서 우승이와 함께 서 있던 석현이 한일 슈퍼바이크 통합전 성적표를 보며 상기된 얼굴로 "저기에 내 이름이…." 하고 중얼거렸다. 눈시울이 붉어진 마츠모토 준은 활짝 웃으며 SB250 스포츠 바이크전 예선 경기 성적표를 들여다보고 기훈과 대산이 사이를 비집고 나와 석현을 격하게 끌어안고 감격의 눈물을 흘렸다. 석현의 이름이 한일 슈퍼바이크 통합전 예선 성적표 맨 위 칸을 장식하고 있는 것이다. 그가 한일 슈퍼바이크 통합전 예선 경기에서 당당히 1위를 차지했다는 것이다. 08번 석현의 예선 경기 베스트 랩타임은 6랩에서 기록한 1분 34초 013이다. 2위는 99번 해리 해리스다. 그의 예선 경기 베스트 랩타임은 3랩에서 기록한 1분 34초 247이다. 3위는 101번 오카자키 신지다. 그의 예선 경기 베스트 랩타임은 8랩에서 기록한 1분 34초 556이다. 4위는 01번 유찬이다. 그의 예선 경기 베스트 랩타임은 6랩에서 기록한 1분 34초 743이다. 예선 경기 1위부터 7위까지 베스트 랩타임 기록이 매우 근소한 차이이기 때문에 본선 경기에서 상위권의 불꽃 튀는 초접전이 예상된다.

SB250 스포츠 바이크전 예선 경기에서는 대구 현대 모터 수리 레이싱 팀의 88번 박 단장이 베스트 랩타임 1분 59초 654로 2위를 기록했고 준 레이싱팀의 대산이는 2분 02초 987로 5위를, 기훈이가 2분 03초 019로 6위를 기록했다. 셋 다 국산 레이싱 오토바이 엑시브 250R로 좋은 성적 을 거두었다.

한일 슈퍼바이크 통합전 예선 경기 기록지

※ 1번 그리드: 예선 1위 KOR 08번 이석현 | 야마하 YZF-R1 | 베스트 랩 타임: 1분 34초 013(6랩) | 준 레이싱팀 |

※ 2번 그리드: 예선 2위 USA 99번 해리 해리스 | BMW S1000RR | 베스 트 랩타임: 1분 34초 247(3랩) | 할리스피릿 레이싱팀 |

※ 3번 그리드: 예선 3위 JPN 101번 오카자키 신지 | 스즈키 GSX-R1000 | 베스트 랩타임: 1분 34초556(8랩) | 하시래토모타치 레이싱팀 |

※ 4번 그리드: 예선 4위 KOR 01번 유찬 | 야마하 YZF-R1 | 베스트 랩타 임: 1분 34초 743(6랩) | 하이레벨 레이싱팀 |

※ 5번 그리드: 예선 5위 JPN 124번 츠카모토 료헤이 | 야마하 YZF-R1 | 베스트 랩타임: 1분 34초 997(7랩) | JP 레이싱팀 |

※ 6번 그리드: 예선 6위 JPN 107번 나카야마 켄 | 가와사키 ZX-10R | 베 스트 랩타임: 1분 35초 014(5랩) | 오리엔타루바이쿠 레이싱팀 |

※ 7번 그리드: 예선 7위: JPN 115번 이에나가 유이치 | 혼다 CBR1000RR | 베스트 랩타임: 1분 35초 222(9랩) | 유니코온 레이싱팀 |

※ 8번 그리드: 예선 8위 KOR 12번 안중기 | BMW S1000RR | 베스트 랩 타임: 1분 36초 461(4랩) | 레전드 레이싱팀 |

※ 9번 그리드: 예선 9위 KOR 11번 남진호 | 혼다 CBR1000RR | 베스트 랩타임: 1분 36초 789(3랩) | 대구자유비행 레이싱팀 |

※ 10번 그리드: 예선 10위 KOR 13번 안재성 ｜ 두카티 파니갈레959 ｜ 베스트 랩타임: 1분 36초 913(5랩) ｜ 부산스피드스타 레이싱팀 ｜

※ 11번 그리드: 예선 11위 KOR 05번 소시헌 ｜ BMW S1000RR ｜ 베스트 랩타임: 1분 37초 297(4랩) ｜ 할리스피릿 레이싱팀 ｜

※ 12번 그리드: 예선 12위 KOR 15번 박한결 ｜ 야마하 YZF-R1 ｜ 베스트 랩타임: 1분 37초 548(7랩) ｜ 돌진 레이싱팀 ｜

※ 13번 그리드: 예선 13위 KOR 22번 최정우 ｜ 가와사키 ZX-10R ｜ 베스트 랩타임: 1분 37초 737(8랩) ｜ 강원연합 레이싱팀 ｜

※ 14번 그리드: 예선 14위 KOR 24번 유석원 ｜ 스즈키 GSX-R1000 ｜ 베스트 랩타임: 1분 38초 132(4랩) ｜ 서울디스이즈마이라이프 레이싱팀 ｜

※ 15번 그리드: 예선 15위 KOR 32번 임보경 ｜ BMW S1000RR ｜ 베스트 랩타임: 1분 38초 445(7랩) ｜ 빅토리 레이싱팀 ｜

※ 16번 그리드: 예선 16위 KOR 17번 김용진 ｜ 혼다 CBR1000RR ｜ 베스트 랩타임: 1분 39초 239(5랩) ｜ 강원연합 레이싱팀 ｜

※ 17번 그리드: 예선 17위 KOR 74번 이훈 ｜ 스즈키 GSX-R600 ｜ 베스트 랩타임: 1분 39초 679(8랩) ｜ 서울디스이즈마이라이프 레이싱팀 ｜

※ 18번 그리드: 예선 18위 KOR 19번 양휘성 ｜ 야마하 YZF-R1 ｜ 베스트 랩타임: 1분 39초 678(8랩) ｜ 돌진 레이싱팀 ｜

※ 19번 그리드: 예선 19위 KOR 03번 김혁기 ｜ 야마하 YZF-R1 ｜ 베스트 랩타임: 1분 41초 326(6랩) ｜ 빅클럽 레이싱팀 ｜

※ 20번 그리드: 예선 20위 KOR 16번 박호민 ｜ 가와사키 ZX-10R ｜ 베스트 랩타임: 1분 42초 111(3랩) ｜ 구미화이트라이온 레이싱팀 ｜

《컷오프》예선 21위 KOR 04번 유승연 ｜ 가와사키 ZX-10R ｜ 베스트 랩타임: 1분 43초 564(4랩) ｜ 구미화이트라이온 레이싱팀 ｜

《컷오프》예선 22위 KOR 21번 오정만 ｜ 혼다 CBR1000RR ｜ 베스트 랩타임: 1분 43초 647(10랩) ｜ 서킷파이터 레이싱팀 ｜

예선 21위 04번 유승연 선수와 예선 22위 21번 오정만 선수는 한일 슈퍼바이크 통합전 본선 경기에 스타팅 그리드가 20개까지 주어지는 관계로 아쉽게 예선 경기에서 탈락했다. 하지만 하위권에서도 최선을 다해 달려 준 선수들이 있었기에 한일 슈퍼바이크 통합전 본선 경기의 가치는 더욱더 그 빛을 발하는 것이다.

19

우리의 기억 속 7월 15일 토요일
오후 스즈카서킷 25번 피트

스즈카서킷 8시간 내구레이스대회 예선 경기가 끝나고 차츰 해가 져가고 있는 시간이다. 스즈카서킷 25번 피트 안에 석현과 준서, 마츠모토 준은 접이식 등받이 의자 3개를 1미터 간격으로 나란히 옆으로 놓고 피트 앞 웨이팅 에어리어를 바라보며 앉아 있다. 셋 다 낚시를 즐기는 사람들처럼 여유롭다. 25번 피트 안에 설치된 팀파티션은 피트 좌측 벽에서 피트 중간 그리고 피트 우측 벽으로 설치하여 ㄴ 문자 모양이다. 팀파티션 플라스틱 배너마다 태극기와 준 레이싱팀 팀명이 프린팅되어 있다. 피트 바닥에는 빈틈없이 기름 흡착 매트가 깔려 있다. 타이어 탈장착기, 컴퓨터 휠 밸런스기는 25번 피트와 26번 피트사이 막힌 벽 쪽에 나란히 옆으로 놓여 있다. 컴퓨터 휠 밸런스기 왼쪽 옆에는 교체용 타이어가 앞 타이어 따로 뒤 타이어 따로 해서 12조가 쌓여 있다. 맨 위쪽 2조는 레인타이어고 나머지는 슬릭타이어다. 12조의 타이어 왼쪽 옆에는 교체한 슬릭타이어가 앞 타이어 따로 뒤 타이어 따로 해서 5조가 쌓여 있다. 이 대회에서 레이싱 오토바이 정비를 담당하고 있는 석현의 등 뒤로는 빨간색 3단 이동식 공구함이 놓여 있다. 석현의 왼쪽 옆에는 준서가 앉아 있고 준서의 왼쪽 옆에는 마츠모토 준이 앉아 있다. 목에 수건을 걸친 석현은 가슴 부분에 'June Racing Team' 흰색 영문 글자가 프린팅된 상단 빨간색 하단 하늘색 반팔 티셔츠에 멜빵청바지를 입고 있다. 발에는 검은색 정비화를 신고 있다. 준서는 흰색 반팔 티셔츠에 베이지색 면바지를 입고 흰색 운동화를 신고 있다. 마츠모토 준은 회색 반팔 티셔츠에 감색 면바지를 입고 갈색 단화를 신고 있다. 석현의 등 뒤이동식 공구함에 놓인 블루투스 스피커에서는 노래가 들려오고 있다. 석현이 스마트폰 음악 어플로 선곡 목록 노래를 재생한 시간은 오후 4시 40분쯤이다. 웨이팅 에어리어에는 봄이가 〈월간모터사이클〉 다음 달 호 표지를 장식하기 위해 사진 촬영한 준서의 레이싱 오토바이 야마하 YZF-R1이 세워져 있다. YZF-R1은 앞 타이어 정비거치대와 뒤 타이어 정비거치대로 받쳐져 바닥에서 15센티쯤 떠 있다. 잠시 대화가 끊긴 셋은 준서의 레이싱 오토바이를 무덤덤하게 바라보고 있다. 다른 팀들의 피트에서는 레이싱 오토바이를 정비하거나 테스트하기 위해 정비사가 조작하는 액셀링으로 인한 머플러 배기음이 메아리처럼 들려오기도 하고 작업을 마치고 철수하며 피트셔터를 내리는 기계음이 상점의 퇴근하는 소리처럼 들려오기도 한다. 한 곡의 노래가 끝나고 다음 노래인 엑스재팬의 〈세이 애니싱〉이 이어지자 전주를 귀 기울여 듣고 있던 마츠모토 준이 작은 목소리로 노래를 따라 불렀다. 이 노래의 간주가 흐를 때 석현이 준서에게 물었다.

"어메이징 준서, 지금 컨디션은 어때?"

준서는 자신의 레이싱 오토바이를 바라보며 대답했다.

"베리 굿이야. 내일 본선 경기에서 세상을 깜짝 놀라게 해 줄 준비가 되어 있어."

"2002 한일 월드컵 때 히딩크 감독이 한 말이군." 하고 마츠모토 준이 말했다. 준서는 고개를 왼쪽으로 돌려 마츠모토 준을 바라보았다. 그러면서 "히딩크 감독이 그랬듯 우린 세상을 깜짝 놀라게 할 수 있을 거예요." 하고 말한 뒤 고개를 오른쪽으로 돌려 석현을 보고서 "이런 큰 시합에서 석현이 네가 정비를 맡아 주고 있어서 정말 든든해. 석현이 네가 있기에 우린 자신감 있게 도전할 수 있는 거야." 하며 덧붙여 말했다. 마츠모토 준이 고개를 오른쪽으로 돌려 석현을 보며 말했다.

"내년에는 이 선수가 준서와 함께 콤비로 이 대회에 참가할 거야. 그때 정비는 내가 책임질 테니 둘이서 세계적인 선수들 사이에서 마음껏 기량을 펼쳐 봐. 우리는 코리아로드 레이스 2개 클래스에서 우승하는 강팀이니까 반드시 좋은 성적을 거둘 거라고 난 기대해."

석현이 왼쪽으로 고개를 돌려 마츠모토 준을 쳐다보며 말했다.

"내년 대회 참가 전에 정비파트로서 미리 대회에 참가해 본 건 제게 큰 도움이 될 거예요. 세계적인 레이서들 사이에서 단장님과 준서가 보여 준 기대 이상의 선전도요."

레이싱 오토바이를 덮은 오후 햇빛을 보고 있던 준서가 고개를 오른쪽으로 돌려서 석현에게 말했다.

"이번 대회의 경험을 밑바탕 삼아서 내년 대회에서는 우승을 목표로 스즈카서킷을 달려 보자고."

"우승?" 하고 말한 석현이 '글쎄?' 하는 얼굴로 준서를 쳐다보자 준서가 아쉽다는 얼굴로 석현에게 물었다.

"뭐야, 그 자신 없는 얼굴은. 도저히 불가능한 일 같아?"

"아니." 하고 대답한 석현이 앞을 보고 말했다.

"나도 할 수 있을 거라고 믿어."

마츠모토 준이 가슴을 펴며 팔짱을 끼고서 말했다.

"그럼, 우린 할 수 있어. 내가 말하고 있잖아. 우린 강팀이라고."

그러자 준서가 왼쪽으로 고개를 돌려 마츠모토 준을 바라보며 말했다.

"우린 강력한 시너지를 발산하는 원팀이고 서로에게 소중한 사람들이에요. 우린 끝까지 함께 달릴 거예요."

그렇다는 듯이 고개를 끄덕인 마츠모토 준이 웨이팅 에어리어에 서있는 레이싱 오토바이를 지그시 바라보며 입을 떼었다.

"나는 일본에서 성공적이 레이서의 길을 걷다가 모든 걸 잃었지만 한국에 와서 새 삶을 찾았지. 나에게 우리 준 레이싱팀은 제2의 가족과도같아. 준서 말대로 우린 끝까지 함께할 거야."

그 말에 활짝 미소 지은 석현이 말했다.

"우리 언젠가는 대기업과 메인 스폰서 계약을 체결해서 세계적인 무대에서 레이싱을 해요. WSBK 월드슈퍼바이크나 모토GP 같은 대회에서요. 정말, 생각만 해도 가슴이 뛰네요. 그건 정말 꿈만 같은 일이니까요."

준서가 고개를 오른쪽으로 돌려 석현을 보며 말했다.

"그건 우리의 현실 가능한 목표야, 이 대회에서 우린 그것을 증명하고있어."

말을 마친 준서는 다시 고개를 왼쪽으로 돌려 마츠모토 준에게 말했다.

"전 일본 슈퍼바이크레이스 실력자인 단장님이 있기에 우리는 목표에 충분히 도달할 수 있을 거예요."

정면을 주시한 마츠모토 준이 숨을 크게 들이마셨다가 내쉬고서 말했다.

"순례자는 진리를 찾아 그늘 한 점 없는 광야를 지나고 있지. 우린 우리의 꿈을 찾아 광야를 지나고 있고. 광야의 끝에서 우리의 꿈은 우리를 기다리고 있을 거야. 나는 그렇게 믿고 있어."

"멋진 이야기네요." 하고 말한 석현이 잠시 침묵하다가 천천히 입을 떼었다.

"나와 같이 대학을 졸업한 친구들이 열심히 일하며 결혼과 같은 미래를 준비하기 위해 열심히 저축을 하고 있을 때 나는 레이싱에 모든 걸 쏟아붓고 있어. 하지만 난 나이가 많이 들어 힘들어지더라도 후회하진 않을 거야. 내 인생의 이십 대만큼은 하이알피엠으로 질주했다는 것을."

"결혼을 못 해도?"

준서가 석현을 보며 물었다. 정면을 바라보고 있는 석현은 단호한 표정의 얼굴로 "응." 하고 대답했다. 그러자 준서가 입가에 옅은 미소를 지으며 다시 물었다.

"그럼 한 기자님은?"

석현이 영문을 모르겠다는 표정의 얼굴로 준서를 쳐다보며 "그게 무슨 소리야?" 하고 물었다. 준서는 석현을 보며 싱긋 웃고 고개를 절레절레 흔든 뒤 진지한 목소리로 말했다.

"이렇게 눈치가 없어서야. 바보야, 한 기자님이 너 좋아하고 있잖아."

눈을 휘둥그렇게 뜨고 "나를?" 하고 말한 석현이 그건 거짓말이라는 듯 눈가를 찡그리며 피식 웃었다. 그리고는 준서를 보면서 "정말 그렇다면 한 기자님과 친한 사이인 준서 네가 섭섭하겠는데." 하고 말했다. 준서는 고개를 돌려 앞을 보더니 싱긋 웃고 입을 떼었다.

"석현이 네가 일전에 나한테 그랬잖아. 너는 오토바이 레이싱과 결혼한 사람이라고."

석현이 소리 내어 웃다가 고개를 왼쪽으로 돌려 준서의 옆얼굴을 쳐다보며 말했다.

"그때 내가 너에게 한 그 말은 칭찬이야. 그만큼 네가 실력만큼 레이싱에 열정적이라는 거지."

가만히 두 친구의 대화를 듣고 있던 마츠모토 준이 고개를 오른쪽으로 돌려 웃는 얼굴로 석현을 보며 물었다.

"나는 좋은 사람 만나면 재혼할 생각인데, 그럼 이 선수는 나의 레이싱에 대한 열정을 인정하지 않을 거야?"

"네?" 하며 놀란 얼굴로 마츠모토 준을 쳐다본 석현이 진지한 목소리로 말했다.

"단장님이 재혼하시면 내가 제일 먼저 결혼식장으로 달려가서 두둑하게 축의금을 내겠어요. 나는 누구보다도 단장님이 재혼하기를 기대하죠."

마츠모토 준이 뜻밖이라는 얼굴로 석현을 쳐다보며 물었다.

"고맙군. 그런데 이유는?"

석현이 마츠모토 준을 쳐다보면서 말했다.

"단장님이 한국에서 지금보다 더 행복하기를 바라니까요."

입가에 부드럽게 미소 지은 마츠모토 준이 고개를 돌려 앞을 보며 "감동적이군." 하고 말했다. 마츠모토 준은 잠시 침묵하다가 웨이팅 에어리어에 세워 놓은 준서의 레이싱 오토바이를 쳐다보면서 입을 떼었다.

"이곳 스즈카서킷은 내 젊은 시절의 영광과 좌절로 점철된 곳이지. 오늘 이곳에서 가족과도 같은 우리 준 레이싱팀이 선전할 수 있어서 나는 정말 기뻐. 나는 부상으로 레이싱을 은퇴하고 모든 게 끝났다고 생각했지만, 한국에서 기적처럼 레이싱에 복귀해서 지금 여기까지 와 있어. 우리가 함께하는 한 나의 레이싱은 언제까지나 현재 진행형이지. 난 그렇게 생각하고 있어."

가만히 마츠모토 준의 이야기를 듣고 있던 준서가 정면을 보며 고개를 끄덕거린 뒤 빙긋 웃고서 입을 뗐다.

"우리, 할아버지가 될 때까지 레이싱을 하다가 도저히 더는 할 수 없게 되면 셋이서 할리 데이비슨 오토바이를 타고 세계일주를 떠나요."

"좋지." 하고 말한 마츠모토 준이 잠시 생각에 잠겼다가 입을 뗐다.

"난 할리 데이비슨 소프테일 슬림S를 타겠어."

그러자 준서가 목소리를 조금 높여서 말했다.

"나는 할리 데이비슨 팻보이S."

자신의 차례를 기다리고 있던 석현이 씩씩한 목소리로 말했다.

"난 스즈키 GSX-R1300 하야부사를 타겠어."

마츠모토 준과 준서는 동시에 고개를 오른쪽으로 돌려 석현을 쳐다보았다. 석현이 두 사람을 번갈아 쳐다보며 무안한 듯 어깨를 으쓱거리자 준서가 미소 지은 얼굴로 물었다.

"할아버지가 하야부사를?"

석현은 뭐 어때! 하듯이 어깨를 잔뜩 펴고 대답했다.

"난 할아버지가 되도 끝까지 고속 질주하며 바람을 가를 거야."

마츠모토 준이 웃는 얼굴로 고개를 끄덕인 뒤 눈을 돌려 웨이팅 에어리어를 보면서 말했다.

"이 선수는 그러고도 남을 사람이지."

준서가 덧붙여 말했다.

"그래서 우리는 석현이를 좋아하는 거예요."

긍정의 마음으로 싱긋 웃은 마츠모토 준이 눈을 들어 피트 밖으로 보이는 저녁 하늘을 보며 천천히 입을 뗐다.

"피트동이 점점 조용해지는 걸 보니 다른 팀들은 거의 다 철수를 한 것 같은데 우리도 그만 일어서자고. 내일 본선 경기를 위해서 일찍 자 두어야지."

"그러죠." 하고 말한 석현이 고개를 왼쪽으로 돌려 마츠모토 준을 쳐 다보며 물었다.

"오늘 저녁은 어디서 먹나요?"

마츠모토 준이 석현과 준서를 한 번씩 쳐다보고 입을 떼었다.

"먹고 싶은 걸로 먹자고."

준서가 곧바로 고개를 오른쪽으로 돌려 석현을 쳐다보며 물었다.

"석현이 너 어제 저녁 식사했던 그 식당에서 시오 라멘하고 카레 돈카 츠 또 먹고 싶다고 했잖아?"

석현은 준서의 얼굴을 쳐다보며 "그랬지." 하고 대답했다. 접이식 등 받이 의자에서 일어선 마츠모토 준은 "그럼 거기로 가지." 하고서 "나 현 역 때 스즈카서킷에 시합하러 오면 그 식당에 즐겨갔었어. 3대째 가업 을 이어 오며 라멘하고 돈카츠를 정말 잘하는 식당이지." 하고 덧붙여 말했다. 준서와 석현이 접이식 등받이 의자에서 일어섰다. 준서가 같이 일어선 석현을 보며 말했다.

"내일 본선 경기에서 단장님과 내가 교대로 서킷을 달려서 8시간을 무사히 완주하면 석현이 너에게 그 영광을 바칠게."

석현은 목에서 뺀 수건을 의자 등받이에 걸면서 "벌써부터 기대되는 걸." 하고 말했다.

20

코리아로드 레이싱 5라운드 결승전
(한일 슈퍼바이크 통합전)

코리아로드 레이싱 5라운드 결승전이 열리는 8월 27일이다. 현재 시간은 오전 9시 55분이다. 오늘 전국의 날씨가 대체로 맑은 가운데 강원 지역 한낮 최고 기온은 26~29도가 예상된다. 지금 유튜브 방송 〈모터스포츠TV〉 촬영팀은 강원서킷 전체 코스와 메인스탠드 관람석에 중계카메라를 설치하고 있다. 그런 가운데 새벽 일찍 전국 각지에서 출발한 42대의 관광버스가 강원서킷 메인스탠드 관람석 주차장에 도착했다. 골든바이크 회원들을 빈 좌석 없이 태운 유찬 아버지의 관광버스도 강원서킷 메인스탠드 관람석 주차장에 도착했다. 유찬 아버지의 관광버스와는 별개로 전국 각지에서 몰려온 42대의 관광버스에 탄 승객들은 대한오토바이크연맹이 대대적인 홍보를 펼쳐 확보한 소중한 관람객들이다. 이 대회 직전까지 무관중이다시피 한 경기도 많이 있었다. 하지만 이번에 모처럼 국제대회를 개최하면서 평소보다 많은 관람객들이 강원서킷을 찾아 주었다. 그간 관람객 동원에 성과를 내지 못했던 대한오토바이크연맹은 그나마 한숨을 덜게 되었다.

관광버스에서 하차한 관람객들과 자차를 이용해 강원서킷을 찾은 개별적인 관람객들은 5000석 규모의 메인스탠드 관람석을 절반 가까이 채웠다.

　오전 11시가 되면서 대한오토바이크연맹에서 야심차게 준비한 대회 일정이 본격적으로 진행되었다. 첫 번째 순서로, 메인 스트레이트 구간 스타팅 그리드에서 오토바이 스턴트맨 2명이 스턴트 전용 오토바이를 각자 한 대씩 타고 관람객들의 탄성을 자아내는 아찔한 묘기들을 선보였다. 두 번째 순서로는, 11시 30분부터 11시 50분까지 자동차 스턴트맨이 기상천외한 스포츠카 묘기들을 선보이며 역시 관람객들의 탄성을 자아냈다. 모터스턴트쇼 1부 공연이 끝나자 방송실의 여자 진행자는 점심시간 안내방송을 내보냈다. 관람객들께서는 대회 주최 측에서 준비한 프리미엄 도시락을 지급받아 맛있는 점심 식사를 하시라는 내용이었다. 방송 안내에 따라 메인스탠드 관람석 주차장에 대기하고 있던 4대의 도시락 냉동특장차에서는 차마다 줄을 선 관람객들에서 프리미엄 도시락(보쌈, 왕새우 튀김, 쌀밥, 6가지 반찬, 국, 바나나)과 캔식혜, 생수를 지급하기 시작했다. 먼저 줄을 서서 도시락을 지급받은 관람객들은 관람석에 앉아서 식사를 시작했다. 점심 식사 시간은 오후 1시 30분까지이고 1시 40분부터 2시 10분까지는 SB250 스포츠 바이크전 결승 경기가 진행된다. 2시 20분부터 2시 50분까지는 SS600 슈퍼스포츠전 결승 경기가 진행된다. 그리고 나서 모터스턴트쇼 2부 공연이 있은 뒤 3시 20분부터 3시 50분까지 한일 슈퍼바이크 통합전 결승 경기가 진행된다. 이 경기 후 곧바로 메인 스트레이트 구간 스타팅 그리드에 관람석을 향하여 시상대를 설치하고서 각 클래스별 시상식을 진행한다. 시상식이 끝나면 컨트롤타워 1층 프레스룸에서 한일 슈퍼바이크 통합전 1, 2, 3위 선수들에 대한 언론사 인터뷰 시간이 예정되어 있다.

관람객들과 마찬가지로 레이싱팀들도 점심 식사 시간을 갖고 있다. 대구팀들처럼 차를 타고 밖에 나가서 식사를 하는 팀들도 있고 할리스 피릿 레이싱팀처럼 컨트롤타워 지하 1층 구내식당에서 프리미엄 도시락으로 식사를 하는 팀들도 있다. 피트 뒤 패독에 행사천막을 두세 개씩 쳐놓고 안에 접이식 야외테이블을 여러 개 붙여 놓고 둘러앉아서 식사를 하는 팀들도 있다. 인상 깊은 것은 패독에 행사천막을 쳐놓고 숯불바비큐파티를 하는 국내 팀들 중에서, 13번 피트에 광주허리케인 레이싱팀과 14번 피트에 부산스피드스타 레이싱팀, 17번 피트에 구미화이트라이온 레이싱팀이 다섯 팀의 일본 레이싱팀을 서로 나누어 전원 초대해서 숯불바비큐와 넉넉히 준비해 온 한식으로 모두 다 함께 점심 식사를 하고 있다는 것이다. 모두가 오토바이를 좋아한다는 하나의 이유로 어색하지 않은 편안한 분위기 속에 일본 팀원들도 낯을 가리지 않고 한국 팀원들 사이에서 즐겁게 식사를 하고 있다. 일본 팀원들과 한국 팀원들 사이에 한 명씩 앉아 함께 식사를 하는 일본레이싱걸들은 아직 평상복을 입고 있어 평범한 일본의 젊은 여성들로만 보인다. 유찬의 하이레벨 레이싱팀은 서연을 포함한 회원들과 함께 유찬 아버지 관광버스를 타고 미리 예약해 놓은 식당에 단체 식사를 하러 서킷 밖으로 나갔다. 준 레이싱팀은 6번 피트 뒤 패독에 행사천막 2개를 쳐놓고 안에 접이식 사각테이블 4개를 가깝게 놓고 둘러앉아 해병대 형이 요리해 온 중화요리를 먹고 있다. 접이식 사각테이블과 플라스틱 원형의자들은 만수가 운전해 온 라이더스 퀵서비스 스타렉스 3밴에 싣고 왔다. 해병대 형은 SUV모하비에 지금 먹고 있는 음식을 싣고 왔다. 개인별 식사로는 해산물이 넘치는 삼선볶음밥이고 요리에는 유산슬, 깐풍기, 깐쇼새우, 크림새우, 양장피, 팔보채, 탕수육, 고추잡채가 있다. 그야말로 해병대 형이 크게 한턱낸 잔치다. 회색 반팔 티셔츠에 카키색 밴딩 슬랙스 면바지를 입은 해병대 형은 피트를 등진 첫 번째 테이블 원형의자에 앉아 식사를 하고 있다. 해병대 형 오른쪽 옆으로는 그레이화이트색상의 슬림핏 여름 정장을 입은 만수가 원형의자에 앉아 식사를 하고 있다. 이들의 맞은편 자리에는 마츠모토 준과 그의 여자 친구 이시카와 유이가 나란히 옆으로 원형의자에 앉아 식사를 하고 있다. 밀짚 리본 페도라모자 아래로 갈색의 긴 웨이브 머리를 내린 34살 이시카와 유이는 노란색 스프라이트 긴팔 티셔츠에 바지 단을 발목 위까지 서너 번 접어 올린 블루진을 입고 있다. 발에는 연갈색 플랫슈즈를 신었다. 이시카와 유이 오른쪽 옆에 앉아 있는 마츠모토 준은 준 레이싱팀 반팔 레이싱 남방을 입고 있다. 이들 넷의 옆쪽 두 번째 테이블에 피트 뒤쪽을 등진 원형의자 2개에는 팀 반팔 레이싱 남방을 입은 우승이와 기훈이가 나란히 옆으로 앉아 식사를 하고 있다. 우승이 오른쪽 옆에 기훈이가 앉아 있다. 이들의 맞은편 자리에는 팀 반팔 레이싱 남방을 입은 대산이와 연두색 반팔 하와이안셔츠를 입은 덕진이 나란히 옆으로 원형의자에 앉아 식사를 하고 있다. 대산이 왼쪽 옆에 덕진이 앉아 있다. 이들 넷의 옆쪽 세 번째 테이블에 피트 뒤쪽을 등진 원형의자 2개에는 군청색 슬림핏 여름 정장을 입은 대식과 하늘색 슬림핏 여름 정장을 입은 규식이 나란히 옆으로 앉아 식사를 하고 있다. 대식이 오른쪽 옆에 규식이 앉아 있다. 이들의 맞은편 자리에는 커플룩으로 분홍색 반팔 티셔츠와 연청진을 입은 건이와 지아가 원형의자에 나란히 옆으로 앉아 식사를 하고 있다. 건이 왼쪽 옆에 지아가 앉아 있다. 이들 넷의 옆으로 네 번째 테이블에 피트 뒤쪽을 등진 원형의자에는 준 레이싱팀 반팔 레이싱 남방을 입은 석현이 앉아 식사를 하고 있다. 그의 맞은편 자리에는 봄이가 원형의자에 앉아 식사를 하고 있다. 머리에 쓴 흰색 캡모자 양옆으로 내려온 중단발 갈색 머리를 양쪽 모두 귀 뒤로 넘긴 봄이는 얇은 긴팔 청남방에 블랙스키니 진을 입고 있다. 발에는 빨간색 경량 런닝화를 신었다. 봄이는 기자 출입 카드를 목에 걸고 있고 석현의 대전 친구들과 덕진이, 이시카와 유이는 준 레이싱팀 회원 카드를 목에 걸고 있다. 준 레이싱팀 회원 카드는 석현이 전날 컨트롤타워 1층 출입관리실에 가서 담당직원에게 신청하여 미리 받아 놓은 것이다. 회원은 가입된 팀의 회원 카드가 있어야 피트에 출입할 수 있다.

봄이가 테이블 중앙 원형접시에 크림새우를 나무젓가락으로 한 점 집어 입에 넣고 우물우물 먹다가 목으로 삼키고서 맞은편 자리에서 식사하고 있는 석현을 불렀다.

"석현 선수."

삼선볶음밥을 입안에 한입 가득 넣고 꼭꼭 씹던 석현이 이내 목으로 삼키고서 "네." 하고 대답했다. 봄이가 슬그머니 눈을 돌려 해병대 형을 잠깐 쳐다보았다가 다시 석현을 보며 말했다.

"저기 마츠모토 준 단장님 앞에 앉아 식사하시는 해병대 형이라는 분이 이 중식을 다 요리해서 가지고 오신 거라고 했죠?"

석현이 고개를 끄덕이고 나서 대답했다.

"네, 맞아요. 저 형이 대전 팔각반점 사장이에요. 배달 직원이 둘이나 있지만 요리사에게 주방을 맡기고 틈틈이 직접 배달을 나가서 고객들을 만나는 열정적인 CEO죠."

봄이가 석현에게 엄지손가락을 들어 보이며 말했다.

"지금껏 제가 먹어 본 중식 중에 최고예요."

"그래요, 다행이네요. 한 기자님, 많이 드세요." 하고 말한 석현이 앉은 상태에서 상체를 왼쪽으로 틀어 첫 번째 테이블에서 식사하는 해병대 형을 큰 목소리로 불렀다.

"해병대 형."

해병대 형이 숟가락질을 멈추고 고개를 오른쪽으로 돌려 석현을 쳐다보았다. 석현은 해병대 형을 쳐다보며 큰 목소리로 "여기 삼선볶음밥 하나 더." 하고 말한 뒤 이어서 "할 수 있지?" 하면서 한껏 해맑은 표정을 지었다. 마츠모토 준은 '풋!' 웃음을 터트리며 입안의 밥알 몇 개를 공중에 날렸다. 해병대 형은 석현을 쳐다보며 쓴웃음을 지었다. 그러면서 "야! 헛소리하지 마. 여기서 햇반 사다 밥 볶으리? 어디서 웃기지도 않는 볶음밥 추가 타령이야!" 하고 소리쳤다. 식사를 하고 있던 친구들은 재미있다는 듯이 킥킥킥 웃었다. 입 안에 깐풍기를 목으로 삼킨 이시카와 유이가 수줍게 미소를 지으며 해병대 형에게 말했다.

"쉐프님, 요리가 정말로 맛있습니다."

부드럽게 미소 지은 해병대 형이 이시카와 유이에게 친절한 목소리로 말했다.

"아리가토우고자이마스. 많이 드세요."

이시카와 유이는 고개를 깍듯이 숙였다 들면서 "네. 감사합니다." 하고 말했다.

"유이 씨."

석현이 이시카와 유이를 불렀다. 이시카와 유이는 고개를 왼쪽으로 돌려 가장 끝 네 번째 테이블 대각선 방향에 앉은 석현을 쳐다보았다. 싱긋 웃은 그녀는 정다운 목소리로 "네." 하고 대답했다. 자연스럽게 미소 지은 석현은 "오늘 저희 시합하는데 응원 와 주셔서 감사합니다."라고 이시카와 유이에게 말했다. "아니요, 오히려 저는 응원 올 수 있어서 감사한데요." 하고 말한 이시카와 유이가 오른쪽으로 고개를 돌렸다. 그녀는 옆에 앉아 식사하는 마츠모토 준을 쳐다보며 "다들 너무 친절하게 대해 주셔서 감사합니다." 하고 말했다. 삼선볶음밥을 한 숟가락 떠 올린 마츠모토 준은 이시카와 유이를 보면서 싱긋 웃은 뒤 "한국 사람들은 정말 정이 많아." 하고 말했다. 이시카와 유이가 미소 띤 얼굴로 마츠모토 준을 보며 고개를 끄덕이는데 봄이가 석현을 불렀다.

"석현 선수."

숟가락 쥔 오른손을 멈춘 석현이 봄이를 쳐다보며 "네." 하고 대답했다. 봄이는 차분한 목소리로 "우승하길 기도할게요." 하고 말했다. "네, 고마워요." 하고 말한 석현이 삼선볶음밥을 가득 뜬 숟가락을 입안에 넣었다.

1시 30분. 점심 식사 시간이 끝나고 나서 12랩 주행의 SB250 스포츠 바이크전 결승 경기가 진행되었다. 예선 2위 박 단장과 예선 5위 대산이 예선 6위 기훈이를 포함해서 모두 25명의 선수가 출전한 경기다. 이 경기에서 대구 현대 모터 수리 레이싱팀 박 단장이 경쟁자들과 치열한 레이싱을 펼친 끝에 2위로 피니쉬 라인, 결승선을 통과했다. 박 단장이 9랩까지 단독 선두로 질주하다가 점점 더 체력이 저하되며 28살 남자 선수에게 역전당해 안타깝게 우승을 놓쳤지만 그가 52세라는 점을 감안한다면 사실상의 우승자는 박 단장이다. 컨트롤타워 2방송실의 유튜브 〈모터스포츠TV〉 생방송 해설진과는 별개로 1방송실에서 현장 경기진행 방송을 하고 있는 여자 진행자는 목소리가 떨릴 정도로 감동했다. 그녀는 강원서킷 전체에 쩌렁쩌렁 울리는 목소리로 경기를 마치고 피트로 복귀하는 박 단장의 이름을 크게 외쳤다. 이어서 박 단장이 2년간의 고독한 도전 끝에 준우승을 이루어 낸 것이라고 관람객들에게 목소리 높여 알렸다. 〈모터스포츠TV〉 생중계 방송 영상을 메인스탠드 관람석의 관람객들에게 무음으로 보여 주고 있는 피트동 옥상에 세로 21미터 가로 32미터의 초대형 LED스크린에서는 박 단장의 실시간 모습이 이어지고 있다. 그는 피트로드에서 레이싱 오토바이를 달리면서 좌측 세퍼레이트 핸들에서 뗀 왼손을 주먹 쥐고 힘차게 흔들고 있다. 4위로 결승선을 통과한 대산이와 7위로 결승선을 통과한 기훈이도 코스에서 피트로드로 레이싱 오토바이를 몰고 들어왔다. 기다리고 있던 석현은 6번 피트로 복귀한 대산이와 기훈이를 차례로 축하해 주고 격려해 준 뒤 박 단장을 축하해 주려고 서둘러 1번 피트로 걸어갔다. 대구자유비행 레이싱팀 팀원들의 축하를 받고 있던 박 단장은 자신에게 걸어오는 석현을 보고 눈물을 쏟았다. 석현은 박 단장에게 가까이 다가가 오른손을 내밀었다. 박 단장은 오른손을 들어 석현과 손을 맞잡으며 "고맙데이." 하더니 "이 선수는 꼭 우승해라. 알겠지." 하고 덧붙여 말했다. 두 사람 옆에 서 있는 박 단장의 아내는 남편의 준우승에 마음이 벅차 와 눈물을 글썽이고 있다.

12랩 주행 SB250 스포츠 바이크전 결승 경기에 이어서 21명의 선수들이 경쟁하는 SS600 슈퍼스포츠전 15랩 주행 결승 경기가 진행되었다. SS600 슈퍼스포츠전에서 지난 4라운드 1위였던 석현이 KSB1000으로 승급해 A클래스 선수 자격으로 한일 슈퍼바이크 통합전에 출전하는 관계로 지난 4라운드 3위까지가 아닌 4위까지의 SS600 선수들이 한일 슈퍼바이크 통합전에 차출되었다. 그로 인해 SS600 슈퍼스포츠전 5라운드 결승 경기는 중상위권 선수들에게는 그야말로 우승을 노릴 수 있는 절호의 기회였다. 모두의 예상대로 SS600 슈퍼스포츠전 결승 경기에서는 그간 중상위권에 머물던 선수들의 물고 물리는 치열한 접전이 연이어 벌어졌다. 그 치열한 접전 끝에 평소 상위권을 위협하던 광주허리케인 레이싱팀의 71번 명규호가 가장 먼저 체커기를 받으며 결승선을 통과해 우승을 차지했다. 한일 슈퍼바이크 통합전에 출전했던 같은 팀의 37번 김범수와 40번 오시우 66번 김보석이 연습 주행 중 사고로 인해 결승 경기에 나서지 못하게 된 침울한 상황에서 71번 명규호가 정말 큰일을 해낸 것이다. 71번 명규호의 SS600 슈퍼스포츠전 5라운드 우승은 광주허리케인 레이싱팀에 큰 위로를 주었고 위기 속에 일어서는 팀의 저력을 보여 주었다.

메인 스트레이트 구간에서 모터스턴트쇼 2부 공연이 한참 진행 중인 가운데 방송실에서 안내방송을 내보냈다. 한일 슈퍼바이크 통합전에 출전하는 모든 선수들은 3시 10분까지 코스대기 구간으로 집결해 달라는 내용이다. 안내방송은 한국어와 일본어 영어로 3차례 이어져 나갔다. 방송이 나간 지금 시간은 3시다. 석현은 6번 피트 안 접이식 사각테이블의 접이식 등받이 의자에 앉아 마주 보이는 웨이팅 에어리어 쪽을 가만히 응시하고 있다. 석현이 입고 있는 온로드 레이싱 원피스 슈트는 지난 달 일본 스즈카서킷 8시간 내구레이스대회에서 사고로 운명한 준서가 입고 있던 것이다. 오른팔 팔꿈치 아래쪽과 등 부분이 노면에 거칠게 갈려 있어 사고 흔적이 역력한 준서의 온로드 레이싱 원피스 슈트 가슴 부분에는 '준 레이싱팀' 검은색 가죽 글자가 오바로크 미싱되어 있고 왼쪽 어깨 아래에는 금장 태극기가 붙어 있다. 석현의 맞은편에 웨이팅 에어리어를 등지고 접이식 등받이 의자에 앉아 있는 우승이는 아까부터 긴장한 얼굴이다. 그는 컵 아메리카노를 빨대로 한 모금 마시고 조금 전 들여다본 손목시계를 다시 한번 들여다보았다. 마츠모토 준과 이시카와 유이, 대산이와 기훈이 그리고 덕진이와 대전 친구들은 다른 팀처럼 소속팀 피트 앞 방호벽 인도에 한 줄로 늘어서서 모터스턴트쇼 2부 공연을 관람하고 있다. F3포퓰러카와 슈퍼레이스 6000클래스 레이싱카 그리고 1300cc 스포츠투어러 오토바이가 메인 스트레이트 구간에서 천둥 소리를 내며 드래그레이싱을 벌이고 있다. 결승 경기를 치른 대산이와 기훈이의 레이싱 오토바이는 마츠모토 준의 레이싱 오토바이와 함께 6번 피트 앞 웨이팅 에어리어 좌측에 킥사이드 받침대로 받쳐져 나란히 옆으로 세워져 있다. 다시 6번 피트 안, 석현의 왼쪽 옆으로 앞 타이어 정비거치대와 뒤 타이어 정비거치대로 받쳐져 바닥에서 15센티쯤 떠 있는 준서의 레이싱 오토바이는 앞, 뒤 타이어에 타이어 워머가 씌워져 있다. 석현은 우승이와 함께 준서의 레이싱 오토바이 앞 타이어와 뒤 타이어를 마지막 1조 남은 신품 슬릭타이어로 교체했고 그러면서 옥탄 부스터를 섞은 휘발유도 15랩을 고속 질주할 수 있을 만큼 보충했다. 레이싱 오토바이 양쪽 사이드 커버 하단에는 '준 레이싱팀' 흰색 글자 스티커를 선수 번호 08번 옆으로 반듯이 부착했다. 엔진오일도 교환해 놓았다. 레이싱 선수들이 쓰는 엔진오일은 급가속이 연이어 이어지는 혹독한 주행을 버티는 고성능 타입의 100퍼센트 합성오일로 교환주기가 일반도로용처럼 길지 않다.

우승이가 빨대로 한 모금 더 마신 컵 아메리카노를 접이식 사각테이블에 내려놓고 석현을 불렀다.

"저기요, 이 선수님."

감고 있던 눈을 뜬 석현이 우승이를 보며 "예, 윤우승 정비사님." 하고 대답했다. 우승이는 입가에 미소를 지으며 조심스런 목소리로 물었다.

"지금 입고 계신 레이싱 슈트요, 우리 팀의 서준서 선수님이 생애 마지막 시합에서 입고 계셨던 거라고 하던데요."

"네, 맞아요." 하고 석현은 대답했다. 우승이가 이어서 물었다.

"어떤 의미인가요? 결승시합에 나가면서 서준서 선수님의 레이싱 슈트를 입으신 거요."

잠시 머뭇거린 석현이 곧 담담한 목소리로 대답했다.

"이번 시합은 준서를 위한 시합이기 때문이죠."

우승이가 싱긋 웃어 보이자 석현이 "이제 나가야 할 시간이에요." 하고 말했다. "네." 하고 대답한 우승이가 앉은자리에서 일어섰다. 그는 준서의 레이싱 오토바이 쪽으로 걸어가 앞 타이어 앞에 오른쪽 무릎을 꿇고 앉았다. 같이 자리에서 일어선 석현도 준서의 레이싱 오토바이 쪽으로 걸어가 뒤 타이어 앞에 오른쪽 무릎을 꿇고 앉았다. 우승이와 석현은 차분한 손놀림으로 뜨끈뜨끈한 타이어 워머를 벗겨 냈다. 앉은자리에서 일어선 우승이가 앞 타이어의 타이어 워머를 한쪽으로 치우며 석현에게 말했다.

"있다가 스타팅 그리드 행사 시간에 다 같이 코스로 입장할 때 타이어 워머하고 발전기는 제가 잘 챙겨 가지고 나갈게요."

앉은자리에서 일어선 석현이 "네." 하고 대답한 뒤에 뒤 타이어의 타이어 워머를 한쪽으로 치우자 우승이가 레이싱 오토바이 정면에 서서 오른손으로 앞 타이어 정비거치대를 탈착해 한쪽으로 치웠다. 그사이, 레이싱 오토바이 왼쪽 옆에 선 석현이 오른발로 킥사이드 받침대를 펴자 뒤 타이어 쪽으로 걸어 간 우승이가 오른손으로 뒤 타이어 정비거치대도 탈착해 한쪽으로 치웠다. 2개의 타이어 정비거치대가 모두 탈착된 레이싱 오토바이의 앞, 뒤 타이어는 기름 흡착 매트 깐 바닥으로 내려왔다. 그러면서 레이싱 오토바이는 킥사이드 받침대로 세워졌다. 우승이는 접이식 사각테이블에 놓인 석현의 풀페이스 헬멧과 온로드 레이싱 장갑을 가져다가 레이싱 오토바이 연료탱크 위에 올려놓았다. 우승이에게 고맙다는 인사로 고개를 꾸벅 숙였다가 든 석현은 먼저 풀페이스 헬멧을 들어 머리에 푹 눌러쓰고 턱 끈을 고정 고리에 걸고 단단히 조여 매듭을 짓고서 온로드 레이싱 장갑을 한 손에 한쪽씩 두 손에 꼈다. 그리고는 왼손으로 좌측 세퍼레이트 핸들을 잡고 오른발을 들어 운전석 시트 위로 넘겨 브레이크 페달스텝에 얹으며 레이싱 오토바이에 앉았다. 방호벽 인도에 서서 드래그레이싱을 관람하고 있던 마츠모토 준이 어느새 자리를 옮겨 웨이팅 에어리어에 서 있다. 그는 준서의 레이싱 슈트를 입은 석현을 가만히 쳐다보고 있다. 왼발로 킥사이드 받침대를 접은 석현은 오른손으로 핸들 키홀에 꽂힌 키를 잡아 오프에서 온으로 돌렸다. 그러면서 우측 세퍼레이트 핸들 스위치 박스에 엔진 온오프 스위치를 오프에서 온으로 누르고서 그 아래 시동 버튼을 눌렀다. 즉시 시동이 걸린 레이싱 오토바이 머플러에서 시뻘건 불꽃과 함께 피트 안 전체를 크게 울리는 천둥소리가 터져 나왔다. 그러자 방호벽 인도에 서 있던 기훈이와 대산이, 덕진이와 대전 친구들, 이시카와 유이가 동시에 뒤돌아서서 6번 피트 안에서 코스인 준비를 하는 석현을 쳐다보았다. 그때 메인 스트레이트 구간에서 드래그레이싱을 벌이던 모터스턴트쇼 공연팀은 12번 코너에 길이 난 샛길인 피트 진입로로 퇴장하기 시작했다.

클러치 레버를 잡은 석현은 기어 변속 레버를 아래로 한 칸 밟아 내려 1단 기어를 넣고 클러치 레버를 놓으며 액셀 그립을 살며시 감았다. 석현이 운전하는 준서의 레이싱 오토바이가 피트 안에서 출발하자 우승이가 연신 박수를 쳐대며 힘차게 "이석현 파이팅!"을 외쳤다. 웨이팅 에어리어에 서 있는 마츠모토 준은 빙긋 웃으며 두 손 엄지손가락을 들어 보였다. 웨이팅 에어리어에서 우회전하는 석현은 왼쪽에 서 있는 마츠모토 준을 지나치는 순간 왼손 엄지손가락을 들어 보이고 그대로 피트로드로 레이싱 오토바이를 몰고 나갔다. 방호벽 인도에 서 있는 기훈이와 대산이 덕진이와 대전 친구들과 이시카와 유이는 다들 석현을 향해 박수를 치며 환호성을 질렀다. 그들에게 왼손을 흔들어 주고서 피트로드를 서행하며 달리는 08번 석현은 아직 선수들이 나오지 않은 코스 진입로 대기 구간 가장 앞쪽에 레이싱 오토바이를 정차하며 시동을 껐다. 잠시 뒤, 할리스피릿 레이싱팀 05번 소시헌이 08번 석현의 뒤로 레이싱 오토바이를 정차했다. 그 뒤로 같은 팀의 99번 해리 해리스가 레이싱 오토바이를 정차했다. 이어서 일본 레이싱팀 선수 4명이 앞, 뒤 간격 1미터를 유지하며 레이싱 오토바이를 정차했다. 이들의 뒤로 01번 유찬이 레이싱 오토바이를 정차했다. 01번 유찬의 뒤로 한일 슈퍼바이크 통합전에 출전하는 선수들이 코스 진입로 대기 구간에 속속히 레이싱 오토바이를 정차했다. 일본팀 선수들 오른쪽 2미터 옆에는 일본팀 레이싱걸들이 두 손으로 손잡이를 잡은 우산으로 바닥을 짚고 당당하게 미소 지으며 서 있다. 일본팀 선수 중에서 가장 앞쪽에 레이싱 오토바이를 정차한 107번 나카야마 켄 오른쪽 2미터 옆에 금발염색 긴 머리 레이싱걸은 메탈반짝이 빨간색 비키니를 입고 연두색 하이힐을 신었다. 107번 나카야마 켄 뒤로 레이싱 오토바이를 정차한 101번 오카자키 신지 오른쪽 2미터 옆에 갈색 염색 긴 머리 레이싱걸은 어깨끈이 없는 메탈반짝이 흰색 튜브톱에 메탈반짝이 흰색 1부 레깅스를 입고 주황색 하이힐을 신었다. 101번 오카자키 신지 뒤로 레이싱 오토바이를 정차한 115번 이에나가 유이치 오른쪽 2미터 옆에 검은색 긴 머리 레이싱 걸은 어깨끈 없는 메탈반짝이 녹색 튜브톱에 메탈반짝이 녹색 미니스커트를 입고 노란색 하이힐을 신었다. 115번 이에나가 유이치 뒤로 레이싱 오토바이를 정차한 124번 츠카모토 료헤이 오른쪽 2미터 옆에 갈색 염색 긴 웨이브머리 레이싱걸은 메탈반짝이 핑크색 브라톱에 메탈반짝이 핑크색 1부 레깅스를 입고 핑크색 하이힐을 신었다. 연습 주행 중 사고를 당해 본선 경기에 출전하지 못하게 된 109번 니시무라 요스케의 브루라이토 레이싱팀 레이싱걸은 11번 피트 앞 웨이팅 에어리어에 서서 펼친 팀 홍보우산을 두 손에 들고 환하게 웃고 있다. 금발 염색 긴 머리의 그녀는 메탈반짝이 파란색 브라톱에 메탈반짝이 파란색 미니스커트를 입고 흰색 하이힐을 신었다. 일본팀의 레이싱걸들 유니폼 색상은 소속팀 선수들이 입은 온로드 레이싱 원피스 슈트와 레이싱 오토바이에 입혀진 팀컬러와 일치한다.

20명의 한일 슈퍼바이크 통합전 선수들이 전원 코스 진입로 대기 구간에 집결하자 4명의 진행요원은 선수들의 복장 검사를 실시했다. 진행요원들의 신속한 움직임이 이어지면서 10분이 안 걸려 복장 검사가 끝났고 팀장급 진행요원은 왼쪽 어깨에 매단 무전기 키 버튼을 잡고 컨트롤타워 4층 관제실과 3층 방송실로 "한일 슈퍼통합전 코스인 준비 완료!"라고 무전을 보냈다. 곧바로 관제실에서 선수들을 코스인시키라는 무전이 4명의 진행요원 무전기로 들려왔다. 팀장급 진행요원은 가장 앞에 레이싱 오토바이를 정차한 08번 석현의 우측 앞쪽으로 가서 섰다. 그는 머리 위로 오른손을 들어 둘째손가락을 펴고 원을 반복해서 그리면서 커다란 목소리로 '스타트 엔진!'을 두 번 반복해서 소리쳤다. 선수들은 두 손으로 잡은 양쪽 세퍼레이트 핸들로 레이싱 오토바이를 똑바로 일으켜 세우고 왼발로 킥사이드 받침대를 접은 뒤 엔진 온오프 스위치를 온으로 누르고서 시동 버튼을 눌렀다. 코스 진입로 대기 구간에는 20대의 레이싱 오토바이들이 일시에 터트리는 폭발적이면서도 웅장한 머플러 배기음이 소용돌이쳤다. 선수들 모두 코스인 준비를 마치자 팀장급 진행요원은 08번 석현을 쳐다보며 둘째손가락을 곧게 편 오른손으로 코스 진입로 쪽을 가리키면서 힘찬 목소리로 "코스인, 스타팅 그리드."를 외쳤다. 08번 석현은 그 즉시 레이싱 오토바이를 출발시켜 앞으로 나아가다가 좌회전해서 샛길인 코스 진입로로 들어갔다. 08번 석현의 뒤에 줄 서 있던 선수들도 차례대로 레이싱 오토바이를 출발시켜 주행하다가 좌회전하며 샛길인 코스 진입로로 들어갔다.

선서하듯 왼손을 들고 가장 선두에서 코스 진입로를 달리던 석현이 코스 진입로 출구 직전 들고 있던 왼손으로 풀페이스 헬멧 윈드쉴드를 완전히 내려닫고 좌측 세퍼레이트 핸들을 잡으며 우회전해서 코스로 입장했다. 가장 먼저 코스에 입장한 08번 석현은 속도를 순간적으로 빠르게 올려 1번 코너를 향해 거침없이 달리며 바람을 가르기 시작했다. 08번 석현 후미의 선수들도 코스에 입장하는 즉시 속도를 빠르게 올려 1번 코너를 향해 거침없이 달렸다. 08번 석현은 한일 슈퍼바이크 통합전 선수들을 이끌며 1번 코너부터 12번 코너까지 전력을 다한 속도로 선회하고 메인 스트레이트 구간으로 들어섰다. 피트동 옥상에 세로 21미터 가로 32미터 초대형 LED스크린은 클로즈업된 08번 석현의 모습에 '예선 1위 대한민국 레이서 이석현'이라는 자막을 넣어 메인스탠드 관람석 관람객들에게 소개하고 있다. 각 팀 팀원들은 소속팀 선수가 지정받은 스타팅 그리드에 모여서서 스타팅 그리드 행사 시간을 준비하고 있다. 모두 14번 피트 맞은편 방호벽에 설치된 가로 5미터 세로 1.5미터의 도르래 미닫이철문을 통해 스타팅 그리드로 입장한 것이다. 스타팅 그리드 전방에는 본네트에 대형 태극기 스티커를 부착한 세프티카가 경광등과 비상등을 켜고 1번 코너를 바라보며 정차해 있다. 메인 스트레이트 구간을 달려오던 선수들은 각자 예선 순위대로 지정받은 스타팅 그리드(ㄱ)에 레이싱 오토바이를 멈춰 세우며 시동을 껐다. 08번 석현은 스타트 구간 첫 번째 가로줄 가장 좌측인 '폴포지션' 1번 스타팅 그리드에 레이싱 오토바이를 멈춰 세우고 시동을 껐다. 첫 번째 가로줄 가장 좌측 제일 앞쪽 스타팅 그리드가 스타트해서 1번 우회전 코너에 진입할 때 어떤 자리보다 유리한 건 코너 돌기의 기본이 아웃코스-인코스-아웃코스이기 때문이다. 08번 석현이 레이싱 오토바이에서 내렸다. 우승이는 양쪽 세퍼레이트 핸들을 잡고 있다. 그러면서 대산이는 앞 타이어 정비거치대를 장착했고 기훈이는 뒤 타이어 정비거치대를 장착했다. 그러자 마츠모토 준은 앞 타이어에 타이어 워머를 씌웠고 우승이는 뒤 타이어에 타이어 워머를 씌웠다. 작업이 끝나자 우승이는 이동식 발전기를 켜서 연결되어 있는 타이어 워머에 전기를 공급했다. 옆에 서서 기다리고 있던 08번 석현은 다시 레이싱 오토바이에 앉았다. 그러면서 오른손으로 풀페이스 헬멧 윈드쉴드를 위로 완전히 올렸다. 예선 경기 1위 08번 석현의 오른쪽 아래로 2번 스타팅 그리드에는 예선 경기 2위 99번 해리 해리스가 정차했다. 99번 해리 해리스의 오른쪽 아래로 3번 스타팅 그리드에는 예선 경기 3위 101번 오카자키 신지가 정차했다. 101번 오카자키 신지 오른쪽 아래로 4번 스타팅 그리드에는 예선 경기 4위 01번 유찬이 정차했다. 예선 경기 5위 124번 츠카모토 료헤이는 08번 석현의 3미터 뒤쪽인 5번 그리드에 정차했다. 124번 츠카모토 료헤이 오른쪽 아래로 6번 스타팅 그리드에는 107번 나카야마 켄이 정차했다. 107번 나카야마 켄 오른쪽 아래로 7번 스타팅 그리드에는 115번 이에나가 유이치가 정차했다. 115번 이에나가 유치치 오른쪽 아래로 8번 스타팅 그리드에는 12번 안중기가 정차했다. 124번 츠카모토 료헤이 3미터 뒤쪽 9번 스타팅 그리드에는 11번 남진호가 정차했다. 11번 남진호 오른쪽 아래로 10번 스타팅 그리드에는 13번 안재성이 정차했다. 13번 안재성 오른쪽 아래로 11번 스타팅 그리드에는 05번 소시헌이 정차했다. 05번 소시헌 오른쪽 아래로 12번 스타팅 그리드에는 15번 박한결이 정차했다. 11번 남진호 3미터 뒤로 13번 스타팅 그리드에는 22번 최정우가 정차했다. 22번 최정우 오른쪽 아래 14번 스타팅 그리드에는 24번 유석원이 정차했다. 24번 유석원 오른쪽 아래로 15번 스타팅 그리드에는 32번 임보경이 정차했다. 32번 임보경 오른쪽 아래로 16번 스타팅 그리드에는 17번 김용진이 정차했다. 22번 최정우 3미터 뒤로 17번 스타팅 그리드에는 74번 이훈이 정차했다. 74번 이훈 오른쪽 아래로 18번 스타팅 그리드에는 19번 양휘성이 정차했다. 19번 양휘성 오른쪽 아래로 19번 스타팅 그리드에는 03번 김혁기가 정차했다. 마지막으로, 03번 김혁기 오른쪽 아래로 20번 스타팅 그리드에는 16번 박호민이 정차했다.

앞 타이어, 뒤 타이어에 정비거치대를 장착하고 타이어 워머를 씌운 레이싱 오토바이에 선수들이 앉아 팀원들과 활기찬 대화를 나누거나 기념사진을 찍고 있는 가운데 스타팅 그리드로 한국팀 레이싱걸 16명과 일본팀 레이싱걸 4명이 입장했다. 한국 레이싱걸들의 절반은 은색 메탈반짝이 브라톱에 은색 메탈반짝이 미니스커트를 입었고 발에는 은색 메탈반짝이 하이힐 롱부츠를 신었다. 나머지 절반은 파란색 메탈반짝이 브라톱에 파란색 메탈반짝이 1부 레깅스를 입었고 발에는 파란색 메탈반짝이 하이힐 롱부츠를 신었다. 16명의 한국 레이싱걸들은 미리 배정받은 선수들 왼쪽 옆에 섰다. 그녀들은 대회 홍보우산을 펴서 레이싱 오토바이에 앉아 있는 선수와 함께 쓰고 각자 매력적인 포즈를 취했다. 일본팀 레이싱걸들도 레이싱 오토바이에 앉아 있는 소속팀 선수 왼쪽 옆에 서서 홍보우산을 함께 쓰고 멋진 포즈를 취했다. 08번 석현의 왼쪽 옆에는 은색 유니폼을 입은 레이싱걸이 섰다. 맞은편에 선 마츠모토 준은 스마트폰에 카메라를 설정하고 있다. 아직 온로드 레이싱 원피스 슈트를 입고 있는 기훈이와 대산이는 레이싱 오토바이 앞쪽에 나란히 오른쪽 무릎을 꿇고 앉아 맞은편에 마츠모토 준을 보며 둘이 나누어 쥔 태극기를 팽팽하게 펼쳤다. 마츠모토 준이 사진을 찍을 때 레이싱 오토바이에 앉은 08번 석현의 주위에 몰려 있는 대전 친구들과 덕진이 우승이, 이시카와 유이는 다 같이 환한 미소를 지으며 힘찬 파이팅을 외쳤다. 아름다운 시절을 담은 한 장의 사진이 마츠모토 준이 두 손에 쥔 스마트폰에 저장되자 컨트롤타워 3층 방송실의 여자 진행자는 선수 소개를 시작했다. 08번 석현부터 이름이 호명된 선수들은 관람객들에게 손을 흔들어 보였다. 〈모터스포츠TV〉의 호리호리한 남자 리포터와 덩치가 큰 남자 카메라맨은 08번 석현과 인터뷰를 했고 이 장면은 피트동 옥상에 세로 21미터 가로 32미터의 초대형 LED스크린에서 클로즈업 무음 영상으로 보여 주고 있다. 01번 유찬의 오른쪽 옆에는 릴리TV가 서 있다. 하이레벨 레이싱팀 반팔 레이싱 남방을 입고 있는 릴리TV는 스마트폰이 장착된 영상촬영 거치대를 오른손에 들고 01번 유찬의 모습을 촬영하며 실시간 유튜브 생방송을 진행하고 있다. 스타팅 그리드가 메인 경기 시작 전 열기로 뜨겁고 분주한 가운데 봄이는 다른 기자들처럼 선수들 사이사이를 다니며 잡지에 실을 사진을 촬영하고 있다. 기자들은 모두 흰색 영문 글자 'Press'가 쓰인 녹색조끼를 입고 있다.

이제 스타팅 그리드 행사 시간 10분이 모두 지나갔다. 컨트롤타워 3층 방송실의 여자 진행자는 스타팅 그리드 행사 시간을 마치니 팀 관계자들께서는 코스에서 퇴장해 주시길 바란다는 안내방송을 내보냈다. 세프티카는 코스를 한 바퀴 돌아 스타팅 그리드 뒤쪽에 선수들 등을 보며 정차하여 경광등을 번쩍이고 있다. 모든 레이싱걸들이 코스에서 퇴장하고 각 팀의 팀원들은 소속팀 선수들이 잠시 하차한 레이싱 오토바이에서 앞 타이어와 뒤 타이어 타이어 워머를 벗겨 내고 앞 타이어와 뒤 타이어 정비거치대를 탈착하고 있다. 준 레이싱팀에서는 대산이, 기훈이 우승이가 이 작업을 하고 있는 사이 레이싱 오토바이에서 내려온 석현은 마츠모토 준을 비롯해서 덕진이 대전 친구들과 한 번씩 손바닥을 마주치는 파이팅 세리머니를 하고 있다. 서연이도 08번 석현에게 가까이 다가왔다. 08번 석현은 연청스키니진에 하이레벨 레이싱팀 반팔 레이싱 남방을 입고 있는 서연을 향해 오른손을 들어 보였다. 서연은 오른손을 들어 08번 석현과 손바닥을 마주쳤다.

스타팅 그리드에 팀 관계자들과 신문사 기자들이 모두 빠져나갔다. 스타트 준비를 마친 한일 슈퍼바이크 통합전 선수들은 전원 레이싱 오토바이에 올라타 있다. 그 모습을 촬영하느라 마지막까지 스타팅 그리드에 남아 있던 봄이가 08번 석현의 오른쪽 옆으로 가까이 다가왔다. 08번 석현은 고개를 오른쪽으로 돌려 봄이를 쳐다보았다. 봄이는 입가에 잔잔한 미소를 지으며 말했다.

"시합 지켜보며 응원하고 있을게요."

08번 석현은 봄이를 향해 온로드 레이싱 장갑 낀 오른손과 왼손을 들어 두 손 하트를 만들어 보였다. 활짝 웃은 봄이는 08번 석현에게 오른손 엄지손가락을 들어 보이고 뒤돌아가서 빠른 걸음으로 걸어가 방호벽 도로래 미닫이철문으로 나가며 스타팅 그리드에서 퇴장했다. 온로드 레이싱 장갑 낀 두 손을 연료탱크에 내려놓고 봄이의 뒷모습을 지켜보던 08번 석현은 고개를 정면으로 돌렸다. 그러면서 오른손을 들어 풀페이스 헬멧 윈드쉴드를 내려닫고 메인 스트레이트 구간 끝 지점 1번 R26 우회전 코너를 주시했다. 그러는 사이 도로래 미닫이철문이 닫히고 컨트롤타워 3층 방송실의 여자 진행자는 힘찬 목소리로 20명의 한일 슈퍼바이크 통합전 선수들에게 '스타트 엔진!'을 지시했다. 20명의 선수들은 레이싱 오토바이에 시동을 켰다. 스타팅 그리드에서 천둥치는 소리가 연속적으로 터져 나오며 관람객들의 기분을 일순간 고조시켰다. 30초 후, 메인 스트레이트 구간 스타팅 그리드 깃발부스에 진행요원은 녹색 깃발을 휘날렸다. 웜업랩(시합 전 선수들의 긴장된 몸을 풀어 주는 시간을 부여하는 주행)을 한 바퀴 돌아오라는 신호다. 가장 먼저 1번 스타팅 그리드의 08번 석현이 출발했고 나머지 선수들도 순서대로 스타팅 그리드에서 출발했다. 08번 석현은 80퍼센트의 주행 속도로 한일 슈퍼바이크 통합전 선수들을 이끌며 1번 코너부터 12번 코너까지 돌고 나와 메인 스트레이트 구간을 달리다가 다시 1번 스타팅 그리드에 정차했다. 뒤따라오던 선수들도 속속히 자신의 스타팅 그리드에 정차했다. 선수들을 쫓아오던 세프티카는 12번 코너 우측으로 난 샛길인 피트 진입로로 들어가며 코스에서 퇴장했다. 스타팅 그리드 전방에는 두 손으로 잡은 적색 깃발을 팽팽하게 편 진행요원이 서 있다. 스타팅 그리드에 소등되어 있던 스타트 카운터 신호등에는 어느새 적색등이 점등되어 있다. 조금 전과는 또 다른 팽팽한 긴장감이 스타팅 그리드에 감돌고 있는 가운데 여자 진행자는 모든 선수들에게 스타트 준비를 지시했다. 20

명의 선수들은 클러치 레버를 잡고 기어 변속 레버를 아래로 한 칸 밟아 내려 1단 기어를 넣고 액셀 그립을 레드존까지 감아 올렸다. 20대의 레이싱 오토바이가 일시에 내뿜는 하이알피엠의 날선 배기음이 관람객들의 귓가를 울리며 스타팅 그리드에 긴장감이 최고조에 이른 상황, 적색 깃발을 들고 서 있던 진행요원은 도르래 미닫이철문을 통해 퇴장했다. 레이싱 오토바이 윈드스크린 안으로 상체를 잔뜩 웅크린 20명의 선수들은 모두 눈을 치켜들고 스타트 카운터 신호등을 노려보듯 강렬한 눈빛으로 주시했다. 적색등이 소등되고 주황색등이 점등되었다. 08번 석현이 깊이 들이마셨던 숨을 내뱉는 그때 주황색등이 소등되고 녹색등이 점등되었다. 그 순간, 20명의 선수들은 클러치 레버를 놓으며 액셀 그립을 한껏 감아 돌렸다. 20대의 레이싱 오토바이는 폭발적인 배기음을 터트리며 동시에 앞으로 '꽝꽝꽝!' 튀어나갔다. 한미일 선수들이 자존심과 명예를 걸고 겨루는 15랩의 레이싱 진검승부가 이제 시작되었다.

21

연주는 녹색등에 시작된다

관람객들의 뜨거운 환호성 속에 일시에 스타팅 그리드에서 출발한 20명의 선수들이 1번 R26 우회전 코너 브레이킹 지점으로 벌떼처럼 몰려 들어갔다. 08번 석현이 가장 먼저 오토바이를 우측으로 기울여 오른쪽 무릎 니슬라이더를 노면에 긁으며 풀뱅킹 선회했다. 그 뒤로 99번 해리 해리스, 101번 오카자키 신지, 01번 유찬을 포함한 한일 슈퍼바이크 통합전 선수들이 도미노 쓰러지듯 연쇄적으로 풀뱅킹 선회했다. 한일 슈퍼바이크 통합전 선수들이 1번 우회전 코너를 줄줄이 선회하는데 17번 김용진과 32번 임보경이 코너 입구에서 오토바이를 기울일 때 서로 충돌했다. 두 선수는 충돌하며 각자의 레이싱 오토바이와 함께 오른쪽으로 자빠졌다. 32번 임보경이 넘어진 자리에서 다급하게 일어서자 옆쪽에서 상체를 일으켜 노면에 앉은 17번 김용진이 두 손바닥이 위쪽을 향하게 드는 제스처를 해 보였다. 32번 임보경에게 '너 왜 그랬어!' 하고 항의하는 것이다. 두 선수에게는 안타까운 일이지만 다행히 2차 충돌은 발생하지 않았기에 24번 유석원과 22번 최정우, 74번 이훈, 19번 양휘성, 03번 김혁기, 16번 박호민은 무사히 1번 코너를 빠져나갔다.

08번 석현이 400미터의 직선 구간을 선두로 전력 질주하면서 2번 R74 좌회전 코너 브레이킹 지점에 다다르고 있다. 01번 유찬은 혼돈의 1번 코너 출구에서 기습적인 추월로 99번 해리 해리스와 101번 오카자키 신지를 한순간에 뒤로 밀어냈다. 01번 유찬은 08번 석현의 2미터쯤 0.276초 차 후미에서 전력 질주하고 있다. 08번 석현을 바짝 추격하는 그의 눈에서는 영혼을 갈아 태워 일으킨 불꽃이 일렁이고 있다. 01번 유찬의 3미터쯤 0.342초 차 후미에는 99번 해리 해리스가 전력 질주하고 있고 그 2미터쯤 0.265초 차 후미에서는 101번 오카자키 신지가 전력 질주하고 있다. 101번 오카자키 신지의 후미에서 긴 줄을 이으며 전력 질주하고 있는 선수들의 거리 차이도 아직까지는 2, 3미터쯤이다. 2번 코너를 향한 400미터의 직선 구간 끝자락, 08번 석현이 시속 230킬로가 넘어가는 속도로 질주하며 순간 왼쪽으로 고개를 돌려 후방을 확인하고 고개를 바로 했다. 뒤에 바짝 붙은 01번 유찬을 보았다. 08번 석현은 2번 R74 좌회전 코너 브레이킹 지점에서 앞브레이크 레버를 강하게 잡고 뒷브레이크 페달을 지그시 밟으며 오토바이를 좌측으로 기울여 왼쪽 무릎 니슬라이더를 노면에 긁으며 풀뱅킹 선회했다. 01번 유찬도 재빨리 오토바이를 좌측으로 기울여 왼쪽 무릎 니슬라이더를 노면에 긁으며 풀뱅킹 선회했다. 08번 석현과 01번 유찬은 1미터쯤 0.169초 거리 차이로 안쪽 회전 곡선으로 파고들어 갔다. 이어서 99번 해리 해리스와 101번 오카자키 신지가 안쪽 회전 곡선으로 파고들어 갔다. 08번 석현과 01번 유찬은 가장 굽은 지점을 시속 172킬로로 선회했다. 바짝 붙은 둘은 코너 출구 바깥쪽 회전 곡선으로 2번 좌회전 코너를 빠져나오며 거의 동시에 오토바이를 일으켜 급가속했다. 08번 석현과 01번 유찬은 바로 이어지는 3번 R22 우회전 코너 입구에서 감속하며 2단 엔진 브레이크도 걸면서 오토바이를 우측으로 기울여 오른쪽 무릎 니슬라이더를 노면에 긁으며 풀뱅킹 선회해 안쪽 회전 곡선으로 파고들어 갔다. 이어서 99번 해리 해리스와 2미터 후미에 101번 오카자키 신지가 안쪽 회전 곡선으로 파고들어 갔다. 이어서 124번 츠카모토 료헤이와 107번 나카야마 켄이 안쪽 회전 곡선으로 파고들어 갔다.

08번 석현과 1미터 후미에 01번 유찬은 4번 R11 우회전 코너 가장 굽은 지점을 기어 2단 시속 67킬로로 선회했다. 그러면서 거의 동시에 코너 출구 바깥쪽 회전 곡선으로 코너를 빠져나오며 오토바이를 일으켜 급가속했다. 둘은 5번 좌회전 코너까지 이어진 500미터의 직선 구간을 전력 질주했다. 이때 01번 유찬이 추월을 시도했다. 08번 석현은 01번 유찬이 자신의 오른쪽으로 레이싱 오토바이를 밀고 들어오자 상체를 더 숙여 가슴을 연료탱크에 완전히 붙이고 윈드스크린을 통해 전방을 주시했다. 그러면서 클러치 레버를 잡았다 놓은 사이 기어 변속 레버를 위로 한 칸 들어 올려 3단 시속 225킬로에서 4단으로 기어 변속했다. 01번 유찬도 4단으로 기어 변속했지만 그 사이 08번 석현의 1미터 뒤로 밀려났다. 08번 석현과 01번 유찬은 시속 250킬로가 넘어갈 때 5번 R60 좌회전 코너 브레이킹 지점에 들어서며 동시에 앞브레이크 레버를 잡고 뒷브레이크 페달을 밟았다. 그리고는 클러치 레버를 잡았다 놓은 사이 기어 변속 레버를 아래로 한 칸 밟아 내려 3단 엔진 브레이크를 걸며 5번 좌회전 코너 입구 바깥쪽 회전 곡선에서 오토바이를 좌측으로 기울였다. 08번 석현과 01번 유찬은 왼쪽 무릎 니슬라이더를 노면에 긁으며 풀뱅킹 선회하여 5번 좌회전 코너 안쪽 회전 곡선으로 파고들어 갔다. 둘은 가장 굽은 지점에서 레이싱 오토바이를 65도 가까이 기울여 선회하면서 왼쪽 무릎 니슬라이더와 왼쪽 팔꿈치 엘보우슬라이더를 경계빗금에 긁고 코너 출구 바깥쪽 회전 곡선으로 5번 좌회전 코너를 빠져나왔다. 이어서 99번 해리 해리스가 5번 좌회전 코너를 빠져나왔고 101번 오카자키 신지가 5번 좌회전 코너를 빠져나왔다. 이어서 124번 츠카모토 료헤이와 107번 나카야마 켄, 115번 이에나가 유이치가 5번 좌회전 코너를 빠져나오며 300미터의 직선 구간을 전력 질주했고 이들의 다음으로 12번 안중기가 5번 좌회전 코너를 빠져나오면서 300미터의 직선 구간을 전력 질주했다. 각 팀의 팀원들은 피트 앞쪽 내부 천장 밑 모퉁이벽 벽면 TV 앞에 모여서서 소속팀 선수들이 코스를 질주하는 장면을 긴장된 눈빛으로 지켜보고 있다. 준 레이싱팀 6번 피트에 마츠모토 준도 팀원들, 덕진이와 이시카와 유이, 대전 친구들과 함께 벽면 TV 앞에 모여서서 현재 1위와 2위로 6번 R22 우회전 코너를 선회하는 08번 석현과 1미터 후미에 01번 유찬을 초조한 눈빛으로 지켜보고 있다. 하이레벨 레이싱팀 2번 피트에 은색 정장 차림의 홍 대리는 벽면 TV 화면을 주시하다가 회심의 미소를 짓더니 자신의 왼쪽 옆에 서서 팔짱을 끼고 벽면 TV 화면을 주시하고 있는 야마시타 정비팀장에게 넌지시 말했다.

"마다 니이다케도 와타시타치노 레신구마신가 하야이데스."

하이레벨팀 반팔 레이싱 남방을 입고 있는 야마시타 정비팀장은 당당한 목소리로 "하이 소우데스." 하고 대답했다. 야마시타 정비팀장 왼쪽 옆에 서서 벽면 TV 화면을 지켜보고 있던 춘섭이 고개를 오른쪽으로 돌려 홍 대리를 쳐다보자 홍 대리는 "우리 레이싱 오토바이가 준 레이싱팀 이석현 선수 오토바이보다 출력이 높아요. 야마시타 정비팀장도 그렇다고 하네요." 하고 대답했다. 고개를 끄덕인 춘섭은 다시 벽면 TV 화면을 주시했다. 유찬 아버지와 서연, 릴리TV와 골든바이크 동호회 회원들 14명은 2번 피트 앞쪽 방호벽 인도에 한 줄로 늘어서서 12번 코너 출구를 주시하고 있고 그 이외에 관광버스로 함께 온 나머지 골든바이크 회원들은 메인스탠드 관람석에서 이 경기를 지켜보고 있다. 봄이는 12번 우회전 코너 출구 바깥쪽 안전지대 충격 완화 타이어 벽 안에서 사진 촬영을 준비하고 있다. 그 시점, 현재 1위인 08번 석현은 4회 연속 코너의 시작인 8번 R84 우회전 코너를 선회하고 있다. 그의 1미터 후미에 01번 유찬이 있다. 둘 다 가장 굽은 지점에서 오른쪽 무릎 니슬라이더와 오른쪽 팔꿈치 엘보우슬라이더를 경계빗금에 긁으며 선회하다가 코너 출구 바깥쪽 회전 곡선으로 8번 코너를 빠져나왔다. 둘은 그 즉시 체중을 왼쪽으로 이동하며 오토바이를 좌측으로 기울여 2단 엔진 브레이크를 걸면서 풀뱅킹해 왼쪽 무릎 니슬라이더를 노면에 긁으며 9번 R73 좌회전 코너 안쪽 회전 곡선으로 파고들어 갔다. 이어서 99번 해리 해리스와 101번 오카자키 신지가 안쪽 회전 곡선으로 파고들어 갔다. 9번 좌회전 코너 출구 바깥쪽 회전 곡선으로 코너를 빠져나오는 08번 석현과 01번 유찬은 동시에 체중을 오른쪽으로 이동하며 오토바이를 우측으로 기울여 풀뱅킹해 오른쪽 무릎 니슬라이더를 노면에 긁으며 10번 R21 우회전 코너 안쪽 회전 곡선으로 파고들어 갔다. 둘 다 가장 굽은 지점에서 오른쪽 무릎 니슬라이더와 오른쪽 팔꿈치 엘보우슬라이더를 경계빗금에 긁으며 선회했고 코너 출구 바깥쪽 회전 곡선으로 나오면서 즉시 체중을 왼쪽으로 이동하며 오토바이를 좌측으로 기울여 풀뱅킹해 왼쪽 무릎 니슬라이더를 노면에 긁으며 11번 R13 좌회전 코너 안쪽 회전 곡선으로 파고들어 갔다. 그때, 10번 우회전 코너 출구에서 101번 오카자키 신지가 99번 해리 해리스를 추월하면서 먼저 11번 좌회전 코너로 들어갔다. 08번 석현과 01번 유찬은 11번 좌회전 코너 출구 바깥쪽 회전 곡선으로 코너를 빠져나오면서 동시에 오토바이를 일으키면서 상체를 최대한 웅크려 급가속했다. 1미터 간격의 둘은 12번 코너까지 이어진 300미터의 직선 구간을 풀액셀 그립으로 질주하면서 클러치 레버를 잡았다 놓은 사이 기어 변속 레버를 위로 한 칸 들어 올려 3단으로 기어 업했다. 둘은 속도가 시속 220킬로에 이르렀을 때 12번 R123 우회전 중고속 코너 브레이킹 지점에 들어섰다. 08번 석현과 01번 유찬은 동시에 앞브레이크 레버를 잡고 뒷브레이크 페달을 밟으며 12번 우회전 중고속 코너 바깥쪽 회전 곡선에서 오토바이를 우측으로 기울여 풀뱅킹해 오른쪽 무릎 니슬라이더를 노면에 긁으며 안쪽 회전 곡선으로 파고들어 갔다. 둘은 가장 굽은 지점을 시속 174킬로로 선회해 코너 출구 바깥쪽 회전 곡선으로 코너를 빠져나오며 급가속했다. 이어서 101번 오카자키 신지와 99번 해리 해리스가 서로 1미터 간격으로 코너를 빠져나오며 급가속했다. 124번 츠카모토 료헤이, 107번 나카야마 켄, 115번 이에나가 유이치가 그 뒤를 이었다. 12번 코너 안전지대 충격 완화 타이어 벽 안에 대기하고 있던 봄이는 선수들의 모습을 놓치지 않고 카메라에 담았다. 메인 스트레이트 구간, 현재 1위인 08번 석현과 그 뒤를 쫓는 선두 그룹은 기어 6단 시속 300킬로의 풀 스피드로 메인스탠드 관람석을 순식간에 지나쳐 갔다. 관람객들은 엔진이 터질 것 같은 굉음을 쏟아 내며 눈 깜짝할 사이 지나쳐 간 레이싱 오토바이들을 보며 환호했다. 컨트롤타워 3층 방송실의 여자 진행자는 대한민국 선수들이 1, 2위로 질주하고 있다고 목소리 높여 소리쳤다. 그러는 지금 08번 석현과 그 뒤에 바짝 붙어 있는 01번 유찬이 1번 R26 우회전 코너 브레이킹 지점에 들어섰다. 둘은 잔뜩 숙였던 상체를 지체 없이 45도 들고 앞브레이크 레버를 강하게 잡으며 뒷브레이크 페달을 지그시 밟았다. 그와 동시에 클러치 레버를 빠르게 잡았다 놓아 가며 그 한순간 기어를 6단에서 1단으로 밟아 내렸다. 이때 01번 유찬이 추월의 틈을 보았다. 그는 자신의 눈앞에서 오토바이를 우측으로 기울이려는 08번 석현의 오른쪽으로 앞 타이어를 단번에 들이밀었다. 그로인해 08번 석현이 움찔거리는 사이 01번 유찬은 재빨리 오토바이를 우측으로 기울여 풀뱅킹해 먼저 1번 우회전 코너로 들어갔다. 흐름이 끊긴 08번 석현을 선두권의 야수 같은 추격자들이 놓치지 않고 공략했다. 101번 오카자키 신지와 그 2미터 후미에 99번 해리 해리스는 08번 석현의 오른쪽에서 순간순간 오토바이를 우측으로 기울여 풀뱅킹해 1번 우회전 코너로 들어갔다. 연타를 맞은 08번 석현은 다급히 오토바이를 우측으로 기울여 풀뱅킹해 1번 우회전 코너로 들어갔다. 좋은 흐름을 유지하다가 1위에서 4위로 단번에 순위가 내려간 08번 석현의 집중력은 크게 흔들렸다. 그는 2번 R74 좌회전 코너 브레이킹 지점에서 124번 츠카모토 료헤이에게 추월을 당하더니 이후 5번 R60 좌회전 코너 가장 굽은 지점을 선회할 때에 107번 나카야마 켄에게도 추월을 당했다. 계속 추월을 당하면서 점점 더 경기력이 저하된 08번 석현은 5랩까지 가까스로 6위를 유지하다가 6랩 12번 R123 우회전 코너 출구 바깥쪽 회전 곡선에서 115번 이에나가 유이치에게도 추월을 당했다. 그리고 지금 8랩, 현재 1위로 메인 스트레이트 구간을 질주하는 건 99번 해리 해리스다. 99번 해리 해리스 2미터 후미에는 101번 오카자키 신지가, 그 3미터 후미에는 124번 츠카모토 료헤이가 메인 스트레이트 구간을 질주하고 있다. 124번 츠카모토 료헤이 3미터 후미에는 직전 12번 코너에서 107번 나카야마 켄을 추월한 115번 이에나가 유이치가 메인 스트레이트 구간을 질주하고 있다. 115번 이에나가 유이치 3미터 후미에는 4위에서 5위로 순위가 한 계단 내려간 107번 나카야마 켄이 메인 스트레이트 구간을 질주하고 있다. 서킷 주행이 거듭될수록 경기력이 살아난 일본 선수들에게 계속해서 추월을 허용한 01번 유찬은 107번 나카야마 켄 4미터 후미에서 6위로 메인 스트레이트 구간을 질주하고 있다. 현재 7위 08번 석현은 이제 막 12번 코너를 빠져나와 메인 스트레이트 구간으로 접어들었다. 그는 액셀 그립을 쥐어짜듯이 감으며 혼신을 다해 급가속하고 있다. 7위 08번 석현과 6위 01번 유찬과의 거리 차는 10미터다. 방호벽 인도에 서 있는 마츠모토 준이 시속 300킬로로 메인 스트레이트 구간을 질주해 오는 08번 석현을 향해 가로 1미터 세로 1.2미터의 사인판을 방호벽 밖으로 내밀었다. 사인판에 새롭게 붙인 두 줄 글자는 '절대 포기하지 마'다. 이어지는 9랩, 팀 동료들이 전한 간절함이 꺼져가던 열정의 불꽃을 살려내며 석현의 마음속에 에너지를 발산시키는 연주가 흐르기 시작한다. 그는 점점 더 강한 불꽃으로 집중력을 높여 가고 있다.

7위 08번 석현은 6위 01번 유찬의 3미터쯤 후미에서 7번 코너를 나왔다. 그는 01번 유찬을 쫓으며 8번 코너까지 이어진 200미터의 직선 구간을 전력 질주하고 있다. 현재 1위인 101번 오카자키 신지는 11번 R13 좌회전 코너 안쪽 회전 곡선을 선회하고 있다. 그 1미터쯤 후미에서 2위로 내려앉은 99번 해리 해리스가 101번 오카자키 신지를 맹렬히 추격을 하고 있다. 3위까지 순위를 끌어올린 115번 이에나가 유이치는 10번 R21 우회전 코너를 빠져나오고 있고 4위인 124번 츠카모토 료헤이와 5위인 107번 나카야마 켄은 9번 R73 좌회전 코너 안쪽 회전 곡선을 선회하고 있다. 4회 연속 코너의 시작인 8번 R84 우회전 코너 브레이킹 지점, 흡사 먹이를 쫓는 야수와 같은 기세로 질주해 온 08번 석현이 01번 유찬의 등 뒤에 바짝 붙어 앞브레이크 레버를 잡고 뒷브레이크 페달을 밟았다. 동시에 감속한 둘은 8번 우회전 코너 입구 바깥쪽 회전 곡선에서 체중을 오른쪽으로 이동하며 오토바이를 우측으로 기울여 오른쪽 무릎 니슬라이더를 노면에 긁으며 안쪽 회전 곡선으로 파고들었다. 안쪽 회전 곡선 가장 굽은 지점을 기어 3단 시속 112킬로로 선회한 01번 유찬과 08번 석현은 코너 출구 바깥쪽 회전 곡선에서 오토바이를 동시에 일으키며 클러치 레버를 잡았다 놓은 사이 기어 변속 레버를 아래로 한 칸 밟아 내려 기어 2단 엔진 브레이크를 걸었다. 둘은 그 즉시 9번 R74 좌회전 코너 입구에서 왼쪽으로 급격히 체중을 이동하며 오토바이를 좌측으로 기울여 풀뱅킹해 왼쪽 무릎 니슬라이더를 노면에 긁으면서 안쪽 회전 곡선으로 파고들어 갔다. 안쪽 회전 곡선 가장 굽은 지점은 동일하게 시속 86킬로로 선회했다. 01번 유찬이 9번 좌회전 코너 출구 바깥쪽 회전 곡선으로 왼쪽 무릎 니슬라이더를 노면에 긁으며 선회하면서 코너를 빠져나가는 순간 08번 석현이 그의 왼쪽으로 앞 타이어를 밀고 들어갔다. 08번 석현은 왼쪽 무릎 니슬라이더와 왼쪽 팔꿈치 엘보우슬라이더를 노면에 긁으며 01번 유찬을 스치듯 지나쳐 먼저 9번 코너를 빠져나갔다. 그러면서 10번 R21 우회전 코너 바깥쪽 회전 곡선에서 단숨에 체중을 오른쪽으로 이동하며 오토바이를 우측으로 기울여 풀뱅킹해 오른쪽 무릎 니슬라이더를 노면에 긁으면서 안쪽 회전 곡선으로 파고들어 갔다. 추월을 내준 01번 유찬은 다급히 08번 석현을 쫓아 몸을 날리듯 과감하게 10번 우회전 코너 안쪽 회전 곡선으로 급선회해 들어갔다. 하지만 불가사의하게 기세가 무섭게 오르기 시작한 08번 석현은 10번 우회전 코너를 나와 이어지는 11번 R13 좌회전 코너에서 후미에 01번 유찬과의 거리 차를 한 번 더 벌리며 12번 코너까지 이어진 300미터의 직선 구간을 전력 질주하기 시작했다.

10랩이다. 현재까지 6위를 기록하고 있는 08번 석현이 1번 코너에서

2번 코너까지 이어진 400미터의 직선 구간을 필사적으로 질주하고 있다. 그는 10미터 후미에서 이를 악물고 추격해 오는 7위 01번 유찬과의 거리 차를 점점 더 벌여 가며 5위 107번 나카야마 켄을 2미터 거리 안쪽에서 집요하게 추격하고 있는 중이다. 유효추격거리 안에서 쫓기는 107번 나카야마 켄은 기어 3단 시속 230킬로가 넘어가는 속도에서 순간 고개를 왼쪽으로 돌렸다가 뒤에 08번 석현과의 거리 차이를 재차 확인했다. 107번 나카야마 켄은 2번 R74 좌회전 코너 브레이킹 지점에서 침착하게 앞브레이크 레버를 잡고 뒷브레이크 페달을 지그시 밟았다. 107번 나카야마 켄이 2번 좌회전 코너 입구 바깥쪽 회전 곡선에서 오토바이를 좌측으로 기울이는 시점, 08번 석현이 양쪽 세퍼레이트 핸들을 오른쪽으로 살짝 틀어 뒤 타이어를 오른쪽으로 미끄러트리며 차체를 좌측으로 급격히 기울이면서 그대로 풀뱅킹했다. 08번 석현은 풀뱅킹한 107번 나카야마 켄의 왼쪽에 샌드위치처럼 붙었다. 둘은 왼쪽 무릎 니슬라이더로 노면을 긁으며 아슬아슬하게 충돌을 피하면서 가장 굽은 지점을 선회했다. 하지만 한 발 앞서 2번 코너를 빠져나가는 건 기울어진 타이어의 슬립을 각오하고 액셀 그립을 한계까지 감은 08번 석현이다. 그렇게 결기를 보이며 107번 나카야마 켄을 추월한 08번 석현은 짧은 직선 구간을 급가속하다가 앞브레이크 레버를 잡고 뒷브레이크 페달을 밟으며 클러치 레버를 잡았다 놓은 사이 기어 변속 레버를 아래로 한 칸 밟아 내려 2단 엔진 브레이크를 걸었다. 그러면서 즉시 오토바이를 우측으로 기울여 풀뱅킹해 오른쪽 무릎 니슬라이더를 노면에 긁으며 3번 R22 우회전 코너 안쪽 회전 곡선으로 파고들었다. 그 잠깐 사이 흔들린 107번 나카야마 켄은 08번 석현의 3미터 후미로 밀려났다. 추월에 성공한 뒤 3번 우회전 코너를 빠져나오면서 오토바이를 일으키며 급가속하는 08번 석현의 시야에 4번 코너까지 이어진 300미터의 직선 구간을 질주하고 있는 124번 츠카모토 료헤이의 뒷모습이 들어온다. 현재 4위인 124번 츠카모토 료헤이와의 거리 차이는 7미터 안쪽이다. 다시 한번 죽을힘을 다해 124번 츠카모토 료헤이를 쫓아 질주하는 08번 석현의 눈에서 말로 표현하기 힘든 강한 집념이 느껴진다.

13랩이다. 08번 석현이 12번 R123 우회전 중고속 코너 출구 바깥쪽 회전 곡선에서 115번 이에나가 유이치의 뒤 타이어에 앞 타이어를 바짝 붙여서 코너를 빠져나와 오토바이를 일으키며 급가속했다. 08번 석현의 6미터쯤 후미에서는 124번 츠카모토 료헤이가 12번 코너를 빠져나오면서 오토바이를 일으키며 급가속하고 있다. 124번 츠카모토 료헤이는 08번 석현의 지독하고 끈질긴 추격을 받다가 결국 12랩 5번 R60 좌회전 코너에서 라인클로스에 의한 추월을 내주었다.

메인 스트레이트 구간을 질주하며 115번 이에나가 유이치의 뒤 타이어에 앞 타이어를 거의 붙인 08번 석현은 엔진을 터트릴 기세로 풀 가속하고 있다. 그러면서 추월을 마음먹는다. 08번 석현은 115번 이에나가 유이치 오른쪽 옆으로 레이싱 오토바이를 밀고 나오며 시속 249킬로에서 기어를 4단으로 올렸다. 그러자 08번 석현의 레이싱 오토바이는 순간적으로 앞으로 치고나갔다. 08번 석현은 115번 이에나가 유이치를 기어이 한 발 뒤로 밀어내며 3위로 올라섰다. 현재 순위 1위로 메인 스트레이트 구간을 질주하는 건 가장 후미에 16번 박호민을 한 바퀴 추월한 101번 오카자키 신지다. 99번 해리 해리스는 101번 오카자키 신지 3미터쯤 후미에서 명예와 자존심을 건 불꽃 튀는 추격전을 펼치고 있다. 99번 해리 해리스는 101번 오카자키 신지와 시속 300킬로의 질주를 시작했고 그 11미터쯤 후미에 08번 석현은 5단 시속 294킬로에서 6단으로 기어를 변속해 시속 300킬로의 속도로 질주하기 시작했다. 그런 석현은 신께 간절히 기도한다. 시합이 끝날 때까지 엔진내구력이 한계점에 다다른 준서의 레이싱 오토바이가 버텨 주기를. 방호벽 인도에 서 있는 마츠모토 준은 눈앞에서 08번 석현이 폭풍처럼 지나쳐 가자 '석현 GO! GO! GO!' 한 줄 글자를 붙인 사인판을 방호벽 안으로 거두어들였다. 마츠모토 준 오른쪽 옆에 서서 사인판의 글자를 뗐다 붙였다 하는 우승이는 격앙된 표정의 얼굴로 "할 수 있어!"를 연신 외치며 불끈 쥔 두 주먹을 기합 소리와 함께 힘차게 흔들어 보였다. 우승이 옆에는 봄이가 서 있다. 그녀는 15랩을 끝으로 피니쉬 라인, 결승선을 통과하는 한일 슈퍼바이크 통합전 우승자를 사진 촬영할 준비를 하고 있다. 마츠모토 준은 고개를 오른쪽으로 돌려서 메인 스트레이트 구간 지나 1번 코너에 진입하고 있는 08번 석현을 보다가 문득 봄이에게 눈을 돌렸다. 봄이도 08번 석현을 보고 있다. 마츠모토 준은 눈시울이 붉어진 봄이를 보면서 "한 기자, 아직 시합은 끝나지 않았어." 하고 말했다. 봄이는 입가에 옅은 미소를 지으며 "네." 하고는 숨을 깊게 들이마시었다가 천천히 내쉬었다. 준 레이싱팀 6번 피트 안에 팀원들과 덕진이, 대전 친구들, 이시카와 유이는 다들 조마조마한 마음이 역력히 드러나는 눈으로 피트 앞쪽 내부 천장 밑 모퉁이벽의 벽면 TV로 경기를 지켜보고 있다.

14랩이다. 13랩 12번 코너에서 16번 박호민을 한 바퀴 추월한 101번 오카자키 신지가 14랩 2번 코너에서는 03번 김혁기를, 3번 코너에서는 19번 양휘성을 연이어 한 바퀴 추월했다. 한 바퀴를 추월하려는 경주차가 한 바퀴를 추월당하려는 경주차에 접근해 오면 진행요원은 청색 깃발을 흔든다. 이때 한 바퀴를 추월당하려는 경주차는 즉시 코스를 양보해야 한다. 한 바퀴를 추월하려는 빠른 경주차에게 코스를 양보하는 것은 서킷 경기규정이다. 한 바퀴 또는 그 이상 추월당한 경주차는 1위로 달리던 경주차가 피니쉬 라인, 결승선을 통과함과 동시에 경기를 마친다. Did Not Finish(끝내지 못했다), DNF로 분류되어 경기를 마무리하는 것이다.

이제 라스트 15랩, 5번 코너까지 이어진 500미터의 직선 구간, 세 대의 레이싱 오토바이가 풀액셀 그립으로 질주하고 있다. 잠깐 사이 380미터 지점. 현재 1위 99번 해리 해리스와 2위 08번 석현, 3위 101번 오카자키 신지는 기어 2단 시속 221킬로에서 기어 3단으로 기어업했다. 직후 셋은 시속 250킬로가 넘어가는 순간 4단으로 기어업했다가 5번 R60 좌회전 코너 브레이킹 지점에서 앞브레이크 레버를 잡고 뒷브레이크 페달을 밟으며 클러치 레버를 잡았다 놓은 사이 기어 변속 레버를 아래로 한 칸 밟아 내려 3단으로 기어다운하며 엔진 브레이크를 걸었다. 99번 해리 해리스가 5번 좌회전 코너 입구 바깥쪽 회전 곡선에서 체중을 왼쪽으로 이동하며 오토바이 좌측으로 기울이기 시작하는데 그 뒤에 08번 석현이 추월을 마음먹는다. 그는 양쪽 세퍼레이트 핸들을 우측으로 살짝 틀어 뒤 타이어를 우측으로 미끄러트리면서 차체를 좌측으로 급격히 기울여 99번 해리 해리스보다 먼저 풀뱅킹했다. 99번 해리 해리스가 선두에서 왼쪽 무릎 니슬라이더로 노면을 긁으며 선회하는데 08번 석현이 그의 왼쪽에 샌드위치처럼 붙었다. 08번 석현은 왼쪽 무릎 니슬라이더와 왼쪽 팔꿈치 엘보우슬라이더를 노면에 긁으며 99번 해리 해리스와 동시에 안쪽 회전 곡선으로 파고들어 갔다. 서로 충돌할 수도 있는 위험한 상황. 피차일반 자칫 모든 것이 물거품이 될 수도 있다. 그래도 08번 석현은 물러서지 않는다. 그는 뒤 타이어 그립력의 한계치까지 과감하게 액셀 그립을 감아 선회 속도를 더 올렸다. 결국 5번 좌회전 코너 출구 바깥쪽 회전 곡선으로 코너를 가장 먼저 빠져 나온 건 08번 석현이다. 그는 오토바이를 일으키면서 액셀 그립을 최대치로 감아 급가속해 6번 코너까지 이어진 300미터의 직선 구간을 1위로 질주하기 시작했다. 그 1미터 후미에 2위로 내려앉은 99번 해리 해리스가 그 2미터 후미에 101번 오카자키 신지가 사력을 다해 08번 석현을 추격하고 있다. 이 모습을 준 레이싱팀 6번 피트 안에서 벽면 TV로 지켜보고 있는 마츠모토 준과 우승, 기훈, 대산, 덕진, 대전 친구들과 이시카와 유이는 피트가 떠나갈 정도로 환호성을 지르고 박수를 쳐 댔다. 여자 진행자의 "대한민국 이석현 선수가 1위로 결승선을 향해 질주해 오고 있습니다!" 하고 크게 외친 말에 관람객들도 엄청난 환호성을 지르고 기뻐하며 박수를 쳐 댔다. 이때, 01번 유찬은 115번 이에나가 유이치, 124번 츠카모토 료헤이, 107번 나카야마 켄에 이어 7위로 6번 코너까지 이어진 300미터의 직선 구간을 전력 질주하고 있다. 현재 순위 1위는 여전히 08번 석현이다. 그는 7번 R20 좌회전 코너를 풀 스피드로 선회하면서 잔뜩 기울어진 뒤 타이어가 노면을 이탈해 미끄러지기 직전까지 액셀 그립을 과감히 감았다. 그 후미에 99번 해리 해리스와 101번 오카자키 신지도 뒤 타이어 그립력의 최대 한계치까지 액셀 그립을 감으며 풀 스피드로 선회하고 있다.

석현, 해리 해리스, 오카자키 신지, 셋은 기어 3단 시속 115킬로로 8번 우회전 코너 가장 굽은 지점을 선회했다. 결승선이 가까워지고 있는 지금 2위 99번 해리 해리스의 두 눈 속에서 승부근성이 번뜩인다. 그는 9번 R73 좌회전 코너 입구 바깥쪽 회전 곡선에서 1위 08번 석현의 왼쪽으로 앞 타이어를 밀어 넣었다. 하지만 08번 석현은 과감하게 체중을 왼쪽으로 옮기며 오토바이를 좌측으로 기울여 풀뱅킹해 왼쪽 무릎 니슬라이더를 노면에 긁으며 가장 앞서 안쪽 회전 곡선으로 파고들었다. 전직 WSBK 출신 월드클래스로서 열망하는 우승을 향한 집념. 99번 해리 해리스는 포기하지 않는다. 그는 왼쪽 무릎 니슬라이더에 왼쪽 팔꿈치 엘보우슬라이더까지 노면에 긁으며 선회해 08번 석현의 왼쪽에 샌드위치처럼 붙었다. 겹쳐진 둘은 동시에 가장 굽은 지점을 선회했다. 코너 출구로 나오며 둘이 충돌할 수도 있는 상황, 08번 석현이 무의식적으로 속도를 미세하게 줄이는 그사이 99번 해리 해리스가 순간적으로 앞질러 나가며 1위를 탈환했다. 99번 해리 해리스는 9번 좌코너를 빠져나옴과 동시에 즉시 체중을 오른쪽으로 옮기며 오토바이를 우측으로 기울여 풀뱅킹해 오른쪽 무릎 니슬라이더로 노면을 긁으며 10번 R21 우회전 코너 안쪽 회전 곡선으로 파고들어 갔다. 피니쉬 라인, 결승선이 이제 멀지 않은 지점에서 2위로 내려앉은 아찔한 상황, 08번 석현은 집중력을 잃지 않고 99번 해리 해리스를 쫓아 안쪽 회전 곡선으로 파고들어 갔다. 뒤이어 안쪽 회전 곡선으로 파고든 101번 오카자키 신지는 앞 타이어를 08번 석현의 뒤 타이어에 바짝 붙였다. 자칫 작은 실수 하나로 3위까지 내려갈 수 있다는 불길함이 08번 석현의 뇌리를 스친다. 이어지는 11번 R13 좌회전 코너, 서로의 앞뒤 간격이 1미터가 채 되지 않는 셋은 동시에 체중을 왼쪽으로 옮기며 오토바이를 좌측으로 기울여 풀뱅킹해 왼쪽 무릎 니슬라이더를 노면에 긁으며 안쪽 회전 곡선으로 선회했다. 셋 다 안쪽 회전 곡선 가장 굽은 지점을 기어 2단 시속 68킬로로 지나면서 동시에 코너 출구 바깥쪽 회전 곡선으로 빠져나오며 오토바이를 일으켰고 절실함을 담아 액셀 그립을 끝까지 감아 돌렸다. 이제 남은 코너는 12번 코너뿐이다. 12번 코너를 나오면 메인 스트레이트 구간 스타팅 그리드 앞쪽에 그어진 피니쉬 라인, 결승선이 기다리고 있다. 앞뒤로 바짝바짝 붙은 셋은 상체를 잔뜩 숙여 윈드스크린을 통해 전방을 뚫어져라 주시하며 12번 코너까지 이어진 300미터의 직선 구간을 필사적으로 전력 질주하고 있다. 셋 다 기어 2단 시속 170킬로에서 3단으로 기어업했고 시속 220킬로가 넘어가는 순간 12번 R123 우회전 코너 브레이킹 지점에 들어섰다. 셋은 그 즉시 앞브레이크 레버를 잡고 뒷브레이크 페달을 밟았다. 그러면서 오토바이를 우측으로 기울여 풀뱅킹해 오른쪽 무릎 니슬라이더를 노면에 긁으며 코너 입구 바깥쪽 회전 곡선에서 안쪽 회전 곡선으로 파고들어 갔다. 안쪽 회전 곡선 가장 굽은 지점은 동일하게 시속 174킬로로 선회했다. 코너 출구 바깥쪽 회전 곡선으로 코너를 빠져나온 99번 해리 해리스, 08번 석현, 101번 오카자키는 서로 앞뒤 1미터 간격으로 순간순간 오토바이를 일으키며 급가속했다. 셋은 메인 스트레이트 구간에서 마지막 남은 힘을 다해 전력 질주했다. 결승선을 향해 2위로 질주하는 08번 석현은 3위로 질주하는 101번 오카자키 신지의 레이싱 오토바이가 자신의 왼쪽으로 치고 들어오는 걸 감지했다. 우승을 위해 그리고 어떤 아쉬움도 남기지 않기 위해 치열하게 풀스피드로 달리는 셋은 시속 290킬로가 넘어가는 순간 동시에 최종 기어 6단으로 기어업했다. 이제 마지막 한 번의 기회, 08번 석현은 레이싱 오토바이 앞 타이어를 1위로 질주하고 있는 99번 해리 해리스의 레이싱 오토바이 뒤 타이어에 일자로 붙였다. 거리는 1미터 차, 남은 카드는 슬립스트림. 앞서 설명했다시피 슬립스트림은 공기를 밀치며 고속으로 질주하는 경주차 뒤쪽에 진공 상태가 만들어져서 공기의 저항을 덜 받게 되는 후미 경주차의 추월 가능성을 높여 주는 현상이다. 피니쉬 라인, 결승선까지 남은 거리는 길어야 30미터, 결승선이 그어진 스타팅 그리드 방호벽 안 깃발부스의 진행요원이 경기 종료 깃발로 태극기를 휘날릴 준비를 하고 있는 이때 08번 석현은 마지막 카드를 테이블에 던진다. 시속 300킬로의 속도로 질주하는 세 대의 레이싱 오토바이가 결승선을 통과하기 직전, 08번 석현은 99번 해리 해리스 후미에서 순간 우측으로 빠져나왔다. 그리고 윈드스크린 안으로 상체를 완전히 숙였다. 직후 셋은 시속 300킬로의 풀 스피드로 태극기가 휘날리는 피니쉬 라인을 통과했다. 08번 석현이 1위로, 99번 해리 해리스가 2위로, 101번 오카자키 신지가 3위로 태극기를 받으며 결승선을 통과한 것이다. 결승선 방호벽 안쪽 인도에 서서 그 모습을 지켜본 봄이가 두 손에 든 카메라로 미처 사진은 찍지도 못한 채 08번 석현의 뒷모습만 떨리는 눈으로 바라보았다. 6번 피트 안에 준 레이싱팀 팀원들과 덕진, 대전 친구들, 이시카와 유이는 피트동이 떠나가라 환호성을 지르며 제자리에서 폴짝폴짝 뛰었고 마츠모토 준은 벽면 TV 앞에 서서 소리 내어 흐느껴 울었다. 일본 프로 레이서인 115번 이에나가 유이치는 4위로 124번 츠카모토 료헤이는 5위로 107번 나카야마 켄은 6위로 그리고 대한민국의 레이싱을 이끌어 나갈 또 한 명의 레이서 01번 유찬은 7위로 결승선을 통과했다. 08번 석현은 1번 R26 우회전 코너 브레이킹 지점 좌측 깃발부스 진행요원에게 왼손을 흔들어 주고 서행하여 1번 코너를 돌아 나왔다. 그리고는 왼쪽 옆에 가까이 다가온 99번 해리 해리스와 서로 주먹을 살짝 부딪치고는 고개를 뒤로 돌려 101번 오카자키 신지에게 왼손 엄지손가락을 들어 주었다. 헬멧 안으로 활짝 웃는 얼굴의 101번 오카자키 신지도 08번 석현에게 왼손 엄지손가락을 들어 주었다.

22

준서에게

메인 경기가 끝나고도 관람객들은 자리를 지키며 SB250 스포츠 바이크전, SS600 슈퍼스포츠전, 그리고 한일 슈퍼바이크 통합전의 시상식을 지켜보았다. 시상식은 메인 스트레이트 구간 스타팅 그리드에서 진행되었다. 시상식을 위해 스타팅 그리드에 메인스탠드 관람석에서 마주 보이게 가로 10미터, 세로 5미터의 대회 광고판을 세우고 그 앞쪽 중앙에 1위부터 3위까지 오를 수 있는 시상대를 놓았다. 〈모터스포츠TV〉 촬영팀이 시상식을 처음부터 끝까지 촬영했고 이 영상은 피트동 옥상에 세로 21미터 가로 32미터의 초대형 LED스크린과 〈모터스포츠TV〉 유튜브 생중계 방송으로 방영되었다. 유찬의 하이레벨 레이싱팀만이 먼저 강원서킷에서 철수한 가운데 강원서킷 코리아로드 레이싱 5라운드 시합에 참가한 레이싱팀들은 어느 한 팀 빠지지 않고 모두 시상식에 참가했다. 22개 레이싱팀의 선수들과 팀원들은 시상대 앞에 촘촘히 모여 서서 시상대에 오르는 선수들에게 박수를 쳐 주면서 순위 입상을 축하해 주었다. 하지만 준서를 추모하는 대회여서 시상대에서 샴페인 세리머니는 하지 않았다. 가장 먼저 진행된 SB250 스포츠 바이크전 시상식에서 박 단장은 함께 입상한 1위와 3위 선수들처럼 온로드 레이싱 원피스 슈트를 입고 2위 시상대에 올랐다. 그는 대한오토바이크연맹 연맹회장으로부터 준우승 트로피를 건네받을 때 감격의 눈물을 흘렸다. 회색 체크무늬 정장 차림에 연맹회장은 인자하게 미소 지은 얼굴로 박 단장을 보며 앞으로도 계속해서 멋진 모습을 기대하겠다고 말했다. 이어서 진행된 SS600 슈퍼스포츠전 시상식이 끝나자 KSB1000 한일 슈퍼바이크 통합전 시상식이 시작되었다. 1위 석현과 2위 해리 해리스, 3위 오카자키 신지는 온로드 레이싱 원피스 슈트를 입고 시상대에 올랐다. 시상대 가장 높은 자리에 선 석현을 보며 연맹회장은 눈물을 글썽였다. 그는 옆에 선 한국 레이싱걸에게 넘겨받은 트로피를 3위에 오카자키 신지, 2위에 해리 해리스에게 차례로 건네주면서 그때마다 악수를 나누고 1위인 석현에게 우승 트로피를 건네주었다. 그리고 나서 석현과 악수를 나눌 때 "장하다. 수고했다." 하고 말하며 고개를 끄덕였다. 시상식에 오른 선수들이 트로피를 들어 올릴 때마다 뜨겁게 박수를 쳐 주던 관람객들은 시상식이 끝나고 나서야 자리에서 일어나 질서정연하게 관람석을 빠져나갔다. 레이싱팀들도 피트 안에 레이싱 오토바이와 시합 장비들을 차량에 싣고서 서킷 철수를 시작했다. 강원서킷으로 돌아온 일본 레이싱팀들의 25톤 트랙터 5대는 분리했던 40피트 컨테이너 트레일러를 트랙터에 다시 연결했다. 진행요원들이 운전하는 지게차 2대는 일본팀들 피트 안에 레이싱 오토바이와 시합 장비들을 40피트 컨테이너 안에 적재하는 중이다. 그런 가운데 컨트롤타워 1층 프레스룸에 메인 경기였던 한일 슈퍼바이크 통합전에서 입상한 선수들에 대한 언론사 인터뷰 시간이 마련되었다. 온로드 레이싱 원피스 슈트를 벗고 팀 반팔 레이싱 남방에 평상복 바지를 입은 세 명의 선수들은 마이크 테이블 안에 일정한 간격을 두고 나란히 옆으로 앉았다. 석현이 가운데 의자에 앉았고 해리 해리스가 석현의 오른쪽에 오카자키 신지가 석현의 왼쪽에 앉았다. 베이지색 정장 차림에 넥타이를 매지 않은 연맹실장은 일본어를 통역하기 위해 오카자키 신지 왼쪽에 앉았다. 팀 반팔 레이싱 남방을 입은 리차드 전 단장은 영어를 통역하기 위해 해리 해리스 오른쪽에 앉았다. 이들의 맞은편에 가로 배치로 10개씩해서 앞에서부터 뒤로 3줄 놓인 30개의 책걸상 일체형 의자에 띄엄띄엄 앉아 있던 기자들은 연맹실장의 안내에 따라 15분 정도 주어진 짧은 인터뷰를 진행했다. 프레스룸 인터뷰 영상 촬영도 〈모터스포츠TV〉가 전담했고 각 신문사 촬영 기자들은 사진을 찍었다. 마이크 테이블 맞은편 맨 앞줄 가운데 책걸상 일체형 의자에 앉아 있는 〈월간모터사이클〉 봄이가 가장 먼저 질문을 했다.

"이석현 선수님, 오늘 대단한 우승컵을 들어 올리셨는데요. 우승 소감 부탁드립니다."

석현이 테이블 스탠드 마이크에 입을 가까이 대고 침착하게 말했다.

"수준 높은 한미일 선수들과 치른 경기에서 우승해 기쁘고 이 기쁨을 이번 대회를 주최해 주신 대한오토바이크연맹과 원팀으로 시합에 나선 저희 준 레이싱팀, 오늘 대회에 참가한 모든 분들과 나누고 싶습니다. 그리고 하늘나라에 있는 고 서준서 선수에게 이 우승의 영광을 돌립니다."

석현의 답변이 끝나고 일시적으로 들려왔던 기자들의 노트북 타이핑 소리가 잦아들면서 〈조선일보〉의 여자 기자가 준우승을 차지한 해리 해리스에게 질문을 했다.

"전직 WSBK 레이서로서 한국과 일본의 레이서들과 격렬한 시합을 치러 본 소감을 묻겠습니다."

리차드 전 단장이 해리 해리스 쪽으로 고개를 돌리고 영어로 통역을 해 주자 해리 해리스가 고개를 끄덕이고서 입을 떼었다.

"디스 인텐스 엔드 패셔닛 매치 이즈 낫 오픈 신 인 WSBK. 컨그래철 레이션즈 언 서컨즈 빅토리."

곧바로 리차드 전이 한국어로 통역했다.

"이 정도로 격렬하고 열정이 넘치는 시합은 WSBK에서도 흔히 볼 수 없는 시합입니다. 오늘 우승한 이석현 선수에게 축하의 인사를 전합니다."

통역이 끝나고 기자들의 노트북 타이핑 소리가 일시적으로 들렸다가 잦아들면서 〈중앙일보〉 남자 기자가 오카자키 신지에게 질문했다.

"JSB1000 소속의 상위권 레이서로서 한일 슈퍼바이크 통합전 시합을 치러 본 소감을 묻겠습니다."

연맹실장이 고개를 오카자키 신지 쪽으로 돌리고 일본어로 통역을 해 주자 오카자키 신지가 이내 입을 떼었다.

"마즈, 쿄우 칸코쿠노 레스치무노 이소쿠현 센슈가 유우쇼우 시타코토오 오메데토우고자이마스. 니혼노 JSB센노 라이바루 칸코쿠노 KSB센노 레베루가 오못타요리 카나리 타카이데스. 콘고 지조쿠데끼나 코우류우오 쯔즈케루 칸니치료우코쿠노 바이쿠 레스가 핫뗀스루코토오 키타이시테이마스."

고개를 끄덕인 연맹실장이 한국어로 통역을 했다.

"먼저, 오늘 한국 레이싱팀의 이석현 선수가 우승을 차지한 것을 축하합니다. 일본 JSB1000의 라이벌인 한국의 KSB1000 수준이 생각했던 것보다 상당히 높았습니다. 앞으로 지속적인 교류를 이어 가면서 한일 양국의 오토바이 레이싱이 발전해 나가길 기대합니다."

다시 기자들의 노트북 타이핑 소리가 일시적으로 들렸다가 잦아들면서 〈동아일보〉 남자 기자가 석현에게 앞으로의 목표에 대해서 물었다. 석현이 지체 없이 대답했다.

"계속적으로 단계를 밟아 나가 실현 가능한 범위 안에서 세계 무대에 도전하는 겁니다. 이것은 생전 서준서 선수와의 약속이기도 합니다."

기자들의 타이핑 소리가 일시적으로 들리다가 잦아들었고 이후 세 명의 선수들에게 기자들의 질문이 몇 차례 더 이어지다가 인터뷰 시간 이 마무리되었다. 인터뷰가 끝나자 앉은자리에서 일어선 석현과 해리 해리스, 오카자키 신지는 서로서로 악수를 나누고 마이크 테이블을 빠 져나갔다. 석현은 곧바로 봄이에게 다가가 그녀의 왼쪽 빈자리에 앉았 다. 봄이가 노트북 키보드를 두드리던 두 손을 멈추자 석현이 옅게 미소 를 지으며 입을 떼었다.

"한 기자님, 시간 괜찮으시면 우리와 같이 서킷 인근 시내 식당에 가 서 함께 저녁 식사를 하지 않겠어요? 상당한 금액의 우승 상금을 받은 제가 식사를 대접하는 자리인데 한 기자님이 꼭 함께했으면 좋겠어요."

봄이는 흔쾌히 "그럴게요." 하고 대답했다. 입가에 환한 미소를 지어 보인 석현은 봄이에게 서킷 인근 시내에 예약한 식당의 위치를 자세히 알려 주고 자리에서 일어나 출입문을 통해 프레스룸을 나갔다. 봄이는 오른쪽 빈자리에 놓은 노트북 백팩 안에서 쿠션파운데이션을 꺼내 열 고서 동그란 거울로 정성스럽게 메이크업한 얼굴을 천천히 살폈다.

석현은 팀원들과 덕진이, 대전 친구들과 이시카와 유이 그리고 봄이 와 서킷 인근 시내 참숯장어구이 식당에서 저녁 식사를 하고 다 함께 근 처 베이커리카페에 갔다. 베이커리카페에서는 모두 음료를 마시면서 마 츠모토 준이 석현의 우승을 축하하며 산 케이크 3개를 나누어 먹었다.

자정이 넘은 시간, 강원서킷 인근 시내에서 우승을 축하하는 자리를 마치고 대전으로 출발했던 석현은 제일 오토바이 센터 앞 도로 가장자리에 빨간색 포터를 정차했다. 포터 적재함에는 강원서킷으로 출발했을 때 실었던 준서의 레이싱 오토바이부터 시합 장비들까지 하차해야 하는 것들로 가득하다. 석현은 포터 시동을 끄고 좌측 사이드미러를 확인 한 뒤 운전석 문짝을 열고 차 밖으로 내렸다. 그는 준 레이싱팀 반팔 레이싱 남방에 진청 엔지니어진을 입고 있다. 한 번 더 도로를 살핀 뒤 운전석 문짝을 닫은 석현은 리모컨 버튼을 눌렀다. '뾱뼉!' 차 잠김음이 들리자 리모컨이 걸린 차 키를 바지 왼쪽 앞주머니에 넣고 포터 앞을 돌아 인도로 올라가 왼쪽으로 몸을 돌려서 W대학교 T삼거리 쪽으로 걸어 갔다.

T삼거리에 다다르자 우측 길모퉁이 편의점 남자 사장이 출입문 좌측 강화유리벽을 청소하다가 오른쪽으로 고개를 돌려 석현을 쳐다보았다. 석현은 고개를 숙여 인사를 하고서 조금 더 걸어가 양문 강화도어 오른쪽 문을 당겨 열고 편의점 안으로 들어갔다. 오른손에 든 유리세정제 스프레이를 바닥에 내려놓은 남자 사장은 왼손에 잡은 유리닦이를 강화유리벽에 기대놓고 두 손에 낀 고무장갑을 벗었다.

편의점에 들어온 남자 사장은 곧바로 계산테이블 안으로 들어가서 위로 올려놓았던 계산테이블바를 내려 닫았다. 석현이 음료냉장고에서 카페라테 컵 커피를 한 개 꺼내와 계산테이블에 내려놓자 남자 사장은 바코드 스캐너로 컵 커피 바코드를 스캔하고 건네받은 체크카드로 계산을 했다. 석현은 계산을 마치고 받은 체크카드를 반지갑 카드꽂이에 끼웠다. 남자 사장은 두 손으로 컵 커피를 들어 공손히 석현에게 내밀었다. 석현은 반지갑을 진청 엔지니어진 왼쪽 뒷주머니에 넣으며 고개를 숙였다가 들면서 컵 커피를 받은 뒤 몸을 돌려 실내 2인 테이블로 걸어갔다. 그는 출입문 옆 강화유리벽에 첫 번째 2인 테이블 의자에 앉았다. 등 뒤로 두 번째 2인 테이블 위에 포장지를 뜯지 않은 나무젓가락 한 개가 무관심하게 덩그러니 놓여 있다. 석현은 고개를 살짝 왼쪽으로 돌렸다. 청소가 끝난 강화유리벽을 통해 보이는 한밤의 W대학교 T삼거리가 선명하게 석현의 눈에 들어온다. 남자 사장은 청소를 마저 하기 위해 편의점 밖으로 나갔다. 석현은 컵 커피에 빨대를 꽂았다. 그리고 카페라테를 한 모금 마셨다. 컵 커피를 테이블에 내려놓은 석현이 잠시 무언가 생각하다가 바지 오른쪽 앞주머니에서 스마트폰과 이어폰을 꺼냈다. 그는 엉켜 있던 줄을 푼 뒤 이어폰을 스마트폰에 연결하고 이어스피커를 양쪽 귀에 한쪽씩 끼웠다. 술자리를 함께했을 한 무리의 대학생들이 석현의 맞은편인 W대학교 쪽에서 횡단보도를 건너왔다. 대학생들은 인도를 걸으며 강화유리벽을 사이에 두고 석현의 옆을 지나쳐 제일 오토바이 센터 쪽으로 걸어갔다. 손에 든 비닐봉투를 보니 어느 학생의 자취집으로 가서 맥주와 과자로 2차를 할 것이다. 석현은 왼손으로 쥔 스마트폰에 오른손 둘째손가락을 대서 화면에 라디오방송 어플을 열었다. 어플이 실행되자 〈이현규의 야간열차〉 홈페이지를 펼쳤다. 그는 전화 사연 신청 연락번호를 확인하고 나서 곧바로 전화를 걸었다. 전화 연결음이 잠시 이어지다가 "네, 〈이현규의 야간열차〉입니다." 하고 여자 방송작가가 친절하게 전화를 받았다. 석현은 "저… 이현규 DJ님과 약속이 돼 있어서 전화를 드렸는데요." 하고 말했다. 그러자 여자 방송작가가 "이석현 선수님!" 하고 반가운 목소리로 말했다. 석현은 놀란 목소리로 "저를 아세요?" 하고 물었다. 여자 방송작가는 대답 대신 "전화 주신 이 번호로 저희 쪽에서 전화가 갈 거니까 지금 전화 끊으시고 잠시 기다려 주세요." 하고 말했다. 석현은 그녀의 말대로 통화를 끊고서 스마트폰을 테이블에 내려놓았다. 그리고 오른손으로 컵 커피를 들어 빨대를 입에 물고 카페라테를 한 모금 마셨다.

석현이 카페라테를 거의 다 마셨을 때 전화가 걸려왔다. 이어폰 이어스피커를 양쪽 귀에 꽂고 있는 석현은 오른손 둘째손가락으로 테이블에 놓은 스마트폰 통화 버튼을 누르고 전화를 받았다.

"네, 안녕하세요. 저 이석현입니다."

이현규 DJ도 석현에게 인사를 했다.

"네, 안녕하세요, 이석현 선수님. 전화 주셔서 정말 감사합니다."

"네, 반갑습니다." 하고 석현이 말하자 이현규 DJ가 "네, 정말 반갑습니다." 하고서 대화를 이어 갔다.

"저희 이석현 선수님 전화 기다렸어요. 먼저, 지금 전국에 많은 청취자분들이 이 시간 함께하고 계신데요. 저희 청취자분들께 간단한 자기소개와 인사를 부탁드려요."

"네. 〈이현규의 야간열차〉 청취자 여러분 안녕하세요. 저는 오토바이정비사이면서 동시에 오토바이 선수인 이석현이라고 합니다. 이렇게 만나게 되어서 반갑습니다."

"이석현 선수님." 하고 이현규 DJ가 석현을 불렀다. 석현은 차분한 목소리로 "네." 하고 대답했다. 이현규 DJ는 고무된 목소리로 말했다.

"이석현 선수님 경기 유튜브 방송을 통해 생중계로 보았어요. 일본의 프로 선수들과 전직 월드슈퍼바이크 소속 선수를 상대로 시합해서 우승컵을 들어 올리셨어요. 정말 축하드립니다."

"아, 보셨군요. 정말 감사합니다."

"그런데요… 이석현 선수님, 혹시 아직도 저 모르시겠어요?"

"네?"

"우리 만난 적이 있어요. 지난달 20일 새벽 오사카항에서 부산항으로 운항했던 여객선 갑판에서요. 제가 그때 울고 있던 이석현 선수에게 손수건을 주며 왜 울고 있냐고 물어보았죠. 이석현 선수는 이렇게 말했어요. 지난 일요일 일본 오토바이 레이싱 대회에 선수로 참가했던 친구가 시합 중 사고로 운명했다고요. 이제 저 기억하시겠어요?"

"아, 그래요! 그러고 보니까 목소리가 기억나요 그때 손수건 주신 그분."

"네, 저 맞아요."

"정말 신기하네요."

"네, 저도 그래요. 저는 사실 지난주 금요일 새벽에 이석현 선수가 문자 사연 보냈을 때부터 알아보고 있었어요."

"이런 놀라운 인연도 있군요." 하고 말한 석현이 덧붙여 "죄송해요. 저는 알아보질 못했는데…." 하더니 멋쩍게 웃었다. "아니에요. 괜찮아요." 하고 말한 뒤 가볍게 웃은 이현규 DJ가 이어서 말했다. "지난주 금요일에 저에게 하늘나라에 있는 친구에게 대신 메시지를 전해 달라고 하셨는데 오늘은 이석현 선수가 직접 전해 보시는 건 어때요? 친구를 위해서요. 우승을 했는데요." "아!" 하고 잠깐 머뭇거린 석현이 "그래야죠. 제가 친구에게 메시지를 직접 전하겠습니다." 하고 말했다.

"그럼 저희가 잔잔한 배경음악을 내보낼 테니까 지금 시작해 주세요."

이현규 DJ의 말이 끝나자마자 서정적인 피아노 연주곡이 이어폰 줄을 타고 석현의 귓속으로 흘러 들어왔다. 조금 긴장한 얼굴의 석현이 입을 떼었다.

"준서… 오늘 우린, 아니지 이제 자정이 지났으니까 어제네. 그래 우린 어제 함께 서킷을 달려서 우승 트로피를 들어 올렸어. 우리가 함께

해 냈어. 여전히 내 곁에 살아 숨 쉬는 너의 레이싱에 대한 열정이 나와 함께하지 않았다면 그 시합에서 우승하는 건 무척이나 어려운 일이었어…. 우리에게 레이싱은 인생의 전부와도 같잖아. 그렇기 때문에 우린 많은 어려움을 겪더라도 이 길을 끝까지 가는 거지. 먼 훗날 레이싱을 은퇴하게 되더라도 나는 그동안 만들어 온 우리의 레이싱에 대한 기억만으로도 충분히 만족스러운 인생을 살았다고 자부할 것 같아. 너 역시 그렇다고 말했을 거야. 너는 영원한 레이서 서준서니까. 준서, 너에게 약속을 하나 할게. 세월이 지나 나이가 들어 내 팔에 힘이 떨어져서 고속으로 질주하는 레이싱 오토바이의 핸들을 잡을 수 없게 되는 그날까지 나는 항상 최선을 다해, 열정을 다해 서킷을 달리면서 준서 너와 약속했던 세계적인 무대에 서자던 우리의 약속을 지켜 나갈게. 내가 변함없이 세상에서 가장 존경하는 레이서 서준서, 하늘나라에서 행복하길 오늘도 나는 기도한다."

석현이 준서에게 보내는 메시지가 마무리되었다. 피아노 연주곡이 5초쯤 더 흐르다가 멈추었고 이현규 DJ가 입을 떼었다.

"네, 이석현 선수님. 친구분에게 전하는 감동적인 음성편지 잘 들었습니다. 이제 아쉽게도 이석현 선수와의 전화 사연 시간을 마쳐야 하는데요. 신청곡 있으시면 말씀해 주시겠어요?"

석현이 신중히 생각하다가 입을 떼었다.

"친구를 위해 〈유 레이즈 미 업〉을 들려 주시면 감사하겠습니다."

"그래요, 이석현 선수. 신청하신 곡 들려 드리겠습니다. 그리고 우리가 그 꿈을 이루실 때까지 항상 응원하겠습니다. 이석현 선수, 언제나 파이팅하세요."

"네, 감사합니다. 저도 〈이현규의 야간열차〉 애청자가 되겠습니다."

"네, 이석현 선수. 감사합니다."

통화를 마치고 잠시 이야기를 끌어가던 이현규 DJ는 석현이 신청한 곡 〈유 레이즈 미 업〉을 내보냈다. 석현은 고개를 살짝 왼쪽으로 돌려 강화유리벽 넘어 밤거리를 보면서 신청한 노래를 이어폰으로 차분히 감상했다. 어두운 밤하늘 위에 별 하나가 유독 아름답게 반짝거리는 밤이다.

마침

연주는 녹색등에 시작된다

ⓒ 장동락, 2023

초판 1쇄 발행 2023년 1월 4일

지은이   장동락
펴낸이   이기봉
편집   좋은땅 편집팀
펴낸곳   도서출판 좋은땅
주소   서울특별시 마포구 양화로12길 26 지월드빌딩 (서교동 395-7)
전화   02)374-8616~7
팩스   02)374-8614
이메일   gworldbook@naver.com
홈페이지 www.g-world.co.kr

ISBN   979-11-388-1539-0 (03810)